DIANNE DUVALL

Immortal Guardians

Verfluchte Seelen

DIANNE DUVALL

IMMORTAL GUARDIANS

VERFLUCHTE SEELEN

Roman

Ins Deutsche übertragen von
Frauke Lengermann

LYX
EGMONT

Die Originalausgabe erschien 2012
unter dem Titel *Phantom Shadows* bei Zebra Books,
published by Kensington Publishing Corp.

Deutschsprachige Erstausgabe Oktober 2013 bei LYX
verlegt durch EGMONT Verlagsgesellschaften mbH,
Gertrudenstraße 30–36, 50667 Köln

Published by arrangement with Kensington Publishing Corp.,
New York, NY, USA
Dieses Werk wurde vermittelt durch die Literarische Agentur
Thomas Schlück GmbH, 30827 Garbsen

1. Auflage
Redaktion: Catherine Beck
Satz: Greiner & Reichel, Köln
Printed in Germany (670421)
ISBN 978-3-8025-8662-0

www.egmont-lyx.de

Für meine Familie

1

Wut stieg in Bastien hoch, und der Drang zuzuschlagen wurde fast übermächtig. Fühlten sich die Vampire genauso, wenn das Virus ihre Gehirne zerfraß und ihre Impulskontrolle auslöschte? Denn in diesem Moment wünschte er sich nichts sehnlicher, als dem Unsterblichen, der sich neben ihm auf dem Dach lümmelte, die Faust ins Gesicht zu rammen.

»Ist dir eigentlich bewusst, wie dämlich du grinst?«, brummte Bastien, ohne die betrunkenen Studenten aus den Augen zu lassen, die mit unsicheren Schritten auf der gegenüberliegenden Straßenseite vor dem Verbindungshaus hin- und herstolperten.

»Du kannst mich mal«, erwiderte Richart, während er ungerührt weiter eine SMS in sein Handy hämmerte.

Bastien seufzte. Nicht mal für eine ordentliche Prügelei war dieser Trottel gut. Seit Stunden versuchte er vergeblich, den anderen Unsterblichen zu provozieren, um seinem Frust darüber Luft zu machen, dass Seth ihm einen Begleiter aufgezwungen hatte. Einen Babysitter. Einen Aufpasser.

»Verdammte Unsterbliche«, knurrte er. Sie wollten ihn tot sehen, nur weil er vor fast zwei Jahrhunderten einen der ihren getötet hatte. Hm – alle außer einem, wie es aussah.

»Du bist doch selbst ein Unsterblicher, du Blödmann«, bemerkte der Franzose.

Machmal vermisste Bastien die Gesellschaft der Vampire.

Plötzlich erhaschte er aus dem Augenwinkel ein paar Schatten, die sich nördlich vom Verbindungshaus regten.

Wenn man vom Teufel sprach …

Bastien beobachtete zwei augenscheinlich betrunkene junge Pärchen dabei, wie sie erst die Verandatreppe hinunterstolperten und dann den Bürgersteig entlangschwankten. Pulsierende Musik drang durch die geschlossenen Fenster und dröhnte ihm in den Ohren, während dunkle Silhouetten hinter den Vorhängen vorbeiwirbelten. Das Quartett stritt sich lallend darüber, welchen Weg es zurück zum Studentenwohnheim einschlagen sollte, einigte sich schließlich und ging los, ohne die dunklen Schatten zu bemerken, die jede ihrer Bewegungen verfolgten.

Bastien öffnete den Mund, um Richart zu warnen, schloss ihn jedoch wieder, als er feststellte, dass dieser sein Handy bereits in die Gesäßtasche schob. Sie erhoben sich.

Als Richart die Hand ausstreckte, um sie auf Bastiens Schulter zu legen, entzog der sich seiner Berührung und machte einen Schritt nach vorn ins Leere. Er fiel drei Stockwerke nach unten und landete fast lautlos auf dem Bürgersteig direkt vor dem Gebäude.

Eine Sekunde später tauchte Richart aus dem Nichts neben ihm auf. »Du riskierst es, gesehen zu werden, wenn du das tust«, kommentierte der Franzose vorsichtig, während sie sich den Menschen und ihren Vampirschatten an die Fersen hefteten.

»Ach, und beim Teleportieren ist das nicht der Fall?«

Richart zuckte mit den Achseln. »Wenn sie mich sehen, dann glauben sie, dass ihre Fantasie ihnen einen Streich spielt, dass ihre Augen sie täuschen oder es am Licht liegt. Wenn sie dich sehen, denken sie, du bist ein Springer, wie aus diesem Film *Jumper*. Oder irgendein Student, der sich den Verstand weggesoffen hat und vorbeigekommen ist, um zu sehen, was los ist.«

Richtig. Davon abgesehen war diese Diskussion ohnehin überflüssig – kein Mensch hätte sie in der Dunkelheit sehen können. Da sich der Himmel bei Sonnenuntergang zugezogen hatte, wurde der Mond von dichten Wolken verdeckt. Und die Straßenlaternen waren allesamt kaputt – entweder die Vampire hatten sie zerstört, um ungestört ihren Opfern nachzustellen, oder ein paar gelangweilte Studenten hatten sich daran zu schaffen gemacht.

Bastien spitzte die Ohren, wobei er die dümmlichen Gespräche des Quartetts, den dröhnenden Bass der Verbindungsparty und das Rumpeln vorbeifahrender Autos ausblendete und sich auf das konzentrierte, was die Vampire sagten, unhörbar für menschliche Ohren.

Ihr Plan schien darin zu bestehen, die beiden Männer vor den Augen der Frauen auszusaugen und zu zerstückeln und anschließend die beiden weiblichen Opfer zu quälen. Wahrscheinlich würden sie sie als Spielzeug behalten, von ihnen trinken und so lange mit ihnen Spielchen treiben, bis sie ihrer überdrüssig wurden und sich neue Opfer suchten.

Als sich die Männer mit ein paar feuchten Küssen und etwas Gefummel von den beiden Frauen verabschiedeten und den Bürgersteig hinunterstolperten, wurde der Plan umgeschmissen. Die Studentinnen gingen taumelnd in die entgegengesetzte Richtung, wobei ihre Absätze auf dem Gehsteig klackerten.

Nach kurzem Zögern folgten die Vampire den beiden Frauen.

Bastien sah Richart an. »Willst du Beavis oder Butthead?«

Richart deutete mit dem Kinn auf den blonden Vampir. »Ich nehme Beavis.«

Während sie über das Campusgelände gingen, passierten die Frauen immer wieder die Lichtkegel der Laternen, um schließlich in die Schatten uralter Eichen einzutauchen. Inzwischen steuerten sie auf den hell erleuchteten Eingang des Studentenwohnheims zu.

Die Vampire pirschten sich von hinten an sie heran.

Richart berührte Bastien an der Schulter. Die Welt um ihn herum versank in Dunkelheit. Er fühlte sich schwerelos, beinahe, als führe er in einem Fahrstuhl. Im nächsten Moment stand er direkt neben den Vampiren.

Bastien bedachte Richart mit einem verärgerten Blick. Auch wenn er keine so heftige Abneigung gegen das Teleportieren hatte wie so manch anderer Unsterblicher, hätte er eine Vorwarnung zu schätzen gewusst.

In diesem Moment sausten zwei Gestalten um die Gebäudeecke, schnappten sich die beiden Frauen und verschwanden wieder. Sie bewegten sich so schnell, dass sie zu Farbklecksen verschwammen.

»Was zum Henker?«, platzte der Dunkelhaarige heraus, den Bastien Butthead getauft hatte.

»Hey, die gehören uns!«, rief Beavis.

Bastien sah Richart an, dessen Augen vor Wut bernsteinfarben leuchteten. »Ich kümmere mich um die Neuankömmlinge.«

Beavis und Butthead wirbelten herum.

Richart nickte. »Und ich sehe zu, dass ich die beiden Idioten hier loswerde.«

Als die Vampire ihre Reißzähne ausfuhren, fingen ihre Augen an, durchdringend zu glühen.

Bastien jagte den beiden Neuankömmlingen und ihren Opfern nach, wobei er sich so schnell bewegte, dass ein Mensch seinen Bewegungen mit bloßem Auge nicht hätte folgen können.

Er verfolgte die Vampire von Chapel Hill in das benachbarte Durham, wobei die beiden Haken schlugen wie Hasen auf der Flucht. Die Jagd erforderte seine ganze Aufmerksamkeit.

Wussten die beiden vorwitzigen Blutsauger, dass sie von einem Unsterblichen gejagt wurden? Oder wollten sie einfach nur die Konfrontation mit ein paar aufgebrachten Vampiren vermeiden, denen sie zwei Studentinnen vor der Nase weggeschnappt hatten?

In der verlassenen Ladezone hinter einem der Gebäude, die zur Duke University gehörten, blieben sie endlich stehen. Jeder der Blutsauger hielt eine Frau fest. Die Studentinnen gaben keinen Laut von sich.

Als Bastien nur wenige Zentimeter entfernt abbremste, konnte er Bissspuren an den Hälsen der beiden Frauen erkennen. Ihre Herzen schlugen noch, sie waren also noch nicht vollständig ausgesaugt. Aber die Drüsen, die sich während der Transformation über den Reißzähnen der Vampire bildeten, hatten bereits die Flüssigkeit abgesondert, die eine ähnliche Wirkung hatte wie Gamma-Hydroxybutansäure – was dazu führte, dass die beiden Frauen willenlos in den Armen der Vampire hingen, bereit, alles zu tun, was diese von ihnen verlangten. Falls sie den nächsten Tag erlebten, würden sie sich an nichts mehr erinnern.

Der Vampir, der Bastien am nächsten stand, zuckte heftig zusammen, als er ihn bemerkte. Er ließ sein Opfer fallen. »Wir haben sie zuerst gesehen.«

Indem er die Frau an der Bluse packte, verhinderte Bastien, dass sie zu Boden ging, dann rammte er dem Vampir die Faust ins Gesicht.

Blut spritzte ihm entgegen, gleichzeitig erklang das Geräusch splitternder Knochen. Der Vampir flog nach hinten und krachte mit so viel Wucht gegen das Gebäude, dass der Backstein barst und Sand und Mörtel herunterrieselten.

Vorsichtig ließ Bastien die Studentin zu Boden gleiten und stürzte sich auf den Kumpan des Vampirs, der verblüfft zugesehen hatte. Offenbar hielt er sich für besonders schlau: Er schlang den Arm fester um sein Opfer, um es als Schutzschild zu benutzen … Zumindest bis zu der Sekunde, in der Bastien ihm besagten Arm brach und den schreienden Vampir durch die

Luft schleuderte, sodass die Backsteinwand um ein paar Risse reicher wurde.

Bastien legte die Studentin neben ihrer Freundin ab und machte sich bereit zum Kampf, wobei er darauf achtete, möglichst viel Abstand zu den Frauen zu halten.

Die Blutsauger griffen nach ihren Waffen: Jagdmesser mit gezackten Klingen und Bowiemesser, die so lang waren wie Bastiens Unterarm.

Bastien zog seine Katanas und trat ihnen sorglos entgegen. Er war vor zwei Jahrhunderten geboren worden und hatte auf Wunsch seines Vaters, eines englischen Adligen, mit einem Meister des Schwertkampfs trainiert. Und selbst wenn das nicht ausgereicht hätte – die Tatsache, dass er beinahe zwei Jahre mit Seth und David trainiert hatte, den beiden ältesten und mächtigsten Unsterblichen auf der Erde, tat ihr Übriges.

Der blonde Blutsauger fluchte, ein ängstlicher Ausdruck trat in seine leuchtenden blauen Augen. »Das ist ein *Unsterblicher Wächter!*«

Einen Moment lang dachte Bastien, dass der andere die Beine in die Hand nehmen und abhauen würde. Aber dann stürzte sich sein Kumpan mit einem Wutschrei in den Kampf.

Klingen trafen aufeinander. Schnitte fuhren in Fleisch. Blut spritzte.

Jedenfalls das der Vampire.

Bastien trug nur oberflächliche Verletzungen davon. Er entwaffnete den Blondschopf, steckte sein Schwert zurück in die Scheide und packte den Vampir am Hals. Während er sich mit der freien Hand den Brünetten vom Leib hielt, spürte er, wie dank seiner Gabe die Gefühle des Blonden auf ihn einströmten. Bosheit. Chaos. Wahnsinn. Für ihn kam jede Hilfe zu spät. Das Virus, das sowohl Vampire als auch Unsterbliche infizierte, trieb schon zu lange sein Unwesen im Körper dieses Mannes.

Er schubste den Dunkelhaarigen nach hinten, schlitzte ihm die Brust auf und enthauptete dann mit einer schnellen Bewegung den Blondschopf.

Sein Kumpan hielt inne und starrte seinen toten Kameraden an.

Seine übermenschliche Schnelligkeit ausnutzend, entwaffnete Bastien den zweiten Vampir und packte ihn ebenfalls an der Kehle.

In der Ferne tauchte Richart auf. Er stand vielleicht vierzig Meter entfernt und drehte sich einmal um die eigene Achse. Sobald er Bastien sah, beamte er sich an seine Seite. »Was ist mit den Studentinnen?«, fragte er.

Mit dem Kinn deutete Bastien in ihre Richtung. »Sie leben noch, aber sie wurden gebissen und sind desorientiert.«

Richart warf einen Blick auf den Vampir, den Bastien immer noch festhielt. »Und was ist mit dem da?« Auf Richarts Klamotten, die der Standardkluft der Unsterblichen entsprachen (schwarze Hose, schwarzes Shirt und langer schwarzer Mantel), glänzten feuchte Flecken, die bei jeder anderen Farbe mühelos als Blutflecken zu identifizieren gewesen wären. »Hast du vor, ihn als Souvenir zu behalten, oder was?«

Bastien machte ein böses Gesicht. »Ich wollte nur wissen, ob er noch zu retten ist.«

Wenn der Vampir erst vor Kurzem verwandelt worden wäre, hätte man ihn vielleicht noch retten können – zumindest, wenn das Virus noch nicht angefangen hatte, sein Gehirn zu zerfressen, sodass er unweigerlich den Verstand verlor.

»Und?«

Voller Abscheu beäugte Bastien den Vampir. »Hoffnungslos.«

»Worauf …?« Richart beendete den Satz nicht.

Bastiens hochempfindliches Gehör fing gedämpfte Geräusche auf. Stiefelschritte im Gras und auf dem Gehweg. Der

Anzahl der Schritte nach zu urteilen, war es eine ganze Gruppe von Männern. Das leise Rasseln von Kampfausrüstung erklang.

Die beiden Unsterblichen wechselten einen Blick.

Sie standen an der Gebäudeecke, die Geräusche drangen von der anderen Seite zu ihnen herüber. Aufmerksam spitzten sie die Nasen und holten tief Luft.

Kein Rasierwasser. Keine parfümierte Seife. Kein Deodorant. Kein Geruch nach Waschmittel oder Weichspüler mit Frischeduft. Nichts von dem, was ein Unsterblicher normalerweise sofort wahrnahm, wenn sich ihm eine Gruppe von Menschen näherte.

Der einzige verdächtige Geruch, den sie auffingen, war der nach … Waffenöl.

Stirnrunzelnd sah Bastien Richart an. Wer auch immer da näher kam, verhielt sich wie ein Jäger. Aber was zum Teufel jagten die Unbekannten auf dem Campusgelände? Es sei denn …

»Bring die Frauen in Sicherheit«, befahl Bastien so leise, dass ein menschliches Gehör seine Worte nicht hätte aufschnappen können.

Richart sprintete zu den Studentinnen und warf sich eine über jede Schulter. »Ich komme so schnell wie möglich zurück«, versprach er und verschwand.

Der Vampir, den Bastien an der Kehle gepackt hielt, versuchte, sich seinem Griff zu entwinden. Aber Bastien packte nur fester zu und wartete gespannt darauf, wer oder was um die Ecke kommen würde.

Hätte er nicht über ein außerordentlich scharfes Sehvermögen verfügt, wäre ihm der winzige Spiegel entgangen. Er war kaum größer als ein Daumennagel, tauchte als Erstes auf und erlaubte demjenigen, der ihn hielt, einen Blick auf Bastien und seinen Gefangenen zu werfen.

Der Unbekannte holte zischend Luft, dann wurde der Spiegel zurückgezogen.

Etwas Rundes aus Metall, das etwa die Größe eines Tennisballs hatte, hüpfte federnd über den Gehweg auf Bastien zu. Grelles Licht, so hell wie die Sonne, hüllte ihn mit einem kurzen Aufblitzen vollständig ein, blendete ihn und ließ den Vampir vor Schmerz aufheulen.

Bastien riss den Vampir schützend vor sich, gerade noch rechtzeitig, ehe von Schalldämpfern fast erstickte Pistolenschüsse die Luft zerrissen. Der Vampir in seinen Armen zuckte und ächzte. Blutgeruch erfüllte die Luft.

Fußschritte näherten sich und bogen um die Hausecke.

Dank seiner hochentwickelten DNA, die seine Überlegenheit gegenüber den Vampiren sicherte, klärte sich Bastiens Sicht rasch. Während der Vampir noch damit beschäftigt war, sich mit der einen Hand die Augen zu reiben und die andere gegen die Brust zu pressen, studierte Bastien die Männer genauer.

Sie waren gekleidet wie Soldaten einer Spezialeinheit und entsprechend bewaffnet, mit einer bemerkenswerten Ergänzung.

Als ihn plötzlich ein Betäubungspfeil an der Schulter traf, zuckte der Vampir heftig zusammen. Sein Körper wurde schlaff und schwer.

Den Bewusstlosen wie einen Schutzschild vor sich haltend, konzentrierte sich Bastien auf den Soldaten, der die Betäubungspistole hielt. Als er den nächsten Schuss abfeuerte, schnellte Bastien wie ein Blitz durch die Luft und fing den Pfeil auf. Er schleuderte ihn zurück auf den Soldaten und traf ihn an der Kehle. Der Mann ging zu Boden, ohne einen Laut von sich zu geben.

Ein weiterer Soldat schoss ebenfalls einen Betäubungspfeil

auf ihn ab. Dem ersten Pfeil entging er, indem er sich duckte, den zweiten fing er auf und warf ihn zurück.

Alle außer einem der verbliebenen Soldaten eröffneten das Feuer aus ihren mit Schalldämpfern ausgestatteten Sturmgewehren. Kugeln durchsiebten den Vampir und bohrten sich in Bastiens Fleisch. Brennender Schmerz schoss durch seinen Magen und Oberkörper. Als einer seiner Lungenflügel kollabierte, schnappte er nach Luft.

Verdammt!

Bastien ließ den Vampir los, hechtete vorwärts und schnappte sich das Gewehr, das einer der zu Boden gegangenen Soldaten hatte fallen lassen. Durch seine Schüsse gingen mehrere Soldaten zu Boden, da die Kugeln ihre kugelsicheren Westen durchdrangen oder ungeschützte Körperstellen trafen.

Obwohl sich Bastien alle Mühe gab, den Betäubungspfeilen auszuweichen, spürte er, wie ihn etwas in den Hals stach. Die Knie gaben unter ihm nach.

Inzwischen eher besorgt als wütend, sprintete Bastien los und umrundete das Gebäude, bis er hinter den übrigen Soldaten stand. Er packte sich den Ersten und schlug ihm die Reißzähne in den Hals, um so viel Blut wie möglich aufzunehmen – so wollte er die Droge verdünnen und außerdem dem Virus dabei helfen, seine Wunden zu heilen.

Er riss dem Soldaten die Betäubungspistole aus der Hand und schoss damit auf die restlichen Männer, als diese ihn abermals angriffen.

Die letzten Soldaten fielen … endlich. Sie starben entweder an ihren Schussverletzungen oder durch die Droge, die zu stark war, als dass ein Mensch sie überleben konnte.

Bastien ließ den Soldaten fallen, den er ausgesaugt hatte.

Das Campusgelände um ihn herum schwankte und schlingerte. Stolpernd versuchte er, auf den Beinen zu bleiben.

Ein dumpfes Poltern zerriss die Stille.

Bastien warf einen Blick auf die Betäubungspistole, die ihm aus der Hand gefallen war.

Hatte er sie absichtlich fallen lassen?

Als er bemerkte, dass ein Pfeil aus seinem Oberschenkel ragte, riss er ihn heraus und entfernte danach einen zweiten, der in seinem Arm steckte.

Ein stetiges *plopp, plopp, plopp* lenkte seinen Blick auf das Blut, das ihm auf die Füße tropfte. Wie viele Kugeln hatte er sich eingefangen?

Sein Blick glitt zu den Leichen, die um ihn herum auf dem Boden lagen. Das Blut. Die Waffen.

Vielleicht war es besser, wenn hier jemand sauber machte …

Er runzelte die Stirn. Würde nicht etwas Schlimmes passieren, wenn niemand diese Schweinerei beseitigte?

Er brauchte eine ganze Minute, um das Handy aus der Hosentasche zu zerren. Seine Hand schien einfach nicht mitspielen zu wollen. Zwinkernd versuchte er, etwas auf dem Display zu erkennen, das merkwürdigerweise gleichzeitig zu hell und zu verschwommen war, und überlegte, wen er in dieser Situation anrufen sollte.

Er betrachtete die Leichen, dann das Handy. Die Leichen. Das Handy.

Oh. Richtig. Das Netzwerk.

Dr. Lipton breitete ein Kurvendiagramm auf ihrem Schreibtisch aus und griff nach ihrem Handy.

Gerade als sie es zu fassen bekam, klingelte es. »Melanie Lipton.« Mehrere Sekunden vergingen, ohne dass sich jemand meldete. »Hallo?«

»Dr. Lipton?«

Als sie die tiefe, sonore Stimme hörte, die ihr wie immer durch

Mark und Bein ging, machte ihr Herz einen kleinen Sprung. Sebastien Newcombe. Seine Stimme hätte sie immer und überall erkannt … auch wenn sie gerade etwas eigenartig klang. »Ja, Bastien?«

»Was machen Sie hier?«, fragte er, er klang völlig verwirrt.

Melanie runzelte die Stirn. Er hörte sich an, als wäre er betrunken. Aber Unsterbliche konnten sich nicht betrinken, da Alkohol bei ihnen keine Wirkung zeigte. »Wie meinen Sie das? Ich bin in meinem Büro beim Netzwerk.«

»Sind Sie das?«

»Ja, allerdings.«

»Oh.«

Melanie erhob sich. Irgendetwas stimmte da nicht.

Am anderen Ende der Leitung war ein polterndes Geräusch zu hören.

»Sebastien? Sind Sie noch da?« Sie eilte in den Flur hinaus.

»Ja.«

»Was ist passiert?«

»Ich glaube, ich bin gestürzt.« Einen Moment lang herrschte Schweigen. »Ja, ich bin gestürzt.«

Besorgnis machte sich in ihr breit, während sie einen der Sicherheitsbeamten zu sich winkte. Sie hielten vor den Türen der Apartments Wache, in denen die Vampire untergebracht waren. »Holen Sie sofort Mr Reordon«, flüsterte sie. »Auf der Stelle!«

Der Mann griff nach dem Walkie-Talkie, das über seiner Schulter hing, und sprach leise hinein.

Melanie eilte weiter zum Fahrstuhl am Ende des Flurs. »Sind Sie verletzt? Bastien?«

»Fühlt sich so an.«

»Wie schwer?«

»Ich weiß nicht.«

»Wo sind Sie?«

»Auf dem Boden.« Der Unsterbliche sprach mit schwerer Zunge.

»Nein, ich meine … schauen Sie sich um. Was sehen Sie?«

Es gab eine Pause. »Leichen.«

Oh verdammt! »Was noch?«

Vor dem Fahrstuhl thronte ein großer Schreibtisch. Um ihn herum standen zwei Dutzend Männer in schwarzen Kampfanzügen und mit automatischen Waffen. Zwei weitere Männer, die hinter dem Schreibtisch saßen, erhoben sich, als Melanie näher kam.

»Stimmt was nicht, Doc?«, fragte Todd.

Sie nickte. »Falls Reordon noch nicht unterwegs ist, holen Sie ihn sofort her«, sagte sie leise. Dann sprach sie laut in das Telefon: »Was sehen Sie noch?«

»Bäume«, brummte Bastien.

Bäume? Na toll. Das engte die Suche natürlich total ein. Er konnte überall in diesem gottverdammten Staat sein.

Die Leuchtziffern des Fahrstuhls, die die Stockwerke anzeigten, glimmten nacheinander auf.

»Ist jemand bei Ihnen? Einer von den anderen Unsterblichen vielleicht?«

Sie hatte gehört, dass Bastien grundsätzlich nur in Begleitung eines weiteren Unsterblichen ausgehen durfte.

»Ähem … ich weiß nicht, ob das da drüben Vampire oder Unsterbliche sind. Sie sind gerade dabei, in sich zusammenzuschrumpeln. Ich glaube, es sind Vampire. Ich habe ein paar Vampire erledigt, stimmt's?«

Plötzlich hörte sie, wie im Hintergrund jemand etwas auf Französisch sagte.

Der Fahrstuhl kam mit einem *Ping* zum Stehen, und Chris Reordon trat in den Flur. Reordon war der Chef der Ostenküstenabteilung des aus menschlichen Helfern bestehenden Netzwerks, das es sich zur Aufgabe gemacht hatte, den *Unsterblichen Wächtern* dabei zu helfen, die Menschen vor Vampiren zu schützen.

»Was ist los?«, fragte er stirnrunzelnd.

Melanies Erleichterung hielt sich in Grenzen. Chris hatte zwar die Möglichkeit, Bastien Hilfe zu schicken, aber würde er es auch tun? Die beiden kamen nicht gerade gut miteinander aus, und das war noch milde ausgedrückt. Als Bastien vor ein paar Wochen nicht davor zurückgeschreckt war, sich gewaltsam Zutritt zum Hauptquartier zu verschaffen, hatte sich ihre gegenseitige Abneigung in ausgewachsenen Hass verwandelt. Bastien war in das Stockwerk eingedrungen, in dem sie sich gerade befand, und dabei hatte er mehrere Dutzend von Chris' Sicherheitsleuten verletzt …

Allerdings war das alles passiert, nachdem Melanie ihn angerufen hatte, um ihn darüber zu informieren, dass einer seiner früheren Vampirgefolgsleute einen psychotischen Anfall erlitten hatte. Niemals würde sie den Ausdruck in den Augen des Unsterblichen vergessen, als er das Leben des jungen Vampirs beendet hatte.

In der Hoffnung, dass für Chris persönliche Gefühle bei der Erfüllung seiner Pflichten keine Rolle spielten, holte Melanie tief Luft. »Sebastien Newcombe ist etwas zugestoßen.«

Chris' Blick verfinsterte sich noch mehr. »Was soll das heißen?«

Sie zeigte auf ihr Handy. »Er ist verletzt und … spricht undeutlich, als sei er betrunken. Er scheint keinen klaren Gedanken fassen zu können. Er ist gestürzt und sagt, dass er von Leichen umgeben ist. Zwei von ihnen sind entweder Vampire oder Unsterbliche.«

Fluchend machte Chris ihr ein Zeichen, ihm das Handy zu geben. »Bastien? Wo bist du?« Ein frustriertes Knurren folgte. »*Wo* auf dem Boden?«

Melanie biss sich auf die Unterlippe.

Plötzlich änderte sich sein Tonfall. »Hier ist Chris. Ist da Étienne oder Richart?« Er zog einen Bleistift und einen kleinen Notizblock aus der Tasche und legte den Block vor sich auf den Schreibtisch. »Was? Wie viele?« Er notierte sich etwas. »Auf welcher Seite des Unigeländes? Welches Gebäude? Okay. Zerstöre die Laternen in eurer unmittelbaren Umgebung. Ich schicke das Aufräumkommando sofort los. Bring Bastien her. Ich will mit ihm reden.«

Melanie zog die Augenbrauen zu einem dunklen Strich zusammen. Mit ihm *reden*? Er war verletzt und brachte keinen einzigen sinnvollen Satz zustande.

»In die Arrestzelle.«

Das ließ nichts Gutes ahnen.

Chris beendete das Telefonat und gab ihr das Handy zurück.

Sie nahm ihren ganzen Mut zusammen und fragte: »Warum lassen Sie ihn in die Arrestzelle bringen?«

Chris zog sein eigenes Telefon heraus und begann Befehle hineinzubellen.

»Mr Reordon?«, hakte sie nach. »Warum kommt Bastien in die Arrestzelle?«

Verärgerung spiegelte sich in seinem Gesicht. »Weil der Boden um ihn herum mit mehr als einem Dutzend menschlicher Leichen übersät ist.«

Die Wachmänner begannen wütend durcheinanderzureden. Unter ihnen hatte Bastien sich ebenfalls keine Freunde gemacht, da er bei seinem gewaltsamen Eindringen ins Hauptquartier ein paar verletzt hatte.

»Unsterbliche sollten Menschen eigentlich *beschützen* und sie nicht umbringen«, brummte Chris, nachdem er aufgelegt hatte. »Die Hälfte von Ihnen folgt mir«, sagte er an die Sicherheitsleute gewandt. »Todd, kümmern Sie sich darum, dass zwei

Dutzend Männer hier herunterkommen, und sie sollen sich gut bewaffnen. Ich will, dass sowohl der Fahrstuhl als auch die Treppe streng bewacht wird. Sagen Sie den Männern, dass sie auf *alles* vorbereitet sein sollen.«

»Ja, Sir.« Todd bedeutete mehreren Wachmännern, Chris zu folgen, dann griff er nach dem Walkie-Talkie, das über seiner Schulter hing.

Rasch ging Chris den langen Flur hinunter zur Arrestzelle. Melanie beeilte sich, mit ihm Schritt zu halten, während ihnen die Wachmänner mit einsatzbereiten Waffen und gespannten Muskeln folgten.

»Aber Sie wissen doch gar nicht genau, was passiert ist«, sprach sie weiter. Die Männer würden Bastien doch nicht *wehtun?* Oder ihm medizinische Hilfe verweigern? Es hatte sich angehört, als hätte Chris vor, den Unsterblichen in Ketten zu legen und zu verhören. Schon wieder. »Er ist verwundet. Was ist, wenn …«

»Unsterblichen ist es nicht gestattet, Menschen zu verletzen, es sei denn, diese stellen eine tödliche Bedrohung für sie dar.«

»Vielleicht war das ja der Fall.«

Er schnaubte. »Bastien ist *unsterblich*, Dr. Lipton. Menschen können ihm nichts anhaben. Jedenfalls können sie ihn nicht so schwer verletzen, dass sie dafür den Tod verdienen.«

Sie senkte die Stimme. »Das können sie sehr wohl, wenn sie im Besitz einer bestimmten Substanz sind.«

Er warf ihr einen scharfen Blick zu. »Wie wahrscheinlich ist es, dass …«

»Er klang, als hätte man ihn betäubt.«

»Ich bin nicht dieser Meinung.«

»Seine Antwort auf die Frage, wo er sich aufhält, lautete: ›Auf dem Boden‹!«

»Das ist Bastien, wie er leibt und lebt. Er ist ein Arschloch und verhält sich dementsprechend.«

Aus dem Zelleninneren drang lautes Klopfen. Die Wachen, die dort bereits ihre Positionen eingenommen hatten, zuckten zusammen und richteten ihre Pistolen auf die Zellentür.

Chris ging noch schneller, sodass Melanie joggen musste, wenn sie nicht abgehängt werden wollte.

Vor der Tür blieb Chris stehen und zückte seine Schlüsselkarte. »Neuzugang«, sagte er zu den Sicherheitsleuten, während er den Sicherheitscode eintippte. »Halten Sie sich bereit.«

Die Tür öffnete sich mit einem dumpfen Klicken, und eine weitere Tür, so dick wie die zum Tresorraum einer Bank, schwang auf.

In dem stahl- und titanverstärkten Raum erwartete sie ein Unsterblicher, den Melanie noch nie zuvor gesehen hatte. Bastien lag über seiner Schulter. Der Unbekannte war etwa ein Meter achtzig groß und besaß die typischen Merkmale eines Unsterblichen: rabenschwarzes Haar und braune Augen (die immer noch schwach gelbbraun glühten). Seine schwarzen Klamotten und der lange schwarze Mantel glänzten an einigen Stellen, und sie nahm an, dass es sich um Blutflecken handelte.

Das musste Richart sein. Soweit Melanie wusste, war Richart der einzige Unsterbliche, der sich zurzeit in den Vereinigten Staaten aufhielt und die Gabe der Teleportation besaß.

Abgesehen von Seth natürlich.

»Sie haben ihn betäubt«, erklärte Richart, sobald er sie sah, sein französischer Akzent ließ die Worte weich klingen.

Melanie warf Chris einen *Ich-hab's-Ihnen-ja-gesagt*-Blick zu.

Mit zusammengepressten Lippen deutete Chris auf Bastien. »Leg ihn auf die Pritsche und kette ihn an.«

Die Zelle blieb normalerweise den Vampiren vorbehalten. Dicke Stahlwände, die mit meterdickem Beton verstärkt worden waren, sorgten dafür, dass niemand herauskam. Titanketten so dick wie ihre Oberarme waren an der Wand befestigt, und darunter befand sich eine einzelne Pritsche. Neben der Tür und außerhalb der Reichweite der Kette stand ein Schreibtisch.

Als der Unsterbliche zögerte, ergriff Melanie das Wort.

»Sollten wir ihn nicht besser auf die Krankenstation bringen?«

»Nicht, wenn er Menschen getötet hat«, widersprach Chris. »Laut Protokoll ...«

»Scheiß auf das Protokoll«, fiel ihm Richart ins Wort. »Das waren keine Zivilisten. Die sahen aus, als gehörten sie zu einer militärischen Spezialeinheit. Sie waren schwer bewaffnet und hatten mehrere Betäubungspistolen dabei, mit der einzigen Substanz, die uns Unsterblichen gefährlich werden kann. Wir stecken in ernsthaften Schwierigkeiten.« Er warf Melanie einen Blick zu. »Wo ist die Krankenstation?«

»Hier entlang«, sagte sie. Ohne Chris anzusehen, drehte sie sich auf dem Absatz herum und führte Richart den Gang hinunter zu der beeindruckend großen Krankenstation.

Da sich Unsterbliche normalerweise geräuschlos bewegten, verriet ihr das laute Geräusch von Stiefelschritten in ihrem Rücken, dass Chris und die Wachmänner ihr ebenfalls folgten.

Der Unsterbliche legte Bastien in eins der leeren Betten. »Richart d'Alençon«, stellte er sich mit einem Nicken vor.

Sie lächelte. »Melanie Lipton.« Dann zog sie sich ein Paar Vinylhandschuhe über und begann Bastiens blutbeflecktes Shirt aufzuknöpfen. »Wissen Sie, wie viele Pfeile er abbekommen hat?«

Richart griff in seine Hosentasche. »Zwei habe ich auf dem Boden neben ihm gefunden.« Nachdem er sie ihr gezeigt hatte, legte er die Geschosse beiseite und half ihr, Bastien von seinen blutverschmierten Klamotten zu befreien.

»Zwei Pfeile dürften bei ihm keine Bewusstlosigkeit auslösen. Bei Ihnen waren doch auch mehr als zwei Pfeile nötig, wenn ich mich recht erinnere?«, erkundigte sie sich mit einem Stirnrunzeln.

Nickend ließ er Bastiens langen Mantel auf den Boden gleiten. »Ich glaube, ich bin von vier Pfeilen getroffen worden, bevor ich ohnmächtig wurde. Bei Bastien liegt es entweder am Blutverlust, oder er hat bereits Pfeile entfernt, ehe ich zur Stelle war.«

Am Fuß des Bettes stand Chris, die Augenbrauen zu einem dunklen Strich zusammengezogen und die Arme vor dem Oberkörper verschränkt. »Warum hat er keinen der Männer am Leben gelassen, damit wir sie befragen können?«

»Das weiß ich nicht. Ich war nicht dort.«

»Ich dachte, du hättest den Auftrag gehabt, ihn im Auge zu behalten.«

Richarts Augen leuchteten bernsteinfarben auf, seine Kiefermuskeln zuckten. »Da waren vier Vampire. Zwei blieben auf dem Campusgelände der University of North Carolina, und zwei machten sich davon in Richtung Duke. Bastien hat sich um Letztere gekümmert. Ich bin auf dem Unigelände geblieben. Hätte ich die beiden ungestört in Chapel Hill auf der Suche nach Opfern herumstromern lassen sollen, um Bastien dabei zuzuschauen, wie er die beiden Vampire zur Strecke bringt?«

Chris runzelte zwar immer noch die Stirn, sagte aber nichts.

»Als ich Bastien endlich eingeholt hatte, erschienen auch schon die Soldaten auf der Bildfläche. Ich musste zuerst die beiden Frauen in Sicherheit bringen, die die Vampire entführt hatten. Ich wollte nicht riskieren, dass sie im Verlauf des Kampfs getötet werden.«

»Das gefällt mir nicht. Das waren Sterbliche. Bastien hätte es schaffen müssen, sie zu entwaffnen – ohne sie gleich zu töten.«

Das Glühen in Richarts Augen wurde schwächer. »Zu Bastiens Verteidigung muss ich sagen, dass man im Kampf häufig nur die Wahl hat zwischen töten oder getötet werden. Wenn man bedenkt, dass diese Männer mit Betäubungspistolen bewaffnet waren und ihn gleichzeitig mit Kugeln durchsiebten, blieb ihm vielleicht gar nicht die Möglichkeit, einen von ihnen am Leben zu lassen.«

Im Stillen klatschte Melanie dem Unsterblichen Beifall.

Während der Franzose Bastien das Hemd auszog, holte Melanie mehrere Blutbeutel aus dem Nebenraum und stellte einen Infusionsständer neben dem Bett auf.

Die glatte, muskulöse Brust des Unsterblichen und sein Waschbrettbauch waren mit Einschusslöchern übersät, in manchen steckte sogar noch eine Kugel.

Melanie warf Richart einen Seitenblick zu, während sie mit einer Nadel Bastiens Vene suchte und dann eine Kanüle befestigte. »Ich weiß, dass ein Heiler nichts gegen das Betäubungsmittel ausrichten kann, das durch seinen Blutkreislauf zirkuliert – aber wäre es nicht besser, trotzdem einen Unsterblichen mit Heilkräften zu holen, der sich um seine Verletzungen kümmert? Es sind so viele.« Sie würde die Kugeln selbst entfernen müssen, falls nicht.

»David ist in Ägypten«, erwiderte er.

David war der zweitälteste der Unsterblichen und ein sehr mächtiger Heiler … unter anderem.

»Und Seth hält sich irgendwo in Asien auf, wollte aber morgen in Davids Haus vorbeischauen. Der einzige andere Heiler, der in der Nähe lebt, ist Roland Warbrook. Und der würde Bastien lieber dabei zuschauen, wie er langsam und qualvoll stirbt, als ihm zu helfen.«

Na ja, Melanie musste sich eingestehen, dass sie Rolands Abneigung durchaus nachvollziehen konnte. Immerhin hatte

Bastien beinahe Rolands Frau umgebracht und mehrfach versucht, Roland selbst zu töten. Und das, nachdem er eine Vampirarmee aufgestellt hatte, die die *Unsterblichen Wächter* zur Strecke bringen sollte.

Bastien hatte wirklich eine schwierige Vergangenheit, und sie hegte den Verdacht, dass sie gerade mal die Hälfte von ihr kannte.

»Ist das nicht eigentlich Dr. Whetsmans Aufgabe?«, wollte Chris wissen.

Ja, allerdings … »Dr. Whetsman vermeidet den persönlichen Kontakt mit Vampiren.«

Richart runzelte die Stirn. »Bastien ist kein Vampir.«

»Das spielt keine Rolle. Dr. Whetsman macht da keinen Unterschied, weil Bastien so lange unter Vampiren gelebt und ihren Feldzug gegen die Unsterblichen Wächter angeführt hat.«

»Wie lange geht das schon so?«, fragte Chris. Auch wenn er Bastien nicht mochte, war er nicht damit einverstanden, dass einer seiner Angestellten seinen Pflichten nicht nachkam.

»Seit der Sache mit Vince.«

Vincent war einer von Bastiens Gefolgsleuten gewesen, als dieser vor ein paar Jahren eine Vampirarmee um sich geschart hatte. Obwohl er, Cliff und Joe (zwei weitere Vampire) in der Hoffnung kapituliert hatten, dass das Netzwerk ihnen helfen konnte, hatten Melanie und ihre Kollegen keine Möglichkeit gefunden zu verhindern, dass das Virus ihre Gehirne zerstörte. Mit der Zeit war es Vincent immer schlechter gegangen, und während eines seiner jähzornigen Ausbrüche hatte er Dr. Whetsman und ein paar andere verletzt, bevor Chris' Männer ihn stoppen konnten.

»Er meidet *jeden* Kontakt zu ihnen?«, hakte Chris nach.

»Ja, nur Linda und ich haben persönlich mit ihnen zu tun.«

Als Chris den Mund öffnete, um etwas zu erwidern, hob Melanie die Hand. »Wir haben einen besseren Draht zu ihnen.«

»Weil sie Frauen sind«, warf Richart scharfsinnigerweise ein.

Sie nickte. »Bei uns sind sie vorsichtiger, fast beschützend. Auf Männer reagieren die Vampire gereizter.«

»*Ich* reagiere ebenfalls gereizt auf Dr. Whetsman, und ich bin ein *Mensch*«, brummte Chris. »Wenn er nicht so verdammt brillant wäre, hätte ich ihn längst rausgeschmissen. Warten Sie noch einen Augenblick«, fügte er hinzu, als Melanie ihren Rollwagen mit Instrumenten neben das Bett schob und Vorbereitungen traf, um die Kugeln zu entfernen. »Geben Sie mir eine Minute Zeit, Roland anzurufen. Ich möchte nicht, dass Seth mir hinterher die Hölle heiß macht, weil ich es nicht versucht habe.«

Melanie sah Richart an, der mit den Achseln zuckte. Seine Miene zeigte, dass er das für ein aussichtsloses Unterfangen hielt.

Während Chris Rolands Nummer wählte, ersetzte Melanie den leeren Blutbeutel durch einen neuen.

»Roland. Hier ist Chris Reordon. Wir haben hier einen Verletzten, der deine Heilerfähigkeiten gebrauchen könnte ... ein Unsterblicher ... ich weiß, dass das Blut seine Verletzungen heilen wird, aber er ist außerdem mit dieser Droge betäubt worden, und das wird den Heilungsprozess deutlich verlangsamen. Das Virus ist zu sehr mit der Wirkung der Droge beschäftigt, sodass er nicht ...« Er warf Richart einen Blick zu. »Bastien.« Das Gesicht zu einer schmerzverzerrten Grimasse verziehend, hielt er das Handy von seinem Ohr weg.

Melanie schnappte nur hier und da eine von Rolands Antworten auf, und was sie hörte, klang nach unflätigen Beschimpfungen.

Richart schürzte die Lippen und zog die Augenbrauen hoch. Sein übernatürlich scharfes Gehör ließ ihn zweifellos jedes

Wort hören, das der zurückgezogen lebende, asoziale Unsterbliche knurrte.

Chris beendete das Telefonat.

Melanie hob eine Augenbraue. »Ich vermute, das war ein Nein.«

»Da vermuten Sie richtig«, erwiderte Chris und deutete auf den bewusstlosen Unsterblichen. »Hauen Sie rein.«

Angesichts seiner Wortwahl schnitt Melanie eine Grimasse, griff dann aber nach einer Pinzette.

Plötzlich erfüllte eine schrille Version von Skillets »Monster« das Zimmer.

Richart griff in seine Hosentasche und zog sein Handy heraus. Nach einem kurzen Blick auf das Display nahm er den Anruf entgegen. *»Oui?«*

Melanie verstand nichts von dem, was danach gesprochen wurde. Ihre Französischkenntnisse beschränkten sich auf wenige Wörter: Ja, nein und Käse, und sie war nicht mal sicher, warum sie Letzteres überhaupt kannte.

Nachdem Richart das Telefonat beendet hatte, schob er das Handy zurück in seine Hosentasche. »Bevor ich Bastien hergebracht habe, habe ich Lisette zum Tatort teleportiert, um neugierige Sterbliche abzuschrecken. Sie sagt, dass das Aufräumkommando gerade angekommen ist.«

»Sehr gut.«

»Ich habe sie gebeten, dortzubleiben, bis sie fertig sind. Außerdem soll sie mir Bescheid sagen, falls Soldaten aufkreuzen, um zu sehen, was aus ihren Kameraden geworden ist.«

Während die Männer darüber diskutierten, wie wahrscheinlich es war, dass sich weitere Soldaten auf dem Campusgelände blicken ließen, suchte Melanie sorgfältig nach Kugeln und entfernte die erste aus Bastiens Brust.

2

»Hör endlich auf, dir Vorwürfe zu machen«, sagte eine männliche Stimme.

Sie kam Bastien bekannt vor, aber er konnte sie nicht wirklich einordnen, weil sie so leise sprach.

»Ich kann nicht anders«, antwortete eine Frau. »Ich enttäusche … wirklich jeden.«

Diese Stimme hätte er immer und überall erkannt. Dr. Melanie Liptons warme Stimme hüllte ihn ein wie eine tröstliche Decke und bewirkte gleichzeitig, dass sein hämmernder Kopfschmerz nachließ. Außerdem motivierte sie ihn dazu, die Augen zu öffnen.

Helles Licht blendete ihn so heftig, dass er sie schnell wieder schloss.

Was zur Hölle?

»Du hast niemanden enttäuscht«, beharrte die männliche Stimme. »Weißt du denn nicht, wie sehr du mir und Joe geholfen hast?«

Die Antwort war ein traurig klingendes Lachen. »Na klar, ich war euch beiden eine große Hilfe.«

Die Niedergeschlagenheit, die in ihrer Stimme mitschwang, gefiel Bastien gar nicht. Melanie war die stärkste und mutigste Frau des ganzen Netzwerks. Die einzige Sterbliche, die den Mumm hatte, täglich mit Vampiren zusammenzuarbeiten.

»Doch, das bist du«, beharrte die männliche Stimme. Cliff. Einer der jungen Vampire, die sich Bastien angeschlossen hatten, als er einen Feldzug gegen Roland und die anderen Unsterblichen Wächter geführt hatte. »Seit du mir diese Droge injizierst, hatte ich keinen einzigen Anfall mehr.«

»Aber du hast gesagt, dass dir davon schummrig wird.«

»Hey, schummrig ist besser als blutdürstig. Ich tue niemandem weh. Darauf hatte ich gehofft, als ich hierherkam.«

»Ich habe diesen Wirkstoff nicht einmal selbst entwickelt«, wandte Melanie verzweifelt ein. »Ich habe nur die Substanz verdünnt, die unsere Feinde hergestellt haben.«

»Trotzdem bist du die Einzige hier, die auf diese Idee gekommen ist.«

»Ich bin mir sicher, dass sonst jemand anders darauf gekommen wäre.«

Cliff schnaubte. »Ich nicht.«

»Joe gefällt es nicht, damit behandelt zu werden. Bevor wir Bastien hergebracht haben, habe ich ihm genug davon injiziert, damit er schläft.«

»Hab davon gehört.«

»Bei ihm wirkt sich das Virus schlimmer aus. Er ist acht Monate nach dir verwandelt worden und verhält sich trotzdem viel feindseliger als du.«

Cliff fluchte.

»Es tut mir leid«, sagte sie. »Ich hätte es gar nicht erwähnen sollen.«

»Nein, es ist nur … zu wissen, dass ich besser dran bin und den Verstand nicht ganz so schnell verliere wie er – oder wie Vince damals … Das ist eine Erleichterung, verstehst du? Und gleichzeitig fühle ich mich schrecklich schuldig, wenn ich das sage.«

»Das solltest du aber nicht. Es ist nachvollziehbar, dass du so empfindest, und Joe würde dir deswegen keine Vorwürfe machen. Ich bin mir sicher, dass es ihm genauso gehen würde.«

Bedrückte Stille breitete sich im Zimmer aus.

Melanie seufzte. »Wie geht es den …«

»Pst.«

»Was ist?«

»Psst.«

Bastien spitzte die Ohren, damit er hörte, was Cliffs Aufmerksamkeit erregte, aber sein Gehör funktionierte noch nicht wieder richtig.

»Reordon verlässt das Hauptquartier. Er fährt los, um eine Versammlung einzuberufen.«

»Wann soll sie stattfinden?«

»In einer Stunde. Das wird Bastien gar nicht gefallen.«

»Na ja, daran kann ich leider nichts ändern. Ich habe versucht, Reordon davon zu überzeugen, dass er sie verschiebt, aber …«

»Du könntest versuchen, ihm mit dem Gegenmittel zu helfen.«

»Nein, das kann ich nicht. Nicht ohne zu wissen, welche Nebenwirkungen es hat. Vielleicht handelt es sich nicht einmal um ein Gegenmittel.«

»Du wirst die Nebenwirkungen so lange nicht kennen, wie du dich weigerst, das Mittel an jemandem auszuprobieren. Teste es an mir.«

»Ganz sicher nicht. Es könnte dich töten, Cliff. Oder einen psychotischen Anfall auslösen. Ein einziger Betäubungspfeil ist für dich – und jeden anderen Vampir – tödlich. Allerdings braucht es mehrere, um bei einem Unsterblichen Bewusstlosigkeit hervorzurufen. Als ich endlich ein passendes Aufputschmittel gefunden habe, musste ich die Wirkung vervielfachen. Ein Mensch würde sofort sterben, wenn ich ihm das Mittel injiziere. Einen Unsterblichen könnte es ebenfalls töten. Ich weiß nicht, wie es sich auf einen Vampir und seinen fragilen Geisteszustand auswirkt.«

Bastien versuchte wieder, die Augen zu öffnen. Stechender Schmerz schoss durch seinen Schädel, und er stöhnte laut auf.

»Bastien?«, fragte Melanie besorgt.

Eine Kette rasselte.

»Zu hell«, presste er zwischen zusammengebissenen Zähnen hervor.

Er hörte kleine Füße in Turnschuhen durch das Zimmer gehen. Das Licht wurde gedimmt.

Seufzend öffnete er vorsichtig die Augen.

Melanie trat neben sein Bett oder die Pritsche oder was auch immer das war, auf dem er lag. Zumindest war es höllisch unbequem. Unter dem weißen Laborkittel trug sie ein hellblaues University-of-North-Carolina-Tar-Heels-T-Shirt, das sich an ihre üppigen Brüste schmiegte, und eine enge Jeans, die ihre weibliche Hüfte und ihre wohlgeformten Oberschenkel betonte. Ihr kastanienbraunes Haar war zu einem Pferdeschwanz zusammengebunden. Sie sah aus wie eine Collegestudentin.

»Wie fühlen Sie sich?«, fragte sie.

»Als hätte jemand einen Amboss auf meinen Kopf fallen lassen.«

Die hübschen Augenbrauen zu einem Strich zusammengezogen, legte sie einen Finger auf sein Handgelenk, um seinen Pulsschlag zu prüfen, und warf einen Blick auf die Uhr an der Wand.

Ihre Gefühle strömten auf ihn ein, was er der besonderen Gabe zu verdanken hatte, mit der ihn die Natur beschenkt hatte. Er spürte ihre Besorgnis, die er nicht verdiente. Dennoch genoss er das Gefühl wie ein Stück Sachertorte nach langer Fastenzeit.

Ihre Besorgnis wurde von Erleichterung abgelöst. »Sie haben einen kräftigen Puls.«

Er war nicht nur kräftig, sondern auch schneller als normal, was er ihrer Nähe und der sanften Berührung zu verdanken hatte.

Ihre Blicke trafen sich. Irgendeine Empfindung durchzuckte sie. Er spürte etwas, war sich aber nicht sicher ...

War es freudige Erregung oder Nervosität?

Es musste Letzteres sein. Nicht, dass man ihr einen Vorwurf machen konnte. Bei ihrer ersten Begegnung hatte er vor ihren Augen einen Mann enthauptet. Seither hatten sie sich einige Male gesehen und miteinander gesprochen, aber wie hätte sie diesen ersten Eindruck vergessen sollen?

Nachdem sie sein Handgelenk losgelassen hatte, drehte sie sich um und ging weg. »Ich hole Ihnen noch etwas Blut und ein kühlendes Gelkissen für den Kopf.«

Ehe er ihr sagen konnte, dass sie sich keine Umstände machen solle, war sie schon zur Tür hinaus.

»Mann«, sagte Cliff, sobald sich die schwere Tür hinter ihr geschlossen hatte. »Du hast uns einen ganz schönen Schreck eingejagt.«

Bastien löste den Blick von der Tür und sah sich suchend nach dem Vampir um.

Cliff stand nur wenige Meter entfernt, sein Fuß steckte in einem Metallring. Der Ring war an einer Titankette befestigt, die so dick war wie Bastiens Unterarm und den jungen Vampir davon abhielt, sich mehr als ein paar Meter von der Wand hinter ihm zu entfernen.

»Was zur Hölle?« Als Bastien sich aufsetzte, kam es ihm vor, als würden unsichtbare Vorschlaghämmer auf sein Gehirn eindreschen. Er presste den Handrücken gegen die Stirn und hielt den Atem an, als der Schmerz endlich nachließ.

Der schlanke junge Mann schüttelte den Kopf und streckte die Hand aus, um einen seiner kurzen Rastazöpfe zwischen den Fingern zu zwirbeln. »Ist das nicht das, was du ...«

Die Tür öffnete sich, und Dr. Lipton trat wieder ein. Ehe sie die Tür hinter sich schloss, konnte Bastien draußen mehrere schwer bewaffnete Wachmänner ausmachen.

»Wer hatte denn diese großartige Idee?«, wollte er wissen und deutete auf seinen angeketteten Freund. »Warum hält man uns in der Arrestzelle fest?«

Melanie hielt inne. »Ehrlich gesagt war das meine Idee.«

Verwirrt runzelte Bastien die Stirn. »Oh.« Das verschlug ihm doch tatsächlich die Sprache.

Zum Glück kam Cliff ihm zu Hilfe. »Dieser Blödmann Reordon hat den Wachen befohlen, dich hier einzuschließen, aber Dr. Lipton hat ihm widersprochen und sie dazu gebracht, dich stattdessen auf die Krankenstation zu schaffen.«

Das musste ein schweres Stück Arbeit gewesen sein.

Melanie zuckte entschuldigend mit den Achseln. Mit einem Blutbeutel in der einen und einem eisigen Gelkissen in der anderen Hand näherte sie sich seiner Pritsche. (Kein Wunder, dass sie so verdammt unbequem war.)

»Als ich gehört habe, was passiert ist«, sprach Cliff weiter, »wollte ich wissen, wie es dir geht, aber Reordon hat sich geweigert und dann – na ja, das ist eine lange Geschichte. Jedenfalls hat dann Dr. Lipton so lange mit ihm diskutiert, bis sie einen Kompromiss gefunden haben, und so wurden wir beide hierher gebracht.«

»Mehr konnte ich nicht tun«, gestand sie.

Bastien nahm den Blutbeutel entgegen und winkte ab, als sie ihm auch die Kühlkompresse geben wollte. »Vielen Dank. Ich bin erstaunt, dass Reordon mich nicht ebenfalls angekettet hat.«

»Das wollte er. Aber ich musste die Kugeln entfernen und Ihre Wunden säubern. Sie heilten wegen der Droge nicht richtig. Außerdem wollte Richart nichts davon hören.«

Bastien hielt inne. »Richart hat sich für mich eingesetzt?« Er war davon ausgegangen, dass der Franzose ihn genauso so sehr verabscheute wie die übrigen Unsterblichen, und Richarts bisheriges Verhalten hatte nicht darauf schließen lassen, dass es anders sein könnte.

Sie nickte. »Tatsächlich hat er sich ziemlich für Sie ins Zeug gelegt. Mr Reordon wollte sich von dem Vorwurf, dass Sie möglicherweise mehrere Menschen getötet haben, nicht abbringen lassen. Er hat erst eingelenkt, als Richart ihn dazu ›überredet‹ hat.«

Bastien knurrte. »Ich habe sie nicht *möglicherweise* getötet. Ich *habe* sie getötet. Zumindest nehme ich das an. Ist die Droge nicht stark genug, um einen Menschen zu töten?«

»Doch, das ist sie«, bestätigte sie.

Eine blecherne Version von Nine Inch Nails »The Perfect Drug« erfüllte den Raum.

Erst als Bastien die Hand ausstreckte, um sein Handy aus der Tasche zu ziehen, wurde ihm klar, dass er nicht seine eigenen Klamotten trug.

Melanie tastete in der Tasche ihres Laborkittels herum und zog dann sein Handy heraus. »Ihre Kleider waren ruiniert. Die, die Sie anhaben, sind von Richart.«

Okay, das war ja regelrecht bizarr. Warum zeigte Richart auf einmal so viel Entgegenkommen?

Abgesehen von Ami und Melanie konnte sich Bastien an niemanden erinnern, der ihm je einen Gefallen getan hatte, ohne eine Gegenleistung zu erwarten. Was spielte Richart für ein Spiel? Was wollte er?

Bastiens und Melanies Hände berührten sich, als er das Handy entgegennahm. Sein Herzschlag setzte für einen Moment aus. »Ja?«, fragte er.

»Hier ist Tanner.«

Seit die Unsterblichen Wächter seinen Feldzug gegen sie beendet hatten, hatte Bastien Tanner nicht mehr zu Gesicht bekommen. Tanner war einer der Menschen, die ihm damals geholfen hatten – oder vielmehr *der* Mensch. Tanner war Bastiens Mann für knifflige Situationen gewesen und seine Mitarbeit von unschätzbarem Wert. Im Grunde war er das Gegenstück zum Sekundanten eines Unsterblichen.

Und außerdem war er sein Freund gewesen.

Es war lange her, dass Bastien einen echten Freund gehabt hatte, und genau deshalb hatte er Abstand zu ihm gehalten, seit die Unsterblichen Wächter sie beide in Gewahrsam genommen hatten. Tanner wurde dazu ausgebildet, Sekundant oder Assistent für einen der Unsterblichen Wächter zu werden. Wenn er sich auch nur ansatzweise anmerken ließ, dass er Bastien freundlich gesonnen war, würden die übrigen Sekundanten und Netzwerkmitarbeiter nichts mehr mit ihm zu tun haben wollen. Das verdiente er nicht. Nicht nach allem, was er durchgemacht hatte.

»Bist du noch da?«, erklang Tanners Stimme am anderen Ende der Leitung.

»Ja. Es ist nur … ich bin überrascht, von dir zu hören.«

»Tja, das liegt wahrscheinlich daran, dass du deine Nummer gewechselt und mir die neue nicht gegeben hast, du Blödmann, aber darüber sprechen wir später.«

»Wie bist du an diese Nummer gekommen?«

»Ami. Aber jetzt halt mal die Klappe und hör mir zu. Der Flurfunk der Sekundanten besagt, dass Reordon ein Treffen anberaumt hat, das in weniger als einer Stunde in Davids Haus stattfindet. Und ich weiß verdammt gut, dass er es so hastig einberufen hat, weil er glaubt, dass du nicht daran teilnehmen kannst. Ich glaube, er will ein Urteil gegen dich erwirken, weil du die Menschen getötet hast. Da Seth es bisher abgelehnt hat, dich hinzurichten, will er bestimmt dafür sorgen, dass du dauerhaft aus den Reihen der Unsterblichen Wächter ausgeschlossen wirst.«

Hm. War Reordon so etwas wirklich zuzutrauen? Hatte Bastien nicht vor ein paar Wochen entschieden, dass sich etwas ändern musste? Dass diese ganze Sache mit den Unsterblichen Wächtern für ihn nicht funktionierte? Vielleicht war es an der Zeit, das alles hinter sich zu lassen und …

Na ja, er wusste einfach nicht, was er dann tun sollte. Die ersten Jahrhunderte seiner Existenz als Unsterblicher war er von dem Drang getrieben gewesen, den Tod seiner Schwester zu rächen. Sobald er herausgefunden zu haben glaubte, wer ihren Tod verschuldet hatte, hatte er etwa zwei Jahrhunderte damit verbracht, seine Rache zu planen und eine Vampirarmee aufzustellen.

»Du darfst nicht zulassen, dass er damit durchkommt«, sagte Cliff, dessen übermenschlich scharfes Gehör ihm erlaubt hatte, dem Telefonat zu folgen.

»Was darf ich nicht zulassen?«, fragte Bastien.

»Dass Reordon dich aus den Reihen der Unsterblichen Wächter ausschließt. Du bist der Einzige von denen, der sich etwas aus uns Vampiren macht. Wenn du dich nicht für uns einsetzt … welche Hoffnung bleibt uns dann noch?«

Verdammt!

Bastiens und Melanies Augen trafen sich, in ihrem Blick lag eine unausgesprochene Bitte.

»Lassen Sie nicht zu, dass Sie wegen Reordons Vorurteilen von Ihrem rechtmäßigem Platz unter den Unsterblichen Wächtern ausgeschlossen werden«, flehte sie. »Die Unsterblichen brauchen Sie dringender, als Ihnen bewusst ist. Cliff und Joe brauchen Sie.«

Noch einmal: *Verdammt!*

Bastien seufzte. »Also gut«, sagte er zu Tanner. »Danke, dass du mir Bescheid gesagt hast. Ich mache mich sofort auf den Weg.«

»Gut.«

»Ich werde etwas länger brauchen, weil ich zu Fuß unterwegs bin, aber …«

»Ich werde Sie hinfahren«, unterbrach ihn Melanie.

»Nein«, widersprach Bastien sofort. »Nein, danke«, milderte er seine Worte ab. Sie hatte sich bereits für ihn stark gemacht, indem sie Reordon daran gehindert hatte, ihn in Ketten zu legen. Er wollte auf keinen Fall, dass man glaubte, dass sie Sympathie für ihn hegte. Es würde nur dazu führen, dass sie seinetwegen leiden musste.

»Oh ja«, bekräftigte sie ihr Angebot und streckte stur das Kinn vor. »Ich bin Ihre Ärztin. Sie haben gerade erst das Bewusstsein wiedererlangt und müssen in den nächsten Stunden überwacht werden, während die Droge noch in Ihrem Blutkreislauf zirkuliert. Ohne mich gehen Sie nirgendwohin.«

»Es dürfte ohnehin schwierig für ihn werden, das Gebäude zu verlassen«, wandte Cliff ein. »Wie soll er hier herauskommen? Ich bezweifle, dass Reordon seinen Männern erlaubt hat, ihn gehen zu lassen.«

Melanie runzelte die Stirn.

»Macht euch deswegen keine Gedanken«, sagte Tanner. »Ich kümmere mich darum.«

Bevor Bastien ihn fragen konnte, wie er das meinte, hatte er bereits aufgelegt.

Als Bastien das Handy sinken ließ, biss sich Melanie auf die Unterlippe. »Falls Sie mit dem Gedanken spielen, sich den Weg nach draußen gewaltsam freizukämpfen, sollten Sie sich das besser noch mal durch den Kopf gehen lassen.«

Als er sich in der Nacht ihrer ersten Begegnung den Weg in das Netzwerkhauptquartier *hinein*gekämpft hatte, hatte man ihn am Ende in so viele Ketten gewickelt, dass er ausgesehen hatte wie eine Mumie. Das wollte sie nicht noch einmal erleben.

Bastiens Augenbrauen zogen sich zu einem dunklen Strich zusammen. »Tanner meinte, dass das nicht nötig wäre, allerdings weiß ich nicht …«

Ein dumpfes Geräusch ertönte, da die Tür entriegelt und danach von Todd geöffnet wurde.

Der Soldat schaute unglücklich drein. »Ich habe gerade einen Anruf von David bekommen.«

Der ältere Unsterbliche war sehr warmherzig und freundlich und behandelte alle Unsterblichen und Netzwerkangehörigen wie Familienmitglieder. Dennoch genoss er sehr viel Respekt, da er beinahe ebenso mächtig war wie Seth.

Todd sah zu Bastien. »Es steht Ihnen jederzeit frei, das Hauptquartier zu verlassen, wenn Sie das möchten.«

Bastien warf Melanie einen Blick zu und beäugte dann misstrauisch Todd, als versuche er herauszufinden, ob es sich um einen Trick handelte. »Ach, tatsächlich?«

Der Soldat nickte und zog die Tür weit auf. »Mr Reordon wird darüber zwar nicht glücklich sein, aber …«

Niemand widerspricht David, schwang unausgesprochen in seinen Worten mit.

Achselzuckend sagte Bastien: »Dann muss es wohl so sein.«

Melanie ging zur Tür. »Ich hole nur schnell meinen Autoschlüssel, dann können wir los.«

Als sie in seine Richtung ging, musterte Todd sie böse. »Sie werden ihn doch nicht etwa begleiten, oder?«

»Das muss sie«, platzte Cliff heraus, ehe Melanie oder Bastien etwas sagen konnten. »Bastien ist immer noch geschwächt von der Droge.«

Wollte er Todd oder Bastien überzeugen, der immer noch aussah, als würde er ihr Angebot ablehnen wollen? Melanie wusste, dass sich Cliff um seinen früheren Anführer sorgte.

»Ich beauftrage einen meiner Männer damit, ihn überall hinzufahren, wohin er möchte«, sagte Todd. Als Melanie an ihm vorbeiging, fügte er mit leiser Stimme hinzu: »Sie sollten nicht mit ihm allein sein, Dr. Lipton. Es ist nicht sicher.«

Melanie drehte sich gerade rechtzeitig um, um zu sehen, wie Bastiens Augen vor Wut gelbbraun aufleuchteten. Als er den Mund aufmachte, um etwas zu entgegnen, beeilte sie sich, ihm zuvorzukommen. »Er muss überwacht werden. Wir wissen immer noch nicht viel über diesen Wirkstoff und darüber, wie er sich auf die Unsterblichen auswirkt. Ich muss weiter beobachten, wie viel Zeit er braucht, um sich davon zu erholen, und außerdem muss ich ihn wegen der Nebenwirkungen im Auge behalten.«

Ungeachtet der Tatsache, dass sowohl Bastien als auch Todd die Stirn runzelten, konnte keiner von beiden einen Fehler in ihrer Argumentation entdecken. Sie sah es mit Befriedigung.

Cliff bedachte sie mit einem breiten Grinsen.

Was tust du da eigentlich, Lanie?, fragte sie sich, während sie über den Flur zu ihrem Büro marschierte.

Was ich tun muss.

Nein, das ist nicht wahr. David hat Heilkräfte. Er kann dir alles über Bastiens Genesung erzählen, was du wissen musst, und Roland ebenfalls, auch wenn es ziemlich unmöglich sein dürfte, ihn zur Kooperation zu bewegen.

Hier ging es ohnehin nicht wirklich um Bastiens gesundheitliche Wiederherstellung, auch wenn sie ihn wirklich gern noch im Auge behalten wollte, um zu sehen, wie schnell er sich erholte. Jedes Detail, das sie über die Droge herausfand, ohne sie dafür einer Testperson verabreichen zu müssen – genau genommen einem Vampir –, würde ihr helfen, ein Gegenmittel zu finden. Aber tatsächlich lag die Stimme in ihrem Kopf richtig – David oder Roland hätten die Aufgabe, Bastien zu beobachten, problemlos übernehmen können.

Nachdem sie den Laborkittel ausgezogen hatte, schlüpfte sie in ein Shirt mit Rollkragen und ergänzte ihr Outfit noch um einen Pullover.

Nein, hier ging es nicht um Bastiens Genesung. Es war …

Verdammt noch mal, sie mochte ihn einfach. Sie hatte ihn schon gemocht, bevor sie ihn persönlich kennengelernt hatte, nur aufgrund dessen, was die Vampire ihr über ihn erzählt hatten. Und obwohl er sich in der Rolle des schwarzen Schafs gefiel und von seinen unsterblichen Brüdern wegen vergangener Missetaten gehasst wurde, wirkte er auf sie wie ein ehrenhafter Mensch. Ein Mensch, der fähig war zur Anteilnahme. Keinesfalls war er das Monster, für das ihn Chris Reordon und ein paar der anderen hielten. Er wollte einfach nur helfen. Den Vampiren helfen und das Leiden der Männer beenden, die er zwei Jahrhunderte lang als seine Brüder betrachtet hatte.

Was war daran falsch?

Als sie ihre Handtasche gefunden hatte, zog sie den Autoschlüssel aus einer der Außentaschen.

Jemand musste sich für ihn einsetzen. Ihn verteidigen. Und auch wenn es lächerlich klang, dass ein Mann mit seiner Stärke und seinen Fähigkeiten ihre Hilfe brauchen könnte – sie hatte vor, dieser Jemand zu sein. Sie verstand ihn besser als jeder andere.

Abgesehen von Ami vielleicht. Und auch Bastien schien etwas für Ami übrigzuhaben.

Stirnrunzelnd fragte sich Melanie, wie tief seine Gefühle für Ami wohl gehen mochten.

Sie durchquerte den Flur und ging zurück zur Verwahrungszelle.

Als er Melanie sah, verschränkte Todd die Arme vor der Brust. »Vielleicht wäre es besser, wenn Dr. Whetsman ihn begleitet.«

Sie zog die Augenbrauen hoch. »Dr. Whetsman? Ist das Ihr Ernst?«

Todd trat beiseite und schnitt eine Grimasse. »Ja, Sie haben recht.«

Als Melanie das Zimmer betrat, stand Bastien neben der Pritsche. Da er leicht schwankte, griff Cliff nach seiner Schulter, um ihn zu stützen.

»Sind Sie fertig?«, fragte sie.

Bastien nickte und griff nach Cliffs Arm, um das Gleichgewicht wiederzufinden.

Todd ging zum Schreibtisch, schnappte sich einen Stift und einen Block mit Post-its und kritzelte etwas darauf. Er nahm den obersten Zettel, drehte sich um und reichte ihn Melanie.

Darauf standen drei Telefonnummern.

»Die erste Nummer ist die von Seth. Die zweite ist die von Richart, und die dritte gehört mir. Falls irgendetwas passieren sollte«, – sein Blick glitt zu Bastien und wieder zurück zu ihr –, »dann rufen Sie die Nummern in dieser Reihenfolge an. Seth kann sich sofort zu Ihnen teleportieren. Falls Sie ihn nicht erreichen, kann sich Richart wahrscheinlich ungefähr dorthin beamen, wo Sie gerade sind. Sollten Sie ihn ebenfalls nicht erreichen, rufen Sie mich an, ich folge dann Ihrem GPS-Signal und bringe einen Einsatztrupp mit.«

Bastien hob eine Augenbraue. »Ein Einsatztrupp hat mich in der vergangenen Nacht auch nicht aufhalten können.«

Melanie seufzte. Warum ließ Bastien keine Gelegenheit aus, jedem zu widersprechen?

Todd lachte schnaubend. »Irre ich mich, oder mussten Sie letzte Nacht hierhergetragen werden?«

Melanie hoffte, dass diese Bemerkung der Diskussion ein Ende machen würde, doch weit gefehlt. Wie zu erwarten war, schlug Bastien einen höhnischen Tonfall an. »Nicht bevor ich jeden Mann erledigt hatte, der auf mich geschossen hat.«

Todds Kiefermuskeln zuckten.

»Es reicht!«, rief Melanie und warf die Hände in die Luft. »Wenn Sie beide das später unter sich ausmachen möchten, bitte sehr. Aber jetzt haben wir für so etwas keine Zeit. Bastien muss dringend zu einem Treffen.« Sie warf dem Unsterblichen einen strengen Blick zu. »Hab ich nicht recht?«

Er wirkte etwas weniger angespannt, und seine Mundwinkel zuckten. »Das haben Sie wohl.« Er sah zu Cliff und dann auf den Metallring um dessen Fußgelenk. »Was ist mit Cliff?«

»Todd, würden Sie Cliff bitte von der Fußschelle befreien und ihn in sein Apartment begleiten?«

Der Soldat nickte, auch er schien sich beruhigt zu haben. »Ja, Ma'am.«

»Vielen Dank.« Melanie sah zu Bastien. »Gehen wir?«

Ihr fiel auf, dass er dieses Mal nicht nickte, und sie fragte sich, wie schlimm seine Kopfschmerzen und seine Benommenheit wohl noch waren.

Bastien ging zu Cliff und umarmte ihn. »Danke, dass du auf mich aufgepasst hast.«

»Jederzeit wieder, Alter. Du hast jahrelang dasselbe für mich getan.«

Als Bastien zur Tür schlenderte, stieß er Todd im Vorbeigehen die Schulter in die Seite.

Kopfschüttelnd folgte Melanie ihm aus dem Zimmer. Allmählich hatte sie den Verdacht, dass Bastien auch dann Schwierigkeiten gehabt hätte, sich in die Reihen der Unsterblichen einzufügen, wenn er keinen seiner eigenen Leute getötet und Dutzende von sterblichen Netzwerkmitarbeitern verletzt hätte.

Dass sie von den Wachen im Gang aufmerksam und prüfend gemustert wurden, ging ihr auf die Nerven.

Bastien hingegen schien es völlig egal zu sein. Er ließ sich auch nichts von der körperlichen Schwäche anmerken, die in der Arrestzelle unübersehbar gewesen war. Zumindest nicht, bis sie im Fahrstuhl standen und nach oben fuhren.

Schwankend streckte er eine Hand aus und stützte sich an der Wand ab.

Melanie griff nach seinem anderen Arm, um ihn zu stützen.

Einen Moment lang schloss er die Augen, dann machte er sie wieder auf und sah auf sie hinunter. »Sie sind sauer auf mich.«

Achselzuckend blickte sie zu ihm auf. »Sie machen es den Leuten nicht gerade einfach, Sie zu mögen.«

»Mir ist es egal, ob sie mich mögen.«

»Ach wirklich?«

»Ja.«

»Warum?«

»Warum sollte es mir etwas ausmachen? Sie haben sich schon ein Urteil über mich gebildet und mich verdammt, ehe sie mich überhaupt kennengelernt hatten.«

»Na ja, Sie müssen zugeben, dass es in Ihrer Vergangenheit ein paar … dunkle Flecken gibt.«

Sein Lachen klang freudlos. »Und bei meiner Gegenwart ist das anders?«

Melanie wusste nicht, was sie darauf antworten sollte.

Als der Fahrstuhl mit einem *Ping* signalisierte, dass sie die fünf Untergeschosse hinter sich gelassen hatten, richtete sich Bastien auf. Als er ihre Hand von seinem Arm wegschob und sie kurz drückte, schlug Melanies Herz schneller.

Die Tür öffnete sich.

Melanie schluckte.

John Wendleck, der Sicherheitschef des Netzwerks, erwartete sie mit zwei Dutzend Männern in der Lobby. »Dr. Lipton«, begrüßte er sie mit einem Kopfnicken.

»Hi John.« Sie kannte ihn schon seit der Zeit, als sie frisch von der medizinischen Fakultät zum Netzwerk gekommen war, und hatte ihm mehrere Male angeboten, sie Melanie oder sogar Lanie zu nennen. Aber er bestand darauf, sie mit ihrem Titel anzusprechen, und hatte ihr fröhlich gesagt, dass sie das verdient hätte.

Na ja, in diesem Moment sah er nicht besonders fröhlich aus. Stattdessen gab er sich ganz geschäftsmäßig.

Melanie trat aus dem Fahrstuhl, Bastien ging an ihrer Seite.

Bevor er sich gewaltsam einen Weg durch die Männer vom Wachschutz bahnte oder sonst etwas anstellte, das sie provozierte, fragte sie: »Todd hat Ihnen nicht zufällig Bescheid gesagt?«

»Doch, das hat er. Diese Männer«, Todd deutete auf die Soldaten, die einsatzbereit hinter ihm warteten, die Finger am Abzug ihrer Automatikwaffen –, »werden Sie begleiten, egal, wo Sie mit Mr Newcombe hinwollen.«

Das war keine gute Idee. Bastien würde garantiert etwas sagen oder tun, das sie provozieren würde, und sie konnte darauf verzichten, noch mehr Kugeln aus seinem Körper zu fischen.

»Ich bin mir ziemlich sicher, dass mein Chevy Volt zu klein ist für so viele Beifahrer«, bemerkte sie.

Bastien neben ihr lachte. Sie hatte ihn noch nie zuvor lachen gehört, und das volltönende Rumpeln in seinem Brustkorb wärmte ihr Innerstes wie eine Tasse heißer Kakao.

Als John antwortete, zuckten seine Mundwinkel belustigt. »Da gebe ich Ihnen recht«, stimmte er zu. »Nur zwei Männer werden mit Ihnen fahren. Die anderen folgen in weiteren Fahrzeugen.«

»Das ist wirklich nicht nötig …«

»Da bin ich anderer Meinung. Sie sind ein wichtiges Mitglied unserer Familie.« Chris tat alles dafür, dass sich die Netzwerkmitarbeiter als Teil einer großen Familie fühlen konnten. »Wir wollen nur sichergehen, dass Ihnen nichts zustößt.« Er warf Bastien einen warnenden Blick zu.

Bastien spannte die Muskeln an. »Ich habe ihr doch auch nichts getan, als ich mir Zugang zum Hauptquartier verschafft habe. Warum sollte ich ihr dann jetzt etwas antun wollen?«

»Sie haben ihr Leben bedroht und sie dazu gezwungen, Sie zu Vincent zu lassen.«

Schuldgefühle stiegen in Melanie hoch und drehten ihr den Magen um. Bastien hatte nichts dergleichen getan, hatte Chris aber diese Lüge aufgetischt, als er ihn verhört hatte. Um sie zu beschützen. Melanie hatte Bastien damals freiwillig geholfen, Vincent zu sehen. Aber Bastien hatte befürchtet, dass sie sowohl ihren Job als auch ihre Glaubwürdigkeit verlieren würde, wenn sie das zugegeben hätte.

»Das sind doch olle Kamellen. Jetzt ist das anders«, presste Bastien zwischen zusammengebissenen Zähnen hervor.

»Woher soll ich wissen, auf welcher Grundlage Sie sich mal so und mal so entscheiden?«, erwiderte John glatt. »Wenn Sie ihr ohnehin nichts tun wollen, dann dürfte es Ihnen eigentlich nichts ausmachen, wenn ich Sicherheitsvorkehrungen treffe.«

Melanie hätte schwören können, dass sie Bastien mit den Zähnen knirschen hörte.

»Dann muss es wohl so sein«, sagte er und ging zur Hintertür.

Wenn man die Spannung, die beim Verlassen des Netzwerks in Melanies Chevy herrschte, auf einer Skala von eins bis zehn hätte bewerten sollen, dann betrug sie einundzwanzig. Bastien saß neben Melanie auf dem Beifahrersitz, imposant und Ehrfurcht gebietend, selbst in völliger Ruhe. Die beiden Soldaten saßen auf dem Rücksitz, die Finger am Abzug.

»Ich muss Sie beide darum bitten, Ihre Finger von den Abzugshebeln Ihrer Waffen zu nehmen, meine Herren«, sagte Bastien nach mehreren langen Minuten, wobei sein Blick auf die dämmrige Landschaft gerichtet war, die am Fenster vorbeiglitt. »In North Carolinas Straßen gibt es jede Menge Schlaglöcher, die dazu führen könnten, dass sich versehentlich ein Schuss löst.«

Im Rückspiegel sah Lanie, dass die Männer amüsierte Blicke wechselten.

»Wenn es passiert, dann passiert es eben«, schnarrte einer von ihnen.

Bastien starrte weiter aus dem Fenster. »Wenn Sie aus Versehen auf *mich* schießen, dann werde ich Ihnen einfach nur die Arme und jeden einzelnen Finger brechen, damit sich ein solcher Vorfall nicht wiederholt«, stellte er sanft fest. »Aber falls Sie versehentlich *Dr. Lipton* erwischen, reiße ich Ihnen die Kehlen heraus, sodass Sie verbluten – und zwar so schnell, dass die Männer in den Fahrzeugen hinter uns nicht einmal bemerken, dass was nicht stimmt. Ich sage Ihnen das nur, damit Sie noch mal darüber nachdenken können.«

Wieder wechselten die beiden Männer einen Blick, doch dieses Mal war er weder amüsiert noch selbstsicher. Bewegung kam in die beiden Männer, und Melanie vermutete, dass sie tatsächlich die Finger vom Abzug nahmen.

»Eine weise Entscheidung«, kommentierte Bastien.

Da es an diesem Abend ungewöhnlich viel Verkehr auf den Straßen gab, erreichten sie Davids weitläufiges, einstöckiges Anwesen erst ziemlich spät.

Bastien riss die Autotür auf und war schon ausgestiegen, ehe Melanie auch nur den Zündschlüssel herausgezogen hatte.

Nachdem sie sich ihre Handtasche geschnappt hatte, streckte sie die Hand nach der Tür aus, nur um festzustellen, dass Bastien sie ihr bereits aufhielt.

Außerdem streckte er ihr die Hand entgegen, um ihr aus dem Wagen zu helfen.

Überrascht nahm sie seine Hilfe an und stieg aus. »Vielen Dank.« Ihr Puls schlug schnell und unregelmäßig, als wäre sie ein junges Mädchen beim ersten Date.

Mit einem Nicken ließ er ihre Hand los und beäugte die beiden Soldaten, die aus dem hinteren Teil des Wagens stiegen. »Ihre Dienste sind nicht mehr vonnöten. Da drinnen ist ein ganzer Haufen Unsterblicher mit ihren Sekundanten. Ich bin mir sicher, dass sie meine gewalttätigen Impulse im Griff haben.«

»Wir haben den Befehl, bei Dr. Lipton zu bleiben, bis sie nicht mehr allein mit Ihnen ist«, entgegnete einer der Soldaten und sah dann Melanie an, die ihn gereizt musterte. »Wir sind hier draußen, falls Sie uns brauchen sollten.«

Da sie daran zweifelte, dass die beiden auf sie hören würden, wenn sie versuchte, sie zurück zum Netzwerk zu schicken, nickte sie nur und ging zur Eingangstür von Davids Haus.

David legte Wert darauf, dass seine Tür immer allen Besuchern offen stand, und das galt für alle seine Häuser. Jeder, der einen Zugangscode hatte – egal, ob es sich um einen Menschen, einen *Begabten* oder einen Unsterblichen handelte –, war willkommen und dazu aufgefordert, sich ganz wie zu Hause zu fühlen, und das zu jeder Tages- und Nachtzeit.

Bastien begleitete Melanie zur Eingangstür, wobei seine Hand auf ihrem unteren Rücken lag. Wenn ihn jemand gefragt hätte, hätte er gesagt, dass er sich so verhielt, um die Soldaten zu provozieren, die ihm mit ihren Blicken Löcher in den Rücken bohrten. In Wahrheit sehnte er sich einfach danach, sie zu berühren.

Als er ihre Hand genommen und ihr aus dem Wagen geholfen hatte … da hatten ihre auf ihn einströmenden Gefühle ihm den Atem verschlagen. Freudige Erregung. Gegenseitige Anziehung. Eine Prise Schüchternheit. All die Dinge, die er selbst empfand, wenn er Melanie ansah.

Nur in seinen Gedanken erlaubte er sich, ihren Vornamen auszusprechen, da er hoffte, dass ihr formaler Umgang miteinander ihm helfen würde, Distanz zu wahren.

Bastien hämmerte den Code in die elektronische Tastatur neben der Tür.

Das Hochsicherheitssystem, mit dem Davids Haus versehen war, hatte er nicht aus Sorge um seine eigene Sicherheit installiert. Der zweitälteste der Unsterblichen Wächter war unglaublich mächtig. Selbst den allervorsichtigsten Vampir hörte er lange ehe dieser seine Haustür erreichte, sodass er ihn problemlos hätte ausschalten können. Bei den Sekundanten und menschlichen Angestellten des Netzwerks hingegen war das nicht der Fall. Dasselbe galt für die jüngeren Unsterblichen, zumindest nicht in dem Maß wie bei David. Und David war es ein wichtiges Anliegen, all jene, die er als Familie betrachtete, in Sicherheit zu wissen.

Bastien ließ Melanie den Vortritt, und ihr Duft bezauberte ihn, während sie vor ihm durch die Tür schritt. Sie trug kein Parfum. Zweifellos hatte sie die enge Zusammenarbeit mit den Vampiren gelehrt, dass jeder starke Geruch – egal, wie wohlriechend er sein mochte – sie eher abschreckte.

Die Stimmen, die aus dem Haus drangen, vereinten sich zu einem konstanten Hintergrundgeräusch. Das Treffen konnte noch nicht angefangen haben, denn die Gesprächsfetzen, die Bastien auffing, klangen, als würden die Anwesenden miteinander herumalbern. Das Wohnzimmer direkt vor ihnen war leer, aber im Esszimmer zu ihrer Linken summte es vor Geschäftigkeit.

Ein langer Tisch, an dem vierundzwanzig Personen Platz finden konnten, beherrschte das Zimmer. David saß am Kopf der Tafel, seine dünnen Rastazöpfe, die ihm bis zur Hüfte reichten, hatte er nach hinten gebunden. Neben ihm saß Darnell und sprach leise auf ihn ein. Bastien hörte, dass er David fragte, ob sie nicht noch einmal versuchen wollten, Ami davon zu überzeugen, das Land zu verlassen.

Auch wenn Bastien Darnell nicht mochte und den glatt geschorenen Kopf des Sekundanten gern ein- oder zweimal gegen die Wand geschlagen hätte, zollte er ihm Anerkennung dafür, dass er Ami im Auge behielt und ihre Sicherheit über alles andere stellte.

Ami und Marcus waren gerade dabei, auf Davids anderer Seite Platz zu nehmen. Ami schien nicht mitzubekommen, worüber Darnell sprach, aber Marcus hörte genau zu und zog seine Frau fester an sich, wobei er besitzergreifend den Arm um ihre schmalen Schultern legte.

Neben Darnell saßen Roland und Sarah. Bastien empfand immer noch Ablehnung für den fast eintausend Jahre alten Unsterblichen. Mit alten Gewohnheiten brach es sich nicht leicht, und der Hass, den Bastien für Roland in seinem Herzen genährt hatte, war beinahe zweihundert Jahre alt.

Sarah lächelte Ami an und verwickelte sie in ein Gespräch. Wenn Bastien die frisch verwandelte Unsterbliche nicht schon vorher gemocht hätte, dann hätte er jetzt damit angefangen, weil sie sich mit Ami anfreundete. Ami hatte so viele Schmerzen ertragen müssen, so viel Leid, seit sie auf die Erde gekommen war … Sie verdiente jede freundliche Seele, die sie finden konnte.

Die übrigen Unsterblichen aus der Umgebung hatten die noch freien Plätze eingenommen, zum Beispiel Lisette d'Alençon und ihre Brüder, die Zwillinge Richart und Étienne. Die Geschwister waren so alt wie Bastien, also ungefähr zwei Jahrhunderte. Dann waren da ihre Sekundanten: Tracy, Sheldon und Cameron. Außerdem Yuri und Stanislav. Bastien wusste nur wenig über die beiden Unsterblichen und auch nichts über ihre Sekundanten, die ebenfalls anwesend waren. Außerdem gab es da noch Ethan, einen amerikanischen Unsterblichen, kaum ein Jahrhundert alt, und Edward, der – wie er selbst – Engländer war. Die beiden saßen ebenfalls mit am Tisch.

Chris Reordon war gerade dabei, den Tisch zu umrunden, wobei er wieder einmal seine kostbaren Aktenordner austeilte und mit jedem ein paar freundliche Worte wechselte.

Melanie marschierte zielstrebig auf den Tisch zu. Bastien folgte ihr.

Mit Ausnahme von Ami – der alle Ärzte und Wissenschaftler eine Angst einjagten, die an blankes Entsetzen grenzte –, begrüßten die Anwesenden Melanie mit einem Lächeln. Allerdings verwandelte es sich in finstere Blicke und schmallippige Ablehnung, als ihre Blicke zu Bastien wanderten.

Ihr könnt mich auch mal.

Ihm entging nicht, dass sich die Furchen auf Lisettes und Étiennes Stirn vertieften. Vermutlich spionierten sie wieder in seinen Gedanken herum, und was sie sahen, schien ihnen nicht zu gefallen.

Aber was scherte ihn das? Er brauchte weder ihre Freundschaft noch ihre Akzeptanz. Sollten sie ihm doch alle den Buckel runterrutschen.

»Was zur Hölle hast *du* hier zu suchen?«, wollte Chris wissen.

»Ich begleite ihn gern nach draußen«, sagte Roland, wobei

sich ein bösartiges Lächeln auf seinem Gesicht ausbreitete. Er stand auf.

Schnell legte Sarah ihm die Hand auf den Arm. »Nein, das wirst du nicht. Heute Abend wird es ausnahmsweise mal *keinen* Streit zwischen euch beiden geben.«

Roland zögerte. Normalerweise brachte Sarah den mürrischen Unsterblichen dazu, alles für sie zu tun, aber seinem Drang, Bastien zu töten, hatte möglicherweise selbst sie wenig entgegenzusetzen. Roland würde niemals vergessen, dass Bastien ihr einst eine Schädelverletzung beigebracht hatte.

Bastien bedachte Sarah mit einem Lächeln. »Hallo Süße. Wie geht's dem Kopf?«

Melanie warf ihm einen vorwurfsvollen Blick zu.

Verdammt. Offenbar konnte er es einfach nicht lassen.

Gelbbraunes Feuer glomm in Rolands Augen auf. Seine Kiefermuskeln zuckten vor Wut.

Sarahs Fingerknöchel wurden weiß, da sie ihn mit aller Kraft festhalten musste. Mit einem charmanten Lächeln erwiderte sie: »Meinem Kopf geht es gut, danke der Nachfrage. Und was macht dein Hintern?«

Einen Moment lang herrschte verblüffte Stille, dann brachen Lisette und ihre Brüder in Gelächter aus. Die übrigen Unsterblichen stimmten ein, genau wie die Sekundanten.

Als seine Frau ihm kokett zuzwinkerte, entspannte sich Roland und sank zurück auf seinen Stuhl.

Nach Melanies verwirrtem Gesichtsausdruck zu schließen, kannte sie nicht die ganze Geschichte.

Verlegen zuckte er mit den Achseln und erklärte: »Sarah hat mir ein Messer in den Hintern gerammt.«

Sie blinzelte überrascht. »Wirklich?«

Er nickte, und als Sarah in seine Richtung blickte, zog er einen imaginären Hut vor ihr.

Sarah grinste und zuckte mit den Achseln, als wollte sie sagen: *Irgendwas musste ich mir ja einfallen lassen.*

Als das Gelächter erstarb, sagte Chris: »Ich möchte immer noch wissen, was er hier will.«

»Ich habe Sebastien eingeladen«, erklärte ihm David zu Bastiens Überraschung. »Wir brauchen ihn hier, wenn wir verstehen wollen, was letzte Nacht vorgefallen ist.«

Wie immer konnte Chris die Sache nicht einfach auf sich beruhen lassen. »Und woher wollen wir wissen, ob er uns die Wahrheit sagt?«

David seufzte schwer. »Ich kann seine Gedanken lesen, Chris. Genauso wie Lisette und Étienne. Und Seth, wenn er nachher kommt. Das haben wir doch alles schon mal gehabt.«

Als Chris den Mund aufmachte, um weiterzunörgeln, hob David die Hand. »In Zukunft denk noch einmal darüber nach, bevor du meine Entscheidungen infrage stellst. Allmählich bin ich es leid, mich dauernd rechtfertigen zu müssen. Sowohl dir als auch anderen gegenüber.«

Chris presste die Lippen aufeinander und tilgte jede sichtbare Emotion aus seinem Gesicht. Auch wenn David sanftmütig war, war es extrem unklug, ihn gegen sich aufzubringen.

In diesem Moment erhob sich Richart, rückte den leeren Stuhl neben sich zurecht und bedeutete Dr. Lipton, sich neben ihn zu setzen.

Lächelnd nahm Melanie Platz und formte ein unhörbares *Dankeschön* mit den Lippen.

Während Bastien auf ihrer anderen Seite Platz nahm, verfluchte er die Eifersucht, die ihn jäh durchzuckte. Schließlich wusste er, dass sich Richart nicht für Melanie interessierte. Er hatte diese mysteriöse sterbliche Geliebte.

Dennoch störten ihn die Blicke, die die anderen Unsterblichen Melanie zuwarfen.

Dazu hatte er kein Recht, rief sich Bastien in Erinnerung. Melanie gehörte ihm nicht und würde es auch nie.

Als sie sich umdrehte, um den Träger ihrer Handtasche über die Rückseite ihres Stuhls zu hängen, berührte ihre Schulter seinen Arm. »Entschuldigung«, murmelte sie.

Bastien nickte, sagt aber nichts. Sie war nervös. Dank seiner Gabe spürt er bei jeder kleinsten Berührung, wie sie sich fühlte. Mit so vielen unglaublich mächtigen Lebewesen an einem Tisch zu sitzen … Na ja, es Angst zu nennen, wäre übertrieben, aber sie fühlte sich auch nicht besonders wohl.

Bastien beugte sich zu ihr hinunter und flüsterte ihr ins Ohr: »Wir unterscheiden uns gar nicht so sehr von Cliff, Joe und Vincent, allerdings sind wir zum Glück nicht so verrückt.«

Sie schürzte die Lippen und warf Roland einen argwöhnischen Blick zu.

Es gelang Bastien nicht, ein Grinsen zu unterdrücken. »Okay, in diesem Fall fällt es mir schwer, Ihnen zu widersprechen.«

Mit einem Zwinkern erwiderte sie sein Lächeln, und er konnte sehen, dass etwas von der Anspannung aus ihren Schultern floss.

Vermutlich war es wirklich ein klein wenig einschüchternd, von Männern und Frauen mit so ungewöhnlichen Fähigkeiten umgeben zu sein. Am Tisch saßen Unsterbliche, die Gedanken lesen konnten, Teleportation oder Telekinese beherrschten. Andere konnten mit bloßen Händen heilen oder verfügten über weitere ausgefallene Talente. Für ihn war das so normal, dass er nicht auf die Idee gekommen war, dass andere sich erst einmal daran gewöhnen mussten.

Eine gedämpfte Version von »Mackie Messer« war im Zimmer zu hören. Am entgegengesetzten Ende des Tischs zog Sarah ihr Handy aus der Tasche. »Hallo?«

»Hier ist Seth«, meldete sich der Anführer der Unsterblichen

Wächter. »Ich wollte nur kurz durchklingeln und Bescheid sagen, dass ich jetzt komme.«

Sie lächelte, und die übrigen Unsterblichen, die um den Tisch versammelt saßen, taten es ihr gleich. »Danke.«

Während sie ihr Handy wieder in die Tasche steckte, materialisierte sich der Anführer der Unsterblichen Wächter neben dem leeren Stuhl am Kopfende der Tafel, gegenüber von David.

Sarah gehörte erst seit ein paar Jahren zu den Unsterblichen Wächtern und zuckte immer noch zusammen, wenn Seth oder Richart urplötzlich im Zimmer auftauchten. Daher waren sie dazu übergegangen, sie vorher anzurufen, um sie zu warnen.

Ihr Lächeln erwidernd, nahm Seth am Kopfende der Tafel Platz.

Chris reichte erst Seth einen Aktenordner und verteilte im Anschluss widerwillig sowohl einen an Bastien als auch an Melanie, um sich schließlich zu setzen.

Davids Haustür öffnete sich.

Bastien warf einen Blick über die Schulter und stellte überrascht fest, dass Tanner das Zimmer betrat.

»Tut mir leid, dass ich zu spät komme«, sagte Tanner, durchquerte rasch das Zimmer und ließ sich auf einem der letzten freien Stühle nieder.

»Kein Problem«, antwortete Seth. »Ich freue mich, dass du es geschafft hast, Tanner.«

Der nahm den Ordner von Chris entgegen und schlug ihn auf, um einen Blick auf die Unterlagen zu werfen. Obwohl sein blondes Haar zerzaust war, sah er immer noch wie ein Buchhalter aus, als er die Hand hob, um seine Brille zurechtzurücken.

Was machte Tanner hier? War er einem der Unsterblichen als Sekundant zugeteilt worden?

Bastiens Blick glitt zu dem mürrischen Unsterblichen, der

gerade dabei war, Sarah etwas ins Ohr zu flüstern. *Verdammt!* Seth würde Tanner doch nicht bitten, Rolands Sekundant zu werden? Roland war bekannt dafür, dass er jedem Sekundanten, den man ihm schickte, das Leben zur Hölle machte – was auch der Grund dafür war, dass Seth ihm seit Jahrhunderten erlaubte, allein zu arbeiten.

Oder war Tanner etwa Marcus zugeteilt worden? Sollte Ami Marcus nicht mehr als Sekundantin dienen, jetzt, da sie verheiratet waren?

Das wäre in der Tat eine Erleichterung. Seit Ami diesem unberechenbaren Unsterblichen als Sekundantin diente, war sie zu oft tödlichen Gefahren ausgesetzt gewesen.

Seth schlug den Ordner zu und faltete die Hände. »Also gut. Würdest du uns erzählen, was sich in der letzten Nacht ereignet hat, Sebastien?«

Überrascht über die direkte Frage, kam Bastien seiner Aufforderung nach.

Während er berichtete, was sich zugetragen hatte, runzelten die Anwesenden die Stirn.

»Und du hattest nicht die Möglichkeit, einen von ihnen am Leben zu lassen?«, fragte Chris. Wenn er unbedingt wollte, dann stand es ihm frei, sich ausschließlich auf die toten Menschen zu konzentrieren, dachte Bastien. Verdammt, selbst wenn Bastien es geschafft hätte, die Leben sämtlicher Soldaten zu verschonen, hätte Chris zweifellos *trotzdem* irgendeinen Fehler gefunden, den er ihm anlasten konnte.

»Nicht, wenn ich nicht riskieren wollte, gefangen genommen zu werden.«

Richart nickte. »Das ist die Wahrheit. Er war kaum noch bei Bewusstsein, als ich ihn gefunden habe, und neben ihm lagen zwei Betäubungspfeile auf dem Boden. Als ich ihn endlich ins Hauptquartier geschafft hatte, war er besinnungslos.«

»Wie geht es dir jetzt, Sebastien?«, fragte Seth sanft.

Bastien hätte sich beinahe auf seinem Stuhl gewunden, solches Unbehagen bereitete ihm die Besorgnis in der Stimme des Älteren. Er hatte immer noch nicht herausgefunden, warum sich Seth überhaupt für sein Wohlergehen interessierte. »Es geht mir gut.«

Seth' Blick wanderte zu Melanie. »Dr. Lipton?«

Melanie warf Bastien einen entschuldigenden Blick zu, ehe sie antwortete. »Er ist immer noch etwas angeschlagen und hat noch nicht zu seiner alten Stärke zurückgefunden. Soweit ich weiß, ist er etwa genauso alt wie die d'Alençons, wenn man also bedenkt, wie lange sie gebraucht haben, um sich zu erholen, würde ich sagen, dass er seine volle Leistungsfähigkeit innerhalb der nächsten Stunden wiedererlangen wird. Ganz bestimmt ist er so weit, wenn der neue Tag anbricht.«

Seth nickte. »Ich nehme an, dass Sie ihn gern weiter beobachten möchten, während er sich erholt?«

»Ja, wenn das für Sie in Ordnung ist.«

»Natürlich. Wir verlassen uns da auf Ihre medizinischen Fachkenntnisse, und ich weiß, dass Sie so viele Informationen wie möglich sammeln möchten.« Diese Worte und der warnende Blick, der sie begleitete, schienen an Bastien gerichtet zu sein.

Der sah finster drein. Dieser Bastard Seth konnte es wohl einfach nicht lassen, seine Gedanken zu lesen.

Natürlich lese ich deine Gedanken, sagte Seth. *Genauso wie David. Und höchstwahrscheinlich Étienne und Lisette. Wie sollten wir den anderen gegenüber sonst gewährleisten, dass du kein falsches Spiel treibst?*

»Diese Männer … die Soldaten … sie wollten uns nicht töten«, sprach Richart weiter. »Sie wollten uns gefangen nehmen, und das hätten sie auch getan, wenn Bastien nicht gegen sie gekämpft hätte. Wenn ich früher zurückgekommen wäre, wäre es uns vielleicht gelungen, einen oder mehrere von ihnen zu verschonen. Aber allein hatte Bastien keine Wahl, wenn er sich schützen wollte.«

»Das alles ist ganz schön übel«, brummte Darnell.

Mehrere der Anwesenden nickten.

»Chris«, sagte David, »ist es dir inzwischen gelungen, deine vermissten Kontaktpersonen aufzuspüren?«

Er schüttelte den Kopf. »Leider nicht. Ich habe keine einzige Spur, weder von ihnen noch von ihren Familien. Ich weiß nicht, wohin sie gegangen oder wohin sie gebracht worden sind. Ich weiß nicht einmal, ob sie überhaupt noch leben. Langsam zweifle ich daran, dass es sie jemals gegeben hat. Es ist, als hätten sie nie existiert.«

Auch wenn sich Bastien gelegentlich gern ausmalte, wie er Chris in Stücke riss, tat er ihm leid, was diese Sache anging. Reordon hatte Jahre damit verbracht, in verschiedenen streng geheimen Regierungsbehörden Kontakte aufzubauen. Viele Jahre hatten sie ihn mit Informationen versorgt, und er hatte immer auf ihre Hilfe zählen können, wenn die Unsterblichen Wächter sie brauchten. Und dann waren diese Kontaktpersonen vor ein paar Wochen auf geheimnisvolle Art verschwunden …

Es brauchte nicht viel Fantasie, um sich vorzustellen, was mit ihnen passiert war. Der neue Feind der Unsterblichen Wächter hatte sie in die Finger bekommen. Und daran – und an all den anderen merkwürdigen Zwischenfällen, mit denen sie es zurzeit zu tun hatten – hatte niemand anderes Schuld als Bastien. Er hatte alll das unbeabsichtigt ausgelöst, als er vor langer Zeit seinen Rachefeldzug gegen die Unsterblichen Wächter begonnen hatte.

»Ist es dir gelungen, neue Kontakte anzuwerben?«, wollte Seth wissen.

Die Antwort war ein Kopfschütteln. »Nur ein paar. Diese Dinge nehmen sehr viel Zeit in Anspruch. Ich weiß nicht, mit wem wir es zu tun haben, gegen wen wir überhaupt kämpfen. Ich frage mich, wer über so viel Macht und Einfluss verfügt, um mehrere Menschen vollständig verschwinden zu lassen – als hätte es sie nie gegeben. Aus diesem Grund bin ich jetzt noch vorsichtiger, wenn ich mich möglichen Helfern nähere. Ein paar von ihnen sind dem aufmerksamen Blick unseres Feinds entgangen, was daran liegt, dass ich ihre Hilfe bislang noch nicht in Anspruch genommen habe. Ich habe sie bisher nicht um ihre Mitarbeit gebeten und werde es auch jetzt nicht tun, weil sie noch damit beschäftigt sind, sich hochzuarbeiten, und noch nicht die Positionen innehaben, die ihnen erlauben, an sensible Informationen zu kommen.«

»Weißt du inzwischen mehr über diesen Emrys?«, wollte Marcus wissen. Bei der Erwähnung des verhassten Namens schwang Feindseligkeit mit.

Diese Feindseligkeit wurde von allen geteilt, die über Amis Vergangenheit Bescheid wussten: Bastien, David, Darnell, Chris und Seth. Melanie wusste es vermutlich auch; schließlich hatte man ihr erlaubt, an diesem Treffen teilzunehmen.

Dieser Emrys war einer von den Schweinehunden gewesen, die für Amis Gefangennahme verantwortlich waren. Das war ein paar Jahre her, und Ami war mehrere Monate grausam gefoltert worden, als sie sich in der Gewalt dieser Leute befunden hatte. Bastien wusste nicht, wie Emrys bei Amis Rettung Seth' und Davids Zorn entkommen war, und er hoffte sehr, dass er nicht noch einmal so viel Glück haben würde. *Wenn* es jemanden gab, der für die Sünden seiner Vergangenheit zahlen musste, dann war das Emrys. Vorzugsweise mit Blut.

»Ich mache Fortschritte, kann aber noch nichts Konkretes sagen.«

»Hast du herausgefunden, woher er Keegan kennt?«, fragte Bastien.

Dieser verdammte Montrose Keegan. Wie sehr sich Bastien wünschte, nie mit ihm zusammengearbeitet zu haben. Woher zum Henker hatte Montrose Emrys nur gekannt?

»Sie sind zusammen aufs College gegangen und waren in derselben Studentenverbindung, aber es sieht so aus, als hätten sich ihre Wege nach ihrem Abschluss getrennt«, erklärte Chris und deutete auf den Aktenordner, der vor Bastien lag. »Keegan hatte vor, in die Lehre zu gehen, während Emrys im Biowaffenprogramm des Militärs gearbeitet hat. Alles, was ich ausgegraben habe, deutet darauf hin, dass die beiden keinen Kontakt mehr zueinander hatten – und sich erst wiedergesehen haben, als Montrose ihn während der Regierungszeit des Vampirkönigs aufsuchte.«

»Arbeitet Emrys immer noch für das Militär?«, wollte Sarah wissen.

»Das weiß ich nicht. Die Geheimdienstberichte zu seiner Person enden ungefähr vor vier Jahren. Nirgendwo wird erwähnt, dass er aus dem Militärdienst ausgeschieden ist oder hinausgeworfen wurde. Auch auf den Listen, die Mitarbeiter im aktiven Dienst verzeichnen, ist er nicht zu finden; darüber hinaus ist er auf keinem mir bekannten Militärstützpunkt stationiert. Wir wissen, dass er vor ein paar Jahren kurzzeitig in Texas aufgetaucht ist. Allerdings ist mir immer noch nicht gelungen, zweifelsfrei festzustellen, ob es sich um eine militärische Einrichtung handelte oder um eine, die Söldner beschäftigt. Das ist noch nicht alles … in seiner Geschichte gibt es einen großen blinden Fleck. Niemand weiß, was er zwischen seiner Zeit beim Militär und dem Wiederauftauchen in besagter Einrichtung getrieben hat. Ich bin immer noch auf der Suche nach Informationen, aber … wie ich schon sagte, das braucht seine Zeit.«

»Sei vorsichtig«, bat ihn Ami mit sanfter Stimme. »Ich möchte nicht, dass dir etwas zustößt oder dass du genauso verschwindest wie die anderen.«

»Dürfte ich etwas sagen?«, fragte Melanie und sah sich zögernd unter den Anwesenden um.

»Natürlich, Dr. Lipton«, erwiderte David.

»Während ich darauf wartete, dass Bastien das Bewusstsein wiedererlangt, haben Linda und ich die Pfeile untersucht, die Richart gefunden hatte. Wie es aussieht, haben unsere Feinde die Dosis, mit der sie die Pfeile versehen, deutlich erhöht.« Sie sah zu Bastien. »Das ist der Grund, warum bei Bastien weniger Pfeile nötig waren als bei Richart, Étienne und Lisette.«

»Dieselbe Droge, nur noch stärker?«, schaltete sich Darnell ein. »Emrys *muss* derjenige sein, der hinter all dem steckt. Immerhin war er auch derjenige, der Dennis den Wirkstoff gegeben hat.«

Bastien wünschte inständig, dass er Dennis – den selbsternannten Vampirkönig, der die jüngste Rebellion der Vampire gegen die Unsterblichen angeführt hatte –, getötet hätte, als er ihn vor über einem Jahrzehnt kennengelernt hatte. Er hatte einfach nicht bemerkt, wie verrückt dieser Bastard war. Oder noch werden würde.

»Aber wer sonst könnte wissen, dass die ursprüngliche Droge nicht stark genug war?«, fuhr Darnell fort. »Doch nur jemand, der direkt mit Montrose Keegan zu tun hatte, jemand, der Zugang zu seinen Notizen hatte und zu diesen verdammten Filmen, die Dennis von den Kämpfen zwischen Vampiren und Unsterblichen gemacht hat. Soweit wir wissen, hat Keegan mit keinem Außenstehenden darüber geredet.«

»Soweit wir wissen«, wiederholte Roland.

Chris schüttelte den Kopf. »Ich kann mir nicht vorstellen, dass er sonst noch mit jemandem darüber gesprochen hat. Ein Außenstehender hätte ihn doch sofort einweisen lassen, wenn er angefangen hätte, von Vampiren oder Unsterblichen zu reden.«

»Trotzdem lohnt es sich, noch einmal genauer nachzuforschen«, sagte Bastien, der verstand, was Roland meinte, und ihm widerwillig zustimmte. »Als ich mit Montrose zu tun hatte, hat er allein gearbeitet. Da bin ich mir hundertprozentig sicher. Selbst dann noch, als ich ihn dazu drängte, seine Forschungen schneller voranzutreiben. Aber immerhin war ich geistig gesund.«

»Darüber kann man streiten«, brummte Roland.

Bastien ignorierte ihn. »Dennis hingegen war völlig durchgeknallt. Wenn Montrose vor ihm noch mehr Angst hatte als vor mir …«

»Das hatte er auf jeden Fall«, schaltete sich Ami ein. »Als Dennis mich in Keegans Labor gebracht hat« – sie schluckte, als würde es ihr Übelkeit verursachen, das Wort auszusprechen – »hat sich Montrose vor Angst fast in die Hose gemacht. Außerdem war da Blut. Getrocknetes Blut. Auf den Unterlagen, die ich auf der Suche nach einer Waffe durchgewühlt habe. Und an den Wänden. Ich weiß nicht, was sich da unten zugetragen hat, aber …« Sie schüttelte den Kopf. »Montrose zitterte am ganzen Leib, als Dennis mit ihm sprach. Er fürchtete ihn mehr als Tod und Teufel.«

Liebevoll zog Marcus Ami an sich und küsste sie auf den Scheitel.

Bastien nickte. »Wenn Dennis Montrose unter Druck gesetzt hat, eine Substanz zu entwickeln, die uns Unsterbliche handlungsunfähig macht oder wenigstens so weit schwächen soll, dass wir gefangen genommen werden können, dann bin ich sicher, dass er ihm schlimmere Dinge angedroht hat als ich. Es ist durchaus möglich, dass Montrose auch noch andere Leute außer Emrys um Hilfe gebeten hat.«

Chris fischte einen kleinen Spiralblock und einen Bleistift

aus seiner Jackentasche. Er schlug den Block auf und fing an, sich etwas zu notieren. »Ich werde mir seine Kumpels von der medizinischen Fakultät genauer ansehen. Zur Hölle, ich werde mir *alle* seine alten Schulkameraden genauer ansehen – sowohl die, mit denen er noch Kontakt hatte, als auch die, mit denen er nichts mehr zu tun hatte.«

Sarah deutete auf Chris' Notizblock. »Vielleicht solltest du dir auch die Professoren ansehen, bei denen er studiert hat, während er seine Doktorarbeit geschrieben hat.« Bis Roland sie verwandelt hatte, hatte Sarah als Musikprofessorin an der Universität von North Carolina in Chapel Hill gearbeitet. »Und seine Studenten. Insbesondere die Doktoranden, mit denen er eng zusammengearbeitet hat.«

Chris nickte und fuhr fort, etwas in seinen Block zu kritzeln.

»Hatte er Familie?«, wollte Darnell wissen.

Bastien schüttelte den Kopf. »Nur seinen Bruder Casey. Casey sagte, dass ihre Eltern vor fast zehn Jahren bei einem Autounfall ums Leben gekommen wären. Das ist auch der Grund, warum sich Montrose ihm gegenüber so übertrieben fürsorglich verhalten hat.«

»Und was ist mit Großeltern?«, fragte Sheldon.

Tracy schnaubte. »Wie zum Henker passen Großeltern in diese Gleichung?«

Sheldon zuckte mit den Achseln. »Geld? Ich weiß es nicht.«

Chris hörte nicht auf zu schreiben. »Darum habe ich mich schon gekümmert. Die Großeltern sind alle tot. Sowohl väterlicher- als auch mütterlicherseits.«

»Und was ist mit Freundinnen?«, schlug Sarah vor.

Étienne schnaubte verächtlich. »Wer würde denn mit Montrose Keegan ausgehen?«

»Hey«, entgegnete Sarah, »es soll Frauen geben, denen Intelligenz wichtiger ist als Muskelmasse.«

Er grinste anzüglich. »Na ja, auf *dich* scheint das ja nicht zuzutreffen. Aber falls sich das noch ändern sollte … habe ich eigentlich schon einmal erwähnt, dass ich an der Universität …« Der Aktenordner, der vor Étienne lag, machte sich plötzlich selbstständig und flog ihm ins Gesicht, während ihm gleichzeitig auf telekinetischem Weg der Stuhl weggezogen wurde, sodass er unsanft auf dem Hintern landete.

Sogar Bastien musste lachen.

Fluchend hob Étienne seinen Stuhl auf und nahm wieder neben seinen Geschwistern Platz. »Machst du das jetzt bei jedem Treffen?«

»Nur so lange, bis du aufhörst, bei jedem Treffen meine Frau anzugraben«, knurrte Roland.

Étienne brummte etwas auf Französisch.

Das Lachen erstarb.

Seth lehnte sich entspannt in seinem Stuhl zurück. »Also gut. Jetzt, da wir mehr über den Angriff auf Bastien von letzter Nacht wissen, sollten wir darüber diskutieren, was als Nächstes zu tun ist. Und Chris wird weiter allen Spuren nachgehen.«

3

Schweigend lauschte Melanie der Diskussion. Sie hatte noch nie zuvor an einem Treffen der Unsterblichen Wächter teilgenommen und war überrascht über das neckische Geplänkel, mit dem sich die mächtigen Männer und Frauen das Zusammensein versüßten.

Das hatte sie nicht erwartet. Sogar Seth und David lächelten.

Während sie sich unterhielten, fragte sich Melanie, ob solche Treffen überhaupt notwendig gewesen waren, bevor Bastien seinen Rachefeldzug gegen die Unsterblichen Wächter gestartet hatte. Auch wenn die Vampire im vergangenen Jahrtausend mehrere Rebellionen gegen die Unsterblichen angezettelt hatten, war keine davon auch nur annähernd so erfolgreich gewesen wie die von Bastien.

Die einzige Ausnahme bildete der Feldzug von Montrose Keegan und dem Vampirkönig, der stattgefunden hatte, kurz nachdem Bastien und seine Armee überwältigt worden waren.

Aber was sich zurzeit ereignete, erlebten die Unsterblichen zum ersten Mal. Auch für die Angehörigen des Netzwerks war das eine neue Erfahrung. Da sie nicht wussten, wie mächtig ihr Feind war – wer Emrys überhaupt war, wie viele Männer seiner Schattenarmee angehörten und was sein eigentliches Ziel war –, wussten sie auch nicht, wie sie auf die Bedrohung reagieren sollten. Das Einzige, was sie mit Sicherheit wussten, war, dass Emrys um jeden Preis Ami in die Finger bekommen wollte. Aber wie sollten sie herausbekommen, wie der nächste Angriff auf die Unsterblichen aussehen würde? Die Bedrohung schien immer größer zu werden. Selbst die Droge, die ihre Gegner entwickelt hatten, war inzwischen noch gefährlicher geworden. Die *einzige* Droge, die den Unsterblichen etwas anhaben konnte.

Einer nach dem anderen machten die Unsterblichen und ihre Sekundanten Vorschläge, wie mit der Situation umgegangen werden sollte – die meisten liefen auf eine Verstärkung der Sicherheitsvorkehrungen hinaus.

Ein schnell wirkendes Gegenmittel gegen die Droge wäre unter diesen Umständen eine große Hilfe gewesen oder könnte das Ruder möglicherweise auch ganz herumreißen – allerdings musste Melanie die von ihr entwickelte Substanz erst noch testen. Bis jetzt hatte sie ihnen noch nicht einmal gesagt, dass sie möglicherweise ein Gegenmittel gefunden hatte. Wie hätte sie das tun sollen, wenn sie nicht wusste, wie sie das Mittel ohne hohes Risiko testen sollte?

»Ich bin dafür, dass wir den Vampiren vorschlagen, mit uns zu kooperieren«, verkündete Bastien plötzlich.

Alle Gespräche verstummten.

»Wie bitte?«, fragte Darnell, der offenbar kaum glauben konnte, was er da hörte.

Melanie erging es nicht anders.

»Ich bin der Meinung, dass wir die Vampire einbeziehen sollten. Wir sollten sie um Hilfe bitten«, wiederholte Bastien.

Tödliche Stille erfüllte das Zimmer; sie war so dicht, das man glaubte, darin schwimmen zu können.

»Bist du wahnsinnig?«, fragte Chris ungläubig.

»Chris«, warnte ihn Seth.

Vielleicht war er – genau wie Melanie – allmählich die Feindseligkeiten leid, mit denen der Chef des Netzwerks Bastien ständig überhäufte. Es musste noch mehr Gründe für seine Ablehnung geben als die Tatsache, dass sich Bastien gewaltsam Zutritt zum Hauptquartier verschafft hatte.

Melanie berührte Bastiens Arm. Ein kleiner elektrischer Schlag durchzuckte sie – wie immer, wenn sie ihn berührte. Oder er sie.

Er richtete seine warmen braunen Augen auf sie.

»Meinst du damit Cliff und Joe?«, fragte sie.

Er schüttelte den Kopf. »Die wissen ja ohnehin Bescheid.«

Melanie spürte, dass Chris ihr einen vorwurfsvollen Blick zuwarf, bevor er das Wort ergriff. »Was haben Sie den Vampiren erzählt, Dr. Lipton? Haben Sie Ihnen etwa wichtige Informationen anvertraut?«

Beklommenheit breitete sich in ihr aus. Chris Reordon würde sie garantiert feuern, wenn er glaubte, dass sie die Regeln verletzte. Außerdem hatte sie Angst vor dem, was er mit den Vampiren machen würde, wenn er herausfand, wie viel sie über das wussten, was im Netzwerk vor sich ging.

Eigentlich war es nicht ihr Fehler, das Cliff und Joe Dinge wussten, die sie nicht wissen durften. Aber sie hatte nicht den Eindruck, dass es Chris interessieren würde, woher sie ihre Informationen hatten. Chris war einfach zu sehr damit beschäftigt, jede Bedrohung zu bekämpfen, die jene gefährdeten, die für ihn arbeiteten – oder für die er arbeitete.

»Beantworten Sie meine Frage, Dr. Lipton. Wenn Sie den beiden Dingen erzählt haben, die nicht …«

»Lass sie in Frieden, Reordon«, schnarrte Bastien. »*Ich* bin derjenige, der regelmäßig mit ihnen gesprochen hat.«

Chris wandte sich an Seth und deutete wütend auf Bastien. »Siehst du? *Das* ist der Grund, warum ich ihn davon abhalten wollte, die Vampire beim Netzwerk zu besuchen. Und warum ich nicht wollte, dass er einbezogen wird.«

»Ja, und jetzt siehst du, wie weit dich das gebracht hat«, knurrte Bastien.

Chris bedachte ihn mit einem bitterbösen Blick.

Melanie trat Bastien unter dem Tisch gegen das Schienbein und hielt dann unwillkürlich den Atem an. Was war nur in sie gefahren?

Bastien sah sie an, ein paar Schrecksekunden lang spiegelte sein Gesicht ausschließlich Verblüffung wider.

Ängstlich wartete Melanie auf seine Reaktion.

Schließlich fingen seine Mundwinkel an zu zucken, und er wandte den Blick ab.

Sie seufzte erleichtert und versuchte, sich zu beruhigen. Bastien war wirklich unwiderstehlich, wenn er lächelte.

Seth hob die Hand. »Weder Bastien noch Dr. Lipton haben das Netzwerk hintergangen, Chris.«

»Aber wie …«

»Der Gehörsinn der Vampire ist fast genauso gut wie der unsere. Sie schnappen alles Mögliche auf, wenn sie sich in ihren Apartments, in den Labors und den anderen Räumen aufhalten, zu denen sie Zugang haben. Wie dem auch sei, es spielt keine Rolle. Sie verlassen das Gebäude nie, und keiner von ihnen besitzt telepathische Fähigkeiten – also, wem sollten sie von dem erzählen, was sie gehört haben?«

Ausnahmsweise schien Chris einmal wirklich gründlich nachzudenken, bevor er sich zu Melanie umdrehte. »Sie hätten mir sagen müssen, dass die Vampire uns hören können.«

»Um ehrlich zu sein«, antwortete sie, »wäre ich nie auf die Idee gekommen, dass Ihnen das nicht klar sein könnte.«

Er nickte. »Da haben Sie natürlich recht. Ich *hätte* es tatsächlich wissen und die entsprechenden Vorkehrungen treffen müssen.«

Im Stillen hoffte Melanie, dass er nicht vorhatte, alle Räume des Netzwerks schalldicht isolieren zu lassen. Das begrenzte Leben, das die Vampire zu führen gezwungen waren, langweilte sie auch so manchmal schon zu Tode. Und Joe hatte ihr einmal anvertraut, dass dem zu lauschen, was im Hauptquartier so vor sich ging, fast so unterhaltsam war wie eine Seifenoper.

Würde sich Janet am Ende doch noch dazu überreden lassen, mit Charles auszugehen? Würde Calvin die Beförderung bekommen, um die er und Sam konkurrierten? Und wann würde Tara Jack endlich sagen, dass sie von ihm schwanger war?

Hören Sie morgen wieder rein und finden Sie's heraus.

Unruhig rutschte Bastien auf seinem Stuhl hin und her.

Als Melanie klar wurde, dass sie immer noch seinen Arm festhielt, wurde sie rot und ließ los.

Am anderen Ende des Tischs, wo David saß, beugte sich Ami vor. »Bastien, wenn du gar nicht von Cliff und Joe gesprochen hast, was hast du dann gemeint, als du sagtest, dass du die Vampire mit einbeziehen willst? Welche Vampire?«

»Alle.«

Melanie musste sich eingestehen, dass sie verstand, warum ihn alle so fassungslos anstarrten.

»Das ist ein Scherz, oder?«, ergriff Darnell das Wort.

»Woher sollen die Soldaten denn sonst gewusst haben, ob sie einen Unsterblichen oder einen Vampir jagten?«, gab Bastien zu bedenken.

Tanner nickte. »Er hat recht. Die Soldaten hatten keine Chance, bei dem Tempo mitzuhalten, mit dem Bastien und die Vampire von dem Unigelände der University of North Carolina nach Duke gerannt sind. Sie müssen sich dort versteckt und darauf gewartet haben, dass einer der Unsterblichen aufkreuzt.«

Obwohl es logisch klang, schien Bastien nicht besonders begeistert von Tanners Beitrag zu sein. Melanie fragte sich, was der Grund dafür sein mochte. Cliff und Joe hatten Tanner fast genauso häufig erwähnt wie Bastien. Die Vampire schienen davon auszugehen, dass die beiden Männer gute Freunde waren.

Erneut kritzelte Chris etwas in seinen Notizblock. »Hast du

jemanden angerufen, bevor du losgezogen bist, um die Vampire zu verfolgen, Bastien?«

»Wen zum Henker hätte ich anrufen sollen?«

»Das hat er nicht«, antwortete Seth für ihn.

»Was ist mit dir, Richart?«

»Nein. Ich habe mich um die Vampire gekümmert, die in White Chapel geblieben sind. Danach bin ich Bastiens Spur so lange gefolgt, bis mir klar war, dass sie nach Duke führte. Also habe ich mich dorthin auf das Campusgelände teleportiert.«

Chris hörte auf zu schreiben.

Darnell lehnte sich in seinem Stuhl zurück und verschränkte die Arme vor der Brust. »Montrose Keegan hat dem Vampirkönig gesagt, dass er seine Blutsauger vor allen Werkstätten mit Abschleppfahrzeugen platzieren und darauf warten soll, dass einer der Unsterblichen anruft, um ein Aufräumkommando zu bestellen. Wenn Keegan Emrys erzählt hat, dass das Unigelände das bevorzugte Jagdrevier der Vampire ist, dann hat er vielleicht dasselbe getan. Er musste seine Soldaten nur zwischen ein paar Unis aufteilen und … warten.«

»Oder zwischen *allen* Unis«, fügte Lisette hinzu. »Wir wissen nicht, wie viele Männer unter Emrys' Kommando stehen.«

Bastien beugte sich vor und stützte die Ellbogen auf dem Tisch ab. »Diese Männer konnten nicht wissen, wer dort auftauchen würde – ob es ein Vampir oder ein Unsterblicher sein würde.«

Seth nickte. »Die Wahrscheinlichkeit, dass es sich um einen Vampir handeln würde, war größer.«

Melanie sah Bastien an. »Wüssten sie denn überhaupt, wie man einen Vampir und einen Unsterblichen auseinanderhält?«

Vampire waren ganz normale Menschen, die mit dem Virus infiziert worden waren. Unsterbliche hingegen waren schon zu Lebzeiten *Begabte* gewesen – Männer oder Frauen, die mit einer höherentwickelten DNA geboren und ebenfalls mit dem Virus infiziert worden waren. Diese DNA, deren Herkunft ein Mysterium war, verlieh den Unsterblichen nicht nur besondere Talente, sondern führte auch dazu, dass sie ein paar äußerliche Merkmale teilten: schwarzes Haar und dunkelbraune Augen. Nur Sarah besaß braunes Haar und hellbraune Augen, was daran lag, dass sich die DNA der Begabten über die Jahrtausende mit menschlicher DNA vermischt hatte.

»Nein«, erwiderte Bastien und sah sie an. »Keegan wusste nur, dass es genetische Unterschiede gibt und dass die DNA der Unsterblichen besonders ist.« Schon wieder hatte er gesagt, die DNA *der Unsterblichen* und nicht *unsere* DNA. »Der Tatsache, dass die Unsterblichen ein paar äußerliche Merkmale teilen, war er sich nicht bewusst. Sogar den Vampiren scheint das entgangen zu sein. Verdammt, es wäre mir selbst nicht aufgefallen, wenn Sarah mich nicht darauf hingewiesen hätte. Hinzu kommt, dass Vampire zu selten einen Zusammenstoß mit einem Unsterblichen überleben, um ihre Beobachtungen vergleichen zu können.«

Melanie dachte darüber nach, was passieren würde, wenn Emrys einen Vampir in die Finger bekam. Sie hatte die Akten über Ami gelesen und kannte die Details über ihre Gefangennahme und die schrecklichen Qualen, die Ami hatte erleiden müssen. Was in Wahrheit Folter gewesen war, hatten die Verantwortlichen als *Studie* bezeichnet.

Amis unmenschliche Behandlung hatten ihre Folterknechte in ihren Aufzeichnungen damit gerechtfertigt, dass sie die Welt angeblich von einer möglichen Invasion von Außerirdischen schützen wollten. Aber kein anständiger Arzt würde das, was sie ihr angetan hatten, als *Studie* bezeichnen.

Das hingegen, was Melanie mit den Vampiren tat, die im Hauptquartier lebten, verdiente diese Bezeichnung. Sie untersuchte sorgfältig ihr Blut, besah Gewebeproben unter dem

Mikroskop und durchsuchte ihre DNA nach Hinweisen auf ein inaktives Merkmal, das dahingehend stimuliert werden konnte, sich so zu verhalten, wie es die DNA der Unsterblichen tat. Denn die DNA der Unsterblichen schützte sie vor den schlimmen Gehirnschäden, die das Virus bei einem infizierten Menschen ohne besondere Begabung hervorrief. Sie führte regelmäßige Tests durch, machte Computer- und Kernspintomografien und vieles mehr, wobei sie immer dasselbe Ziel verfolgte. Aber all diese Untersuchungen wurden nur gemacht, wenn die Vampire dem ausdrücklich zustimmten, und keine der Maßnahmen verursachte bei ihnen gesundheitliche Schäden.

Ami hingegen war bei lebendigem Leib seziert worden. Emrys' Leute hatten sie aufgeschnitten, ihr Brandwunden zugefügt, ihr Finger und Zehen amputiert, ihr sogar vollständige Organe entnommen … Und das alles, während sie bei Bewusstsein war, ohne jede Betäubung oder die geringste Rücksicht auf die Todesängste, die sie ausstand. Wenn ihr Körper nicht über hochentwickelte regenerative Fähigkeiten verfügen würde, wäre sie jetzt tot.

Und Ami hatte sich ihren Folterknechten in friedlicher Absicht genähert.

Deshalb zweifelte Melanie daran, dass Emrys und seine Untergebenen gefangene Vampire behutsamer behandeln würden als Ami. Insbesondere, wenn man bedachte, dass es im Gegensatz zu Ami jede Menge Vampire gab, die man foltern konnte – ein toter Blutsauger war leicht zu ersetzen.

»Wenn er einen Vampir fangen würde, erhielte Emrys Zugang zu allen Informationen, die er über die Unsterblichen braucht. Er würde alle ihre Stärken und Schwächen kennen«, sagte sie leise. »Ich bin mir sicher, dass die Ärzte, mit denen er zusammenarbeitet, ihre Studien mit absoluter Skrupellosigkeit vorantreiben würden.«

Bastien nickte. »Als ich mit Montrose zu tun hatte, wusste er nicht besonders viel über die Vampire, weil er zu viel Angst hatte, um mit ihnen zusammenzuarbeiten. Bei Emrys ist das anders. Möglicherweise hat er sogar den Mumm, mit seinem neu gewonnenen Wissen an die Öffentlichkeit zu gehen – ohne sich um die feindseligen oder ungläubigen Reaktionen Gedanken zu machen, die Montrose von diesem Schritt abhielten. Darum müssen wir dafür sorgen, dass er keinen Vampir zu fassen kriegt.«

»Und das erreichen wir, indem wir uns mit ihnen anfreunden?«, fragte Roland trocken. »Sie zu jagen und auszuschalten ist genauso effizient.«

Die übrigen Unsterblichen nickten.

»Dem kann ich nicht zustimmen«, beharrte Bastien. »Es gibt einfach zu viele von ihnen. Und wir können nicht unsere ganzen Kräfte darauf konzentrieren, Vampire zu jagen, wenn wir uns auch noch um Emrys' Männer kümmern müssen. Die Unsterblichen in dieser Gegend sind schon vollauf damit beschäftigt, die Vampire unter Kontrolle zu halten, weil sich in diesem Teil der Vereinigten Staaten so viele von ihnen sammeln.«

»Und wessen Fehler ist das?«, fragte Marcus grimmig.

»Marcus«, sagte Ami sanft, »Bastien war für uns da, als der Vampirkönig mich gefangen genommen hat. Hör dir doch wenigstens an, was er zu sagen hat.«

Der acht Jahrhunderte alte Unsterbliche musterte seine Frau mit gerunzelter Stirn. Sekunden später fingen seine Augen an, schwach zu leuchten, und es war offensichtlich, dass er sich alle Mühe gab, seinen Ärger im Zaum zu halten. Doch dann schlich sich ein bedächtiges Lächeln in seine Züge. »Das ist nicht fair«, sagte er zu ihr.

Sie grinste. »Ich weiß.«

Kopfschüttelnd bedeutete er Bastien, fortzufahren.

»Wenn wir verhindern wollen, dass sich Emrys einen Vampir schnappt, um ihn zu studieren, haben wir keine andere Wahl, als die Blutsauger mit einzubeziehen und sie zu warnen. Wir müssen ihnen sagen, dass die Menschen, die Jagd auf sie machen, eine Droge besitzen, die auch für sie sehr gefährlich ist. All die Gerüchte, die zurzeit kursieren, sind ja der Grund dafür, warum sie sich überhaupt in der Gegend zusammenrotten. Sie haben von den Aufständen gehört und wollen sich selbst ein Bild machen von dem, was hier vorgeht. Wir könnten neue Gerüchte in Umlauf bringen, die sie vor der neuen Bedrohung warnen und dazu bringt, mit uns zu kooperieren.«

»Hast du noch nie von dem Spruch *Der Feind meines Feindes ist mein Freund* gehört?«, schnarrte Roland.

Bastien presste die Lippen zusammen. »Das haben wir alle. Und das ist genau das, was ich meine. Wenn wir die Vampire davon überzeugen können, dass es einen *neuen* Feind gibt – einen *gemeinsamen* Feind –, der eine noch größere Gefahr für sie darstellt als wir, dann können wir uns vielleicht mit ihnen zusammentun, um Emrys das Handwerk zu legen. Aus irgendeinem Grund, den wir nicht kennen, sind die Vampire heutzutage geneigter, sich in Gruppen zu organisieren.«

»Ich kann mich nur wiederholen – ich glaube, wir wissen alle, wer die Schuld dafür trägt«, erklärte Roland grimmig.

»Und warum nutzen wir das nicht zu unserem Vorteil?«, beharrte Bastien. Im Stillen applaudierte ihm Melanie dafür, dass er sich nicht von Roland provozieren ließ. »Warum unterstützen wir sie nicht dabei, sich zusammenzutun, und überzeugen sie davon, mit uns zusammenzuarbeiten, statt gegen uns? Warum suchen wir nicht nach einem Weg, damit es sich für sie lohnt?«

Roland lachte bellend. »Wenn du glaubst, dass ich mit Vampiren zusammenarbeite, dann bist du noch durchgeknallter, als ich dachte. Und ganz sicher erlaube ich nicht, dass sich Sarah mit Blutsaugern einlässt.«

Sarah zog die Augenbrauen hoch. »Entschuldigung, wie war das? Hast du gerade gesagt, dass du es nicht *erlaubst*?«

Roland räusperte sich unbehaglich. »Ich meinte natürlich, dass ich auf keinen Fall erlaube, dass die Vampire ihre Spielchen mit dir treiben.«

»Sollte das nicht meine Entscheidung sein?«

Er lächelte. »Natürlich nur, wenn du mir zustimmt, Liebchen.«

Sarah lachte und schüttelte den Kopf. »Du bist unmöglich.«

»Ich weiß.«

»Roland hat recht«, schaltete sich Marcus ein. »Woher willst du wissen, dass die Vampire nicht mit Emrys an einem Strang ziehen und uns gemeinsam bekämpfen? Das Risiko ist zu hoch.«

»Weil sie genauso viel zu verlieren haben wie wir, wenn Emrys einen von ihnen schnappt«, beharrte Marcus.

»Der Vampirkönig war offenbar anderer Ansicht«, stellte David fest. »Emrys versprach ihm eine Armee, wenn er Ami ergreifen und an ihn ausliefern würde. Ich bin mir sicher, dass es draußen viele Vampire gibt, die eine solche Gelegenheit dankbar beim Schopf ergreifen würden. Und viele andere Vampire, die sich auch für einen geringeren Lohn für seine Ziele einspannen lassen. Ihr labiler Geisteszustand beeinträchtigt ihr Urteilsvermögen.«

»Dann sollten wir sie davon überzeugen, dass sie sein Angebot nicht ernst nehmen dürfen«, sagte Bastien hartnäckig. »Erzählt ihnen, dass Emrys derjenige sei, der den Vampirkönig getötet hat. Und dass wir Unsterblichen die Armee des Vampirkönigs nur deswegen zerstören konnten, weil Emrys vor uns da war und den Großteil der Arbeit erledigt hat. Sorgen wir dafür, dass wir für sie wie das kleinere von zwei Übeln sind.

Und das müssen wir so rüberbringen, dass selbst ein kompletter Psychopath versteht, worauf es hinausläuft.«

Uns Unsterbliche? Melanie starrte ihn an. Das musste ein Versprecher gewesen sein.

In der Stille, die darauf folgte, räusperte sich Tanner. »Das hat schon einmal funktioniert.«

Seth wandte seine Aufmerksamkeit dem blonden Mann zu. »Wie meinst du das?«

»Die Vampire, die sich Bastien angeschlossen hatten, hatten Angst vor ihm.«

Das überraschte Melanie. Nicht, weil sie daran gezweifelt hätte, dass Bastien Respekt einflößend sein konnte. Bei ihrer ersten Begegnung hatte er ihr einen Riesenschreck eingejagt, und normalerweise ließ sie sich nicht so schnell einschüchtern. Aber Cliff und Joe hatten immer nur Gutes über ihn gesagt. Genauso wie Vince.

»Jedenfalls die meisten«, relativierte Tanner. »Das war Bastiens einzige Chance, diejenigen zu kontrollieren, die anfingen, den Verstand zu verlieren. Er hatte sehr strenge Regeln. Und die Vampire hatten Angst vor seiner Reaktion, wenn sie diese verletzten.« Als Roland den Mund öffnete, hob er die Hand. »Es ist wahr, ein paar von ihnen haben trotzdem die Regeln gebrochen, aber der Großteil hat sich daran gehalten. Wenn es nicht so wäre, wären die Listen der vermissten Personen sehr viel länger.« Er warf Chris einen Blick zu. »Habe ich nicht recht?«

Melanie fragte sich, wie viel Überwindung es Chris wohl kosten mochte, bestätigend zu nicken.

»Was ich damit sagen will«, fuhr Tanner fort, »ist, dass die Vampire Bastien als das kleinere von zwei Übeln angesehen haben. Sie wussten, dass sie bessere Überlebenschancen haben, wenn sie sich ihm anschließen. Und sie wussten außerdem, dass sie sicherer sein würden, wenn sie die Unsterblichen besiegten. Wenn wir sie glauben machen, dass Emrys und seine Soldaten eine größere Gefahr für sie darstellen als die Unsterblichen, wird sich das dank der brodelnden Gerüchteküche schnell herumsprechen. Ich kann mir vorstellen, dass diejenigen von ihnen, die noch bei Verstand sind, mit euch zusammenarbeiten – um Emrys das Handwerk zu legen und zu verhindern, dass ihm ihre Artgenossen in die Hände fallen.«

Richart studierte Tanner neugierig. »Warum bist du dir so sicher, dass die Vampire uns zuhören würden?«

»Das sind Vampire«, erwiderte Tanner. »Bei denen kann man nie ganz sicher sein. Aber wie ihr wisst, haben sie auf Bastien gehört. Sie haben sich nicht nur seiner Armee angeschlossen, sondern auch dazu beigetragen, dass zum ersten Mal in der Geschichte eine Vampirarmee gebildet werden konnte. Und das hat sich weltweit herumgesprochen.«

»Du musst ein ziemlich charismatischer Schweinehund sein«, brummte Yuri, wobei er Bastien eingehend musterte, als handele es sich bei ihm um eine seltsame neue Insektenspezies.

»Das ist er«, schaltete sich Melanie ein. Ehrlich gesagt wusste sie nicht, warum das die anderen überraschte. »Charismatisch, meine ich.«

Richart musterte Bastien mit zusammengekniffenen Augen. »Davon kann ich nichts sehen.«

Melanie verdrehte die Augen. »Na ja, wenn einer von Ihnen sich die Mühe gemacht hätte, die Vampire im Hauptquartier zu besuchen, dann wüssten Sie, wovon wir sprechen. Wenn man etwas Zeit mit ihnen verbringt und sich mit ihnen unterhält, merkt man sofort, wie sehr sie Bastien respektieren und mögen.«

»Also, Dr. Lipton«, protestierte Bastien verlegen.

»Was denn?«, fragte sie. »Es ist wahr. Selbst Vince mochte und respektierte Sie, und sein Wahnsinn war schon ziemlich weit fortgeschritten, als er sich dem Netzwerk anvertraute.«

»Und das haben Sie gewusst?«, fragte Bastien.

»Nicht von Anfang an. Aber jetzt, da ich die kleinen, leicht zu übersehenden Anzeichen kenne – ja. Ich habe gesehen, dass die Gehirnschädigung, die das Virus verursacht, bei ihm schneller voranschritt als bei anderen.« Sie sah sich unter den Anwesenden um. »Selbst wenn ein Vampir den Verstand verliert, können die Erfahrungen, die er in den lichten Momenten macht, sein Verhalten verändern. Ich habe Vincent täglich besucht und mit ihm gesprochen. Ich habe versucht, ihm zu vermitteln, dass er für mich nicht einfach nur ein Vampir oder eine Art Laborratte war, sondern ein ganz normaler Kerl. Er mochte mich. Er vertraute mir. Und wenn er einen seiner psychotischen Anfälle hatte, die ihn ohne jede Vorwarnung überfielen, hat er mir nie etwas angetan. Er hat mich *kein einziges Mal* verletzt. Andere hingegen, die sich zufällig ebenfalls im Raum aufhielten ...« Sie zuckte mit den Achseln. »Aber mir hat er nichts getan. Weil er mir vertraute.«

Lisette schürzte die Lippen. »Das ist mir auch aufgefallen. Wenn Vampire sich heutzutage in Gruppen zusammenrotten, fallen sie nicht mehr übereinander her, wie sie es in den vergangenen Jahrhunderten getan haben.«

»Für den Vampirkönig galt das nicht«, stellte Ami fest. »Ich habe gesehen, wie er seine Anhänger mit einer Machete massakrierte.«

Stanislav schnitt eine Grimasse. »Yuri, Bastien und ich haben die Schweinerei gesehen, die er hinterlassen hat.«

Sarah rümpfte die Nase. »Ja, aber der Vampirkönig war auch bereits jenseits von Gut und Böse. Er war nicht *dabei,* wahnsinnig zu werden, sondern war es längst. Ganz im Ernst, ich zweifle daran, dass er sich auch nur das Geringste aus seinen Gefolgsleuten gemacht hat. Und wenn er sie schon bei klarem Verstand als jederzeit ersetzbar betrachtet hat …«

Étienne schüttelte den Kopf. »Warum zerbrechen wir uns überhaupt den Kopf? Selbst wenn wir uns tatsächlich dafür entscheiden, diesen verrückten Plan zu verfolgen – das würde niemals funktionieren. Vampire *hassen* Unsterbliche. Sie würden uns nicht zuhören, wenn wir versuchen, sie dazu zu bringen … wie soll ich das ausdrücken … sich uns anzuschließen. Und auch wenn sie auf *Bastien den Anführer* gehört haben – *Bastien dem Verräter* werden sie garantiert nicht zuhören. Sie verabscheuen ihn genauso wie uns – wenn nicht mehr. Was haben wir also in der Hand?«

»Man muss jemanden nicht mögen, um auf ihn zu hören«, beharrte Tanner. »Die meisten Vampire in Bastiens Armee haben mich *gehasst*.«

»Kaum zu glauben«, sagt Lisette, die ihn interessiert gemustert hatte und ihm nun anzüglich zuzwinkerte.

Grinsend registrierte Melanie, dass Tanner vorübergehend den Faden verlor, während er die bezaubernde französische Unsterbliche angaffte.

Étienne stieß ihm den Ellbogen in die Seite.

»Wie? Oh.« Tanner lächelte. »Richtig. Wie auch immer … ähm … wie gesagt, die Vampire in Bastiens Armee verabscheuten mich, aber keiner von ihnen hat mich je angegriffen.«

»Sie wussten, dass ich sie töten würde, wenn sie das gewagt hätten«, stellte Bastien fest.

»Das hat eine Rolle gespielt«, stimmte Tanner zu. »Aber ich glaube, dass es auch damit zu tun hatte, dass wir auf derselben Seite waren und gegen einen gemeinsamen Feind gekämpft haben.«

Melanie hörte mit wachsendem Interesse zu. Was er sagte,

bestätigte ihre eigene Hypothese. Sie glaubte, dass sich das Unterbewusstsein der Vampire an dem orientierte, was sie in lichten Momenten fühlten – auch wenn der Wahnsinn ihre übrigen Taten steuerte.

Aber Richart schüttelte den Kopf. »Selbst wenn wir es schaffen, einen Teil der Vampire auf unsere Seite zu ziehen und sie dazu zu bringen, die übrigen Blutsauger vor Emrys zu warnen – würde das voraussetzen, dass wir ihre Leben verschonen und zulassen, dass sie Menschen angreifen. Ich kann mir nicht vorstellen, dass einer von uns das verantworten will.«

Melanies Gedanken rasten. »Die Unsterblichen Wächter könnten auch weiterhin diejenigen unter den Vampiren ausschalten, die unrettbar verloren sind, und nur die ganz jungen Vampire rekrutieren. Man könnte ihnen Blutbeutel anbieten, damit sie keinen Grund haben, Menschen anzugreifen.«

»Leider verfügen wir nicht über die entsprechenden Ressourcen«, wandte Seth ein.

Das stimmte. Die Blutbeutel, die die Unsterblichen benutzten, wurden ihnen von den Netzwerkangehörigen und ihren Familien gespendet. Das war einer der Gründe, warum sich die Unsterblichen ausschließlich von Bio-Essen ernährten. (Der andere Grund war natürlich purer Starrsinn. Nachdem sie sich seit Jahrhunderten – wenn nicht Jahrtausenden – nur von naturbelassenen Nahrungsmitteln ernährt hatten, weigerten sie sich schlichtweg, ihre Essgewohnheiten zu ändern.) Das Virus reparierte selbst die kleinsten Verletzungen, aber dafür brauchte ihr Körper Blut, und die Unsterblichen achteten darauf, ihren Bedarf so gering wie möglich zu halten, damit sie nicht nach alternativen Quellen suchen mussten.

»Ihr könntet es so machen wie Bastien damals«, schlug Tanner vor. »Ihr könntet ihnen Pädophile geben, von denen sie trinken können.«

Melanie hatte davon gehört. Aus ihrer Sicht eine ziemlich brillante Idee. Da Bastien über keine konstante Versorgung mit Blutbeuteln verfügt hatte, hatten Tanner und er mit Hilfe von Detektiven im Internet einen Pädophilenring aufgespürt und ihren Gefolgsleuten befohlen, sich von ihm zu ernähren.

»Wir haben nicht genug Leute, um sicherzustellen, dass sie sich nicht anderweitig schadlos halten«, erwiderte Seth.

David nickte. »Auch wenn er von seinen Anhängern gefürchtet und respektiert wurde, hat Bastien es nicht geschafft, die schwarzen Schafe unter seinen Gefolgsleuten davon abzuhalten, die Familien der Pädophilen zu töten.«

»Dann betäuben Sie die Vampire doch einfach mit der Droge«, platzte Melanie heraus.

Alle drehten sich zu ihr um.

»Wie war das?«, fragte Bastien.

»Betäubt sie mithilfe der Droge«, wiederholte sie. »Ich habe an Cliff und Joe Experimente durchgeführt, die …« Sie unterbrach sich, als ihr klar wurde, was sie gerade gesagt hatte, und warf Ami einen Blick zu. »Nicht so, wie Sie jetzt wahrscheinlich glauben, Amiriska. Ich verspreche Ihnen: Alles, was ich tue, geschieht grundsätzlich mit ihrem Einverständnis.«

Marcus zog Ami fester an sich, seine Augenbrauen waren zweifelnd zu einem dunklen Strich zusammengezogen.

Melanie, die sich schwor, in Zukunft ihre Worte sorgfältiger zu wählen, fuhr fort: »Was ich sagen wollte: Ich habe mit Cliff und Joe zusammen die Wirkung verschiedener Dosierungen des Betäubungsmittels untersucht, indem ich genau beobachtete, wie sich die Substanz auf sie auswirkt. Und bei diesen – *nicht Experimenten!* – Untersuchungen hat sich herausgestellt, dass es eventuell möglich ist, die gewalttätigen Impulse der Vampire zu unterdrücken. Und zwar mithilfe von regelmäßigen Injektionen einer kleinen Dosis der Droge. Zu den Nebenwirkungen gehört, dass ihnen ein wenig schwindlig ist … diesen Teil mögen sie nicht besonders … Aber insgesamt haben sie weniger psychotische Ausbrüche und haben sich besser im Griff. Mir ist klar, dass das nur eine vorübergehende Lösung ist. Trotzdem könnten Sie diese Tatsache zu Ihrem Vorteil nutzen, falls Sie sich für diese Strategie entscheiden sollten.«

Als sich Bastien in seinem Stuhl zurücklehnte, berührte er unter dem Tisch sanft ihren Arm. »Und die Droge hilft ihnen wirklich?«

Ihr Puls schlug schneller, und sie nickte. »Ja.«

»Emrys hat das Betäubungsmittel benutzt, um sich die Kooperation des Vampirkönigs zu sichern«, bemerkte Seth.

»Tatsächlich?«, fragte Melanie. »Wie genau?«

»Jedes Mal, wenn der Vampirkönig einen seiner jähzornigen Ausbrüche hatte, hat Emrys ihn betäubt. Wenn es ihm gelang, ihn zu treffen, bevor sich der Vampir seiner Wut hingab, erstickte sie der Wirkstoff im Keim … oder wenigstens war er zu erschöpft, um seinem Zorn Ausdruck zu verleihen. Und wenn er bereits dabei war, alles um sich herum in Schutt und Asche zu legen, bremste ihn die Droge und bewirkte, dass er zu müde wurde, um weiterzumachen.«

Ein Hoffnungsschimmer. Wenn die Droge bei dem Vampirkönig gewirkt hatte, dem das Virus das Gehirn bereits zu großen Teilen zerfressen hatte, dann hatte Melanie möglicherweise mehr Zeit als gedacht, um ein Heilmittel für Cliff und Joe zu finden.

»Das ist die Lösung«, sagte Tanner, dessen attraktives Gesicht triumphierend aufleuchtete. »Wenn die Vampire ihre Impulse mithilfe der Droge unterdrücken können, dann kann man auch kontrollieren, von wem sie trinken.«

»Meine Armee bestand aus Männern, die bei klarem Verstand waren, als ich sie angeworben habe. Sie wollten helfen«, sagte Bastien. »Sie wollten keine Monster werden. Und sie wollten keine Unschuldigen verletzen.«

»Dennoch haben sie es getan«, widersprach Roland.

»Ja. Ein paar von ihnen. Aber ich hatte auch keine Möglichkeit, ihren Wahnsinn zu behandeln. Dr. Lipton hat diese Möglichkeit. Und wenn die Droge tatsächlich die beschriebene Wirkung auf die Vampire hat, dann können wir diejenigen unter ihnen aufspüren, für die noch nicht jede Hilfe zu spät kommt. Wir könnten sie rekrutieren und bitten, unser Angebot an ihre Kameraden weiterzugeben.«

»Das Ganze gefällt mir immer noch nicht«, sagte Roland.

Ein Großteil der Anwesenden nickte.

Melanie räusperte sich. »Bei allem Respekt – die Einzigen an diesem Tisch, die das Recht haben, diese Entscheidung zu treffen, sind Seth, David und Bastien.«

Bastiens Kopf fuhr zu ihr herum. Sein Griff um ihren Arm wurde fester.

Die Übrigen starrten sie fassungslos an, als hätte sie gerufen: »Übrigens – in meinem früheren Leben war ich Bugs Bunny!«

»Wie war das bitte?«, fragte Richart schließlich.

Étienne nickte. »Seth und David verstehe ich. Aber was ist so besonders an Bastien?«

Mehr, als sie ahnten – aber das sagte sie nicht laut. »Seth, David und Bastien sind die Einzigen, die die Vampire im Hauptquartier regelmäßig besuchen und mit ihnen reden.«

Bastien warf Seth und David überraschte Blicke zu. »Ihr habt Cliff und Joe besucht?«

Seth nickte langsam. »Ja.«

»Und Vincent auch, als er noch gelebt hat«, sagte David.

»Warum?«, wollte Bastien wissen.

Die übrigen Unsterblichen schien die Antwort auf diese Frage ebenfalls brennend zu interessieren.

»Weil sie uns um Hilfe gebeten haben«, sagte Seth einfach. »Und als sie das getan haben, haben sie sich unserer Sache angeschlossen.«

»Wir kümmern uns um die Unsrigen«, sagte David, »ohne Rücksicht auf ihre Herkunft.«

Seth nickte. »Wir hatten gehofft, dass es möglich wäre, die Phasen zu verlängern, in denen die Vampire bei klarem Verstand sind. Deshalb haben wir versucht, den Gehirnschaden, der durch das Virus verursacht wird, zu heilen.« Die beiden Älteren waren extrem mächtige Heiler und sogar imstande, abgetrennte Gliedmaßen wieder anwachsen zu lassen.

Bastien richtete seine Aufmerksamkeit auf Melanie. »Hat es funktioniert?«

»Nicht so gut, wie wir gehofft hatten«, gab sie widerwillig zu. Sie nahm an, dass Seth und David das auch schon festgestellt hatten. Da sie schon so lange lebten, mussten sie es auch vorher schon versucht haben. »Immerhin sind die Phasen, in denen sie bei klarem Verstand sind, seit Seth' und Davids Besuchen länger geworden. Aber ihre Anstrengungen bewirken nur, dass sich das Fortschreiten der Krankheit verlangsamt. Die Vampire können weder geheilt werden noch ist es möglich, die bereits vorhandenen Schäden zu reparieren.«

»David«, sagte Seth und warf dem Unsterblichen am anderen Ende der Tafel einen langen Blick zu. »Was hältst du von Bastiens Plan?«

Gespanntes Schweigen herrschte im Zimmer, während die Anwesenden auf die Antwort des mächtigen Unsterblichen warteten.

»Die meisten Unsterblichen an diesem Tisch sind zu jung, um sich an die Zeiten zu erinnern, als sich die Menschen zusammenrotteten, um uns zu jagen«, begann David. »Roland, du hast vielleicht eine Ahnung davon, wie das ist. Schließlich bist du vor ein paar Jahrhunderten von deiner sterblichen Verlobten auf diese Art verraten worden.«

Roland blickte finster drein. »Allerdings.«

»Miststück«, brummte Sarah.

Roland lachte bellend, legte einen Arm um seine Frau und küsste sie auf den Scheitel.

Alle starrten ihn an. Selbst nach zwei Jahren war es für die Anwesenden immer noch mehr als seltsam, Roland lächeln und Liebesbeweise austeilen zu sehen.

»Auch wenn die Vampire in der Vergangenheit auf das Internet verzichten mussten, das die Blutsauger von heute so bewundern«, fuhr David fort, »wusste auch damals jeder, dass die Menschen sowohl auf die Vampire als auch auf die Unsterblichen Jagd machten. Und wie Dr. Lipton bereits sagte: Die Erfahrungen, die die Vampire in ihren klaren Momenten machen, behalten sie im Hinterkopf. Das hatte zur Folge, dass sie sich vorsichtig verhielten, um nicht die Aufmerksamkeit der Menschen auf sich zu ziehen, selbst dann, wenn der Wahnsinn sie bereits fest im Griff hatte.«

Melanie nickte. »Die Tatsache, dass selbst der durchgeknallteste Vampir Klingen statt Feuerwaffen benutzt, wenn er Unsterbliche bekämpft oder ein Opfer jagt, ist ein deutliches Anzeichen dafür, dass die Vampire trotz allem um ihre Sicherheit besorgt sind, auch wenn ihr Gehirn ansonsten wie leergefegt ist. Sie wissen, dass sie keine Aufmerksamkeit erregen dürfen, und unternehmen die notwendigen Schritte – ob es ihnen nun bewusst ist oder nicht.«

David nickte. »Deshalb glaube ich auch, dass Bastien recht haben könnte. Ich bin der Meinung, dass wir einen Weg finden sollten, die Situation zu unserem Vorteil zu nutzen. Das hier sind neue Zeiten mit neuen Problemen – aber auch mit neuen Möglichkeiten. Die Regeln haben sich geändert. Wir müssen uns anpassen.« Er warf Bastien ein Blick zu. »Erzähl den Vampiren eine Lügengeschichte. Lass sie glauben, dass Emrys der wahre Grund ist, warum der Vampirkönig und seine Anhänger tot sind. Sie sollen glauben, dass er eine größere Gefahr für die Vampire ist als wir.«

Seth suchte Bastiens Blick. »Finde jene, die unsere Hilfe wollen, und biete sie ihnen an.«

»Und was ist mit denen, die sie nicht wollen?«, fragte Bastien.

»Die müssen getötet werden, daran hat sich nichts geändert. Sie würden weiter Unschuldigen nachstellen, und außerdem würden sie wahrscheinlich auf irgendwelchen Blödsinn hereinfallen, den Emrys und seine Männer ihnen auftischen.«

Roland beugte sich vor. »Und diese Aufgabe willst du ernsthaft Bastien anvertrauen? Sich mit den Vampiren zu treffen und mit ihnen zusammen einen Plan auszuhecken? Noch einmal?«

Seth sah Roland an. »Nein, diese Aufgabe vertraue ich euch *allen* an.«

Roland presste die Lippen zu einem schmalen Strich zusammen. »Auf keinen Fall riskiere ich Sarahs Sicherheit, um in einer Kampfpause mit meinen Widersachern das Gespräch zu suchen, um mich mit Vampiren anzufreunden, die höchstwahrscheinlich nur daran interessiert sind, uns die Köpfe vom Leib zu trennen.«

Sarah befreite sich aus seiner Umarmung, damit sie ihm ins Gesicht sehen konnte. »Du solltest dir lieber Gedanken um deine eigene Sicherheit machen, statt dich um meine zu sorgen, Liebster. Denk dran, ich bin genauso stark wie du, und auch genauso wachsam.«

»Wir sprechen später noch einmal darüber.«

»Nein, das werden wir nicht. Wenn Seth und David der Meinung sind, dass es den Versuch wert ist, dann sollten wir es auch versuchen. Sie sind viel älter als wir beide und haben in diesen

Dingen mehr Erfahrung. Ich vertraue ihrem Urteil, und das solltest du auch.«

Mit finsterem Blick zog er sie wieder fest an sich.

»Eine Sache bereitet mir Sorgen«, meldete sich Lisette zu Wort, wobei ihr Blick zwischen Seth und David hin- und herwanderte. »Trotz seiner Gabe waren Bastiens Anhänger in der Lage, ihn zu täuschen. Sie haben ihn davon überzeugt, dass sie seine Befehle befolgten, obwohl sie es nicht taten. Dasselbe könnte jedem Unsterblichen passieren, der keine telepathischen Fähigkeiten besitzt.«

»Für David und mich ist es leicht herauszufinden, wer von ihnen wirklich unsere Hilfe will«, sagte Seth mit sanfter Stimme. »Dasselbe gilt für dich und Étienne. Richart und ich werden den Übrigen von euch jederzeit zur Verfügung stehen. Wenn einer von euch auf einen Vampir trifft, der sich dazu eignet, sich unserer Sache anzuschließen, dann ruft mich an. Ich werde mich umgehend zu eurem Standort teleportieren und seine Gedanken lesen. Oder ruft Richart an, damit er Lisette oder Étienne zu euch bringt, um dasselbe zu tun.«

Tanner schien der Einzige zu sein, dem dieser Plan wirklich gefiel.

»Und für den Fall, dass einer von euch auf Emrys' Schattenarmee trifft und sich einen Betäubungspfeil einfängt«, warnte Seth, »verschwindet auf der Stelle, und verständigt euren Sekundanten, bevor ihr das Bewusstsein verliert. Versucht nicht, die Soldaten auf eigene Faust festzunageln.«

»Das alles wäre viel einfacher, wenn wir ein Gegenmittel hätten«, betonte Roland und sah Melanie an. »Ist es Ihnen gelungen, eins zu entwickeln?«

Vor Nervosität machte Melanies Herz einen kleinen Sprung. Tatsächlich war es so, aber … »Wir arbeiten noch daran.« Aus dem Augenwinkel nahm sie wahr, dass Bastien sie aufmerksam musterte, aber sie wich seinem Blick aus. Aus irgendeinem Grund fiel es ihr schwer, ihn anzulügen.

»Wie ich bereits sagte«, sprach Seth weiter, »auch wenn das nicht eurem Naturell entspricht – verlasst das Schlachtfeld sofort, wenn ihr betäubt werdet. Ruft umgehend euren Sekundanten an und bringt euch in Sicherheit.«

Dieser Befehl würde nicht leicht zu befolgen sein. Sie alle waren darauf trainiert worden, bis zum bitteren Ende zu kämpfen, selbst wenn es den eigenen Tod bedeutete. Flucht war normalerweise keine Option.

Schuldgefühle überwältigten Melanie. Wenn sie nur den Mut hätte, diese verdammte Substanz zu testen, die sie hergestellt hatte! Dann hätte sie den Unsterblichen Wächtern das, was sie zweifellos als große Schande betrachteten, ersparen können.

Seth warf David einen Blick zu. »Wäre damit alles geklärt?«

David nickte.

»Okay, dann wäre das alles.«

Stühle wurden zurückgeschoben, die Unsterblichen und ihre Sekundanten erhoben sich. Beim Hinausgehen machten sie einen großen Bogen um Bastien und Tanner.

Melanie kam nicht mehr dazu, ihre Schlüsse zu ziehen, weil urplötzlich der Raum um sie verschwamm und sie unvermittelt mit Bastien, Seth und Tanner auf einer Wiese stand.

Seth ließ die Schultern der beiden Männer los und warf Melanie einen überraschten Blick zu. »Ich muss mich bei Ihnen entschuldigen, Dr. Lipton. Mir war nicht bewusst, dass Bastien sie berührt hat, sonst hätte ich damit gewartet, ihn hierher zu teleportieren.«

»Oh.« So war das also, wenn man teleportiert wurde? Cool.

Eine eisige Brise ließ sie frösteln. Das Licht des Vollmonds, das die Lichtung beschien, war hell genug, um den unkrautüberwucherten Feldweg und die großen Krater im Boden zu erkennen. Sie sahen aus, als hätte ein Vulkan Erde statt Feuer und Lava ausgespuckt.

»Wo sind wir?«

»Das ist mein früheres Versteck«, beantwortete Bastien ihre Frage und ließ ihren Arm los. (Hatten seine Finger eine Sekunde länger auf ihm verweilt als nötig?) »Oder vielmehr das, was davon übrig geblieben ist.«

Dies war also die Festung, in der Bastiens Vampirarmee gehaust hatte?

Melanie sah sich noch einmal gründlicher um, aber abgesehen von den dunklen Bäumen, die einen kleinen Halbkreis um sie herum bildeten, fiel ihr nichts Ungewöhnliches auf. Wenn Seth gar nicht die Absicht gehabt hatte, sie an diesen Ort zu teleportieren … »Wäre es Ihnen lieber, wenn ich gehe?« Sie wusste zwar nicht, wohin, aber …

»Nein«, erwiderte Seth. »Ich wollte damit nicht sagen, dass Sie nicht willkommen sind. Ich wollte mich nur dafür entschuldigen, dass ich Sie ohne jede Vorwarnung hierher teleportiert habe.«

»Entschuldigung angenommen.«

Tanner streckte ihr seine Hand hin. »Ich bin übrigens Tanner Long.« Er war ein gut aussehender Mann, etwa Mitte dreißig, und er trug lange Hosen und ein Hemd. Durch sein kurzes blondes Haar hob er sich stark von den Unsterblichen mit ihrem schwarzen Haar und den braunen Augen ab. Außerdem trug er eine Brille mit Drahtgestell, was ihn ebenfalls von den anderen unterschied. Dem Aussehen nach hätte man ihn für einen Bankangestellten oder Buchhalter halten können. Oder für einen Hochschulprofessor.

Einen attraktiver Hochschulprofessor, würde Linda wahrscheinlich sagen, um im Anschluss »Teach me Tonight« zu trällern.

Melanie schüttelte seine Hand. »Melanie Lipton. Freut mich, Sie kennenzulernen.«

»Die Freude ist ganz auf meiner Seite. Jetzt habe ich zum ersten Mal Gelegenheit, Ihnen für alles zu danken, was sie für Vince, Cliff und Joe getan haben. Ich glaube, dass ein paar von den Unsterblichen und den Mitarbeitern des Netzwerks so lange gegen die Vampire gekämpft haben, dass sie vergessen haben, in welcher Notlage die sich befinden. Aber bei Ihnen ist das anders.«

Dass er das sagte, bedeutete ihr viel. »Ich wünschte, ich hätte mehr für Vince tun können.«

»Abgesehen von Bastien waren Sie die Einzige, die wirklich versucht hat, ihm zu helfen. Das wusste er zu schätzen, glauben Sie mir.«

»Ich danke Ihnen.«

Bastiens Blick, der zwischen Melanie und Tanner hin- und hergewandert war, glitt zu Seth. »Was machen wir überhaupt hier?«

»Ich wollte dir nicht vor den anderen sagen, dass ich beschlossen habe, Tanner zu deinem Sekundanten zu ernennen. Ich dachte, du würdest vielleicht etwas Dummes sagen, wie zum Beispiel …«

»Ich brauche keinen Sekundanten«, widersprach Bastien sofort.

»… genau *das*«, beendete Seth seinen Satz.

Tanner musterte Bastien nachdenklich. »Als du mit den Vampiren zusammengearbeitet hast, hast du auch einen Sekundanten gebraucht.«

»Das war was anderes.«

»Eigentlich nicht.«

Seth hob die Hand, um Bastien davon abzuhalten, mit etwas herauszuplatzen, das ihm offenbar auf der Zunge lag. »Wenn du deinen Pflichten als Unsterblicher Wächter nachkommen möchtest, ohne einen – wie du es ausdrückst – *Babysitter* an deiner Seite, dann brauchst du einen Sekundanten.«

Stirnrunzelnd stemmte Tanner beide Hände in die Hüfte. »Und ich habe immer geglaubt, dass du mit meiner Arbeit zufrieden warst.«

»Das war ich auch.«

»Falls du dir Sorgen machst, dass ich nicht an deiner Seite kämpfen könnte, dann kann ich dich beruhigen. Die Leute vom Netzwerk trainieren mich jetzt schon seit fast zwei Jahren.«

»Das ist es nicht.«

»Was ist es dann?«

Das hätte Melanie auch gern gewusst. Sie hätte gedacht, dass sich Bastien über dieses Arrangement freuen würde.

»Wenn du mein Sekundant werden würdest, dann würden die anderen dich meiden, wenn nicht Schlimmeres …«

Tanner lachte. »Teufel noch mal. Darüber machst du dir Sorgen? Dass die anderen Sekundanten mich nicht akzeptieren könnten? Wir sind nicht mehr auf der Highschool, Bastien. Mir ist es scheißegal, wer mich mag und wer nicht.«

4

Bastien spannte unwillkürlich die Muskeln an. Zum einen konnte er es nicht leiden, wenn seine Warnungen achtlos in den Wind geschlagen wurden, und zum anderen hatte er den Eindruck, dass Tanner nicht wirklich wusste, worauf er sich einließ. »Du hast recht, wir sind nicht mehr auf der Highschool. Das hier ist kein Beliebtheitswettbewerb ohne Bedeutung für unser weiteres Leben. Hier geht es um Leben und Tod. Wenn die anderen Sekundanten dich nicht akzeptieren, dann kannst du dich auch nicht auf sie verlassen, falls du ihre Hilfe brauchst.« Er sah Seth an. »Sag's ihm.«

Aber Seth schüttelte den Kopf. »Entweder sie arbeiten mit ihm zusammen, oder sie müssen sich vor Chris Reordon verantworten.«

»Dem es große Freude bereiten dürfte, mir dabei zuzusehen, wie ich auf die Schnauze falle. Und ich bin mir sicher, dass das für jeden gilt, den er als meinen Verbündeten betrachtet.«

Jetzt ergriff Melanie das Wort. »Wenn das stimmen würde, hätte ich keinen Job.«

Bastien starrte sie an. »Wie bitte?«

»Wer hat Mr Reordon wohl dazu überredet, Ihnen die regelmäßigen Besuche bei Cliff und Joe zu erlauben?«

»Seth.«

»Eigentlich«, bemerkte Seth, »war es Dr. Lipton. Ich habe nur zugestimmt.«

»Außerdem haben Richart und ich dafür gesorgt, dass Mr Reordon Sie nicht in der Arrestzelle angekettet hat«, erklärte sie. »Und auch wenn ihm das nicht gefallen hat, hat er mich deswegen nicht gleich rausgeworfen.«

Tatsächlich begriff Bastien immer noch nicht, warum sich Richart für ihn eingesetzt hatte, und was Dr. Lipton dazu getrieben hatte, verstand er ebenso wenig.

Bei Tanner hingegen …

Bastien warf Melanie einen unbehaglichen Blick zu. Er hätte es vorgezogen, das nicht direkt vor ihr zu tun, sah aber keine andere Möglichkeit. Seth würde diese Sache nicht einfach auf sich beruhen lassen.

»Hör zu«, sagte Bastien zu dem einzigen Mann, den er in den vergangenen Jahren als echten Freund betrachtet hatte. »Das letzte Jahrzehnt ist für dich ziemlich beschissen gelaufen. Schlimm genug, was mit deinem Sohn passiert ist.« Tanners Sohn war von einem Pädophilen entführt und ermordet worden, und Bastien hatte den Mann aufgespürt und bestraft … genüsslich und ausgiebig. »Als Nächstes habe ich dich in meinen aberwitzigen Feldzug gegen die Unsterblichen Wächter verwickelt, und du hast dein Leben in der Gesellschaft von Vampiren verbringen müssen, die dir anscheinend am liebsten jedes Mal den Hals umgedreht hätten, wenn ich gerade nicht da war.«

»Vampire, die mir dabei geholfen haben, die Straßen von Pädophilenschweinen zu befreien.«

»Was ich sagen will, ist, dass du jetzt die Chance auf ein besseres Leben hast. Wenn du mein Sekundant wirst, werden die Leute dich mit Scheiße bewerfen, sobald du ihnen den Rücken zuwendest. Das musst du dir wirklich nicht antun.«

»Aber sicher muss ich das«, erwiderte Tanner grinsend. »Dadurch wird das Leben doch erst so richtig interessant, findest du nicht?«

Bastien starrte ihn eine Sekunde lang wortlos an und schüttelte dann den Kopf. »Also gut, du Spinner. Ich wollte dich ja nur vor einem Fehler bewahren, aber wenn du so fest entschlossen bist, dir das Leben zu versauen …«

»Geteiltes Leid ist halbes Leid«, erwiderte Tanner unbeirrt.

Bastien, Seth und Melanie verdrehten die Augen.

»Da wir das jetzt geklärt haben, kann Tanner bei David einziehen.« Seth legte den Kopf auf die Seite und lauschte. »Ich werde ihn dorthin bringen, damit er sich in einem der Gästezimmer einrichten kann.«

Ihn? »Kehren wir nicht alle zu Davids Haus zurück?«

»Nein. Ich halte es für besser zu warten, bis die anderen gegangen sind, ehe du zu David zurückkehrst.«

»Weil du ihnen meine Anwesenheit nicht zumuten willst?«

»Nein. Weil ich Davids neue Möbel retten will. Abgesehen davon ist die neue Wandfarbe noch nicht ganz trocken – die nach der Prügelei, die du beim letzten Treffen angezettelt hast, nötig war. Und die neuen Möbel stehen noch nicht lange genug, um auch nur eine leichte Staubschicht anzusammeln. Ich will nicht riskieren, dass du wieder den Mund aufmachst und irgendetwas Dämliches sagst, das den anderen einen Vorwand liefert, dich grün und blau zu schlagen.«

»Es ist nicht mein Problem, wenn sie zwar austeilen, aber nicht einstecken können«, kommentierte Bastien schnippisch.

»Ich sag dir jetzt mal was«, sagte Seth. »Niemand *zwingt* David dazu, sein Haus den Unsterblichen, ihren Sekundanten und den Netzwerkmitarbeitern zu öffnen. Er tut das, weil er weiß, wie einsam das Leben eines Unsterblichen sein kann, und weil er uns eine Familie bieten möchte, an die wir uns wenden können, wenn wir uns einsam fühlen. Eine Familie, bei der man sich wohlfühlt und mit der man – nun ja – auch einfach mal Spaß haben kann. Eine Familie, der wir nicht dabei zusehen müssen, wie die einzelnen Mitglieder älter werden und sterben. Ich habe David nicht darum gebeten, dein Mentor zu werden.

Er hat das von selbst angeboten. Als alle anderen deine Hinrichtung gefordert haben, hat David dich mit offenen Armen aufgenommen. Das Mindeste, was du für ihn tun kannst, ist wohl, dich ausnahmsweise mal mit provokanten Bemerkungen zurückzuhalten – damit sein Haus nicht aussieht, als wäre gerade ein Tornado hindurchgerast.«

Verdammt! Seth wusste wirklich, wie man einen erwachsenen Mann dazu brachte, sich wie ein Teenager zu fühlen, der von seinen Eltern eine Standpauke zu hören bekam. Wenn man Bastiens Alter bedachte, war das eine ziemliche Leistung.

Bastien weigerte sich, den Kopf zu senken und einfach nur *Ja, Sir* zu sagen. Schließlich hatte er um all diese Dinge nicht gebeten.

Dennoch würde er sich darum bemühen, seine bissigen Kommentare auf den Trainingsraum zu begrenzen, wo das Haus weniger in Mitleidenschaft gezogen wurde, wenn es zu einem Kampf kam.

»Die anderen werden bald zu ihrer nächtlichen Jagd aufbrechen. Ich schicke Richart her, sobald ich bei David bin.« Seth warf Melanie einen Blick zu. »Frieren Sie auch nicht, Dr Lipton?«

Sie lächelte. »Mir geht es gut, vielen Dank.«

Seth drehte sich wieder zu Bastien um. »Übrigens bekommst du Gesellschaft.«

Bastiens Blick glitt zu Melanie.

»Nicht sie«, sagte Seth gereizt. »Ein Rudel Vampire ist hierher unterwegs. Du müsstest sie jeden Moment hören können.« Er streckte die Hand aus und berührte Tanner an der Schulter.

»Warte!«

»Was ist denn?«

Fassungslos starrte Bastien ihn an. »Was soll das heißen? Nimmst du Dr. Lipton nicht mit?«

»Nein. Ich möchte, dass sie weiter deinen Gesundheitszustand überwacht.«

»Während ich gegen Vampire kämpfe?«, fragte Bastien ungläubig.

»Sie ist für solche Fälle trainiert worden.« Seth warf Melanie einen fragenden Blick zu, die nickend ihr Einverständnis gab.

Eine Sekunde später waren Seth und Tanner verschwunden.

Bastien konnte es nicht glauben. Er drehte sich zu Melanie um. »Was hat er damit gemeint, dass Sie trainiert worden sind?«

Verlegen zuckte sie mit den Achseln. »Ich weiß, wie man Vampiren einen ordentlichen Arschtritt verpasst.«

Sie sagte das mit solchem Widerwillen, dass Bastien Mühe hatte, ein Grinsen zu unterdrücken.

»Was denn?«, hakte sie stirnrunzelnd nach. »Trauen Sie mir das etwa nicht zu?« Sie verschränkte die Arme vor der Brust, was aber nur dazu führte, dass seine Aufmerksamkeit auf ihre wunderschönen Brüste gelenkt wurden.

»Nein, es ist nur …« *Schau nach oben!* »Sie haben so zerknirscht ausgesehen, als Sie das gesagt haben – als ob Sie zugegeben hätten, gerade einen Furz gelassen zu haben, oder so was in der Art.«

Sie lachte und ließ die Arme sinken. »Es war nur merkwürdig, das zu sagen. Ich spreche nicht gern über mich selbst.«

Etwas so Banales wie ein Lächeln hätte eigentlich nicht dazu führen dürfen, dass sein Herz schneller schlug und sein Körper auf eine Weise reagierte, die man nicht gerade als jugendfrei bezeichnen konnte. Ein einfaches Lächeln sollte wirklich nicht zu solchen Reaktionen führen.

Aber so war es. Ihr Lächeln bezauberte ihn so, dass es ihm unmöglich war, es nicht zu erwidern.

Daraus konnte nichts Gutes entstehen.

In diesem Augenblick fing er die Geräusche mehrerer Personen auf. Sie näherten sich ihnen durch den Wald. Fünf Vampire waren in ihre Richtung unterwegs. Sie waren immer noch ein paar Kilometer entfernt und schienen es nicht eilig zu haben. Deutlich wahrnehmbarer Blutgeruch verschiedener Blutgruppen begleitete sie. Sie mussten gerade erst getrunken haben.

Das war wirklich seltsam. Der Wahnsinn, der die Vampire befiel, führte normalerweise dazu, dass sie sich extrem paranoid verhielten, und genau deshalb mieden sie die Gesellschaft anderer Vampire. Selbst die Vampire, die sich unter Bastiens Herrschaft zusammengerottet hatten, waren nur deshalb nicht bei den geringsten Anlässen übereinander hergefallen, weil sie Angst davor gehabt hatten, dass Bastien sie bestrafte. Er hatte nicht gelogen, als er gesagt hatte, dass die Vampire einem nur gehorchten, wenn sie einen fürchteten. Genauso wie der Vampirkönig hatte er einige Exempel statuieren müssen, damit sie genug Angst vor ihm hatten. Und obwohl er dazu keine Machete eingesetzt hatte, war es ihm dennoch schwergefallen.

»Was ist los?«, fragte Melanie. Sie hatte wirklich unglaublich schöne braune Augen.

Reiß dich endlich zusammen.

»Fünf Vampire, die gerade erst getrunken haben.«

Verdammt sollte er sein, wenn sie nicht klangen wie ein paar ganz normale Typen, die die Zeit totschlugen, bis im Kino um die Ecke der Film anfing.

Das könnte interessant werden.

Wenn er sich nicht um Melanies Sicherheit gesorgt hätte, hätte er sich auf die Auseinandersetzung gefreut. »Über welche Art Training reden wir hier?«, fragte er. »Selbstverteidigung?« Er musste wissen, welchem Risiko er sie aussetzen konnte, wenn die Vampire angreifen. Am liebsten wäre es ihm, wenn sie gar nicht angreifen würden, wenn er gleich in der ersten Nacht Glück hätte und es ihm gelänge, Verbündete zu gewinnen. Leider griffen Vampire *immer* an. Und wenn sie es nicht taten, hatten sie irgendwelche Hintergedanken.

»Selbstverteidigung«, bestätigte sie. »Kampfsport. Waffen. Da wir gerade davon sprechen, Sie müssen mir welche leihen. Ich habe keine dabei, wenn ich zur Arbeit gehe, da Mr Reordon nicht will, dass Cliff und Joe sie in die Finger bekommen.« Plötzlich hellte sich ihre Miene auf. Sie griff in die Gesäßtasche ihrer Jeans und zog drei Gegenstände heraus, die aussahen wie EpiPens: Spritzen gegen allergische Reaktionen, die man sich selbst setzen konnte. In Wirklichkeit handelte es sich vermutlich um Autoinjektoren, die das Betäubungsmittel enthielten. »Ich habe nichts außer diesen hier.«

Bastien betrachtete sie nachdenklich. Drei Autoinjektoren. Fünf Vampire. Daraus ließ sich etwas machen. Vielleicht konnte er doch noch diese Nacht damit anfangen, erste Kontakte zu knüpfen.

»Ich sage Ihnen was …« Er zog seine Langschwerter und ließ sie durch die Luft sausen. »Wissen Sie, wie man damit umgeht?«

»Natürlich.« Ihre einfache Antwort, ohne jeden Hauch von Angeberei, überzeugte ihn. Richarts Sekundant gab ständig mit seinen Fähigkeiten an, aber Bastien wartete immer noch darauf, ihn auch nur einen einzigen Schwertkampf gewinnen zu sehen.

»Dann tauschen wir. Ich gebe Ihnen die Langschwerter, und Sie geben mir die Injektoren.«

Melanie musterte die Schwerter. »Ich bevorzuge Dolche.«

Lächelnd schob Bastien die beiden Katanas zurück in die Schwertscheiden und zog einen Dolch aus einer der Schlaufe im Innenfutter seines Mantels.

Melanie reichte ihm die Injektoren mit einem bedächtigen Lächeln. »Sie verlieren keine Zeit.«

Sein Puls schlug schneller.

Als er nicht antwortete, deutete sie auf den Wald. »Also haben Sie vor, gleich mit dem Rekrutieren anzufangen?«

Achselzuckend studierte er die Injektoren. Er wagte es nicht, Melanie anzusehen, denn in diesem Moment hätte er nicht die Hand dafür ins Feuer legen können, was er dann tun würde – diese Frau war einfach unwiderstehlich. »Wir sollten keine Zeit verlieren. Wie funktionieren die?«

»Sie müssen erst die rote Kappe entfernen, dann die Spitze auf die Haut pressen und drei Sekunden warten.«

Bastien entfernte die roten Verschlusskappen. »Drei Sekunden können ziemlich lang sein.«

In drei Sekunden überquerte Bastien ein komplettes Fußballfeld.

»Ich weiß. Aber normalerweise brauchen Autoinjektoren zehn Sekunden, um die volle Dosis abzugeben. Ich habe den Zeitraum so stark reduziert, wie ich konnte.«

Er nickte und reichte ihr einen zweiten Dolch. Dann noch einen und noch einen.

Sie brachte die Dolche in verschiedenen Taschen ihrer Kleidung unter.

Die Vampire waren inzwischen nah genug herangekommen, um zu hören, worüber Bastien und Melanie sprachen.

Bastien suchte ihren Blick, berührte sein Ohr mit dem Finger und deutete dann auf den Wald östlich von ihnen.

»Der Vampirkönig ist schuld an diesem ganzen Schlamassel«, begann er mit seiner Show. »Er hätte ihm niemals glauben dürfen.«

Melanie nickte. »Der Vampirkönig würde noch leben, wenn er ihm nicht auf den Leim gegangen wäre. Er *und* seine Armee würden noch leben.«

Die Vampire blieben stehen und dämpften ihre Stimmen.

»Das ist ein alter Taschenspielertrick«, sprach Bastien weiter. »Bring die Vampire dazu, ihre ganze Aufmerksamkeit auf die Unsterblichen zu richten ...«

»... und sie merken gar nicht, dass ein neuer Feind auf der Bildfläche erschienen ist«, beendete Melanie seinen Satz. Ihre warme Stimme vibrierte vor Anteilnahme.

»Die Vampire auszulöschen wird für ihn genauso leicht, wie den Vampirkönig und seine Armee zu zerstören. Und die Unsterblichen sind als Nächstes dran.«

Ihr Publikum fing an, fast unhörbar durcheinanderzureden.

»Die meisten Vampire glauben, dass die Unsterblichen Wächter den Aufstand des Vampirkönigs niedergeschlagen hätten.«

»Ein paar kennen die Wahrheit. Aber nicht genug. Die Unsterblichen hätten niemals gesiegt, wenn nicht schon vorher so viele seiner Gefolgsleute getötet worden wären«, log Bastien.

»Na ja, da die Vampire jetzt keinen Anführer mehr haben, weiß ich nicht, wie man sie warnen könnte.«

Blätter raschelten, als die Vampire plötzlich schneller wurden und auf die Lichtung stürmten.

Bastien schob sich schützend vor Melanie und fluchte leise, als sie zwei Schritte zur Seite machte und ihn mit gerunzelter Stirn ansah.

Rötliche Blätter, die sich durch das kühle Wetter bereits von den Zweigen gelöst hatten, wurden durch die Luft gewirbelt und trudelten dann zu Boden wie Süßigkeiten aus einer Piñata.

Staub wirbelte auf und verdichtete sich zu einer Wolke, als die Vampire abrupt abbremsten und sich vor ihnen aufbauten. Sie stellten sich in einer Reihe vor ihnen auf, ihre Hände hingen rechts und links herunter, als wären sie Revolverhelden, die sich auf den Showdown vorbereiteten.

Ziemlich schlampige Revolverhelden.

Ohne Revolver.

Die Vampire waren unterschiedlich groß. Der Kleinste war ungefähr so groß wie Melanie – etwa ein Meter fünfundsechzig –, und der Größte kam an Bastiens Körperlänge heran, also ungefähr ein Meter fünfundachtzig. Wie so oft handelte es sich bei den Vampiren um junge schlaksige Männer, die niemals in ihrem Leben eine Hantel gestemmt hatten. Da sie keine sackartigen Jeans trugen, war ihre Statur deutlich zu erkennen. Ein blonder Vampir trug eine Lederjacke, die er wahrscheinlich einem seiner Opfer geklaut hatte. Sein Kumpan hatte kastanienfarbenes Haar und trug ein Carolina-Panthers- Sweatshirt. Der dritte Vampir, dessen kurzes rabenschwarzes Haar ölig glänzte, weil er offenbar eine ganze Dose Murray's Pomade darauf verteilt hatte, war vollständig in Schwarz gekleidet. Schwarze Kunstlederhose. Schwarzes Hemd. Schwarze Kunstlederkrawatte. Schwarzer Gürtel. Glänzende schwarze Slipper. Bastien war sich nicht ganz sicher, welchem Vorbild der Vampir mit seinem Outfit nacheiferte, aber es war auf jeden Fall schiefgegangen.

Die beiden anderen Blutsauger, von denen Bastien annahm, dass sie noch nicht sehr lange mit dem Virus infiziert waren, trugen identische Tar-Heels-Sweatshirts.

Drei der Vampire, nämlich jene, deren Augen bereits durchdringend leuchteten und deren Reißzähne deutlich sichtbar waren, waren blutbespritzt. Bei den beiden anderen war nichts davon zu sehen.

»Wer zum Henker seid ihr?«, fragte der blonde Vampir mit der Lederjacke und den Blutflecken auf der Kleidung.

»Genau, Alter«, sekundierte ihm der Blutsauger mit dem kastanienbraunen Haar. »Was macht ihr hier?«

Demonstrativ ließ Bastien den Blick über die Lichtung schweifen. »Wenn ich mich nicht irre – und ich bin mir sicher, dass es so ist –, gehört euch dieses Gelände nicht. Also habe ich jedes Recht, mich hier aufzuhalten.«

»Beantworte seine Frage, Arschloch«, sagte der Blonde und machte einen Schritt nach vorn, der vermutlich einschüchternd wirken sollte.

»Ich halte mich aus demselben Grund hier auf wie ihr. Dieser Ort bedeutet mir etwas.« Bastien fuhr die Reißzähne aus.

»Er ist ein Vampir, so wie wir«, sagte einer der beiden Vampire mit den Tar-Heels-Sweatshirts.

»Ich weiß nicht«, brummte der andere. »Die Frau ist eine Sterbliche. Hat nicht einer der Unsterblichen Wächter eine weibliche Sterbliche, die ihm als Sekundantin dient?«

Die fünf Vampire spannten die Muskeln an.

»Bist du Roland?«, wollte der blonde Vampir wissen.

Seufzend warf Bastien Melanie einen Blick zu. »Warum glauben so viele Vampire, dass Roland der einzige Unsterbliche mit einer menschlichen Gefährtin ist?«

»Gefährtin?«, wiederholte Melanie, die plötzlich sehr interessiert wirkte. »Dann bin ich also Ihre Gefährtin?«

»Legen Sie's nicht darauf an.« Allein der Gedanke bewirkte, dass erotische Bilder durch sein Gehirn wirbelten, und er musste jetzt wirklich einen klaren Kopf behalten.

Später allerdings …

Nein. Auch nicht später. Melanie war tabu.

»Was ist eine Gefährtin?«, fragte der Vampir, der in den Topf mit Pomade gefallen war.

Bastien richtete seine Aufmerksamkeit wieder auf die Vampire. »Was macht *ihr* hier?«

Der Blondschopf reckte das Kinn vor. »Ich habe vor einiger Zeit hier gelebt. Ich war einer von Bastiens Soldaten.«

»Nein, das warst du nicht.« Bastien hatte diese kleine Rotznase noch nie gesehen.

»Und nicht nur das«, entgegnete der andere starrsinnig. »Ich habe nicht einfach nur zum Fußvolk gehört. Ich war sein Sekundant.«

»Nein, warst du nicht«, wiederholte Bastien.

»Woher zum Henker willst du das wissen?«, platzte der Vampir heraus, der jetzt frustriert wirkte.

»Weil ich Bastien bin, du Trottel.«

Melanie seufzte laut und warf Bastien einen Blick zu, der so viel besagte wie: *Ist das Ihr Ernst? So wollen Sie die Vampire dazu bringen, mit Ihnen zu kooperieren?*

Innerlich zuckte Bastien mit den Achseln. Immerhin hatte er es versucht. Allerdings hatte er noch nie viel Verständnis gehabt für Leute, die nur Schwachsinn redeten. Insbesondere, wenn dieser Schwachsinn mit einem stinkenden Riesenhaufen Arroganz gepaart war.

Der Blondschopf setzte zum Sprung an, blieb jedoch abrupt stehen, ehe die anderen mehr tun konnten, als die Muskeln zu spannen. Verblüfft starrte er hinunter auf den Dolch, dessen Griff aus seiner Brust ragte.

Den Dolch, den Melanie geworfen hatte.

Bastien drehte sich zu ihr um. »Und das ist *Ihre* Strategie, andere zur Zusammenarbeit zu bewegen?«

Sie schnitt eine Grimasse. »Tut mir leid. Reiner Instinkt.«

Mühsam musste er ein Grinsen unterdrücken – das war wirklich die reinste Stümperei, was sie hier betrieben. Bastien stürzte sich in den Kampf.

Während Melanie noch damit beschäftigt war, sich für ihre spontane Reaktion zu verfluchen, stürmte Bastien vorwärts und mähte den Blondschopf nieder wie ein Football-Linebacker seinen Gegner auf dem Spielfeld. Ohne das Tempo zu drosseln, schnappte er sich den Panthers-Fan und versuchte, beide gleichzeitig zu überwältigen. Die drei gingen krachend zu Boden, wobei aus den kleinen Kratern, die sie in das Erdreich rissen, Erde und winterbraune Blätter in die Luft geschleudert wurden. Bastien lehnte sich zurück und rammte just in dem Moment die beiden Autoinjektoren in seine Widersacher, als die verbliebenen drei Vampire vorwärtsschossen.

Melanie schleuderte zwei Dolche. Der eine traf den Vampir mit dem nach hinten gegelten Haar in die Brust, während sich der andere in Tar Heels Bizeps bohrte. Beide blieben unvermittelt stehen und versuchten, die Klingen herausziehen, sodass Bastien genug Zeit blieb, den beiden Vampiren, die er festhielt, die volle Dosis Betäubungsmittel zu verpassen.

Der andere Tar-Heels-Fan blieb in Bewegung. Er sauste an Bastien und seinen Kumpanen vorbei, um sich auf Melanie zu stürzen.

Vor Angst stockte ihr der Atem. Sie warf einen weiteren Dolch, aber der Vampir wich rechtzeitig aus, sodass das Messer an ihm vorbeiflog und den Blutsauger mit dem zurückgegelten Haar am Hals erwischte.

Da sie nur noch zwei Dolche übrig hatte, machte Melanie ein paar Schritte nach hinten, während sie die beiden Klingen vor sich durch die Luft sausen ließ, um sich zu verteidigen. Sterbliche hatten wenig Aussichten gegen einen Vampir, da dieser über viel größere Körperkräfte verfügte. Ihre einzige Chance bestand darin vorauszusehen, wo der Vampir angreifen würde, und dann zu versuchen, den Schlag vorher abzuwehren. Melanie war immer gut darin gewesen, den nächsten Schritt vorauszusehen. Außerdem neigten Vampire dazu, Sterbliche, die sie herausforderten, zu unterschätzen. Sie liebten es, mit ihrem Opfer zu spielen, bevor sie es ernsthaft angriffen.

In letzter Sekunde ließ sich Melanie zu Boden fallen. Als der Vampir über sie hinwegflog, streifte sie ein Windzug.

Mit klopfendem Herzen richtete sie sich wieder auf und stellte sich dem Vampir kampfbereit entgegen, als dieser auf dem Boden aufkam und herumwirbelte.

Sein Gesicht war zu einer wütenden Grimasse verzogen. Die Hände hatte er zu Fäusten geballt, und seine blauen Augen leuchteten so hell wie der Mond über ihren Köpfen. Mit höhnisch verzogenem Mund zog er ein Butterflymesser aus der Tasche, öffnete es und umfasste den Griff fester.

Abwartend balancierte Melanie auf den Fußballen und umklammerte ihre Dolche.

Der Vampir wurde so schnell, dass er zu einem Farbklecks verschwamm.

Melanie wich seitlich aus, machte mit den Dolchen ein paar schnelle Bewegungen und trat einen Schritt nach hinten.

Scharfer Schmerz schoss durch ihren Oberschenkel. Schnell nahm sie wieder ihre Verteidigungshaltung ein und beobachtete, wie der Vampir stehen blieb und auf die beiden langen Risse in seinem Sweatshirt hinunterstarrte. Der eine Schnitt zog sich von seinem Oberkörper bis hinunter zur Hüfte, der andere befand sich an seiner Seite und dem unteren Rücken. Die Ränder der beiden Schnitte verfärbten sich blitzschnell dunkelrot, da beide Wunden stark bluteten.

Zähneknirschend griff er erneut an.

Wieder ließ sich Melanie fallen. Dieses Mal erwischte der Vampir sie mit dem Fuß schmerzhaft an den Rippen, als er mit hoher Geschwindigkeit über sie hinwegstürmte, ohne abstoppen zu können. Er flog mehrere Meter weit und kam ungeschickt auf dem Boden auf.

Der Knabe war nicht gerade die hellste Birne im Leuchter.

Melanie stand auf und kämpfte gegen den Drang an, sich an die verletzten Rippen zu greifen. Eine weitere Lektion, die sie während ihres Trainings gelernt hatte, besagte, niemals einen Gegner auf eine Schwachstelle aufmerksam zu machen. Lass durchblicken, dass du verletzt bist, und er wird die Situation zu seinem Vorteil nutzen.

Rascheln und dumpfes Poltern ertönten hinter ihr. Obwohl sie sich nichts sehnlicher wünschte, als zu sehen, wie sich Bastien hielt, wagte sie es nicht, den Vampir vor sich aus den Augen zu lassen. Er rappelte sich wieder auf und machte sich bereit zum Angriff. An den feuchten rötlichen Flecken auf seiner Kleidung klebte Erde, das Haar stand ihm seitlich vom Kopf ab.

Mit einem wütenden Knurren stürmte er auf sie zu, erstarrte dann aber, den Blick auf etwas hinter ihrer Schulter gerichtet.

Im selben Moment spürte Melanie, wie etwas ihren Rücken streifte.

Vor Schreck machte sie einen kleinen Sprung, wirbelte herum und holte mit dem Dolch aus.

Bastien hielt sie am Handgelenk fest, bevor sie ihm die Klinge in den Hals rammen konnte. »Alles in Ordnung. Ich bin's nur.«

Erleichterung durchströmte sie. »Das nächste Mal warnen Sie mich gefälligst vor! Machen Sie ein Geräusch, sagen Sie meinen Namen. Egal. Ich habe Sie für einen Vampir gehalten.«

»Das ist mir auch gerade klar geworden. Mein Fehler. Ich habe noch nie Seite an Seite mit einem Menschen gekämpft.« Er deutete auf ihren Widersacher, der sich davonstehlen wollte. »Du da«, sagte er im Befehlston. »Bleib gefälligst, wo du bist. Wir müssen reden. Ich kriege dich sowieso, also versuch nicht, abzuhauen. Das würde mich nur wütend machen.« Er zog ein grimmiges Gesicht. »Und das willst du nicht, glaub mir.«

Der Vampir erbleichte und schluckte hörbar.

Melanie warf einen Blick auf die übrigen Vampire. Der Blondschopf, der Panthers-Fan und der Blutsauger mit dem Tar-Heels-Shirt lagen bewusstlos am Boden. Offensichtlich war es Bastien gelungen, sie mit den Autoinjektoren zu betäuben. Der schwarz gekleidete Vampir mit dem gegelten schwarzen Haar war dabei, in rasender Geschwindigkeit zusammenzuschrumpeln, da das Virus ihn – verzweifelt bemüht, am Leben zu bleiben – von innen auffraß. Den Dolch in der Brust hätte er überlebt. Er steckte direkt neben seiner Schulter. Aber seine Kehle … einer der Dolche, die sie sich von Bastien geliehen hatte, hatte seine Halsschlagader durchtrennt.

In dieser Hinsicht unterschieden sich die Vampire von den Unsterblichen. Blutverlust allein brachte einen Unsterblichen nicht um. Nur wenn er sehr hoch war, glitt der Unsterbliche in eine Art Starre oder Winterschlaf, der andauerte, bis eine Blutquelle seinen Weg kreuzte. Aber ein Vampir wie dieser blutete einfach aus und starb, bevor das Virus seine Verletzungen reparieren konnte.

Wortlos starrte Melanie ihn an. Sie hatte noch nie jemanden getötet. Sie hatte es sich auch noch nie ausgemalt, nicht einmal während der Zeit, in der sie an dem Training teilgenommen hatte. Der Anblick verursachte ihr leichte Übelkeit, und sie hatte das Gefühl, ihr drücke eine schwere Last auf den Brustkorb.

Bastien ließ ihr Handgelenk los, dann glitt seine Hand zu ihrem Oberarm, um ihn beruhigend zu streicheln.

Als sie den Kopf hob, trafen sich ihre Blicke. »Das war ein Unfall.«

»Ich weiß.«

»Ich wollte ihn nicht töten. Der Dolch war eigentlich für den hier gedacht.« Sie deutete auf den einzigen Vampir, der noch aufrecht stand und dessen Blick auf der Suche nach einer Fluchtmöglichkeit wild umherjagte.

»Ich weiß«, sagte Bastien leise und drehte sie behutsam so herum, dass sie mit dem Rücken zu den Vampiren stand. »Was ist mit Ihrem Bein? Wie tief ist die Wunde?«

Sie sah an sich hinunter. Auf ihrem linken Oberschenkel war

ein fünfzehn Zentimeter langer Riss in ihrer Jeans. Sie nahm die beiden verbliebenen Dolche in die rechte Hand und betastete mit der linken die Wunde. »Es ist nur ein oberflächlicher Schnitt. Ich bezweifle, dass er genäht werden muss.«

Plötzlich machte Bastien eine Bewegung in die Richtung, in der der Vampir stand. »Alter, ich warne dich. Zwing mich nicht, dich zu jagen.«

Der Vampir, der offenbar schon die Muskeln angespannt hatte, um loszustürmen, erstarrte mit aufgerissenen Augen.

»Sind Sie ganz sicher, dass Sie in Ordnung sind?«, fragte Bastien Melanie, und seine Stimme wurde wieder weich.

Sie nickte.

»Warum schrumpeln die anderen nicht zusammen?«, platzte der Vampir heraus. Ihm war anzusehen, dass seine Nerven zum Zerreißen gespannt waren.

»Sie sind nicht tot«, erklärte Bastien und hielt die leeren Autoinjektoren in die Höhe. »Sie sind nur betäubt.«

»Wir Vampire können nicht betäubt werden«, entgegnete der Blutsauger. »Ich war früher ketaminsüchtig. Seit ich ein Vampir bin, spüre ich nichts mehr von der Wirkung.«

»Ich garantiere dir«, sagte Bastien und lenkte seine Aufmerksamkeit auf die Injektionsgeräte, »dass das bei dieser Substanz anders ist.«

»Das ist Schwachsinn.«

»Hast du jemals einen toten Vampir gesehen, der sich nicht in seine Bestandteile aufgelöst hat?«

»Nein«, gab er zu. »Andererseits habe ich bisher auch nicht besonders viele tote Vampire gesehen.«

Neugierig beäugte Melanie den Blutsauger. Hatten sie möglicherweise Glück gehabt und waren durch Zufall an einen Vampir geraten, der gerade erst verwandelt worden war? »Wie lange sind Sie schon mit dem Virus infiziert?«

»Seit den Frühlingsferien.« Also weniger als ein Jahr. »Ich bin nach Acapulco geflogen, wurde high, verlor am Strand das Bewusstsein und bin als Vampir wieder aufgewacht.« Seine Augen, die immer noch blau leuchteten, wanderten zu der Stelle, an der seine Kumpane lagen.

»Wenn Sie konzentriert lauschen, können Sie den Pulsschlag Ihrer Kameraden hören«, schlug Melanie vor.

Sie schwiegen ein paar Sekunden, während absolute Stille herrschte.

»Sie sind tatsächlich noch am Leben«, sagte er. »Sie sind also nur weggetreten? Ohne Bewusstsein?«

»Ja.«

Der Vampir machte einen Schritt auf sie zu.

Bastien streckte die Hand aus, umfasste sanft Melanies Hüfte und schob sie mit einer entschlossenen Bewegung hinter sich.

Sie versuchte, sich ihm entgegenzustemmen – sie konnte selbst auf sich aufpassen –, aber Bastien setzte seinen Willen mit purer Muskelkraft durch. Er achtete darauf, sich immer zwischen ihr und dem Blutsauger zu halten, während der junge Vampir zu seinen Freunden hinüberging.

Es fehlte nicht viel, und Melanie hätte vor Frust laut geknurrt. Stattdessen begnügte sie sich damit, Bastien mit dem Finger in die Rippen zu pieksen.

Als sie zufällig eine kitzelige Stelle erwischte, musste er lachen. Er hatte sich aber sofort wieder im Griff und musterte sie stirnrunzelnd.

Sie hob die Hand, mit der sie immer noch die beiden Dolche umklammerte, und schob ihn mit der anderen weg. »Ich glaube nicht, dass er dumm genug ist, mich anzugreifen«, sagte sie trocken. »Sie würden mich nicht angreifen, nicht wahr? Wie heißen Sie?«

Der Vampir blieb neben dem am Boden liegenden Blondschopf stehen. »Stuart.« Ohne ihre erste Frage zu beantworten, kniete er sich hin und fing an, die Lederjacke des Blonden zu durchsuchen.

Bastien brummte etwas vor sich hin, das Melanie nicht verstand. Um ehrlich zu sein, hätte sie unter anderem Umständen nichts dagegen gehabt, von ihm in den Armen gehalten zu werden.

Stuart machte ein erfreutes Geräusch und zog einen iPod aus der Tasche des Blonden, und dazu einen Gegenstand, der aussah wie ein Bose-Kopfhörer. Er erhob sich, wobei er das Kabel um den iPod wickelte und dann beides in der Gesäßtasche seiner Hose verschwinden ließ.

»Und er wird sich später garantiert an nichts erinnern?«, fragte Stuart, dessen Blick immer noch auf den blonden Vampir gerichtet war.

»Ich gebe dir mein Wort«, erwiderte Bastien.

Stuart holte mit dem Fuß aus und trat dem Blonden fest gegen den Kopf. »Arschloch. Das ist dafür, dass du mir mein Zeug abgenommen hast.« Dann trat er noch mal zu.

»Ihr beiden steht euch wohl nicht besonders nahe«, kommentierte Bastien trocken.

»Zum Henker, nein. Aber wenn es eine Sache gibt, die wir Vampire von ...«, er deutete auf Bastien, »... na ja, von Ihnen gelernt haben, dann, dass wir nur in der Gruppe stark sind. Das Arschloch hier war der Stärkste von uns, und er schien ziemlich gut klarzukommen – deshalb habe ich mich ihm angeschlossen.«

Reizend, dachte Bastien. Den anderen Unsterblichen würde es gefallen, ihm Stuarts Kommentar unter die Nase zu reiben.

»Also dann ...«, sagte Stuart, wobei er zurückwich und gleichzeitig die Hände vor der Brust faltete, »dann mache ich mich jetzt mal vom Acker.«

»Netter Versuch.« Bastien musterte ihn grimmig und deutete auf einen Erdhügel direkt neben einem der Krater – ein Überbleibsel der letzten großen Schlacht, die hier ausgefochten worden war. Eine Schlacht, bei der Bastien leider nicht mit von der Partie gewesen war. Vielleicht hätte sich alles anders entwickelt, wenn er dabei gewesen wäre. »Setz dich, Stuart.«

Mit düsterem Gesicht ließ sich Stuart unbeholfen auf dem Boden nieder. »Die Erde ist ganz feucht.«

»Du hast mein volles Mitgefühl. Jetzt hör mir mal genau zu. Es gibt da etwas, worüber wir reden müssen.« Bastien zog sein Shirt aus und riss einen langen Streifen vom Saum ab. Es sah aus, als versuchte jemand, einen Apfel zu schälen, ohne dabei das Messer abzusetzen.

»Geht es um das, worüber Sie gesprochen haben, bevor wir auf die Lichtung gestürmt sind?«

»Ja. Wir haben einen neuen Feind.«

»Sie meinen, die Unsterblichen Wächter haben einen neuen Feind?«

»Ich meine, dass wir *beide* – Vampire *und* Unsterbliche – einen neuen Feind haben. Einen, der uns zerstören will, um alle Macht an sich zu reißen.«

»Ah ja. Richtig.«

»Was machen Sie da?«, fragte Melanie, die Bastien neugierig beobachtete.

Bastien kniete sich vor ihr hin. »Vergiss nicht, was ich dir gesagt habe, Stuart. Zwing mich nicht, dich zu jagen.« Bastien nahm den langen Stoffstreifen und wickelte ihn sorgfältig um den Schnitt in Melanies Oberschenkel.

Mit einer Hand stützte sie sich auf seiner Schulter ab. »Vielen Dank.«

Bastien hatte Mühe, sich zu konzentrieren, als ihre Wärme in ihn hineinströmte. Durch die Berührung konnte er fühlen, dass ihr Puls wie wild schlug. Gleichzeitig spürte er, wie ihr Atem stockte, beinahe, als wäre es sein eigener.

»Unser neuer Feind hat ein sehr wirksames Betäubungsmittel entwickelt, Stuart«, erklärte Melanie.

»Aber ganz offensichtlich sind Sie diejenigen, die es zu ihrem Vorteil nutzen.«

»Ich habe den Wirkstoff erst in die Finger bekommen«, stellte Melanie klar, »als das Betäubungsmittel während der Herrschaft des Vampirkönigs sowohl gegen Vampire als auch gegen Unsterbliche eingesetzt wurde.«

Bastien verknotete die losen Enden des provisorischen Verbands. »Unser gemeinsamer Feind heißt Emrys und befehligt eine Gruppe Söldner.« Er warf dem Blutsauger einen Blick zu und erhob sich. »Zumindest glauben wir, dass es sich um Söldner handelt und nicht um Leute vom Militär.«

Stuart runzelte die Stirn. »Sie meinen, so was wie Blackwater? Eine Art privates Sicherheits- und Militärunternehmen?«

»Ja, aber ich glaube, dass die Einheit kleiner und elitärer ist. Nur ganz wenige wissen von der Existenz dieser Schattenarmee. Sie ist so geheim, dass wir weder ihren Namen noch ihren Standort herausbekommen konnten. Wir kennen nur den Namen ihres Anführers.«

»Und auch das wissen wir nur«, fügte Melanie hinzu, »weil dieser Mann den Vampirkönig getötet hat.«

Obwohl Stuart nicht ganz überzeugt aussah, hörte er ihnen doch wenigstens aufmerksam zu.

Als er den Plan entworfen hatte, hatte Bastien nicht ernsthaft geglaubt, dass ihre Geschichte funktionieren könnte. Offenbar hatten sie Glück.

Allerdings wimmelte es in North Carolina von frisch verwandelten Vampiren – das hatten sie dem Vampirkönig zu verdanken. Kurz vor seinem Ende hatte er seinen Gefolgsleuten befohlen, nach Belieben Menschen zu verwandeln, und seine Soldaten hatten sich sofort an die Arbeit gemacht. Daher hatte Chris Reordon immer noch alle Hände voll zu tun, die vielen Vermisstenanzeigen durchzuarbeiten, die in North Carolina und den Nachbarstaaten bei der Polizei gemacht worden waren.

»War das, *bevor* oder *nachdem* die Unsterblichen den Vampirkönig umgebracht haben?«, fragte Stuart. Seine Stimme triefte nur so vor Sarkasmus.

Bastien stand direkt neben Melanie. Jedes Mal, wenn sich ihre Arme berührten, schossen ihre Empfindungen wie kleine elektrische Schocks durch seinen Körper, und viele dieser Empfindungen bezogen sich auf *ihn* und das, was er hatte durchmachen müssen. »Vorher. Oder was dachtest du, wer seine Anhängerschaft so stark dezimiert hat, dass es für die Unsterblichen ein Leichtes war, seine Armee zu zerstören?«

Stuart musterte ihn zweifelnd.

»Dieser Söldner – Emrys – versprach dem Vampirkönig große Macht und eine Armee … er versprach ihm alles, was er haben wollte. Im Austausch sollte er ihm einen Unsterblichen bringen. Der Vampirkönig vertraute ihm und wurde mithilfe der Droge getötet, wobei er eine große Zahl seiner Anhänger mit in den Tod riss.«

Natürlich war diese Geschichte reine Erfindung. Na ja – nicht der Teil mit dem Handel zwischen dem Vampirkönig und Emrys; aber der Teil, in dem dieser den Vampirkönig tötete. Das hatten die Unsterblichen Wächter zusammen mit Reordon und seinem Netzwerk erledigt.

Und einer großen Ladung Napalm-B.

»Also wollte Emrys einen Unsterblichen in die Finger bekommen?«, fragte Stuart, dem man ansehen konnte, dass sein Gehirn auf Hochtouren arbeitete.

»Hinter den Vampiren sind sie ebenfalls her«, gab Melanie mit ihrer weichen, aufrichtig klingenden Stimme zu bedenken. »Wir wissen nicht genau, welches Ziel sie verfolgen. Ich nehme an, dass sie die Vampire studieren und möglicherweise die Öffentlichkeit über ihre Existenz informieren wollen.«

»Was ist so falsch daran, an die Öffentlichkeit zu gehen?«

Bastien schnaubte. »Nichts, wenn man sein Geld dauerhaft in die Herstellung von schnellfeuernden Armbrüsten investieren möchte. Denn sobald sich das herumspricht, sind alle religiösen Fanatiker, Jagdbesessenen und Horrorfilm-Fans hinter uns her. Und zwar hinter uns *allen*. Andererseits – da die Vampire diejenigen sind, die Menschen angreifen, um von ihnen zu trinken, werdet ihr zweifellos ganz oben auf der Liste stehen.«

»Verdammt.«

»Genau.«

»Und das ist noch nicht alles«, sagte Melanie. »Dieser Emrys und seine Männer sind brutale Schlächter. Wir haben gesehen, wozu sie imstande sind. Selbst wenn sie den Vampiren Reichtum und Macht und alles mögliche andere versprechen, werden sie die Droge gegen Sie und Ihre Kameraden einsetzen – und zwar dann, wenn Sie es am wenigsten erwarten. Das kann beim ersten Treffen passieren, vielleicht aber auch erst beim fünften oder fünfzehnten, wenn sie das Gefühl haben, dass Sie ihnen nicht mehr von Nutzen sind. Für diese Leute sind Vampire nicht viel mehr als Tiere – jederzeit ersetzbar. Und wenn sie die Vampire erst mal in ihrer Gewalt haben, werden sie sie foltern.«

Bastien nickte. »Und mit studieren ist nicht gemeint, dass sie euren Blutdruck messen oder euch bitten, den Kopf zu drehen und zu husten. Sie werden euch komplett auseinandernehmen. Die Schmerzen, die ihr während eurer Verwandlung durchmachen musstet, sind nichts im Vergleich dazu.«

Stuart fluchte.

Als der junge Mann aufsprang und anfing, auf und ab zu marschieren, spannte Bastien kurz die Muskeln an, beruhigte sich aber sofort wieder.

»Soll also heißen, ich bin am Arsch. Dieser verdammte Söldner will mich und jeden anderen Vampir tot sehen. Und für die Unsterblichen gilt dasselbe.«

»Nein. Wenn das stimmen würde, dann wäre von dir nichts als ein Haufen Klamotten übrig – so wie bei dem da drüben. Die Unsterblichen sind auf der Suche nach Vampiren, die sich mit ihnen verbünden wollen.«

»So ein Quatsch.«

Melanie sah Stuart direkt in die Augen. »Das hier ist nicht das erste Mal, dass ein Unsterblicher einem Vampir seine Hilfe anbietet. Sie wären heute Abend nicht hier, auf dieser Lichtung, wenn Sie nicht von Bastien und dem, was er in der Vergangenheit getan hat, gehört hätten.«

»Das stimmt zwar«, erwiderte Stuart mit einem schrillen Unterton in der Stimme, »aber er hat das nur getan, weil er sich für einen Vampir hielt!«

»Aber darin liegt doch auch ein Vorteil«, beharrte sie. »Bastien hat zwei Jahrhunderte lang mit Vampiren zusammengelebt. Er weiß, was die Vampire durchmachen. *Ich* weiß, was sie durchmachen. Zwei Vampire haben sich unserem Kampf bereits angeschlossen. Hätten sie das nicht getan, hätte ich nicht die Möglichkeit gehabt, die Droge so zu verändern, dass sie einen Vampir nur *betäubt,* statt ihn zu töten.«

Stuart blieb abrupt stehen. »Ist das wirklich wahr?«

»Die beiden gehörten zu meiner Armee«, erklärte Bastien. »Sie waren klug genug, zu kapitulieren und die Unsterblichen Wächter um Hilfe zu bitten, statt nach meiner Gefangennahme weiterzukämpfen.«

»Nach Ihrer Gefangennahme?«, wiederholte Stuart. »Die Unsterblichen haben Sie gefangen genommen?«

Bastien zuckte mit den Achseln. »Natürlich bin ich nicht freiwillig mit ihnen mitgegangen – schließlich habe ich den Unsterblichen jahrelang irrtümlich die Schuld für etwas gegeben, das sie nicht getan hatten. Wie du siehst, haben sie mir kein Haar gekrümmt. Und auch dir werden sie nichts tun, wenn du uns hilfst.«

»Wie soll ich Ihnen denn helfen?«

»Wir brauchen jemanden, der die Vampire warnt und ihnen sagt, wie wichtig es ist, sich nicht von Emrys und seinen Leuten erwischen zu lassen. Ich selbst bin ihm nur knapp entkommen, und du weißt ja, dass wir Unsterblichen viel stärker sind als ein Vampir.«

»Na klar. Das hätten Sie wohl gern.«

Kaum dass Stuart die Worte ausgesprochen hatte, landete Bastien mit einem Sprung neben ihm, packte ihn an der Kehle und riss ihn vom Boden hoch, sodass er fast anderthalb Meter über der Erde baumelte.

Mit hervorquellenden Augen versuchte sich Stuart aus seinem Griff zu befreien. Vergeblich. Er bekam rote Flecken im Gesicht und trat um sich.

Melanie räusperte sich. »Ähem … Bastien.«

Er lockerte seinen Griff und ließ den Vampir schließlich los. »Wie ich schon sagte, ich bin sehr viel stärker als du.«

Der Vampir hustete und schnappte nach Luft. Während er sich wieder aufrappelte, musterte er Bastien wütend.

Melanie trat zu ihnen.

Plötzlich schnellte Bastiens Arm vor, um den Blutsauger am Handgelenk zu packen. »Tötest du dein Opfer, wenn du es aussaugst?«

»Ja«, erwiderte dieser trotzig.

Aber die Gefühle, die von dem Vampir auf Bastien übergingen, überzeugten ihn vom Gegenteil. Stuart war ein Hund, der zwar bellte, aber nicht biss.

Nachdem er Stuart losgelassen hatte, trat Bastien einen Schritt zurück.

»Was erwarten Sie von mir, wenn ich mich Ihnen anschließe?«, wollte der Vampir wissen.

»Seit sich die Geschichte von meinem Feldzug gegen die Unsterblichen Wächter herumgesprochen hat, sind Vampire aus aller Welt nach North Carolina geströmt. Da ist es naheliegend, dass ihr noch eine andere Kommunikationsmethode habt als Mundpropaganda oder das monatliche Treffen im örtlichen Pub.«

Stuart rieb sich den Nacken. »Es gibt … es gibt da so ein paar Foren im Internet, in denen wir uns austauschen.«

»Wir brauchen eine Liste dieser Foren.«

Nachdenklich schüttelte Stuart den Kopf. »Ich weiß nicht, Alter. Darüber muss ich erst nachdenken.«

»Nicht, wenn du das hier überleben willst.«

»Und wenn ich nein sage, töten Sie mich?«

»Wenn du nicht für uns bist, bist du gegen uns.«

»Da ist noch etwas«, schaltete sich Melanie ein, was Bastien zu einem Stirnrunzeln veranlasste. »Sie sind schon lange genug Vampir, um zu wissen, dass die älteren Vampire geistig weniger stabil sind als die jüngeren.«

Unwillkürlich wanderte der Blick des Vampirs zu dem am Boden liegenden Blondschopf.

»Der fortschreitende Wahnsinn der älteren Vampire ist das Resultat der Hirnschäden, die das Virus hervorruft, und die werden jeden Tag schlimmer. Im Moment geht es Ihnen vielleicht noch gut, aber das wird sich bald ändern. Möglicherweise schon im nächsten Jahr, und dann geht es los mit den psychotischen Anfälle, bei denen Sie jede Kontrolle über sich und Ihren Körper verlieren. Aber vorher werden Sie zunehmend von verstörenden Fantasien heimgesucht werden, und Sie werden immer größere Schwierigkeiten haben, diese im Griff zu behalten.«

Stuart warf Bastien einen fragenden Blick zu. »Haben Sie dieses Problem auch?«

»Nein. Im Gegensatz zu den Vampiren laufen die Unsterblichen nicht Gefahr, dem Wahnsinn zu verfallen.«

»Und warum ist das so?«

»Diese Frage kann ich dir nicht beantworten.«

»Stuart, um noch einmal auf die beiden Vampire zurückzukommen, von denen ich Ihnen erzählt habe … Wir arbeiten mit ihnen zusammen, um einen Weg zu finden, ihre geistige Gesundheit zu erhalten. Wir versuchen, die bereits entstandenen Schäden zu reparieren und eine Behandlung zu entwickeln, die verhindert, dass ein mit dem Virus infizierter Mensch automatisch verrückt wird. Wir wollen den Vampiren *helfen*.«

»Und warum töten die Unsterblichen uns dann?«

»Weil ihr uns keine Wahl lasst«, erklärte Bastien. »Wenn es in deiner Nachbarschaft einen tollwütigen Hund gäbe, würdest du ihn einfach so herumlaufen lassen, damit er jeden Passanten angreift, oder würdest du ihn zum Wohl aller erschießen?«

»Wir versuchen, beides zu verhindern«, betonte Melanie. »Aber eins müssen wir unbedingt klarstellen: Beides, der Wahnsinn oder der Tod durch die Hände eines Unsterblichen, ist dem Schicksal vorzuziehen, das Sie erwartet, wenn Sie Emrys und seiner Armee in die Hände fallen.«

»Aber das sind doch nur Menschen. Ich begreife nicht …«

»Sie haben Pistolen mit Betäubungspfeilen, die dich und jeden anderen Vampir innerhalb weniger Sekunden außer Gefecht setzen«, rief ihm Bastien in Erinnerung. »Das sind mit automatischen Sturmgewehren bewaffnete Söldner. Gegen die habt ihr keine Chance. Ich selbst bin gerade noch so davongekommen.«

In Stuarts Gesicht spiegelte sich Unsicherheit wider. »Ich muss darüber nachdenken.«

»Ich gebe dir Zeit bis morgen Abend.«

Aber Stuart schüttelte den Kopf. »Was ist, wenn ich mehr Zeit brauche? Ich meine … ich weiß nicht.«

Bastien streckte die Hand aus und berührte den Jungen am Arm, aber das Einzige, was er fühlte, war Angst. Weder Bösartigkeit noch Triumph. Und auch nichts anderes, das darauf hindeutete, dass er etwas im Schilde führte. »Drei Nächte«, gab Bastien nach. Diese Entscheidung war wirklich nicht leicht zu treffen. »Aber wenn du um Mitternacht nicht hier bist, dann gehe ich davon aus, dass du dich gegen uns entschieden hast, und dann werde ich Jagd auf dich machen. Und Stuart …«

»Ja?«

»Wenn ich dich dann erwische, ist es mit dem Reden vorbei. Ist das klar?«

»Ja, ist klar.« Stuart machte einen Schritt nach hinten, und dann noch einen. Sekunden später verschwand er zwischen den Bäumen, und Bastien hörte, dass er davonrannte, so schnell ihn seine Füße trugen.

Er drehte sich zu Melanie um, die ihn nachdenklich betrachtete. Ihr hübsches Gesicht verriet keine Gefühlsregung.

»Sie sind tatsächlich in der Lage, einem Vampir einen Arschtritt zu verpassen«, lobte er sie, wobei er gleichzeitig beeindruckt und verwirrt darüber war, dass sie sich so erfolgreich behauptet hatte.

»Das bin ich wohl.« Mit dem Kinn deutete sie auf die Stelle zwischen den Bäumen, wo Stuart verschwunden war. »Sie lassen ihn also wirklich gehen?«

»Ja.«

»Das dürfen Sie nicht, Bastien.«

Wenn es ihm nur nicht so gefallen würde, sie seinen Namen aussprechen zu hören. »Er kann die anderen nicht warnen, wenn ich ihn nicht laufen lasse.«

»Aber er hat gesagt, dass er seine Opfer tötet.«

»Das war gelogen.«

»Woher wollen Sie das wissen? Sie brauchen die Bestätigung eines der telepathisch begabten Unsterblichen.«

»Ich bin mir aber ziemlich sicher.«

»Und wieso?«

»Sie wissen nichts von meiner Gabe?«

»Nein. Welche Gabe meinen Sie denn?«

»Ich bin ein Empath.«

Sie starrte ihn so lange schweigend an, dass er verlegen wurde. »Sie spüren, was andere empfinden?«, fragte sie schließlich.

»Ja. Und in Stuarts Gefühlen habe ich gelesen, dass er log, um seinen Arsch zu retten.«

Wieder starrte sie ihn nur wortlos an.

»Was denn?«, fragte er, als sie immer noch kein Wort sagte.

»Können Sie wirklich spüren, was ich gerade empfinde? Was ich in diesem Augenblick fühle?«

»Nein. Ich muss Körperkontakt herstellen, um es zu wissen.«

»Also …«

Ihr war deutlich anzusehen, dass sie versuchte, sich an jedes Mal zu erinnern, als er sie oder sie ihn berührt hatte. Im Netzwerk. In ihrem Auto. In Davids Haus. Und dass sie sich den Kopf darüber zerbrach, was sie bei diesen Gelegenheiten nichtsahnend preisgegeben haben mochte.

»Sie hätten das ruhig mal erwähnen können. Eine kleine Vorwarnung wäre nett gewesen.«

»Daran habe ich nicht gedacht.«

Schweigen.

»Was spüren Sie, wenn Sie mich berühren?«, fragte sie.

Bastiens Blick wanderte zu ihren vollen Lippen, die sie nervös mit der Zunge befeuchtete. »Manchmal spüre ich Besorgnis. Oder Unsicherheit. Professionelle Distanz. Beim ersten Mal, als wir uns getroffen haben – Angst.«

»Na ja, unser erstes Zusammentreffen war ja auch ziemlich ... explosiv.«

Das war noch milde ausgedrückt.

»Was noch?«

Er wusste, was sie hören wollte. »Meine Gabe verrät mir, dass Sie dasselbe empfinden wie ich, wenn ich Sie ansehe. Oder an Sie denke. Oder Sie berühre.«

Sie schluckte schwer. »Sie fühlen sich zu mir hingezogen.«

»Ja.«

»Ich fühle mich auch zu Ihnen hingezogen.«

»Ich weiß.«

»Und was machen wir jetzt?«

»Nichts.«

»Und sagen Sie mir auch den Grund?«

»Wenn Sie einen Grund brauchen: Ich bin zurzeit einfach nicht auf der Suche nach einer Beziehung.« Er war sich nicht sicher, wie lange er noch bei den Unsterblichen bleiben würde. Er wusste einfach nicht, wie lange er diesen Mist noch ertragen konnte, bevor er sich aus dem Staub machen musste, um nicht irgendjemandem den Hals umzudrehen. Und wenn er tatsächlich das Weite suchte, konnte es gut sein, dass sie ihn jagten und hinrichteten, um Ewens Tod zu rächen. Wie zum Henker sollte er eine Frau in seinem Leben unterbringen?

»Sie sind ziemlich direkt«, sagte sie. »Das geht in Ordnung.«

»Ich bin zu alt für Spielchen.«

»Manche Männer sind nie zu alt für Spielchen.«

»Dasselbe kann man von einigen Frauen behaupten.«

»Da haben Sie sicher recht, auch wenn ich Ihnen lieber widersprechen würde.« Sie seufzte, ließ den Blick über die Lichtung schweifen und sah schließlich hinunter auf die Dolche, die sie immer noch festhielt. Sie streckte die Hände aus, um sie ihm zurückzugeben.

Als er die Waffen entgegennahm, berührten sich ihre Finger und erlaubten ihm zu spüren, was sie empfand. Keine Verlegenheit. Dafür Frust und Enttäuschung.

Dasselbe also, was er empfand.

Manche Männer interessierten sich nur für das äußere Erscheinungsbild einer Frau. Bastien hingegen war es wichtig, dass sie auch etwas im Kopf hatte. Nach zweihundert Jahren interessierte ihn ein attraktiver Körper, der nichts sonst zu bieten hatte, nicht mehr besonders. Ganz anders sah die Sache aus, wenn die Frau auch noch klug und witzig war – Eigenschaften, die ihn faszinierten. Und im Zweifel war es besser, gar keinen Sex zu haben, als mit einer Frau zu schlafen, die ihn langweilte.

Melanie allerdings würde ihn niemals langweilen. Sie war klug und witzig und außerdem auch noch verdammt sexy …

»Haben Sie sonst noch etwas wahrgenommen, als Sie mich berührt haben?«, wollte sie wissen.

»Verärgerung«, sagte er. Er dachte daran, wie sie sich während des Treffens über sein Verhalten geärgert hatte, und musste unwillkürlich grinsen. »Dazu fällt mir ein … Sie haben mich getreten.«

Sie zuckte mit den Schultern, aber man sah, dass sie sich ein Grinsen verkniff. »Sie haben sich ganz schön blöd angestellt. Hat Ihnen nie jemand gesagt, dass man mit Speck Mäuse fängt?«

»Doch, natürlich. Aber wer will schon Mäuse fangen?«

Sie lachte. »Sie sind echt unmöglich.«

»Das sagt man mir ständig, allerdings drücken sich die meisten nicht so freundlich aus.«

Plötzlich tauchte Melanies Chevy Volt mitten auf der Lichtung auf. Daneben stand Richart, die Hand auf der Motorhaube.

Überrascht zuckte sie zusammen und warf Bastien einen fragenden Blick zu. »Bekommen Sie keinen Schreck, wenn er das tut?«

»Anfangs schon, aber ich habe genug Zeit mit ihm verbracht, um mich daran zu gewöhnen.«

Richart ließ die Motorhaube los und machte einen Schritt auf sie zu, als plötzlich die Knie unter ihm nachgaben.

Blitzschnell hechtete Bastien vorwärts und fing den anderen Unsterblichen auf, bevor der mit dem Gesicht voran auf den Boden knallte. »Was ist los? Bist du betäubt worden?«

»Nein.« Richart griff nach Bastiens Arm und hielt sich daran fest, um das Gleichgewicht wiederzufinden. »Ich habe nur noch nie vorher ein Auto teleportiert und war neugierig zu sehen, ob ich es schaffen würde.«

Sobald der andere Unsterbliche wieder allein stehen konnte, ließ Bastien ihn los, allerdings blieb er in Habachtstellung, für den Fall, dass der Franzose erneut taumelte.

Vertrocknetes Gras und Unkraut knirschten unter Melanies Schuhen, als sie sich zu ihnen gesellte.

»Kostet Sie das Teleportieren so viel Kraft?«

»Wenn ich es mit einem Auto versuche, offenbar schon.«

»Was ist mit Personen?«

Bastien konnte ihr förmlich dabei zusehen, wie sie sich wieder in die Ärztin verwandelte – ihre Haltung strahlte jetzt ausschließlich professionelles Interesse aus. Es war seltsam, aber wenn sie sich so professionell und distanziert verhielt, fand er sie noch viel anziehender.

»Nicht wenn ich nur eine Person teleportiere.«

»Brauchen Sie danach Blut, um wieder zu Kräften zu kommen?«

Er grinste anzüglich. »Ist das ein Angebot?«

Bastiens Faust landete mit einem dumpfen Geräusch auf Richarts Kinn. Die Wucht des Schlags riss seinen Kopf nach hinten, Blutstropfen liefen ihm über das Kinn.

Melanie schnappte entsetzt nach Luft.

Bastien glotzte nur. Das hatte er wirklich nicht vorgehabt. Hatte er Melanie nicht soeben verkündet, dass er nicht an einer Beziehung mit ihr interessiert war? Wenn er sich wie ein eifersüchtiger Schwachkopf verhielt, würde sie ihm das wohl kaum abnehmen.

Richart taumelte gegen das Auto und hob die Hand, um seinen gebrochenen Kiefer zu betasten. »Was zum Teufel sollte das denn, Alter?«

Bastien riskierte einen kurzen Blick in Melanies Richtung und fluchte.

Obwohl sie vor Schreck die Augen aufgerissen hatte, sah man ihr deutlich an, dass sie ahnte, was hier vor sich ging.

»Dr. Lipton steht unter meinem Schutz.«

Richart beugte sich vor und spuckte Blut. »Ich hatte nicht vor, sie zu beißen, du Schwachkopf! Das war doch nur ein Witz!«

Ein harmloser Witz, den jeder Unsterbliche auf diesem Planeten – er selbst eingeschlossen – wahrscheinlich schon Dutzende Male gemacht hatte. Nur leider führte er gerade dazu, dass er vor Eifersucht fast umkam. »Na ja, das … das war einfach nicht komisch.«

Richart knurrte, während sein Kiefer zu heilen begann. »Du hättest einfach nur sagen müssen, dass du sie für dich willst. Dann hätte ich nichts gesagt. Arschloch.«

»Aber er will mich ja gar nicht«, sagte Melanie. »Er ist nicht auf der Suche nach einer Beziehung.«

»Ob er auf der Suche ist, spielt keine Rolle«, brummte Richart. »Offensichtlich hat er sie bereits gefunden. Ihr beiden könnt ja keine Sekunde die Augen voneinander lassen. Und wenn ihr euch mal nicht anseht, sucht ihr einen Grund, euch zu berühren.«

»Was?«, platzten Bastien und Melanie wie aus einem Mund heraus.

War sie genauso empört darüber, dass ihre Gefühle füreinander so offensichtlich waren?

»Keine Sorge.« Richart zog ein Taschentuch aus der Tasche und wischte sich das blutbespritzte Kinn ab. »Außer mir hat es wahrscheinlich niemand bemerkt. Normalerweise ist Bastien zu sehr damit beschäftigt, alle gegen sich aufzubringen.«

»Und Sie bringt er nicht gegen sich auf?«, fragte Melanie.

»Abgesehen von dieser letzten Aktion …« – Richart warf Bastien einen bösen Blick zu – »… nein. Ich habe genug Zeit mit ihm verbracht, um gegen seinen Blödsinn immun zu werden.« Er steckte das fleckige Taschentuch weg. »Wir müssen entweder bei mir zu Hause vorbeischauen oder zurück zum Netzwerk, denn jetzt brauche ich wirklich Blut.«

»Dann zum Netzwerk«, entschied Bastien. »Ich möchte Cliff und Joe von unserem Plan erzählen und sie fragen, was sie davon halten. Außerdem müssen wir diese Jungs hier« – er deutete auf die bewusstlosen Blutsauger – »in die Arrestzelle bringen.«

5

Zurück im Netzwerk halfen Bastien und Melanie Richart dabei, die Vampire in der Arrestzelle anzuketten und Chris zu informieren. Danach begleiteten sie Richart auf die Krankenstation, wo er ein paar Blutbeutel leerte. Als er mit dem zweiten fertig war, brachte die Melodie von »Monster« Leben in die nüchterne Atmosphäre der Krankenstation.

Richart zog sein Handy hervor und warf einen Blick auf das Display. Sofort verzog sich sein Gesicht zu dem dümmlichen Grinsen, das Bastien im Stillen das *Sie*-Lächeln nannte. »Entschuldigt mich.« Er wandte sich ab und nahm den Anruf entgegen. »Hey.« Seine Stimme wurde weich, wie immer, wenn er mit seiner geheimnisvollen Flamme sprach.

»Hey«, hörte Bastien sie antworten, ihre Stimme klang erschöpft. Er wusste nicht, ob Richart so verzaubert war, dass er vergaß, dass Bastien beide Seiten des Gesprächs hören konnte, oder ob er ihm einfach vertraute und davon ausging, dass dieser nicht mit allem, was er aufschnappte, sofort zu Chris rannte. Es kam nur selten vor, dass sich der Unsterbliche während dieser Telefonate entfernte, um seine Privatsphäre zu wahren. Außer natürlich, wenn sie sich in Liebesgeplänkel verwandelten. »Störe ich dich?«

»Nein, überhaupt nicht.«

»Was machst du gerade? Mal wieder auf Vampirjagd?«, fragte sie neckend.

»Nein. Keine Vampire«, erwiderte Richart mit einem leisen Lachen. »Wie geht es dir?«

»Nicht besonders. Deshalb rufe ich an. Ich wollte dir sagen, dass ich mich schon wieder krankgemeldet habe. Ich glaube, ich habe mir zu schnell zu viel zugemutet. Das Fieber ist zurückgekommen, und ich fühle mich ziemlich schlecht.«

»Das tut mir leid, Liebling. Soll ich dir etwas vorbeibringen? Eine Suppe oder so?«

Melanie warf Bastien einen fragenden Blick zu.

»Seine Freundin«, brummte er leise. »Sie hat die Grippe, die im Moment umgeht.«

Melanie schnitt eine mitleidige Grimasse. »Die ist ziemlich übel. Die Netzwerkmitarbeiter, die es erwischt hat, haben mindestens zwei Wochen gefehlt, und als sie zurückkamen, hatten sie deutlich abgenommen.«

»Bist du sicher, dass ich nichts für dich tun kann?«, fragte Richart noch einmal.

In diesem Moment ergriff Melanie das Wort. »Orangensaft und Sodawasser.«

Richart drehte sich um. »Was?«

»Bringen Sie ihr Orangensaft, gemischt mit Sodawasser. Das beruhigt den Magen und versorgt sie gleichzeitig mit Vitamin C.«

Richart nickte. »Danke.«

»Und Salzstangen«, fügte Bastien hinzu. Er hatte gehört, wie Sarah erwähnt hatte, dass Salzstangen ihr während ihrer Verwandlung dabei geholfen hatten, die Übelkeit in den Griff zu bekommen. Sie hatte zwar nicht die Grippe gehabt, aber … Übelkeit war Übelkeit, oder?

Richart schien überrascht über Bastiens Beitrag zur Krankenpflege. »Danke, gute Idee.«

Als wäre ihm ein Gedanke gekommen, warf Bastien einen Blick auf die Uhr. »Wenn du ihr die Sachen heute noch vorbeibringen willst, musst du jetzt los. *Whole Food* schließt in fünfzehn Minuten.«

»Du hast recht«, stellte Richart fest, bevor er sich wieder dem Telefonat zuwandte. »Ich fahre zum Supermarkt und komme anschließend vorbei, wenn dir das recht ist.«

»Natürlich ist es das«, sagte sie. »Aber mach dir meinetwegen keine Umstände, Richart. Du hast auch so schon genug Probleme.«

»Das mache ich doch gern, meine Süße. Ruh dich aus. Ich bin in Nullkommanichts bei dir.«

Inzwischen war Melanie neugierig geworden auf die Frau, die dem französischen Unsterblichen das Herz gestohlen hatte. Alles an ihm wurde weich, wenn er mit ihr sprach. Seine Stimme. Seine Gesichtszüge. Seine Körpersprache. Es war offensichtlich, dass er sie anbetete.

Zögernd schob Richart das Handy zurück in die Tasche. »Hm, also … das klingt jetzt vielleicht etwas seltsam, aber Dr. Lipton …« Er machte eine Pause. »Ich weiß nicht, wie ich das ausdrücken soll …«

Bastien verdrehte die Augen. »Er hat den Befehl, mich nicht aus den Augen zu lassen, und bittet Sie darum, ihn nicht zu verpetzen.«

»Oh.« Im Ernst? Er sollte Bastien überwachen? »Ja, natürlich, Sie können sich auf mich verlassen.« Allerdings fragte sie sich, ob es tatsächlich Misstrauen war, das Seth dazu veranlasste, Richart diesen Befehl zu geben. Handelte es sich nicht eher um eine Vorsichtsmaßnahme, um den unbeliebten Unsterblichen zu schützen? Fürchteten Seth und David, dass einer der anderen Unsterblichen versuchen würde, Ewens Tod zu rächen?

Richart zog ein Taschentuch aus der Hosentasche und säuberte sich das Gesicht, dann steckte er es wieder weg und fuhr sich mit den Fingern durchs Haar. »Wie sehe ich aus?«

Melanie grinste. »Sehr attraktiv.«

Bastien musterte Richart finster. »Wenn du mich jetzt auch noch darum bittest, deinen Atem zu prüfen, dann bekommst du meine Faust gleich noch einmal zu spüren.«

Richart zeigte ihm den Stinkefinger und löste sich in Luft auf.

Melanie sah Bastien an. »Ich weiß, als Ärztin und Wissenschaftlerin sollte ich mich eigentlich sachlicher verhalten, aber das ist ja *so* cool.«

Er lachte. »Ja, das ist es.«

In diesem Augenblick betrat Dr. Whetsman das Zimmer, den Blick auf einen aufgeschlagenen Aktenordner in seiner Hand gerichtet. Als er aufblickte und sie bemerkte, erbleichte er. Wortlos drehte er sich auf dem Absatz um und verließ fluchtartig das Zimmer.

»Wer zur Hölle war das?«, knurrte Bastien.

»Dr. Whetsman.«

Der Unsterbliche zog ein grimmiges Gesicht. »Der Bastard, der Ihnen das Gesicht zerkratzt hat, als Vince seinen letzten psychotischen Anfall hatte?«

»Genau der«, erwiderte Melanie, erstaunt darüber, dass er sich an dieses Detail erinnerte. Seit jenem Vorfall hatte sich so viel ereignet. Und sie hatte ihn nur ein einziges Mal erwähnt – und zwar an dem Tag, als sie hilflos hatte zusehen müssen, wie Vince um seine geistige Gesundheit rang.

Unvermittelt fingen Bastiens Augen an, in einem hellen Bernsteinton zu funkeln. In seiner Kehle regte sich ein grollendes Geräusch.

Als er einen Schritt auf die Tür zu machte, um dem flüchtenden Arzt zu folgen, hielt Melanie ihn am Arm fest. »Immer mit der Ruhe, Tiger. Lassen Sie ihn gehen.«

»Aber er hat Sie geschlagen.«

»Nein, das trifft es nicht ganz. Er hat mich im Eifer des Gefechts gekratzt, während er wie ein kleines Mädchen um Hilfe schrie und vor einem durchgeknallten Vampir davonrannte.«

In Bastiens Miene zeigte sich zuerst Wut, dann Belustigung und schließlich Abscheu vor sich selbst. »Oh verdammt! Ich hab total vergessen, dass Sie verletzt sind.« Er beugte sich vor, schob einen Arm unter ihre Knie und trug sie zum Behandlungstisch.

Überrascht schnappte Melanie nach Luft. »Was machen Sie da …?«

Er setzte sie auf dem Tisch ab und fing an, den provisorischen Verband um ihren Oberschenkel zu lösen.

»Bastien, das müssen Sie wirklich nicht …« Sie brach ab, als er einen seiner Dolche zog und sich damit an ihrer Jeans zu schaffen machte. Ihrer *hautengen* Jeans, die sich in Nullkommanichts in eine Art Hotpants verwandelte, als er mit einer schnellen und effizienten Bewegung den Stoff über der Verletzung wegschnitt.

»Woran denken Sie gerade?«, erkundigte er sich neugierig. »Ihre Gefühle sind ein einziges Chaos.«

Es war wirklich beunruhigend zu wissen, dass er nur die Hand auszustrecken brauchte, um zu wissen, was in ihr vorging. Noch schlimmer wäre nur, wenn er auch noch ihre Gedanken hätte lesen können.

»Was mich gerade am meisten beschäftigt?«, erwiderte sie. »Ich habe gerade gedacht, dass ich froh darüber bin, dass ich mir gestern Abend die Beine rasiert habe.«

Er musterte sie grinsend. »Woran denken Sie noch?«

»Ich mag es, wenn Sie mich berühren, auch wenn der Schnitt brennt wie verrückt.«

Unvermittelt begannen seine Augen durchdringend zu glühen. »Ich dachte, wir hätten das geklärt. Dass eine Beziehung zwischen uns nicht in Frage kommt.«

»Ich bin eine erwachsene Frau. Ich kann Beziehungen führen, mit wem ich will.«

»Und warum sollten Sie das wollen?«, fragte er erstaunt.

»Das weiß ich selbst nicht«, antwortete sie ehrlich.

Jeder, der fünf Minuten mit Bastien verbrachte, wusste, dass dieser Mann ziemlich viele Probleme hatte und verzweifelt versuchte, den Weg in ein neues Leben zu finden. Dass er immer noch mit seiner bitteren Vergangenheit kämpfte. Dass er Schwierigkeiten hatte, anderen zu vertrauen, nachdem er von … ach herrje! … von ungefähr *hundert* seiner engsten Freunde getäuscht worden war.

»Sie haben etwas an sich«, sagte sie schließlich, »das mich unwiderstehlich anzieht.«

Auf der Suche nach Verbandsmaterial und Desinfektionsmitteln durchwühlte Bastien die Arzneischränke neben dem Behandlungstisch.

Als er den Schnitt desinfizierte, atmete Melanie hörbar ein. Es fühlte sich an, als würde er eine Lötlampe gegen ihr Fleisch drücken.

»Tut mir leid«, sagte er, und das Leuchten in seinen Augen wurde schwächer, als er die Stirn runzelte.

Sie nickte und blinzelte die Tränen weg. Verdammt, tat das weh! Als er sich jedoch vorbeugte und auf ihren Oberschenkel pustete, um den Schmerz zu lindern, konnte sie trotz der Schmerzen ihre Gefühle nicht mehr unterdrücken.

Einem Impuls folgend, streckte sie die Hand aus und fuhr ihm durch die dunklen Locken.

Sie war noch nie mit einem Mann ausgegangen, der langes Haar hatte. Bastiens Haar fiel ihm wie ein glänzender schwarzer Vorhang bis auf die Schultern.

Außerdem war es unglaublich weich. Das hatte sie nicht erwartet. Bei den meisten Männern, die sich das Haar wachsen ließen, sah es ungepflegt aus, und die Spitzen waren kaputt. Oder es war strähnig, sodass man den Eindruck bekam, dass es dringend gewaschen werden müsste. Bastiens Haar hingegen war so weich und glänzend, dass er damit in einem Werbespot für Shampoo hätte auftreten können. Es war viel weicher und glänzender als ihr eigenes. Unwillkürlich wünschte sie sich, eine wirksamere Pflegespülung zu benutzen oder einen Lockenstab oder irgendetwas anderes, das ihre braunen Locken etwas weniger unspektakulär aussehen ließ. Sie war immer so müde, wenn sie morgens nach Hause kam. Selbst die zusätzlichen Minuten, die es kostete, unter der Dusche eine Haarspülung einwirken zu lassen, waren dann einfach zu viel verlangt.

Als ihre Finger in seine rabenschwarzen Locken eintauchten, hielt Bastien die Luft an. Seine Augen begannen erneut in einem hellen Gelbbraun zu leuchten, während die Augenlider leicht gesenkt blieben.

Melanie kämmte seine volle Mähne auf eine Seite, sodass sie in eleganten Wellen nach vorn über seine Schulter fiel. Mit klopfendem Herzen vergrub sie beide Hände darin und fuhr mit ihren kurz gehaltenen Fingernägeln über seine Kopfhaut.

Ein Knurren – es hörte sich an wie das Schnurren eines Leoparden – drang aus seiner Kehle.

Ihr Puls schlug wie verrückt.

Mit beiden Händen umklammerte Bastien den Behandlungstisch.

»Was machen Sie da, Dr. Lipton?«, fragte er rau.

»Melanie«, korrigierte sie ihn, wobei ihr Herz so laut klopfte, dass sie sicher war, dass Cliff und Joe auf der anderen Flurseite es hören mussten.

»Was machst du da, Melanie?«

Sie fuhr ihm noch einmal durchs Haar. »Das fühlt sich so gut an«, flüsterte sie.

Er stöhnte kehlig auf. Dann beugte er sich vor und legte die Stirn an ihre Schulter.

Sie wartete darauf, dass er den Kopf drehte und sich ihrem Hals widmete, vielleicht hineinbiss. Aber das tat er nicht. Stattdessen verstärkte er den Druck seiner Stirn gegen ihre Schulter, sodass sie ein klein wenig nach hinten gedrückt wurde. Es war offensichtlich, dass er mit sich kämpfte.

»Du musst damit aufhören«, sagte er leise.

»Warum?«

»Jedes Mal, wenn du mich berührst, spüre ich, wie sehr du mich willst, und das steigert mein Verlangen nach dir ins Unermessliche.«

Leidenschaft durchströmte sie. »Ich habe nichts dagegen«, flüsterte sie.

Aufstöhnend drehte Bastien den Kopf und presste seine Lippen auf ihren Hals. »Das solltest du aber.« Er sah auf und betrachtete sie mit diesen unglaublich durchdringenden Augen. Sie leuchteten so hell und waren wunderschön. Und voller Sehnsucht.

Nur Millimeter trennten sie noch voneinander.

Er hob den Kopf, legte die Hand um ihre Wange und fuhr mit dem Daumen über die zarte Haut ihres Wangenknochens.

Noch nie hatte sich Melanie so sehr gewünscht, dass ein Mann sie küsste.

Er beugte sich noch weiter vor und berührte ihre Lippen mit den seinen.

Ihr stockte der Atem.

»Ich kann alles fühlen, was du empfindest«, flüsterte er.

»Ist das der einzige Grund, warum du mich küsst?«

Kaum wahrnehmbar schüttelte er den Kopf. »Du ahnst nicht, wie sehr ich mir wünsche, es wäre so.« Er küsste sie wieder, fordernder, sehnsüchtiger diesmal.

Melanie summte vor Behagen leise vor sich hin, als feuriges Verlangen durch ihre Adern strömte. Mit der Zunge drang er in ihren Mund ein, liebkosend und lockend. Der Kuss war so feurig, dass Melanie glaubte, auf dem Tisch dahinzuschmelzen wie Butter in der Sonne.

Plötzlich unterbrach er den Kuss und hielt sich mit beiden Händen an der Tischkante fest, wobei er wieder die Stirn gegen ihre Schulter presste. »Wir können das nicht tun«, sagte er schroff. »In meinem langen Leben habe ich haufenweise Fehler gemacht, Melanie. Wirklich eine ganze Menge. Und wie ich mich kenne, werde ich noch sehr viele weitere machen. Ich möchte nicht, dass du einer davon bist.«

»Wie kommst du auf die Idee, dass ich ein Fehler sein könnte?« Sie konnte ihn nicht überzeugen, wenn sie nicht wusste, was er dachte.

Unvermittelt richtete er sich auf, seine Schultern waren angespannt und die Augenlider gesenkt, allerdings nicht so tief, dass sie das Glühen nicht hätte sehen können. Obwohl sich Bastien alle Mühe gab, kalt und distanziert zu erscheinen, spiegelten seine Augen die starken Gefühle wider, die in ihm tobten.

»Ich werde das nicht tun.« Ohne ein weiteres Wort zu sagen, säuberte er ihre Wunde und verband sie.

Melanie war beeindruckt, wie gut er sich darauf verstand. »Du machst das richtig gut.« Sie überprüfte den Verband. »Hast du etwa Medizin studiert?«

»Nicht richtig«, antwortete er und warf den ausgedienten provisorischen Verband in den Mülleimer für die Sonderabfälle. »Schon vor langer Zeit hatte ich es satt, mich jedes Mal selbst zu verletzen, wenn ich Eisenstücke, Glassplitter oder Messer aus meinem Körper entfernen musste. Einmal war sogar ein Holzpflock dabei, fast so dick wie dein Handgelenk. Also habe ich mir eine ganze Bibliothek medizinischer Fachbücher gekauft und mir mit deren Hilfe die nötigen medizinischen Fachkenntnisse angeeignet.«

»Dann konntest du also nachvollziehen, worum es in Montrose Keegans medizinischen Forschungen ging?«

»Ja, aber nur zum Teil. Am Anfang habe ich noch seine Aufzeichnungen gelesen und seine Experimente mitverfolgt. Aber mein erklärtes Ziel, Roland zu töten und gleichzeitig eine ganze Armee von Vampiren im Griff zu behalten, die dabei waren, den Verstand zu verlieren, war … na ja …«

»Ein Vollzeitjob?«

»Genau. Wie fühlst du dich? Brauchst du ein Schmerzmittel?«

»Für den Kratzer?«, spottete sie. »Nein.«

Als sie mit ihrem Training angefangen hatte, hatte sie sich am ganzen Körper so wund gefühlt, dass sie gelaufen war wie eine uralte Frau. Sie war gebeugt gegangen und hatte bei jedem Schritt gejammert und geklagt. (Wobei der letzte Teil nicht unbedingt charakteristisch war für eine alte Frau. Aber aus irgendeinem Grund hatte ihr das Jammern geholfen.)

Dennoch hatte sie keine Schmerzmittel genommen. Ihre Trainer hatten betont, wie wichtig es war, sich an die Schmerzen zu gewöhnen, damit sie im Kampf nicht durchdrehte, wenn ihre Verletzungen sie quälten.

Diese Strategie hatte sich offenbar bewährt. Melanie hatte das Gefühl, sich in dieser Nacht ziemlich gut gehalten zu haben.

»Sind die Vampire eigentlich immer so gesprächig, wenn du Jagd auf sie machst?«, wollte sie wissen.

Als er lachte, schien ein Teil der Anspannung aus seinem Körper zu fließen. »Nein. Die meisten brüsten sich mit ihren Heldentaten oder geben verächtliche Kommentare ab – aber nur, bis ich den ersten Treffer gelandet habe. In der Hinsicht war Stuart eine Überraschung – er erinnert mich an Cliff. Auch bei ihm scheint es länger zu dauern, bis das Virus sein Gehirn zerfrisst, sonst wäre er weggerannt. Oder er wäre geblieben, aber ohne auf ein Wort von dem zu hören, was wir ihm sagen.«

»Ich hoffe, dass man ihm vertrauen kann.«

»Das hoffe ich auch.«

»Na ja, in drei Nächten werden wir mehr wissen. Darf ich mitkommen, wenn du ihn triffst?«

»Teufel noch mal, nein! Es könnte eine Falle sein.«

»Umso besser wäre es, wenn du Hilfe hättest …«

»Auf keinen Fall.«

Es war offensichtlich, dass er sich nicht überreden lassen würde. »Na schön. Aber ruf mich wenigstens an, und sag mir Bescheid, wenn du losziehst, um dich mit ihm zu treffen. Nur für den Fall, dass es ein Hinterhalt ist.«

Seine Züge entspannten sich. »Das kann ich machen. Und jetzt würde ich gern mit Cliff sprechen, ehe Richart zurückkehrt. Ich wünsche dir eine gute Nacht.«

Melanie suchte seinen Blick. »Ich nehme nicht an, dass ich dich dazu überreden kann, mir einen Gutenachtkuss zu geben, oder?«

Sie war sicher, dass er nein sagen würde. Umso überraschter war sie, als er ihr Gesicht in seine großen Hände nahm, sich vorbeugte und ihre Lippen mit einem feurigen Kuss verschloss. Und als sich dann auch noch seine Zunge kühn in ihren Mund vorwagte …

Genau genommen konnte Melanie keinen klaren Gedanken mehr fassen, ganz zu schweigen davon, einen zusammenhängenden Satz zustande zu bringen. Es kam ihr vor, als bestünde sie nur noch aus Gefühlen.

Als Bastien den Kopf hob, leuchteten seine Augen durchdringend. »Gute Nacht, Melanie.«

Ehe sie ein Wort herausbringen konnte, war er auch schon verschwunden.

Drei Nächte später dachte Melanie immer noch über diesen Kuss nach, obwohl sie sich eigentlich auf die Ergebnisse von Joes neuester Kernspintomografie hätte konzentrieren müssen. Das Labor besaß keine Fenster, doch sie wusste durch einen Blick auf die Uhr, dass die Sonne gerade untergegangen war. Um diese Zeit stand Bastien auf und bereitete sich auf die Jagd der kommenden Nacht vor.

Ob er wohl auch an ihren Kuss dachte? Bereute er ihn? Seit jener Nacht hatte Melanie Bastien weder gesehen noch mit ihm gesprochen.

»Hallo.« Als hätte sie ihn mit ihren Gedanken heraufbeschworen, hörte sie plötzlich seine Stimme hinter sich.

Hörbar nach Luft schnappend, wirbelte sie herum. »Hey.« Seine schwarzen Cargohosen, das langärmlige T-Shirt und der schwarze Mantel waren makellos sauber und betonten die Schokoladenseiten seines hochgewachsenen, perfekten Körpers. Neben ihm stand Richart, der ihr kurz zunickte und sich dann in Luft auflöste.

Einige Sekunden lang sprachen weder sie noch Bastien ein Wort, während sein Blick mit einer Intensität über ihren Körper wanderte, als würde er sie von Kopf bis Fuß mit den Händen erforschen.

»Also«, sagte sie, als er keinerlei Anstalten machte, ihr einen Begrüßungskuss zu geben. »Heute Nacht ist es so weit, nicht wahr? Heute Nacht triffst du dich mit Stuart?«

Er nickte. »Ich dachte, ich schaue erst noch bei Cliff vorbei.«

Also war er wegen Cliff gekommen. Nicht ihretwegen. Allerdings hielt sich ihre Enttäuschung in Grenzen, denn seine Augen glühten vor Verlangen.

»Natürlich.« Melanie erhob sich von ihrem Stuhl, aber statt ihn in Cliffs Apartment zu führen, brachte sie ihn in ihr Büro. Sie schob die Schlüsselkarte zurück in die Hosentasche, tippte ihren persönlichen Sicherheitscode ein, wartete auf das *Piep* und öffnete die Tür. »Es dauert nur eine Minute.« Sie schnappte sich den weißen Laborkittel, der über ihrem Bürostuhl hing, und wollte gerade hineinschlüpfen.

Bastien trat hinter sie, nahm ihr den Kittel ab und hielt ihn ihr hin, damit sie ihn leichter anziehen konnte. Seine Hände verharrten auf ihren Schultern.

»Das ist nicht fair«, flüsterte sie, während ihr Herz wie verrückt schlug. Er konnte alles spüren, was sie empfand, während sie keine Ahnung hatte, was ihn bewegte.

»Du hast mir auch gefehlt«, gab er zu. »Und ich wünsche mir nichts sehnlicher, als dich in die Arme zu nehmen und zu überprüfen, ob du wirklich so gut schmeckst wie in meiner Erinnerung.«

Lächelnd drehte sie sich zu ihm um.

Sein normalerweise mürrisches Gesicht war so sanft wie das von Richart, wenn der Franzose mit seiner Freundin telefonierte. Sanft streichelte er über ihre Wange. »Leider habe ich keine Zeit zu verlieren, ich muss dringend etwas mit Cliff besprechen.«

»Ich verstehe.« Aufgemuntert durch sein Geständnis, ging sie hinüber zum Schrank, schloss ihn auf und holte drei Injektoren mit dem Betäubungsmittel heraus. Als sie sich zur Tür umdrehte, bemerkte sie, dass Bastien sie stirnrunzelnd musterte. »Nach dem, was mit Vince passiert ist, habe ich immer etwas von dem Betäubungsmittel dabei, wenn ich zu Cliff oder Joe gehe – für den Fall, dass einer von ihnen einen psychotischen Anfall hat. Ich will nicht dabei zusehen, wenn man auf sie schießt, um sie in den Griff zu bekommen.«

»Musstest du es schon mal einsetzen?«

Sie zögerte. »Ein Mal.«

Sein Blick wurde grimmig. »Wann?«

»Letzte Woche. Bei Joe. Er …«

»Warum hast du mir nichts davon erzählt?«

Auch wenn Sie es ihm lieber nicht gesagt hätte, hatte sie das Gefühl, dass er die Wahrheit verdiente. »Er hat sich so sehr geschämt für sein Verhalten. Er wollte mir nicht wehtun. Er hat einen der Wachmänner angegriffen … Ich hatte Angst, dass du …«

»Ich mit ihm dasselbe machen würde wie mit Vince?«

»Ja.«

Seine Lippen wurden weiß, als er sie fest aufeinanderpresste.

Na ja … schließlich hatte er gefragt. Melanie schob sich an ihm vorbei und ging voran zu Cliffs Apartment. Cliff saß tief eingesunken in die Polster des schwarzen Ledersofas und hatte die Füße vor sich auf den Couchtisch gelegt. Er las in einem Science-Fiction-Roman.

Melanie schenkte dem Wachmann vor der Tür ein Lächeln, ehe sie sie hinter sich schloss.

»Wollt ihr beide allein sein?«, fragte sie etwas verspätet.

Bastien schüttelte den Kopf. »Eigentlich wollte ich gar nicht mit Cliff reden.«

»Ich freue mich auch, dich zu sehen«, bemerkte Cliff fröhlich, während er sich erhob und sich zu ihnen gesellte.

»Ich verstehe nicht.«

»Ich wollte mit *dir* reden«, erklärte Bastien, »und sichergehen, dass uns niemand belauschen kann.«

Sie musterte ihn mit zusammengezogenen Augenbrauen. Wenn er jetzt mit einer langatmigen Erklärung ankam, warum er nicht wollte, dass sie ihm weiter nachstellte …

An diesem Punkt kamen ihre Gedanken ins Stocken. Moment mal. Hatte sie ihm etwa nachgestellt? Noch nie zuvor war sie diejenige gewesen, die sich in einer Beziehung offensiv verhielt.

Schon wieder dieses Wort: Beziehung.

»Was ist los?«, fragte sie so beiläufig wie möglich.

»Ich habe gespürt, dass du gelogen hast, und wollte wissen, warum«, erwiderte Bastien.

Cliffs Blick wanderte zwischen ihnen hin und her.

»Wann genau?«

»Bei dem Treffen. Als du behauptet hast, kein Gegenmittel für die Droge zu haben.«

Oh verdammt! »Und warum hätte ich lügen sollen?«, bluffte sie.

»Als ich dich berührt habe, habe ich ganz genau gespürt, dass du Schuldgefühle hattest.«

Heilige Scheiße! »Also deine Begabung kann einem wirklich den letzten Nerv rauben.«

»Ach, hast du das auch schon gemerkt?«, witzelte Cliff.

Nachdem Bastien ihm einen wütenden Blick zugeworfen hatte, drehte er sich wieder zu Melanie um. »Also hast du ein Gegenmittel gefunden?«

Sie öffnete den Mund, um zu antworten.

Plötzlich streckte Bastien die Hand aus und berührte ihr Gesicht. »Hast du?«

So ein verdammter Mist! Wenn sie log, würde er das sofort merken.

»Dein Zögern verrät mir, dass es so ist. Warum hältst du es vor den Unsterblichen geheim?«

Sie seufzte. »Du bist selbst ein Unsterblicher, Bastien. Je schneller du dich damit abfindest …«

»Desto schneller was? Desto schneller heißen sie mich in ihrem Kreis willkommen und lieben mich wie einen Bruder? Dazu wird es niemals kommen. Bitte beantworte meine Frage.«

Cliff räusperte sich. »Sie glaubt, ein Gegenmittel gefunden zu haben, traut sich aber nicht, es zu testen, weil es möglicherweise zu belastend ist für das Herz. Der Herzschlag könnte sich so stark beschleunigen, dass es stehen bleibt ... oder so ähnlich.«

Melanie knurrte wütend. »Das habe ich dir im Vertrauen erzählt!«

»Ich weiß. Aber wenn es funktioniert, wäre das Mittel Bastien eine große Hilfe.«

Bastien ließ die Hand sinken, wobei er ihren Arm und ihre Hüfte streifte. »Erzähl mir alles.«

Sie seufzte. »Es handelt sich um ein Aufputschmittel. Eins, das so stark ist, dass ich es nicht einmal einem komatösen Elefanten verabreichen würde.«

»Genau das, was wir brauchen. Wo liegt das Problem?«

Aus Melanies Sicht lag das auf der Hand. »Wenn du tatsächlich ein Untoter wärst, so wie die Vampire in der klassischen Mythologie, würde ich mir keine Sorgen machen. Aber das bist du nicht. Dein Herz schlägt. Und das Virus kann zwar viele Verletzungen heilen, benötigt dafür aber einen intakten Blutkreislauf. Selbst wenn das Aufputschmittel genauso wie die Droge stark genug sein sollte, um nicht von dem Virus neutralisiert zu werden, besteht die Gefahr, dass es nicht einfach nur die Wirkung des Betäubungsmittels aufhebt, sondern Kammerflimmern auslöst. Dein Herz würde aufhören zu schlagen und nur noch zittern – was zur Folge hätte, dass es kein Blut mehr durch deinen Körper und dein Gehirn pumpen würde.«

Cliff sah Bastien an. »Ich habe versucht, sie dazu zu überreden, die Substanz an mir auszuprobieren. Bei mir ist ohnehin Hopfen und Malz verloren. Mein Gehirn ist bereits geschädigt, was habe ich also noch zu verlieren? Aber sie weigert sich.«

Bastien gab Cliff einen Klaps auf den Hinterkopf.

»Aua! Was sollte das denn?«

»Du bist hier, weil wir verhindern wollen, dass das Virus dein Hirn weiter zerfrisst. Wir haben nicht vor, diesen Prozess auch noch zu beschleunigen.«

Zum Glück war sie nicht die Einzige mit dieser Meinung.

»Ich danke dir«, sagte Bastien an sie gewandt.

Sie nickte.

»Du brauchst also mehr Zeit? Um weitere Tests durchzuführen?«

»So ist es.« Sie wusste nur nicht, wie sie das bewerkstelligen sollte.

»Wie wird das Mittel verabreicht? Wenn ein Unsterblicher einen Betäubungspfeil abbekommen hat, hat er nicht viel Zeit zu reagieren, bevor er das Bewusstsein verliert.«

»Ich habe es in Autoinjektoren gefüllt, so ähnliche wie die, die wir neulich benutzt haben.«

»Ich weiß nicht, ob das eine gute Idee ist. Eine Subkutanspritze gibt den Wirkstoff schneller ab und ist einfacher zu bedienen. Du hast gesagt, dass sie den Autoinjektoren ähneln, die wir neulich benutzt haben. Sie sind also nicht identisch?«

»Nein.«

»Würdest du mir eine von diesen Injektoren zeigen? Auch wenn ich nicht viel von dem Wirkstoff selbst verstehe, kann ich dich wenigstens beraten, wie er am leichtesten zu verabreichen ist.«

»Na klar. Ich hole einen.«

Bisher hatte Melanie nur drei Injektoren mit der Substanz befüllt. Sie holte einen aus dem Labor und ließ die anderen beiden in einem verschlossenen Schrank zurück.

Als sie in Cliffs Apartment zurückkehrte, redeten Cliff und Bastien aufgeregt aufeinander ein, allerdings unhörbar für menschliche Ohren. Was ein ziemlich interessanter Anblick war, da sie so heftig miteinander diskutierten, dass man glauben konnte, sie hätten einander angebrüllt, wären sie wirklich allein gewesen.

Im Stillen hoffte Melanie, dass Bastien Cliff darum bat, sie nicht mehr zu drängen, die Droge an ihm zu testen. Etwas so Riskantes konnte und wollte sie einfach nicht tun.

Als sie eintrat, verstummten sie sofort. Sie schloss die Tür hinter sich und ging auf Bastien zu, um ihm den Injektor zu geben.

Er drehte ihn in den Händen und öffnete schließlich die Verschlusskappe. »Könnte man den Verschluss auch ganz weglassen? Dann wäre es schneller einsatzbereit. Abgesehen davon waren meine motorischen Fähigkeiten etwas eingeschränkt, als ich betäubt wurde.«

»Wenn man die Kappe abnimmt, entsichert man damit gleichzeitig den Autoinjektor. Man darf die Kappe nicht entfernen, bis man ihn einsetzt.«

»Funktioniert das wie Adrenalin? Muss man den Wirkstoff ins Bein spritzen?«

»Nein. Wie bei dem Betäubungsmittel ist es egal, wo man es hinspritzt.«

»Also sticht man die Nadel ein und wartet drei Sekunden?«

Sie schüttelte den Kopf. »Zehn.«

»Zehn Sekunden sind zu lang. Entweder haben wir es mit Vampiren zu tun, die sich in Sekundenbruchteilen fortbewegen, oder wir kämpfen gegen Menschen mit automatischen Waffen. Könnte man den Zeitraum halbieren?«

»Wir wissen aber nicht, wie das Virus darauf reagiert, wenn die Substanz zu schnell verabreicht wird.«

Ein leises *Plopp* war zu hören. Melanie sah nach unten und stellte fest, dass Bastien die Kappe heruntergeschnippst hatte. Er folgte ihrem Blick. »Oh. Tut mir leid.«

Sie lächelte. »Ich hab sie schon.« Melanie beugte sich vor, um die Kappe aufzuheben. Plötzlich ergriff sie eine Vorahnung, und ein Schauer lief ihr über den Rücken – aber die Warnung kam zu spät.

Cliff machte einen Sprung nach vorn.

Vor Schreck schnappte Melanie nach Luft, als er sie fest packte, gegen sich presste und dann in den hinteren Teil des Raums zog, sodass sich das Sofa zwischen ihnen und Bastien befand.

»Cliff?« Vergeblich versuchte sie, sich zu befreien.

Er packte sie noch fester und zog sie weiter nach hinten.

Heilige Scheiße! Hatte er einen Anfall? Da er bislang noch keinen gehabt hatte, hatte sie auch nicht damit gerechnet.

In diesem Augenblick drehte sich Bastien zu ihnen um.

»Es ist alles in Ordnung!«, platzte Melanie heraus, da sie Angst hatte, dass er den Vampir angreifen würde. »Ich …«

Im selben Moment, als sie die zitternde Hand in ihre Hosentasche schob, tastete Bastien nach seiner eigenen und zog die Autoinjektoren mit dem Betäubungsmittel heraus, die sie eigentlich jetzt in der Hand hätte haben müssen.

Hatte er ihr tatsächlich die Injektoren geklaut? Aber wann? »Was soll das …?

Er hob die Hand mit den drei Injektoren, entfernte die Plastikschutzhüllen mit den Zähnen und spuckte sie aus, sodass sie zu Boden fielen.

»Bastien …«

Mit einer schnellen Bewegung rammte er sich die Nadeln in den Hals und injizierte sich die Flüssigkeit.

»Was zum Henker machst du da? Bist du wahnsinnig?«, schrie sie, die Stimme schrill vor Angst.

»Wir müssen doch ausprobieren« – er hob die Hand mit dem ungetesteten Gegenmittel – »ob das funktioniert.«

Panik überwältigte sie, als sie begriff, was er vorhatte. Cliff hatte keinen Anfall. Bastien hatte vor, dieses verdammte Serum zu testen.

»Das kannst du nicht machen!« Sie versuchte mit aller Kraft, sich zu befreien, musste aber feststellen, dass sie gegen einen Vampir keine Chance hatte. »Cliff, lass das nicht zu. Ich flehe dich an!«

»Das ist seine Entscheidung, Dr. Lipton.«

Als ihn die Wirkung der dreifachen Dosis des Betäubungsmittels mit voller Wucht traf, schwankte Bastien.

»Es könnte ihn töten!«

Cliff schwieg.

»Bastien, bitte! Tu das nicht.«

Taumelnd machte Bastien einen Schritt nach hinten und hätte beinahe das Gleichgewicht verloren. Er hob die Hand mit dem Autoinjektor, in dem sich das Gegenmittel befand, und injizierte sich die Substanz in die andere Halsseite.

Melanie war wie gelähmt vor Angst. Sie brachte keinen Ton heraus und konnte ihn nur angsterfüllt anstarren, während die Sekunden vergingen.

Eins. Zwei. Drei. Vier.

Bastien kippte zur Seite und wäre beinahe gestürzt, fand aber das Gleichgewicht wieder, indem er sich auf dem Sofa abstützte.

Neun. Zehn.

Er ließ den Autoinjektor los, sodass dieser polternd zu Boden fiel.

»Und?«, fragte Cliff, dessen Gesicht sie zwar nicht sehen konnte, aber die Besorgnis schwang deutlich in seiner Stimme mit.

»Ich glaube nicht, dass es funktioniert.« Bastien schloss die Augen. »Ich spüre nur, dass die Droge mich lähmt.« Er sprach langsam und mit schwerer Zunge.

Damit hatte Melanie nicht gerechnet. Auf die Idee, dass die Substanz überhaupt keine Reaktion hervorrufen könnte, war sie nicht gekommen. Dass dieses verdammte Aufputschmittel überhaupt keine Wirkung haben könnte.

Beruhigend tätschelte sie Cliffs Arm. »Du kannst mich jetzt loslassen.«

Sanft drückte er ihre Schultern, ließ sie los und trat einen Schritt zurück. »Es tut mir leid, Bastien hat mich um meine Hilfe gebeten. Nach allem, was er für mich getan hat, konnte ich nicht nein sagen, auch wenn er mir mit seinem Plan eine Heidenangst eingejagt hat.«

Sie nickte und machte einen Schritt in Bastiens Richtung.

Seine Knie gaben unter ihm nach.

Mit einem Hechtsprung setzte Cliff über das Sofa und fing den Unsterblichen auf. Er schlang einen Arm um seine Schultern und führte ihn um das Sofa herum, damit sie sich setzen konnten.

»Du spürst wirklich überhaupt nichts?«, fragte Melanie.

Die Antwort war ein Kopfschütteln. »Hast du noch mehr davon?«

»Bastien …«

»Hol es her. Vielleicht war die Dosis nicht hoch genug.«

Der Unsterbliche kippte nach vorn, stützte sich mit den Ellbogen auf den Knien ab und ließ den Kopf zwischen die Beine sinken.

Tausend Gedanken schwirrten Melanie durch den Kopf, während sie aus dem Apartment stürmte und den Flur hinunter zum Labor rannte.

»Ist alles in Ordnung, Doc?«, rief einer der Wachmänner hinter ihr her, während sie ihre Schlüsselkarte durchzog und mit zitternden Fingern den Sicherheitscode eintippte.

»Ja.«

»Sind Sie sicher? Sie sehen ein wenig …«

Ein Summen ertönte.

Melanie riss die Tür auf und beeilte sich, die beiden restlichen Autoinjektoren aus dem Schrank zu holen.

Es hatte nicht funktioniert. Das Aufputschmittel hatte keine Wirkung gezeigt. Wie war das nur möglich? Sie hatte nicht übertrieben, als sie gesagt hatte, dass sie es nicht einmal an einem komatösen Elefanten testen würde. Ein Mensch würde es nicht überleben, wenn man ihm das Mittel injizierte. Er würde sterben, und zwar sehr schnell.

Und Bastien spürte überhaupt nichts.

Nachdem sie die Tür wieder hinter sich zugezogen hatte, marschierte sie eilig zurück zu Cliffs Apartment.

»… verstört aus«, sagte der Wachmann.

»Wie bitte?«, fragte sie abwesend.

»Sie sehen etwas verstört aus. Sind Sie ganz sicher, dass …?«

»Ich bin in Ordnung.« Sie zwang sich zu einem Lächeln. »Es war einfach ein harter Tag. Oder besser gesagt: eine harte Nacht.«

Er musterte sie zweifelnd. »Nun ja, wir sind jedenfalls hier, wenn Sie uns brauchen.«

»Ich danke Ihnen, Mark. Ich weiß das wirklich zu schätzen.«

Sobald sie das Apartment betreten hatte, beeilte sie sich, die Tür hinter sich zu schließen, und ging um das Sofa herum. »Irgendeine Veränderung?«

Als Antwort schüttelte Cliff nur den Kopf.

Bastien hob den Kopf und streckte auffordernd die Hand aus.

Als Melanie für ihn die Kappe von der Spritze abziehen wollte, machte er eine abwehrende Geste.

»Ich muss das allein schaffen.«

Sie reichte ihm den Autoinjektor.

Ungeschickt entfernte er den grünen Sicherheitsverschluss und injizierte sich die Substanz in den Oberschenkel, wobei er den Injektor zehn Sekunden lang festhielt, so wie Melanie es ihm beschrieben hatte.

Gespannt hielt sie den Atem an.

»Spürst du was?«, erkundigte sich Cliff.

»Ich glaube schon.« Er streckte die Hand aus. »Gib mir noch eine.«

»Warte lieber noch ein bisschen. Die Wirkung könnte …«

»In einem Kampf hätte ich auch nicht mehr Zeit. Gib mir noch eine.«

Sie gab ihm die letzte Spritze.

Dieses Mal hatte er keine Schwierigkeiten mit der Kappe.

Trotz ihrer Besorgnis verspürte Melanie ein Fünkchen Hoffnung.

Wieder injizierte er sich den Wirkstoff in den Oberschenkel, auch dieses Mal wartete er zehn Sekunden ab.

Bastien hatte recht. Zehn Sekunden waren zu lang. Jetzt, da sie eine genauere Vorstellung hatte von der Dosierung – tatsächlich war es eine aberwitzig hohe Menge –, könnte sie die Zeit halbieren, die es dauerte, die Injektion zu setzen.

Bastien schmiss den Autoinjektor auf den Couchtisch und erhob sich. »In Ordnung. Langsam wird es besser. Ich fühle mich nicht mehr ganz so schwach.«

Er schob Melanie beiseite, entfernte sich vom Sofa und fing an, im Zimmer auf und ab zu laufen.

In Anbetracht all der Ängste, die sie in Bezug auf die ungetestete Substanz durchgestanden hatte, hatte Melanie Mühe, sich ein Gefühl der Ernüchterung zu verkneifen.

Der Gedanke war ihr kaum durch den Kopf geschossen, da schoss Cliff urplötzlich durch das Zimmer, packte Bastien und schleuderte ihn an die gegenüberliegende Wand.

Fast wäre Melanie das Herz stehen geblieben.

Bastien gab einen unartikulierten Laut von sich und stürzte sich in den Kampf.

Während Melanie die beiden mit großen Augen und offenem Mund anstarrte, krachten Bilderrahmen und große Stücke Rigips zu Boden. Es war unmöglich, Einzelheiten auszumachen, während die beiden gegeneinander kämpften, wobei sie sich mit erstaunlicher Geschwindigkeit durch das Wohnzimmer bewegten. Um sie herum begannen sich die Überreste zerschmetterter Möbelstücke aufzutürmen. Ihr Kampf wurde untermalt von gelegentlichen Knurrlauten, Flüchen und dem lauten Krachen zerberstenden Mobiliars.

Hektisch sah sich Melanie im Zimmer um. Die Wachmänner zu alarmieren kam nicht in Frage. Allerdings – wenn die beiden weiterhin so laut waren, wäre das ohnehin nicht mehr nötig. So sehr, wie die Wachleute den Unsterblichen verabscheuten, würden sie sie wahrscheinlich einfach nur aus dem Weg schubsen und das Feuer eröffnen, ohne sich Gedanken darüber zu machen, wen sie trafen und wie schwer sie die Getroffenen verwundeten. Melanie wollte aber nicht, dass einer der beiden Männer verletzt wurde.

Sie konnte gerade noch rechtzeitig zur Seite springen, als das Sofa in seine Bestandteile zerfiel.

Wenn man den Vampiren erlaubt hätte, vollständig eingerichtete Küchen in ihren Apartments zu haben (zu viele scharfe und stumpfe Gegenstände, die als Waffe eingesetzt werden konnten), dann hätte sie es mit der altbewährten Methode versucht: Sie hätte sich eine Bratpfanne geschnappt und den beiden gesunden Menschenverstand eingebläut. Was konnte man sonst noch …

Ihr Blick fiel auf die Barhocker. Die Vampire hatten die Erlaubnis, in ihren Apartments ein paar Snacks für zwischendurch aufzubewahren, Müsli und Zutaten für ein Sandwich. Außerdem gab es eine Frühstückstheke, an der sie essen konnten.

Melanie duckte sich, als die beiden über sie hinwegflogen. Dann rannte sie zur Küchentheke, schnappte sich einen der hölzernen Barhocker mit schwarzem Sitzpolster und marschierte in die Mitte des Zimmers. Als die beiden wieder in ihre Nähe kamen, ringend und Knurrlaute ausstoßend, versuchte sie vorauszusehen, in welche Richtung sie taumeln würden, und holte aus. So weit und fest sie konnte.

Wuuummm! Als der hölzerne Barhocker auseinanderbrach, flog das Sitzpolster durch die Luft, und sie hielt nur noch ein hölzernes Stuhlbein in der Hand.

Bastien wurde langsamer, beugte sich vor und griff sich an den Kopf. »Autsch! Verdammt, das hat wehgetan!«

Cliff war ebenfalls stehen geblieben und wich geschickt aus, als Melanie erneut mit dem Stuhlbein ausholte. »Warte! Spieß mich nicht damit auf!«

»Rühr dich ja nicht von der Stelle, Cliff«, warnte sie ihn mit klopfendem Herzen, wobei sie das Stuhlbein so fest umklammerte, dass sie sich wunderte, dass sich keine Holzsplitter in ihre Hand bohrten. »Bleib einfach da stehen.«

Dann schob sie sich zwischen die beiden Männer, mit dem Rücken zu Bastien.

Cliffs Augen begannen gelbbraun zu leuchten. Beschwichtigend hob er die Hände und trat den Rückzug an. »Bitte schlag mich nicht. Ich bin nicht verrückt geworden.«

Ohne ihn aus den Augen zu lassen, schüttelte sie den Kopf. »Aber deine Augen leuchten.« Sie musste vorbereitet sein, für den Fall, dass er sie angriff. Da er direkt vor ihr stand, würde sie allerdings Schwierigkeiten haben, ihn zu treffen.

»Wenn meine Augen leuchten, dann nur, weil ich Spaß habe.«

»Darauf wette ich.«

»Nicht so. So habe ich das nicht gemeint. Dieser kleine Kampf war für mich die größte Herausforderung seit diesen ganzen Stärke- und Ausdauertests, denen du mich vor ein paar Jahren unterzogen hast. Es ist einfach ein gutes Gefühl, mal wieder aktiv zu sein.«

»Aktiv? Du hast Bastien angegriffen!«

»Weil ich ihn darum gebeten habe«, meldete sich Bastien hinter ihr zu Wort.

Sie riskierte einen Blick über die Schulter. Auf Bastiens Stirn prangte eine große rote Beule. »Wie bitte?«

»Ich habe ihn gebeten, mich anzugreifen.«

Erstaunt ließ sie das Stuhlbein sinken und starrte ihn an. Die Beule auf seiner Stirn verfärbte sich dunkel, heilte und verschwand. Die Angst, die Adrenalin heiß durch Melanies Venen gejagt hatte, verwandelte sich in kalte Wut. »Du hast *was* getan?«, brüllte sie fassungslos.

Verwirrt sah Bastien Cliff an. »Soll ich es noch einmal wiederholen?«

»Darauf würde ich verzichten«, riet ihm der Vampir klugerweise und trat den Rückzug an.

Bastien sah Melanie an. »Ich wollte mich nur vergewissern, ob ich trotz des Gegenmittels einem Kampf gewachsen bin. Nur für den Fall, dass meine Atmung oder mein Herz … Na ja, ich wollte wissen, wie lange es dauert, bis ich meine Kraft und Schnelligkeit zurückgewonnen habe.«

Unglaublich! Fassungslos warf Melanie das Stuhlbein fort. »Das alles war geplant?«

»Ja«, bestätigte Bastien.

»Von euch beiden.«

»Ja.«

»Ohne euch vorher mit mir abzusprechen.«

Leicht verunsichert sah Bastien zu Cliff. »Ja.«

»Verdammt noch eins, bevor ihr so was noch mal macht, warnt mich gefälligst vorher!«, rief Melanie aufgebracht. Sie hatte am ganzen Leib gezittert, in dem Glauben, dass Cliff einem dieser unvorhersehbaren gewalttätigen Anfälle zum Opfer gefallen war, mit denen auch Joe zu kämpfen hatte. Halb verrückt vor Angst, dass Bastien ihm wehtun oder ihn sogar töten könnte oder dass umgekehrt Cliff Bastien verletzen oder töten könnte, weil er von dem Betäubungsmittel geschwächt war … Und die beiden Männer standen vor ihr wie zwei Kinder, die sich am Samstagmorgen beim Anschauen von Zeichentrickserien ein bisschen auf dem Teppich vor dem Fernseher gebalgt hatten!

Plötzlich wurden Cliffs Augen groß.

»Was ist los?«, knurrte sie.

»Nichts, gar nichts«, antwortete er schnell. »Ich habe dich nur … Ich habe dich nur noch nie zuvor fluchen hören.«

»Dann solltest du dich besser daran gewöhnen, denn jetzt, wo ich mehr Zeit mit ihm verbringe« – mit dem Daumen deutete sie auf Bastien – »wirst du das wahrscheinlich noch häufiger erleben.«

»Hey, jetzt warte mal einen Moment«, sagte Bastien, der inzwischen nicht mehr so unbeschwert wirkte. »Ich dachte, wir hätten vereinbart, dass wir nicht …«

»Du hast soeben jede Chance verspielt, mich in naher Zukunft loszuwerden – und zwar, indem du dir *drei Mal* einen ungetesteten Wirkstoff injiziert hast, von dem ich überzeugt war, dass er dich töten würde«, herrschte sie ihn an. »Folglich bleibt mir gar nichts anderes übrig, als dich *mindestens* die nächsten vierundzwanzig Stunden im Auge zu behalten. Herzlichen Glückwunsch! Das hast du einzig und allein dir selbst zuzuschreiben!«

6

Eigentlich hätte Bastien aufgebracht darüber sein müssen, dass er gezwungen war, die nächsten vierundzwanzig Stunden mit Melanie zu verbringen – aber das war er keineswegs. Teufel noch mal, er mochte sie einfach. Und wie sie aussah: Das Gesicht vor Ärger gerötet, während sich ihre Brüste unter dem engen Shirt im Rhythmus ihrer schnellen Atemzüge hoben und senkten. Und dann schrie sie auch noch jedes Wort …

»Sie ist ziemlich sexy, wenn sie sauer ist, findest du nicht auch?«, fragte Cliff leise, damit sie ihn nicht hören konnte.

Wütend blitzte Bastien ihn an. »Pass auf, was du sagst.«

»Oh bitte. Als ob dir dieser Gedanke nicht schon selbst gekommen wäre.«

»Das bedeutet aber nicht, dass es mir recht ist, wenn *du* das denkst«, brummte er.

»Und *das*«, sagte Melanie und machte eine Geste, die sie beide einschloss, »hört sofort auf. Kein Geflüster mehr. Keine Geheimnisse.«

»Tut mir leid«, sagte Cliff kleinlaut. »Bastien hat nur gesagt, dass er findet, dass du sexy aussiehst, wenn du wütend bist.«

Bastien fluchte.

»Es ist mir völlig egal, was er …«, legte Melanie los, um sich dann zu unterbrechen. Ihr Gesicht spiegelte Überraschung wider. »Wie bitte?«

»Cliff …«, sagte Bastien warnend, aber es war zu spät.

Cliff sprach bereits weiter, mit einem breiten Lächeln, das

bezeugte, wie viel Spaß ihm dieses Spielchen machte: »Er findet, dass du total heiß aussiehst, wenn du wütend bist.«

Melanie musterte Bastien mit zu Schlitzen verengten Augen. Es sah aus, als versuchte sie, seine Gedanken zu lesen.

»Was ist das denn für ein Quatsch?«, bluffte er. »Du kannst doch unmöglich ernst nehmen, was dieser Typ von sich gibt. Er ist verrückt.«

Cliff lachte. »Du musst dich schon noch ein bisschen gedulden, bevor diese Ausrede funktioniert, Alter.«

Melanie musterte ihn tadelnd. »Über so etwas macht man keine Scherze.«

Aber Cliff zuckte nur mit den Achseln. »Wenn *ich* darüber keine Scherze machen darf, dann …«

»Was dann?«, bohrte Bastien. »Drehst du durch?«

Die beiden Männer grinsten.

Melanie verdrehte die Augen. »Ihr seid echt unmöglich. Alle beide.«

Plötzlich war ein Summen zu hören, und die Tür öffnete sich. Die Wachmänner, die vor dem Apartment postiert waren, steckten die Köpfe durch die Tür.

»Alles klar, Doc?«, fragte einer der Männer mit kurzem blondem Haar, während sein Blick skeptisch durch das verwüstete Zimmer glitt.

»Ja, es ist alles in Ordnung, Mark. Das hier … war nur ein kleines Experiment.«

Bastien bedachte den Wachmann mit einem grimmigen Blick. »So lange brauchen Sie, um nach dem Rechten zu sehen?«

Zugegebenermaßen wäre es ihm gar nicht recht gewesen, wenn sie früher unterbrochen worden wären. Ein Eingreifen der Sicherheitsleute hätte zweifellos damit geendet, dass sowohl Bastien als auch Cliff von Kugeln durchsiebt worden wären, und Melanie hätte sich zudem auch noch einen Querschläger einfangen können. Wenn Joe oder Cliff allerdings wirklich mal einen psychotischen Anfall hatten und Melanie angriffen, mussten die Sicherheitsleute entschieden schneller reagieren, wenn sie die Ärztin retten wollten. Sie wäre ausgesaugt gewesen, bevor sie auch nur den Sicherheitscode eingetippt hatten.

Angesichts der Kritik spannte Mark die Muskeln an. »Hören Sie, aus diesen Räumen kommen ständig merkwürdige Geräusche. Es ist schwer zu sagen, welche davon harmlose Gründe haben und welche ein Problem darstellen.«

»Dann verschwenden Sie nicht Ihre Zeit mit Ratespielchen. Sobald Sie etwas hören, das nach Gewalt klingt, öffnen Sie die verdammte Tür und überzeugen sich persönlich davon, dass alles in Ordnung ist. Auch wenn sich Cliff oder Joe erst mal über ihr Eindringen ärgern, begreifen sie durchaus, warum das nötig ist.«

Cliff nickte.

Von seinen Besuchen bei Cliff wusste Bastien, dass es dessen größte Angst war, die Kontrolle zu verlieren und Melanie wehzutun. Bis jetzt hatte er keine gewalttätigen Anfälle gehabt, aber niemand wusste, wann es so weit sein würde.

Außerdem fiel es Bastien immer schwerer, Joe einzuschätzen. Je mehr er die Kontrolle über sich verlor, desto mehr zog sich der Vampir in sich zurück – selbst Cliff ließ er kaum noch an sich heran, und auch zu Melanie und Bastien hielt er Abstand.

Genau deshalb hätte Bastien ihn bei diesem Experiment niemals um Hilfe gebeten.

Mark warf Cliff einen Blick zu, und zu Bastiens Überraschung war in seiner Miene keine Feindseligkeit zu lesen. Offenbar konnten die Sicherheitsleute des Netzwerks die Vampire deutlich besser leiden als Bastien.

»Es ist zwar ärgerlich, wenn jemand in unsere Privatsphäre eindringt«, bemerkte Cliff, »aber das ist mir immer noch lieber, als das Risiko einzugehen … Nur für den Fall, dass etwas passiert und Dr. Lipton Ihre Hilfe braucht.«

Mark nickte, in seinem Blick lagen deutlich Respekt und Anteilnahme.

Ein sympathischer Typ. Fast tat es Bastien leid, dass er ihm vor ein paar Wochen beide Arme gebrochen und dafür gesorgt hatte, dass er eine Gehirnerschütterung davontrug.

Die Sicherheitsleute zogen sich zurück und schlossen die Tür hinter sich.

»Es wundert mich, dass Chris nicht den Befehl gegeben hat, beim kleinsten Mucks in das Apartment einzudringen«, sagte Bastien zu Melanie.

»Das hat er sehr wohl«, gestand sie. »Allerdings habe ich die Wachleute darum gebeten, sich zurückzuhalten. Ich hatte den Eindruck, dass die ständigen Unterbrechungen den Stress, dem die Vampire ohnehin ausgesetzt sind, noch vergrößern.« Sie betrachtete das zerschlagene Mobiliar um sie herum und seufzte. »*Ich* räume hier nicht auf.«

Cliff lachte. »Das übernehme ich. Ich langweile mich hier sowieso zu Tode, und dann habe ich wenigstens etwas zu tun.«

Melanie stieg über die Überreste des Couchtischs und ein zerfleddertes Sofakissen hinweg – verdammt, war das der Flachbildfernseher? –, ging zu Cliff und umarmte ihn fest.

Der Vampir erwiderte ihre Umarmung. Man hatte den Eindruck, dass sie sich nahestanden.

Melanie ließ Cliff los und strich ihm einen seiner Rastazöpfe aus dem Gesicht. »Bist du dir sicher, dass alles in Ordnung ist?«

Er lächelte. »Es geht mir wirklich gut.«

»Und das Kämpfen hat bei dir keinen …«

»Anfall von Wahnsinn ausgelöst? Nein. Eigentlich war es sogar ein ziemlich gutes Gefühl. Eine Gelegenheit, endlich mal Dampf abzulassen.«

»Hm.« Melanie trat einen Schritt zurück und wäre fast über einen Teil des kaputten Mobiliars gestolpert.

Bastien sprang einen Satz nach vorn und packte sie am Arm.

»Danke«, sagte sie. Er spürte, wie es trotz ihres nachlassenden Ärgers zwischen ihnen funkte und ihr Puls schneller schlug. »Ich frage mich, ob es Joe ebenfalls helfen würde, ein bisschen zu kämpfen – um überschüssige Energie abzubauen.«

Bastien und Cliff drehten sich gleichzeitig zu der Wand zu Joes Apartment um, als von dort seine Stimme zu ihnen herüberdrang.

»Er ist einverstanden, es auszuprobieren«, erklärte Bastien an Melanie gewandt. »Aber er will nur gegen mich kämpfen. Einen Kampf mit Cliff will er lieber nicht riskieren.«

Das Offensichtliche sprach er nicht aus: Im Gegensatz zu Cliff war Bastien in der Lage, ihn zu stoppen, falls der Kampf einen psychotischen Anfall auslöste und zu blutigem Ernst wurde.

»Seth und David wären bestimmt auch damit einverstanden, ein bisschen mit ihm zu trainieren«, bemerkte sie.

Aber Joe widersprach sofort. *Zum Henker, nein. Ich kann diese Typen nicht ausstehen.*

Bastien schüttelte den Kopf. »Er fühlt sich in ihrer Gegenwart nicht wohl.«

Der Vampir traute den beiden uralten Unsterblichen nicht. Und auch wenn sich seine gewalttätigen Ausfälle bisher in Grenzen gehalten hatten, war seine Paranoia inzwischen weit fortgeschritten. Durch die Wand erklärte Joe Bastien, dass er Angst davor hatte, dass die beiden mächtigen Heiler seinen Wahnsinn absichtlich verschlimmerten, statt ihn zu heilen. *Sie wollen meine Gedanken stehlen. Mir meine Erinnerungen rauben und sie durch neue ersetzen. Durch falsche Erinnerungen.*

Bastien musterte Cliff nachdenklich. »Glaubst *du* das auch?«

Das jugendliche Gesicht des Vampirs drückte Bedauern aus. »Nein. Aber auch ich fühle mich in ihrer Gegenwart nicht wohl.«

Melanie biss sich auf die Unterlippe. »Es tut mir leid, Cliff. Ich würde sie ja darum bitten, nicht mehr zu kommen, aber die Sitzungen mit ihnen helfen dir.«

Nein, das tun sie nicht! Joes Stimme aus dem Nebenzimmer klang schrill. *Sie verarschen uns nur!*

Leichte Übelkeit breitete sich in Bastien aus. Joe ging es sehr viel schlechter, als ihm klar gewesen war.

Als er aufblickte, sah ihn Cliff traurig an. »Wie lange ist Joe schon dieser … Überzeugung?«, fragte er vorsichtig, um Joe nicht noch weiter zu reizen.

»Seit einer ganzen Weile.«

Melanies Blick wanderte zwischen ihnen hin und her. »Welche Überzeugung? Was hat er gesagt?«

Bastien konnte deutlich spüren, wie besorgt sie war.

»Vielleicht ist es besser, wenn Seth und David nur noch Cliff behandeln«, schlug Bastien vor.

Ein paar Sekunden lang musterte sie ihn schweigend.

Mit den Lippen formte er unhörbar das Wort *Später*.

Sie nickte. »In Ordnung. Ich tue, was ich kann.«

Düsteres Schweigen senkte sich auf sie herab.

»Also gut …«, sagte sie schließlich, und Bastien spürte, dass sie nach einem Weg suchte, die Düsternis zu vertreiben und Cliff aufzumuntern. »Cliff, was hältst du davon, wenn ich meinen Laptop hole, damit wir zusammen ein paar coole neue Möbel und einen Flachbildfernseher aussuchen, während Bastien das Chaos beseitigt?«

Als Bastien anfing, lautstark zu protestieren, lachte Cliff und sagte: »Hört sich gut an.«

Der Unsterbliche schloss den Mund wieder, beugte sich vor und hob eine halbe Sofalehne vom Boden auf.

»Du bist heute Nacht so still, Bastien«, befand Richart.

Melanie warf dem Unsterblichen links von sich einen kurzen Blick zu.

Er fummelte an seinem Handy herum – wahrscheinlich wartete er auf neue Nachrichten von seiner Liebsten.

Sie sah zur anderen Seite. Dort saß Bastien und starrte wortlos hinunter auf das Unigelände, auf dem sich kaum etwas regte.

Sie saßen zu dritt auf dem Dach der Davis-Bibliothek, ihre Füße baumelten über den Rand. Die Gebäudefront war gut beleuchtet, daher hatten sie es sich bewusst auf dieser Seite gemütlich gemacht. So wurden sie nicht von den Lichtkegeln der Lampen erfasst, die das Gelände der University of North Carolina beleuchteten, sondern blieben im Schatten der Bäume.

Melanie hatte es durchaus ernst gemeint, als sie Bastien gesagt hatte, dass er sie nicht so schnell wieder loswerden würde. Über ein Jahrtausend hatten die Unsterblichen geglaubt, dass Drogen ihnen nichts anhaben konnten und sich dementsprechend verhalten. Sie hatten sich keine Gedanken darüber gemacht, dass jemand versuchen könnte, sie mit einer chemischen Substanz zu beeinflussen, sondern sich für immun gehalten. Mithilfe des Betäubungsmittels, das Emrys entwickelt hatte, um Ami während der von Emrys' Leuten durchgeführten Experimente und Untersuchungen bewegungs- und kampfunfähig zu machen, hatte er den Unsterblichen gezeigt, dass sie sich irrten. Aber statt die Warnung anzunehmen und auf die Idee zu kommen, dass es noch andere Substanzen geben könnte, die ihnen gefährlich werden könnten, schienen die Unsterblichen davon auszugehen, dass dies nur für Emrys' Droge galt.

Dabei hatte Melanie ihnen erst jüngst bewiesen, dass diese Annahme falsch war. Schließlich hatte das Aufputschmittel, das sie hergestellt hatte, gewirkt. Dennoch war Bastien immer noch nicht damit einverstanden, dass sie ihn und Richart auf die Jagd begleitete. Er war der Überzeugung, dass es ihm gut ging – schließlich hatte ihm das Aufputschmittel, dass er sich injiziert hatte, nichts anhaben können. Folglich ging er davon aus, dass er keine bleibenden Schäden davontragen würde. Und dass es keine verspäteten Nebenwirkungen geben würde.

Aber Melanie wollte sich lieber selbst davon überzeugen und hatte darauf bestanden, die beiden zu begleiten.

Als Richart Zweifel angemeldet hatte, ob es klug war, sie mitzunehmen, hatte Melanie Seth angerufen, der ihr Vorhaben ohne zu zögern unterstützt hatte.

Möglicherweise schwieg Bastien so beharrlich, weil er wütend darüber war, dass sie sich über ihn hinweggesetzt hatte.

Hm. Vielleicht lag es ja an Seth, dass sich Bastien so schwer damit tat, sich in die Reihen der Unsterblichen Wächter zu integrieren. Die anderen Unsterblichen hatten sich ihm von jeher untergeordnet und folgten widerspruchslos seinen Befehlen. Er war der Älteste und hatte am meisten Erfahrung mit den Herausforderungen, mit denen die Unsterblichen und die *Begabten* zu kämpfen hatten. Außerdem war er der Mächtigste unter ihnen und konnte es mühelos mit jedem von ihnen aufnehmen. Auch mit zweien, dreien oder einem ganzen Dutzend gleichzeitig. Allerdings hatte Melanie gehört, dass es schon seit Jahrhunderten eine Wette dazu gab, wer von ihnen bei einem Kampf gewinnen würde – Seth oder David.

Sie bezweifelte, dass es jemals dazu kommen würde – es war allgemein bekannt, dass sich die beiden niemals stritten.

»Gibt es ein Problem?«, bohrte Richart weiter. »Hat mal wieder jemand deine empfindlichen Gefühle verletzt?«

Bastien schwieg hartnäckig.

»Schmollst du, weil Seth dir jetzt schon *zwei* Babysitter aufdrückt?«

Nichts.

»Aber vielleicht hat das Gerangel mit deinem Vampirfreund ja auch deine Stimmbänder ruiniert.«

»Vielleicht bin ich auch einfach nur erschöpft von dem *Gerangel* mit deiner Freundin«, knurrte Bastien.

Blitzschnell riss Richart den Kopf zu ihm herum. Seine Augen fingen an, bernsteinfarben zu leuchten, unwillkürlich spannte er die Muskeln an.

»Was glaubt ihr, wer bei einem Kampf gewinnen würde? Seth oder David?«, platzte Melanie heraus. Sie saßen so nah nebeneinander, dass sich ihre Arme berührten, und sie wollte wirklich nicht zwischen ihnen eingeklemmt sein, wenn sie übereinander herfielen.

Richart musterte sie stirnrunzelnd. »Was?«

»Wer würde gewinnen, was glaubt ihr? Seth oder David? Ich überlege, ob ich etwas Geld auf einen von beiden setzen soll.« Das hatte sie zwar nicht vor, aber wen interessierte das schon? Ihr Einwurf schien Richart tatsächlich abzulenken.

»Seth«, erwiderte Bastien.

»Warum?«, wollte Melanie wissen.

»Weil ich einmal erlebt habe, wie er die Geduld verloren hat.«

Das durchdringende Leuchten in Richarts Augen wurde schwächer, bis sie wieder braun waren. »Tatsächlich?«

Bastien nickte, ohne den Blick vom Campusgelände abzuwenden. Nach wie vor rührte sich nichts.

»Was ist passiert? Was hat ihn so wütend gemacht?«, wollte Melanie wissen. Noch nie war ihr zu Ohren gekommen, dass der Anführer der Unsterblichen Wächter die Kontrolle verloren hatte.

»Ich habe Ami angegriffen.«

»Merde!«

»Wie bitte?«

Aus dem Augenwinkel warf Bastien Melanie einen Blick zu. »Es war ein Versehen.«

Richart schnaubte. »Als ob es möglich wäre, jemanden *versehentlich* anzugreifen.«

»Ich hielt sie für eine Unsterbliche, die sich von hinten an mich heranpirscht, und habe einfach nur … reagiert.«

Es überraschte Melanie, dass sich Bastien zu einer Erklärung herabließ. Lag es daran, dass sie dabei war? »Also, was ist passiert?«, fragte sie.

»Seth ist durchgedreht und …«

»Und was?«, hakte Richart nach.

Bastien schüttelte den Kopf. »Ich hatte Angst, dass das ganze Schloss über uns zusammenstürzt. So eine Machtdemonstration habe ich noch nie gesehen. Und die Sache ist die … ich glaube tatsächlich, dass er sich zusammengerissen hat. Ich glaube, dass das nur ein winziger Hinweis auf das war, wozu er tatsächlich in der Lage ist.«

Richart brummte etwas Unverständliches auf Französisch.

»In dieser Nacht habe ich wirklich geglaubt, dass er mich umbringen würde«, fuhr Bastien fort. »Ich weiß immer noch nicht, warum er es nicht getan hat.«

Melanie sah Richart an. Er wirkte ziemlich beeindruckt.

»Und du hast nie erlebt, dass Seth die Geduld verloren hat?«, fragte sie.

»Nein. Nie.«

Bastien schnaubte belustigt. »Glaub mir, das willst du gar nicht erleben.«

Wieder senkte sich Schweigen über sie.

Vor Kälte schwang Melanie die Beine hin und her und schlug die Hacken ihrer Kampfstiefel zusammen. Bevor sie das Netzwerk verlassen hatte, hatte sie die Jagdkluft angelegt, die üblicherweise von den Sekundanten getragen wurde: schwarze Cargohose, schwarzes, langärmeliges Shirt und als Zugeständnis an die niedrigen Temperaturen einen schwarzen Pulli. In ihren Schulterholstern steckten zwei Neun-Millimeter-Waffen, und an ihren Oberschenkeln hatte sie ihre Messer befestigt.

Darüber trug sie einen langen dunklen Mantel, der sie vor der Winterluft schützen sollte. Dennoch wurden ihre Finger vom eisigen Wind ganz steif; hier oben auf dem Dach war es kälter als auf der Straße. Wenn sie nicht gefürchtet hätte, die beiden Männer in Verlegenheit zu bringen oder ein falsches Signal zu senden (insbesondere, was Richart anging), hätte sie ihre Hände am liebsten in die Taschen der beiden Männer gesteckt, um sie zu wärmen.

Zu den verblüffenden Dingen, die sie über die Unsterblichen erfahren hatte, gehörte, dass sie ihre Körpertemperatur regulieren konnten. Selbst bei diesen eisigen Minusgraden blieben sie schön warm. Sogar wenn die beiden Männer trotz der klirrenden Kälte die Mäntel ausgezogen und sich in Unterwäsche diesen Temperaturen ausgesetzt hätten, wäre ihre Körperwärme in weißen Wölkchen von ihrer Haut aufgestiegen.

»So sieht das also aus, wenn man Vampire jagt?«, fragte sie. »So sieht Ihr Alltag aus? Sie sitzen herum und ärgern sich gegenseitig, während Sie darauf warten, dass sich ein Vampir blicken lässt?« Das war ziemlich langweilig. Es fiel ihr schwer, nicht herumzuzappeln wie ein kleines Kind, das man gezwungen hatte, während einer ungewöhnlich langen Predigt in einem kratzigen Wollanzug in der Kirche zu sitzen. Nichtstun war sie einfach nicht gewöhnt. Es fing an, an ihren Nerven zu zerren, und die waren ohnehin angespannt, weil sie so nah neben Bastien saß. Auch wenn ihre Nase vor Kälte taub war, nahm sie seinen einzigartigen Duft wahr … am liebsten hätte sie sich auf ihn gestürzt und ihm die Klamotten vom Leib gerissen.

Leise fluchend rückte Bastien etwas von ihr ab, sodass sich ihre Arme nicht mehr berührten.

Richart warf ihm einen wissenden Blick zu und stopfte das Handy zurück in die Hosentasche. »Wie du weißt, verfügen wir Unsterblichen über einen außergewöhnlich scharfen Gehörsinn. Wenn wir uns ganz ruhig verhalten, hören wir, was sich in mehreren Kilometern Entfernung abspielt. Mit unserem Geruchssinn verhält es sich ähnlich. Wenn ein Vampir auf dem Unigelände jemanden angreift und versucht, von seinem Opfer zu trinken, würden wir das hören und riechen. Auf diese Weise müssen wir nicht Patrouille laufen.«

»Dann habe ich also recht? Ihr sitzt wirklich die ganze Zeit nur da und ärgert euch gegenseitig, bis irgendetwas passiert?«

»Er versucht, nett zu sein«, erklärte Bastien. »Normalerweise drehen wir Runden über das Campusgelände und suchen es mit den Augen ab, um unseren Radius zu erweitern, aber heute Nacht gehen wir auf Nummer sicher.«

»Weil *ich* dabei bin.«

»Ja. Falls heute Nacht ein paar Blutsauger auftauchen, können wir dich hier oben zurücklassen, wo es für dich sicher ist, und unten gegen sie kämpfen.«

Diese Arroganz! »Ich habe dir schon gesagt, dass ich es problemlos mit einem Vampir aufnehmen kann. Hat unser Zusammentreffen mit Stuart und seinen Kumpanen dir das nicht bewiesen?«

Richart warf ihr einen nachdenklichen Blick zu. »Du hast Bastien dabei geholfen, die Blutsauger zu erledigen?«

»Ja.« Sie hatten Richart keine Einzelheiten über den Kampf erzählt, sondern nur gesagt, dass sie in Stuart einen möglichen Rekruten gefunden hatten. Danach hatte Richart die bewusstlosen Blutsauger in die Arrestzelle teleportiert, aber leider waren sie schon zu geschwächt gewesen, um zu überleben. »Ich dachte, ich hätte bewiesen, dass ich damit fertig werde.«

Fragend sah Richart Bastien an.

»Das hat sie tatsächlich«, bestätigte er, wobei er Melanie stirnrunzelnd musterte. »Du hast mir nie gesagt, wie es kam, dass man dich im Kampf ausgebildet hat. Du bist Ärztin und keine Sekundantin.«

»Komm schon, so schwer ist das nicht zu verstehen. Ich arbeite jeden Tag mit Vampiren zusammen. Glaubst du wirklich, dass Reordon mir gestatten würde, Vince, Cliff und Joe jeden Tag zu sehen, wenn ich nicht dasselbe Training absolviert hätte wie die Sekundanten? Mr Reordon wollte nur sichergehen, dass ich mich verteidigen kann, falls ich von einem der Vampire angegriffen werde.«

»Vorhin hatte Cliff aber keine Probleme, dich kampfunfähig zu machen«, widersprach Bastien mit zusammengezogenen Augenbrauen. »Du warst ihm völlig ausgeliefert.«

Melanie runzelte die Stirn. »Das lag daran, dass ich nicht wachsam war. Weil ich mich in deiner Gegenwart sicher fühle.«

»Da hast du dir aber auch was geleistet, Bastien«, kritisierte ihn Richart.

»Glaub ja nicht, dass ich noch mal auf diesen Mist hereinfalle«, warnte ihn Melanie. »Aber letztlich habe ich euch dazu gebracht, mit der Prügelei aufzuhören, stimmt's? Und zwar, *ohne* das Betäubungsmittel einzusetzen.«

Richart kicherte. »Das hätte ich wirklich gern gesehen. Du hast keine Ahnung, wie häufig ich ihm schon zu gern eine runtergehauen hätte, seit Seth mir die Rolle des Babysitters aufgedrückt hat.«

Melanie lachte. »Ich verstehe dich nur zu gut.«

Bastien bedachte sie mit einem finsteren Blick. »Wie sagt ihr

Amerikaner noch – das war so witzig, dass ich glatt vergessen habe zu lachen?«

»Wow«, lautete Melanies trockener Kommentar. »Diese Redewendung habe ich ja schon seit Jahren nicht mehr gehört.«

»Hast wohl schon ein paar Jahre auf dem Buckel, alter Mann«, witzelte Richart.

»Wir sind fast gleich alt, du Dumpfbacke.«

»An Jahren vielleicht. Aber nicht im Geiste.«

Der Wortwechsel ließ Melanie grinsen. So war es schon viel besser.

Plötzlich drehten beide Männer die Köpfe nach Norden.

Instinktiv folgte Melanie ihrem Blick, konnte aber nichts sehen.

Richart und Bastien erhoben sich.

Als Melanie es ihnen nachtun wollte, griff Bastien nach ihrem Arm und führte sie vorsichtig weg von der Dachkante. Die beiden Männer hatten darüber gestaunt, dass sie nicht unter Höhenangst litt – nicht mal ein wenig. Aber da ihr Vater als Hochhausfensterputzer gearbeitet hatte, war sie immer davon ausgegangen, dass es sich dabei um eine Familientugend handelte.

Die beiden Unsterblichen wirkten, als ob sie konzentriert auf etwas lauschten.

»Was ist los? Sind das … Ratten?« Sie konnte sich gerade noch bremsen, Vampire zu sagen, da sie nicht wusste, ob die sie möglicherweise hören konnten.

Bastiens Mundwinkel zuckten. »Ja.«

»Wie viele?«

Er hob die Hand und legte Mittelfinger und Daumen aneinander.

Melanie versuchte, sich an die Handsignale zu erinnern, die sie während ihres Kampftrainings auswendig gelernt hatte.

Acht. Es war ungewöhnlich, dass Vampire in so großen Gruppen jagten. Auch wenn niemand genau sagen konnte, wie viele Menschen der Vampirkönig und seine Anhänger verwandelt hatten, war es wahrscheinlich, dass es sich um eine hohe Zahl handelte. Schließlich trieben regelmäßig große Vampirrudel in North Carolina ihr Unwesen.

Eilig überprüften Bastien und Richart ihre Waffen.

»Wir sind bald zurück«, sagte Bastien zu ihr.

Richart streckte die Hand aus, um Bastiens Schulter zu berühren.

Zur Hölle, nein! Melanie machte eine blitzschnelle Bewegung nach vorn. Ihre Finger schlossen sich just in dem Moment um Bastiens Arm, als Richart sie an einen anderen Ort teleportierte.

Die Welt um sie herum versank in Dunkelheit, und Melanie fühlte sich seltsam schwerelos. Dann berührten ihre Füße das Pflaster des Bürgersteigs in der Nähe des Instituts für Physikalische Wissenschaften.

Melanie verstand zwar nicht, was Richart als Nächstes sagte, vermutete aber, dass er auf Französisch fluchte.

»Tu das nie wieder!«, fuhr er sie auf Englisch an.

Eilig entschuldigte sie sich. »Es tut mir leid. Ich wollte nicht, dass ihr mich dort zurücklasst.«

»Dafür hatten wir einen guten Grund!«

»Hey.« Bastien machte einen drohenden Schritt nach vorn, seine Augen blitzen. »Sprich nicht so mit ihr.«

Richart zog ein grimmiges Gesicht. »Hör zu, ich meine ja nur – wenn sie uns unbedingt begleiten will, dann …«

»Sie begleitet uns aber nicht.«

»Halt den Mund«, sagten Melanie und Richart gleichzeitig.

Wütend presste Bastien die Lippen aufeinander.

»Wie ich schon sagte«, begann Richart noch einmal, »wenn

du uns begleiten willst, dann müssen wir ein paar grundlegende Regeln festlegen.«

Melanie nickte. »Ich verstehe. Aber meinst du nicht, dass wir das auch später erledigen können? Haben wir im Moment nicht dringendere Probleme?« Sie deutete hinter sich, wo acht Vampire, deren Augen blau, grün, silbern und bernsteinfarben leuchteten, abrupt stehen geblieben waren und sie mit offenen Mündern anstarrten.

»Unsterbliche Wächter«, schnarrte einer von ihnen.

Einer nach dem anderen entblößten sie ihre Reißzähne.

Richart warf Bastien einen kurzen Blick zu. »*Du* wolltest dich doch unbedingt mit ihnen anfreunden. Wie sieht der Plan aus?«

Nachdenklich betrachtete Bastien die Vampire.

Ein paar von ihnen fingen an, laut zu knurren.

Melanie unterdrückte ein Lachen. Offensichtlich sollte das Geräusch einschüchternd wirken, allerdings …

Wenn einer der Unsterblichen ein grollendes Geräusch hinten in der Kehle machte, dachte man unwillkürlich an ein gefährliches, sprungbereites Raubtier. Aber diese Jungs erinnerten sie eher an Tom aus den Tom-&-Jerry-Zeichentrickfilmen, die sie in ihrer Kindheit gesehen hatte – wenn Tom versuchte, wie ein Löwe zu brüllen, und sich stattdessen wie das Kätzchen anhörte, das er war: *Roarr, pffft, pffft.*

Einer der Vampire machte einen Schritt nach vorn. Die anderen folgten seinem Beispiel.

Als sie anfingen, sich so schnell zu bewegen, dass sie zu Farbklecksen verschwammen, sagte Melanie: »Hey, kennt einer von Ihnen vielleicht Stuart?«

Die Blutsauger erstarrten. Sie wechselten überraschte Blicke und sahen dann zu ihr.

»Stuart?«, fragte ein Blondschopf mit durchdringenden meergrünen Augen.

Sie nickte. »Ungefähr diese Größe.« Sie streckte die Hand aus, um anzuzeigen, dass er mehrere Zentimeter größer war als sie. »Mager. Straßenköterblondes Haar. Großer Tar-Heels-Fan.«

»Alter«, sagte einer von ihnen. »In Wirklichkeit sind sie es selbst, die diesen Stuart kennen.«

»Die *kennen* ihn nicht«, sagte der Erste. »Die haben ihn *umgebracht!*«

Mit offenem Mund starrte Melanie die Vampire an. Wie zur Hölle waren sie zu diesem Schluss gekommen?

Die Vampire stürzten sich auf sie.

Bastien und Richart griffen nach den Autoinjektoren und stellten sich ihnen entgegen, während Melanie ihre beiden bereits mit Schalldämpfern versehenen Neun-Millimeter-Pistolen zog. Einem Menschen würde es niemals gelingen, einen Vampir drei Sekunden lang festzuhalten, denn so lange brauchte man, um ihm das Betäubungsmittel zu spritzen. Also blieb ihr nichts anderes übrig, als sich auf andere Art zu wehren.

Die beiden Unsterblichen schnappten sich ein paar Vampire und injizierten ihnen die Flüssigkeit, wobei sie ihre Geiseln als Schutzschilde benutzten, um die Angriffe der übrigen Blutsauger abzuwehren.

Plötzlich wirbelten so viele sich blitzschnell bewegende Gestalten um Melanie herum, dass es ihr schwerfiel, Freund und Feind zu unterscheiden. Hinzu kam die Dunkelheit. Wenn die Augen der Vampire nicht so durchdringend geglüht hätten, hätte Melanie Angst gehabt, Richart oder Bastien zu treffen.

Die drei Sekunden kamen ihr vor wie eine Ewigkeit.

Dass sich Richart und Bastien mithilfe der Körper ihrer Kameraden verteidigten, schien die Vampire nicht im Geringsten zu stören. Nur einer von ihnen hielt sich im Hintergrund, doch die anderen kämpften mit einer Inbrunst, die auf Melanie wie purer Irrsinn wirkte: Sie zerstückelten ihre Kameraden förmlich, um an die Unsterblichen heranzukommen.

Der Vampir, der sich zunächst am Rande des Geschehens gehalten hatte, schien plötzlich einen Geistesblitz zu haben und umrundete die Kämpfenden, um Bastien von hinten anzugreifen.

Melanie gab drei Schüsse auf ihn ab, wobei sie auf seinen Körper zielte, damit der Vampir langsamer wurde, aber keine tödliche Verwundung davontrug.

Als er zu Boden ging, hörte einer seiner Kumpane damit auf, seinen Kameraden aufzuschlitzen, um an Richart heranzukommen, und richtete seine Aufmerksamkeit auf Melanie.

Seine blauen Augen blitzten, und er fletschte die Reißzähne.

Melanies Puls raste, sie atmete stoßweise. Angst breitete sich in ihr aus, als der Vampir auf sie zuschoss.

Sie machte ein paar Schritte nach hinten, wobei sie unablässig auf ihren Gegner feuerte. Ihren Instinkten folgend, zielte sie immer auf die Stelle, von der sie annahm, dass er im nächsten Moment dorthin ausweichen würde, wenn er sich duckte.

Bei jedem Treffer zuckte er zusammen.

Bastien ließ den Vampir fallen, zog seine Langschwerter und verschwamm vor ihren Augen.

Melanie wusste nicht, was er mit dem Vampir angestellt hatte, der so erpicht darauf gewesen war, sich auf sie zu stürzen. Alles ging einfach viel zu schnell – sie konnte seinen Bewegungen mit bloßem Auge nicht folgen. Der Vampir landete mehrere Meter entfernt auf dem Boden und begann in Windeseile zusammenzuschrumpfen, als das Virus anfing, ihn von innen aufzufressen.

Eine Sekunde später ließ auch Richart den Blutsauger fallen, den er festgehalten hatte, und stürzte sich auf die drei Angreifer, die ihn belagerten. Bastien hingegen stellte sich schützend vor Melanie und erledigte jeden Vampir, der sich ihnen näherte.

Da sie weiterhin ohne Pause feuerte, waren die Magazine ihrer Neun-Millimeter-Pistolen bereits leer. Die Vampire kämpften wie tollwütige Hunde, aber sie waren nie ausgebildet worden und verfolgten auch keine Strategie. Sie wurden nur angetrieben von dem manischen Wunsch zu beißen und ihre Opfer zu töten.

Der Anblick ließ Melanie innerlich erbeben.

Diese Vampire waren kein Vergleich zu denen, die sie bei Bastiens ehemaligem Unterschlupf angetroffen hatten. Die hier waren schon so lange mit dem Virus infiziert, dass sie vollkommen den Verstand verloren hatten und nur noch von Impulsen gesteuert wurden. Und nun sah sie das Resultat.

Es war ein schneller Kampf, kurz und sehr brutal. Der Anblick war so erschütternd, dass sich Melanie wie ein Blatt im Sturm fühlte.

Schließlich trat vollkommene Stille ein.

Als Melanies warmer Atem auf die eisige Nachtluft traf, bildeten sich weiße Wölkchen vor ihrem Mund. Sie atmete immer noch stoßweise, als wäre sie gesprintet.

Bastien drehte sich zu ihr um und sah sie an. »Alles in Ordnung?«

Sie nickte. »Meine Hände zittern.«

Nachdem er seine Schwerter weggesteckt hatte, kam er zu ihr und begutachtete sie prüfend von Kopf bis Fuß. »Du bist nicht verletzt?«

»Nicht mehr als ein Kratzer. Und du?«

»Dasselbe.«

Sie sahen sich nach Richart um.

»Diese bescheuerten Bastarde«, sagte er und musterte grimmig den Vampir, den er mit der Droge betäubt hatte. Auch der löste sich inzwischen auf, wie die anderen, die sie getötet hatten. »Sie haben ihn richtiggehend aufgeschlitzt, um an mich heranzukommen.«

»Nicht bescheuert«, korrigierte ihn Bastien. »Eher total wahnsinnig.«

Melanie schob ihre Neun-Millimeter-Pistolen zurück in die Holster und versuchte das Zittern in den Griff zu bekommen. Wenigstens hatte sie dieses Mal keinen Vampir getötet.

»Bist du sicher, dass alles in Ordnung ist?«, fragte Bastien sie noch einmal und stellte sich direkt neben sie. Wo sein schwarzer Mantel mit Vampirblut durchtränkt war, glänzte er wie Satin.

Sie nickte und fragte sich, ob er sie wohl tröstend in den Arm genommen hätte, wenn er nicht so blutverschmiert gewesen wäre.

»Du hast dich gut geschlagen«, lobte er. »Es hat mich an Ami erinnert. Du hast auch die Gabe, vorauszusehen, was sie als Nächstes tun.«

Mit Ami verglichen zu werden war ein großes Kompliment, und noch dazu eins, das sie nicht verdiente. Ami kämpfte fast so gut wie ein Unsterblicher, sowohl mit Feuerwaffen als auch mit Klingen. Keiner der Sekundanten konnte es mit ihr aufnehmen. Selbst ein paar der Unsterblichen hatten keine Chance gegen sie, obschon sie das niemals zugeben würden. »Das liegt daran, dass …«

Irgendetwas traf Melanie an der Brust. Verblüfft runzelte sie die Stirn. Weder Bastien noch Richart hatten sich auch nur einen Millimeter von der Stelle gerührt, soweit sie das sagen konnte. Und selbst wenn – warum sollte ihr einer von den beiden gegen die Brust schlagen?

Sie sah an sich hinunter und entdeckte ein kleines Loch in ihrem Shirt, direkt über ihrem Herzen. Um das Loch herum und darunter breitete sich ein Fleck aus.

Schwerfällig hob Melanie die Hand, um den Fleck zu berühren, und starrte das Blut an, das ihre Finger rot färbte. Als der Schmerz plötzlich heftig durch sie hindurchschoss, sah sie auf und atmete zischend ein. »Bastien?«

Bastien erstarrte zu Stein.

Der Blutgeruch umhüllte Melanie wie eine Wolke, während sich der Fleck auf ihrem Shirt mit alarmierender Geschwindigkeit ausbreitete.

Dann tauchte ein weiteres Loch in ihrer Brust auf, nur wenige Zentimeter neben dem ersten.

Blinzelnd machte sie einen unsicheren Schritt nach hinten.

»Scharfschütze!« Bastien schlang die Arme um sie und wirbelte herum, sodass er dem Schützen den Rücken zudrehte.

Die Knie gaben unter ihr nach.

Eine Kugel traf Bastien in den Rücken, bahnte sich ihren Weg durch sein Fleisch und schlug in Melanies Körper ein.

Fluchend nahm er sie auf die Arme und sprintete in Richtung der Schatten, wobei er blitzschnell um die Ecke des nächstgelegenen Gebäudes bog. »Melanie?«

Sie antwortete nicht.

Er sah auf sie hinunter. Ihre Augen waren geschlossen, und sie war weiß wie ein Laken. Panisch lauschte er auf ihren Herzschlag. Schwach. Unregelmäßig. Und ihre Atmung war ganz flach.

»Richart.« Was aus seinem Mund drang, war kein Ruf. Vielmehr flüsterte er den Namen, da ihm die Angst um Melanie fast die Sprache verschlug. Es lag mindestens zwei Jahrhunderte zurück, seit er zum letzten Mal solche Angst verspürt hatte. Nicht einmal in der Nacht, als Bastien geglaubt hatte, dass Seth ihn umbringen würde, hatte er sich so gefürchtet.

Blitzschnell war Richart an seiner Seite. »Wie geht es ihr?«

Vorsichtig legte Bastien Melanie in seine Arme. »Bring sie zu David. Und wenn er nicht zu Hause ist, dann sieh zu, dass du Seth oder Roland findest.«

Richart nickte. »Was ist mit den Scharfschützen?«

»Ich kümmere mich darum. Mach schnell. Und wenn du zurückkommst, pass auf, dass dich niemand beim Teleportieren sieht. Wir wissen nicht, ob sie dich schon vorher dabei beobachtet haben – vielleicht haben wir Glück, und sie wissen noch nichts von deiner speziellen Begabung.«

Richart packte Melanie fester und nickte kurz. »Mach keinen Blödsinn.«

Wut breitete sich in Bastien aus und verdrängte alles andere. »Ich werde tun, was ich tun muss.«

Mit einem letzten Nicken verschwand Richart.

In diesem Augenblick hörte Bastien, wie jemand etwas durch ein Walkie-Talkie sagte. Der Mann meldete, dass er einen der Gegner unschädlich gemacht hatte, die anderen Ziele aber aus den Augen verloren habe und sie auch nicht mehr hören könne. Bastien hingegen hörte ihn sehr gut. Jedes Wort, das er auffing, bestärkte ihn in seiner Entschlossenheit, diese Bastarde dafür bezahlen zu lassen, dass sie Melanie verletzt hatten.

Es waren ziemlich viele Männer. Sie mussten seit Stunden auf der Lauer liegen. Auf den Dächern hatten sich Scharfschützen in Stellung gebracht. In Bodennähe gab es außerdem Fußsoldaten, die sich hinter vorspringenden Erkern versteckten, hinter Sträuchern und sogar in den verfluchten Mülltonnen lauerten – jederzeit bereit, zuzuschlagen. Sie waren darauf trainiert worden, sich nicht zu bewegen und nicht das geringste Geräusch zu machen, bis sich der Gegner blicken ließ.

Es war reine Glückssache gewesen, dass sich Bastien, Melanie und Richart nicht in die Nähe eines der vielen Gebäude teleportiert hatten, auf dem die Scharfschützen auf der Lauer lagen. Dasselbe Glück, das dafür gesorgt hatte, dass die Schützen wiederum der Aufmerksamkeit der Unsterblichen entgangen waren.

Während sich die Soldaten berieten und nach den übersinnlichen Wesen, die sie jagten, Ausschau hielten, kletterte Bastien mit der Geschmeidigkeit von Spiderman am nächststehenden Gebäude hoch.

Geräuschlos und verstohlen wie eine Katze, gelang es ihm, die ersten Soldaten ausfindig zu machen.

Zwei. In Tarnanzügen. Über Kopf und Haar hatten sie Masken gezogen, ihre Gesichter waren geschwärzt.

Sie knieten auf dem Dach, ihre Waffen hatten sie vor sich auf der erhöhten Zementumgrenzung des Dachs in Stellung gebracht. Rechts und links von ihnen standen dunkle Reisetaschen voller Munition, Waffen und solider Hand- und Fußschellen. Die Reißverschlüsse standen offen, sodass sie jederzeit nachrüsten konnten. Der Soldat zu seiner Linken hatte ein Sturmgewehr, der zur Rechten war mit einem Betäubungsgewehr ausgerüstet. Die Muskeln der beiden Männer waren angespannt, ihre Augen klebten förmlich an den Zielfernrohren ihrer Gewehre, während sie die Schatten nach ihrem Ziel absuchten … das sich in Kürze in ihren Henker verwandeln würde.

Bastiens Blick wanderte zurück zu dem Mann mit dem Sturmgewehr. War er derjenige, der geschossen hatte? Welcher hatte auf Melanie geschossen? Wer hatte sie verwundet? Wer hatte sie vielleicht … könnte sie getötet haben?

Ohne Vorwarnung schlug er zu. Er griff nach den hervorstehenden Gewehrkolben ihrer Waffen und rammte ihnen mit einer schnellen Bewegung die Zielfernrohre in die Augen, sodass sie auf den Rücken fielen. Seine Hände schlossen sich um ihre Kehlen, bevor sie einen Schmerzenslaut von sich geben konnten, und zerquetschte ihnen die Kehlköpfe.

Die beiden Männer krümmten sich vor Schmerzen, ihre Stiefelabsätze hämmerten auf das Dach ein, während sie sich gleichzeitig an die Kehlen griffen. Während sie langsam erstickten, wurden ihre Augen groß. Einer der beiden Bastarde streckte die Hand nach seiner Tasche mit Spielzeug aus. Bastien trat ihm so fest auf das Handgelenk, dass Knochen splitterten. Er riss dem Toten das Walkie-Talkie von der Schulter, drückte den Knopf und pfiff laut hinein. Das Echo war über das gesamte Unigelände zu hören; manchmal näher, manchmal weiter weg. So konnte er die Position jedes Soldaten bestimmen.

»Was zum Teufel war das?«, zischte ein Stimme durch das Walkie-Talkie.

Einen amerikanischen Akzent imitierend, flüsterte Bastien mit vorgetäuschter Dringlichkeit: »Ich sehe sie, Teufel, da sind sie! Sie rasen unglaublich schnell auf das Kenan-Stadion zu. Heilige Scheiße, sind die schnell!«

Hektisch korrigierten die Soldaten ihre Positionen, während sie gleichzeitig das Gelände nach den angeblich flüchtenden Gestalten absuchten.

»Auf Position bleiben! Auf Position bleiben!«, befahl eine Stimme, halb ein Flüstern, halb ein Schrei. »Wer zum Teufel war das? War das Charlie?«

Bastien ließ das Walkie-Talkie fallen.

»Nein, Sir. Das war ich nicht.«

»Na ja, egal, wer es auch war, haltet verflucht noch mal die Klappe! Ihr alle – hört verdammt noch mal auf, euch zu bewegen. Die werden uns hören!«

Zu spät.

Bastien machte ein paar Schritte nach hinten, nahm Anlauf und sprang von der Kante. Wie viele Meter es waren, hätte er unmöglich sagen können – immerhin landete er auf dem nächsten Dach.

Bei so weiten Sprüngen war eine geräuschlose Landung unmöglich, aber das war ihm egal. Die Soldaten, die dort zusammengekauert saßen, hatte er schon am Wickel, bevor sie sich auch nur zu ihm umdrehen konnten. Schnell brach er ihnen das Genick und hechtete dann mit einem kühnen Sprung auf das Dach des nächsten Gebäudes. Zwei weitere Söldner fluchten laut und wirbelten herum. Einer feuerte einen Betäubungspfeil auf ihn ab, aber Bastien fing ihn aus der Luft und schleuderte ihn zurück, sodass der Bastard wie ein Sack nasser Steine zu Boden ging. Der andere fing zu schreien an, verstummte aber abrupt, als Bastien auch ihm das Genick brach. Ohne eine Sekunde innezuhalten, beschleunigte er wieder und sprang mit einem Satz auf das nächste Dach. Dort erledigte er zwei weitere Soldaten. Auf einem weiteren Dach waren es noch mal drei.

Als er das nächste Dach mit zwei Scharfschützen erreichte, kam er unvermittelt zum Stehen. Der Gewehrlauf des einen Söldners war noch warm, und an den Händen des Mannes konnte er den ätzenden Geruch von Schießpulver wahrnehmen.

In diesem Moment begriff Bastien zum ersten Mal wirklich, wie sich die Vampire während ihrer psychotischen Anfälle fühlten, wenn die Wut übermächtig wurde und innerhalb von Sekundenbruchteilen die Kontrolle über ihre Körper übernahm.

Das hier war der Mann, der auf Melanie geschossen hatte.

Ohne den geringsten Gewissensbiss brach er seinem Kameraden das Genick. Dann richtete er seine volle Aufmerksamkeit auf den Schützen, der Melanie verwundet hatte.

Dieser Mann hatte ihr große Schmerzen bereitet. Jetzt würde er erfahren, wie das war.

Mit einer schnellen Bewegung schlug er ihm die Waffe aus der Hand, umfasste mit der anderen seine Kehle und riss ihn nach oben, sodass er sechzig Zentimeter über dem Boden baumelte.

In den weit aufgerissenen, angsterfüllten Augen des Soldaten konnte Bastien die Spiegelung seiner eigenen, gelbbraun glühenden Augen sehen. Knurrend entblößte er die Reißzähne.

Der Soldat wimmerte und pinkelte sich in die Hose.

Bastien riss ihm das Walkie-Talkie von der Schulter und warf es weit hinaus in das verdammte Fußballstadion.

»Du hast auf meine Liebste geschossen«, schnarrte er grimmig.

Die Augen des Mannes wurden noch größer, falls das überhaupt möglich war. Seine Finger umklammerten Bastiens Hand, während er keuchend nach Luft schnappte.

»Du wirst langsam und qualvoll sterben.«

Die Hand des Soldaten löste sich von seiner Kehle und wanderte nach unten.

Etwas Scharfes bohrte sich in Bastiens Brust. Er sah an sich hinunter. Dieser bescheuerte Blödmann hatte ihm ein Messer in die Brust gerammt.

Ihre Blicke trafen sich, und Bastien registrierte das triumphierende Glänzen in den Augen seines Gegners. »Glaubst du wirklich, dass es so leicht ist, mir wehzutun?«, fragt er grimmig.

Die Angst kam zurück, so heftig, dass Bastien sie an seinem Gegner riechen konnte.

Er legte die Finger um die Hand des Soldaten, die immer noch den Messergriff umklammerte, und zog sich bedächtig das Messer aus der Brust. Dann hielt er es in die Höhe. »Das wird dir noch leidtun.«

7

Ami saß in Davids Arbeitszimmer vor ihrem Computer, als sie plötzlich Geräusche im Wohnzimmer hörte.

Abgesehen von ihr selbst, hätte das Erdgeschoss eigentlich leer sein müssen. Darnell war im Untergeschoss, um ein halbes Dutzend Sekundanten zu trainieren. Étienne befand sich ebenfalls im Untergeschoss, in einem der Gästezimmer, und wusch sich das Blut ab. Es stammte von einer Begegnung mit fünf Vampiren, von denen offenbar keiner an einem Bündnis interessiert gewesen war.

Der Unsterbliche war darüber nicht erfreut gewesen.

Ami fürchtete, dass diese Konfrontationen mit den Vampiren, die durch Bastiens Plan langwieriger und gefährlicher geworden waren, ihn bei den anderen Unsterblichen nicht gerade beliebter machen würden. Dabei hassten sie ihn auch so schon. Ein paar nahmen ihm sehr übel, dass er noch lebte, während Ewen tot war.

Aber Ami kannte ihn besser als die anderen. Ja, es stimmte, er hatte Fehler gemacht. Ein paar wirklich schlimme Fehler, aber seine Absichten waren ehrenhaft.

Der Weg zur Hölle ist mit guten Absichten gepflastert.

Das hatte Marcus in der letzten Nacht grimmig erwidert, als sie versucht hatte, Bastien zu verteidigen.

Sie wusste, dass es ihren Mann wurmte, dass sie Bastien mochte. Aber er war ihr immer nur mit Freundlichkeit begegnet. In den ersten Tagen ihrer Bekanntschaft war er für sie so etwas wie ein guter Geist gewesen, auch wenn er sich nicht ganz freiwillig in Seth' Schloss aufgehalten hatte. Er hatte es schwer gehabt, denn er musste sich an ein neues Leben gewöhnen und war außerdem von Leuten umgeben, die er nicht kannte. Vor ihm lag eine ungewisse Zukunft, und seine Vergangenheit war voller Bitterkeit.

Während dieser ersten paar Wochen, während sich Ami von den körperlichen und seelischen Verletzungen erholte, die ihr Emrys' Folterknechte zugefügt hatten, hatten sie sich miteinander angefreundet. Dieses Band war genauso unverwüstlich wie die Freundschaft, die sie mit Seth, David und Darnell verband.

Im Flur erklangen schwere Stiefelschritte.

Sie erhob sich von dem wunderschönen Schreibtisch, den David für sie gekauft hatte.

»Wo ist David?«

Richart war im Türrahmen aufgetaucht, in den Armen hielt er die bewusstlose Dr. Lipton. Ihr Kopf hing schlaff herunter, und das Haar fiel ihr in einem mahagonifarbenen Vorhang bis zur Taille. In der Vorderseite ihres Oberteils klafften drei Löcher, und sie war blutüberströmt; etwas davon lief über seine Hand und tropfte auf den Boden. Als er stehen blieb, baumelte ihr schlanker Arm hin und her.

»Er ist nicht hier.« Sie eilte zu ihm. »Chechenko hat heute Nacht fast ein Bein verloren, deswegen musste David nach Virginia, um ihn zu heilen.«

»Was ist mit Seth?«

Schnell zog sie das Handy aus der Tasche und wählte.

Auf der anderen Seite der Leitung waren Kampfgeräusche zu hören. Metall, das gegen Metall krachte. Männer, die vor Schmerzen heulten.

»Was ist los, Süße?«, fragte Seth.

»Dr. Lipton ist verletzt.«

»Ich fürchte, ich hab schon alle Hände voll zu tun. Du musst …« Er knurrte, fluchte und sprach dann weiter. »Du musst Roland anrufen oder sie zum Netzwerk bringen.«

»Okay.«

»Aber halte mich auf dem Laufenden.«

»Das werde ich.«

Sie beendete das Telefonat. »Du musst sie zu Roland bringen.«

Richart fluchte. »Ich weiß nicht, wo dieser paranoide Scheißkerl wohnt!«

Ami steckte den Kopf durch die Tür in den Flur. »Darnell!«

Stiefelschritte waren auf der Treppe zu hören, die vom Keller ins Erdgeschoss führte.

Innerhalb weniger Sekunden tauchte Darnell im Flur auf, dicht gefolgt von sechs Auszubildenden. »Was ist los?« Seine Augen wurden groß, als er Dr. Lipton bemerkte. »Oh verdammt! Wie schlimm ist es?«

»Tödlich«, sagte Richart.

Die Blicke der Sekundanten verdüsterten sich.

»David und Seth haben alle Hände voll zu tun«, erklärte Ami. »Weißt du, wo Roland wohnt?«

»Nein.« Er griff in die Hosentasche und zog sein Handy heraus. »Er muss herkommen.«

Richart schüttelte den Kopf. »Er soll zum Netzwerk fahren. Sie hat nicht mehr viel Zeit. Hoffentlich schaffen es die Ärzte, sie am Leben zu erhalten, bis er dort ankommt.«

Eine Sekunde später war er verschwunden.

Ami hörte ein paar der Auszubildenden nach Luft schnappen. »Du rufst Roland an. Ich kümmere mich um Chris.«

Bastien schubste den letzten Soldaten vom Dach. Er hatte dem Mann die Stimmbänder zerquetscht, damit er mit seinen

Schreien keine Passanten aufscheuchte, die möglicherweise gerade auf dem Unigelände unterwegs waren.

Die Scharfschützen hatte er allesamt erledigt. Jetzt war es an der Zeit, sich um die Bodensoldaten zu kümmern.

Er zog sein Handy aus der Tasche und rief Chris an.

»Reordon«, bellte der Mann am anderen Ende ungeduldig.

»Ich brauche eine Säuberungsmannschaft«, sagte er und machte einen Sprung, um unten vor dem Gebäude auf dem Rasen zu landen.

»Bastien? Was zur Hölle ist da los? Vor ein paar Sekunden ist Richart mit Dr. Lipton in den Armen hier aufgetaucht.«

»Warum zum Teufel ist er im Netzwerk? Warum heilt David sie nicht?«

»Er kann nicht. Bei Seth ist es dasselbe. Sie haben schon alle Hände voll zu tun. Ein medizinisches Notfallteam kümmert sich um sie, und Roland ist auf dem Weg. Aber jetzt sag mir …«

»Frag Bastien nach einem Treffpunkt«, hörte er Richart im Hintergrund sagen.

Jetzt wusste Bastien, dass Melanie es möglicherweise nicht schaffen würde. Eisige Ruhe senkte sich auf ihn herab. »Sag ihm, er soll sich zur Peabody Hall beamen. Ich bin gerade bei der Fetzer Hall und habe vor, diese Männer niederzuwalzen wie ein verdammter Tsunami.«

»Zum Henker, hör zu, wir brauchen ein paar von ihnen lebend, damit sie …«

»Von mir bekommst du nur Leichen. Wenn du das Aufräumkommando schickst, schick gleich einen verdammten Bus.«

Nachdem er aufgelegt hatte, sprintete Bastien durch die Dunkelheit auf die erste Gruppe Soldaten zu.

Als nach und nach die Funkverbindungen zu ihren Kameraden abrissen, brach unter den Verbliebenen Chaos aus. Außerdem wurden sie immer panischer, da sie selbst mithilfe der

Nachtsichtgeräte nicht in der Lage waren, ihren Angreifer ausfindig zu machen. Also ignorierten sie die Befehle ihres Anführers, nicht über Funk miteinander zu sprechen, und bettelten um Hilfe. Bastien hatte keine Schwierigkeiten, ihre Positionen auszumachen.

Innerhalb von zwei Sekunden erledigte er drei Soldaten aus einer Sechsergruppe. Die anderen traten den Rückzug an, während sie auf ihn feuerten. Die Schüsse, die von erstklassigen Schalldämpfern gedämpft wurden, erfüllten die Nacht, allerdings konnte sie niemand außer Bastien hören – und Richart, wenn er wie geplant aufgetaucht wäre.

Bastien zuckte nicht einmal zusammen, wenn ihn eine Kugel traf. Er zog seine Langschwerter, schlitzte zwei Männern die Kehle auf und entwaffnete den letzten. Bastien ließ eins der Schwerter fallen, riss den Mann nach vorn, schlug die Reißzähne in seinen Hals und saugte ihn aus.

Dann ließ er den Leichnam fallen, hob sein Schwert wieder auf und machte sich über die nächste Gruppe her. Seine Wunden heilten bereits, aber selbst wenn sie das nicht getan hätten, hätte er weitergemacht.

Diese Schweine hatten Melanie getötet. Wenn die Nacht vorüber war, würde keiner von ihnen mehr am Leben sein.

Richart hatte keine Zeit, zum Unigelände zurückzukehren. Mit dem Auto brauchte man eine Stunde von Rolands Haus bis zum Netzwerk. Der Franzose hatte die Zweifel in den Gesichtern der Netzwerkärzte gesehen, als er sie gefragt hatte, ob sie Dr. Lipton so lange am Leben erhalten konnten. Sie konnten Melanies Leben nur retten, wenn sich Roland und Richart auf halbem Wege trafen, an einer Stelle, die Richart kannte.

Ungeduldig lief er am vereinbarten Treffpunkt, einem Parkplatz, auf und ab.

Die Bremsen von Rolands schwarzem Fisker Karma quietschten laut, als er ohne das Tempo zu drosseln auf den Parkplatz fuhr und den Wagen dann zum Stehen brachte.

Die beiden Vordertüren wurden aufgerissen. Roland und Sarah sprangen aus dem Auto.

»Wir müssen uns beeilen«, drängte Richart, während er die kurze Distanz zwischen ihnen überwand und Roland an der Schulter packte. »Ich kann euch nicht beide dorthin beamen.«

Sarah nickte. »Ich weiß. Verschwindet. Ich treffe euch beim Netzwerk. Sei vorsichtig, Liebling.«

»Das bin ich immer«, erwiderte Roland.

Richart teleportierte sie beide direkt in den Operationssaal des Netzwerks.

Die Hektik und Aufregung im Zimmer deuteten darauf hin, dass Dr. Lipton noch lebte. Richart würde Bastien die Nachricht überbringen und hoffen, dass die Botschaft seinen Zorn besänftigte.

Aber zuerst musste er noch einen kurzen Zwischenstopp einlegen.

Étienne d'Alençons kannte seinen Bruder so gut wie sich selbst. Zwischen den Zwillingen existierte eine enge Verbindung der Art, wie sie manchmal in den Nachrichten mit einer seltsamen Mischung aus Ehrfurcht und Skepsis beschrieben wurde. Wenn Richarts Arm gebrochen war, fühlte Étienne den Schmerz in seinem eigenen, und genauso war es umgekehrt: War Étiennes Bein zerschmettert, fühlte auch Richart den Schmerz, als wäre sein eigenes Bein betroffen.

Dieses Band war nicht immer angenehm, wenn man bedachte, dass die beiden Brüder berufsmäßig Vampire jagten und beinahe jede Nacht Verletzungen davontrugen. Aber sie hatten sich daran gewöhnt.

Obwohl Richart nicht über die telepathischen Kräfte verfügte, mit denen Étienne und ihre Schwester Lisette gesegnet waren, konnte Étienne spüren, wenn sein Bruder Probleme hatte, ohne seine Gedanken lesen zu müssen. Und das hatte mit ihrer engen Verbindung zu tun.

Genau das war vor ein paar Minuten geschehen, als sich Richart in Davids Haus gebeamt hatte.

Während er sich an der Wand der Duschkabine abstützte, das warme Wasser über sein Haar floss und das Blut von seinem zerschlagenen Körper wusch, hatte Étienne die Präsenz seines Bruders gefühlt und den Kopf gehoben.

Dank seines scharfen Gehörs hatte er keine Mühe gehabt, die Stimmen von Richart, Ami und Darnell im Obergeschoss zu vernehmen. Offenbar war Dr. Lipton bei einer Auseinandersetzung mit den Vampiren tödlich verwundet worden.

Was zum Henker hatte sie dazu getrieben, mit den beiden Unsterblichen Vampire zu jagen?

Egal.

Irgendetwas brachte seinen Bruder aus der Fassung.

Was ist los?, hatte er ihn per Gedankenkraft auf Französisch gefragt.

Wie schnell kannst du fertig sein?, hatte dieser geantwortet, ohne seine Unterhaltung zu unterbrechen.

Eine Minute. Vielleicht zwei. Wie schnell brauchst du mich? Er hatte nicht gefragt, worum es ging. Das war nicht wichtig.

Zieh dir was an. Ich möchte die anderen nicht alarmieren, aber … es könnte sein, dass ich deine Hilfe brauche, um Bastien unter Kontrolle zu bringen, wenn ich zum Unigelände zurückkehre.

Étienne hatte die Stirn gerunzelt. *Wie meinst du das – ihn unter Kontrolle bringen?*

Du wirst es schon sehen, wenn wir dort sind. Ich muss los.

Als sich Richart an einen anderen Ort teleportiert hatte, war die Verbindung abgerissen. Fluchend wusch sich Étienne mit übernatürlicher Schnelligkeit das Blut vom Körper und stellte die Dusche ab.

Den Vorrat an sauberer Kleidung, den David in seinem Haus jederzeit für die Unsterblichen und ihre Sekundanten griffbereit hatte, konnte mit dem Sortiment eines Bekleidungsgeschäfts mithalten. Die Zahl der Männer und Frauen, die in dem Haus des uralten Unsterblichen ein und aus gingen (ein Haus, in dem sich viele von ihnen heimisch fühlten), war riesig, und viele kamen in zerrissener und blutbeschmierter Kleidung direkt vom Schlachtfeld. David bereitete es Freude, immer gut auf Besucher vorbereitet zu sein und seine *Familie* mit allem zu versorgen, was sie brauchte, um sich wie zu Hause zu fühlen. Dazu gehörten auch freie Gästezimmer und die Kleidung.

Étienne durchwühlte den Schrank des Gästezimmers, das er in letzter Zeit immer häufiger benutzt hatte. Er zog eine schwarze Cargohose heraus, außerdem ein langärmeliges T-Shirt, Boxershorts und Socken. Alles in Schwarz.

Er wusste nicht, ob David und Darnell das klar war, aber seit die Unsterblichen aus der Gegend gehört hatten, dass sich dieses Schwein Emrys danach verzehrte, Ami in die Finger zu bekommen, hatten sie mehr und mehr von ihrer Freizeit geopfert, um dafür zu sorgen, dass Ami in Sicherheit war.

Dabei war es nicht so, dass David sie nicht allein hätte beschützen können. Aber sie wirkte so klein und zerbrechlich – trotz ihrer verblüffenden Fähigkeiten, wenn es darum ging, einem Vampir einen ordentlichen Arschtritt zu verpassen.

Und darin war sie tatsächlich ziemlich gut. Étienne hatte sie bisher nur einmal kämpfen sehen, aber das würde er nie vergessen.

Davon abgesehen hielt er sich gern in Davids Haus auf. Sein

Sekundant Cameron hatte sich erst kürzlich Hals über Kopf in eine Frau verliebt und verbrachte jede freie Minute mit ihr. In dem Haus, in dem er und Cam gemeinsam wohnten, war es deshalb verdammt einsam geworden. Aber seit Ami und Marcus bei David eingezogen waren, war bei ihm immer was los – die Unsterblichen und ihre Sekundanten hatten immer eine Menge Spaß miteinander, und es wurde nie langweilig.

Oder einsam.

Nachdem er sich rasch angekleidet hatte, zog Étienne seine ramponierten, aber bequemen Stiefel an und griff nach den Waffen.

Es könnte sein, dass ich deine Hilfe brauche, um Bastien unter Kontrolle zu bringen, wenn ich zum Unigelände zurückkehre.

Was zum Henker meinte er damit?

Bereit für alles, was sein Bruder von ihm verlangen mochte, beeilte sich Étienne, die Treppe ins Erdgeschoss hochzusprinten.

Aus Davids Arbeitszimmer drangen Amis und Darnells Stimmen herüber, sie klangen angespannt und besorgt.

Es sah so aus, als ob Dr. Lipton es nicht schaffen würde. Obwohl Étienne sie nicht gut kannte, würde er ihren Tod nichtsdestotrotz betrauern. Während der Herrschaft des Vampirkönigs war sie ihm und den übrigen Unsterblichen eine große Hilfe gewesen. Und, wie David so häufig sagte, man musste kein Unsterblicher sein, um zur Familie zu gehören.

»Seth muss sich Roland endlich mal zur Brust nehmen, damit er Richart sagt, wo er wohnt«, bemerkte Étienne, als er das Arbeitszimmer betrat. Rolands Drang, seinen Wohnort geheim zu halten, grenzte an Fanatismus. Wenn er nicht so paranoid und asozial gewesen wäre, hätte sich Richart direkt zu seinem Haus beamen können, und Dr. Lipton wäre bereits geheilt.

»Ich bin mir ziemlich sicher, dass er das nach dieser Sache auch tun wird«, sagte Darnell.

Ami stimmte ihm zu. »Richart trifft Roland auf halber Strecke zu seinem Haus, damit er ihn den restlichen Weg bis zum Netzwerk teleportieren kann – aber selbst dann könnte es zu spät sein.«

Besorgt saßen die beiden vor Darnells Handy.

»Eine der diensthabenden Schwestern hält uns auf dem Laufenden«, erklärte Ami.

Étienne machte es sich auf einem der Stühle bequem, die vor Davids solidem Schreibtisch standen. Auf der glänzenden Oberfläche lag eine Ausgabe des neuesten Stephen-King-Romans, und eine Seite in der Mitte des Buchs war mit einem Lesezeichen markiert, das ein Porträt des Autors zeigte. David war ein großer Fan von ihm.

Darnell fluchte. »Sie wird es nicht schaffen.«

In diesem Moment tauchte Richart auf, der vordere Teil seines Mantels und seines Oberteils waren blutgetränkt.

Wie viel davon, fragte sich Étienne, während er sich erhob, war Vampirblut, und wie viel stammte von Dr. Lipton?

Sein Blick fand den seines Bruders.

»Fertig?«

»*Oui.*«

Richart berührte seine Schulter.

Étienne wusste, dass sich die meisten Unsterblichen und ihre Sekundanten beim Teleportieren unbehaglich und desorientiert fühlten. Er hingegen kannte das schon seit seiner Kindheit, da Richart ein kleiner Junge gewesen war, als er seine Begabung entdeckt hatte. Daher störte es ihn überhaupt nicht. Er war daran gewöhnt.

Sie materialisierten sich in den Schatten von Chapel Hills Peabody Hall auf dem Unigelände.

Genauso wie die anderen Unsterblichen aus der Gegend kannte sich Étienne sehr gut auf dem Campusgelände der UNC aus.

Der Gestank nach Blut, Tod und Angst, den der Wind in dieser Nacht zu ihm herübertrug, war allerdings außergewöhnlich stark und ließ ihn schaudern.

Heilige Scheiße! Was hatte sich hier zugetragen?

Ein kurzer Blick in die Gedanken seines Bruders verriet ihm, dass Richart Bastien nur dabei geholfen hatte, eine Gruppe Vampire zu töten.

Aber acht getötete Vampire riefen niemals einen solch bestialischen Gestank hervor.

Hinter ihm regte sich etwas.

Étienne und Richart wirbelten herum, bereit zum Angriff.

Bastien trat aus den Schatten. Seine Augen glühten, und das offene Haar klebte ihm zerzaust und blutverschmiert am Kopf. Fast jeder Millimeter seines Körpers war blutbefleckt, und sein Gesicht bildete keine Ausnahme. Sein Gesichtsausdruck war mindestens so blutrünstig wie der des durchgeknalltesten Vampirs, gegen den Étienne jemals gekämpft hatte. Und seine Gedanken …

Étienne zog seine Schwerter und bedeutete Richart, zurückzutreten.

Richart packte ihn am Arm. »Was tust du da?«

»Seth und David haben einen Fehler gemacht. Ich weiß nicht, wie das passiert ist, oder warum … aber irgendwie muss es ihnen entgangen sein.«

»Was denn?«

»Bastien ist kein Unsterblicher. Er ist ein Vampir.«

»Nein, Bruder. Er ist ganz sicher ein Unsterblicher.«

Étienne schüttelte den Kopf. »Du kannst seine Gedanken nicht lesen. Dort ist nichts außer Hass, Blutgier und Gewalt.«

Bastien knurrte warnend. Étienne war sich nicht einmal sicher, ob Bastien überhaupt wusste, wen er vor sich hatte.

»Halt dich zurück, Étienne«, ermahnte ihn Richart. »Er ist nicht durchgeknallt. Jedenfalls nicht so, wie du denkst.«

»Schwachsinn.«

»Sieh tiefer in seine Gedanken hinein. Dr. Lipton bedeutet ihm etwas, und zwar mehr, als er sich selbst eingesteht. Er hat Angst, dass er sie verloren hat. Dass die Soldaten sie getötet haben.«

Was?

Étienne tat, was sein Bruder ihm geraten hatte, und tauchte tiefer in Bastiens Gedanken ein. Normalerweise wäre es ihm schwergefallen. Bastien war einer der wenigen Unsterblichen, die in der Lage waren, ihre Gedanken vor Telepathen zu schützen. Aber die Schutzwälle, die der trotzige Unsterbliche normalerweise aufbaute, waren allesamt niedergerissen von dem weiß glühenden, brennenden Zorn, der in ihm loderte. Und darunter fand er das, was Richart auch ohne telepathische Fähigkeiten gesehen hatte: Bastiens alles verzehrende Liebe für Dr. Lipton.

Die anderen Unsterblichen glaubten, dass Bastien beinah täglich das Netzwerk besuchte, um die Vampire zu beruhigen, aber Melanies Anwesenheit im Hauptquartier übte eine genauso große Anziehungskraft auf ihn aus wie die Vampire. Ihre Warmherzigkeit. Die Geduld, die sie Cliff und Joe entgegenbrachte. Die Art, wie sie Bastien wahrnahm – und zwar als Mann und nicht als das Monster, für das ihn die anderen hielten.

Étienne ließ die Waffen sinken und suchte den Blick seines Zwillingsbruders.

Er wusste nicht, was er davon halten sollte. Er *verabscheute* Bastien. Nicht nur, dass dieser Lump diesen ganzen Mist ins

Rollen gebracht hatte, mit dem sie jetzt zu kämpfen hatten, indem er eine Vampirarmee gegen die Unsterblichen in Stellung gebracht und mit Montrose zusammengearbeitet hatte – darüber hinaus hatte er Ewen getötet. Sowohl Étienne als auch Richart waren mit dem schottischen Unsterblichen befreundet gewesen.

Richart sprach mit Bastien, als wäre er ein Wildpferd, das er zu beruhigen versuchte. »Was ist hier passiert?«

»Ist sie tot?«, knurrte Bastien.

»Noch nicht«, erwiderte Richart unbedacht, und nur Sekundenbruchteile später hörte Étienne, wie sein Bruder still in sich hineinfluchte.

»*Noch* nicht?« Bastien sah aus, als müsste er sich gleich übergeben. »Dann kann sie also nicht gerettet werden?«

Richart hatte recht. Das war kein Wahnsinn. Angst und Trauer hatten den Unsterblichen fast in die Raserei getrieben.

Bastiens Hände schlossen sich fester um seine Schwertgriffe.

Étienne bereitete sich innerlich auf einen Kampf vor, für den Fall, dass Bastien beschloss, seine Wut am Überbringer der schlechten Nachricht auszulassen.

»Nein«, verbesserte sich Richart eilig. »Roland ist bei ihr.«

Die Anspannung in Bastiens Schultern ließ sichtbar nach. Die Gefahr schien vorüber zu sein.

Étienne riskierte es, die Augen lange genug von dem gefährlich verwundeten Unsterblichen zu lösen, um sich umzusehen. In der Ferne sah er mehrere Leichen auf dem Boden liegen, die hinter ein paar Sträuchern gegen die Wand des nächststehenden Gebäudes geschoben worden waren.

»Das ist auch der Grund, warum ich mich verspätet habe«, sprach Richart weiter. »Ich habe Roland auf halber Strecke zu seinem Haus getroffen und ihn ins Hauptquartier teleportiert.«

Bastien schluckte. »Ich danke dir.«

»Was ist hier passiert?«, unterbrach sie Étienne. Dem Geruch nach zu urteilen waren die sichtbaren Leichen nur die Spitze des sprichwörtlichen Eisbergs. »Was hast du mit ihnen gemacht?«

»Nur das, was sie verdient haben«, erwiderte Bastien grimmig.

Étienne erinnerte sich daran, dass Bastien behauptet hatte, dass die Vampire einen fürchten mussten, um einem zu folgen. So wie Bastien jetzt vor ihm stand, hatte er keine Schwierigkeiten, sich vorzustellen, warum sich die Vampire vor ihrem früheren Anführer gefürchtet hatten. »Wie viele waren es?«

»Ich habe nicht mitgezählt.«

»Hast du keinen von ihnen am Leben gelassen?«

»Keinen einzigen.«

»Das wird Chris nicht gefallen.«

»Ehrlich gesagt ist es mir scheißegal, was Chris gefällt oder nicht.« Bastien drehte sich zu Richart herum. »Bring mich zu Melanie.«

Wusste Chris Reordon, dass sich Bastien in seine beste Wissenschaftlerin verliebt hatte? Étienne war sich sicher, dass er Bastiens Besuche begrenzt hätte, wenn er davon gewusst hätte.

»Das geht nicht«, widersprach Richart mutig. »Nicht, bis das Aufräumkommando da ist.«

»Aber sie …«

Richart hob beschwichtigend die Hand, um den vorhersehbaren Streit zu unterbinden. »Deine blutige Spur reicht von hier bis zur Fetzer Hall. Ich möchte nicht, dass ein unschuldiger Passant über eine der Leichen stolpert, sodass wir uns um ihn kümmern müssen. Wir warten, bis das Säuberungsteam da ist.«

Widerwillig biss Bastien die Zähne zusammen und nickte.

Mit gerunzelter Stirn beobachtete Richart, wie Bastien ein

paar stolpernde Schritte nach hinten machte und sich gegen die Backsteinmauer der Peabody Hall lehnte. »Bist du verletzt?«

Der Unsterbliche schloss die Augen. »Es ist nichts.«

Das Geräusch eines sich nähernden Autos lenkte ihre Aufmerksamkeit auf einen Bus, der die South Columbus Street heraufrumpelte.

Ungläubig musterte Richart den Bus. »Offenbar hat Chris deine Worte ernst genommen. Er hat tatsächlich einen Bus hergeschickt.«

»Den werden sie auch brauchen«, kommentierte Bastien, der so erschöpft klang, dass Richart ihn unwillkürlich nach Betäubungspfeilen absuchte. Der meistgehasste Unsterbliche sah aus, als würde er jeden Augenblick besinnungslos zusammenbrechen.

Der Bus wurde langsamer und bog in die Einfahrt zwischen Peabody und Sitterson Hall.

Mühsam richtete sich Bastien auf. »Es wird schneller gehen, wenn wir die Leichen für sie einsammeln und herbringen.« Er säuberte seine Waffen an einem Tuch, das in seinem Mantel steckte, und verstaute die Klingen wieder in den Scheiden. »Ich sammle die Leichen auf den Dächern ein. Holt ihr euch die auf dem Boden.«

Als Bastien eilig loslief, wechselten Étienne und Richart einen Blick.

»Wenn wir eher hier gewesen wären, wäre das nicht so reibungslos vonstattengegangen. Zum Glück hatte sich Bastien schon wieder einigermaßen im Griff.« Mit dem Kinn deutete Richart auf die Männer vom Säuberungsteam, die aus dem Bus kletterten. »Vielleicht wäre es besser, sie zu warnen.«

Étienne nickte. »Ich sage ihnen, dass sie sich besser von ihm fernhalten.«

Es stellte sich heraus, dass das nicht allzu schwierig war.

Die beiden Männer, die gerade aus dem Bus gestiegen waren, stießen Entsetzensschreie aus und sprangen beiseite, als zwei Männer in Tarnanzügen vom Himmel fielen und mit einem grässlich klingenden Laut neben dem Bus auf dem Pflaster aufschlugen.

»Heilige Scheiße!«, stieß einer von ihnen hervor und sprach damit Étiennes Gedanken aus.

Bastiens Methode, die Leichen auf den Dächern einzusammeln, bestand offenbar darin, das Gebäude zu erklimmen, die Leichen zu packen und sie in Richtung Bus zu schleudern.

Richart seufzte. »Das wird eine lange Nacht.«

Nur mit vereinten Kräften gelang es Étienne und seinem Bruder, Bastien im Griff zu behalten, als sie zum Netzwerk zurückkehrten. Roland hatte Melanies Wunden zwar geheilt, aber zu diesem Zeitpunkt war der Blutverlust bereits zu hoch gewesen, und ihr Herz hatte aufgehört zu schlagen.

Die Ärzte und Schwestern des Netzwerks waren immer noch bei ihr, gaben ihr Blut, überwachten ihre Vitalfunktionen und beteten, dass der Sauerstoffmangel im Gehirn, der infolge des Herzstillstands eingetreten war, keine bleibenden Schäden hinterlassen hatte. Bevor er gegangen war, hatte Roland Étienne gesagt, dass Hirnschäden schwieriger zu finden und zu heilen waren als andere Verletzungen. Nur Seth und David waren dazu in der Lage, und manche Schäden überstiegen selbst ihre Möglichkeiten.

Bastien war außer sich.

Erschwerend kam hinzu, dass Chris dem unberechenbaren Unsterblichen den Zutritt zum OP verweigerte.

Aber eine von Dr. Liptons Kolleginnen – Linda – überredete Chris dazu, Bastien in Cliffs Apartment warten zu lassen, wo die beiden Vampire ihm Gesellschaft leisten konnten. Chris hätte auch diesem Vorschlag widersprochen, wenn Bastien nicht zwei Fürsprecher unter den Unsterblichen gehabt hätte (auch wenn sich Étienne nicht gerade darum gerissen hatte, einer von ihnen zu sein), die sich bereit erklärt hatten, die beiden Blutsauger und ihren einstigen Anführer im Auge zu behalten.

Während sich Étienne direkt hinter der Apartmenttür positioniert hatte, hatte Richart Cliffs Einladung angenommen, sich zu setzen.

Bastien wiederum hatte auf dem Sofa Platz genommen, das sie aus Joes Apartment hatten holen müssen, weil Bastien und Cliff offenbar vor Kurzem das gesamte Mobiliar in Cliffs Apartment zu Kleinholz verarbeitet hatten.

Die beiden Vampire Cliff und Joe saßen rechts und links von Bastien. Die drei saßen vornübergebeugt da, die Ellbogen auf den Knien abgestützt. Bastien hatte den Kopf in den Händen vergraben, und von seiner üblichen *Ihr-könnt-mich-alle-mal-kreuzweise*-Haltung war nichts mehr zu spüren.

Cliff, der junge Vampir mit den afroamerikanischen Wurzeln, zwirbelte geistesabwesend seine Rastazöpfe zwischen den Fingern. Er schenkte den beiden Franzosen nicht viel Beachtung, sondern konzentrierte sich auf seinen früheren Anführer.

Joe, der andere Vampir, musterte die »Eindringlinge« grimmig, seine blauen Augen leuchteten schwach, und das ungekämmte Haar stand ihm zerzaust vom Kopf ab. Es war offensichtlich, dass er von den beiden Vampiren derjenige war, der wachsam alles um sich herum beobachtete. Étienne brauchte nicht in seine Gedanken einzutauchen, um zu erkennen, dass Joe mit aller Kraft darum kämpfte, nicht völlig den Verstand zu verlieren. Und es sah nach einer Niederlage aus.

Dies war Étiennes erstes Zusammentreffen mit den Vampiren … wenn man von jener Nacht absah, in der die beiden kapituliert und Seth um Hilfe gebeten hatten. Oder gefangen genommen worden waren – davon hatte der voranschreitende Wahnsinn Joe längst überzeugt.

Étienne behielt Joe im Auge, wobei seine Hände locker auf den Griffen seiner Schwerter ruhten.

Seine mentale Aufmerksamkeit hingegen richtete er auf das Podcast von Bastiens Hirn, und was er hörte, entsetzte ihn. In diesem Dickschädel spielte sich eine Menge ab, das Étienne überraschte.

Und es ging ihm gehörig gegen den Strich – weil es bedeutete, dass er seine Meinung über diesen Scheißkerl noch einmal überdenken musste.

Ich hätte mir niemals auf eigene Faust dieses verdammte Gegenmittel injizieren dürfen.

Angestrengt lauschte Bastien auf Melanies Herzschlag und spitzte gleichzeitig die Ohren, um das Gespräch zwischen den Männern und Frauen, die ihre Vitalfunktionen überwachten, mitzuhören.

Roland war gekommen und wieder gegangen. Melanies Wunden waren geheilt. Körperlich war sie unversehrt. Dennoch kam sie nicht wieder zu Bewusstsein. Und Roland hatte nicht herausfinden können, ob ihr Gehirn Schaden genommen hatte, als ihr Herz direkt vor seiner Ankunft vorübergehend aufgehört hatte zu schlagen und keinen Sauerstoff mehr in ihr Gehirn gepumpt hatte.

Wenn ich mir nicht auf eigene Faust dieses verdammte Gegenmittel injiziert hätte, wäre sie nicht gezwungen gewesen, mich zu überwachen.

Als er hörte, wie Linda im OP-Saal laut schniefte, um nicht in Tränen auszubrechen, zog sich sein Herz vor Angst zusammen.

Schon beim ersten Hinweis auf mögliche Probleme hätte er Richart ein Zeichen geben müssen, Melanie ins Netzwerk zu teleportieren. Oder wenigstens hätte er Richart darum bitten können, sie auf das Bibliotheksdach zurückzubeamen, nachdem sie ohne ihr Einverständnis mitgekommen war. Dann wäre sie auch nicht in die Schusslinie geraten.

Zur Hölle damit – er hätte sich in dieser Nacht einfach von ihr fernhalten sollen.

Aber sie mussten unbedingt wissen, ob das Gegenmittel funktionierte. Die Unsterblichen brauchten diese Substanz, wenn sie den Krieg gegen Emrys und seine Söldner gewinnen wollten.

Da sich Melanie nicht getraut hatte, es an einem von ihnen zu testen, hatte er keine andere Möglichkeit gesehen. Wer hätte ihn schon vermisst, wenn ihn das Gegenmittel getötet hätte? Außerdem hatte es Melanie sehr zu schaffen gemacht, dass sie niemandem sagen konnte, dass sie möglicherweise eine Lösung gefunden hatte.

Mit den Fingern fuhr er sich durchs Haar und schloss die geröteten Augen, die sich anfühlten, als ob jemand Sand hineingestreut hätte.

Sobald er dieses verdammte Aufputschmittel getestet hatte, hätte er sie verlassen sollen, und zwar, *bevor* sie darauf bestehen konnte, sie bei der Jagd zu begleiten. Und ehe sie sich an Seth wenden konnte, um ihn um Hilfe zu bitten. Reordon hätte sich ihm nicht in den Weg gestellt, schließlich wäre Bastien derjenige gewesen, der sich einer Gefahr aussetzte. Und Reordon hätte ihm bei seinem Untergang keine Träne nachgeweint. Umso besser, wenn er sich sein Grab auch noch selbst schaufelte.

Wenn Richart seinen Aufenthaltsort nicht gekannt hätte, hätte er Melanie auch nicht dorthin teleportieren können. Seth war nicht allwissend. Er konnte nicht ständig überwachen, wo sich jeder Unsterbliche aufhielt. Bastien hätte sich einfach nur vierundzwanzig Stunden bedeckt halten und dann beim Netzwerk vorbeischauen müssen, damit Melanie sah, dass er in Ordnung war und die Substanz keine bleibenden Schäden verursachten. Danach hätte er mit dem Jagen und Rekrutieren weitermachen können.

Dann läge sie jetzt nicht auf diesem verfluchten OP-Tisch … möglicherweise …

Seine Kehle war wie zugeschnürt.

Jedes Mal, wenn er Cliff und Joe besucht hatte, hatte sie ihn mit einem Lächeln begrüßt.

Wieder fuhr er sich mit den Fingern durch das Haar. *Sie* war der Grund dafür, dass es ihm gestattet war, Cliff und Joe so oft zu sehen.

Er erinnerte sich an ihre erste Begegnung.

Der Flur zwischen ihnen war mit menschlichen Körpern übersät gewesen, verletzt, aber am Leben.

Sie hatte auf dem Boden gekauert, die Arme schützend über den Kopf gehoben, während sie darauf wartete, dass der Sturm der Gewalt ein Ende nahm. Dann hatte sie die Arme wieder heruntergenommen, den Kopf gehoben und …

Es war eine Szene wie aus einem dieser megakitschigen Liebesfilme gewesen, wenn sich der Blick des Helden und der Heldin trafen und der Film plötzlich auf Zeitlupe schaltete, weil er wusste, dass sie *die Eine* für ihn war. Das Echo seiner Stiefelschritte auf dem Industrie-Vinylfußboden hatte laut durch den ganzen Flur gehallt, während er auf sie zugegangen war.

Sie hatte ihren Platz behauptet und die schönen braunen Augen weit aufgerissen.

Diese Frau besaß Mut. Viel Mut.

Als sie ihn in Vincents Apartment gelassen hatte, war er ihr bewusst ziemlich nahegekommen. Er hatte sie berühren und wissen wollen, was sie empfand. Natürlich hatte sie Angst gehabt und war wegen der verwundeten Sicherheitsleute besorgt gewesen. Aber sie hatte sich mehr vor der Situation gefürchtet als vor ihm.

Sagen Sie denen nicht, dass Sie mich angerufen haben, hatte er ihr geraten. *Es ist besser für Sie, wenn Sie nicht mit mir in Verbindung gebracht werden. Sie waren einfach zur falschen Zeit am falschen Ort. Das ist alles. Ich habe Sie bedroht und gezwungen, mir die Tür zu öffnen. Sie fürchteten um ihr Leben.*

Das hatte ihr nicht gefallen, und sie hatte versucht, ihm zu widersprechen. Aber dann waren die Sicherheitsleute gekommen und …

Noch Tage später hatte Bastien bei jedem Netzwerkbesuch gespürt, dass sie Schuldgefühle plagten. Ihre Reue darüber, dass sie nicht den Mut gehabt hatte, sich für ihn einzusetzen, und ihre Entschlossenheit, diesen Fehler nicht noch einmal zu machen. Das war Balsam für seine Seele gewesen und hatte geholfen, die Wunden zu heilen, die ihn seit zwei Jahrhunderten plagten.

Er hätte diese Gefühle ignorieren sollen.

Er hätte seine Besuche beim Netzwerk nicht auf ihre Zeitpläne abstimmmen sollen, sodass er jedes Mal da war, wenn sie Zeit mit den Vampiren verbrachte.

Dann hätte sie sich vielleicht nichts aus ihm gemacht. Dann wäre es ihr vielleicht wie allen anderen egal gewesen, ob die Droge bei ihm bleibende Schäden hinterließ, und sie hätte nicht darauf bestanden, ihn zu überwachen.

Das alles war seine Schuld.

»Seth würde dich jetzt darauf hinweisen, dass jeder einen freien Willen besitzt«, bemerkte Étienne von seinem Platz neben der Tür aus.

Bastien fuhr sich mit den Händen über das Gesicht und richtete sich auf. »Wie bitte?«

Der Franzose sah aus, als fühlte er sich unbehaglich. »Freier Wille«, wiederholte er. »Dr. Lipton hat euch aus freiem Willen begleitet.«

Richart sah seinen Bruder an. »Tatsächlich hat sie sogar darauf bestanden.«

Normalerweise hätte Bastien Étienne einen Denkzettel dafür verpasst, dass er seine Gedanken gelesen hatte, obwohl diese ihn nichts angingen, aber er war einfach zu erschöpft. Auch wenn er es den anderen nichts gesagt hatte – während er Melanies Mörder ihrer gerechten Strafe zugeführt hatte, war er wieder mit der Droge betäubt worden.

Étienne fluchte.

Stirnrunzelnd warf Richart ihm einen Blick zu. »Was ist los?«

»Er ist betäubt worden.«

»Verdammt noch mal!«, fuhr Bastien ihn an. »Hör endlich auf, meine Gedanken zu lesen!«

Cliff richtete sich auf. »Du bist *schon wieder* betäubt worden?«

»Vielleicht stecken *die* beiden ja auch dahinter«, sagte Joe, dessen vorwurfsvoller Blick unablässig auf die Zwillingsbrüder gerichtet war.

Beschwichtigend klopfte Bastien dem Jungen auf die Schulter. »Die beiden haben nichts damit zu tun. Das waren die Soldaten.«

»Die Soldaten vom Netzwerk«, schnaubte Joe verächtlich.

»Nein. Das waren die Söldner, von denen ich dir erzählt habe. Die Soldaten vom Netzwerk helfen uns bei unserem Kampf gegen sie.«

In diesem Augenblick meldete sich Cliff zu Wort. »Du musst dich von einem der Ärzte untersuchen lassen.«

»Mir geht es gut.«

»Du bist heute Nacht *dreimal* mit Drogen vollgepumpt worden. Zuerst mit dem Betäubungsmittel und dann mit dem ungetesteten Aufputschmittel, von dem Dr. Lipton glaubte, dass es dich töten würde. Dann wieder mit dem Betäubungsmittel. Du solltest dich wirklich von Linda untersuchen lassen.«

Bastien schüttelte den Kopf.

Er kannte Linda nicht. Und er *wollte* sie auch nicht kennenlernen.

»Sie ist wach«, sagte Étienne.

»Linda?« Natürlich war sie das. Bastien konnte sie weinen hören.

»Nein, Isaac Newton. Dr. Lipton. Und es geht ihr gut. Sie hat keinen Gehirnschaden davongetragen.«

Vor Aufregung begann Bastiens Herz schneller zu schlagen. »Woher weißt du das?«

»Ich weiß es, weil sie an dich denkt.«

8

Langsam öffnete Melanie die Augen.

Die schmucklosen Wände des Operationssaals tauchten in ihrem Gesichtsfeld auf. Maschinen, die sie in der Vergangenheit benutzt hatte, um zahllose Patienten zu untersuchen, summten und piepten.

Wo war Bastien?

Sie sah sich um.

Neben ihr saß Linda, Nase und Wangen vom Weinen fleckig und gerötet, und auch ihre Augen waren rot umrändert. Sie drehte sich zur Seite und zog ein Taschentuch aus einer Box, die auf dem Nachttisch stand.

Melanie warf einen Blick über die Schulter. Dort stand Dr. Whetsman – er hatte ihr den Rücken zugedreht und schrieb etwas in eine Patientenakte. Zwei weitere Angehörige des medizinischen Versorgungsteams wuselten im Zimmer herum und räumten das Chaos weg, das entstanden war, als man sie … *sie* … ärztlich versorgt hatte?

Wo war Bastien? Waren sie nicht zusammen auf dem Unigelände der UNC gewesen?

Doch, natürlich. Zusammen mit Richart. Sie hatten gegen eine Handvoll Vampire gekämpft, und dann …

Hatte ihr jemand in die Brust geschossen.

Die Linie, die ihren Puls anzeigte, fing an, ruckartig nach oben und unten zu zucken.

Hatten die Söldner ihn erwischt? Weder Bastien noch Richart waren sich der Anwesenheit der Söldner bewusst gewesen, bevor die das Feuer auf sie eröffnet hatten. Hatten sie auch auf die Unsterblichen geschossen? Waren sie betäubt worden? Keiner von ihnen war mit dem Gegenmittel ausgestattet gewesen, um die Wirkung der Droge zu neutralisieren …

»Wo ist Bastien?«

Überrascht schnappte Linda nach Luft und wirbelte herum. »Lanie?«

»Wo ist er?«

In den Augen ihrer Freundin lag so viel Angst, dass sie es kaum ertragen konnte. »Weißt du, welcher Tag heute ist?«

»Ja. Es ist Freitagnacht. Oder Samstagmorgen, das hängt von der genauen Uhrzeit ab.«

»Samstagmorgen. Und das Datum?«

»Heute ist der …« Verdammt noch mal, welches Datum hatten sie heute? »Heute ist der Fünfzehnte.«

»Weißt du, wie alt du bist?«

»Alt genug, um es lieber nicht laut auszusprechen.«

Linda fing an zu lachen, wobei sich ein paar Freudentränen in ihr Gelächter mischten. Dann beugte sie sich vor und umarmte sie. »Dem Himmel sei Dank. Wir fürchteten schon …«

»Was?«

»Du wärst beinahe gestorben. Dein Herz hat aufgehört zu schlagen, und wir hatten Schwierigkeiten, dich zu reanimieren, bis … Wir haben dich künstlich beatmet und dein Herz massiert, bis Roland gekommen ist, aber wir wussten nicht, welche Schäden du möglicherweise schon vorher davongetragen hast.«

Wie furchtbar. Sie hatten Angst gehabt, dass sie Hirnschäden davongetragen hatte? »Es geht mir wirklich gut, Liebes.« Sie tätschelte Lindas Rücken. Was war mit …

Im Flur wurden Rufe laut. Dann knallten Schüsse. Noch mehr Rufe.

Die Türen des Operationssaals wurden aufgerissen, eine von ihnen traf Dr. Whetsman am Kopf, sodass er bewusstlos zu Boden ging.

Linda richtete sich blitzschnell auf und wirbelte herum.

Melanie lehnte sich weiter vor, um an ihrer Freundin vorbeischauen zu können.

Im Türrahmen stand Bastien, er blutete aus eins, zwei, drei, *vier* Schusswunden, die in seinem Körper prangten, aber sein besorgter Blick war auf sie gerichtet.

Eine Sekunde später materialisierte sich Richart neben ihm. »Du verrückter Bastard! Wenn du nur einen Moment gewartet hättest, dann hätte ich dich hierherteleportiert!«

Aber Bastien schien ihn nicht zu hören. Er trat an Melanies Bett. In seinem langen Haar klebte geronnenes Blut, und sein Gesicht sah aus, als ob er es gewaschen hätte, sich aber dann mit den Fingern durch das blutverschmierte Haar gefahren wäre und dann wieder durchs Gesicht. Sein Hals war rot. Die feuchten Kleider klebten ihm am Leib, und zwar überall. Er sah aus, als hätte ihn jemand in einen Bottich mit Blut getaucht.

Linda erhob sich und ging leise Richtung Tür. Sie hatte Melanie mehrere Male davor gewarnt, Bastien zu vertrauen.

»Bist du … in Ordnung?«, fragte er, wobei er die Hände rang, als müsste er sich davon abhalten, sie zu berühren.

»Mir geht es gut.« Ihr Blick wanderte zu seinen Schussverletzungen. »Und dir?«

Er nickte, und seine Gesichtsmuskeln entspannten sich, sodass er fast lächelte. »Alles prima.«

Skeptisch hob sie eine Augenbraue. »Ich habe Pistolenschüsse gehört.«

»Das verfluchte Sicherheitspersonal vor Cliffs Apartment wollte mich nicht gehen lassen.«

In diesem Augenblick erschien Étienne im Türrahmen. »Du

blöder Hund! Warum hast du dich nicht einfach von Richart hierherbeamen lassen?«

Melanie hob die andere Augenbraue auch noch und musterte Bastien mit einem leichten Schmunzeln. »Erst handeln, *dann* denken, das ist wohl immer noch dein Motto, wie?«

Er grinste. »Ohne mich würden sich Reordons Sicherheitsleute doch zu Tode langweilen. Ist doch viel spannender, wenn jemand da ist, der hin und wieder alles aufmischt.«

Linda beugte sich vor, um nach Dr. Whetsman zu sehen.

»Wie geht es ihm?«, fragte Melanie.

»Ihm geht's gut«, erwiderte sie und ließ ihn auf dem Boden liegen. Keiner von beiden machte sich viel aus ihm. Er wusste nur zu gut, dass er ein brillanter Arzt war, und sorgte dafür, dass es auch sonst jeder erfuhr.

Als sich Melanie im Bett aufsetzen wollte, legte Bastien einen Arm um ihren Rücken, um ihr zu aufzuhelfen.

Sie hätte ihm sagen können, dass sie seine Hilfe nicht brauchte, aber sie mochte es, wenn er sie berührte. Ihre Haut prickelte. Sie musste nicht erst seine nackte Haut auf der ihren spüren, damit ihr Herz schneller schlug.

Seine Augen fingen an zu leuchten und erinnerten sie daran, dass er fühlen konnte, was sie empfand.

»Das ist nicht besonders fair, weißt du«, protestierte sie und schob den Bildschirm beiseite, der ihre Vitalfunktionen dokumentierte, damit niemand registrierte, was mit ihrem Herzschlag los war. Alle, die noch im Zimmer waren, verdrückten sich so unauffällig wie möglich.

Er zuckte mit den Achseln. »Stimmt schon, aber da ich im Vorteil bin, kann ich mich wohl kaum beschweren.«

Lachend begann sie, eine mentale Bestandsaufnahme ihres Körpers zu machen. Abgesehen von einer leichten körperlichen Schwäche fühlte sie sich erstaunlich gut. »Das ist unglaublich.

Ich kann nicht fassen, dass man mir in die Brust geschossen hat, und dass – na ja, dass ich mich nach ein paar Stunden wieder völlig normal fühle.«

»Dreimal«, korrigierte Bastien, dessen Gesicht sich sichtbar verdüsterte.

»Was?«

»Du bist dreimal in die Brust getroffen worden.«

»Dreimal?« Du meine Güte. Sie erinnerte sich nur an den ersten Schuss. »Wie …?«

»Richart hat Roland geholt.«

Verwirrt runzelte sie die Stirn. »Das hat Linda mir auch gesagt, aber … du meinst *den* Roland?«

»Ja.«

»Roland Warbrook.«

»Ja.«

»Und er … hat mich nur mit den Händen berührt …«

Bastiens Augen begannen hell zu glühen.

»… und ich bin wieder gesund?«, beendete sie ihren Satz.

»Wir mussten dir eine Bluttransfusion geben«, warf Linda dazwischen.

Bastien nickte. »Roland kann deine Wunden heilen, aber er kann nicht den Blutverlust ersetzen.«

»Na ja, technisch gesehen kann er das schon«, korrigierte ihn Richart. »Er hätte dir etwas von seinem eigenen Blut geben können, aber dein Blutverlust war so hoch, dass das Virus ganz sicher deinen Organismus überschwemmt hätte und du verwandelt worden wärst.«

Zu wissen, dass sie dem Tod so nah gewesen war, war erschreckend.

Ihr Blick wanderte zu Bastiens Brust. »Haben die Soldaten auch auf dich geschossen, oder stammen die Schusswunden alle von den Sicherheitsleuten des Netzwerks?«

»Von den Soldaten habe ich mir ebenfalls ein paar eingefangen.«

Étienne räusperte sich und zog so ihre Aufmerksamkeit auf sich. »Er ist wieder betäubt worden.«

Sie sah Bastien an. »Wie viele Pfeile hast du abbekommen?«

»Drei oder vier. Glaube ich zumindest.«

Als er das letzte Mal betäubt worden war, war er danach mehrere Stunden lang bewusstlos gewesen. Ohne das Gegenmittel …

»Wie lange war ich weg?«, fragte sie. Sie hätte nicht viel Zeit verloren, wenn Roland sie schnell geheilt hätte. Kein Wunder, dass Linda Angst gehabt hatte, dass sie Hirnschäden davontrug.

»Nicht lange«, erwiderte Bastien und steigerte ihre Verwirrung damit noch. »Und was das Aufputschmittel angeht, gibt es noch eine gute Nachricht: Ich habe dieses Mal nicht das Bewusstsein verloren, ich war hinterher nur müde. Na ja, und ein leichter Schwindel …«

»Nicht zu vergessen der leichte Wahnsinn …«, brummte Étienne.

»Also, ich glaube, dass das Gegenmittel, das du hergestellt hast, mehr bewirken könnte, als wir geglaubt haben. Es kann nicht nur die Wirkung der Droge neutralisieren *nachdem* ich betäubt wurde. Offenbar eignet es sich auch gut zur Prävention, denn als ich im Kampf mit Betäubungspfeilen beschossen wurde, war die Wirkung deutlich abgeschwächt.«

»Das ist …«

»Fantastisch«, sagte er, und ihr wurde ganz warm ums Herz von seinem Lob.

»Das schon. Aber das ist auch ein Grund zur Sorge. Da ich mit dieser Wirkung nicht gerechnet habe, frage ich mich, welche ungeplanten Nebenwirkungen die Substanz noch haben könnte.«

Aber er zuckte nur mit den Achseln und machte eine wegwerfende Geste. »Es hat wunderbar funktioniert. Ich bin zwar ein bisschen müde, aber davon abgesehen bin ich ganz ich selbst.«

Étienne hob eine Augenbraue. »Dann war die Show, die du auf dem Unigelände abgezogen hast, also normal für dich?«

Oh, oh. »Was hast du getan?«, wollte Melanie wissen.

Bastien warf dem Franzosen einen warnenden Blick zu. »Nur das, was nötig war.«

»Geht das auch etwas genauer?«

»Nein.«

Da offenbar keiner bereit war, mit der Sprache herauszurücken, schüttelte Melanie den Kopf. »Na ja, am Ende erfahre ich es ja doch.« Sie schlug die Bettdecke zur Seite, wobei sie enthüllte, dass sie nichts als ein knielanges Krankenhausnachthemd trug. »Wenn nicht über den Flurfunk des Netzwerks, dann von Cliff und Joe. Die beiden wissen immer ganz genau, was los ist. Und wenn Reordon deswegen eine Welle macht – und so wie die d'Alençons-Zwillinge dich ansehen, wird er das –, hören Cliff und Joe davon.«

Unbehaglich trat Bastien von einem Fuß auf den anderen, dann warf er den beiden französischen Unsterblichen einen Blick zu. Er sah aus wie ein kleiner Junge, der nicht zugeben wollte, dass er derjenige war, dessen Baseball die Fensterscheibe zertrümmert hatte. »Ich habe nur dem Mann, der dich angeschossen hat, Gerechtigkeit widerfahren lassen.«

»Vielen Dank.« Sie hatte kein Problem damit, wenn er den Kerl getötet hatte, der sie beinahe umgebracht hätte, wenn Roland nicht da gewesen wäre. Der Schütze hatte nichts von Roland und seinen Heilkräften gewusst. Also hatte er ihren Tod billigend in Kauf genommen, als er auf sie geschossen hatte. »War es nur *ein* Scharfschütze?«

Bastien war in der Nacht davor von einem ganzen Dutzend Söldnern angegriffen worden. Ein einzelner Scharfschütze wäre überraschend. Es sei denn, Emrys' Söldnertrupp war doch kleiner, als sie geglaubt hatten.

»Nein. Da waren noch andere«, sagte Bastien, der aussah, als würde er sich innerlich wappnen.

»Wie viele?«

»Irgendwann habe ich nicht mehr mitgezählt.«

Skeptisch beäugte sie seine blutverschmierten Klamotten. Was genau hatte er angestellt?

»Ich habe sie getötet«, verkündete er.

»Alle?«

Sie ließ das auf sich wirken, während er mit stoischer Ruhe vor ihr stand.

Glaubte er, dass sie ihn deswegen verdammen würde? Sie befanden sich im Krieg. Sie wusste nur zu gut, wozu diese Leute fähig waren, was sie mit den Unsterblichen oder Ami tun würden, wenn sie sie in die Finger bekamen. Ganz offensichtlich hielten sie menschliche Sekundanten – denn als solchen hatten sie sie sicherlich betrachtet – für ersetzbar.

Bastien zog ein finsteres Gesicht.

Wenn die anderen nicht gewesen wären, hätte sie die Arme um ihn gelegt, um ihn zu trösten. Es war ja nicht so, dass ihm das Töten Vergnügen bereitet hatte.

»Heute Nacht schon«, bemerkte Étienne düster.

Bastien sah ihn mit gerunzelter Stirn an. »Wovon redest du?«

»Aber nur, weil sie mich lebensgefährlich verletzt haben«, sagte sie.

Bastien blickte noch böser drein, während sein Blick zwischen ihnen hin und her wanderte. »Hör auf, ihre Gedanken zu lesen.«

Sie würden ihn also verteidigen?

Die unbekannte Stimme, die wie ein Echo durch ihren Kopf hallte, ließ sie zusammenzucken. *Ja. Sie etwa nicht?*

Ich habe die Leichen gesehen.

Ich nehme an, dass Sie auch seine Gedanken gelesen haben.

In dem attraktiven Gesicht des Unsterblichen zeichnete sich Unbehagen ab.

Als Bastien einen drohenden Schritt auf Étienne zu machte, schwang Melanie schnell die Beine über die Bettkante, beugte sich vor und ergriff seine Hand.

Er warf einen Blick über die Schulter.

Sie sah Étienne direkt in die Augen. *Haben Sie seine Gedanken gelesen?*, wiederholte sie ihre Frage.

Ja.

Hat er sie aus Mordlust getötet? Oder weil es ihm Spaß gemacht hat? Oder weil sie mich fast erschossen hätten?

Bastien drückte sanft ihre Hand. »Dr. Lipton?«

Étienne seufzte. »Die Formalitäten kannst du dir sparen. Erstens kenne ich deine Gedanken und weiß, dass deine Angst um sie weit über die Sorge hinausgeht, die man für eine Kollegin empfindet. Davon abgesehen kann ich deine Gedanken auch *sehen,* und dort ist sie ständig nackt.«

Richart versuchte erfolglos, ein Lachen zu unterdrücken. »Willst du dazu nichts sagen?«

In Bastiens Wange zuckte ein Muskel. »Ich überlege noch, ob ich Étienne eine dafür verpassen soll, dass er Melanie nackt gesehen hat.«

Richart konnte nicht mehr an sich halten und prustete los.

»Das war doch nicht echt! Das waren doch nur deine Fantasien!«, protestierte sein Bruder.

»Das ist mir egal. Sie war nackt.«

Melanie spürte, wie ihr das Blut in die Wangen stieg, obwohl sie keine Ahnung hatte, warum sie sich hätte schämen sollen.

Schließlich war sie ja nicht wirklich nackt gewesen. Wie Étienne ganz richtig gesagt hatte – sie sprachen über Fantasien, die er in Bastiens Kopf gesehen hatte.

Und außerdem … was für ein verführerischer Gedanke. Sie fand seine Fantasien ziemlich sexy.

Und ich war in seinen Gedanken wirklich nackt?, fragte sie, da sie unsicher war, ob Étienne immer noch ihre Gedanken las.

Sogar ziemlich oft.

Und was haben Bastien und ich da so gemacht?

Dinge, die dazu führen würden, dass Sie noch mehr erröten würden.

Ich nehme nicht an, dass Sie mir die Bilder zeigen können?

So funktioniert das nicht.

Verdammt!

Étiennes Mundwinkel zuckten belustigt.

Bastien zog an ihrer Hand. »Ich kann nicht hören, was er zu dir sagt. Soll ich ihm lieber eine knallen?«

»Als ob du das könntest.«

»Nein«, sagte Melanie. »Es ist alles in Ordnung.«

Plötzlich sahen die drei Unsterblichen zur Zimmerdecke.

»Was ist los?«

»Reordon«, knurrte Bastien.

»Er ist sauer«, fügte Richart unnötigerweise hinzu.

Wenn man bedachte, dass Bastien erneut seine Wachmänner angegriffen hatte, überraschte es Melanie, dass er so lange gebraucht hatte.

Sie sah die Zwillinge an. »Er lässt Bastien garantiert in Ketten legen.«

Étienne runzelte die Stirn und schloss die Tür. »Dafür, dass die Wachmänner auf ihn geschossen haben?«

Überrascht erhob sich Melanie und suchte Bastiens Blick. »Du hast keinen von ihnen verletzt?«

Er zuckte mit den Achseln und beobachtete sie aufmerksam. »Ich war in Eile. Vielleicht beim nächsten Mal.«

Lächelnd schüttelte sie den Kopf.

Richart drehte sich zu seinem Bruder um. »Sie hat recht. Chris wird seinen Leuten befehlen, ihn festzunehmen und zu fesseln.«

»Aber er hat niemanden verletzt.«

»Auch in der Nacht, in der er betäubt wurde, hat er niemandem etwas getan. Zumindest nicht hier im Hauptquartier. Er war bewusstlos, als ich ihn hergebracht habe, dennoch wollte Chris ihn in der Arrestzelle anketten.«

Fluchend zog Étienne die Augenbrauen zu einem dunklen Strich zusammen und warf Bastien einen bösen Blick zu. »Ich kann nicht glauben, dass du mich in eine Situation bringst, in der ich gezwungen bin, dich zu verteidigen.«

Bastien presste die Lippen zu einem dünnen Lächeln zusammen. »Habe ich dich etwa um deine Hilfe gebeten?«

Warnend drückte Melanie seine Hand. »*Ich* werde ihn darum bitten.« Als Bastien ihr widersprechen wollte, hob sie die Hand, um ihn davon abzuhalten. »Wäre es möglich, uns etwas Zeit zu verschaffen?«

Im besten Fall konnten die beiden die Wachen lange genug ablenken, damit sie und Bastien Gelegenheit hatten, Mr Reordon davon zu überzeugen, dass Bastien seinen Leuten nichts getan hatte. Zumindest konnten sie offiziell dagegen protestieren, dass Bastien zur Arrestzelle gebracht oder betäubt wurde, oder dass man auf ihn schoss. Deshalb war sie sehr erstaunt, als Richart auf sie zukam. »Ich werde ihn an einen anderen Ort teleportieren.«

Sie ließ Bastiens Hand nicht los. »Wohin *er* geht, gehe auch ich.«

»Das haben wir uns schon gedacht«, sagten die Brüder gleichzeitig.

Richart deutete auf ihre verschränkten Hände. »Es ist einfacher für mich, nur eine Person zu teleportieren. Ich bringe zuerst Bastien weg und komme dann zurück, um dich zu holen, Melanie.«

»Wo sind wir?«, fragte Bastien, als sie sich im Inneren eines Hauses materialisierten.

»Bei mir zu Hause. Ich bin in einer Sekunde wieder da.«

Bastien packte ihn am Arm. »Du solltest sie lassen, wo sie ist.«

»Das sollte ich«, stimmte Richart zu. »Aber ich habe ihr mein Wort gegeben.«

Kaum dass Bastien ihn losgelassen hatte, verschwand der Franzose.

Als er wieder auftauchte, hatte er Melanie dabei.

Grinsend sah sie Bastien an. »Das war unglaublich.«

Sosehr er sich auch bemühte, er konnte sich ein Grinsen nicht verkneifen. Nicht weil er es auch so cool fand, teleportiert zu werden. (Das war der einzige Vorteil, den es hatte, jede Nacht mit Richart zu jagen.) Nein, der Grund war, dass er ihr Lächeln einfach bezaubernd und unwiderstehlich fand. So unschuldig.

Richart stieß einen lauten Pfiff aus.

In einem entfernt liegenden Zimmer hörten sie ein Rumsen.

»Verdammt noch mal!«, rief ein Mann, den sie nicht sehen konnten. »Ich habe dir doch gesagt, dass du das nicht tun sollst! Du hast mich zu Tode erschreckt!« Das musste Sheldon sein.

Bastien wechselte einen Blick mit Richart. »Hast du ihm gesagt, dass er nicht rufen muss, damit du ihn hören kannst?«

»Mehrere Male.« Die Tatsache, dass sein Sekundant eine etwas längere Leitung hatte, schien ihn eher zu belustigen als zu ärgern.

Melanie schenkte Richart ein Lächeln. »Ich wüsste zu gern, wie du das machst.«

»Das ist ganz leicht. Ich spitze die Lippen und puste.«

Lachend stieß sie ihm den Ellbogen in die Seite. »Nicht das Pfeifen. Das Teleportieren.«

Richart, der ihrem Charme und ihrer Warmherzigkeit inzwischen ebenfalls erlegen war, grinste sie an. »Das wüsste ich selbst auch nur zu gern.«

»Im Ernst? Könnte ich dich möglicherweise dazu überreden, mich ein paar Tests an dir durchführen zu lassen? Ich würde zu gern eine Kernspin an dir vornehmen, während du dich irgendwohin teleportierst, und sehen, was dabei herauskommt.«

Richarts Lächeln verschwand, und er wirkte plötzlich, als fühle er sich sehr unbehaglich. Den meisten Unsterblichen war in der Gegenwart von Ärzten genauso unwohl wie Ami. Ami brach immer noch der kalte Schweiß aus, wenn sie sich auch nur in die Nähe des Hauptquartiers begeben musste.

Behutsam berührte Melanie Richart am Arm und weckte damit Bastiens Eifersucht. »Denk nur mal darüber nach.«

Der Franzose entspannte sich sichtbar und nickte. »Das werde ich.« Er machte eine Geste, die das Wohnzimmer einschloss. Es war modern eingerichtet, allerdings lag aller möglicher Krimskrams herum – was ungewöhnlich war, da die meisten Unsterblichen einen Sauberkeitsfimmel hatten. Davids Haus zum Beispiel war trotz der vielen Besucher immer makellos sauber und aufgeräumt. »Fühlt euch ganz wie zu Hause. Die Küche ist dort drüben. Bastien, im Kühlschrank ist ein Vorrat an Blutkonserven. Am anderen Ende des Flurs ist ein Badezimmer. In diesem Stockwerk befinden sich vier Gästezimmer, im Keller sind noch mal vier. Falls ihr etwas braucht, scheut euch nicht, Sheldon zu fragen.«

Was glaubte er, wie lange sie sich hier aufhalten würden?

»Oh, und Bastien …« Sein Tonfall wurde ernst. »Geh bitte behutsam mit meinem Sekundanten um. Wenn du ihn in irgendeiner Weise schlecht behandelst, wirst du mich kennenlernen.«

Da Bastien zwei Jahrhunderte mit hinterhältigen Vampiren zusammengelebt hatte, die beim geringsten Anlass zu Gewaltausbrüchen neigten, war er gut im Training. Aber auch wenn er überzeugt davon war, dass er den anderen Unsterblichen in einem Zweikampf besiegen würde, hatte er kein Interesse an einer Auseinandersetzung. Richart hatte ihm gerade einen Riesengefallen getan. Vielleicht war er ja das Arschloch, für das die anderen ihn hielten, aber er vergaß es nicht, wenn ihm jemand einen Gefallen erwies.

»Kindesmisshandlung ist eh nicht mein Ding.«

Mit einem kurzen Nicken löste sich Richart in Luft auf.

Im Zimmer breitete sich Stille aus.

»So so«, sagte Melanie.

Bastien hob eine Augenbraue. »Was meinst du?«

»Du stellst dir also vor, wie ich nackt aussehe?«

Irgendwie hatte er gehofft, dass sie das schon wieder vergessen hatte – dieser verdammte Étienne, der seine Nase überall reinsteckte! Aber da das offensichtlich nicht der Fall war, sah er keinen Grund, es abzustreiten. »Ja, das tue ich.« Es war ihm nicht peinlich. Er war ein Mann mit einer gesunden Sexualität, und sie war eine sehr attraktive Frau. Allerdings verwirrte es ihn zugegebenermaßen ein wenig, dass sie über dieses Eingeständnis kein bisschen wütend war.

Sie beschimpfte ihn weder als Schwein noch als geilen Bock oder als ein anderes Tier, als das Frauen Männer bezeichneten, wenn sie etwas Unpassendes taten. Stattdessen musterte sie ihn auf eine Weise, dass er das Gefühl bekam, dass dieses Mal *sie* es war, die sich *ihn* nackt vorstellte. Schließlich sagte sie: »Vielleicht sollte ich dich besser vorwarnen, dass ich möglicherweise nicht deinen Erwartungen entspreche.«

Jeder Muskel in seinem Körper spannte sich an. Er schluckte. »Wie bitte?«

»Ich behaupte einfach mal so ins Blaue hinein, dass ich nackt nicht annähernd so gut aussehe, wie du vielleicht annimmst.«

»Das bezweifle ich ernsthaft.«

»Ich meine ja nur … ich habe nicht regelmäßig trainiert, bis ich beim Netzwerk mit dem Kampftraining angefangen habe, und … außerdem habe ich Gewicht verloren, seitdem ich trainiere, und …«

»Und?«

Sie schürzte die Lippen. »Selbst wenn ich jetzt gut in Form bin, sehen gewisse Teile meines Körpers nicht so aus, wie ich es gern hätte.«

Bastien schwieg ein paar Sekunden lang. »Es tut mir leid. Ich weiß nicht, was ich darauf antworten soll.«

Sie grinste. »Du musst gar nichts antworten. Ich wollte nur, dass du weißt, dass Klamotten über eine Menge Schwachstellen hinwegtäuschen können.«

Sagte die vollkommene Frau, die es schaffte, dass er sogar dann hart wurde, wenn sie ihn von ihrer eigenen Unattraktivität zu überzeugen versuchte. Oder davon, dass sie möglicherweise nicht so attraktiv war, wie er sich ausgemalt hatte. Oder …

Er wusste nicht, was er davon halten sollte. »Ich bin mir sicher, dass du zu selbstkritisch bist.«

Ohne ihn aus den Augen zu lassen, legte sie den Kopf schräg. »Vielleicht. Die Medien vermitteln uns Frauen das Gefühl, dass wir einem bestimmten Ideal entsprechen müssen. Nur um sicherzugehen, wäre es vielleicht besser, wenn du dir mich mit kleineren Brüsten vorstellst.«

Wieder schwieg er ein paar Sekunden lang. »Also ehrlich gesagt ist das hier die seltsamste Unterhaltung, die ich je geführt habe.«

Sie lachte. »Warum?«

»Erstens scheinst du zu glauben, dass ich irgendwelchen Wahnvorstellungen unterliege, was deinen Körper angeht. Dem ist nicht so.«

»Meine Brüste sind gar nicht so groß. Ich trage einen Push-up-BH.«

»Ich weiß.«

Ihr überraschter Gesichtsausdruck war einfach bezaubernd. »Was?«

»Ich weiß, dass du einen Push-up-BH trägst.«

Jetzt war es an ihr zu schweigen. »Wenn du mir jetzt erzählst, dass du in Wahrheit zwei Gaben hast, und die zweite ist ein Röntgenblick, dann werde ich dir ernsthaft wehtun.«

Er lachte. »Ich habe keinen Röntgenblick. Aber wie du weißt, sind alle unsere Sinne extrem geschärft. Im Gegensatz zu einem Menschen höre ich das leise Rascheln des Füllmaterials. Und deine Brüste bewegen sich anders, als sie sich in einem BH ohne Einlagen bewegen würden.«

»Wow! Euch entgeht auch nicht das kleinste Detail, wie?«

»Bei dir geht es mir tatsächlich so.«

Kokett lächelte sie ihn an. »Du starrst mir also auf die Brüste?«

»Ja«, bestätigte er und erwiderte ihr Lächeln. Dann schüttelte er verwundert den Kopf. »Und aus irgendeinem Grund fühle ich mich jetzt wie ein Schuljunge, der zugegeben hat, seiner Lehrerin unter den Rock gelinst zu haben.«

»Cool.«

Wieder lachte er.

»Und was war der andere Grund?«

Er versuchte, sich daran zu erinnern, worüber sie gesprochen hatten, konnte aber an nichts anderes als an ihre Brüste denken.

Ihr Lächeln verwandelte sich in ein breites Grinsen. »Der

andere Grund, warum du denkst, dass das hier das seltsamste Gespräch ist, das du jemals hattest«, bohrte sie nach.

Ah. »Du scheinst davon auszugehen, dass ich dich in naher Zukunft tatsächlich nackt zu sehen bekommen werde. Aber das wird nicht passieren.«

»Sagst du.«

Er grinste. »Versuchst du, mich zum Lachen zu bringen?«

»Ja.«

»Warum?«

»Weil ich bisher den Eindruck hatte, dass du nicht besonders häufig lachst. Und ich mag es, wenn du lachst. Es macht mich glücklich.«

Verdammt! Er steckte wirklich in ernsthaften Schwierigkeiten. Es gab eine Grenze dessen, was ein Mann ertragen konnte.

»Ich mag dich, Sebastien.«

»Ich verstehe nicht, warum«, brummte er.

»Ich sehe etwas in dir, das die anderen nicht sehen.«

Wieder einmal fehlten ihm die Worte. Nichts wünschte er sich mehr, als dass sie etwas Gutes in ihm sah – etwas, das er selbst nicht zu sehen imstande war, sosehr er es auch versuchte.

»Ich weiß, dass du es nicht magst, wenn man dich berührt«, begann sie.

Welcher Idiot behauptet denn so etwas?, schrie seine innere Stimme.

»Du solltest dich jetzt besser wappnen.« Sie trat näher. »Ich werde dich nämlich umarmen.«

Er versteifte sich.

Lass nicht zu, dass sie dich berührt! Nicht jetzt! Nicht nach diesem superseltsamen Gespräch, das dazu geführt hat, dass du total auf ihren Körper fixiert bist und innerlich wie ein Stück Butter in der Sonne zerlaufen bist – und das nur, weil sie gesagt hat, dass sie es mag, wenn du lachst!

Sie kam noch näher, schlang die Arme um seine Taille, presste ihren verführerischen Körper an seinen und lehnte sich mit ihrem vollen Gewicht gegen ihn. Dann legte sie den Kopf an seine Brust.

Er schloss die Augen. Das fühlte sich wundervoll an. *Sie* fühlte sich wundervoll an.

Obwohl er fest entschlossen gewesen war, der Versuchung nicht nachzugeben, schlang er die Arme um ihre zierliche Gestalt und drückte sie fest an sich.

»Danke dafür, dass du mir heute Nacht das Leben gerettet hast«, sagte sie sanft.

»Das habe ich nicht. Richart und Roland haben dich gerettet.«

Aber sie schüttelte den Kopf. »Ich kann mich jetzt wieder an alles erinnern. Du hast mich mit deinem Körper vor den Kugeln geschützt.«

»Das hat aber nichts gebracht. Die Kugel hat meinen Körper durchschlagen und dich trotzdem getroffen.«

»Aber wir können nicht wissen, ob er mit der dritten Kugel nicht auf meinen Kopf gezielt hat. Als du dich in die Schusslinie geschoben hast, hatte er keine freie Sicht mehr und konnte nur auf meinen Körper zielen. Und dann hast du mich hinter dem Gebäude in Sicherheit gebracht.«

Daran hatte er nicht gedacht, dabei kannte er die übliche Vorgehensweise. Wie oft hatte er Darnell sagen hören, dass sie erst mit ein paar Schüssen den Gegner kampfunfähig machen sollten, um ihn schließlich mit einem finalen Kopfschuss auszuschalten?

Bei dem Gedanken lief es ihm kalt den Rücken hinunter.

Allerdings war ihm nicht so kalt, dass er nicht hart geworden wäre, als er ihren Körper an seinem spürte. Ihren Duft. Alles an ihr war verführerisch.

Wie gern wäre er mit den Händen auf Erkundungstour gegangen und hätte überprüft, ob ihr Krankenhausnachthemd hinten leicht offen stand, wie es bei dieser Art von Nachthemd häufig der Fall war.

»Okay. Ich werde jetzt etwas sagen, von dem ich hoffe, dass du es mir nicht übel nimmst.«

»Okay«, stimmte er misstrauisch zu.

»Uuuhh. Das ist ekelhaft. Ich hatte vergessen, dass du voller Blut bist.«

Sie lehnte sich zurück. Und tatsächlich, ihr Gesicht und ihre Haar waren klebrig von dem geronnenen Blut, das er noch an sich hatte. Ihr Nachthemd sah aus, als hätte jemand einen Schwamm in rote Farbe getaucht und sie damit beschmiert.

»Tut mir leid.« Er griff in seinen Mantel und zog ein makellos weißes Taschentuch hervor.

Sanft umfasste er ihr Kinn mit Daumen und Zeigefinger und wischte ihr das Blut von Wangen, Nase und Stirn.

Sie musterte ihn mit ihren braunen Augen so eindringlich, dass sich ihr Blick wie eine Berührung anfühlte.

»So, schon weg«, sagte er leise, als er ihr Gesicht gesäubert hatte, und stopfte das Taschentuch in seine Gesäßtasche.

Ihr Blick blieb weiter auf ihn gerichtet. »Weißt du was?«, fragte sie ebenso leise. »Scheiß drauf. Wer A sagt, muss auch B sagen.«

Sie umfasste sein Gesicht mit beiden Händen und zog ihn zu sich herunter, um ihn zu küssen.

Prickelnde Leidenschaft schoss durch seinen Körper, brachte sein Blut in Wallung und sorgte dafür, dass jeder Muskel seines Körpers bis zum Zerreißen gespannt war.

Sie schmeckte so gut, wie sie aussah. So gut, wie sie roch. Nichts auf der Welt hätte ihn davon abhalten können, ihren Kuss zu erwidern. Gierig teilte er ihre Lippen und ließ seine

Zunge in ihren Mund gleiten, um sich dort mit der ihren zu vereinen.

Melanie hatte das Gefühl, dass ihr Herz zerspringen müsste, wenn es noch heftiger schlug.

Dieser Mann konnte *küssen*.

Hitze breitete sich in ihr aus, während sich seine warmen Lippen auf ihre legten. Und als sich seine Zunge dann auch noch in ihren Mund stahl …

Um es ihm leichter zu machen, stellte sie sich auf die Zehenspitzen und schlang die Arme um seinen Hals. Ihre Körper waren nun auf gleicher Höhe, ihre Brüste pressten sich gegen seinen Oberkörper, ihr Bauch gegen seine festen Bauchmuskeln, und auch zwischen ihre Hüften hätte kein Blatt Papier mehr gepasst. Seine Erektion beulte den Reißverschluss seiner Hose aus. Die muskulösen Arme hatte er um sie gelegt, und er umarmte sie so fest, dass sie kaum atmen konnte.

Bastien hatte sich ausgemalt, wie sie nackt aussah. Nun ja, Melanie brauchte ihre Fantasie nicht anzustrengen. Sie hatte ihn bereits nackt gesehen, als sie sich um seine Wunden gekümmert hatte. Sie kannte jeden Millimeter seines Prachtkörpers, angefangen bei seinem wunderschönen langen Haar bis hinunter zu seinen großen Füßen.

Seit Wochen verzehrte sie sich danach, Bastien als Mann kennenzulernen. Und jetzt wollte sie seinen Körper kennenlernen. Sie wollte ihn schmecken und berühren und …

Eine seiner großen Hände glitt nach unten, umfasste ihre Pobacken und drückte sie fest gegen seine Hüfte.

Unwillkürlich hielt sie die Luft an. Hitziges Verlangen durchzuckte sie.

»Kumpel, hast du mich gehört? Ich sagte, hör auf … *Herrgott noch mal!*«

Innerlich verfluchte Melanie das Schicksal, weil es ausgerechnet dazwischenfunken musste, als Bastien sie leidenschaftlich küsste. Über Bastiens Kopf hinweg warf sie Richarts Sekundanten einen bösen Blick zu.

»Oh, tut mir leid. Ich wusste nicht, dass Jenna … *Heilige Scheiße! Sie sind das!*«

Jenna? Das musste der Name von Richarts Freundin sein.

Melanie hob den Kopf.

Bastiens Augen leuchteten in einem durchdringenden Bernsteinton, aber seine Leidenschaft fing bereits an, sich in Ärger zu verwandeln.

Seufzend – es hatte alles so vielversprechend angefangen – löste sie sich von ihm und richtete ihre Aufmerksamkeit auf den Eindringling.

Der Mann, der sie mit offenem Mund musterte, war ungewöhnlich jung für einen Sekundanten. Er war bei dem Treffen bei David dabei gewesen, aber sie hatte ihm nicht viel Aufmerksamkeit geschenkt, weil Bastien sie abgelenkt hatte.

Während sie Sheldons glattes Gesicht und sein rotes Haar musterte, kam sie zu dem Schluss, dass er nicht älter als zwanzig sein konnte. Die meisten Sekundanten – wenn nicht alle – waren mindestens fünfundzwanzig. Sie hatte Chris einmal sagen hören, dass er sichergehen wollte, dass seine Rekruten ihre wilde Phase mit Partys und Besäufnissen hinter sich hatten und sich ihrer Karriere mit dem angemessenen Ernst widmeten. Für die Unsterblichen war es wichtig, dass ihre Sekundanten jederzeit einsatzbereit waren, um ihnen zu Hilfe zu eilen und an ihrer Seite zu kämpfen. Wenn der Sekundant aber gerade betrunken war, weil er mit Freunden gefeiert hatte, dann sorgte er am Ende dafür, dass der Unsterbliche getötet wurde, statt ihm zu helfen.

Ein weiterer wichtiger Punkt war Diskretion. Sekundanten

durften niemandem von ihrem Beruf erzählen. (Melanie wusste nicht, was Chris mit denen machte, die sich nicht an dieses Gebot hielten, und wollte es auch gar nicht wissen.) Bei einem Sekundanten, der sein Wochenende mit Freunden auf Partys verbrachte, gab es ein hohes Risiko, dass er den Mund nicht halten konnte. Außerdem war es bei einem jungen Sekundanten wahrscheinlicher, dass er dem Gruppendruck nicht standhielt und sich mit Heldentaten brüstete, um seine Chancen bei den Mädels zu erhöhen.

Sheldon war eine echte Seltenheit.

Richarts Sekundant starrte Bastien gefühlte fünf Minuten an. »Ähem … würden Sie mich für einen Moment entschuldigen?« Langsam machte er drei Schritte rückwärts, steckte den Kopf durch die Tür in den Flur und brüllte: »Richart?« Es klang ziemlich nervös.

Sie hörte, wie Bastien hinter ihr tief seufzte. »Du musst nicht schreien. Selbst wenn er draußen im Vorgarten stünde, könnte er dich hier drinnen flüstern hören.«

»Oh, stimmt ja.« Eine Sekunde verstrich. »Richart?«, wiederholte er in normaler Lautstärke.

Melanie versuchte, nicht zu lachen. »Er ist nicht hier.«

»Oh.« Er räusperte sich. »Ist er … äh …« Er sah Bastien an. »Haben Sie ihn gezwungen, Sie hierher zu teleportieren?«

»Teufel noch mal, natürlich nicht!«, fuhr Bastien ihn an. »Nein!«

Jetzt konnte Melanie das Lachen nicht mehr unterdrücken. »Ich nehme an, Sie sind Sheldon?«

»Ja, Ma'am.«

»Ich bin Dr. Lipton.« Sie streckte ihm die Hand hin. »Sie können mich aber auch gern Melanie nennen.«

Zu ihrer großen Überraschung kam Sheldon auf sie zu und schüttelte ihr die Hand. »Schön, Sie kennenzulernen, Melanie.«

Bastien stellte sich neben sie. »Sie können aber auch bei Dr. Lipton bleiben.«

Sie rechnete damit, dass sich der Sekundant von Bastiens strengem Tonfall und seiner Warnung einschüchtern lassen würde.

Stattdessen sagte er: »Also … *Melanie*, was führt Sie in unser bescheidenes Heim?«

»Ich bin vor ein paar Stunden von Emrys' Soldaten angeschossen worden.«

»Diese Bastarde!« Stirnrunzelnd sah er Bastien an. »Haben Sie alle erwischt?«

»Allerdings. Und wenn ich *alle* sage, dann meine ich alle«, erwiderte er, wobei seine Gesichtszüge etwas von ihrer Härte verloren.

»Gut.«

Es war klar, dass an Sheldon mehr dran war, als ihm auf den ersten Blick anzusehen war. »Das ist der Grund, warum Richart uns hierher gebracht hat. Er wusste, dass Mr Reordon sauer werden und Bastien in Ketten legen lassen würde, weil er keinen der Soldaten am Leben gelassen hat.«

Sheldon legte den Kopf schräg und musterte Bastien. »Na ja, irgendwie sind Sie ja auch tatsächlich vom Plan abgewichen. Schließlich bestand der Auftrag darin, sich ein paar von den Soldaten zu schnappen und diese zu befragen. Aber ich kann nachvollziehen, warum Sie sie getötet haben. Ich hätte mit diesen Schweinen dasselbe gemacht.« Er nickte Melanie zu. »Wie geht es Ihnen jetzt? Brauchen Sie etwas? Soll ich den Verbandskasten holen? Während meines Trainings war ich der Beste in medizinischer Notfallversorgung, wenn Sie also …«

»Mir geht es gut, danke. Roland hat mich geheilt.«

»Roland Warbrook.«

»Ja.«

»Wow! Sie haben ja echt ein Händchen dafür, sich mit den ganz schwierigen Typen anzufreunden, stimmt's?«

Bastien kräuselte belustigt die Oberlippe. »So kann man das wohl ausdrücken.«

Sheldon faltete die Hände. »Nun ja, ich nehme an, dass Richart zurückkommt, sobald sich die Lage etwas beruhigt hat. Kann ich in der Zwischenzeit etwas für Sie beide tun?« Er musterte Bastien. »Ich will Sie ja nicht beleidigen, Kumpel, aber Sie sehen echt schlecht aus. Brauchen Sie etwas Blut?«

»Das wäre prima.«

»Folgen Sie mir.« Er führte sie aus dem Wohnzimmer in die geräumige Küche. »Melanie, soll ich Ihnen etwas zu essen machen? Ich koche zwar nicht besonders gut, aber ich kann etwas von der vegetarischen Pastete aufwärmen, die Richart gemacht hat.«

»Nein, danke.«

Er ging zum Kühlschrank, öffnete ihn und holte die Blutkonserven aus dem Fleischfach. Dann reichte er sie Bastien. »Sind Sie sicher? Die Pastete ist besser, als man vielleicht denken könnte. Ich selbst hätte es niemals für möglich gehalten, dass eine Gemüsepastete ohne Fleisch schmecken könnte, aber tatsächlich ist sie total köstlich.«

Melanie lachte. Inzwischen konnte sie sich vorstellen, warum Richart Sheldon eine Chance gab. »Danke, ich bin nicht …«

»Du solltest etwas essen«, unterbrach Bastien sie. »Das sollten wir beide. Es war eine lange Nacht, die vielleicht noch nicht vorbei ist. Wir wissen nicht, was passieren wird, wenn Chris Seth erst mal seine Version der Geschichte aufgetischt hat.«

Sie nickte. »Du hast recht. Vielen Dank, Sheldon. Das wäre sehr nett.«

»Es ist mir ein Vergnügen. Aber vielleicht wollen Sie lieber vorher noch duschen und die Klamotten wechseln?«

Melanie sah an sich hinunter auf ihr blutverklebtes Krankenhausnachthemd. »Das würde ich gern, aber ich habe nichts zum Wechseln.« In Richarts Kleidern würde sie buchstäblich versinken.

»Das ist kein Problem. Eins der Gästezimmer ist für Richarts Schwester reserviert. Lisette bleibt zwar nicht besonders häufig über Tag, aber sie hat trotzdem sicherheitshalber Ersatzklamotten dort untergebracht. Ich glaube nicht, dass es ihr was ausmachen würde, wenn Sie sich etwas von ihr ausborgen.«

Lisette hatte ungefähr dieselbe Größe und Figur wie Melanie, deshalb hoffte sie inbrünstig, dass sie etwas finden würde, das ihr passte. Sie war sich zwar nicht sicher, wie viel der Krankenhauskittel enthüllte, aber der kalte Luftzug in ihrem Rücken ließ nichts Gutes ahnen. Und auch wenn es ihr nichts ausgemacht hätte, wenn Bastien einen Blick auf ihren Hintern erhaschte, war sie nicht scharf darauf, Sheldon mit diesem Anblick zu erfreuen.

»Wenn Sie wirklich sicher sind …«

Sheldon führte sie aus der Küche. »Ich bin mir sicher. Lisette ist sehr nett. Ich führe Sie zu den Gästezimmern.« Plötzlich blieb er stehen und musterte sie prüfend. »Oder zu *einem* Gästezimmer. Sind Sie beide ein Paar? Denn als ich vorhin in die Küche gekommen bin, da hatte ich …«

»Nein.«

Angesichts Bastiens knapper Antwort zog Sheldon die Augenbrauen hoch.

»Das eben war nur ein Ausrutscher.«

Nun war es an Melanie, die Augenbrauen hochzuziehen. »Sagst *du*.«

Bastien grinste. »Würdest du bitte aufhören, das zu sagen?«

»Nein.«

»Warum nicht?«

»Weil du dann lächelst.«

Sheldon ging weiter. »Ausrutscher, na klar, wer's glaubt«, brummte er vor sich hin.

»Ich kann jedes Wort hören«, erinnerte ihn Bastien.

»Ich weiß.« Sheldon führte sie zu zwei nebeneinanderliegenden Gästezimmern. »In einer Minute bin ich zurück und bringe Ihnen etwas zum Anziehen, Melanie.«

Sobald der Sekundant weg war, musterte Bastien sie forschend.

Er fing schon wieder an zu denken. *Zu viel* zu denken, um genau zu sein. Beinahe glaubte sie, all die Gedanken sehen zu können, die ihm hinter den wunderschönen braunen Augen durchs Gehirn schwirrten. Und sie wusste, was er sagen würde, noch bevor er es ausgesprochen hatte.

»Wegen vorhin …«

Jepp. Sie hatte sich schon gedacht, dass er sich deswegen den Kopf zerbrach. Armer Kerl. Die Unsterblichen hatten wirklich ganze Arbeit geleistet und ihn davon überzeugt, dass er tatsächlich das bösartige Monster war, für das sie ihn offenbar hielten. Jetzt dachte er wahrscheinlich, dass sein Kuss sie irgendwie besudeln würde. Dagegen musste sie dringend etwas unternehmen. Sie brauchte nur etwas Zeit, um sich zu überlegen, was.

»Ich nehme an, dass es um den Kuss geht?«, fragte sie unschuldig.

»Ja.«

»Dieser heiße, feuchte Kuss, der mein Herz hat schneller schlagen lassen und außerdem bewirkt hat, dass ich dir am liebsten die Kleider vom Leib gerissen hätte, um jeden Millimeter deines Körpers zu erforschen?«

Seine Augen fingen unwillkürlich an zu leuchten und verrieten ihr, dass ihre Worte ihn erregten. »Den meinte ich.«

»Was ist damit?«

»Das sollte sich nicht wiederholen.«

»Hat es dir denn nicht gefallen?« Okay, es war ein bisschen gemein, ihn damit zu ärgern, aber sie konnte einfach nicht widerstehen.

»Du weißt, dass er mir gefallen hat«, sagte er, wobei in seiner Stimme ein kehliger Unterton mitschwang, der ihr einen Schauer über den Rücken jagte. »Selbst wenn mich meine Augen nicht verraten würden, bin ich mir sicher, dass andere Körperteile es getan haben.«

»Auf sehr eindrucksvolle Art«, bestätigte sie.

»Trotzdem, das ist einfach keine gute Idee.«

»Etwas Ähnliches hast du schon mal gesagt.«

»Und habe es so gemeint. Du bedeutest mir etwas, Melanie. Sehr viel sogar. Und ich möchte jetzt nicht herablassend klingen, aber ich glaube wirklich nicht, dass dir klar ist, worauf du dich da einlässt. Wir sprechen hier nicht von bösen Blicken oder fiesen Kommentaren. Wir sprechen über die mögliche Zerstörung deiner beruflichen Existenz. Chris Reordon vertraut mir nicht und wird es auch nie. Beim geringsten Anlass lässt er mich einsperren. Und jetzt sind wir nur deswegen hier, weil er mich in der Arrestzelle anketten will.«

Melanie hätte wirklich gern gewusst, warum Chris Bastien so sehr hasste. Normalerweise war ihr Chef ein gutmütiger Kerl. Freundlich. Immer da, wenn man ihn brauchte. Aber er und Bastien … das musste etwas Persönliches sein.

»Deswegen mache ich mir keine Sorgen.«

»Das solltest du aber.« Er klang wirklich sehr besorgt. »Deine Arbeit ist für das Netzwerk von unschätzbarer Bedeutung. Wenn es jemanden gibt, der ein Heilmittel gegen das Virus findet oder eine Methode, die Infizierten zu behandeln, dann bist das du.«

Was Bastien da sagte, war nicht nur ein unglaubliches Kompliment, sondern auch eine schwere Bürde für einen einzelnen Menschen. So viele Erwartungen … was, wenn sie sie nicht erfüllen konnte? »Hör zu, Bastien, ich bin keine Heilige.«

»Aber du darfst deine Fähigkeiten auch nicht unterschätzen, Melanie. Dafür bist du viel zu wichtig. Und du liebst deine Arbeit, hab ich nicht recht?«

»Sehr.« Und sie wusste, dass das keine Selbstverständlichkeit war. Es gab so viele Menschen, die Jobs hatten, die sie hassten, und mit Kollegen zusammenarbeiten mussten, die sie nicht leiden konnten. Auch wenn sie wegen ihrer Arbeit manchmal unter hohem Druck stand, liebte sie sie. Außerdem mochte sie fast alle ihre Kollegen (Dr. Whetsman war eine Ausnahme).

»Mit mir zusammen zu sein würde bedeuten, all das aufs Spiel zu setzen«, fuhr Bastien fort. »Deine hohe Position beim Netzwerk ermöglicht dir den freien Zugang zu allen wichtigen Informationen, die du für deine Arbeit brauchst. Wenn die anderen erführen, dass du und ich … wenn irgendjemand den Verdacht hätte, dass du zärtliche Gefühle für mich hegst, dann würden sie diesen Spielraum spürbar einschränken. Man würde dir nicht mehr vertrauen und dich vielleicht sogar ganz ausschließen. Ich traue Chris sogar zu, dass er dir untersagt, weiter mit Cliff und Joe zusammenzuarbeiten.«

Na schön. Jetzt hatte er ihre Aufmerksamkeit. Würde Chris so etwas wirklich tun? Würde er wirklich so weit gehen? Ging seine Abneigung gegen Bastien so weit, dass sich das auch auf sie auswirken würde?

Aber selbst wenn – war ihre medizinische Forschung nicht so essenziell für das Netzwerk, dass ihm die Hände gebunden waren? Oder überschätzte sie ihre Arbeit?

»Vertrauen ist alles, Melanie. Du kannst es dir nicht leisten, sein Vertrauen zu verlieren und zu riskieren, dass er jede deiner

Entscheidungen infrage stellt. So etwas kann auf Dauer sehr zermürbend sein.«

Dieser Einwand war es wert, darüber nachzudenken, da musste sie ihm recht geben. Andererseits waren die Gefühle, die Bastien in ihr auslöste, so überwältigend, dass sie nicht bereit war, sie aufgrund unsicherer Spekulationen aufzugeben. Sie war sich sicher, dass sie alle Hindernisse, die Chris in den Weg stellen mochte, überwinden konnte.

»Also kein Geknutsche mehr?«, fragte sie zerknirscht.

Sein Gesicht spiegelte eine Mischung aus Erleichterung und Bedauern wider. »Ja.«

»In Ordnung.« Sie stellte sich auf die Zehenspitzen, beugte sich vor und presste ihren Mund auf seine samtweichen Lippen.

Niemand schmeckte besser als Bastien. Und niemand küsste besser. Und auch wenn er offenbar davon überzeugt war, dass es eine schlechte Idee war, die Initiative zu ergreifen, ging er nicht so weit, sich ihr zu entziehen.

Stattdessen legte er die Arme um ihre Taille, während sie ihre um seinen Nacken schlang.

Melanie drückte ihn gegen die Wand und kuschelte sich eng an seine muskulöse Gestalt.

Bastien stöhnte kehlig auf. »Du hast nicht vor, es mir leicht zu machen, stimmt's?«

Sie grinste und presste ihr Becken fest gegen seine Hüften. »Stimmt.«

Er lächelte. »Du wirst nicht aufgeben, hab ich recht?«

Sie sah zu ihm auf, studierte seine durchdringend leuchtenden Augen und sein Gesicht. Es wirkte jetzt entspannter, da er sich ein Lächeln nicht verkneifen konnte. »Nein«, sagte sie ernst. »Ich weiß nicht, wann ich mich zum letzten Mal so gut gefühlt habe, Bastien.«

Sein Lächeln verschwand. »Mir geht es genauso.«

»Bloß weil es anderen möglicherweise nicht gefallen könnte, werde ich mich nicht davon abhalten lassen zu sehen, wohin das zwischen uns führt. Dafür ist mir das zu wichtig.«

Er streichelte ihr über das Haar. »Du bist so mutig. Ich wünschte, ich hätte auch so viel Mut.«

Sie hob eine Augenbraue. »Aber den hast du. Du hast dich heute Nacht ganz allein mit einer ganzen Menge Soldaten angelegt.«

»Das habe ich für dich getan.«

»Na dann …« Ihre Hand wanderte über seinen Oberkörper. »Was uns betrifft, wünsche ich mir, dass du einfach deinen Gefühlen folgst und nicht pausenlos darüber nachdenkst, was das Beste für mich ist. Wenn du mich nicht küssen möchtest, weil du nicht interessiert bist …«

»Du weißt, dass ich es bin«, sagte er schroff.

»Dann hör auf zu denken und folge deinen Gefühlen.«

»Wenn ich das tue, wird es Konsequenzen haben.«

»Um die kümmern wir uns dann, wenn es so weit ist.« Ihr entging nicht, dass er sie nicht von sich wegschob. »Also – bist du bereit für den nächsten Schritt?«

»Kumpel, ich an Ihrer Stelle würde mir so ein Angebot nicht entgehen lassen«, sagte Sheldon, der in diesem Augenblick den Korridor hinuntergeschlendert kam. »Melanie ist verdammt heiß und Sie … na ja, Sie sind eben Sie.«

Nachdem sich Melanie widerwillig von Bastien gelöst hatte (wobei sie erfreut registrierte, dass er zögerte, sie loszulassen), reichte Sheldon ihr einen Stapel zusammengelegter Kleidung.

Sie nahm ihn entgegen. »Vielen Dank.«

Er nickte und musterte sie und Bastien prüfend. »Ich kann mit dem Aufwärmen der Pastete auch gern noch etwas warten, wenn Sie beide erst Sex haben wollen. Sagen Sie mir einfach Bescheid, dann setze ich meine Kopfhörer auf und drehe Disturbed auf – für den Fall, dass einer von ihnen dazu neigt, dabei laut zu werden.« Sein Blick wanderte zu Bastien.

Melanie lachte.

Der Unsterbliche zog ein böses Gesicht. »Wie kommt es, dass Richart ihm noch nicht den Hals umgedreht hat?«

»Das fragen ihn seine Geschwister auch dauernd.«

»Und Ami ebenso«, fügte Bastien mit einem gemeinen Grinsen hinzu.

Besorgnis huschte über Sheldons Gesicht. »Wirklich? Hat sie das zu Ihnen gesagt? Hat sie es auf mich abgesehen? Sie hat es doch nicht auf mich abgesehen, oder?«

Wow! Offenbar hatte er wirklich Angst vor Ami. Wusste er, was sie war? Dass sie anders war? Oder ging es um etwas, von dem Melanie nichts wusste?

»Das kann ich nicht genau sagen«, erwiderte Bastien bedächtig. »Ich vermute, dass es zumindest teilweise davon abhängt, wie Sie mich während meines Aufenthalts hier behandeln. Ami und ich sind enge Freunde, wissen Sie.«

Sheldon schluckte. »Ehrlich?«

»Ja.« Melanie fragte sich, warum sich Bastien keine Sorgen machte, dass Ami mit ihm in Zusammenhang gebracht wurde. Aber dann wurde ihr klar, dass das nicht nötig war. Seth würde jeden töten, der Ami schlecht behandelte.

Sheldon lachte gezwungen und schlug Bastien auf die Schulter. »Kumpel, das mit dem Schreien beim Sex war doch nur ein Scherz. Wollen Sie, dass ich mit der Pastete noch warte? Es macht mir wirklich nichts aus.«

»Nein.« Bastien lächelte Melanie reumütig an. »Gehen Sie ruhig, und wärmen Sie die Pastete auf. Wir kommen gleich nach.«

»Ja, Sir. Und falls Sie es sich anders überlegen sollten, kein Problem. Ich halte sie gern für Sie warm.« Er warf Melanie einen Blick zu, grinste mit nach oben gestreckten Daumen und eilte dann den Korridor hinunter.

Bastien schüttelte den Kopf. »Komischer Typ.«

Melanie lächelte. »Ich kann verstehen, warum Richart ihn mag.«

»Und ich verstehe, warum Ami ihn *nicht* mag.«

Melanie lachte.

Bastien trat zu ihr und drückte ihr einen zarten Kuss auf die Lippen. »Treffen wir uns in zehn Minuten wieder hier?«

Seine Berührung ließ ihren Puls, der sich gerade erst beruhigt hatte, wieder schneller schlagen. »Mach fünfzehn Minuten daraus. Wenn meine Haare feucht sind, brauche ich etwas länger zum Kämmen.«

»Lass dir Zeit. Ich werde da sein.«

Sie lächelte und stibitzte sich einen Kuss. »Ich auch.«

9

»Sir?«

Emrys, der gerade dabei gewesen war, seine Gäste zu begrüßen, drehte sich um, sah den grimmigen Ausdruck im Gesicht seines Soldaten und knirschte mit den Zähnen. Er machte eine warnende Geste, damit der Soldat nicht unbedacht mit seinen Neuigkeiten herausplatzte, dann drehte er sich wieder zu seinen Gästen um und zauberte ein falsches Lächeln auf seine Lippen. »Entschuldigen Sie mich für eine Minute. Gehen Sie doch schon mal vor in mein Büro, ich bin sofort bei Ihnen.«

Die beiden Besucher nickten und gingen voraus.

Emrys zog die Tür hinter sich zu. »Was ist los?«, fragte er den Soldaten leise.

»Wir haben den Kontakt zu Team Viper verloren.«

»Herrgott noch mal. Ich habe Ihnen gesagt, dass Sie auf keinen Fall mit einem Team im Einsatz Kontakt aufnehmen sollen. Das leiseste Geräusch über Funk, ja selbst der Vibrationsalarm eines Handys verrät dem Feind die Position unserer Leute.«

»Ja, Sir. Deshalb haben wir auch gar nicht versucht, mit einem unserer Teams Kontakt aufzunehmen. Allerdings haben die Soldaten den Befehl, sich jede volle Stunde bei uns zu melden. Entweder indem sie über das Walkie-Talkie ein paar Klickgeräusche übermitteln oder indem sie uns anrufen und zur Tarnung ein paar im Voraus abgesprochene, unauffällige Fragen stellen. Jeder, der dank eines übernatürlich scharfen Gehörsinns in der Lage ist, uns zu belauschen, würde annehmen, dass es sich um das Telefongespräch eines Studenten handelt, der auf dem Campusgelände wohnt. Aber Team Viper hat seit zwei Stunden nichts mehr von sich hören lassen. Da herrscht Grabesstille.«

»Keiner der Soldaten hat von sich hören lassen?«

»Exakt, Sir. Sollen wir versuchen, sie über ihre Walkie-Talkies zu erreichen? Oder einen der Männer auf seinem Handy anrufen?«

»Nein. Schick Black Mambo zur UNC. In voller Montur.« Er wollte sich gerade wegdrehen, hielt aber dann inne und dachte nach. »Wo ist Team Taipan?«

»An der North Carolina Central University.«

»Sag ihnen, dass sie Black Mambo an der UNC treffen sollen.«

»Ja, Sir.«

Emrys betrat sein Büro und schloss die Tür hinter sich. »Meine Herren – ich danke Ihnen für Ihr Kommen.« Er deutete auf die Stühle, die vor seinem Schreibtisch bereitstanden. »Bitte setzen Sie sich und fühlen sie sich ganz wie zu Hause.«

»Wie ist es Ihnen ergangen?«, erkundigte sich Donald und nahm auf dem rechten Stuhl Platz, während sich Nelson auf den linken setzte. »Ich habe nichts mehr von Ihnen gehört seit … seit dieser Sache.«

Emrys biss unwillkürlich die Zähne zusammen, sorgte aber gleichzeitig dafür, dass das Lächeln nicht aus seinem Gesicht verschwand, während er den Schreibtisch umrundete und dahinter Platz nahm.

Donald und er hatten sich nicht mehr gesehen, seit Emrys unehrenhaft aus dem Militärdienst ausgeschieden war.

»Mir geht es hervorragend. Ich war sehr beschäftigt.«

Donald nickte. »Es hat mich überrascht zu hören, wer mein Konkurrent war.«

Darauf wette ich, dachte Emrys. Ein Jahr, nachdem sie Emrys rausgeschmissen hatten, war Donald in den Ruhestand gegangen. Aber *er* hatte eine Abschiedsparty bekommen. *Ihn* hatten sie gebeten zu bleiben. Er hatte sogar eine Beförderung abgelehnt.

Danach hatte Donald dasselbe getan wie Emrys: Er war in das professionelle Militärgeschäft eingestiegen. Mehr Geld. Weniger persönliches Risiko. Und – *sieh's ein*, wie Emrys' Sohn häufig sagte: Söldner hatten die bessere Erfolgsquote.

Nelson war Donalds rechte Hand. Emrys traf ihn heute zum ersten Mal, und er fragte sich, ob dieser auf ihn herabsah, weil er von *dieser Sache* gehört hatte, oder ob er sich nur deshalb wie ein arroganter Arsch verhielt, weil er und Donald erfolgreicher waren als er.

Das hatte er den Unsterblichen Wächtern zu verdanken. Inzwischen war Emrys davon überzeugt, dass sie diejenigen gewesen waren, die ihm Amiriska weggeschnappt hatten, auch wenn es ihm rätselhaft war, was sie mit der Außerirdischen wollten.

Obwohl nur eine Handvoll Männer von den Experimenten gewusst hatte, die sie in seiner Einrichtung in Texas durchführten, waren die Verluste, die seine Firma durch das Eingreifen der Unsterblichen erlitten hatte, immens. Die vielen Lügen, die er hatte erzählen müssen, damit niemand herausfand, was dort vor sich gegangen war, hatten seine Glaubwürdigkeit schwer erschüttert.

Aber von jetzt an würde alles anders werden.

»Ich war ebenfalls überrascht«, sagte Emrys schließlich.

»Ich habe gehört, dass Sie vor zwei, drei Jahren reichlich Probleme hatten. Das ist ein ziemlich unberechenbares Geschäft, stimmt's?«

Einfach weiterlächeln. Du brauchst das Geld von diesem Arschloch. »Da haben Sie zweifellos recht. Aber momentan sind die Aussichten exzellent.«

Donald und Nelson wechselten einen zweifelnden Blick. »Ach ja?«

»Wie meinen Sie das?«, wollte Nelson wissen.

»Kein Wort von dem, worüber wir jetzt sprechen, verlässt diesen Raum«, warnte Emrys.

»Einverstanden«, sagte Donald, und beide Männer nickten.

»Ich habe vor Kurzem etwas entdeckt, das mich zu einem sehr reichen Mann machen wird. Ich würde sogar so weit gehen zu sagen, dass es mich zu einem der reichsten Männer der Erde machen wird. Und wenn Sie Ihre Karten richtig ausspielen, dann können Sie mit mir zusammen triumphieren.«

»Haben Sie etwa mit der Lottofee geschlafen?«, witzelte Nelson.

Emrys schüttelte den Kopf, dieses Mal war sein Lächeln echt. »Noch viel besser.«

»Worüber reden wir hier?«, fragte Donald. »Waffen? Biowaffen? Drohnen? Software?«

»Ich habe eine Möglichkeit gefunden, das zu produzieren, was jede Nation und jede Rebellenarmee auf diesem Planeten haben will: den ultimativen Supersoldaten.«

Donald schnaubte verächtlich. »So ein Blödsinn. Wir haben schon Supersoldaten: Nämlich Männer, denen es völlig gleichgültig ist, wen sie umlegen – solange sie dafür bezahlt werden. Was Besseres bekommen wir nicht.«

»Oh doch, es gibt was Besseres.« Emrys beugte sich vor und stützte sich mit den Ellbogen auf die Knie. »Wenn ich von Supersoldaten spreche, spreche ich nicht von Psychologie. Ich meine die körperlichen Merkmale. Eine Armee von Männern, die schneller und stärker sind als jeder andere auf diesem Planeten. Männer, die sich innerhalb weniger Minuten von jeder Verletzung erholen. Eine Armee, deren bloße Existenz Kriege auslösen wird, weil jeder sie auf seiner Seite wissen will.«

Den beiden Männern war ihr Interesse deutlich anzusehen. Wieder wechselten sie einen Blick, aus dem sowohl Zweifel als auch Neugier sprach.

Nelson ergriff das Wort. »Wenn es hier um Steroide geht oder um …«

»Steroide bewirken keine beschleunigte Selbstheilung, wenn man angeschossen wurde. Sie befähigen einen auch nicht dazu, ohne Nachtsichtgeräte in der Dunkelheit sehen zu können.«

»Und wie zur Hölle soll das möglich sein?«

»Bevor ich Ihnen das zeige, möchte ich eines wissen: Falls es mir gelingt, das zu liefern, was ich soeben beschrieben habe, möchte ich, dass wir zu einer geschäftlichen Vereinbarung kommen. Ich habe das Produkt, Sie verfügen über das Kapital und die nötigen Verbindungen.«

Nelson öffnete den Mund, um etwas zu sagen.

Aber Donald legte eine Hand auf seinen Arm. »Wenn Sie uns tatsächlich das liefern, was Sie uns soeben in Aussicht gestellt haben … dann bekommen Sie das Geld, das Sie dazu brauchen. Das wird ein Gemeinschaftsunternehmen.«

»Dann haben wir eine mündliche Vereinbarung?«

»Die haben wir.«

Emrys erhob sich. »Dann schlage ich vor, dass Sie mit mir kommen.«

Bastien sah Melanie dabei zu, wie sie eine ordentliche Portion von der Pastete herunterschlang, und fühlte sich schuldig, weil er nicht schon früher etwas zu essen angeboten hatte. »Es tut mir leid.« Er aß noch einen Happen von dem delikaten Gericht.

Sheldon hatte nicht übertrieben. Das Essen war wirklich gut. Richart war ein ausgezeichneter Koch.

Wie schafften diese Unsterblichen Wächter das nur? Gab es irgendwas, das sie nicht konnten?

»Was tut dir leid?«, erkundigte sich Melanie zwischen zwei Bissen.

Sie hatten es sich in Richarts Esszimmer gemütlich gemacht. Melanie saß am Kopf des Tischs, der etwa halb so groß war wie der von David, und Bastien hatte zu ihrer Linken Platz genommen.

»Ich habe nicht daran gedacht, dich zu fragen, ob du schon etwas gegessen hast, bevor du mit uns auf die Jagd gegangen bist.«

Ungeduldig wedelte sie mit der Gabel vor seiner Nase herum. »Mach dir deswegen keine Gedanken. Um ehrlich zu sein, ich habe selbst nicht daran gedacht. Das passiert mir manchmal.« Sie nippte an ihrem Tee. »Manchmal bin ich so beschäftigt und abgelenkt, dass ich stundenlang nicht auf die Uhr schaue und schlichtweg vergesse, etwas zu essen.«

»Und die letzte Nacht war noch hektischer und ablenkender als die meisten anderen, kann ich mir vorstellen.«

Sie lachte. »Ja, das war sie.« Mit der Gabel spießte sie einen kleinen braunen Würfel auf. »Wenn diese Pastete kein Fleisch enthält, was sind das dann für Dinger?«

Er lächelte. Offenbar war sie nicht so eine Gesundheitsfanatikerin wie die Unsterblichen. »Tofu.«

Sie wirkte überrascht. »*Das* ist Tofu?«

Er nickte.

»Ich habe immer geglaubt, dass Tofu ungefähr so fade schmeckt wie Schuhsohle. Aber das hier ist einfach köstlich.«

Er lachte. »Ich kann mir vorstellen, dass es tatsächlich fade schmeckt, wenn man es nicht richtig mariniert.« Er trank noch einen Schluck von seinem Tee und aß einen weiteren Happen Pastete, während er sie weiter beim Essen beobachtete.

Wann hatte er zum letzten Mal mit einer Frau zusammen gegessen?

Soweit er sich erinnerte, hatte er das nicht mehr getan, seitdem er verwandelt worden war. Danach war es ihm immer nur ums Überleben gegangen und darum, den Tod seiner Schwester Cat zu rächen.

Und seinen Vampirbrüdern zu helfen.

Innerlich fluchte er. Obwohl es inzwischen fast zwei Jahre her war, dass er sich den Unsterblichen angeschlossen hatte, betrachtete er sich immer noch die meiste Zeit über als Vampir.

Melanie grinste. »Das ist der Grund, warum ich dich nie zum Abendessen eingeladen habe. Ich kann überhaupt nicht kochen.«

Er nippte wieder an seinem Getränk und studierte sie über den Rand seines Glases hinweg. »Du hast darüber nachgedacht, mich zum Essen einzuladen?« Er stellte das Glas auf den Tisch. »Bevor … das alles passiert ist?«

Sie nickte und stocherte in ihrem Gemüse herum, den Blick fest auf ihren Teller gerichtet. »Ich habe mich immer gern mit dir unterhalten, wenn du beim Netzwerk vorbeigekommen bist, um Cliff und Joe zu besuchen.«

Das war ihm genauso gegangen. Und auch wenn er sich dafür schämte, es zuzugeben, hatte er sich sogar noch mehr drauf gefreut, Melanie zu sehen, als auf seine Freunde. Und das lag nicht nur daran, dass sie hübscher war als die Vampire. »Ich habe das auch immer sehr genossen.«

Als sie aufsah, lächelte sie. »Wahrscheinlich hätte ich mich irgendwann getraut, dich zum Essen einzuladen. Ich nehme an, dass euch niemand verbietet, euch mit Frauen zu treffen?«

Ihm war nichts Gegenteiliges bekannt. »Richart tut es.«

Sie nickte. »Und heute Nacht hat er mich davor bewahrt, das Internet nach einem Rezept zu durchforsten, das nicht nur leicht genug ist, um es nachzukochen, sondern auch noch lecker.«

Er lächelte. »Solange du diejenige bist, der ich beim Essen

gegenübersitze, ist es mir egal, was es ist. Da würde ich auch mit Käse und Cracker vorliebnehmen.«

Melanie streckte die Hand aus und legte sie auf seinen Unterarm. »Das ist so süß von dir.«

Bastien nahm ihre Hand in die seine und streichelte sie zärtlich. »Wenn du so etwas vor den anderen Unsterblichen sagen würdest, dann würden sie dich für durchgeknallt halten.«

Sie zuckte mit den Achseln. »Aber nur, weil sie dich nicht wirklich kennen.«

Wenn sie tatsächlich glaubte, dass er ein netter Kerl war, dann konnte das nur daran liegen, dass sie ihn *weniger* gut kannte als die anderen. Und ein Teil von ihm hoffte, dass das auch immer so blieb. Er wollte nicht, dass sie diese Seite von ihm kennenlernte.

»Dann betrachten wir diesen Abend als offizielles Date?«, fragte er neckend.

Sie lächelte. »Das erste von vielen, hoffe ich.«

So etwas wie Hoffnung kam in Bastiens Wortschatz schon lange nicht mehr vor. »Ich muss das einfach fragen … wie mache ich mich?«

Sie drückte seine Hand. »Sehr gut. Ich gebe zu, ich bin schlicht hingerissen. Ist das nicht ein Wort, dass man in deinem Jahrhundert benutzt hätte?«

»Das ist es.« Und er war mehr als das.

Sie wandten sich wieder ihrem Mahl zu, ohne die Hand des anderen loszulassen.

»Aber eine Sache macht mich ja doch neugierig«, sagte er nach einer Weile, und es machte fast den Eindruck, als hätte er Angst, die behagliche Stille zu durchbrechen.

Fragend hob sie die Augenbrauen.

»Wie kommt es, dass du für das Netzwerk arbeitest? Ich habe nie erfahren, auf welche Art sie neue Mitarbeiter rekrutieren.«

»Sie haben mich nicht direkt rekrutiert, sondern eher gefunden«, erklärte sie. »In meinem ersten Jahr auf dem College wurde meine Mitbewohnerin in unserem gemeinsamen Zimmer im Studentenwohnheim getötet.«

Nun, sie lebten in einer gewaltbereiten Gesellschaft – er war über sich selbst erstaunt, weil es ihn dennoch überraschte. »Das tut mir leid. Bist du auch verletzt worden?«

»Nein. Als es passiert ist, war ich gerade mit meiner Lerngruppe zusammen. Und als ich zurückkam in unser Zimmer, habe ich ihren Leichnam gefunden.«

»Standet ihr euch nah?«

»Nicht sehr. Sie hat mich ziemlich genervt, da sie ständig laute Musik gehört und neue Lover angeschleppt hat, während ich wie ein Verrückte gelernt habe, um mein Stipendium behalten zu können. Ich war der Streber und sie die Partymaus, so könnte man das wohl ausdrücken. Aber es gab auch Momente, in denen sie nicht die schlechteste Mitbewohnerin der Welt war. Nicht so viele, wie ich mir gewünscht hätte, aber …« Sie schüttelte den Kopf. »Auch wenn ich sie nicht besonders gemocht habe, so etwas hatte sie nicht verdient.«

»Natürlich nicht.«

»Normalerweise interessieren sich die Cops als Erstes für den festen Partner des Mordopfers, aber sie hatte sehr viele Männerbekanntschaften. Ich selbst stand schnell nicht mehr unter Verdacht, weil ich durch meine Lerngruppe ein wasserdichtes Alibi hatte. Dennoch bat mich die Polizei um eine DNA-Probe, damit sie die DNA-Spuren am Tatort besser zuordnen konnten. Als ich sie ihnen gab, brach die Hölle los. Sie sagten, dass meine DNA ungewöhnlich wäre und dass sie etwas gefunden hätten, das keinen Sinn ergeben oder nicht dorthin gehören würde.«

Bastien umgriff Melanies Hand fester. »Bist du eine *Begabte*, Melanie?«

Sie nickte. »Sie wollten, dass ich ins Krankenhaus gehe, damit sie ein paar Tests machen konnten. Ich habe mich total aufgeregt, weil ich fürchtete, eine unheilbare genetische Krankheit oder so etwas zu haben.«

»Das kann ich mir vorstellen.«

»Dann tauchten zwei Männer auf und stellten sich mir als Chris Reordon und Seth vor. Das medizinische Personal um mich herum bekam auf einmal seltsam ausdruckslose Gesichter, sie drehten sich auf dem Absatz um und verließen das Zimmer.«

»Seth hat ihre Erinnerungen an dich ausgelöscht?«

»Ja. Und Mr Reordon hat sich darum gekümmert, alle Beweise zu vernichten, sowohl die, die die Polizei gesammelt hat, als auch die, die im Computer gespeichert waren. Ich weiß immer noch nicht, wie er das hinbekommen hat.«

»Er mag vielleicht ein Arschloch sein, aber ich habe gehört, dass er Wunder bewirken kann.«

»Das kann er in der Tat. Sie haben mir erklärt, was ich bin und warum ich mich von anderen unterscheide. Als ich erwähnt habe, dass ich gern Medizin studieren wollte, hat Mr Reordon mich gefragt, ob ich einen Job haben möchte. Und ich sagte ja. Das Netzwerk hat meine Studiengebühren übernommen und na ja … den Rest kennst du ja.«

Bastien fragte sich, ob es für ihn eher günstig oder ungünstig war, dass Chris Melanie schon so lange kannte … was würde er dazu sagen, wenn sie sich ihrer Leidenschaft für ihn hingab? Würde er sich verraten fühlen und noch wütender werden? Oder würde er versuchen, mit Bastien klarzukommen, damit er ihr weiter sein Vertrauen schenken konnte, um nicht ihre gemeinsame Zusammenarbeit zu gefährden?

»Worin besteht deine Begabung?«, fragte er neugierig. In der Zeit, die sie zusammen verbracht hatten, hatte er nichts Besonderes bemerkt.

Sie zog die Nase kraus. »Man könnte sagen, dass ich Vorahnungen habe, aber eigentlich sind sie nicht der Rede wert. Manchmal weiß ich, dass das Telefon klingeln wird, bevor es passiert. Oder dass ein Paket abgeliefert wird. Oder ich weiß, wann und wo ich einen Barhocker schwingen muss, um einen Kampf zwischen einem starrköpfigen Unsterblichen und seinem Vampirfreund zu beenden.«

Er lächelte. Kein Wunder, dass sie so gut darin war, den nächsten Schritt eines Vampirs im Kampf vorherzusehen.

»Manchmal habe ich ein ... ungutes Gefühl ... wenn etwas Schlimmes passieren wird. Zum Beispiel in der Nacht, als meine Eltern bei einem Unfall ums Leben kamen. Ich hatte dieses Gefühl auch an dem Tag, als Vincent seinen letzten Anfall hatte. Und in der Nacht, als Dana getötet wurde.«

Während er die letzten Bissen von seiner Pastete aß, dachte er darüber nach. Je jünger ein Unsterblicher war, desto schwächer war seine oder ihre Begabung ausgebildet. Seth behauptete, dass das daran lag, dass die Blutlinie der *Begabten* im Laufe der Jahrhunderte verwässert worden war, wenn diese mit Sterblichen Kinder gezeugt hatten. Sarah war sich nicht einmal darüber klar gewesen, dass sie eine Gabe besaß, eine Gabe, die der von Melanie sogar recht ähnlich war. Sarah hatte prophetische Träume, nur dass man diese nicht allzu wörtlich nehmen durfte. Nach dem zu schließen, was Bastien bei David gehört hatte, kamen in diesen Träumen Symbole vor, die entschlüsselt werden mussten. Wenn Roland beispielsweise eine lebensgefährliche Situation bevorstand, dann träumte Sarah nicht eins zu eins, was sich in dieser Situation ereignen würde. Stattdessen träumte sie von Tornados oder irgendwelchem anderen Blödsinn.

»Hattest du auch ein ungutes Gefühl, ehe wir heute Nacht auf die Jagd gegangen sind?«

Sie zögerte. »Ja.«

»Und warum hast du nichts gesagt?«

»Weil ich gedacht habe, dass es nur die Nerven sind. Dass meine Ängste mit mir durchgehen. Ich habe mir deinetwegen Sorgen gemacht, gleichzeitig habe ich mich darauf gefreut, mit dir Zeit zu verbringen, und dann war ich aufgeregt, zum ersten Mal auf Vampirjagd zu gehen …«

Was war er doch für ein Blödmann. Melanie besaß ein inneres Frühwarnsystem, das ihr sagte, wenn sich etwas Schlimmes ereignen würde, und statt Anteilnahme zu empfinden, war er innerlich vor Freude total von den Socken, weil sie sich darauf gefreut hatte, mit ihm Zeit zu verbringen.

»Ich war mir auch nicht ganz sicher, wie ich diese *Begabten*-Sache überhaupt zur Sprache bringen sollte«, fuhr sie fort. »Ich wollte nicht, dass du den Eindruck bekommst …« Sie lachte verlegen und versuchte, ihm ihre Hand zu entziehen.

Aber Bastien ließ sie nicht los. »Erzähl's mir.« Er spürte ihren Widerwillen und war neugierig zu erfahren, warum sie rot wurde.

Sie seufzte. »Mir ist klar, dass du weißt, dass ich auf dich stehe, und ich wollte nicht, dass es so aussieht … dass es so aussieht, als ob ich mich selbst anpreise, indem ich so etwas sage wie: ›Hey, du musst unbedingt mit mir ausgehen, weil ich verwandelt werden kann‹ … oder so was in der Art.«

Sie hatte recht. Sie konnte *tatsächlich* verwandelt werden. Wenn er geglaubt hätte, dass sie zusammen sein könnten, ohne dass die anderen ihr deswegen die Hölle heißmachten, würde er jetzt vor Freude juchzend durch die Gegend springen.

»Hast du darüber nachgedacht … dich verwandeln zu lassen?« *Sehr subtil.*

Sie nickte. »Ja, ein paarmal habe ich ernsthaft darüber nachgedacht. Aber ich bin noch nicht wirklich bereit, die Sonne aufzugeben.« Sie lächelte traurig. »Oder meine Lieblingsspeise.

Ich weiß, das klingt lächerlich, aber so ist es nun mal. Ich weiß, dass ihr Unsterblichen nur naturbelassene Lebensmittel esst, aber ich stehe nun mal total auf Fast Food und Snacks.«

»Ich sage dir das ja nur ungern, aber diese Lieblingsspeisen, von denen du da sprichst, würden nach einer Verwandlung ganz anders schmecken.«

Sie runzelte die Stirn. »Tatsächlich? Warum?«

Er deutete auf seine Nase und seine Augen. »Unser Geruchs- und unser Sehsinn sind nicht die einzigen Sinne, die sich während der Verwandlung schärfen. Dasselbe gilt für unseren Geschmackssinn.«

Cool. »Dann schmecken meine Lieblingsspeisen nach der Verwandlung also noch besser?«

»Vor hundert Jahren hätte ich ja gesagt. Aber jetzt ... wir Unsterblichen schmecken jede Zutat.« Mit dem Kinn deutete er auf die Pastete. »Ich schmecke jedes Gewürz und jedes Gemüse in dieser Pastete und könnte dir genau sagen, welche Mengen verwendet wurden.«

Melanie war vielleicht nicht in der Lage, die genaue Menge der Zutaten anzugeben, aber die Gewürze und verschiedenen Gemüse schmeckte sie auch. »Und ...?«

Er lächelte entschuldigend. »Und ich merke eben auch den Unterschied zwischen echter Vanille und synthetisch hergestelltem Vanillin. Oder den Unterschied zwischen einer Bioschokolade mit dreiundsiebzig Prozent Kakaoanteil und einem dieser Schokoriegel, die ich dich essen gesehen habe – die nur fünfundzwanzig Prozent Kakao enthalten und den geschmacklichen Unterschied mit pflanzlichen Ölen und Geschmacksverstärkern ausgleichen. Für mich ist der Unterschied genauso groß wie der, den du zwischen einem Bratwürstchen und einem Tofuwürstchen schmecken würdest.«

Verblüfft starrte Melanie ihn an. »Willst du damit sagen, dass meine Lieblingsspeisen nach der Verwandlung total scheiße schmecken würden?«

»Nicht die, die aus naturbelassenen Nahrungsmitteln hergestellt sind.«

»Ich esse aber kein Bio-Essen!«

Er deutete auf die Pastete. »Die hier besteht ausschließlich aus naturbelassenen Nahrungsmitteln. Und die magst du doch auch, oder?«

»Ja, schon …« Dann fügte sie erschüttert hinzu: »So ein Mist.«

»So schlimm ist das gar nicht. Ich habe gehört, wie Sarah gesagt hat, dass die Umstellung heutzutage nicht so hart ist, wie sie es vor vierzig Jahren gewesen wäre. Das liegt daran, dass es heutzutage von den meisten Sachen eine Bio-Version gibt. Und zu den Vorteilen gehört es, dass man – zumindest beinahe – unsterblich ist, niemals alt oder krank wird.«

»Was auch der Grund ist, warum ich wahrscheinlich irgendwann darum bitten werde, verwandelt zu werden. Aber jetzt noch nicht.« Sie zwinkerte ihm zu. »Ich stehe einfach zu sehr auf Fast Food.«

Er lachte.

Sie drückte seine Hand und wurde ernst. »Hör zu. Da wir inzwischen mehr Zeit miteinander verbringen, und in Anbetracht der Tatsache, dass ich gerade beinahe gestorben wäre, möchte ich dir gern etwas sagen. Falls mir etwas passieren sollte …«

»Dir wird nichts passieren. Das würde ich nicht zulassen.«

Sie ließ die Gabel sinken und legte auch die andere Hand auf ihre miteinander verschränkten Finger. »Lass mich bitte ausreden.«

Er nickte zwar, schwor sich aber im Stillen, dass er alles tun würde, was in seiner Macht stand, damit sie nie wieder in Lebensgefahr geriet.

»Falls ich tödlich verwundet werden sollte und das Netzwerk mich nicht retten kann und auch keine Unsterblichen mit Heilkräften in Reichweite sind – dann möchte ich verwandelt werden.«

Ihr Vertrauen und ihre Überzeugung, dass er dafür sorgen würde, dass man ihren Wunsch respektierte, strömten dank seiner Gabe auf ihn ein und ließen sein Herz schneller schlagen. »Bist du sicher?«

»Ja, ich bin mir sicher.« Sie lächelte schwach. »Und auch wenn ich Fast Food liebe, bin ich nicht der Ansicht, dass ich ohne nicht weiterleben könnte. Na ja, und die Sonne kann ich immer noch aus der Entfernung genießen. Ich bin vielleicht nicht mehr in der Lage hinauszugehen und darin zu baden ...«

Lächelnd genoss er das Bild, das ihre Worte vor seinem geistigen Auge heraufbeschworen.

»... aber ich kann die Vorhänge offen stehen lassen, ohne mich direkt den Sonnenstrahlen auszusetzen.«

Er nickte und drückte ihre Hand. »Wie du möchtest.«

»Ich danke dir.«

»Ich fühle mich geehrt, dass du mir dein Vertrauen schenkst.«

Aus irgendeinem Grund schien sie über seine Worte erfreut zu sein, was dazu führte, dass auch er sich freute.

Als sich Melanie vorbeugte, um ihn zu küssen, trafen sie sich auf halber Strecke.

»Wollt ihr mich verarschen?«

Als urplötzlich Richarts wütende Stimme im Zimmer ertönte, zuckte Melanie zusammen.

Bastien fluchte leise. Das war der Nachteil an Personen, die die Begabung zur Teleportation hatten. Man wusste nie, wann sie auftauchten.

»Ich reiße mir ein Bein aus, um Chris davon abzuhalten, dir einen Strick aus dem zu drehen, was vergangene Nacht passiert ist – an dem Strick würde er dich im Übrigen umgehend aufknüpfen, wenn er könnte –, und ihr genießt hier in aller Seelenruhe ein Candle-Light-Dinner?« Seufzend fuhr sich Richart durchs Haar, zog sich einen Stuhl heran und setzte sich zu ihnen. »Wie dem auch sei, ich kann euch verstehen. Ist noch etwas von der Pastete übrig?«

»Ich weiß nicht«, erwiderte Bastien. »Sheldon hat sie für uns aufgewärmt.«

Richart pfiff durchdringend.

In einiger Entfernung war ein dumpfer Aufprall im Haus zu hören. »Verdammt noch mal! Tu das nie wieder!«, rief Sheldon. »Du hast mir einen Höllenschreck eingejagt!«

Richart grinste belustigt. »Ich liebe Sekundanten.«

Melanie lachte.

Sogar Bastien konnte sich ein Grinsen nicht verkneifen, als Sheldon aufgebracht ins Zimmer gestürmt kam, wobei er sich den Ellbogen rieb. »Alter, wenn du das nächste Mal vorhast, den Teufel persönlich zum Abendessen einzuladen, dann warne mich bitte vor.«

Bastien zeigte ihm den Stinkefinger.

Richart warf seinem Sekundanten einen Blick zu. »Ist noch was von der Pastete übrig?«

»Ja. Soll ich sie dir aufwärmen? Du siehst erschöpft aus.«

»Pack sie ein, damit ich sie mitnehmen kann. Wir werden bei David erwartet. Ich kann sie dort aufwärmen und essen.«

»In Ordnung.« Sheldon ging in die Küche.

»Ist es dir gelungen, Reordon zu besänftigen?«, wollte Bastien wissen.

Richart schüttelte den Kopf. »Wie ich schon sagte, er würde dich am nächsten Baum aufknüpfen lassen – wenn er könnte. Oder dir wenigstens einen ordentlichen Denkzettel verpassen. Wenn dieser Mann ein *Begabter* wäre, dann würde er sich wahrscheinlich nur verwandeln lassen, um dir endlich mal einen ordentlichen Arschtritt verpassen zu können.«

Melanie streichelte Bastiens Hand, ihre ganze Sympathie gehörte *ihm*.

Verdammt, fühlte sich das gut an! Und noch mehr erstaunte es ihn, dass auch Richart auf seiner Seite zu sein schien.

»Du lässt nach, Alter. Du wirst auf deine alten Tage doch nicht weich werden?«, stichelte Bastien.

»Zum Henker, nein. Ich hab im Moment nur wichtigere Sachen im Kopf, als mich mit dir zu streiten.«

Melanie zog die Augenbrauen zu einem dunklen Strich zusammen. »Geht es Jenna nicht besser?«

Richart richtete sich unbehaglich in seinem Stuhl auf, wobei sein Blick grimmig wurde. »Wo hast du diesen Namen her?«

Bastien ließ Melanies Hand los, beugte sich vor und legte den Arm in einer schützenden Geste vor ihr auf den Tisch. Jeder konnte sehen, dass sich Bastien sofort in den Kampf stürzen würde, wenn er das Gefühl bekam, dass Richart Melanie irgendwie bedrohte. »Pass auf, was du sagst.«

Melanie wirkte unbeeindruckt. »Der Name ist Sheldon rausgerutscht.«

Richart fluchte und verdrehte die Augen. »Der Junge ist ja ganz unterhaltsam, aber manchmal kann er einem auch echt den letzten Nerv rauben.«

In diesem Moment betrat Sheldon das Zimmer, in der Hand einen Proviantbeutel aus Stoff, in dem sich vermutlich Richarts Mahlzeit verbarg. »Sagst du«, entgegnete er und zwinkerte Melanie zu.

Bastien brodelte innerlich. Verdammt noch mal! Warum flirtete auf einmal jeder Mann auf diesem Planeten mit Melanie?

Richart nahm den Proviantbeutel entgegen und warf seinem Sekundanten einen tadelnden Blick zu.

»Was denn?«, verteidigte sich Sheldon. »Das hätte jedem passieren können. Alles, was ich gesehen habe, war ein großer Typ mit schwarzem Haar, deiner Figur und in schwarzer Jagdkluft, der in unserem Wohnzimmer einer Frau die Zunge in den Hals steckte. Ich habe nur eine logische Schlussfolgerung gezogen.«

Mit einem Seufzer richtete Richart seine Aufmerksamkeit wieder auf Bastien und nickte Melanie zu. »Ihr wisst, dass das jetzt nicht leicht wird, oder?«

»Der Gedanke ist mir in der Tat auch schon gekommen. Aber solange sie allein mir die Schuld geben, kann ich damit umgehen.«

»Und wenn nicht?«

Bastien lächelte schmallippig. »Wenn's nötig ist, werde ich eben ungemütlich.«

Melanie seufzte. »Ermutige ihn nicht noch, Richart.« Sie erhob sich. »Und vergesst eins nicht: Ich bin eine erwachsene Frau und kann auf mich selbst aufpassen. Wenn jemand mit meinen Gefühlen für Bastien ein Problem hat und glaubt, mich davon abbringen zu können, bloß weil er selbst nicht mit ihm klarkommt – ehrlich gesagt, dann können die mich mal an meinem sterblichen Hintern lecken.«

Sheldon lachte laut los, machte einen Schritt nach vorn und hob die Hand.

Melanie klatschte ab und warf Bastien einen Blick zu, der so viel besagte wie: *Bitte, da hast du's.* Diese Frau war wirklich unglaublich sexy. »Gut, aber jetzt müssen wir wirklich los. Schließlich werden wir bei David erwartet.«

Sie entschieden sich, mit dem Auto zu David zu fahren. Richart hatte in den letzten Stunden sich und andere so oft hin- und herteleportiert, dass seine Batterien leer waren, wie er es ausdrückte. Melanie verstand diese Bemerkung so, dass er noch mehr Blut trinken müsste, wenn er damit weitermachen wollte.

Seine spezielle Gabe war wirklich faszinierend.

Richart setzte sich hinter das Lenkrad, und Sheldon nahm auf dem Beifahrersitz Platz. Richart hatte ihr den Beifahrersitz zuerst angeboten, aber sie hatte ihn abgelehnt, damit sie es sich mit Bastien auf dem Rücksitz bequem machen konnte.

Die beiden Unsterblichen wirkten besorgt.

Melanie kuschelte sich an Bastien und spielte mit seiner Hand herum, während Sheldon im Takt zu *Skillet* mit dem Kopf wippte.

Es war eine angenehme Autofahrt. Melanie war in einem kleinen engen Apartment in der Stadt aufgewachsen. Sie hatten keinen Garten gehabt. Keine frische Luft. Nur eine konstante Geräuschkulisse. Als sie nach North Carolina gezogen war, hatte sie nachts den Fernseher laufen lassen, weil die ungewohnte Stille sie vom Schlafen abhielt.

Aber inzwischen liebte sie diese Stille. Natürlich war es nervig, dass die einzigen Geschäfte, die nach Mitternacht noch geöffnet hatten, Walmart und ein paar Tankstellen waren. Aber die frische Luft, der klare Sternenhimmel und die Landschaft …

Wie aufs Stichwort erfassten die Autoscheinwerfer in diesem Moment zwei Rehe, die neben der Straßeästen.

Bastien legte den Arm um sie.

Als sie aufsah, stellte sie fest, dass er sie lächelnd betrachtete.

»Ich wünschte, dieser Moment würde niemals enden«, sagte sie.

»Mir geht es genauso«, gestand er und verschränkte seine Hand mit der ihren, die immer noch damit beschäftigt war, mit seinen Fingern herumzuspielen.

Schließlich bog Richart in die lange Auffahrt zu Davids Haus. Er parkte hinter einem glänzenden schwarzen Prius und schaltete den Motor ab. Der Skillet-Song brach mitten im Satz ab.

Melanie hatte keine richtige Lust hineinzugehen. Chris hatte sich garantiert inzwischen ordentlich in Rage geredet und forderte Bastiens Kopf auf einem Silbertablett. In dieser Nacht hatte sie einfach keine Geduld für diese Art von Spielchen.

Den beiden Unsterblichen ging es offenbar genauso, denn keiner von ihnen machte Anstalten, aus dem Wagen zu steigen. Allerdings wechselten sie einen düsteren Blick im Rückspiegel.

»Was ist los?«, fragte sie.

»Es ist so still«, erklärte Bastien.

Richart nickte.

Aller kindlicher Übermut schien plötzlich von Sheldon abzufallen, und er zog zwei Zehn-Millimeter-Pistolen. »Hier draußen oder im Haus?«

Mit dem Kinn deutete Richart auf das Haus. »Da drin.«

Plötzlich war ein Summen zu hören, als sich der Vibrationsalarm eines Handys einschaltete. Bastien beugte sich vor und zog das Telefon aus seiner Gesäßtasche. Nachdem er einen Blick auf das Display geworfen hatte, zogen sich seine Augenbrauen zu einem dunklen Strich zusammen.

Er drehte das Handy so, dass Melanie einen Blick darauf werfen konnte. Die SMS war von Darnell:

Kommt rein, setzt euch und haltet den Mund.

Mit David sollte man sich heute Nacht besser nicht anlegen.

Warum war David so aufgebracht? War er es allmählich leid, Bastien ständig verteidigen zu müssen, während der es immer wieder darauf anlegte, die anderen Unsterblichen zu reizen?

Melanie hoffte inbrünstig, dass Letzteres nicht der Fall war.

Bastien hob das Handy, damit auch Richart und Sheldon die Nachricht lesen konnten. Richarts Gesicht blieb ausdruckslos, während er und Bastien einen Blick wechselten. Sheldon hingegen wirkte ziemlich nervös.

Melanie wusste nicht, was sie erwartete, als die vier aus dem Auto stiegen und das Haus betraten.

Alles war genauso wie beim letzten Treffen, sogar die Sitzordnung. Es gab nur einen auffälligen Unterschied: Keiner sagte ein Wort.

Am Kopf der Tafel saß David zurückgelehnt in seinem Stuhl, mit dem rechten Ellbogen stützte er sich auf dem Tisch ab. Sein dunkles, gut aussehendes Gesicht war so regungslos, dass es aussah, als wäre es in Stein gemeißelt. Im Gegensatz zu den übrigen Anwesenden, deren Jagdkluft von der nächtlichen Jagd beschmutzt war, war sein schwarzes langärmliges Oberteil sauber und trocken, und seine prachtvollen Rastazöpfe waren ordentlich zu einem Pferdeschwanz nach hinten gebunden, der bis hinunter zu seiner Hüfte reichte.

Darnell saß neben ihm, und sein Gesichtsausdruck bekräftigte noch einmal die Warnung, die er ihnen per SMS geschickt hatte.

Niemand sagte ein Wort, während Melanie, Bastien und Richart (der sein mitgebrachtes Essen sicherheitshalber im Auto zurückgelassen hatte) und Sheldon sich dem Tisch näherten und die vier leeren Stühle neben Étienne einnahmen.

Seth' Stuhl blieb leer.

Darnell zog sein Handy heraus, tippte eine Nachricht und steckte es zurück in seine Gesäßtasche.

Urplötzlich ertönte die Melodie von »Mack the Knife« im Zimmer.

Sarah, die Melanie gegenübersaß, zog ihr Handy aus der Tasche und presste es gegen ihr Ohr. »Hallo? … Okay. Danke.«

Kurz nachdem Sarah ihr Telefon wieder verstaut hatte, materialisierte sich Seth im Zimmer.

Melanie fand es sehr nett von ihm, dass er Sarah jedes Mal warnte, ehe er urplötzlich irgendwo auftauchte.

Seth nickte allen zu, fing an, den Tisch zu umrunden, und blieb dann plötzlich stehen. Er musterte die Anwesenden, bis sein Blick schließlich an David hängen blieb. »Was ist passiert?«

David zögerte. »Ich habe eine von den Rebellengruppen erledigt, die versucht haben, die Lebensmittellieferungen der UN an die Somalier zu verhindern.«

David war gerade noch in Somalia gewesen? Es musste noch einen weiteren Unsterblichen auf der Erde geben, der teleportieren konnte.

»Gute Arbeit. Hattest du Hilfe?«

»Nein.«

Aufmerksam studierte Seth seinen Freund. »Und?«

David machte ein finsteres Gesicht. »Ich habe meinen verdammten Arm dabei verloren.«

Melanie fiel die Kinnlade herunter, während ihr Blick zu Davids breiten Schultern und seinen muskulösen Armen wanderte. Plural.

Mit gerunzelter Stirn trat Seth zu David. »Den linken?«

»Ja.«

»Und du hast ihn wieder befestigt?«

Davids Kiefermuskeln zuckten. »Größtenteils. Die Explosion, die mir den Arm abgerissen hat, hat ziemlich viel Schaden angerichtet.«

Auch wenn das vielleicht etwas morbide erscheinen mochte – Melanie wünschte sich aus tiefstem Herzen, sich so etwas einmal ansehen zu können. Nicht die Explosion natürlich – aber wie David den Arm wieder an seinem Körper befestigt hatte. Sie wüsste nur zu gern, wie er so etwas ausschließlich mithilfe seiner Gabe und seiner Hand zustande brachte.

Davids Blick suchte den ihren. »Vielleicht beim nächsten Mal.«

Entsetzt darüber, dass er ihre Gedanken gelesen hatte, schoss ihr die Hitze in die Wangen.

Kein Grund, sich aufzuregen, sagte seine freundliche Stimme in ihrem Kopf. *Ich kenne Ihre Motive. Und in diesem Raum gibt es viele, die keine Ärzte sind, die es aber trotzdem gern mal sehen würden.*

Ich danke Ihnen. Es tut mir leid, dass Sie verletzt worden sind.

Er nickte.

Seth umfasste mit seinen schlanken Fingern Davids linkes Handgelenk und hob seinen Arm an, bis er auf Schulterhöhe war.

Ein Muskel in Davids Wange trat deutlich sichtbar hervor, er ächzte vor Schmerz und versteifte sich. Seine Augen fingen an, in einem hellen Gelbbraun zu leuchten.

Mit der anderen Hand berührte Seth Davids Schulter, die – Melanie beobachtete es voller Faszination – schwach zu leuchten begann. Sanft glitt Seth' Hand an seinem Arm entlang bis hinunter zur Hand.

David seufzte erleichtert. Seine Gesichtszüge entspannten sich. Kaum dass seine Anspannung nachließ, verschwand auch das diffuse Unbehagen aus dem Zimmer, das alle Anwesenden wie einen unsichtbaren Kokon eingehüllt hatte.

Davids Schmerzen hatten dazu geführt, dass er unwillentlich eine Anspannung ausgestrahlt hatte, die auf Melanie und die anderen wie Ärger gewirkt hatte.

Als Seth seine Hand wegnahm, hörte sie auf zu leuchten. »Ist es jetzt besser?«

Versuchsweise ließ David den Arm kreisen. »Ja, viel besser. Vielen Dank.«

Seth klopfte ihm auf die Schulter und ging dann zu seinem Platz am Ende der Tafel.

Roland räusperte sich. »Ich hätte doch auch helfen können.«

David schüttelte den Kopf. »Du erholst dich immer noch von den Verletzungen, die du diese Nacht davongetragen hast, und davon, Dr. Lipton zu heilen.«

Blitzschnell riss Sarah den Kopf herum. »Du hast gesagt, dass es dir gut geht.«

Unbehaglich rutschte Roland auf seinem Stuhl hin und her. »Es geht mir ja auch gut … jedenfalls überwiegend.«

»Das ist nicht in Ordnung, Roland.«

»Ich wollte nicht, dass du dir Sorgen machst.«

Sie musterte ihn mit zu schmalen Schlitzen zusammengekniffenen Augen. »Willst du wirklich, dass ich jede Nacht deinen Körper nach Wunden absuche, oder wirst du mir in Zukunft die Wahrheit sagen?«

»Ich bevorzuge die erste Option.«

Die anderen am Tisch kicherten.

Sarah versetzte ihm einen Schlag gegen die Schulter.

»Autsch! Seit du eine Unsterbliche bist, tut das viel mehr weh, weißt du.«

Ihre Mundwinkel zuckten. »Ich weiß.«

Seth nahm Platz. »Also gut. Bringen wir's hinter uns. Darnell hat mir gesagt, dass du wegen irgendetwas sauer bist, Chris. Worum es auch geht, ich nehme an, es dreht sich mal wieder um Bastien. Aber bevor wir dazu kommen … hatte schon jemand Erfolg mit dem Rekrutieren von Vampiren?«

Alle schüttelten die Köpfe.

Bastien beugte sich vor. »Mir ist es möglicherweise gelungen. Ich hätte ihn eigentlich in dieser Nacht treffen sollen, habe die Verabredung aber vergessen, als Dr. Lipton verletzt wurde. Vielleicht taucht er ja morgen beim verabredeten Treffpunkt auf.«

»Gute Arbeit. Nimm Richart mit, für den Fall, dass die Vampire wieder einen Hinterhalt planen.« Seth machte eine abwehrende Geste, als Chris zum Sprechen ansetzte. »Dr. Lipton, es tut mir leid, dass Sie heute Nacht verletzt worden sind. Aber da Sie in der Lage sind, an diesem Treffen teilzunehmen, gehe ich davon aus, dass es Ihnen wieder gut geht?«

»Ja. Roland hat mich geheilt.« Sie warf Roland einen Blick zu. »Vielen Dank.«

Er nickte kurz. »Gern geschehen.«

Sarah lächelte und kuschelte sich an ihren Mann.

»Sie sind aber nicht gebissen worden, oder?«, erkundigte sich Seth.

»Nein. Einer von Emrys' Leuten hat auf mich geschossen.«

»Dreimal«, fügte Bastien mit angespannter Stimme hinzu. »Und es waren zwei Schützen. Sie warteten, bis wir die Vampire besiegt hatten, und danach haben sie in dem allgemeinen Durcheinander auf Melanie gezielt.«

Yuri und Stanislav fluchten.

Richart beugte sich vor. »Insgesamt hatten sich sechsunddreißig Soldaten auf dem Unigelände versteckt. Auf den Dächern. Hinter vorspringenden Erkern. Hinter den Büschen. Wir waren bereits einige Zeit vor Ort, bevor die Blutsauger aufkreuzten, und die Soldaten waren so mucksmäuschenstill, dass wir sie bis zuletzt nicht bemerkten.«

Yuri knurrte. »Und sie waren mit Betäubungspistolen bewaffnet?«

»Ja.«

»Wie viele Männer konntet ihr gefangen nehmen?«

Richart wechselte einen Blick mit Bastien. »Keinen.«

Jetzt geht's los, dachte Melanie.

Chris lehnte sich in seinem Stuhl zurück und verschränkte die Arme vor der Brust. »Bastien hat sie alle umgebracht.«

»Und wo warst du?«, fragte Yuri Richart. »Ich dachte, dass ihr beide zusammen gejagt hättet. Hast du ihm nicht geholfen?«

Richart schüttelte den Kopf. »Dr. Liptons Verletzungen waren tödlich. Ich habe sie hierher teleportiert, um zu sehen, ob sich David hier aufhält. Danach habe ich sie zum Netzwerk gebeamt, damit die Ärzte sie so lange am Leben erhalten konnten, bis ich Roland lokalisiert hatte.«

»Roland«, schaltete sich Seth ein. »Das Erste, was du morgen Nacht tun wirst, ist, Richart zu zeigen, wo du wohnst. Ich will nicht, dass jemand stirbt, weil Richart nicht weiß, wie er dich finden kann.«

Roland nickte kurz.

Stanislav musterte Bastien. »Also hast du allein die ganzen Soldaten getötet, während Richart Dr. Lipton in Sicherheit gebracht hat?«

»Ja«, bestätigte Bastien. »Allerdings ... als diese Männer auf Dr. Lipton geschossen haben, wollten sie sie nicht nur verletzen. Sie wollten sie töten. Und jeder, der uns kämpfen gesehen hat, muss gewusst haben, dass sie weder eine Unsterbliche noch ein Vampir war. Dennoch haben die Soldaten auf sie geschossen. Diese Schweine haben es verdient zu sterben.«

Die übrigen Anwesenden wechselten Blicke.

Étienne räusperte sich. »Ich persönlich habe kein Problem damit.«

»Ich auch nicht«, erklärte Lisette.

»Ich schließe mich an«, sagte Richart.

»Ist das euer Ernst?«, wollte Chris wissen. »Wir hätten die Insiderinformationen, die diese Männer besaßen, gut gebrauchen können. Marcus, gerade du müsstest wissen, wie wichtig es für uns ist, Emrys zu finden und auszuschalten. Jeder dieser Männer hätte uns bei dieser Aufgabe behilflich sein können.«

Marcus musterte Bastien mit zusammengezogenen Augenbrauen. »Ich kann nachvollziehen, warum du wütend warst, Bastien. Aber du hättest auch an uns andere denken müssen. Emrys wird alles tun, um Ami in die Finger zu bekommen. Und heute Nacht hätten wir die Möglichkeit gehabt, an die Informationen zu kommen, die wir brauchen, um seinen Aufenthaltsort herauszufinden und das alles zu beenden.«

Bastien fluchte. »Du hast recht. Ich hab's vermasselt. Es tut mir leid, Ami.«

»Ist schon in Ordnung, Sebastien.«

»Nein, das ist es nicht«, widersprach Marcus.

»Er hat recht«, stimmte ihm Bastien zu. »Ich habe einfach nicht nachgedacht.«

»Du denkst *nie* nach«, sagte Chris vorwurfsvoll.

Da niemand die Absicht zu haben schien, Bastien zu verteidigen, sagte Melanie: »Aber er *hat* nachgedacht, als er den Plan entwickelt hat, die Vampire mit ins Boot zu holen, um Emrys zu besiegen. Und er hat auch nachgedacht, als er ein paar Stunden später sehr nah dran war, einen Vampir zu rekrutieren.«

Bastien drückte unter dem Tisch ihren Arm. War das eine Warnung, sich nicht für ihn einzusetzen? Selbst wenn – zur Hölle damit.

Chris zog die Augenbrauen hoch. »Wir wissen nicht, ob dieser Vampir vertrauenswürdig ist. Es könnte eine Falle sein. Oder er bekommt Angst und macht sich vom Acker. Oder er bietet uns zwar seine Hilfe an, aber es stellt sich heraus, dass er uns nicht weiterhelfen kann, weil das Virus sein Gehirn schon zu sehr zerfressen hat. Von diesen Soldaten hingegen wissen wir sicher, dass sie uns hätten helfen können. Sie müssen einen Vorgesetzten haben, dem sie Bericht erstatten. Und einer der Telepathen hier am Tisch hätte diese Information leicht aus ihnen herausholen können, und dann hätten wir gewusst, wo Emrys seinen Stützpunkt hat – und vielleicht wäre es uns sogar gelungen, ihn selbst dingfest zu machen.«

»Das ist ja alles gut und schön, aber genauso gut hätte es passieren können, dass einer dieser Soldaten Bastien mit einem Betäubungspfeil kampfunfähig gemacht hätte, während er noch damit beschäftigt war, einen, zwei oder ein Dutzend von diesen Männern in seine Gewalt zu bringen«, meldete sich Melanie wieder zu Wort, wobei sie hartnäckig ignorierte, dass Bastien ihr fast die Hand zerquetschte. »Wir hatten keine Ahnung, dass sie da waren – wir haben sie erst bemerkt, als sie auf mich geschossen haben.«

»Wenn er die Zeit gehabt hat, sie zu töten, dann hätte er auch die Zeit gehabt, sie bewusstlos zu schlagen«, behauptete Chris.

»Ich stimme ihm zu«, sagte Marcus.

Seth drehte sich zu Bastien herum. »Er hat recht. Das nächste Mal knebele und entwaffne sie, statt sie zu töten.«

Bastien nickte grimmig.

Melanie fühlte sich schuldig, weil sich Bastien nicht in dieser Lage befunden hätte, wenn die Soldaten nicht auf sie geschossen hätten. Außerdem sah er aus, als würde er sich Vorwürfe machen.

»Ich finde, dass Bastien von seinen Pflichten entbunden werden sollte«, verkündete Chris. »Ich bin der Meinung, dass er nicht mehr die Erlaubnis haben sollte, Vampire zu jagen. Und ich will, dass man ihm die Erlaubnis entzieht, das Netzwerk zu besuchen.«

Diese Forderung löste zwar überraschte Blicke aus, aber keinen Protest.

Allmählich wurde Melanie wütend. »Das können Sie nicht machen. Cliff und Joe brauchen ihn.«

»Daran hätte er denken sollen, bevor er sich ein zweites Mal gewaltsam Zutritt zu Räumen des Netzwerks verschafft hat.«

Seth stöhnte. »Verdammt, Sebastien. Welchen Grund hattest du dieses Mal?«

»Sie wollten mir verbieten, Dr. Lipton zu besuchen«, knurrte er. »Und wenn sich Richart nicht für mich eingesetzt hätte, dann hätte Chris mich wieder in der Arrestzelle angekettet, kaum dass wir das Hauptquartier erreicht hatten.«

Melanie musterte Chris mit offenem Mund. »Sie wollten ihn schon wieder in Ketten legen?«

»Ja«, erwiderte er ungerührt.

»Mit welcher Begründung?«

»Weil er in einem Wutanfall sechsunddreißig Sterbliche getötet hat. Ich wollte nicht das Risiko eingehen, dass er meine Männer verletzt.«

Stanislav sah sich unter den Anwesenden um. »Ich verstehe nicht, was das eine mit dem anderen zu tun hat.«

Richart nickte. »Deswegen habe ich protestiert. Ich war der Meinung, dass Chris überreagiert.«

Melanie ergriff das Wort. »In Ordnung. Vielleicht kennen ja alle außer mir die Antwort oder sind zu höflich, um zu fragen. Vielleicht ist es ihnen aber auch einfach nur scheißegal. Was mich wirklich interessieren würde …« Sie richtete den Blick auf Chris. »Warum hassen Sie Sebastien so sehr?«

Ein paar von den Unsterblichen – genauer gesagt, die Franzosen unter ihnen – versuchten ein Lachen zu unterdrücken.

Bastiens Kopf fuhr zu ihr herum. »Melanie …«

»Nein. Ich will es wirklich wissen.«

Chris machte ein finsteres Gesicht. »Melanie?«, wiederholte er, offenbar war ihm nicht entgangen, dass Bastien die Ärztin mit dem Vornamen ansprach.

»Also? Was ist es?«, bohrte sie. »Warum haben Sie so einen Hass auf ihn? Ich kann verstehen, warum Roland, Sarah und Marcus ihn nicht leiden können. Schließlich hat Bastien versucht, sie zu töten. Und ich weiß, was die anderen gegen ihn haben.« Sie deutete auf die übrigen Unsterblichen. »Sie sind wütend auf ihn, weil er ihren Freund Ewen getötet hat.« Sie hielt inne. »Und wenn wir schon mal darüber reden – statt ihn wegen dieser Tat abzulehnen und zu verurteilen, sollten Sie sich vielleicht mal fragen, warum David und Seth das nicht tun. Sie sind die klügsten Männer in diesem Zimmer, und keiner von beiden scheint ein Problem mit Bastien zu haben.«

Seth hob einen Finger.

»Mal abgesehen von seinem vorlauten Mundwerk«, schränkte sie ein.

Mit einem Lächeln nahm er den Finger wieder herunter. »Vielen Dank.«

»Ich meine, sind Sie jemals auf den Gedanken gekommen, dass er einen guten Grund gehabt haben könnte? Dass er ihn getötet haben könnte, um sich zu verteidigen? Dass Ewen Bastien möglicherweise für einen Vampir hielt und ihn angegriffen hat? Und ihm damit keine andere Wahl ließ, als um sein Leben zu kämpfen?«

»Woher weißt du das?«, wollte Bastien wissen und sah zu Seth. »Hast du es ihr gesagt? Ich habe dich darum gebeten, dich aus meinem Kopf fernzuhalten.«

»Ich habe deine Gedanken nicht gelesen.«

»Woher weißt du das?«, fragte Bastien Melanie noch einmal.

Sie zuckte mit den Schultern. »Welchen anderen Grund hättest du haben sollen?«

»Vielleicht den, dass er ein Arschloch ist?«, schlug Roland vor.

Melanie verdrehte die Augen. »Sie sind voreingenommen.«

»Sie etwa nicht?«, forderte der Unsterbliche sie heraus.

Étienne riss die Augen auf. »*Merde*. Es ist wahr. Ewen hat ihn tatsächlich angegriffen.«

Marcus richtete sich auf. »Bastien muss ihm einen Grund geliefert haben.«

»Er hat von einer Frau getrunken«, sagte Lisette.

»Hört auf, meine Gedanken zu lesen!«, schnauzte Bastien die beiden Franzosen an und funkelte sie wütend an.

»Dann war Ewen also im Recht«, sagte Marcus.

Chris nickte. »Man kann ihm nicht vertrauen.«

»So ein Schwachsinn!«, platzte Tanner heraus. »Bastien tötet niemanden, der es nicht verdient.«

»Aber seine Vampiranhänger haben genau das getan«, wandte Chris ein.

»Vince, Cliff und Joe nicht«, widersprach Melanie.

Tanner nickte. »Und Bastien wusste nicht, was die Vampire hinter seinem Rücken trieben.«

»Wenn er sie nicht im Griff hatte, dann hätte er sie töten müssen.«

»Sie sind doch bloß sauer, weil er es geschafft hat, Sarah direkt vor Ihrer Nase zu entführen, ohne dass Sie und Ihre Männer es verhindern konnten.«

Im Zimmer wurde es ganz still.

Im Ernst? War es das? War das der Grund, warum Chris so sauer auf ihn war?

Melanie ließ Chris, dem deutlich sichtbar die Röte in die Wangen stieg, nicht aus den Augen und kam zu dem Schluss, dass sie den Nagel auf den Kopf getroffen hatte.

»Also, ich glaube«, sagte Bastien langsam, »dass er nicht nur wegen Sarahs Entführung sauer ist, sondern auch, weil ich ihm nicht nur die Nase, sondern auch noch mehrere Knochen im Gesicht zertrümmert habe. Ich habe ihn bewusstlos geschlagen, ehe er auch nur einen einzigen Schuss abgeben oder seine Männer warnen konnte.«

Oh, oh. Das klang nicht gut.

Chris' Gesicht hatte inzwischen einen dunkelroten Farbton angenommen.

Sarah räusperte sich. »Falls dir das eine Hilfe ist, ich habe Bastien auch nicht kommen sehen.«

Darnell grinste. »Ja, allerdings hast du es geschafft, zweimal auf ihn zu schießen und ihm ein Messer in den Hintern zu rammen.«

Gelächter brandete auf.

Seth hob in einer beschwichtigenden Geste die Hand. »Na schön. Beruhigt euch. Wir sind alle froh, dass es Sarah gelungen ist, Bastien ein Messer in den Hintern zu jagen.«

Noch mehr Gelächter.

»Chris«, sagte Seth ernst, »du solltest endlich darüber hinwegkommen, dass Bastien dich geschlagen hat, denn diese Sache hält dich davon ab, deine Arbeit zu machen. Nimm dir ein Beispiel an Sarah und vergiss das Ganze. Was das Netzwerk angeht … Sag deinen Männern, dass sie Bastien mehr Freiraum gewähren sollen, dann wird er auch aufhören, sie zu provozieren. Ich möchte, dass Bastien auch weiterhin Zugang zu Cliff und Joe hat. Die beiden Vampire versuchen uns zu helfen und haben sich aus diesem Grund freiwillig in Gefangenschaft begeben. Hin und wieder brauchen sie mal eine Pause, und sie verdienen es, dass er sich um sie kümmert und sie von ihrem langweiligen Alltag in Gefangenschaft ablenkt.«

Chris wagte nicht, ihm zu widersprechen, auch wenn man ihm ansah, dass er nicht gerade begeistert war.

Seth' Wort war Gesetz. Wer würde es schon wagen, sich dem Ältesten der Unsterblichen entgegenzustellen?

Als Nächstes wandte sich Seth direkt an Bastien. »Bastien, ich möchte, dass du ebenfalls deinen Teil beiträgst. Hör auf, ständig zu widersprechen, und zeig etwas mehr Geduld, wenn etwas beim Netzwerk nicht so reibungslos läuft, wie du dir das vorstellst. Statt die Männer zu verletzen, die dort arbeiten und uns helfen, nimm dein Telefon zur Hand und ruf mich oder David an. Wenn du uns nicht erreichst, dann wende dich an Richart. Er war klug genug, dich heute Nacht aus dem Hauptquartier zu teleportieren, bevor die Situation eskalieren konnte. Das kann er wieder tun, falls es nötig werden sollte.«

Bastien nickte.

»David, möchtest du auch noch etwas sagen?«

David schwieg ein paar Sekunden lang, sein gut aussehendes, ebenholzfarbenes Gesicht wirkte nachdenklich. Melanie hatte noch nie jemanden gesehen, der so dunkle Haut hatte. Sie sah einfach toll aus. So makellos wie die eines Supermodels. Dennoch wirkte sein Gesicht durch und durch männlich.

»Wir alle sollten im Hinterkopf behalten, warum wir uns heute Nacht hier versammelt haben«, sagte er mit seiner tiefen, warmherzigen Stimme. »Obwohl Richart, Bastien und Dr. Lipton sich bereits länger auf dem Unigelände aufgehalten haben, haben sie die Soldaten nicht bemerkt, bis diese auf sie geschossen haben. Chris, ich frage mich, ob das Netzwerk die Unsterblichen und ihre Sekundanten mit Wärmebildbrillen ausstatten könnte, damit sie die Wärmesignaturen von versteckten Gegnern sehen können, die andernfalls möglicherweise ihrer Aufmerksamkeit entgehen.«

Chris griff in seine Jacke und zog eins seiner zahllosen Notizbücher und einen Bleistift heraus, von dem nur noch ein Stummel übrig war. »Schon erledigt.«

Melanie hatte ihn schon so häufig in vergleichbare Notizblöcke schreiben sehen, dass sie sich unwillkürlich fragte, ob er irgendwo ein ganzes Zimmer voll davon hatte.

Während Chris seine Notizen machte, sah er auf und richtete den Blick auf Bastien. »Wäre es dir heute Nacht eine Hilfe gewesen, wenn du eine Wärmebildbrille gehabt hättest?«

Melanie hielt den Atem an.

Chris hätte genauso gut Richart fragen und auf diese Weise vermeiden können, mit seinem Erzfeind zu sprechen. War das eine Art Friedensangebot?

»Vor dieser Nacht hätte ich nicht geglaubt, dass wir so etwas brauchen könnten«, erwiderte Bastien langsam, »aber ja, definitiv. Mit einer Wärmebildbrille hätten wir wenigstens ein paar von ihnen sehen können. Jene, die so gut in den Schatten und hinter Sträuchern versteckt waren, dass wir sie selbst mit unserem übernatürlichen Sehsinn nicht wahrnehmen konnten.«

Richart nickte. »Als ich zum Gelände der UNC zurückgekehrt bin, war ich überrascht, wie viele von ihnen unserer Aufmerksamkeit entgangen waren.«

»In Ordnung.« Chris machte sich noch ein paar Notizen. »Also werden Wärmebildbrillen in Zukunft Teil unserer Ausrüstung sein. Bis morgen Abend kann ich genug besorgen, um alle Unsterblichen und ihre Sekundanten in North Carolina, South Carolina, Virginia und West-Virginia auszustatten. Wir wissen ja nicht, wie groß das Territorium ist, das diese Soldaten überwachen.«

Vielleicht kam es jetzt ja wirklich zu einem Waffenstillstand zwischen Bastien und Chris. Das wäre eine große Erleichterung.

Melanie tätschelte Bastiens Knie, allerdings unter dem Tisch, damit die anderen es nicht sehen konnten.

Bastien nahm ihre Hand und presste sie gegen seinen Oberschenkel.

»Ihr alle, seid vorsichtig!«, befahl Seth. »Das ist jetzt schon das zweite Mal, dass es Emrys' Soldaten gelungen ist, uns zu überrumpeln. Wir müssen dafür sorgen, dass es nicht noch einmal passiert.«

10

Als das Treffen beendet war, ließ Bastien Melanies Hand los und erhob sich.

Richart, der neben ihm gesessen hatte, löste sich in Luft auf, während Melanie ihren Stuhl nach hinten schob und aufstand.

Tanner kam um den Tisch herum auf sie zu. »Bastien, willst du, dass ich dich begleite, wenn du dich morgen Abend mit dem Blutsauger triffst?«

»Nein. Es ist mir lieber, wenn du hierbleibst.« In Davids Haus, wo er sich in Sicherheit befand und in Davids und Darnells Nähe war. In der Nähe der beiden Männer, die bereit waren, sich mit Tanner anzufreunden, obwohl er sich auf Bastiens Seite geschlagen hatte. Wenn die beiden ihn gut leiden konnten, dann würden sie bestimmt dafür sorgen, dass die anderen ihn ebenfalls mochten.

Schließlich setzten sie sich auch für Bastien ein.

»Aber nur, wenn du mich vor und nach dem Treffen anrufst.«

»Natürlich.«

Tanner gab ihm einen Klaps auf die Schulter und ging dann in Richtung Küche.

Während sich die übrigen Anwesenden vom Tisch erhoben und es sich entweder auf den Sofas im Wohnzimmer bequem machten oder ins Untergeschoss gingen, gesellte sich Sheldon zu ihnen. »Also.« Richarts Sekundant räusperte sich und sah sich dann verstohlen im Zimmer um. »Ich dachte mir, ich verbringe mal etwas Zeit bei David. Mal sehen, was sich so tut.«

Bastien warf Melanie einen fragenden Blick zu, woraufhin

diese nur mit den Schultern zuckte. »Und warum genau … erzählen Sie mir das?«

Der Sekundant senkte die Stimme zu einem Flüstern. »Richart wird den Tag mit *Sie-wissen-schon-wem* verbringen, deshalb dachte ich, dass Sie beide sich vielleicht darüber freuen würden, das Haus für sich allein zu haben.« Er wedelte mit dem Schlüsselbund vor Bastiens Gesicht herum und musterte Bastien und Melanie, wobei er süffisant mit den Augenbrauen wackelte.

Bastien nahm den Schlüssel. »Ihnen ist schon klar, dass jeder im Haus gehört hat, was Sie gerade gesagt haben?«

Erschrocken drehte sich Sheldon um und zuckte zusammen, als er bemerkte, dass ihn alle im Raum anstarrten.

Lisette hob eine Augenbraue.

»Was ich eigentlich sagen wollte, ist … Richart braucht sein Auto zurück. Und Sie müssen unbedingt noch tanken, bevor Sie es vor seinem Haus abstellen.«

Bastien seufzte. »Sehr geschickt. Ihr alle – ihr braucht euch keine Sorgen zu machen, ich fahre Dr. Lipton nur zurück zum Netzwerk.«

Die Anwesenden wandten sich von dem Trio ab und unterhielten sich weiter.

Melanie winkte zum Abschied und folgte Bastien hinaus zum Auto.

Der Unsterbliche hielt ihr die Beifahrertür auf und wartete, bis sie sich in den Wagen gesetzt hatte. Dann schloss er Tür und ging zur Fahrerseite. Keiner von ihnen sagte ein Wort, während er den Motor startete und losfuhr.

Die Minuten vergingen.

Melanie beugte sich vor und warf einen Blick auf das Armaturenbrett, dann rutschte sie wieder zurück auf ihren Platz.

Nach ein paar Minuten wiederholte sie das Ganze.

»Vergewisserst du dich, dass ich nicht zu schnell fahre?«, fragte er, da er nicht wusste, was ihr Interesse weckte.

Sie schüttelte den Kopf. »Ich habe nur den Kilometerzähler im Auge behalten. Wir sind jetzt fast zehn Kilometer von Davids Haus entfernt, stimmt's?«

»Stimmt.«

»Gut. Dann können wir jetzt sprechen, ohne dass die anderen uns hören können. Fährst du mich tatsächlich zum Netzwerk?«

Das hatte er eigentlich vorgehabt, aber ... »Möchtest du denn, dass ich dich zum Netzwerk fahre?«

»Nein.« Kurz. Direkt. Einfach umwerfend.

Und genau das, was er hören wollte. »*Möchtest* du, dass ich dich nach Hause fahre?«

»Ich weiß nicht. Sheldon hat sich so viel Mühe gegeben, eine tolle Geschichte aus dem Hut zu zaubern, damit wir Richarts Haus für uns haben.«

Bastien lächelte. »Das Ganze tut mir leid. Sheldon hat mir eindrucksvoll vor Augen geführt, dass es manchmal tatsächlich besser ist, nachzudenken, *bevor* man den Mund aufmacht.«

Sie lachte. »Ich kann ihn gut leiden.«

»Ich auch. Und ich kann inzwischen auch nachvollziehen, warum Richart ihm noch nicht den Hals umgedreht hat.«

»Wenn du möchtest, können wir auch zu mir fahren. Allerdings muss ich dich warnen – ich bin nicht unbedingt die ordentlichste Person auf der Welt. Im Büro? Ja. Zu Hause? Definitiv nein.«

Wir. Bastien konnte nur noch an dieses Wort denken. »Ich glaube, ich fahre lieber zu Richarts Haus, wenn dir das nichts ausmacht. Nach dieser Nacht ist es mir lieber, mich in einem gut gesicherten Haus aufzuhalten.«

»Du hast recht. Dann fahren wir lieber zu Richart.«

Melanie war ein bisschen überrascht, dass Bastien ihr nicht widersprochen hatte. Sie hatte damit gerechnet, dass er ihr wieder einen Vortrag über die Gefahren halten würde, die es für sie gab, wenn sie sich mit ihm einließ.

Sie kniff die Augen zu schmalen Schlitzen zusammen. Oder plante er etwa, in Richarts Haus getrennte Wege zu gehen?

Das war ihm durchaus zuzutrauen. Er schien entschlossen zu sein, dafür zu sorgen, dass sie durch ihn keine Nachteile zu erwarten hatte. Sie glaubte nicht, dass er registriert hatte, dass ein paar von den Unsterblichen – insbesondere Richart, möglicherweise auch seine Geschwister – ihre negative Einstellung ihm gegenüber allmählich korrigierten.

Zumindest hatte sie diesen Eindruck.

Die Fahrt zu Richarts Haus war sehr angenehm. Statt sich Sorgen darüber zu machen, was passieren oder eben *nicht* passieren würde, wenn sie dort angekommen waren, fragte Melanie Bastien, was genau in der Nacht geschehen war, in der er Sarah entführt hatte. Als er die Geschichte erzählte, musste sie so sehr lachen, dass sie Seitenstiche bekam.

Sie zweifelte zwar daran, dass das Ganze damals auch so amüsant gewesen war, aber sein Bericht war einfach zu komisch. Sarah hatte wirklich ihr Bestes gegeben, um seine Pläne zu durchkreuzen und zu fliehen. Und Bastien schienen ihre Gegenwehr und ihre Fluchtversuche entsetzt und verblüfft zu haben. Im Stillen applaudierte ihm Melanie für seine Geduld. Und dafür, dass er wegen der ganzen Sache nicht sauer war. Bei ihm hörte sich die Entführungsgeschichte an wie ein Slapstick-Auftritt der *Three Stooges*.

Sie schmunzelte immer noch, als er in Richarts Auffahrt parkte, ausstieg und sie zur Vordertür führte.

Kaum dass sie eingetreten waren, stellte Melanie überrascht fest, dass Richart sie im Inneren erwartete.

»Na endlich!«, begrüßte er sie. »Bastien, ich habe vergessen, dir den Code für die Alarmanlage zu geben, und dein Handy ist nicht eingeschaltet.«

Bastien starrte ihn verblüfft an. »Du vertraust mir den Sicherheitscode für deine Alarmanlage an?«

»Nein. Ich werde ihn morgen ändern. Aber im Moment ist mir das tatsächlich total egal. Ich will so schnell wie möglich zurück zu Jenna. Also hier.« Er reichte Bastien ein Post-it. »Fühlt euch wie zu Hause.«

Sobald der Klebezettel an Bastiens Finger haftete, löste sich Richart in Luft auf.

Bastien sah Melanie an, während sich vollkommene Stille auf sie herabsenkte.

Sekunden später lagen sie sich in den Armen und pressten ihre Körper sehnsüchtig aneinander. Ihre Lippen verschmolzen zu einem leidenschaftlichen Kuss – wo das Post-it hängen geblieben war, hätte keiner von beiden sagen können.

Melanie stellte sich auf die Zehenspitzen, schlang die Arme um seinen Hals und schmiegte sich noch enger an ihn.

Bastien küsste sie stürmisch, es war ein fordernder Kuss voller Sehnsucht, und seine Hände …

Hitziges Verlangen breitete sich in ihr aus, als seine Hände über ihren Rücken nach unten glitten und sich dann wieder nach oben arbeiteten, wobei sie ihre Brüste seitlich streiften.

Er hob den Kopf. Als sich ihre Blicke trafen, leuchteten seine Augen heller als je zuvor. »Warte«, flüsterte er heiser.

Melanie löste sich nur widerwillig von ihm, am liebsten hätte sie vor Frust laut geschrien.

»Nein, nicht das, was du jetzt denkst.«

Er musste ihre Enttäuschung und ihren Frust gespürt haben. Tatsächlich war sie davon ausgegangen, dass er einen letzten

Versuch unternehmen würde, einen gut gemeinten Rückzieher zu machen.

»Ich will nicht aufhören. Ich will es nur ein bisschen langsamer angehen lassen.« Er schüttelte den Kopf. »Ich male mir das schon zu lange aus. Ich will nichts überstürzen, sondern es mit allen Sinnen genießen.«

Melanie, deren Herz wie wild klopfte, nickte. »Genießen klingt gut.«

Er lächelte. Er konnte so unendlich sanft lächeln. Dann entspannten sich seine Gesichtszüge, und er wirkte jungenhaft und absolut unwiderstehlich.

Sie streckte die Hand aus und berührte seine mit Bartstoppeln bedeckte Wange.

Wer hatte ihn je so sehen dürfen?

Bastien küsste sie aufs Neue. Als er lockend ihre Lippen mit seiner Zunge verwöhnte, öffnete sie den Mund, damit ihre Zungen sich miteinander vereinen konnten.

Obwohl er versuchte, sich zurückzuhalten, spürte sie, dass seine Leidenschaft immer noch lichterloh brannte. Ihre eigenen lustvollen Gefühle raubten ihr schier den Atem, als er sie noch fester in die Arme nahm, sodass kein Blatt mehr zwischen sie gepasst hätte.

Bastiens Erregung steigerte sich ebenfalls ins Unermessliche, als Melanie ihre Hände in seinem Haar vergrub, wobei sie mit den Fingernägeln sacht seine Kopfhaut traktierte. Er wollte es langsam angehen lassen. Das wollte er wirklich. Andererseits fühlte er jede ihrer Empfindungen mit einer Intensität, als wären es seine eigenen.

Wenn er ihren Busen streichelte, dann spürte er, wie sehnsüchtiges Verlangen sie durchströmte. Wenn er mit dem Daumen sacht ihre Brustwarze verwöhnte, konnte er fühlen, dass die Erregung wie ein elektrischer Schlag durch sie hindurchschoss und ihr den Atem raubte. Wenn er mit den Lippen über ihren Hals wanderte und an ihrem harten, mit einem weichen Baumwollshirt bedeckten Nippel saugte, dann …

Bastien ächzte. Seine Gabe hatte eindeutig Vorteile. Genau zu spüren, was sie empfand, war mit Abstand das Beste daran.

Melanie keuchte laut auf vor Genuss. Bastiens Mund war so warm und feucht, und er wusste genau, wie er dem schier unstillbaren Verlangen, das von ihr Besitz ergriffen hatte, weitere Nahrung gab. Sie holte zischend Luft. Dann schob sie ein Bein unter seinen Mantel, schlang es um seine Hüfte und presste ihren Schoß gegen die gewaltige Erektion, die seine Hose ausbeulte.

Ihre Brüste unablässig knetend, saugte er noch kräftiger an ihrem Nippel. Mit der freien Hand umschloss er ihre Pobacken und drückte sie fester gegen seinen Schritt. »Leg das andere Bein auch noch um mich.«

Das ließ sich Melanie nicht zweimal sagen. Mit einem kleinen Sprung stieß sie sich vom Boden ab und schlang beide Beine um seine Hüften.

Ohne sie loszulassen, drehte er sich um und drückte sie gegen die Wand. »Vielleicht habe ich mich geirrt«, sagte er, und seine Augen leuchteten durchdringend, während er sie noch fester an sich presste. »Schnell und hart hat auch seine Vorzüge.«

Melanie nickte, trotz der Kleidung, die ihre Körper voneinander trennte, brannte sie vor Verlangen nach ihm. »Schnell und hart ist gut.«

Unvermittelt verschwamm der Raum vor ihren Augen, und eine Sekunde später befanden sie sich in dem Schlafzimmer, das Melanie zum Umziehen benutzt hatte. Bastien versetzte der Tür einen Tritt, sodass sie hinter ihnen ins Schloss fiel. »Zieh mir den Mantel aus!«, befahl er.

Melanie beeilte sich, den schwarzen Mantel von seinem breiten Schultern zu schälen.

»Und jetzt das Shirt.« Er ließ sie hinunter auf den Boden gleiten.

Sie machte sich an die Arbeit, und ihre Hände zitterten vor Lust, während er an ihrem Hals knabberte und weiter ihre Brüste knetete und streichelte.

Unter dem Shirt kam die warme, braun gebrannte Haut seines muskulösen Oberkörpers zum Vorschein, und sie schwelgte in dem Anblick, während sie die Hand ausstreckte, weil sie es nicht erwarten konnte, seine nackte Haut zu spüren. Sie beugte sich vor und leckte an seiner Brustwarze.

Sie spürte, dass etwas an ihr zupfte, sah an sich hinunter und stellte fest, dass ihr Oberkörper vollkommen nackt war. Kein Pullover. Kein Shirt. Kein BH. »Wie hast du das gemacht?«

»Ich bin ein Unsterblicher.«

»Cool.«

»Wenn dir das gefallen hat …«

Er hob sie hoch, trat ans Bett und legte sie darauf.

Dann verschwamm er zu einem Farbklecks, und Melanie spürte wieder, wie etwas an ihr zupfte. Sie sah an sich hinunter … ihre Stiefel, Socken, Hose, Gürtel und auch ihre Unterwäsche waren verschwunden.

Sie grinste. »Das gefällt mir. Und jetzt du.«

Lachend verschwamm er vor ihren Augen und stand eine Sekunde später splitterfasernackt vor ihr.

Melanie lachte voller Wonne und zog ihn zu sich hinunter.

Bastien stürzte sich voller Leidenschaft auf ihre Lippen und brachte ihren ganzen Körper zum Prickeln. Jede seiner Berührungen ließ die Flammen ihrer Leidenschaft höher schlagen. Genau wie jeder Zungenschlag. Jede Liebkosung schien einen Flächenbrand der Lust auszulösen, als seine Finger über ihren Bauch hinunter bis zu ihrem Schoß wanderten und sanft ihre Klitoris streichelten.

Sie atmete hörbar ein.

»Du bist schon feucht und bereit für mich.«

Sie nickte, dann sank ihr Kopf willenlos nach hinten.

Mit dem Knie teilte Bastien ihre Oberschenkel und drängte sich mit seinem Unterleib dazwischen. Sie war so wunderschön. So leidenschaftlich. Genauso darauf bedacht, ihm Genuss zu bereiten, wie umgekehrt. Ihre Hand glitt zwischen ihre Körper, und dann umfasste sie mit ihren zarten Fingern sein hoch aufgerichtetes Glied.

Er holte zischend Luft, als sie anfing, es zu streicheln, während er dasselbe bei ihr tat. Als sie seinen Schwanz zu ihrer Spalte lenkte, protestierte er.

»Ich will dich erst schmecken.«

»Verschieb das auf später. Ich will dich in mir spüren. Jetzt.«

Er verschwendete keine Zeit, sondern drang tief in sie ein, wobei ihn die Enge und Wärme ihres Schoßes vor Lust aufstöhnen ließ.

Sie hielt die Luft an, dann wimmerte sie vor Genuss. Lüstern wand sie sich unter ihm, genau so, wie er es sich unzählige Male vorgestellt hatte, seit er sie kennengelernt hatte.

»So gut«, flüsterte sie, umfasste seine Pobacken mit beiden Händen und trieb ihn an, noch tiefer einzudringen, während er wieder und wieder zustieß.

Verzückt betrachtete sie ihn. Bastiens Haar fiel ihm ins Gesicht und strich bei jedem Stoß über ihre ohnehin schon vor Erregung prickelnde Haut. Und diese Augen … sie war außerstande, den Blick abzuwenden, als er die Hand ausstreckte und sie im Takt seiner Stöße streichelte.

Ihr Orgasmus war so atemberaubend, dass sie keinen klaren Gedanken mehr fassen konnte. Im selben Moment spannte Bastien die Muskeln an und rief ihren Namen.

Pure Ekstase.

Während das Beben, das er in ihr ausgelöst hatte, allmählich nachließ, lehnte er die Stirn gegen die ihre.

Zärtlich schlang Melanie die Arme um ihn und drückte ihn fest an sich. Sie genoss das Gefühl seines schweren muskulösen Körpers auf ihrem, und er stützte sich mit den Armen ab, um sie nicht zu erdrücken.

Sobald er wieder regelmäßig atmete, beugte sich Bastien zu ihr hinunter und presste ihr einen unglaublich zarten Kuss auf die Lippen. Dann zog er sich wieder zurück und betrachtete sie lächelnd.

Er sah so gut aus. So perfekt.

Sie liebte es, ihn lächeln zu sehen.

Und noch mehr gefiel es ihr, wenn *sie* diejenige war, die ihn zum Lächeln brachte.

Sie grinste ihn an.

Er verengte die Augen zu schmalen Schlitzen und betrachtete sie halb belustigt, halb argwöhnisch. »Woran denkst du?«

»Daran, dass die übermenschliche Schnelligkeit eines Unsterblichen nicht nur auf dem Schlachtfeld ein Pluspunkt ist. Du hast nur wenige Sekunden gebraucht, um mich komplett auszuziehen.«

»Das ist bei Weitem nicht alles, was ich in ein paar Sekunden zustande bringe.«

»Tatsächlich?« Sie wusste nicht, was er meinte.

Er zwinkerte und verschwamm.

Innerhalb von Sekundenbruchteilen erbebte sie, als ein zweiter Orgasmus ihren Körper schüttelte; es erwischte sie völlig unvorbereitet. Möglicherweise hatte sie sogar laut geschrien, während sie das Bettlaken zusammenknüllte und ihr Körper wieder und wieder unter den Kontraktionen erzitterte.

Als sie die Augen wieder öffnete, grinste Bastien sie an. Er sah aus, als hätte er sich keinen Millimeter von der Stelle bewegt.

Verblüfft starrte sie ihn an. Sie wusste nicht einmal, was er getan hatte – so schnell war es passiert –, aber ihr Herz schlug wie verrückt und … sie hatte das Gefühl, noch nie einen so intensiven Orgasmus erlebt zu haben.

»Was zur Hölle war das?«, keuchte sie.

Er lachte. »Ein weiterer Vorteil des Unsterblichseins.«

Das konnte man wohl sagen.

Er ließ sie nur eine Sekunde allein, um die Deckenlampe auszuschalten, und eilte dann zurück zum Bett. Er breitete die Bettdecke über ihnen aus und zog sie an sich.

Stille umgab sie, während sie dort im Dunkeln lagen. Melanie spürte, wie die Erschöpfung ihre Gliedmaßen schwer nach unten drückte. Auch wenn sie versucht war, es darauf ankommen zu lassen, hatte sie das Gefühl, dass sie nur noch wie ein Sack Mehl herumliegen würde, wenn sie noch einmal miteinander schliefen.

Dem Tod nur knapp von der Schippe zu springen war offenbar ermüdend … gleichzeitig war sie innerlich so aufgewühlt, dass sie kaum einen klaren Gedanken fassen konnte.

Was musste Bastien bloß damals von ihr gedacht haben, als sie ihm sozusagen ein mündliches Testament hinterlassen hatte?

»Hältst du mich für paranoid?«, fragte sie leise.

»Nein.« Er schien genauso wenig Lust zu haben, sich zu bewegen, wie sie. Sie hatte das Gefühl, ihn noch nie so entspannt und zufrieden gesehen zu haben.

»Findest du, dass ich überreagiert habe, als ich dir sagte, dass ich für den Fall, dass mir etwas zustößt, verwandelt werden möchte?«

»Nein. Ich fand das eher klug und pragmatisch. In diesem Geschäft kann eine Menge schiefgehen. Sogar in den geheiligten Hallen des Netzwerks.«

»Ja, aber wenn im Netzwerk etwas schiefgeht, dann ist das meistens deine Schuld.«

Er lachte leise in sich hinein, ein seltenes Geräusch, das sie innerlich wärmte und entspannte wie ein Glas Wein. »Da hast du allerdings recht.« Erneut senkte sich Stille auf sie herab. »Im Moment passieren eine Menge Dinge, die niemand vorhersehen konnte. Du solltest dir vielleicht überlegen, ob du deinen Wunsch bezüglich einer Verwandlung nicht auch Seth und Chris mitteilen solltest. Einer vom Netzwerk muss Bescheid wissen – für den Fall, dass ich nicht da bin und dir etwas passiert.«

»Linda weiß Bescheid.«

»Das ist gut. Sie macht einen sympathischen Eindruck.«

Melanie lächelte. »Sie ist ein toller Mensch.« Und sie war sehr mutig. Auch wenn Linda am Anfang große Angst vor den Vampiren gehabt hatte – als Vince, Cliff und Joe in die Netzwerkapartments eingezogen waren, hatte sie sich zusammengerissen und mit ihnen zusammengearbeitet, bis sie ihre Furcht gänzlich überwunden hatte.

Im Gegensatz zu Dr. Whetsman und ein paar anderen Kollegen.

Melanie versuchte, nicht an ihre Arbeit zu denken. Sie wollte nicht über ihren Job nachgrübeln, während sie mit Bastien zusammen war. Alles, woran sie denken wollte, war, wie gut es sich anfühlte, seinen warmen muskulösen Körper in den Armen zu spüren.

Na ja, daran und …

»Na los. Frag mich schon«, flüsterte er.

»Was soll ich dich fragen?«

»Die Frage, die dir wahrscheinlich seit dem Treffen unter den Nägeln brennt.«

»Bist du sicher, dass du kein Telepath bist?«

Er knurrte. »Ich wünschte, ich wäre einer. Dann müsste ich nicht länger herumrätseln, wie ich mich den Leuten gegenüber verhalten soll.«

»Stimmt.«

»Also los, frag mich.«

»Wer war diese Frau?«

»Die Frau, von der ich getrunken habe, als Ewen mich überrascht hat?«

Melanie nickte matt, während sie spürte, wie die Erschöpfung sie endgültig übermannte. Sie teilte Tanners Ansicht, dass Bastien niemanden töten würde, der es nicht verdient hatte. Was hatte sich die Frau zuschulden kommen lassen? Was für eine Beziehung hatten sie zueinander gehabt?

»Sie war eine Art Zuhälterin. In jenem Teil von London, den die gute Gesellschaft als schäbig bezeichnen würde, gab es viele arme Straßenkinder. Sie hungerten nicht nur, sondern mussten auch schon in lächerlich jungem Alter hart arbeiten, um sich und ihre Familien zu ernähren.«

»Ich nehme an, dass es damals noch keine Gesetze gegen Kinderarbeit gab.«

»Nein. Auch wenn es ein paar Leute gab, die dafür kämpften.« Er seufzte. »Und auch damals gab es schon Pädophile. Genauso wie in meiner Jugend und lange davor. Diese spezielle Frau bediente diese Art von Klientel, indem sie Kinder entführte, sie hereinlegte oder ihren Familien abkaufte, um sie an diese Männer zu verkaufen.«

Solche Menschen konnte Melanie einfach nicht verstehen. Menschen ohne Gewissen. »Wie hast du herausgefunden, was sie tat?«

»Da war ein Junge. Als Kaminkehrer verdiente er gerade genug, um zu überleben. Eines Tages kreuzte er zufällig meinen Weg. Er kam an einem Versteck vorbei, das ich mir gesucht hatte, nachdem ich nachts zu lange unterwegs gewesen war, um es zurück zum Apartment zu schaffen. Blaise und ich hatten uns eins geteilt. Aber Blaise war zu diesem Zeitpunkt schon tot, Roland hatte ihn vor Kurzem getötet, und ich … ich fühlte mich einsam und verlassen. Erst meine Schwester. Dann mein bester Freund. Als ich verwandelt wurde, war ich gezwungen gewesen, meine Familie aufzugeben. Also hatte ich niemanden mehr.«

Voller Mitgefühl drückte Melanie seine Hand.

»Wie auch immer, dieser Junge stolperte zufällig in mein Versteck und … er sah so mager aus und so hungrig. Gleichzeitig war er unglaublich stolz. Ich bot ihm einen Job an, damit er sein Brot verdienen konnte und nicht das Gefühl hatte, dass ich ihm nur aus Mitleid half. Man könnte sagen, dass er mein erster Sekundant war.« Er zuckte mit den Achseln. »Ich wollte ihm wirklich nur ein warmes Plätzchen zum Wohnen bieten. Es war schön, endlich wieder jemanden zum Reden zu haben. Es war nicht mehr so still.« Er seufzte. »Ich weiß nicht. Vielleicht war auch so etwas dabei wie: »So einen Sohn hätte ich auch haben können, wenn ich nicht verwandelt worden wäre«. Es spielt auch keine Rolle mehr, denn eines Tages kam er nicht wieder nach Hause. Und als ich ihn endlich gefunden hatte, war er tot.«

»Die Frau …?«

»Sie hatte geglaubt, dass sie leichtes Spiel mit ihm haben würde, und verkaufte ihn an den Mann, der ihn getötet hat.«

»Und dann …«

»Tötete ich beide … und jeden, der mit der Frau zu tun hatte. Ihre Angestellten. Ihre Kunden. *Sie* habe ich mir als Letztes vorgeknöpft. Leider kam Ewen ausgerechnet in dem Augenblick dazu, als ich dabei war, den letzten Tropfen Blut aus ihr herauszusaugen.«

»Dann kann er kein Telepath gewesen sein, sonst hätte er gewusst, warum du sie getötet hast.«

»Ich weiß nicht, welche Begabung er hatte. Ich weiß nur, dass er mir keine Chance gab, ihm zu erklären, warum ich es getan hatte. Er versuchte mich zu töten, aber ich schaffte es schließlich, den Spieß umzudrehen. Damals hatte ich keine Blutvorräte, deshalb brauchte ich drei Tage, um mich von dem Kampf zu erholen.«

»Das solltest du den anderen erzählen.«

»Glaubst du wirklich, dass der Verlust weniger schmerzlich für sie wäre, wenn sie wüssten, dass ihr Freund gestorben ist, weil er sich geirrt hat? Glaubst du, dass sie mich deswegen lieber mögen würden?«

»Nein, wahrscheinlich nicht.« Sie gähnte.

Bastien strich ihr zärtlich über das Haar. »Es war eine lange Nacht. Du solltest versuchen zu schlafen.«

Melanie gab ihm einen flüchtigen Kuss auf den Mund und schloss die Augen.

Falls er noch etwas sagte, hörte sie es nicht mehr.

Wie Chris versprochen hatte, brachte ein Netzwerkangestellter kurz vor der Abenddämmerung drei Wärmebildbrillen vorbei, eine für Bastien, eine für Richart und eine für Sheldon.

Bastien gefiel diese Ergänzung ihrer Ausrüstung. Dasselbe galt für Richart, der wenig später im Haus auftauchte. Die Brillen waren handlich genug, um in ihre Hosentaschen zu passen, und sie konnten sie jederzeit herausziehen und hindurchschauen, ohne dass sie deswegen auf ihren superscharfen Sehsinn verzichten mussten. Es mochte sich altmodisch anhören, aber die Vorstellung, seinen überscharfen Sehsinn aufzugeben, um ihn durch hoch entwickelte Technik zu ersetzen, behagte Bastien gar nicht.

Als die Sonne unterging, fuhr er Melanie nach Hause. Sie wohnte in einem kleinen Haus auf dem Land, das ihn an das winzige Holzhaus erinnerte, in dem Sarah zur Miete wohnte, als Roland sie kennengelernt hatte.

Er hegte den Verdacht, dass sie genauso ordnungsliebend war wie die Unsterblichen, denn in ihrem Haus war es längst nicht so chaotisch, wie sie ihn hatte glauben machen wollen. Nur hier und da lag etwas herum: ein paar Briefe auf dem Kaffeetisch. Etwas dreckiges Geschirr in der Spüle. Eine achtlos über eine Stuhllehne geworfene Jacke.

Außerstande, der Versuchung zu widerstehen, folgte Bastien ihr ins Badezimmer, und sie liebten sich unter der Dusche. Der Sex mit ihr war beinahe zu gut, um wahr zu sein. Mit jeder Berührung, jedem Blick und jeder Minute, die sie gemeinsam verbrachten, spürte er, wie das Band zwischen ihnen stärker wurde.

Während sie sich für die Arbeit umzog, wanderte er durch das Haus und beäugte neugierig ihre Besitztümer. Im ganzen Haus gab es nur zwei gerahmte Fotos. Auf dem einen war ein Paar zu sehen, das Arm in Arm dastand, und auf dem zweiten hatten sie die Arme um Melanie gelegt – das mussten ihre Eltern sein. Sie sahen glücklich aus, auf eine Art, wie es Bastiens aristokratischen Eltern nie vergönnt gewesen war.

Die Möbel in ihrem Haus passten nicht besonders gut zueinander. Er vermutete, dass sie ein paar von ihren Eltern geerbt und den Rest selbst gekauft hatte. Die Räume hatten eine einladende Atmosphäre. Gemütlich. Anheimelnd. Am liebsten hätte er sich auf ihrer ramponierten Couch niedergelassen, die Füße auf den Couchtisch gelegt, einfach nur dagesessen und ihren Anblick und den ihres gemütlichen Zuhauses genossen.

Aber leider rief die Pflicht. Deshalb fuhr er sie zum Hauptquartier, verabschiedete sich mit einem Kuss und traf sich mit Richart an der UNC.

»Du tust es schon wieder.«

»Was denn?«, fragte Bastien und warf dem Franzosen einen Blick zu. Sie hatten es sich auf dem Dach der Davis-Bibliothek gemütlich gemacht, und Richart hielt zum fünften Mal die Wärmebildbrille vor sein rechtes Auge, um das Unigelände zu scannen. »Was tue ich denn?«

»Sehnsuchtsvoll seufzen.«

Bastien schnaubte. »So ein Blödsinn.«

»Du bist ihr mit Haut und Haar verfallen. Und das ist noch milde ausgedrückt.«

Bastien wollte ihm widersprechen, andererseits ... »Na und? Kannst du mir das verdenken?«

»Nein. Aber möglicherweise hat das dazu beigetragen, dass dir letzte Nacht die Soldaten entgangen sind.«

»Und was ist deine Entschuldigung?«

Der Franzose seufzte. »Ich fürchte, ich war wegen Jenna abgelenkt.« Er bedachte Bastien mit einem reumütigen Lächeln. »Wir beide sind ein echtes Dreamteam, was? Obwohl wir zweihundert Jahre auf dem Buckel haben, verhalten wir uns, als wären wir mitten in der Pubertät und zum ersten Mal verschossen.«

Bastien zuckte mit den Achseln. »In gewisser Weise trifft das auf mich zu. So wie jetzt habe ich noch nie zuvor empfunden.«

Richart musterte ihn überrascht. »Noch nie?«

»Nein, ich hatte einfach keine Zeit für so etwas. Wenn ich nicht gegen total durchgeknallte Vampire gekämpft oder mich mit euch Unsterblichen herumgeschlagen habe, dann war ich damit beschäftigt, Roland zu jagen.«

»Mir war nicht klar, dass du gegen Vampire gekämpft hast, obwohl du unter ihnen gelebt hast.«

»Das war leider nicht zu vermeiden. Manchmal taten sie die verrücktesten Dinge. Und ich meine damit nicht, übermütig oder ausgelassen oder so, sondern wirklich durchgeknallt. Ich wusste, dass ein paar von ihnen nicht mehr bei Sinnen waren. Allerdings habe ich etwas länger gebraucht, um zu realisieren, dass sie *alle* früher oder später durchdrehten.«

Richart brummte etwas vor sich hin und warf einen Blick auf die Uhr. »Es ist Zeit für das Treffen mit Stuart.«

»Jetzt schon?« Vielleicht hatte er wirklich zu viel Zeit damit verbracht, sehnsuchtsvoll vor sich hinzuseufzen. Er hatte nicht bemerkt, wie schnell die Zeit vergangen war. Bastien zog sein Handy heraus und tätigte den versprochenen Anruf.

»Ja?«, meldete sich Tanner.

»Wir gehen jetzt los, um Stuart zu treffen.«

»Okay. Sag mir Bescheid, wenn du mich brauchst.«

»Mach ich.«

Er beendete das Telefonat und wählte noch einmal.

»Hallo?«

Er senkte die Stimme zu einem verruchten Flüstern und fragte: »Was trägst du gerade?«

Am anderen Ende der Leitung erklang Melanies amüsiertes Kichern. »Sneakers und sonst nichts.«

Bastien lächelte. »Schön wär's.«

Er hörte, wie Richart neben ihm lautlos in sich hineinlachte.

»Zieht ihr jetzt los, um Stuart zu treffen?«, fragte sie.

»Ja.«

»Pass auf dich auf.«

»Das werde ich.«

»Und ruf mich nach dem Treffen an, damit ich weiß, das alles in Ordnung ist.«

»Versprochen.«

Mithilfe der Wärmebildbrille überprüfte Richart noch einmal den Campus, während Bastien sein Handy verstaute. »Wie ist es, Freunde zu haben, die sich um einen sorgen?«

»Seltsam.«

»Aber auch gut, stimmt's?«

Bastien nickte.

Richart steckte die Brille weg. »Also gut. Dann mal los.«

Bastien blieb wachsam, während Richart sie auf die Lichtung teleportierte, auf der sich sein Versteck befunden hatte. Er hielt sich bereit, für den Fall, dass Stuart ihnen eine Falle stellte.

Was er in dem Augenblick zu sehen bekam, in dem sie sich auf der Wiese materialisierten, erfüllte ihn mit Wut.

Stuart war zurückgekehrt. Aber er war nicht allein.

Während sich Stuart am Rand der Lichtung herumdrückte, wobei er so düster und nervös wirkte wie ein Drogensüchtiger, der es nicht erwarten konnte, sich den nächsten Schuss zu setzen, stolperten neun Vampire auf der Lichtung herum.

Ihr raues Gelächter hatte die Wildtiere verschreckt, sodass vollkommene Stille herrschte. Der Geruch von Alkohol, altem Schweiß und Urin verpestete die Luft. Diese Trottel plapperten unsinniges Zeug vor sich hin und verhielten sich, als wären sie betrunken, obwohl der Schnaps, den sie in sich hineinschütteten, dank des Virus keinerlei Wirkung auf sie hatte.

Bastien verengte die Augen zu Schlitzen und heftete den durchdringenden bernsteinfarbenen Blick auf ihren Anführer, der laut lachte und im hohen Bogen auf die Lichtung pinkelte.

Tief im Inneren wusste Bastien natürlich, dass das hier nicht mehr sein Zuhause war. Obwohl ihm dieses Stück Land tatsächlich immer noch gehörte, hatte er dieses Kapitel seines Lebens abgeschlossen.

Dennoch störte ihn die Respektlosigkeit dieses Halbstarken gewaltig, der mit solcher Schadenfreude auf das winterbraune Gras der Lichtung urinierte.

Als Stuart Bastien und Richart erblickte, wurden seine Augen groß. Er schlang die Arme um seine Körpermitte, sackte in sich zusammen, als wollte er sich in seiner Jacke verstecken, und entfernte sich noch weiter von der Vampirgruppe. Sein Gesichtsausdruck war ängstlich, und Bastien hatte den Eindruck, dass der Junge ihm etwas sagen wollte.

Der Anführer der Bande, der seinen Penis immer noch in der Hand hielt, drehte sich um und sah sie. »Hey!«, rief er den anderen zu und lenkte die Aufmerksamkeit der übrigen Vampire auf die beiden Neuankömmlinge. »Woher zum Teufel kommt ihr Jungs so plötzlich?«

Bastien knirschte mit den Zähnen und versuchte es mit einem Lächeln. Allerdings fiel es nicht sehr freundlich aus. »Ich würde ja glatt sagen, von einem Techtelmechtel mit deiner Mutter – andererseits … das war, *bevor* ich deine Mutter zu Gesicht bekommen habe.«

Richart, der sich langsam zu Bastien umdrehte, musterte ihn verblüfft.

Aber Bastien war das egal. Dieser kleine Mistkerl pinkelte auf das Stück Land, das er einst als seine Heimat betrachtet hatte.

Ein paar Sekunden lang war es totenstill, dann brachen seine Kumpane in Gelächter aus.

»Voll krass, Alter!«

»Er glaubt, dass deine Mutter zu hässlich ist für einen Fick!«

Die Augen des Anführers fingen an, in einem durchdringenden Blaugrün zu leuchten.

Bastien fixierte ihn grimmig. »Wenn du klug bist, dann packst du deinen Pipimann jetzt ganz schnell weg.«

»Warum? Macht dich das an? Willst du ihn mal in den Mund nehmen?«, fragte der Vampir höhnisch und grinste seinen Kumpels verschwörerisch zu.

»Vielleicht habe ich mich nicht klar ausgedrückt. Wenn du an deinem besten Stück hängst, dann steckst du es jetzt besser weg.«

Irgendetwas an Bastiens Stimme oder seiner Erscheinung musste in einen Winkel seines Gehirns vorgedrungen sein, der noch nicht völlig vom Virus zerfressen war, denn der Trottel steckte seinen Penis zurück in die Hose und schloss den Reißverschluss. »Was geht dich das an?«, wollte er wissen. »Wer bist du überhaupt?«

»Genau«, meldete sich ein anderer Vampir zu Wort. »Und was soll das mit den schwarzen Klamotten? Wer seid ihr Jungs – Möchtegern-Unsterbliche-Wächter oder so was in der Art?«

Richart verzog keine Miene. »So was in der Art.«

Bastien legte den Kopf schräg. »Und die Antwort auf deine Frage, wer ich bin, lautet: Ich bin der Besitzer des Grundstücks, auf das du gerade gepisst hast.«

»So ein Schwachsinn. Das würde ja bedeuten, dass du Bastien bist.«

Was bedeutete, dass das kleine Arschloch genau gewusst hatte, auf wessen Gelände er sich gerade erleichtert hatte. »Der Kandidat hat hundert Punkte.«

Der vorwitzige Blutsauger wechselte Blicke mit seinen Kumpanen.

»*Na klar* … und der da ist Roland, oder was?«, fragte ein anderer Vampir, den Blick auf Richart gerichtet.

»Ich dachte, Bastien und Roland würden zusammen mit einer Sterblichen auf Jagd gehen«, beteiligte sich ein weiterer Vampir an der Diskussion.

Richart warf Bastien einen Blick von der Seite zu. »Also weißt du, langsam bin ich ein bisschen gekränkt, dass offenbar alle Vampire dich und Roland kennen, aber niemand weiß, wer *ich* bin.«

Mit grimmigem Gesicht musterte Bastien den Vampir mit den blaugrünen Augen. »Immerhin – wenn sie deinen Namen nicht kennen, können sie auch nicht in deinen Vorgarten pinkeln.«

»Gutes Argument.«

»Warte mal«, meldete sich ein weiterer Blutsauger zu Wort. »Dann *bist* du wirklich Bastien? Ganz im Ernst?«

Die blaugrünen Augen des Anführers glühten vor Zorn. »Bastien, der Verräter?«

»Alle Achtung, du bist ja wirklich ein schlaues Kerlchen.«

Jetzt begannen auch die Augen der übrigen Vampire zu leuchten.

»Macht sie fertig!«, brüllte ihr Anführer.

Im Nu verschwammen die Gestalten zu Farbklecksen.

Bastien zog seine Langschwerter.

Richart löste sich in Luft auf und tauchte dann direkt vor den Vampiren wieder auf, in jeder Hand ein Schwert.

Mit einem Streich enthauptete er zwei Vampire. Während ihre Köpfe noch zu Boden rollten, wirbelte Richart herum und trieb zwei weiteren Vampiren Dolche in die Herzen.

Die verbliebenen Vampire stürzten sich in geschlossener Formation auf Bastien.

Bastien konzentrierte sich auf den mit den türkisfarbenen Augen und entwaffnete ihn, während er nebenbei geschickt die unbeholfenen Angriffe der übrigen Blutsauger abwehrte.

Diese Vampire unterschieden sich nicht von denen, die sie in der letzten Nacht angetroffen hatten: Im Gegensatz zu Bastiens eigenen Leuten und den Anhängern des Vampirkönigs waren sie von niemandem trainiert worden. Sie wirkten übermütig und steckten voller Energie, schienen aber keine Kontrolle über ihre Kräfte zu haben und sie nicht zielgerichtet einsetzen zu können. Einer von ihnen überschätzte sich und stach aus Versehen auf einen seiner Kumpane ein.

Dieser Haufen von Stümpern und Witzbolden hatte offenbar noch nie als Einheit gekämpft. In gewisser Weise war das beruhigend, denn es hieß, dass sie es nur mit einzelnen, zufällig entstandenen Vampirrudeln zu tun hatten, statt mit einer sich neu formierenden Armee.

Gleichzeitig gehörten die Vampire zur digitalen Generation und hatten keine Vorstellung davon, wie ein echter Kampf aussah. Sie waren mit Waffen ausgerüstet, die zwar cool aussahen, sich aber als vollkommen nutzlos erwiesen, wenn sie damit gegen Unsterbliche kämpfen mussten. Sie hatten Bowiemesser mit reich verzierten Griffen dabei, auf deren Klingen Tiere gemalt waren, und außerdem glänzende Fleischermesser, die eher in eine Kochshow oder einen Horrorfilm gepasst hätten. Dann gab es noch ein protziges Jagdmesser, dessen Klinge ausgerechnet die Form eines Drachen hatte. Einer der Vampire schwenkte eine Waffe, von der Bastien hätte schwören können, dass es sich um ein Filetiermesser handelte.

Wie kamen diese Jungs an solche Waffen? Bestellten sie sie bei einem dieser großen Anbieter im Internet?

Während Bastien dem Vampir mit den blaugrünen Augen die Venen öffnete, bemerkten die übrigen Blutsauger etwas zu spät ihre beiden geköpften Kameraden und das Paar, das sich Richart gerade vorgenommen hatte. Sie hielten mitten in der Bewegung inne, blieben stehen und starrten den französischen Unsterblichen mit offenem Mund an.

Während seine Gegner ihren letzten Atemzug aushauchten, lächelte Richart ein finsteres Sensenmann-Lächeln und verschwand.

Die Blicke der Vampire in Bastiens Nähe jagten unruhig hin und her.

Die Situation zu seinem Vorteil nutzend, schaltete Bastien problemlos die beiden Vampire aus, die ihn angriffen. Die beiden geiferten wie tollwütige Hunde, die so sehr danach gierten, zu töten, Blut zu trinken und ihr Opfer in Stücke zu reißen, dass sie überhaupt nicht mitbekamen, was um sie herum vorging. Es war offensichtlich, dass die beiden schon zu sehr dem Wahnsinn verfallen waren, als dass man sie hätte rekrutieren oder gar retten können.

Ihre Körper sackten zu Boden und begannen sofort in sich zusammenzuschrumpfen.

Bastien steckte eins seiner beiden Schwerter weg und packte den abgelenkten Vampir, der neben ihm stand, am Arm, während sich Richart neben dem anderen materialisierte. Ätzend wie Säure strömten die Gefühle des Blutsaugers auf Bastien ein. Angst. Gewalt. Wut. Hass. Nicht die Spur von Reue. Keine Trauer um seine Freunde. Kein einziges auch nur annähernd positives Gefühl.

Als der Vampir verspätet sein Fleischermesser schwang, schlug Bastien es ihm aus der Hand und schlitzte ihm die Hals- und die Oberschenkelschlagader auf. Sein Gegner machte ein paar unsichere Schritte nach hinten, stolperte über den Leichnam seines Kumpels und fiel.

Der letzte verbliebene Vampir stürzte sich mit gezücktem Bowiemesser auf Bastien.

Nachdem Bastien mehrere Hiebe abgewehrt hatte, fing er an, sich zu langweilen, und machte Ernst. Die Klinge, die der Blutsauger in der Hand hielt, brach ab. Bastien schlug ihm so kräftig gegen die andere Hand, dass der Vampir vor Schmerz aufheulte, die Klinge fallen ließ und seine Hand mit schmerzverzerrtem Gesicht festhielt. Bastien griff nach seiner Schulter. Die Empfindungen, die ihn überfluteten, waren so krank und verderbt, dass ihm fast schlecht wurde. Er schubste den Vampir nach hinten und schnitt ihm mit einer schnellen Bewegung die Kehle durch.

Blut spritzte ihm ins Gesicht.

Bastien seufzte und fuhr sich mit dem Ärmel über das besudelte Gesicht.

Der Vampir versuchte vergeblich, sich gegen das Unvermeidliche zur Wehr zu setzen, aber schließlich sank er auf die Knie und sackte vornüber.

Bastien säuberte seine Klinge an dem Dead Kennedys-T-Shirt des Vampirs und drehte sich zu Stuart.

Dessen Augen waren fast so groß wie sein Gesicht. Er wirbelte auf dem Absatz herum und sprintete in den Wald.

Richart löste sich in Luft auf und tauchte einen Sekundenbruchteil später direkt vor dem Vampir wieder auf, der laut fluchend vor dem Unsterblichen zurückwich.

»Ich kannte diese Typen nicht«, platzte er heraus, während er sich die Stirn rieb und zu Bastien umdrehte. »Ich meine, die gehören nicht zu mir.«

Bastien schlenderte zu ihm hinüber. »Wer waren sie dann?«

Richart zog ein Taschentuch aus der Innentasche seines Mantels und fing an, das Blut von seinen Klingen zu wischen.

»Ich weiß es nicht«, erwiderte Stuart mit Panik im Gesicht. »Als Sie letzte Nacht nicht gekommen sind …«

»Mir ist etwas dazwischengekommen.«

»Besser gesagt: jemand«, brummte Richart.

Bastien nickte. »Wir mussten uns um ein paar von diesen Söldnern kümmern, von denen wir dir erzählt haben.«

Stuarts Blick wanderte zwischen ihnen hin und her. »Auf dem Gelände der Duke-University?«

»Nein, auf dem Campus der UNC. Warum?« Stuart machte doch nicht etwa gemeinsame Sache mit Emrys?

»Auf dem Gelände der Duke-University lagen letzte Nacht ebenfalls ein paar Soldaten auf der Lauer. Sie sahen aus, als gehörten sie zu einer Spezialeinheit oder zum Militär oder so. Sie trugen dunkle Tarnanzüge und waren bis an die Zähne bewaffnet.«

Bastien und Richart wechselten einen Blick. »Hast du sie

mit eigenen Augen gesehen oder nur über den Flurfunk davon erfahren?«

»Ich habe sie gesehen. Ich war mit einem Kumpel da, mit dem ich häufig abhänge. Ein anderer Vampir. Wir tranken von …«

Richart zog eine finsteres Gesicht.

»Ich wollte sagen, wir, äh …«

»Erzähl einfach weiter«, sagte Bastien.

»Wir tranken von diesen beiden Typen, die auf ihrem Weg zum Parkplatz nichts mitbekamen, weil sie mit einer App auf ihrem Handy beschäftigt waren. Aber wir haben sie nicht getötet. Ich schwöre es.«

»Erzähl uns einfach von den Männern, die du gesehen hast.«

»Wir drängten die beiden Trottel gegen ihren Wagen und wollten uns gerade vom Acker machen, als Paul ganz plötzlich mehrere Male heftig zusammenzuckte und stehen blieb. Verdammt, diese Typen haben auf ihn geschossen. Und dabei müssen sie eine Arterie getroffen haben, denn er fing an, wie verrückt zu bluten. Dann verdrehte er die Augen und brach zusammen, seine Beine bewegten sich nicht mehr, und ich bemerkte, dass ein Pfeil aus seinem Hals ragte. Männer in dunklen Tarnanzügen stürmten hinter dem nächsten Gebäude hervor und …« Er schüttelte den Kopf. »Ich rannte los.«

»Und deinen Freund – Paul? – hast du zurückgelassen?«

»Paul fing bereits an, sich aufzulösen. Ich sah keinen Sinn darin, zu bleiben, um zu sehen, ob es die Kugeln oder die Pfeile waren, die ihn getötet hatten. Ich hatte Angst.«

Wenigstens war es den Söldnern nicht gelungen, den Vampir lebend zu erwischen. Sobald das Virus sein Werk verrichtet hatte, blieb nichts mehr von seinem Körper übrig, das Emrys hätte studieren können. »Ganz offensichtlich konntest du abhauen.«

»Ja, aber erst, nachdem mich diese Schweine mit einem ihrer

Pfeile erwischt hatten.« Er griff in seine Hosentasche und zog einen Pfeil heraus, der genau aussah wie der, mit dem Bastien betäubt worden war.

Richart machte einen Schritt auf ihn zu. »Wenn du einen Pfeil abbekommen hast – wie ist es dir da gelungen, zu entkommen?«

Stuart schüttelte den Kopf. »Ich weiß es nicht.«

Bastien streckte die Hand nach dem Jungen aus.

»Alter, was …«

»Sag uns einfach, wie du es geschafft hast, da wegzukommen.«

»Ich weiß es wirklich nicht«, wiederholte er, während sein Blick unwillkürlich zu den Schwertern wanderte, die Richart noch nicht wieder in ihre Scheiden zurückgesteckt hatte. »Offenbar hat mich die Substanz nicht sofort ausgeknockt. Vielleicht lag das daran, dass ich nicht so viel Blut verloren hatte wie Paul. Vielleicht war ich auch einfach gerade zu schnell, als der Pfeil mich traf, und deshalb gelang es mir, weit genug wegzukommen, bevor ich das Bewusstsein verlor. Das Letzte, woran ich mich erinnere, ist, wie ich mich weiterschleppte, um möglichst viel Distanz zwischen mich und die Soldaten zu bringen. Bei Sonnenuntergang erwachte ich in einem Geräteschuppen in einem der Gärten in der Nähe des Unigeländes.«

Bastien wechselte einen Blick mit Richart, der ihn zweifelnd ansah. »Nach meiner Gabe zu urteilen, sagt er die Wahrheit. Er erinnert sich wirklich nicht mehr.«

»Welche Gabe?«, fragte Stuart.

»Ich kann spüren, was du fühlst«, erklärte Bastien.

Stuart schluckte und befreite seinen Arm. »Ehrlich?«

»Ja.« Er sah Richart an. »Er scheint die Wahrheit zu sagen.«

Als Richart auf die zusammenschrumpelnden Vampirleichname deutete, waren seine Augenbrauen immer noch zu einem dunklen Strich zusammengezogen. »Und wer waren diese Blutsauger?«

»Das weiß ich nicht. Sie kreuzten hier plötzlich auf, während ich darauf wartete, ob sich Bastien heute Nacht blicken lassen würde. Ich hatte zwar keine Lust, mit diesen Typen Zeit zu verbringen – es war ja offensichtlich, dass sie ziemlich durchgeknallt waren –, andererseits wollte ich nicht wie Paul enden und abwarten, ob Sie in dieser Nacht auftauchen würden. Paul und ich haben die beiden Männer nicht getötet, von denen wir getrunken haben. Aber diese Typen, die Sie getötet haben, die brachten ihre Opfer um. Und hatten Spaß dabei. Sie prahlten mit den Mädels, die sie ausgesaugt haben, bevor Sie beide hier auftauchten. Außerdem erzählten sie irgendeinen Mist darüber, dass sie sich an Bastien rächen wollten, weil er die Vampire verraten hätte.«

Richart steckte seine Schwerter weg. »Also hast du beschlossen, Bastiens Angebot anzunehmen? Du bist bereit, dich mit den Unsterblichen Wächtern zu verbünden?«

»Sie werden mich doch nicht töten, oder?«

»Nein«, versprach Bastien. Er fügte nicht hinzu: *Vorausgesetzt, du gibst uns keinen Grund.*

»Dann … ja. Diese Soldaten von letzter Nacht … ich glaube, wenn die mich gekriegt hätten, dann hätten sie genau das getan, wovor Sie mich gewarnt haben. Sie hätten mich bestimmt gefoltert. Die hätten mich wie eine Laborratte seziert. Die Unsterblichen Wächter würden so etwas doch nicht tun, nicht wahr?«

»Nein«, bestätigte Bastien. »Die Vampire, die sich uns angeschlossen haben, spenden regelmäßig Blut, unterziehen sich freiwillig Computertomografien und anderen routinemäßigen Tests, weil sie unseren Ärzten und Wissenschaftlern dabei helfen wollen, ein Heilmittel gegen das Virus zu finden – oder wenigstens einen Weg, um es zu behandeln. Wir würden es dir hoch anrechnen, wenn du dich ebenfalls dazu bereit erklären würdest, aber das ist keine Bedingung.«

Stuart nickte, er wirkte nervös. »Ja. Sicher. Das kann ich schon machen … Blut spenden und so. Das habe ich schon mal gemacht, als meine ehemalige Studentenverbindung zu einer Blutspendeaktion aufgerufen hat.«

»Exzellent. Dann sind wir uns ja einig.« Bastien bot ihm seine Hand an.

Stuart zögerte nur einen kurzen Moment, dann schüttelte er sie. Richart tat es ihm nach, während Bastien sein Telefon aus der Hosentasche fischte und wählte.

»Melanie?«

»Hey. Wie ist es gelaufen? Geht's dir gut?«

Sein Puls beschleunigte sich. Es zu leugnen hatte keinen Sinn. Er war dabei, sich in sie zu verlieben. Und Richart wusste natürlich Bescheid, da er genau hörte, dass Bastiens Herz wie wild schlug. »Es ist gut gelaufen. Wir haben einen neuen Rekruten. Stuart hat sich einverstanden erklärt, sich uns anzuschließen.«

»Großartig! Ich werde sofort Mr Reordon informieren.«

»Wohin soll Richart ihn bringen?«

Stuart machte einen Schritt auf ihn zu. »Sie kommen doch auch mit, nicht wahr?«

»Richart kommt zurück, um mich zu holen.«

»Nein. Ich gehe nur mit, wenn Sie auch mitkommen.«

Bastien sah Richart an. »Kannst du uns beide gleichzeitig zum Netzwerk beamen?«

Richart beäugte den nervösen Vampir und kam offenbar zu demselben Schluss wie Bastien. »Ja.«

»Richart teleportiert uns beide gleichzeitig.«

»Okay. Warum bringt ihr ihn nicht in mein Büro? Vielleicht fühlt er sich wohler, wenn wir erst mal unter uns sind.«

»Danke. So machen wir es.«

»Okay. Dann bis gleich. Und Stuart, da Sie gerade zuhören … ich wollte Ihnen nur sagen, dass ich mich darauf freue, Sie wiederzusehen.«

Stuart wirkte völlig geplättet. »Ähem … Okay. Danke.«

»Bis gleich, Bastien.«

Bastien beendete das Telefonat.

Stuart tippelte unruhig von einem Fuß auf den anderen. »War das die Frau, gegen die ich neulich gekämpft habe?«

»Ja.«

»Wow. Sie scheint wirklich nett zu sein.«

»Das ist sie«, bestätigte Bastien.

Richart fluchte. »Verdammt, mir ist gerade eingefallen, dass Lisette heute Nacht auf dem Campus der Duke patrouilliert.«

»Wer ist Lisette?«

»Seine Schwester«, erklärte Bastien und sagte dann an Richart gewandt: »Du solltest sie besser warnen.«

Richart nickte, er wählte bereits. Und fluchte wieder. »Die Voicemail ist eingeschaltet. Ich werde mal kurz dort vorbeischauen, um mich zu überzeugen, dass mit ihr alles in Ordnung ist.«

»Okay. Komm her, um mich zu holen, falls du meine Hilfe brauchst.«

Richart verschwand.

Stuart schnappte hörbar nach Luft. »Alter, das ist ja der Hammer! Bringen Sie mir bei, wie man das macht?«

Aber Bastien schüttelte den Kopf. »Ich fürchte, diese spezielle Gabe ist angeboren.«

»Was für ein Mist.«

»Du sagst es.«

11

Melanie hatte befürchtet, dass ihre Beziehung zu Chris darunter leiden könnte, dass sie ihn bei dem Treffen bloßgestellt hatte. Aber zu ihrer Überraschung verhielt er sich wie immer: geschäftsmäßig, aber freundlich.

Sobald Bastien aufgelegt hatte, rief sie Chris an, um ihm mitzuteilen, dass ihr erster Rekrut unterwegs war. Im Untergeschoss fünf herrschte schlagartig rege Betriebsamkeit. Dr. Whetsman verdrückte sich sofort durch das Treppenhaus. Zusätzliche Sicherheitsleute strömten aus dem Aufzug.

Melanie, die in der Tür zu ihrem Büro stand, beobachtete, wie sich Chris vor dem Aufzug mit Todd beriet. In diesem Moment steckte Linda den Kopf aus der Tür des nächsten Labors. »Irgendwie tut mir dieser Vampir jetzt schon leid. All diese Sicherheitsleute und die vielen Waffen … Herrgott, die machen sogar mich nervös. Kannst du dir vorstellen, wie *er* sich dann erst fühlen muss?«

»Hmm. Du hast recht.« Mithilfe ihrer Ellbogen bahnte sich Melanie einen Weg durch die muskulösen, schwerbewaffneten Männer und eilte den Korridor hinauf zu ihrem Chef.

»Mr Reordon?«

Er drehte sich um. »Ja?«

»Bastien konnte das vor dem Vampir nicht laut sagen, aber ich hatte den Eindruck, dass er sehr nervös ist. Und ich fürchte, dieser Anblick«, sie deutete auf die durchtrainierten Wachmänner mit Automatikwaffen, die den Flur verstopften, »könnte dazu führen, dass er vor Schreck den Kopf verliert.«

Chris warf einen unbehaglichen Blick auf die vielen Sicherheitsleute. »Wohin genau wird Richart ihn bringen?«

»Ich habe mein Büro vorgeschlagen. Ich habe gedacht, dass es für den Anfang einladender ist als das Labor.«

Er nickte. »Ich werde meine Männer zwar nicht aus diesem Geschoss abziehen, aber dafür sorgen, dass sie außer Sichtweite sind. Wie sieht der Plan aus?«

Was für eine Erleichterung. »Ich dachte, dass ich mich erst mal vorstelle und ihm etwas Zeit gebe, sich zu akklimatisieren. Dann zeige ich ihm Vincents Apartment.«

Nach Vincents Tod hatte Chris das Apartment renovieren lassen. Melanie wusste nicht genau, warum. Damals schienen die Chancen, dass sie einen weiteren Vampir finden würden, der freiwillig dort lebte, astronomisch gering.

»Ich befehle den Männern, den Korridor zu verlassen und sich stattdessen im Operationssaal, im Pausenraum, in Lindas Büro, in den Labors und im Treppenhaus bereitzuhalten. Nur etwa ein Dutzend bleibt im Flur und ist somit für ihn sichtbar.«

»Das klingt gut. Ich sage Bescheid, wenn Stuart so weit ist.«

»Stuart?«

»Das ist der Name des neuen Rekruten.«

Mit einem Nicken drehte er sich wieder zu Todd um.

Als sie zurück zu ihrem Büro ging, wurde unter Cliffs Tür ein Blatt Papier hindurchgeschoben, das vor ihr über den Flur glitt.

Melanie hob das Blatt auf und las, was Cliff mit seiner ordentlichen Handschrift darauf notiert hatte:

Du musst unbedingt dafür sorgen, dass sich Joe ruhig verhält. Er dreht wieder durch. Und wenn der neue Vampir das paranoide Zeug hört, das er vor sich hinplappert, versucht er garantiert, die Biege zu machen.

»Was ist los?«, fragte Linda, die zu ihr trat und einen neugierigen Blick auf die Nachricht warf.

Melanie hielt sie ihr hin.

Linda legte ihr eine Hand auf die Schulter. »Ich werde mich darum kümmern.«

»Danke.«

Der Rest der Unterhaltung wurde mithilfe der Zeichensprache geführt, die sich die beiden Frauen angeeignet hatten, als ihnen klar geworden war, dass die Vampire *alles* hören konnten, was um sie herum gesprochen wurde, sogar die Gespräche, die im Erdgeschoss geführt wurden.

Gib ihm eine niedrige Dosis, genug, um ihn zu beruhigen – aber nicht so viel, dass er das Bewusstsein verliert, bedeutete Melanie Linda per Zeichensprache.

Okay.

Linda wirkte erleichtert, und Melanie verstand, warum. Die beiden Frauen bevorzugten es, die niedrigere Dosis zu verabreichen, statt die Vampire vollständig auszuknocken. Denn wenn sie komplett das Bewusstsein verloren, war ihnen hinterher schummrig.

Sei vorsichtig, fügte Melanie hinzu. *Wenn er gerade dabei ist, auf den nächsten Anfall zuzusteuern, hat er vielleicht kein Verständnis für deine Vorgehensweise. Sorg dafür, dass ein paar Wachen in der Nähe sind … nur für den Fall.*

Das werde ich.

Melanie quetschte sich zwischen zwei Sicherheitsleuten hindurch.

»Hey, Doc.«

»Hey, Doc.«

Sie winkte ihnen zu und lief eilig zurück in ihr Büro, wo sie die Tür hinter sich schloss. Richart und Stuart konnten jede Sekunde eintreffen, und sie wollte nicht, dass der Neuling die wachsende Armee im Korridor zu Gesicht bekam. Er würde sofort den Herzschlag der vielen Wachleute hören, sobald er im

Büro war. Das war unvermeidlich. Aber mit ein bisschen Glück würde er glauben, dass wenigstens ein paar davon den regulären Netzwerkmitarbeitern – wie ihr selbst – gehörten.

Die Minuten vergingen. Im Untergeschoss fünf kehrte Ruhe ein.

Nervös auf ihrer Unterlippe herumkauend, warf Melanie einen Blick auf ihre Armbanduhr. Warum dauerte das so lange? Hatte sich Bastien schon gedacht, dass Chris Vorbereitungen treffen würde, und sich entschieden, ihm noch etwas Zeit zu geben?

Hinter ihr war ein Rascheln zu hören.

Melanie wirbelte herum, und obwohl sie vorgewarnt worden war, hatte sie doch einen kleinen Schreck bekommen. »Jetzt verstehe ich, warum Seth vorher anruft, um Sarah zu warnen.«

»Tut mir leid, dass das so lange gedauert hat«, entschuldigte sich Bastien.

Sie registrierte die feuchten Flecken auf seiner und Richarts Kleidung und die Blutspritzer in ihren Gesichtern. »Ist etwas passiert?«

Die Kleidung des Vampirs, der zwischen den beiden Männern eingeklemmt stand, wies keine Flecken auf – offenbar hatten sie gegen jemand anderen gekämpft.

»Da lungerten noch ein paar andere Vampire am Treffpunkt herum«, erklärte Richart.

Bastien, dessen Augenbrauen zu einem dunklen Strich zusammengezogen waren, nickte. »Sie haben es gewagt, auf mein Grundstück zu pinkeln«, grummelte er.

Oh, oh. Keine gute Idee. Sie warf Stuart einen Blick zu, verwundert, dass Bastien ihm keine Tracht Prügel verpasst hatte, obwohl er so respektlose Kumpel mitgebracht hatte.

Aber Stuart schüttelte sich und hob abwehrend die Hände. »Ich kannte die nicht. Sie waren einfach nur zufällig da, weil sie Bastiens legendärem Schlupfwinkel einen Besuch abstatten wollten.«

»Ach so.« Sie machte einen Schritt auf Bastien zu und legte ihm die Hand auf den Arm. »Ich nehme an, dass ihr ihnen einen ordentlichen Arschtritt verpasst habt?«

Er zuckte mit den Achseln. »Leider war der Wahnsinn bei ihnen schon zu weit fortgeschritten. Man konnte ihnen nicht mehr helfen, deshalb mussten wir sie töten.«

»Und ihr hattet ein bisschen zu viel Spaß dabei, nehme ich an.«

Er lächelte. »Nur mit dem einen, der es gewagt hat, auf meinen Grund und Boden zu pinkeln.«

Melanie lachte.

Stuarts faszinierter Blick wanderte zwischen ihnen hin und her. »Sind sie beide etwa ein Paar? Ein Unsterblicher und eine Sterbliche? Ist das erlaubt?«

Bastiens attraktives Gesicht spiegelte Unbehagen wider.

Melanie schüttelte den Kopf. Mit der Zeit würde er hoffentlich aufhören, sich ständig darum zu sorgen, dass ihre Beziehung negative Auswirkungen auf ihr Leben und ihre berufliche Laufbahn haben könnte. »Ja, wir sind zusammen. Und die Jury hat immer noch nicht entschieden, ob das in Ordnung ist oder nicht, was mit Bastiens dunkler Vergangenheit zu tun hat.« Lächelnd streckte sie die Hand aus. »Ich habe mich noch gar nicht offiziell vorgestellt. Ich bin Dr. Melanie Lipton. Ich freue mich, Sie kennenzulernen, Stuart.«

Bastien wusste, dass Melanie nicht auf einen Sockel gestellt werden wollte, aber als er ihr dabei zusah, wie sie Stuart anlächelte und ihm die schmale blasse Hand entgegenstreckte, kannte seine Bewunderung keine Grenzen.

Er konnte sie wirklich verdammt gut leiden. Okay, er *liebte* sie. Dieses prickelnde, kitschige *Ich-will-sie-doch nur-in-meinen-Armen-halten*-Gefühl, das ihn innerlich wärmte wie ein guter Brandy, konnte nur Liebe sein. Sie war so mutig. Und klug. Und wunderschön. Und bereit, Risiken einzugehen, um anderen zu helfen. Bereit, einen weiteren Vampir in ihrem Territorium willkommen zu heißen und alles zu tun, damit er sich wohlfühlte.

Stuart nahm ihre Hand und schüttelte sie behutsam. »Guten Tag, Ma'am. Es tut mir leid, dass ich Sie verletzt habe.«

»Machen Sie sich deswegen keine Sorgen. Willkommen im Netzwerk.«

»Vielen Dank.«

»Ich leite die viralen Forschungen, die wir hier durchführen, und arbeite gelegentlich mit den Vampiren zusammen. Momentan gibt es zwei Vampire, die hier wohnen.«

Willkommen Stuart, hörte Bastien Cliff sagen. *Ich bin Cliff. Schön, dass es hier jetzt noch einen Vampir gibt, mit dem man hin und wieder mal abhängen kann.*

Stuart sah in Richtung Flur. »Du bist einer von den Vampiren, die hier leben?«

Ja. Ich kann mir vorstellen, dass du etwas nervös bist, weil du nicht weißt, was auf dich zukommt …

Melanie suchte Bastiens Blick. »Spricht Cliff mit ihm?«

»Ja.«

Mir jedenfalls ging es so. Aber du brauchst dir keine Sorgen zu machen. Dr. Lipton ist großartig. Genauso wie Linda und noch ein paar von den Angestellten, mit denen wir zusammenarbeiten. Du musst auch nicht ständig wachsam sein und dir Sorgen darüber machen, dass Sterbliche herausfinden könnten, was du bist. Oder dass dich andere Vampire angreifen, oder wo du ein sicheres Plätzchen findest, um dich tagsüber zu verstecken. Du hast die richtige Entscheidung getroffen.

»Worher soll ich wissen, dass du kein Unsterblicher bist, der mich in Sicherheit wiegen will, damit ich keine Schwierigkeiten mache?«, wollte Stuart wissen, dessen Gesicht sowohl Hoffnung als auch Argwohn widerspiegelte.

Na ja, zum einen sind die Unsterblichen zu mächtig, als *dass sie es nötig hätten, dich zu täuschen. Für sie stellt es kein Problem dar, dich zu überwältigen und mit dir zu machen, was sie wollen. Zum anderen war ich einer von Bastiens Anhängern. Ich habe in der Nacht kapituliert, als in der Nähe seines Unterschlupfs die letzte Schlacht gegen die Unsterblichen stattfand. Seitdem lebe ich hier. Aber das alles und noch mehr wirst du bald erfahren.*

»Was ist mit dem anderen Vampir? Wo ist er?«

Bastien sah Melanie an. »Wo ist Joe?«

Sie biss sich auf die Unterlippe, ihr Unbehagen war deutlich zu erkennen. »Ich glaube, er ruht sich aus.«

Hatte sie ihn betäuben müssen? Hatte er einen Anfall gehabt? Oder hatte sie sich vor dem gefürchtet, was Joe zu Stuart sagen könnte?

Ich bin hier, sagte Joe, dessen Stimme leise und emotionslos klang. Es war offensichtlich, dass er betäubt worden war. *Das Virus macht mir heute sehr zu schaffen. Hör auf Cliff. Er ist noch nicht so durchgeknallt wie ich. Ich glaube … Ich glaube, dass ich zurzeit nicht klarsehe. Cliff aber schon.*

Stuart wirkte ernst. Er wandte sich an Melanie. »Können Sie uns helfen?«

»Ich hoffe es, Stuart. Deshalb freue ich mich auch, dass Sie hier sind. Je mehr ich über die Vampire erfahre und je mehr Sie mir über sich erzählen, desto schneller finden wir eine Möglichkeit, dafür zu sorgen, dass das Virus Ihre Gehirne nicht zerstört.«

Stuart nickte. »Was kann ich tun?«

»Für's Erste? Wenn es Ihnen nichts ausmacht, würde ich gern eine Blutprobe nehmen, und dann würde ich Ihnen Ihr neues Apartment zeigen.«

Stuart warf Bastien einen Blick zu. »Ist es … wirklich ein Apartment? Keine Zelle?«

Wir sind hier nicht im Gefängnis, Stuart. Wir führen ein angenehmes Leben im Netzwerk, sagte Cliff. *Jeder hat sein eigenes Apartment mit den Möbeln und der elektronischen Ausstattung, die er sich wünscht. Allerdings werden aus Sicherheitsgründen unser Telefon und unsere Internetaktivitäten überwacht.*

Bastien lächelte und nickte, als Stuart große Augen machte.

»Also bekomme ich meine eigene Wohnung?«

Melanie lächelte. »Ja. Wir möchten, dass Sie sich bei uns wohlfühlen und dass es Ihnen – und das ist noch wichtiger – hier wirklich gut geht.«

Stuart wirkte verblüfft. »Ich hatte noch nie eine ganze Wohnung für mich allein. Nicht einmal ein eigenes Zimmer. Bisher musste ich immer teilen … mit meinen Brüdern oder einem Zimmergenossen. Verdammt, hatte ich bescheuerte Zimmergenossen!«

Melanie lachte. »Na, dann los. Zuerst nehmen wir die Blutprobe, und dann können Sie sich in Ihrem Apartment einrichten.«

Stuart nickte enthusiastisch.

Aber als sie sich umdrehte, berührte Bastien ihren Arm. »Wir müssen wieder los, auf die Jagd. Stuart hat gesagt, dass er letzte Nacht Soldaten auf dem Campus der Duke University gesehen hat, deshalb wird zurzeit jeder Unsterbliche dort draußen gebraucht. Damit wir Emrys und seine Männer finden, bevor sie sich einen Vampir schnappen.«

Als sie zu ihm aufschaute, runzelte sie sorgenvoll die Stirn. »Okay. Sei vorsichtig.«

»Das werde ich.« Er wollte sich abwenden.

Aber sie hielt ihn am Arm fest und berührte ihre Lippen mit dem Zeigefinger. »Abschiedskuss?«

Möglicherweise irrte er sich, aber Bastien war sich ziemlich sicher, dass die Hitze, die ihm beim Blick auf die anderen in die Wangen stieg, bedeutete, dass er rot wurde.

Stuart kicherte. Richart lachte in sich hinein und verschränkte die Arme vor der Brust.

Verlegen beugte er sich vor und presste seine Lippen auf die von Melanie. Als er sich zurückziehen wollte, entschied er, dass sie einfach zu gut schmeckte, als dass er sich einen zweiten Kuss hätte verkneifen können. Also beugte er sich vor und küsste sie leidenschaftlich.

»Okay, Kumpel.« Richart packte Bastien am Mantelkragen und zog ihn gewaltsam von Melanie weg. »Den Rest hebst du dir besser für später auf.« Er lächelte Melanie an, deren Augen über geröteten Wangen strahlten. »Es war wie immer ein Vergnügen.«

Eine Sekunde später spürte Bastien den frostigen Winterwind auf dem Dach der Davis-Bibliothek.

Eine kalte Dusche hätte genau denselben Effekt gehabt.

In diesem Augenblick wurde Lisettes schlanke Gestalt sichtbar, die aus den Schatten trat. Sie wirkte nicht, als wäre sie über ihren Anblick erfreut. »Ich habe dir doch gesagt, dass alles in Ordnung ist.«

Doch ihr Stirnrunzeln verschwand, als ihr Blick auf die unübersehbare Ausbuchtung in Bastiens Hose fiel. »Gilt das mir? Denn ich bin durchaus bereit zuzugeben, dass ich eine Schwäche für böse Jungs habe.«

Bastien seufzte. Manchmal bereitete ihm der tägliche Umgang mit Unsterblichen schlimmere Kopfschmerzen als die, die ihm seine Vampirfreunde zuweilen beschert hatten.

Stuart *liebte* sein Apartment.

Melanie, die an ihrem Schreibtisch saß, musste unwillkürlich lächeln, während sie sich Notizen auf dem Kurvenblatt machte, das sie für ihn angelegt hatte. Er war so gespannt darauf, sein »neues Zuhause« zu begutachten, dass sie nachgegeben und ihm zuerst das Apartment gezeigt hatte.

Die Größe der Wohnung hatte ihn verblüfft. Während er auf dem Sofa gesessen und begeistert den großen Flachbildfernseher, die bequemen Möbel und die elektronischen Spielereien beäugt hatte, hatte sie ihm Blut abgenommen, seine Temperatur und den Blutdruck gemessen und alle anderen Untersuchungen gemacht, die die Ärzte und Schwestern normalerweise bei Sterblichen durchführten, wenn diese ins Krankenhaus kamen.

Für einen Vampir waren seine Werte vollkommen normal.

Am nächsten Tag würde sie die Anamnese machen. Ihn fragen, welche Krankheiten er vor seiner Verwandlung gehabt hatte, wie lange er schon ein Vampir war, wie es überhaupt dazu gekommen war und wie er seitdem gelebt hatte. Was er gegessen hatte. Wie oft er Blut getrunken hatte. Von wem er getrunken hatte.

Er machte den Eindruck eines sympathischen jungen Mannes, auch wenn er noch etwas zurückhaltend war. Sie freute sich auf die Zusammenarbeit mit ihm und glaubte, dass Cliff sich jetzt – da Joe immer weniger lichte Momente hatte – über seine Gesellschaft freuen würde.

Während sie auf das Kurvenblatt hinunterschaute, wunderte sie sich darüber, warum sie sich so … mutlos fühlte? War es das, was sie empfand? Mutlosigkeit?

Eigentlich hätte sie nach Bastiens leidenschaftlichem Kuss ein paar Zentimeter über der Erde schweben und sich auf das Wiedersehen freuen müssen.

Stattdessen rutschte sie unruhig auf ihrem Stuhl hin und her, als stünde jemand in der Ecke, der sie beobachtete. Zweimal hatte sie sich dabei ertappt, wie sie auf der Innenseite ihrer Wange herumgekaut hatte – eine nervöse Angewohnheit, die sie immer überkam, wenn sie sich Sorgen machte.

Melanie legte den Stift hin und sah sich in ihrem Büro um. Alles war wie immer. Keine unheimlichen Schatten, die in der Zimmerecke lauerten. In letzter Zeit hatte sie Probleme mit dem Lesen gehabt (und sie war zu dickköpfig, um sich einzugestehen, dass sie möglicherweise eine Lesebrille brauchte – dafür war sie verdammt noch mal zu jung!), daher hatte sie die hellste Glühbirne in die Lampenfassung geschraubt, die sie hatte finden können. Im Zimmer war es so hell wie draußen an einem sonnigen Nachmittag. Ihre Seerosen und der Bambus gediehen prächtig und verliehen dem Zimmer fröhliche Farbtupfer. Genau wie der Katzenbaby-Kalender.

Ein ungutes Gefühl ließ ihre Zehen kribbeln; es fühlte sich an, als stünde sie am Strand, während die Wellen an ihren Zehen knabberten.

Was war nur los? War irgendetwas mit Bastien? War ihm etwas zugestoßen?

Sie griff nach ihrem Handy und wählte seine Nummer.

»Hallo?«

»Hey. Ich bin's.«

»Hey. Hat sich Stuart schon eingelebt?«

»Ja. Er hat sogar schon Mr Reordon kennengelernt, der überraschend freundlich zu ihm war.«

»Gut.«

»Ist bei euch alles okay?«

»Ja. Tatsächlich ist es schon fast gruselig, wie wenig sich tut. Warum? Ist etwas nicht in Ordnung?«

»Es ist nichts.«

»Nein, im Ernst. Was ist los? Ich höre an deiner Stimme, das etwas nicht stimmt. Du klingst besorgt.«

Sie seufzte. »Es ist nur ... ich habe dasselbe ungute Gefühl wie in der Nacht, als die Soldaten auf mich geschossen haben und ... da hier alles in Ordnung ist, hatte ich befürchtet, dass du vielleicht in Schwierigkeiten bist. Ach, ich weiß auch nicht. Ich komme mir blöd vor, weil ich dich gestört habe.«

»Also erstens – du hast mich nicht gestört.«

»Er hat schon wieder schwärmerischen Gedanken nachgehangen und dabei laut geseufzt«, kommentierte Richart im Hintergrund.

Melanie lachte. »Hi, Richart.«

»Ignorier ihn einfach«, sagte Bastien. »Zweitens – hast du vielleicht eine Vorahnung?«

»Ist Dr. Lipton eine *Begabte*?«, war Lisettes Stimme im Hintergrund zu vernehmen.

»Hi, Lisette«, sagte Melanie.

»Ist ein Mindestmaß an Privatsphäre zu viel verlangt?«, fragte Bastien genervt.

»*Qui*«, entgegnete Lisette. »Hallo Dr. Lipton. Sind Sie eine *Begabte*?«

»Ja.«

»Merveilleuse!«

»Das war's.« Eine Sekunde verging. Am anderen Ende der Leitung war Rauschen zu hören. »Okay. Sag schnell, was los ist, bevor sie mich finden. Ich bin auf der anderen Seite des Uni-geländes.«

Obwohl Melanie lächelte, spürte sie tief im Inneren, das eine dunkle Gefahr über ihnen schwebte.

»Was ist los?«, fragte Bastien besorgt.

Wie war es nur möglich, dass die anderen seine guten Eigenschaften nicht sahen?

»Nichts. Hier ist alles ruhig. Ich bin einfach … besorgt … als wenn in Kürze etwas Schlimmes passieren könnte. Bist du sicher, dass keine Soldaten auf dem Gelände sind? Könnten sie sich nicht irgendwo verstecken?«

»Keine Soldaten. Wir haben inzwischen mehrere Unis abgeklappert und sie mithilfe der Wärmebildbrillen abgesucht, die Chris uns zur Verfügung gestellt hat. Wir haben jedes Dach, jeden Erker, jeden verdammten Baum und auch sämtliche Sträucher abgesucht und haben nichts als Zivilisten gesehen. Außerdem haben wir keinen einzigen Vampir gesichtet. Vielleicht haben sie gehört, was auf dem Campus der Duke passiert ist, und haben sich in ihre Verstecke zurückgezogen.«

»Na ja, ich kann mich auch irren. Vielleicht bin ich einfach nur müde.«

»Du solltest deinem Instinkt vertrauen. Falls …«

Ein gewaltiges Dröhnen verschluckte seine nächsten Worte. Melanies Büro bebte so heftig, dass sie vor Schreck das Telefon fallen ließ und sich an ihrem Schreibtisch festklammerte, um nicht zu stürzen. Große Putzbrocken lösten sich von den Wänden, in denen gleichzeitig große Risse auftauchten.

Mit klopfendem Herzen ging Melanie auf die Knie, um nach ihrem Telefon zu tasten. »Bastien?«

»Melanie? Was ist passiert?«

»Da stimmt was nicht! Ich glaube …«

Wieder dröhnte es laut. Das Zimmer erbebte so heftig, dass sie hin und her geschleudert und schließlich zu Boden geworfen wurde. Sie rollte sich herum und kam auf Knie und Hände.

Was zur Hölle konnte ein Gebäude erschüttern, das *fünf* Untergeschosse besaß?

Die Lichter gingen aus. Die Notbeleuchtung schaltete sich ein. Sirenen heulten.

»Alarmstufe Rot! Alarmstufe Rot!«, war Reordons Stimme durch die Gegensprachanlage zu hören.

Heilige Scheiße! Das bedeutete, dass das Gebäude mithilfe des unterirdischen Tunnels evakuiert wurde. Wurde das Hauptquartier angegriffen?

Melanie entdeckte ihr Handy, das sie in ein paar Metern Entfernung fallen gelassen hatte, und krabbelte hin, um es aufzuheben.

Kaputt. Na toll.

Über ihrem Kopf dröhnte und grollte es unablässig, die Ursache waren eindeutig Explosionen und kein heftiges Gewitter.

Mühsam richtete sich Melanie auf und stolperte über den schwankenden Boden Richtung Tür. Plötzlich tauchte direkt vor ihr eine Gestalt auf.

Mit einem entsetzten Aufschrei prallte sie gegen Bastiens Brust, als er und Richart sich in ihrem Büro materialisierten.

Bastien fing sie auf und half ihr, das Gleichgewicht wiederzufinden. »Schon gut. Schon gut. Was ist hier los?«

»Ich weiß es nicht.«

Er und Richart sahen hinauf zur Decke und wechselten einen Blick.

»Ich hole Lisette.« Richart löste sich in Luft auf.

»Was ist los? Was geht da vor sich?«, rief Melanie, die gegen den Lärm anschreien musste, um sich Gehör zu verschaffen.

»Diese verdammten Söldner greifen uns an! Sie jagen das ganze Hauptquartier in die Luft!«

»Was? Woher wissen sie …«

»Stuart«, sagte Bastien, dessen Gesicht sich verdüsterte.

In diesem Augenblick tauchten Richart und Lisette wieder auf. Eine Sekunde später war Richart schon wieder verschwunden, während Bastien Melanie hinaus in den Flur scheuchte.

Wachmänner baten die Netzwerkangestellten, sich zum hinteren Ende des Flurs zu begeben. Dort wurden sie von Todd erwartet, der an etwas herumfummelte, das er in der Hand hielt und dann »In Deckung!« brüllte, woraufhin eine Sprengladung detonierte und ein großes, schartiges Loch in die Wand riss. Dahinter kam ein zementierter Fluchttunnel zum Vorschein.

»Lanie!«

Melanie drehte sich um und sah, wie einer der Wachmänner Linda in Richtung Tunnel schob.

»Alles in Ordnung. Geh einfach weiter!«

Ihre Freundin, der die Angst ins Gesicht geschrieben stand, nickte und wurde bald von den zahllosen Männern und Frauen verschluckt, die auf Todd zuströmten.

Bastien legte einen Arm um Melanies Schultern, und sie bahnten sich ihren Weg durch den Strom der Flüchtenden zu Stuarts Apartment. »Öffne die Tür«, befahl er grimmig.

Mit zitternden Händen tastete sie nach ihrer Sicherheitskarte. *Déjà vu.* Sie zog die Karte durch den Schlitz und gab den Code ein, während Lisette hinter sie trat.

Bastien riss die schwere Stahltür so schwungvoll auf, als handele sich um Sperrholz.

Stuart stand ihnen gegenüber, auf der anderen Seite des Wohnzimmers. Mit großen Augen wich er vor Bastien und Lisette zurück, als diese auf ihn zustürmten. »Ich habe damit nichts zu tun! Ich schwöre es! Ich habe die Soldaten nicht hierher geführt!«

»Und wie zur Hölle haben sie uns dann gefunden?«, wollte Bastien wissen.

»Ich weiß es nicht! Ich weiß es wirklich nicht!«

»Warte.« Lisette legte Bastien beschwichtigend die Hand auf den Arm. »Er sagt die Wahrheit. Er erinnert sich nicht daran, mit den Söldnern gesprochen zu haben.«

»Das kann er auch nicht, wenn er zugelassen hat, dass sie ihn hinterher betäubt haben.«

Lisette kniff die Augen zu schmalen Schlitzen zusammen, wobei sie gleichzeitig hell zu leuchten anfingen.

Stuart krümmte sich und griff sich mit beiden Händen an den Kopf. »Ahh! Was machen Sie da?«

»Die Erinnerungen sind noch in deinem Kopf. Die Droge verbirgt sie nur vor dir. Ich beabsichtige, sie zu finden.«

Melanie biss sich auf die Unterlippe, als Stuart anfing, sich die Haare zu raufen. Sein Gesicht war schmerzverzerrt und seine Augen vor Angst geweitet.

Das Gebäude erzitterte immer noch unter den gewaltigen Detonationen. Kleine Putzbröckchen fielen wie Schnee von der Decke.

War das die Wahrheit? Hatte Stuart sie tatsächlich hinters Licht geführt? Hatte er sich mit den Soldaten verbündet und sich freiwillig betäuben lassen?

»Wie hätte er ihnen sagen sollen, wo wir uns befinden?«, fragte sie. »Er hatte keine Möglichkeit, mit ihnen Kontakt aufzunehmen. Kein Telefon. Kein Walkie-Talkie.«

»Ich weiß es nicht«, erwiderte Bastien. Mit versteinertem Gesichtsausdruck beobachtete er, wie sich der Vampir vor Schmerzen wand, während Lisette seine Gedanken durchforstete. »Aber offenbar hat er einen Weg gefunden.«

»Aber du hast gesagt, dass du ihn überprüft hast, bevor du ihn hergebracht hast.«

»Irgendetwas muss mir entgangen sein. Hast du etwas gefunden?«, fragte er Lisette.

»Nein. Zwischen seiner Flucht vor den Söldnern und dem Augenblick, in dem er in dem Schuppen aufgewacht ist, findet sich nichts.«

»Aber irgendetwas muss da sein! Ich bin mir absolut sicher,

dass sie uns nicht von meinem früheren Unterschlupf aus folgen konnten. Richart hat uns hierher teleportiert!«

»Vielleicht ist es ein Chip«, meldete sich Richart zu Wort, der hinter Melanie stand.

Sie wirbelte herum. »Was?«

Richart, dessen Kleidung zerrissen, zerknittert und voller Blutflecken war, deutete mit dem Kinn auf den Blutsauger, der abrupt aufhörte, vor Schmerz zu stöhnen. »Ich habe gehört, wie sich die Söldner unterhalten haben. Sie haben ihm einen Chip unter die Haut gepflanzt.«

»Wo? Ich habe nichts gesehen, als ich ihn überprüft habe.«

»Er befindet sich am Haaransatz, direkt an der Schädelbasis.«

Mit aufgerissenen Augen griff sich Stuart an den Hinterkopf.

Bastien zog einen Dolch heraus und stürmte auf den Vampir zu.

Stuart schüttelte heftig den Kopf. »So ein Blödsinn! Ich habe den Soldaten nicht geholfen!«

»Es stimmt«, bestätigte Richart. »In Wahrheit ist ihm die Flucht gar nicht gelungen, als er einen der Pfeile abbekommen hat. Er hat das Bewusstsein verloren. Sie haben ihm den Chip eingepflanzt und ihn danach in den Gartenschuppen gebracht, damit er glaubt, dass er ihnen entkommen konnte. Dann mussten sie nur noch darauf warten, dass wir den Köder schlucken.«

Als Bastien unvermittelt zu einem Farbklecks verschwamm und sich Stuart schnappte, zuckte Melanie zusammen. Es fiel ihm leicht, den Vampir zu überwältigen. Lisette ging zu den beiden hinüber und nahm Bastien den Dolch aus der Hand.

Als sie dem Vampir mit den Händen durch das dunkle Haar fuhr und dann die Klinge ansetzte, um den Chip zu entfernen, musste Melanie wegsehen. Sie konnte den Anblick von Stuarts angsterfülltem Gesicht einfach nicht ertragen.

Richart wählte eine Nummer auf seinem Handy und fluchte. »Warum ist es immer so verdammt schwierig, Seth zu erreichen?«

»Weil es so viele gibt, die seine Hilfe brauchen«, antwortete seine Schwester, während das Gebäude erneut unter Explosionen erbebte.

Stuart heulte laut auf.

Richart verstaute sein Handy wieder in seiner Hosentasche. »Étienne habe ich bereits ins Netzwerk gebeamt. Er versucht, im Erdgeschoss die Stellung zu halten, bis wir genug Unsterbliche zusammenhaben, um einen Gegenangriff zu starten. Unglaublich, diese Männer sind mit Panzerfäusten bewaffnet. Granaten. Es sind zu viele Söldner, um sie zu zählen. Lisette, hilf Chris dabei, die Sterblichen zu evakuieren.«

»Auf keinen Fall!« Sie reichte Bastien den blutigen Dolch und den Mikrochip und glitt dann an die Seite ihres Bruders. »Ich komme mit dir.«

Richart nickte und legte die Hand auf ihren Arm.

Melanie warf die Hände in die Luft, um ihre Aufmerksamkeit zu erregen. »Wartet!«

Sie blieben stehen.

»In meinem Büro. In meinem Schreibtisch. In der unteren rechten Schublade. Darin befinden sich Autoinjektoren mit dem Gegenmittel, das Bastien getestet hat. Sie haben grüne Verschlusskappen. Ich habe die Dosis erhöht, sodass ihr nur eine Injektion braucht, um das Betäubungsmittel zu neutralisieren. Nehmt einen für Étienne mit.«

Richart nickte. Die beiden verschwanden.

Bastien zog sein Handy heraus und ging auf Melanie zu.

Sie war weiß wie ein Laken und starrte ihn mit großen braunen Augen an.

Ihr Herz raste. Ihre Hände zitterten. Aber sie machte keine

Anstalten, die Flucht zu ergreifen. Ihr Mut beeindruckte und erschreckte ihn zugleich. Er wollte, dass sie und ihre Kollegen das Gebäude so schnell wie möglich verließen.

Er nahm ihre Hand und zog sie zu ihrem Büro, wobei er den Flur im Auge behielt. Bis hier unten waren die feindlichen Truppen noch nicht vorgedrungen.

»Würdest du mir bitte einen der Autoinjektoren holen?«, bat er sie.

Sie nickte und ging eilig zu ihrem Schreibtisch.

Richart und Lisette waren bereits da gewesen und hatten die Schreibtischschublade offen stehen lassen.

Bastien blieb im Korridor stehen und wählte zwei Nummern. Seth ging nicht ans Telefon, dafür aber David.

»Ja?«

»Das Netzwerk wird angegriffen.«

David fluchte laut. »Von Vampiren oder Sterblichen? Darnell!«

»Von Sterblichen. Söldner mit Hochleistungswaffen. Sie haben Panzerfäuste dabei, mit denen sie das Gebäude zum Einsturz bringen. Hinzu kommen Granaten. Wir brauchen alle Hilfe, die wir bekommen können.«

David gab die Informationen an seinen Sekundanten weiter, der im Hintergrund anfing, Telefonate zu machen.

Bastien hörte, wie im ersten und zweiten Untergeschoss mit automatischen Waffen geschossen wurde, offenbar hatten sich die Soldaten dort bereits Zugang verschafft. Die sterblichen Netzwerkangehörigen zogen weiter am Büro vorbei, ein paar von ihnen hinkten, während andere den Verletzten halfen, den Fluchttunnel zu erreichen.

Lisette, Richart und Étienne hatten derweil damit begonnen, Chaos und Panik unter den Söldnern zu verbreiten, wobei sie hin und wieder triumphierende Schreie ausstießen.

Melanie übergab Bastien einen der Autoinjektoren und kehrte dann zu ihrem Schreibtisch zurück.

»Hilfe ist unterwegs«, beruhigte ihn der ältere Unsterbliche.

Bastiens Gedanken rasten. »David.«

»Ja?«

»Wir brauchen Ami hier.«

»Bist du wahnsinnig geworden?«

»Hör mir bitte zu, ich weiß …«

»Vergiss es!« David beendete das Telefonat.

Fluchend wählte Bastien eine weitere Nummer. Als die Verletzten aus den oberen Stockwerken den Korridor betraten und an der offenen Bürotür vorbeihasteten, wurde der Blutgeruch stärker.

Er warf Melanie einen Blick zu und musste zweimal hinsehen, als er begriff, dass sie ihre Waffen lud. Neun-Millimeter-Pistolen. Betäubungspfeile. Dolche. *Verdammt!* Keinesfalls würde er zulassen, dass sie sich am Kampf beteiligte!

Ihre Blicke trafen sich. »Bastien, du weißt genau, dass sich Emrys nichts mehr wünscht, als Ami in die Finger zu bekommen.«

»Hi, Bastien«, meldete sich Ami in diesem Augenblick fröhlich. Offenbar hatte Darnell sie und Roland nicht informiert.

»Hallo Ami. Ich muss mal kurz mit Marcus sprechen.«

»Ist etwas passiert?«, fragte sie, plötzlich ernst.

»Gib mir bitte Marcus, ich muss ihn kurz sprechen.«

»In Ordnung. Marcus, Liebling, Bastien will mit dir sprechen.«

Marcus meldete sich, seine Stimme war so eisig wie die seiner Frau warmherzig. »Was?«

»Ich bin zusammen mit Richart, Lisette und Étienne im Hauptquartier. Emrys' Soldaten greifen uns an.«

»Wie viele?«

»Nach den Geräuschen zu urteilen *alle*.«

»Ich bin unterwegs.«

»Marcus! Ich habe gedacht … Wir haben die Chance, das Ganze hier und jetzt zu beenden, aber du musst mir eine Sekunde zuhören. In Ordnung? Hörst du mir zu?«

»Schon gut. Leg los.«

»Du musst Ami herbringen.«

Marcus legte auf.

Knurrend wählte Bastien erneut Amis Nummer.

»Fick dich!«, schnauzte Marcus ihn an.

»Wir können ihre Begabung benutzen, um diese Schweine zu finden!«, rief Bastien. »Um Emrys aufzuspüren! Du willst ihn doch tot sehen, nicht wahr? Du willst ihn doch finden und für das bezahlen lassen, was er ihr angetan hat? Ich will das auf jeden Fall!«

Eisige Stille am anderen Ende.

»Hör zu, ich suche Richart und bitte ihn, euch beide in Untergeschoss fünf zu teleportieren. Bis hier unten sind die Soldaten noch nicht vorgedrungen. Alles, was Ami tun muss, ist, hier zu stehen und sich die Energiesignaturen der Soldaten einzuprägen, damit sie einen von diesen Arschlöchern zurückverfolgen kann und wir sie alle zur Hölle schicken können. Oder noch besser, sie Seth oder David ausliefern können.«

Ami hatte so etwas schon einmal getan. Sie sagte, dass jedes Lebewesen eine einzigartige Energiesignatur besaß. Sobald sich Ami in der Nähe dieses Lebewesens aufhielt, war sie in der Lage, dem Signal zu folgen wie einem Leuchtfeuer. Wenn einer der Soldaten entkam, konnte er sie zu Emrys führen.

Der innere Widerstreit, der in Marcus tobte, war so heftig, dass Bastien das Gefühl hatte, dass sich die Spannung durch die Leitung bis zu ihm übertrug.

»Du musst sie keine Sekunde aus den Augen lassen«, versprach Bastien. »Und wenn es so aussieht, als ob die Söldner bis zu unserem Geschoss vordringen, dann kann Richart sie sofort in Sicherheit bringen. Das ist die beste Gelegenheit, die wir bisher hatten, Marcus. Ich möchte nicht, dass diese Schweine sie noch einmal schnappen. Oder Sarah oder Lisette. Oder einen der anderen Unsterblichen.«

Melanie musterte ihn grimmig.

Bastien konnte ihre Gedanken nicht lesen und wünschte sich insgeheim, dass sie nah genug gestanden hätte, damit er sie hätte berühren können. Hielt sie ihn für genauso verrückt wie die anderen, weil er Amis Sicherheit aufs Spiel setzte? Hielt sie ihn für gefühllos?

»Ich werde Ami fragen, was sie von der Sache …«

»Ich bin dabei«, sagte Ami, bevor Marcus den Satz beenden konnte. »Er hat so laut gebrüllt, dass ich ohnehin jedes Wort mitbekommen habe.«

»Liebes, das ist einfach zu gefährlich.«

»Ich werde es tun. Bastien, schick Richart her.«

Sie legte auf.

Bastien steckte sein Handy zurück in die Hosentasche. »Komm schon, raus damit. Du hältst mich für ein gefühlloses Arschloch.«

Melanie schüttelte den Kopf. »Das ist schlicht brillant. Ich mache mir nur Sorgen um Ami.«

Erleichtert zog er sie an sich und umarmte sie fest. Er konnte ihre Angst spüren. »Lisette!«

Was? Ich bin gerade damit beschäftigt, einen Hummer samt Insassen zu erledigen.

Sag Richart, dass er Marcus bei sich zu Hause abholen soll.

Er ist gerade dabei, Roland und Sarah zu holen. Ich sage es ihm, wenn er wieder da ist.

In diesem Augenblick tauchte Stuart in der Tür seines Apartments auf der gegenüberliegenden Flurseite auf. Auf seinem Shirt prangte ein Blutfleck an der Stelle, an der Bastien ihn verletzt hatte. Mit gerunzelter Stirn beobachtete der Vampir die Sterblichen, die an ihm vorbeirannten, während der Putz von der Decke fiel. Er verlagerte das Gewicht auf den anderen Fuß und suchte Bastiens Blick.

»Cliff«, sagte Bastien.

Ich bin hier, antwortete Cliff durch die Tür. *Wie schlimm ist es? Hört sich ganz schön desaströs an.*

»Es ist ziemlich schlimm.«

In diesem Augenblick kam Cris Reordon aus dem Treppenhaus am Ende des Flurs, er stützte einen verwundeten Wachmann.

Ist Dr. Lipton okay?, fragte Cliff.

»Fürs Erste schon.« Sein Blick wanderte zu Stuart. »Cliff, hast du Lust, ein paar Söldnern zu zeigen, was du draufhast?«

Zur Hölle, Alter, nichts lieber als das. Lass mich raus, und ich helfe dir, diesen Bastarden einen ordentlichen Tritt in ihren Allerwertesten zu verpassen.

Ich bin auch dabei, meldete sich Joe zu Wort. *Ich bin zwar immer noch etwas erschöpft von der Droge, aber gegen ein paar Sterbliche komme ich schon an.*

Bastien ließ Melanie los und schob sie hinaus in den Korridor. »Du musst jetzt gehen.«

»Nein. Ich bleibe. Ich kann kämpfen.«

Über die Köpfe der Netzwerkmitarbeiter hinweg, durch den Regen aus Staub und Mörtel, der von der Decke auf sie hinunterrieselte, sah er zu Chris, während dieser einen Wachmann halb trug und halb vorwärts zerrte. »Streite dich nicht mit mir, Melanie. Du bist ein Mensch.«

»Das sind die auch!«

Er hatte jetzt keine Zeit für Diskussionen. Er wollte sie in

Sicherheit wissen und nicht riskieren, dass sie gefangen wurde, damit man ihr unter Folter Informationen entlocken konnte. »Wenn du unbedingt bleiben willst, dann hilf Chris dabei, die Verletzten zu evakuieren. Aber du musst mir versprechen, hier unten zu bleiben.«

Sie nickte.

»Versprich es mir.«

»In Ordnung. Ich verspreche es. Pass auf dich auf.«

Er drückte sie ein letztes Mal und bahnte sich einen Weg durch die Menge zu Chris. »Étienne und Lisette sind oben!«, rief er dem Sterblichen zu, damit dieser ihn trotz der immer lauter werdenden Explosionen hören konnte. Als die tragenden Elemente des Gebäudes anfingen, über ihnen nachzugeben, kamen die Explosionen näher. »David ist in einer Minute da. Und Richart holt Roland, Sarah, Marcus und Ami.« Bastien übernahm den verwundeten Sicherheitsmann, brachte ihn zu Melanie und war innerhalb eines Wimpernschlags wieder an Chris' Seite.

Dieser starrte ihn ungläubig an. »Warum zum Teufel bringt er Ami her?«

»Wir haben einen Plan! Ich erzähl's dir später!« Er deutete den Flur hinunter. »Im Moment ist es wichtiger, die Vampire rauszulassen, damit sie sich am Kampf beteiligen!«

»Okay, jetzt gibt es keinen Zweifel mehr: Du *bist* verrückt!«

»Sie wollen helfen! Wir brauchen jede Hand! Die Unsterblichen sind samt und sonders damit beschäftigt, die Söldnertruppen zu bekämpfen. Wir brauchen die Vampire, damit sie uns helfen zu verhindern, dass das verdammte Gebäude in sich zusammenbricht, bevor wir alle Sterblichen rausgebracht haben! Lass sie gehen! Ich übernehme die volle Verantwortung!«

»Was einen Dreck bedeutet! Wenn Seth hört, dass du Ami in Gefahr gebracht hast, bringt er dich um!«

Wahrscheinlich. Dennoch … »Wir haben keine andere Wahl.«

»Ich hoffe, du weißt, was du tust!« Chris sprintete zu den Apartments der Vampire. Als er an Stuart vorbeischoss, sagte er zu ihm: »Du bist so gut wie tot, du mieser kleiner Verräter!«

Bastien schüttelte den Kopf. »Er wusste nicht, dass sie ihm gefolgt sind!«

Stuart folgte ihnen zu Cliffs Apartment. »Ihr werdet mich doch nicht töten, wenn ich euch helfe, oder? Ich meine, ich kann euch doch helfen, oder?«

»Ja«, bestätigte Bastien, während Chris die Schlüsselkarte durch den Schlitz zog und den Sicherheitscode eintippte. »Hilf den Sterblichen, die Verwundeten zum Tunnel zu bringen.«

Stuart machte sich sofort an die Arbeit. Er flitzte zum Treppenhaus, schnappte sich einen verletzten Netzwerkangestellten, den zwei Sterbliche mühsam zu stützen versuchten, legte ihn vorsichtig über seine Schulter und sprintete mit ihm zu dem schartigen Tunneleingang, um ihn Todd zu übergeben.

Die Tür zu Cliffs Apartment öffnete sich. Cliff erwartete sie bereits, seine Augen leuchteten in einem durchdringenden Gelbbraun. »Ich kann oben helfen.«

Bastien schüttelte den Kopf. »Ich will nicht riskieren, dass du betäubt wirst.«

Chris ging weiter, um Joes Tür zu öffnen.

Dieser trat in den Korridor, auch seine blauen Augen leuchteten vor Aufregung.

»Hilf den anderen, die Verletzten wegzubringen«, befahl Bastien. Es war fast wie in den guten alten Zeiten. Das hier waren seine Männer. Sie gehörten zu seiner Armee. »Überprüf die oberen Stockwerke. Sieh nach, ob jemand in der Falle sitzt. Tu dein Bestes, um alle hier herauszubringen.«

Die beiden Vampiren nickten und nahmen so schnell Tempo

auf, dass ihre Bewegungen verschwammen. Das Treppenhaus war gerammelt voll mit Flüchtlingen, also stemmten sie die Türen des kaputten Aufzugs auf und kletterten den Fahrstuhlschacht hinauf.

»Und wehe, sie vergreifen sich an einem meiner Angestellten!«, rief Chris.

»Das werden sie nicht!« Zumindest hoffte er das. Bei *Cliff* war er sich sicher. Joe hingegen …

Stuart, in dessen Armen eine wimmernde Frau lag, sprintete an ihm vorbei. Bastien wusste nicht, ob sie vor Schmerz oder aus Angst vor dem Vampir schluchzte.

Auf der anderen Seite des Flurs stand Melanie und legte einem der verletzten Wachmänner einen Druckverband an, um den Blutfluss zu stillen.

Bastien zog seine Langschwerter. »Ich gehe nach oben!«

Melanie hob den Kopf, ihre Blicke trafen sich. Es kam ihm vor, als würden in diesem Moment tausend Worte zwischen ihnen gewechselt.

Dann nickte sie.

Bastien rannte zum Fahrstuhlschacht. Im Fahrstuhl lagen vier Leichname. Bastien wusste nicht, ob sie gestorben waren, als der Aufzug nach unten gerast war, oder ob sie der Explosion, die die Kabel zerstört hatte, zum Opfer gefallen waren.

Von der Fahrstuhldecke war nur noch die Hälfte übrig. Mit einem Sprung setzte Bastien durch das Loch. Hoch über seinem Kopf sah er Sterne an einem langsam heller werdenden Himmel funkeln, da es bereits dämmerte. Emrys hatte einen guten Zeitpunkt für seinen Angriff abgepasst.

Plötzlich wurden drei Seile aus der Türöffnung des zweiten Untergeschosses geworfen. Soldaten in schwarzen Tarnanzügen folgten. Sie seilten sich mit geschmeidigen Bewegungen ab, bereit, den Rest des Gebäudes zu erobern.

Bastien packte die Seile und zog mit der ganzen Kraft daran, die ihm seine übernatürliche Existenz verlieh. Die Halterungen hielten stand, die Seile jedoch nicht. Sie rissen an der Stelle, wo sie über die Kante der Türöffnung des zweiten Untergeschosses schrammten. Als die Männer Bastien entgegenstürzten, schrien sie laut auf.

Dieser ließ die Seile fallen und zog seine Schwerter, damit sie durch seine Klingen starben, falls der Sturz ihr Leben verschonte.

Als ihre Leichname auf dem Fahrstuhl aufkamen, stieß er sich ab und katapultierte sich von Stockwerk zu Stockwerk, bis er das Erdgeschoss erreichte.

Der oberirdische Teil des Gebäudes war größtenteils zerstört. Von den Wänden waren nur noch Fragmente übrig, die wie Säulen aus den Trümmern ragten.

Das Gelände war umzingelt von Emrys' Truppen. Humvees. Gepanzerte Mannschaftstransportwagen, die mit 12.7-Millimeter-Maschinengewehren bestückt waren. Soldaten mit Panzerfäusten. Granaten. Die üblichen Automatikwaffen.

Eine Wolke aus Rauch und Staub lag über der Szenerie und brannte in Bastiens Augen. Lisette stand auf einem der Panzer und feuerte mit dem Maschinengewehr auf ihre Gegner, während sie von dem Soldaten trank, der den Panzer zuvor gesteuert hatte und ihn gleichzeitig als Schutzschild benutzte.

Richart zog wieder seine Sensenmann-Nummer ab, indem er sich unvermittelt in Luft auflöste, um sich eine Sekunde später inmitten der Soldaten zu materialisieren und sie auszuschalten, ehe sie ihn auch nur bemerkt hatten. Die Soldaten gerieten in Panik. Étienne umrundete unablässig das in sich zusammengefallene Gebäude; er war nicht mehr als ein verschwommener Farbklecks, der jeden Soldaten, der seinen Weg kreuzte, tödlich verwundete. In dem fruchtlosen Versuch, ihm zuvorzukommen, fingen die Soldaten an, aufeinander zu schießen.

Helles Licht blendete Bastien. Er hob die Hand, um seine Augen zu schützen, und sah gerade noch rechtzeitig hoch, um einen Schützen zu erkennen. Er beugte sich aus einem von zwei Black-Hawk-Helikoptern, die über ihnen kreisten, um eine Granate zu werfen.

Schnell wie der Blitz schoss Bastien vorwärts, fing die Granate auf und warf sie dorthin zurück, woher sie gekommen war.

Panische Rufe wurden laut.

Soldaten hechteten aus dem Hubschrauber, als dieser explodierte.

Bastien grinste. Das würde ein Spaß werden.

12

»In ein paar Minuten geht die Sonne auf«, brummte Roland.

Sie hatten es sich auf dem Sofa gemütlich gemacht, die Füße auf dem Couchtisch, und Sarah kuschelte sich an ihn. Er saugte ihre Wärme auf wie ein Schwamm. Genoss ihren Duft. Lauschte auf das vertraute Geräusch ihres Herzschlags.

Momente wie dieser würden für ihn immer kostbar sein. Und jetzt, da sie eine Unsterbliche war, konnte er sich auf viele Jahrtausende davon freuen.

»Jetzt schon?«, fragte sie gähnend.

Nietzsches rumpelndes Schnurren erinnerte an eine Harley, während Sarah seinen Rücken streichelte und Nachrichten schaute. Der widerspenstige Kater hatte sein Bestes gegeben, sich zwischen sie zu quetschen, schließlich aufgegeben und sich einfach über sie beide ausgestreckt.

»Hm-hmm. Wollen wir duschen und danach ins Bett?« Sie trugen immer noch ihre Jagdkluft – allerdings waren darauf keine Blutspritzer, da sie in dieser Nacht keinem einzigen Vampir begegnet waren. Ihre Waffen lagen zu Rolands Füßen auf dem Couchtisch verteilt.

Sarah legte den Kopf in den Nacken und lächelte ihn an. »Schrubbst du mir den Rücken?«

Er küsste sie auf die Stirn. »Unter anderem.«

Ihr Herz schlug schneller. »Klingt gut.«

Er neigte den Kopf und tat endlich das, wonach er sich schon sehnte, seit sie es sich vor einer halben Stunde auf dem Sofa gemütlich gemacht hatten: Er machte sich über ihre köstlichen Lippen her und lauschte auf ihren schneller werdenden Puls, während sie die schlanken Arme um seinen Nacken schlang.

Unglaublich, wie sehr er diese Frau liebte.

»Ahem.«

Roland schnappte sich einen Dolch vom Couchtisch und schleuderte ihn auf den Eindringling.

Richart duckte sich – gerade noch rechtzeitig, um dem Dolch zu entgehen. »Verdammt!«

»Ich hatte dich gebeten anzurufen, bevor du hier auftauchst«, knurrte Roland aufgebracht. Er hatte von vornherein nicht gewollt, dass der französische Unsterbliche wusste, wo er wohnte, und er wollte ganz bestimmt nicht, dass Richart jederzeit ungebeten hereinschneite.

»Dazu blieb keine Zeit!«, schnauzte Richart zurück. »Das Netzwerk wird angegriffen.«

Roland und Sarah sprangen auf, was zur Folge hatte, dass der missvergnügte Nietzsche von ihnen herunterpurzelte. »Was?«, riefen beide gleichzeitig.

»Emrys' Männer sind dabei, das Hauptquartier dem Erdboden gleichzumachen«, erklärte Richart, während sie ihre Waffen anlegten. »Sie haben eine ganze Streitmacht dabei. Schwere Geschütze. Ich habe keine Ahnung, wie man das aus den Nachrichten heraushalten soll. Die Zivilisten werden durch den Tunnel evakuiert, jedenfalls die, die überlebt haben.«

Sarah war schon dabei, das letzte Holster anzulegen. »Fertig.«

Richart zog etwas aus seiner Hosentasche. »Hier.« In der Hand hielt er zwei zylindrische Gegenstände, die aussahen wie große Plastikstifte mit grünen Verschlusskappen. Roland und Sarah nahmen sie entgegen.

»Was ist das?«, fragte sie.

»Das Gegenmittel, das Bastien getestet hat. Wenn ihr betäubt werdet, könnt ihr damit die Droge neutralisieren.«

Roland steckte seinen Injektor ein. »Los geht's.«

Marcus brach der kalte Schweiß aus, während er Ami dabei zusah, wie sie ihre Waffen anlegte. »Bitte denk noch mal darüber nach.« Er wollte nicht riskieren, dass Emrys sie noch einmal in seine Gewalt bekam. Und ganz bestimmt wollte er nicht herausfinden, was es bei ihr auslösen würde, diesen Leuten noch einmal in die Hände zu fallen und ihnen auf Gedeih und Verderb ausgeliefert zu sein.

»Ich muss das tun.«

»Nein, das musst du nicht. Es ist zu riskant. Und du weißt verdammt gut, das Seth nicht wollen würde, dass du zum Netzwerk gehst.« In den Sekunden oder Minuten, die seit Bastiens Anruf vergangen waren, hatte er mindestens zehnmal vergeblich versucht, den Anführer der Unsterblichen zu erreichen.

»Bastien hat recht. Egal was wir versucht haben, bis jetzt ist es uns nicht gelungen, Emrys oder seinen Stützpunkt zu lokalisieren. Das hier könnte unsere einzige Chance sein. Wenn ich seinen Männern nahe genug kommen kann, habe ich die Möglichkeit, mir so viele Energiesignaturen zu merken wie möglich und …« – sie blickte auf, während sie eins der beiden Holster für die Glock 18 an ihrem Oberschenkel befestigte – »… ich weiß, dass ich euch zu seinen Männern führen kann. Mit dem Vampirkönig ist mir das auch gelungen. Ich werde es wieder schaffen.«

Marcus kniete vor ihr. Er schob ihre Hände weg und half ihr, das Holster an ihrem Oberschenkel festzuschnallen, dann nahm er sich das Holster am anderen Oberschenkel vor. Als er fertig war, legte er seine Wange auf ihren Bauch und schlang die Arme um ihre Hüften. »Ich kann die Vorstellung, dich zu verlieren, nicht ertragen, Ami. Ich kann es einfach nicht.«

Er hörte, wie sie schluckte, und fragte sich, ob der Kloß in ihrer Kehle genauso groß war wie der, der in seiner steckte.

Mit den Fingern fuhr sie durch sein Haar und drückte ihn fest an sich. »Du wirst mich nicht verlieren.« Sie küsste ihn auf den Scheitel. »Eine ganze Handvoll Unsterblicher wird da sein, um mich zu beschützen.«

»Diese Situation hatten wir schon einmal. Und du weißt, wie das geendet hat.«

Sie legte den Kopf auf sein Haar. »Wir schaffen das schon. Vielleicht kannst du ein paar von den Angreifern einen ordentlicher Arschtritt verpassen, wenn wir da sind. Wäre das kein Spaß?«

Er lachte in sich hinein und schüttelte den Kopf.

Sie erstarrte kurz und entspannte sich dann wieder. »Hi, Richart.«

Marcus seufzte. Er erhob sich und drehte sich um, um den Franzosen anzusehen. »Entweder du teleportierst uns beide gleichzeitig zum Netzwerk oder gar nicht. Ich lasse Ami nicht aus den Augen.«

Richart nickte und hielt ihm etwas hin. »Das Gegenmittel. Man kann es wie einen EpiPen gegen Allergien anwenden, wenn man von einem der Pfeile getroffen wird.«

Mit einem Nicken verstaute Marcus den Autoinjektor in einer seiner vielen Taschen.

»Fertig?«

Er nickte und legte den Arm um Ami.

Richart streckte die Hand aus und berührte ihre Schultern.

Melanie war gerade damit beschäftigt, einem weiteren verletzten Wachmann dabei zu helfen, den Fluchttunnel zu erreichen, als Richart, Marcus und Ami neben der gezackten Öffnung am Ende des Flurs auftauchten.

Ami sah blass, aber entschlossen aus. Nachdem sie sich kurz im Flur umgesehen hatte, schloss sie die Augen und stand reglos da.

Neben ihr ragte Marcus auf, bereit, sie vor jeder Gefahr zu beschützen. Seine Hände lagen auf seinen Waffen, und er zog ein grimmiges Gesicht. Melanie hatte den Eindruck, dass schon ein Niesen ausgereicht hätte, damit sich Marcus kampfbereit auf den Verursacher stürzte.

Melanie half dem verwundeten Mann durch das Loch in der Wand in den Tunnel und drehte sich wieder um, um den anderen zu helfen. Man hatte das Gefühl, sich in einem Kriegsgebiet zu befinden. In der Ferne grollten ständig neue Explosionen, und hin und wieder erzitterte das Gebäude. Eine Staubwolke erschwerte die Sicht im Korridor, brannte in ihren Lungen und verklebte ihr die Augen. Das Hauptquartier war sehr weitläufig und beschäftigte Hunderte Männer und Frauen, die unterschiedlichste Berufe ausübten. Ärzte. Krankenschwestern. Buchhalter. Anwälte. Computerspezialisten, die sich überall einhacken konnten oder Internetaktivitäten überprüften. Übersetzer. Schauspieler. Spezialisten für Schusswaffen, die die Mitarbeiter trainierten. Kampfkunsttrainer. Elektronikexperten. Köche. Sprachwissenschaftler. Techniker.

Die Verwundeten nannten ihr die Namen der Toten, wenn sie zu ihr kamen und sie um Hilfe baten. Und weitere Menschen starben. Das konnte sie den düsteren Gesichtern von Cliff, Joe und Stuart ansehen, während diese damit beschäftigt waren, so viele zu retten, wie sie konnten.

Als eine verschwommene Gestalt aus dem Fahrstuhlschacht stürmte und auf sie zusprintete, riss Marcus die Augen auf. Er machte sich kampfbereit und stellte sich schützend vor Ami.

Mit einer besänftigenden Geste legte Melanie eine Hand auf seinen Arm. »Warten Sie.«

Er warf ihr einen finsteren Blick zu. »Ist das etwa …?«

Cliff blieb direkt vor ihnen stehen. In den Armen hielt er eine ältere, drahtige Frau. Ihr Haar, das zuvor zu einem ordentlichen Knoten aufgesteckt gewesen war, hing zerzaust herunter, und sie starrte Melanie mit großen blauen Augen an.

»Ma'am? Sind sie verletzt?«, fragte Melanie.

Die Frau schüttelte den Kopf. »Die Decke ist über mir eingestürzt. Ich saß in der Falle und konnte mich nicht bewegen, bis dieser junge Mann mich befreit hat. Ich habe ihm gesagt, dass ich allein laufen kann, aber …«

Cliff setzte die Frau ab. »Ich habe ihr gesagt, dass ich schneller laufen kann.«

Die Frau nickte, sie wirkte verblüfft. »Das kann er wirklich.«

Mit einem argwöhnischen Blick in Marcus' Richtung wich Cliff zurück. Dann nickte er Melanie zu und flitzte zurück zu den Fahrstühlen.

Melanie führte die alte Frau in den Tunnel und bat einen der Wachmänner, die dort eine Staffelkette gebildet hatten, der Frau zu helfen. Dann drehte sie sich zu Marcus um.

Wie vorauszusehen, zog der Unsterbliche ein missbilligendes Gesicht.

»Sie haben die Vampire herausgelassen?«

»Für den Fall, dass Sie es noch nicht bemerkt haben sollten – die Vampire helfen uns. Die Unsterblichen bekämpfen oben im offenen Gelände die Soldaten und geben sich alle Mühe, sie daran zu hindern, das ganze Gebäude zum Einsturz zu bringen. Die Vampire tragen hier drinnen ihren Teil bei. Sie schalten jeden Soldaten aus, dem sie begegnen, und retten so viele Netzwerkmitarbeiter, wie sie können.«

Wie aufs Stichwort schoss eine weitere verschwommene Gestalt durch den Menschenstrom auf sie zu. Joe kam vor ihnen zum Stehen, über seiner Schulter lag ein Mann. Der Vampir warf Marcus einen gelassenen Blick zu, während er den Mann auf die Füße stellte.

Dieser richtete sich auf, klopfte sich den Staub von seinem zerrissenen Anzug und blinzelte Joe an. »Vielen Dank.«

Der Vampir richtete seine leuchtenden blauen Augen auf Melanie. »Er ist nicht verletzt.«

Der Mann schüttelte den Kopf. »Ich bin okay. Nur ein paar blaue Flecke. Leider bin ich ohne meine Brille blind wie ein Maulwurf.« Er kniff die Augen so fest zusammen, dass die Lider fast geschlossen waren, und sah sich um. »Wo sind wir?«

»Im fünften Untergeschoss«, erklärte Melanie. Sie deutete auf einen der Sicherheitsleute, die im Tunnel standen. »Dieser Mann dort wird Ihnen helfen. Ich danke dir, Joe«, fügte sie hinzu und schenkte dem Vampir ein Lächeln.

»Ja«, sagte der Mann über seine Schulter. »Vielen Dank, Joe.«

Melanie hatte keine Ahnung, ob er wusste, dass er nicht von einem Unsterblichen, sondern von einem Vampir gerettet worden war.

Joe nickte kurz und verschwand aufs Neue.

Marcus brummte etwas in sich hinein, das Melanie aufgrund der Geräuschkulisse nicht verstehen konnte.

In diesem Augenblick entdeckte sie eine Frau mit einer bösen Kopfwunde, die auf sie zustolperte, und eilte zu ihr, um ihr zu helfen.

Die Söldner zu töten oder zu fangen (die d'Alençons waren inzwischen davon überzeugt, dass es sich um Söldner handelte), wäre sehr viel einfacher gewesen, wenn Bastien nicht die ganze Zeit damit beschäftigt gewesen wäre, die Kugeln abzuwehren, die aus dem Helikopter über ihnen auf sie hinunterhagelten. Er hatte gehofft, dass einer der Trottel in den Geländewagen eine Granate auf ihn schleudern würde, damit er damit den zweiten Heli unschädlich machen konnte, aber bislang hatte er kein Glück gehabt.

Mit lautem Fluchen registrierte er, wie sich ein weiterer Pfeil in seinen Hals bohrte. Das war jetzt schon der fünfte. Zum Glück hatte Melanies Gegenmittel bisher hervorragende Arbeit geleistet. Sein Körper wurde von einem Kugelhagel durchsiebt, während er sich gewaltsam den Weg durch eine Gruppe Soldaten bahnte. Knurrend holte er mit seinen Schwertern aus und erfreute sich an den Schmerzensschreien seiner Gegner.

Mit einem Satz sprang er auf einen der Transportpanzer, schnitt dem Soldaten, der ihn steuerte, die Kehle durch, und übernahm den frei gewordenen Platz am Maschinengewehr. *Na endlich.* Endlich konnte er den Black Hawk erledigen und …

Als er das schwere Geschütz auf den Hubschrauber richtete, sah er plötzlich einen gewaltigen Adler mit einer Flügelspannweite von mehr als drei Metern, der aus dem heller werdenden Himmel herabstieß und sich auf den Helikopter stürzte. Er glitt durch die seitliche Öffnung in das Luftfahrzeug und kam auf der anderen Seite wieder zum Vorschein. Dabei riss er Soldaten, Waffen und Munition mit sich, die zu Boden stürzten.

Der Helikopter begann unkontrolliert hin und her zu zucken, als die Piloten in Panik gerieten.

Der gigantische Raubvogel wendete und schoss auf die Schnauze des Hubschraubers zu. In letzter Sekunde spannte er die Flügel, um abzubremsen, und fuhr die Krallen aus, die sich durch die Vorderfenster bohrten. Glas splitterte und Metall bog sich, bis der Adler schließlich die beiden Piloten zu packen bekam.

Der Motor heulte laut auf, als der Hubschrauber anfing, sich immer schneller um sich selbst zu drehen. Indem er geschickt den Rotorblättern auswich, zerrte der Adler die beiden Piloten durch die zertrümmerten Fenster und ließ sie zu Boden fallen wie zwei Mehlsäcke.

Was. Zur. Hölle.

Bastien nahm kaum mehr wahr, dass der Helikopter Sekunden später abstürzte und in Flammen aufging. Sein Blick folgte dem Adler, der Richtung Wald glitt und zwischen den Bäumen verschwand.

Kugeln bohrten sich in Bastiens Fleisch.

Fluchend richtete er das Maschinengewehr auf die Soldaten, die auf ihn feuerten. Als er sie erledigt hatte, sah er wieder hinüber zum Wald, auf der Suche nach dem verschwundenen Raubvogel.

In diesem Augenblick trat David zwischen den Bäumen hervor.

Heilige Scheiße. War David etwa ein Gestaltwandler? Bastien hatte noch nie davon gehört, dass Unsterbliche ihre Gestalt wechseln konnten.

Der ältere Unsterbliche war komplett in Schwarz gekleidet. Während er sich ins Kampfgetümmel stürzte, flochten sich seine langen Rastas von selbst zu einem Zopf und verknoteten sich am unteren Ende. Davids Augen fingen an, in einem hellen Bernsteinton zu leuchten. Er streckte die Hand über dem Kopf aus und zog zwei Masamune-Schwerter, die jeden Kampfkunstfan vor Neid hätten erblassen lassen.

Ich weiß, dass Ami hier ist.

Die Stimme in Bastiens Kopf hatte einen eisigen Unterton.

Wenn ihr etwas zustößt, wirst du dafür büßen.

Davids hochgewachsene Gestalt verschwamm. Weitere Schmerzensschreie mischten sich in den Chor, der bereits die Nacht zerriss.

Eine Kugel durchschlug Bastiens Oberschenkel.

Er schüttelte seine Verblüffung ab, sprang vom Panzer und stürzte sich auf den nächststehenden Soldaten. Dessen Kameraden schrien laut auf vor Schreck, als Bastien den Mann aus ihrer Mitte pflückte und ihn in den Wald schleppte, um von ihm zu trinken.

Als das warme Blut in seinen Körper strömte, spürte er, wie das Virus eilig damit anfing, seine Verletzungen zu heilen: Das Virus drückte die Kugeln aus seinem Fleisch, schloss die Einschusslöcher und stoppte den Blutfluss.

In wenigen Minuten würde die Sonne aufgehen. Die gewaltigen Bäume um sie herum boten zwar ein wenig Schutz, aber um dem Tageslicht zu trotzen, mussten die Unsterblichen im Vollbesitz ihrer Kräfte sein.

Bastien ließ den Soldaten fallen und stürzte sich erneut in den Kampf.

Stuart überprüfte ein letztes Mal das dritte Untergeschoss. Als er keine Überlebenden mehr fand, machte er sich auf den Weg zum Fahrstuhlschacht.

Plötzlich schossen zwei Gestalten an ihm vorbei. Die beiden anderen Vampire.

Cliff war ihm sympathisch. Allerdings wusste er nicht, was er von Joe halten sollte. Der blonde Vampir sandte sehr merkwürdige Signale aus.

Da die beiden unterwegs waren in das zweite Untergeschoss, beschloss er, sich dem ersten zu widmen.

Das Stockwerk war komplett zusammengeschossen worden. Gewaltige Löcher gähnten in der Decke, sodass er den heller werdenden Himmel sehen konnte. Wenn das hier nicht bald vorüber war, dann waren die Überlebenden, die sich noch in diesem Geschoss befanden, zum Tode verurteilt, da er nicht vorhatte, für irgendjemanden in der Sonne zu brutzeln.

Das war ihm bereits einmal passiert – kurz nachdem er verwandelt worden war. Damals hatte er nicht verstanden, was mit ihm geschah und …

Allein die Erinnerung ließ ihn schaudern.

Sein Herz zog sich angstvoll zusammen. Dieser Unsterbliche in Untergeschoss fünf jagte ihm einen Höllenschreck ein. Jedes Mal, wenn er einen Verwundeten dort unten ablieferte, musterte er Stuart mit zornigem Blick.

Warum war er so wütend? Stuart hatte das alles nicht gewollt. Woher hätte er wissen sollen, dass die Söldner ihn mithilfe eines Mikrochips verfolgten, den sie in seinen Kopf eingepflanzt hatten? Er hatte nichts davon mitbekommen. Diese beschissene Droge, die ihm die Soldaten verabreicht hatten, musste die Wirkung des Virus so weit verlangsamt haben, dass dieser das verdammte Ding nicht aus seinem Körper ausgestoßen hatte. Oder vielleicht hatten sie auch etwas getan, um genau das zu verhindern.

Wenn er von dem Mikrochip gewusst hätte, hätte er ihn selbst herausschneiden können. Na ja, zumindest, wenn er sich getraut hätte. Es hatte höllisch wehgetan. Aber das Wissen, dass ihm jemand auf Schritt und Tritt gefolgt war, war ziemlich gruselig. Und es machte ihn wütend. Wie damals, als seine Eltern ihn heimlich per GPS-Signal aufgespürt und dafür gesorgt hatten, dass er verhaftet wurde, weil er auf einer Party gewesen war, auf der Alkohol ausgeschenkt und Drogen konsumiert worden waren.

Es war ja nicht so, dass er das Ding in seinem Kopf *gewollt* hatte. Oder diesen Bastarden freiwillig geholfen hätte.

Konnte er diesen Fehler wiedergutmachen, indem er den Unsterblichen und ihren sterblichen Freunden half?

Immerhin leistete er seinen Teil. Versuchte, seinen Fehler wiedergutzumachen.

Dennoch starrte ihn dieser fiese Rächer-Typ im Untergeschoss fünf an, als wollte er ihn am liebsten eigenhändig in Stücke reißen.

Wie auch immer.

Stuart überprüfte jeden staubigen Schutthaufen auf dem Boden, spähte zwischen die Deckentrümmer und all den anderen Kram, der von oben auf sie herabgestürzt war. Er hielt Ausschau nach einem Arm oder Bein oder sonst irgendeinem Körperteil, das zu einem Menschen gehören mochte, der unter den Trümmern begraben lag.

Trotz der Schreie und Kampfgeräusche, die von draußen hereindrangen (Was zur Hölle ging dort vor sich? Das hörte sich an wie ein verdammter Kriegsfilm!), hörte er ein leises Wimmern.

Stuart folgte dem Geräusch, bis er vor einem Berg aus Granitplatten stand, der sich unter einer weiteren Öffnung in der Decke befand. Er fing an, den Schutt beiseitezuräumen.

Eine Frau. Da war eine Frau. Stuart schnitt eine Grimasse, als er ihren dicklichen Arm freilegte, und sah, dass ein Knochen herausragte. *Ugh! Übel!* Und ihrem Bein war es noch schlechter ergangen. Er hatte wirklich nicht die Nerven für diesen Mist.

Ihr Gesicht, ihr rötlichbraunes Haar und die Kleider waren weiß von Staub. »Danke«, hustete sie. »Ich danke Ihnen.«

Aber als sie aufblickte und seine Augen sah, fing sie an zu schreien.

»Nein, nein!« Stuart hob in einer beschwichtigenden Geste die Hände. »Es ist in Ordnung! Alles wird gut. Ich bin hier, um Ihnen zu helfen.«

Zum Glück hörte sie auf zu schreien, denn sie hatte wirklich ein beeindruckendes Organ.

Dennoch sah sie aus, als fürchtete sie sich zu Tode.

Plötzlich hörte er hinter sich Schritte im Schutt. Ein Dutzend Soldaten näherte sich.

Oh verdammt. Na schön. Was jetzt? Er hatte nichts dabei, um sich zu verteidigen, während diese Typen bis an die Zähne bewaffnet waren.

Rasch hob er große Zement- und Gesteinsbrocken vom Boden auf und fing an, sie mit übernatürlicher Schnelligkeit auf die Soldaten zu schleudern.

Er landete ziemlich viele Treffer, bevor die Soldaten anfingen, auf ihn zu schießen. Ein paar Kugeln trafen ihn. Andere flogen an ihm vorbei. Er fürchtete, dass eine die Frau zu seinen Füßen getroffen hatte, denn sie schrie laut und fing an zu weinen.

Stuart, der allmählich richtig wütend wurde, umrundete die Soldaten blitzschnell und stürzte sich von hinten auf sie. Noch nie zuvor hatte er jemandem das Genick gebrochen. Es war erschreckend einfach.

Nur noch drei oder vier Soldaten waren übrig, als Stuart dem ersten Betäubungspfeil auswich. Sobald er von einem dieser Pfeile getroffen wurde, war er dem Tod geweiht.

Statt die Soldaten weiter anzugreifen, ging er in Verteidigungshaltung, um den tödlichen Pfeilen zu entgehen. Plötzlich traf ihn etwas am Bauch und kullerte zu Boden. Einem weiteren Pfeil ausweichend, sah Stuart nach unten.

Oh verflucht! Eine Granate!

Er machte einen Satz zur Seite.

Feuer. Schmerzen. Ohrenbetäubendes Krachen.

Abgesehen von diesen Empfindungen war sein Gehirn wie leergefegt, und er war sich nicht sicher, wie lange dieser Zustand anhielt.

Er lag am Boden. Eine schwere Last drückte ihn nach unten. Stuart versuchte sich zu bewegen. Erst den einen Arm, dann den anderen. Das eine Bein, dann das andere. Fast hätte er geweint vor Erleichterung. Offenbar war noch alles an ihm dran.

Die Frau weinte immer noch. Auch wenn er sie nur schwach hörte, weil es in seinen Ohren immer noch klingelte.

Stuart befreite sich aus dem Trümmerhaufen. Die Soldaten kauerten um die Frau herum. Es sah aus, als würden sie einen Gurt oder etwas in der Art an ihr befestigen. Wollten sie sie gefangen nehmen?

Auch wenn er etwas wacklig auf den Beinen war, richtete sich Stuart auf, pirschte sich von hinten an sie heran und brach ihnen das Genick.

Die Frau bedankte sich wieder und wieder bei ihm, als er sie hochhob und mit ihr zurück zum Fahrstuhlschacht stolperte.

Die Frau lag seltsam schwer in seinen Armen. Eigentlich hätte er in der Lage sein müssen, sie mit einer Hand über dem Kopf zu tragen und dabei wie eine Pizza durch die Luft zu wirbeln. Stattdessen hatte er Mühe, ihr Gewicht zu tragen. Außerdem war er müde. Und durstig.

An der Kante zum Schacht blieb er stehen. »Es kommt alles in Ordnung«, flüsterte er und machte einen Schritt nach vorn ins Leere.

Aber statt geschmeidig unten zu landen, traf Stuart hart auf den Überresten der Fahrstuhldecke auf. Heftiger Schmerz schoss ihm durch die Beine, sodass er stolperte und beinahe durch die Öffnung gefallen wäre.

Die Frau schrie wieder und klammerte sich fester an ihn.

»Alles okay.« Stuart ließ sich in den Lift fallen, kletterte hinaus in den Flur und bahnte sich seinen Weg durch den Strom der Flüchtenden. Er hatte das Gefühl, dass der Korridor endlos lang war.

Die Ärztin – wie war noch einmal ihr Name? – sah ihn kommen.

Mit besorgtem Blick machte sie zwei Wachmännern ein Zeichen, ihm die Frau abzunehmen.

»Stuart?«, sprach sie ihn an. »Was ist passiert?« Sie nahm seinen Arm, um ihn zu stützen.

»Explosion.« Irgendetwas stimmte nicht mit seinen Augen. Die Welt um ihn herum schien farblos geworden zu sein.

»Folgen Sie mir.«

Er schlurfte hinter ihr her. Jeder Millimeter seines Körpers schmerzte. Er hatte Krämpfe. Er hatte das Gefühl, als würde irgendetwas versuchen, ihn von innen aufzufressen. Es fühlte sich an … es fühlte sich so an wie damals, als er verwandelt worden war.

Unwillkürlich bohrten sich seine Reißzähne in seine Unterlippe. Der salzige Geschmack von Blut lag ihm auf der Zunge. Er musste unbedingt trinken.

Die Ärztin führte ihn durch den Flur in ein … er wusste nicht, wo er sich befand. Er konnte sich nicht konzentrieren. Die Schmerzen waren zu überwältigend.

Sie sagte etwas, entfernte sich ein paar Schritte und öffnete einen Schrank. Ein kalter Luftstoß traf ihn und umspielte seine Beine. Ein Kühlschrank?

Sie kehrte zu ihm zurück und hielt ihm etwas hin. »… eine Menge Blut verloren … heilt nicht … Sie müssen trinken.«

Ja, er musste wirklich dringend trinken.

Er schlug ihr etwas aus der Hand, das sie ihm offenbar hatte geben wollen – was immer es war –, packte ihren Arm, zog sie zu sich heran und versenkte seine Reißzähne in ihrem Hals.

Reine Seligkeit!

Als das Blut die schrecklichen Krämpfe und Schmerzen endlich linderte, stiegen ihm vor Erleichterung fast die Tränen in die Augen.

Cliff stand wartend daneben, während Joe den Wachmännern am Tunneleingang einen weiteren Verwundeten übergab. »Ich glaube, wir sind beide ziemlich am Ende«, sagte er zu seinem Freund. »Lass uns eine kurze Pause machen und uns etwas Blut besorgen. Dann machen wir uns wieder an die Arbeit.«

Joe nickte.

Cliff selbst hatte das Blut nicht so sehr nötig. Aber Joe sah tatsächlich etwas erschöpft aus. Er war verletzt worden. Und der Blutgeruch, der durch das Gebäude waberte, war einfach überwältigend. Sie hatten ein paar Soldaten ausschalten müssen, die sich zu den oberen Untergeschossen Zutritt verschafft hatten. Cliff befürchtete, dass die Anstrengungen zur Folge haben könnten, dass Joe endgültig den Verstand verlor. Vielleicht half es ihm, die Kontrolle zu behalten, wenn er seine Blutreserven wieder auffüllte.

Cliff nickte dem Unsterblichen zu, der am Tunneleingang stand, und wunderte sich nicht besonders, als der hochgewachsene Krieger seinen Gruß nicht erwiderte. Er hatte gehört, wie ihn einer der Wachmänner Marcus genannt hatte.

Dieser Marcus wirkte ziemlich angepestet und sah aus, als würde er jeden in der Luft zerreißen, der sich dem hübschen zierlichen Rotschopf näherte, neben dem er Wache hielt. Ihre Augen waren geschlossen, und sie runzelte die Stirn, als würde sie sich mit aller Kraft auf etwas konzentrieren. Vielleicht war sie eine Unsterbliche mit einem dieser coolen Talente.

Schweigend bahnte sich Joe seinen Weg zu dem Labor, in dem sie schon so viele Male gewesen waren. Dr. Lipton hatte dort einen speziellen Kühlschrank, der mit Blutkonserven gefüllt war.

Cliff folgte dem anderen Vampir. Der Strom aus Flüchtenden wurde allmählich dünner. Von oben waren allerdings immer noch verteufelt viele Explosionen zu hören, und im zweiten Untergeschoss waren immer noch ziemlich viele Sterbliche eingeschlossen, deshalb ging er davon aus, dass das Ganze noch nicht überstanden war.

Nachdem er ein paar Schritte in das Labor hinein gemacht hatte, blieb Joe abrupt stehen.

Cliff konnte nicht schnell genug abbremsen und prallte gegen seinen Rücken. »Was ist los?«

Joe antwortete nicht.

Cliff ging um ihn herum und spürte, wie ihm das Herz in die Hose rutschte.

Der neue Vampir saß auf dem Boden, hielt Dr. Lipton auf seinem Schoß und hatte die Reißzähne tief in ihren Hals gebohrt.

»Was zur Hölle tust du da?«, bellte Cliff aufgebracht und stürzte sich auf ihn.

Stuart hob den Kopf und murrte etwas.

Dr. Lipton lag ganz still in seinen Armen, ihre Augen waren geschlossen, und ein paar Blutstropfen liefen über ihren Hals.

Nachdem Cliff sie behutsam aufgerichtet hatte, packte er Stuart und schleuderte ihn quer durch das Zimmer, sodass noch mehr Putz von der ohnehin von Rissen durchzogenen Wand bröckelte. »Dr. Lipton?« Er drückte ein paar Finger auf die Wunde in ihrem Hals, um den Blutfluss zu stillen. »Melanie?«

Joe beobachtete ihn mit erschrocken aufgerissenen Augen. »Ich kann ihren Herzschlag nicht hören.«

Cliff ging es genauso. Nichts wünschte er sich sehnlicher, als dass das nur an den Kampfgeräuschen läge, die alles andere erstickten, aber …

Die Ärztin war weiß wie ein Laken. Und ihre Lippen hatten sich bläulich verfärbt.

»Was ist passiert?«, fragte Stuart und stolperte durch das Zimmer auf sie zu.

Joe blitzte ihn wütend an. »Du hast sie getötet! Verdammt noch mal, du Bastard hast sie umgebracht!«

»Warte!« Mit seinen Fingern, die warm von ihrem Blut waren, betastete Cliff ihren Hals. »Ich kann ihren Puls spüren. Sie ist noch nicht tot.«

»*Noch* nicht«, wiederholte Joe und wandte sich zur Tür.

»Joe? Was machst du? Du musst Hilfe holen.«

Aber Joe ließ sich nicht aufhalten, er schüttelte nur benommen den Kopf. »Ich kann das einfach nicht.«

»Was denn?«

»Hierbleiben. Nicht ohne Dr. Lipton. Nicht ohne Melanie. Ich kann es nicht.«

»Aber sie ist nicht …«

»Du weißt, was sie mit uns tun werden! Sie hassen uns! Sie werden uns die Schuld geben! Sie werden uns töten!«

Mit offenem Mund beobachtete Cliff, wie sein Freund durch die Tür verschwand. Er sah zu Stuart, dessen entsetzter Blick auf Melanie gerichtet war.

Dunkelrote Flüssigkeit tropfte von seinem Mundwinkel herab. »*Ich* habe das getan?«

»Ja!«

»Das wollte ich nicht!«

Cliff konnte das alles kaum fassen, aber … *verdammt noch mal!* Joe war auf der Flucht. Und Dr. Liptons Herz war kurz davor stehen zu bleiben. »Wenn du das nicht wolltest, dann sieh gefälligst zu, dass du deinen Hintern hierher bewegst.«

Stuart beeilte sich, seiner Aufforderung nachzukommen.

Cliff übergab ihm Dr. Lipton, wobei er betete, dass er das Richtige tat. »Press deine Finger fest auf die Wunde. Ich werde Hilfe holen.«

Stuart nickte. Eigentlich hätte sein Gesicht vom Trinken gerötet sein müssen, stattdessen war er leichenblass.

Mit einem letzten Blick auf Melanie sprintete Cliff aus dem Zimmer. Er rannte den Flur hinunter Richtung Fahrstuhl, wobei er sich so schnell bewegte, dass die Wucht eines Zusammenstoßes einen Sterblichen hätte töten können. *»Bastien!«*, brüllte er.

In Windeseile kletterte er auf das Dach des Fahrstuhls.

Was?, kam Bastiens Antwort von oben.

Cliff stieß sich ab und flog zwei Stockwerke nach oben, dort griff er nach der Türöffnung und stieß sich erneut ab. »Melanie braucht dich! Sie ist schwer verletzt!«

Mit einem letzten Sprung erreichte er das Erdgeschoss (oder vielmehr das, was davon übrig war) und stieß prompt mit Bastien zusammen.

»Was ist passiert?«, fragte er.

»Stuart hat sie ausgesaugt.«

Panik glomm in Bastiens Augen auf, er drehte sich blitzschnell zum Fahrstuhl herum.

Cliff packte ihn am Arm. »Joe ist abgehauen. Er hat Dr. Lipton gesehen und ist durchgedreht. Ich muss hinter ihm her.«

»Die Sonne geht auf.«

»Man kann ihn nicht sich selbst überlassen. Er steht kurz davor, den letzten Rest seines Verstands auch noch zu verlieren.«

Bastien nickte und umarmte ihn kurz und heftig. »Pass auf dich auf. Wenn du bis zum Sonnenuntergang nicht zurück bist, mache ich mich auf die Suche nach dir.«

Cliff nickte und sah Bastien dabei zu, wie er in den Abgrund sprang und mit einer geschmeidigen Bewegung und in gebückter Haltung am Grund des Schachts aufkam.

Dann ließ er den Blick über das Chaos schweifen, das ihn umgab. Überall um ihn herum brannte es. Kugeln flogen an ihm vorbei. Unsterbliche …

Er schluckte. *Heilige Scheiße.* Kein Wunder, dass Bastiens Vampirarmee keine Chance gegen die Unsterblichen gehabt hatte. Die Schnelligkeit, Stärke und Leidenschaft, die sie beim Kämpfen an den Tag legten, war erschreckend.

Sein Herz schlug schneller. Es hatte das Gefühl, als würde ihm die Luft abgeschnürt. Im offenen Gelände fühlte er sich schutzlos und starr vor Angst. Er war seit zwei Jahren nicht mehr draußen gewesen. Hatte er so schnell Platzangst entwickelt? Seine Füße schienen plötzlich am Boden festzukleben.

Bis ein verfluchtes Raketengeschoss an ihm vorbeiraste.

Cliff ging hinter den Überresten eines Schreibtischs in Deckung. Das Dach des Gebäudes war verschwunden, die Trümmer lagen vermischt mit anderem Schutt zu seinen Füßen.

Wo zum Teufel war Joe?

Rauch brannte ihm in den Augen, als sein Blick auf der Suche nach dem blonden Vampir wild umherjagte.

Dort! Er verschwand gerade zwischen den Bäumen.

Sofort nahm Cliff die Verfolgung auf. Er hechtete über einen Haufen toter Söldner und wich dabei so vielen Kugeln aus, wie er konnte. Die verdammten Dinger schwirrten überall herum. Eine verschwommene Gestalt, deren Augen bernsteinfarben leuchteten, flog an ihm vorbei.

Die Furcht bohrte sich in ihn hinein wie eine Klinge.

Würden die Unsterblichen glauben, dass er zu fliehen versuchte und ihn töten?

Aber als die nachtschwarze Gestalt ihn nicht weiter beachtete, holte er vorsichtig Luft.

Offensichtlich stand er nicht ganz oben auf der Prioritätenliste.

Erleichtert sprintete er auf die Bäume zu und konzentrierte sich darauf, Joe zu finden.

Im diesem Augenblick spürte er, wie ihn etwas in den Hals stach.

Er hob die Hand, um nach dem vermeintlichen Insekt zu schlagen, und hatte einen Betäubungspfeil in der Hand. Die

Welt verschwamm vor seinen Augen, und die Beine gaben unter ihm nach.

Der Boden schien auf ihn zuzurasen.

Dann fiel ein Schatten über ihn.

Blinzelnd sah Cliff zu den beiden Soldaten hoch. »Ah, verfl…«

Bastien raste mit Höchstgeschwindigkeit durch den Korridor, Panik und Entsetzen schnürten ihm die Kehle zu.

Melanie.

Er nahm nichts von dem wahr, was um ihn herum vorging. Er sah nichts außer der Tür zu ihrem Büro.

Er stürmte hinein.

Leer.

Zurück im Flur, suchte er Marcus' Blick. »Wo ist sie?«

Mit versteinerter Miene deutete der mürrische Unsterbliche auf das Labor.

Bastien verlor keine Sekunde.

Melanie lag auf dem Boden, Stuart beugte sich über sie.

Bastiens Wutgebrüll ließ die Wände erzittern.

Stuart wirbelte zu ihm herum, in seinem Blick lag Verzweiflung. »Ich wollte das nicht! Ich schwöre, dass ich es nicht absichtlich getan habe!«

Mit einer einzigen Bewegung schleuderte Bastien den Blutsauger quer durch das Zimmer. »Was hast du getan?«, fuhr er den Vampir aufgebracht an.

Melanies Augen waren geschlossen.

Bastien kniete sich neben sie und nahm ihre schlaffe Gestalt in die Arme. »Melanie?« Behutsam strich er ihr eine Strähne aus dem Gesicht. Es war mit einer Staubschicht überzogen. »Melanie, Liebes?«

Bei Cliff hatte es sich angehört, als läge sie im Sterben, aber … ihre Haut war warm. Sie hatte einen kräftigen Herzschlag. Auf der hellen Haut ihres Halses waren ein paar Blutstropfen zu sehen. Vielleicht hatten Cliff und Joe das Blut gesehen und waren vom Schlimmsten ausgegangen?

»Ich war verletzt«, sagte Stuart und näherte sich vorsichtig.

Die Hose des Vampirs war voller Blut. Auch auf seinem Shirt war ein großer Blutfleck zu sehen, außerdem war es an mehreren Stellen angesengt.

Bastien wusste nicht, ob das Blut von ihm selbst oder von den Männern und Frauen stammte, denen er geholfen hatte. Melanies Blut war es nicht. Jedenfalls nicht das an seinen Kleidern. Nur das in seinem Gesicht.

Bastien umarmte sie fest, erschrocken darüber, dass er sie schon wieder fast verloren hätte.

»Ich war verletzt«, plapperte der Vampir weiter. »Ich hatte nicht bemerkt, dass ich so viel Blut verloren hatte und … ich weiß nicht, was dann passiert ist. Ich wollte doch nur … ich habe gar nicht gemerkt, dass ich von ihr getrunken habe, bis die anderen Vampire hereinkamen und … ich wollte sie nicht aussaugen.«

»Du hast sie nicht ausgesaugt«, sagte Bastien leise und vergrub sein Gesicht in ihrem Haar. Warum wachte sie nicht auf? Hatte sie sich den Kopf angeschlagen? Eigentlich sollte er den Vampir töten für das, was er getan hatte. Unfall oder nicht …

»Doch, das habe ich«, wiederholte Stuart zögernd.

Bastien hob den Kopf. »Nein, du …« Zischend holte er Luft, starrte hinunter auf Melanie, neigte dann den Kopf und nahm ihren Geruch in sich auf. Mit einem Fluch richtete er den Blick auf Stuart. »Was hast du getan?«

Der Vampir erstarrte und wich zurück. »Sie lag im Sterben. Ich wusste nicht, was ich sonst tun sollte. Ihr Pulsschlag … er … er war sehr schwach. Sie hätte es nicht geschafft, wenn ich nicht …«

»Du hast ihr dein Blut gegeben?«, fragte Bastien scharf.

»Ja.«

»Wie viel?« Wenn es nur ein bisschen gewesen wäre, dann wäre sie nicht so warm. Dann würde sie jetzt in Schockstarre verfallen und …

»Eine ganze Menge«, gestand Stuart. »Sie war sehr nett zu mir, und ich wollte nicht, dass sie stirbt.«

»Du hast sie infiziert?«

In diesem Augenblick stürmte Chris ins Büro. »Was ist hier los? Marcus sagte, dass etwas nicht stimmt.«

»Stuart hat sie mit dem Virus infiziert.«

Chris zog eine Betäubungspistole und gab einen Schuss auf Stuart ab.

Der Vampir sah hinunter auf den Pfeil in seiner Brust und schwankte. Dann verdrehte er die Augen und sackte in sich zusammen.

Bastien fühlte nichts außer Schuld und Reue, während er beobachtete, wie der junge Vampir zu Boden ging. Er sah Chris an. »Kannst du ihr helfen? Kannst du es aufhalten?«

Melanie hatte davon gesprochen, *irgendwann später* einmal verwandelt zu werden. Nicht jetzt. Und nicht, wenn es nicht unbedingt nötig war. Aber vielleicht war es ja möglich, den Prozess aufzuhalten, solange die Infektion noch frisch war …

Chris legte den Kopf in den Nacken und rief: »David!«

Sekunden später stand David im Büro. »Ja?«

»Sie ist infiziert«, erklärte Bastien. »Kannst du es aufhalten?«

David schüttelte den Kopf. »Gegen das Virus können meine Heilkräfte nichts ausrichten.«

»Richart!« Chris zog das Handy aus der Hosentasche und wählte. »Wie sieht es aus, ist alles bereit? … In Ordnung.«

In diesem Augenblick tauchte Richart in der Tür auf. »Ja?« Als sein Blick auf Melanie fiel, runzelte er besorgt die Stirn.

Chris legte auf. »Das neue Hauptquartier ist einsatzbereit. Richart, würdest du mir einen Gefallen tun und Melanie dorthin teleportieren? Vielleicht können wir die Transformation aufhalten, indem wir so viel infiziertes Blut wie möglich gegen gesundes austauschen.«

Bastien stand mit Melanie in den Armen da.

Richart streckte die Arme aus, um sie ihm abzunehmen.

Sie einem anderen anzuvertrauen war eins der schwersten Dinge, die Bastien jemals hatte tun müssen.

Ihre Blicken trafen sich, während Richart sie behutsam umfing. »Ich verspreche dir, dass ich gut auf sie aufpassen werde.«

Bastien brachte keinen Ton heraus, seine Kehle war wie zugeschnürt.

Die beiden lösten sich in Luft aus.

Urplötzlich trat über ihren Köpfen Stille ein. Keine Explosionen mehr. Und auch kein Gewehrfeuer von automatischen Waffen. Eine Sekunde lang herrschte absolute Ruhe, und es war beinahe, als würde die ganze Welt – und nicht nur Bastien – mit angehaltenem Atem darauf warten zu sehen, wie es Melanie ergehen würde.

Lisette betrat das Zimmer. Étienne. Roland und Sarah. Yuri und Stanislav. Bastien hatte nicht einmal bemerkt, dass Letzterer sich inzwischen ebenfalls am Kampf beteiligte. Dann Ethan und Edward. Marcus und Ami kamen zuletzt.

Mit ernsten Gesichtern bildeten sie einen Halbkreis um Bastien.

»Ist es vorbei?«, fragte Bastien.

Étienne nickte. »Die Sonne ist aufgegangen. Nur eine Handvoll Soldaten ist entkommen.«

Gut. »Ami müsste in der Lage sein, ihnen zu ihrem Stützpunkt zu folgen.«

»Da ist noch etwas«, sagte Lisette.

Die Unsterblichen wechselten Blicke, und es war ihnen anzumerken, dass keiner der Überbringer der schlechten Nachricht sein wollte.

Wie schlimm konnte es schon sein? Melanie war soeben fast vollständig von einem Vampir ausgesaugt worden, und ihr Körper wurde von dem Virus überschwemmt. Was konnten sie ihm schon erzählen, das auch nur *annähernd* so schlimm war?

»Was ist los?«

Lisette ergriff das Wort. »Wir glauben, dass die Soldaten Cliff haben.«

Ungläubig schüttelte Bastien den Kopf. »Als Joe Melanie sah, geriet er in Panik und ergriff die Flucht. Cliff ist ihm gefolgt, um ihn zurückzubringen. Wahrscheinlich haben sie sich ein Versteck gesucht, als die Sonne aufgegangen ist. Sie kommen heute Nacht zurück.«

Étienne schüttelte den Kopf. »Ich habe gesehen, wie Cliff einen Pfeil abbekam und zu Boden ging. Ich war gerade damit beschäftigt, eine konfiszierte Handgranate in einen der Transportpanzer zu werfen, und konnte ihn deshalb nicht im Auge behalten. Als ich wieder hinsah, war er verschwunden.«

Bastien unterdrückte einen Anflug von Panik. »Bist du sicher?« Was war, wenn er sich zwischen den Bäumen versteckt hielt? Wenn Cliff noch da draußen war, konnte er sterben, sobald sich der Sonnenstand veränderte.

»Ich habe den Wald nach ihm abgesucht«, sagt Étienne. »Er war nicht dort.«

»Sind noch alle Fahrzeuge da?«, wollte David wissen. »Die Söldner sind bestimmt nicht zu Fuß mit einem Gefangenen geflohen.«

Die anderen zuckten mit den Achseln.

»Ich war der Erste, der im offenen Gelände gegen die Soldaten gekämpft hat«, sagte Richart, »aber ich weiß nicht, wie viele es insgesamt waren, da sie bereits angefangen hatten, das Gebäude in die Luft zu sprengen.«

David steckte seine Waffen weg. »Ich versuche sie zu finden.«

Aber Étienne schüttelte den Kopf. »Der Tag ist bereits angebrochen.«

»Ich weiß. Ein paar Stunden Sonnenlicht kann ich aushalten.«

So lange? Wirklich?

Als David an ihm vorbeimarschierte, griff Bastien nach seinem Arm. »Warum hast du nicht erzählt, dass du ein Gestaltwandler bist?«

»Weil du nicht gefragt hast.«

Die übrigen Unsterblichen wechselten Blicke.

»Du kannst die Gestalt wechseln?«, fragte Lisette.

»Ja. Und nein – ich werde es euch nicht vorführen. Das ist kein Taschenspielertrick.«

Als David gehen wollte, griff Bastien noch fester zu. »Dann bestand keine Notwendigkeit, Ami herzubringen. Wir brauchen ihre Fähigkeiten nicht, wenn wir einen Gestaltwandler unter uns haben.«

»*Ich* hätte Ami auch niemals hergebracht«, erwiderte David mit finsterem Gesicht. »Nie hätte ich sie einer solchen Gefahr ausgesetzt, und das hättest du auch nicht tun sollen.«

»Weil ich es nicht gewusst habe!«

Mit eisernem Griff umfasste Étienne Bastiens Arm und zog ihn von dem mächtigen Unsterblichen weg.

Endlich ließ Bastien von David ab. »Du musst dich nur in einen Vogel verwandeln und den Soldaten nach Hause folgen. Wenn ich das gewusst hätte, dann hätte ich sie niemals gebeten, ins Hauptquartier zu kommen.«

David trat einen Schritt näher und blitzte ihn böse an. »Egal ob du ihre Hilfe gebraucht hast oder nicht – du hättest sie nicht bitten dürfen herzukommen. Damit hast du mutwillig ihr Leben auf Spiel gesetzt. Hast du nicht kapiert, was für eine phänomenal miese Idee das war, oder glaubst du, ich habe nur zum Spaß aufgelegt? Dir muss doch klar gewesen sein, dass ich diesen Plan nicht gutheiße.«

»Aber wenn du …«

»Mach nicht den Fehler, mein Entgegenkommen mit Schwäche zu verwechseln, Sebastien. Und auch nicht mit Ignoranz. Ich lebe seit Tausenden von Jahren auf der Erde. Ich bin mächtiger als alle Unsterblichen in diesem Raum *zusammen*. Die Weisheit und Geduld, die ich in meinem langen Leben erworben habe, wirst du niemals dein Eigen nennen dürfen. Seth ist der einzige Unsterbliche, der mächtiger ist als ich. Das nächste Mal, wenn du etwas tust, das ich untersagt habe, wirst du die Folgen zu spüren bekommen. *Falls* Seth dich am Leben lässt. Indem du Amis Leben aufs Spiel gesetzt hast, hast du deins heute Nacht möglicherweise verwirkt. Fürchte Seth' Zorn.«

Mit diesen Worten verließ David das Zimmer. Eine Sekunde später drang das Geräusch von Flügelschlägen aus dem Fahrstuhlschacht zu ihnen herüber.

Bastien wechselte einen Blick mit den anderen, die ihn mit ernster Miene musterten.

»Verdammt«, sagte Ethan. »Du weißt wirklich, wie man die Leute gegen sich aufbringt.«

Ja. Die Frage war nur: Wie aufgebracht war Seth?

13

Niedergeschlagen betrachtete Seth die zierliche Gestalt auf dem Bett. Das seidige schwarze Haar lag wie ein Fächer auf dem Kissen ausgebreitet. Sie hatte eine kleine Nase und ein vorwitziges Kinn. Er zweifelte nicht daran, dass sie es zu Lebzeiten häufig trotzig nach vorn gestreckt hatte.

Die dunklen, blicklosen Augen waren auf ihn gerichtet, und es kam ihm vor, als würde sie ihn sogar im Tod um Hilfe bitten. Ihn anflehen, sie zu befreien. Sie zu retten.

Aber er war zu spät gekommen.

Das Grauen, das seit Tagen wie Säure in seinem Magen gebrannt hatte, ließ nach und wurde durch ein Gefühl der Benommenheit ersetzt. Und Bedauern.

Geschmeidig beugte er sich vor und hob ein Shirt vom Boden auf – mehr war von dem Vampir, der es getragen hatte, nicht übrig geblieben. Er säuberte seine Klingen damit. Danach steckte er die Schwerter zurück in ihre Scheiden und zwang sich, an das Bett zu treten. Mit einer einzigen Handbewegung brachte er die Seile um ihre Handgelenke und ihre Knöchel dazu, sich von selbst lösen. Sie fielen hinunter auf die Bettdecke. Eins der Seile glitt vom Bett und landete auf dem Boden.

Ihre schlanken Arme waren voller blauer Flecken und mit Bissspuren und getrockneten Blutklümpchen übersät. Ihre Beine, die nur von einem kurzen Rock bedeckt wurden, sahen genauso aus. Ihre zarten Hände waren voller Blutflecken und verkrallten sich immer noch in die Bettdecke, auch wenn sie längst ihren letzten Atemzug getan hatte.

Seth verließ das Zimmer, um das kleine Landhaus rasch zu durchsuchen. Im Badezimmer fand er, was er suchte, und kehrte zu ihrem Schlafzimmer zurück.

Er hob sie vorsichtig hoch und hielt sie mit einem Arm fest, während er mit dem anderen die blutigen Bettlaken vom Bett entfernte. Dann schüttelte er ein frisches weißes Laken auf und legte die junge Frau wieder auf das Bett. Er schloss ihr die leeren Augen, die ihn immer noch vorwurfsvoll anzustarren schienen.

Jede freie Sekunde hatte er genutzt, um nach ihr zu suchen, und mit jedem Tag war er ihrem Aufenthaltsort ein bisschen näher gekommen. Die Erde war ein verdammt großer Planet. Und momentan passierte so viel in North Carolina, das er im Auge behalten musste.

Entschuldigungen. Für das Unentschuldbare.

Er drehte sich zu der Wiege um, die nur wenige Meter entfernt stand. Als er näher trat, spürte er erneut Grauen in sich aufsteigen.

Der Körper darin war so winzig. Er nahm das Baby heraus und legte es in die Arme seiner Mutter, dann steckte er die Decke um sie herum fest wie einen Kokon.

Wieder zwei *Begabte* verloren.

Es gab drei Ereignisse, die Seth unweigerlich tief in seinem Inneren spürte, gleichgültig, wie weit das Geschehene selbst entfernt war: Die Geburt eines *Begabten*, der Tod eines *Begabten* oder Unsterblichen und die Verwandlung eines *Begabten* in einen Unsterblichen. Beim ersten verspürte er eine Art Prickeln in der Brust, so wie bei der Geburt des Babys vor drei Monaten. Das war einer der wenigen glücklichen Momente in einer Zeit gewesen, in der ihn hauptsächlich Dunkelheit umgeben hatte.

Das zweite Ereignis löste aus, dass er eine Art innere Leere verspürte. Seth war zunächst davon ausgegangen, dass die Leere, die der Tod des Babys in ihm ausgelöst hatte, nur Teil der Einsamkeit war, die er verspürte, seit er Ami zu Marcus' Sekundantin ernannt hatte. Wenn ihm klar gewesen wäre, dass das Gefühl in Wirklichkeit daher rührte, dass ein *Begabter* starb, dann hätte er die beiden vielleicht eher gefunden. Möglicherweise sogar früh genug, um die Mutter zu retten.

Das dritte Ereignis – die Verwandlung eines *Begabten* in einen Unsterblichen – ließ Grauen in ihm aufsteigen. Das Gefühl war so stark, dass er ihm folgen konnte wie einem starken Geruch, den der Wind mit sich trug. Aber auch dafür brauchte er Zeit.

Zeit, die diese Frau nicht gehabt hatte, als sie das Opfer von einem halben Dutzend Vampiren geworden war, deren Blut nun die Zimmerwände zierte.

Die Vampire hatten versucht, sie zu verwandeln. Aber wie so oft hatte ihre Blutgier ihren Plan zunichtegemacht und sie dazu getrieben, sie auszusaugen, bevor die Verwandlung abgeschlossen war. Deshalb hatte er nun zwei Leichname, die er in ein Laken hüllen und in der Erde vergraben würde.

Er nahm das Bündel in die Arme. Die beiden waren so leicht. Irgendwie machte es das Ganze noch schlimmer.

Draußen traf ihn eine eisige Windböe, sie trug den Geruch von Schnee mit sich. Fast wünschte er sich einen Eisregen, der schmerzhaft wie Nadelstiche auf ihn niederprasselte.

Eine weiße Schneedecke, die jeden Laut verschluckte, bedeckte die herrliche Landschaft nahe der Stadt Gyeongju in Südkorea. Ein Donnergrollen erschütterte den Himmel – kein Wetterphänomen, sondern eine Folge seiner Trauer.

Er musste eine Schaufel auftreiben.

»Hier.«

Seth wirbelte herum.

Die Gestalt, die aus dem Schatten des vom Mondlicht beschienenen Hauses trat, erinnerte ihn wie immer an einen durchtrainierten Jim Morrison. Sein dunkles welliges Haar fiel ihm bis auf den Rücken und bewegte sich leicht in der Brise. Sein Oberkörper war nackt und haarlos. Er trug eine tief auf der Hüfte sitzende Lederhose.

Seth hatte ihn nicht kommen hören und fragte sich, ob das an dem Lärm lag, den die Vampire während des Kampfs gemacht hatten, oder ob er einfach nur zu abgelenkt gewesen war.

Die Lederhose raschelte leise, als der andere zu ihm trat. Unter seinen Stiefeln knirschten Schnee und Eis. In der großen Hand trug er eine Schaufel, die er Seth hinhielt.

Seth warf einen Blick auf das Bündel in seinen Armen. Er wollte sie nicht auf den Boden legen, nicht einmal, um das Grab auszuheben. Aber ebenso wenig wollte er sie in den blutbesudelten Raum zurückbringen, in dem sie gestorben waren.

»Mach dir keine Gedanken«, sagte sein Besucher. »Ich kümmere mich darum.«

Seth hätte es wohl kaum geschafft, seine Verblüffung zu unterdrücken, wenn er nicht vor Schmerz wie betäubt gewesen wäre.

»Hast du sie gekannt?«, fragte der andere, während er die Schaufel tief in den gefrorenen Boden rammte und zu graben begann.

»Nicht wirklich. Ich wusste, dass sie *Begabte* waren. Ich behielt sie über die Jahre im Auge, so wie ich es mit allen *Begabten* tue. Aber …«

»Sie wussten nichts von dir.«

Seth nickte.

Das Geräusch, das das Metallblatt der Schaufel machte, wenn es den Boden aufriss, war obszön laut.

Keiner vor beiden sagte ein Wort, während das Grab Gestalt annahm.

Als das Loch lang und tief genug war, legte Seth behutsam die beiden Körper hinein.

Sein Begleiter ließ die Schaufel sinken und sang mit ihm zusammen ein Gebet für Mutter und Sohn. Sie sangen es in einer uralten Sprache, die niemand, der lebte, jemals gehört hatte.

Als wieder Stille eingekehrt war, nahm Seth die Schaufel zur Hand, um das Loch aufzufüllen. »Können wir das vielleicht ein anderes Mal erledigen?«, fragte er, ohne den anderen anzusehen, dessen hochgewachsene Gestalt ihn um einige Zentimeter überragte.

»Was erledigen?«

»Das, wofür du hergekommen bist. Was immer es sein mag. Ich habe heute Nacht wirklich keine Lust auf deine Drohungen. Wenn du und die anderen mehr tun würden, als nur auf ihren kostbaren Hintern zu sitzen und zu beobachten, dann stünde ich jetzt vielleicht nicht hier, um diese beiden zu begraben.«

»Ich hatte gar nicht vor, heute Nacht Drohungen gegen dich auszustoßen, Cousin.«

»Na sicher. Willst du mir erzählen, dass du gekommen bist, weil du mich so vermisst hast?«

»Nein«, antwortete der andere schlicht.

Aus dem Augenwinkel beobachtete Seth, wie sein Besucher anfing, auf und ab zu marschieren. Er blieb stehen, verschränkte die Arme vor der Brust und ließ sie wieder hängen. Dann fing er abermals an, hin- und herzutigern.

Er wirkte etwas … abwesend.

Unruhig.

Oder so.

»Was ist los mit dir?«

»Nichts.«

Als Seth das Grab aufgefüllt hatte, legte er die Schaufel auf den Boden und wandte sich wieder dem Haus zu. Er schloss die

Augen und beschwor das Bild der Küche herauf. Die Gasleitung hinter dem Herd bekam einen Riss. Ein kleiner Funke reichte aus, damit sie sich entzündete. Er würde ihrer Familie einen Besuch abstatten und in ihrem Gedächtnis die Erinnerung an eine Explosion, den sofortigen Tod von Mutter und Kind und ein wunderschönes Begräbnis einpflanzen.

Niemand würde die Leichname zu Gesicht bekommen. Niemand würde sich über die Bissspuren wundern. Eine polizeiliche Untersuchung würde es nicht geben. Keine Zeitung würde Schlagzahlen über Vampirmorde bringen. Niemand würde die Wahrheit erfahren. Niemand außer Seth und …

»Hast du vor, mir zu sagen, warum du hergekommen bist?«

Angespannte Stille.

»Zach …«

»Dein Handy ist kaputt.«

Seth runzelte die Stirn. »Wie bitte?«

»Dein Handy ist kaputt«, wiederholte Zach.

Seth zog es aus der Gesäßtasche und warf einen Blick darauf. Kein Wunder, dass es so still gewesen war. Das Gerät war im Kampf gegen die Vampire zerstört worden.

Seth warf Zach einen prüfenden Blick zu. Er war doch nicht wirklich gekommen, um ihn darauf hinzuweisen, dass sein Telefon …

Dann fuhr ihm der Schreck in die Glieder. »Was ist passiert?« Es musste etwas Schlimmes sein, wenn sein Besucher die Wut der anderen in Kauf nahm und sich einmischte, um Seth' Aufmerksamkeit auf etwas zu lenken. »Wer hat versucht, mich zu erreichen?«

Zachs Kiefermuskeln zuckten, als er die Zähne zusammenbiss.

Seth wusste, dass die Strafe nicht lange auf sich warten lassen würde, und fragte sich, ob …

»Deine Leute in North Carolina.«

»Wer genau?«

»Alle.«

Fluchend machte er sich bereit, um sich zu David zu teleportieren.

»Seth.«

»Was denn?«

Ihre Blicke trafen sich. »Du kämpfst gegen eine mythologische Kreatur.«

Seth schüttelte den Kopf. »Ich weiß nicht, was du …«

»Hydra«, veranschaulichte Zach. »Die Hydra von Lerna.«

»Das Wesen aus der griechischen Mythologie, das Herkules töten sollte, indem er ihm alle Köpfe abschlug?«

Zach nickte kurz. »Wenn man ihm einen Kopf abschlägt, wachsen ihm zwei neue. Das schwarze Schaf unter deinen Unsterblichen wusste nicht, was es auslöste, als es die Vampire in den Krieg gegen euch führte.«

»Ich nehme an, dass du von Sebastien sprichst.«

»Man kann es nicht besiegen. Jeder Kopf birgt eine neue Gefahr. Eine Gefahr für dich. Für uns. Je mehr Köpfe, desto größer die Gefahr. Sie dürfen nicht wissen, wer du bist. Und wer *wir* sind. Das würden die anderen nicht zulassen. Es hat schon Unstimmigkeiten gegeben.«

Sie hatten – um im Bild zu bleiben – sozusagen Sebastiens »Kopf« abgeschnitten, und er war durch Montrose Keegan und den Vampirkönig ersetzt worden. Dann hatten sie die beiden Köpfe abgeschnitten und … sie waren immer noch dabei, herauszufinden, wer ihren Platz eingenommen hatte. Wollte Zach andeuten, dass Emrys nicht allein arbeitete? Dass sie am Ende unterliegen würden, wer immer es war, den sie bekämpften?

»Du lässt etwas Wichtiges außer Acht«, sagte Seth.

»Und das wäre?«

»Herkules hat die Hydra besiegt … mit Iolaus' Hilfe.«

»Aber ich bin nicht Iolaus.«

Seth zog die Augenbrauen hoch. »Habe ich das etwa behauptet?« Er verneigte sich vor seinem Besucher. »Aber ich danke dir für den Hinweis.«

Während er sich noch fragte, welcher Katastrophe er als Nächstes die Stirn bieten musste, teleportierte er sich rasch zurück in die Vereinigten Staaten.

Nach Seth' Verschwinden senkte sich Stille herab, nur unterbrochen von dem lauten Knistern der Flammen, die das kleine Haus verschlangen. Der Geruch aufgewühlter Erde erfüllte die Luft.

Zach hatte Seth nicht gesagt, warum er gekommen war und ihn darauf hingewiesen hatte, dass er gebraucht wurde – und das lag daran, dass Zach nicht wusste, warum er sich überhaupt einmischte. Das Ganze war ziemlich dämlich gewesen. Zu gewinnen gab es dabei nichts. Aber er hatte eine ganze Menge zu verlieren.

Mit einem Seufzen spannte er die Schultermuskeln an. Ihm wuchs ein Paar fast durchsichtiger Flügel aus dem Rücken. Am Ansatz hatten sie dieselbe leichte Brauntönung wie seine Haut, wurden aber nach außen hin immer dunkler, und an den Spitzen waren sie nachtschwarz. Die zarten Federn flatterten im Wind.

Er hatte nicht mal Zeit, die Flügel ganz zu spannen, bevor die Gestalten aus den Schatten traten.

Sie waren genauso hochgewachsen wie er und Seth', und sie marschierten nun zielstrebig auf ihn zu, um ihn zu umzingeln.

Ein grimmiges Lächeln stahl sich auf seine Lippen.

Hatten sie befürchtet, dass er nicht zurückkehren würde? Dass sie keine Chance haben würden, ihn zu bestrafen?

Er zog die Flügel wieder ein, um sie vor dem zu beschützen, was jetzt kommen würde.

»Du bist gewarnt worden«, sagt einer von ihnen.

»So ist es.«

»Du weißt, was wir jetzt tun müssen.«

Er beschloss, dass das nicht der Zeitpunkt war, die Bedeutung des Wortes *müssen* zu debattieren.

Zach breitete die Arme aus und lieh sich einen Satz von Seth' schwarzem Schaf. »Dann muss es wohl so sein.«

Bastien zählte jede Sekunde und machte sich im Stillen Vorwürfe. Er saß auf Cliffs Sofa, während Richart es sich auf einem Stuhl neben der Tür gemütlich gemacht hatte.

»Weiß Melanie, dass du sie liebst?«, fragte der Franzose sanft.

»Nein.« Bastien vergrub das Gesicht in den Händen. »Was weiß ich denn schon über die Liebe? Die einzigen Menschen, die ich liebte, waren meine Schwester Cat und ihr Ehemann Blaise. Cat ist jetzt seit zweihundert Jahren tot, gestorben durch die Hand von Blaise, und genial, wie ich bin, habe ich ihm geglaubt, als er mir die Lüge auftischte, dass jemand anders die Schuld an ihrem Tod trüge.«

»Was willst du damit sagen?«

»Was ich damit sagen will, ist …« Er schüttelte den Kopf. »Das ist so lange her … Ich weiß gar nicht mehr, wie es ist, jemanden zu lieben.«

»Na ja, irgendwas musst du trotzdem richtig gemacht haben, denn jedes Mal, wenn du das Zimmer betrittst, geht für Melanie die Sonne auf. Und wir wissen beide, wie schnell ihr Herz klopft, wenn du in ihrer Nähe bist.«

»Ich habe nichts als Chaos und Schmerz in ihr Leben gebracht.«

»Das ist nicht *dein* Fehler.

Bastien lachte freudlos. »Doch, das ist es. Alles, was ich anfasse, geht schief. Sobald ich mich in das Leben einer anderen Person einmische, verwandelt es sich in die Hölle auf Erden.« Zu wissen, dass Cliff und Joe womöglich von Emrys und seinen Leuten gefoltert werden würden, machte alles nur noch schlimmer.

Sebastien, drang Lindas Stimme aus dem Operationssaal zu ihm herüber, *du kannst sie jetzt sehen*.

An der Tür hielt Richart ihn auf. »Du wirst dir deinen Weg wieder freikämpfen müssen, wenn du in dieser Stimmung zum Operationssaal stürmst. Lass mich vorgehen, und wir kommen zusammen in einem vernünftigen Tempo dorthin, das menschlichen Standards entspricht. Wenn Melanie bei Bewusstsein ist, würde es sie aufregen, wenn du ihr von Kugeln durchsiebt unter die Augen trittst oder wenn Chris' Männer dich in Titanketten legen und aus dem Zimmer schleifen. So etwas kann sie jetzt nicht gebrauchen.«

Bastien hätte ihm am liebsten geantwortet, dass er ihn in der Zeit, die diese Ansprache gekostet hatte, bequem zu Melanie hätte teleportieren können, aber er wusste, dass sich der Franzose für diesen Weg entschieden hatte, damit Chris' Männer wussten, wo sie sich aufhielten, und keine Verwirrung entstand.

»Na schön. Dann öffne einfach die verdammte Tür.«

Bei den Sicherheitsleuten im Flur handelte es sich um dieselben Männer, die er in der vergangenen Nacht überrannt hatte. Sie versteiften sich bei seinem Anblick, wobei ihre Hände unwillkürlich zu den Pistolen wanderten, bereit, bei der geringsten Provokation seinerseits das Feuer zu eröffnen. Wäre er allein gewesen und die Umstände weniger desaströs, hätte er der Versuchung, ein wenig Unfrieden zu stiften, wohl kaum widerstehen können. Wahrscheinlich hätte ein Hüsteln ausgereicht. Aber er war nicht allein. Ein Blindgänger konnte Richart treffen. Und Melanie war wahrscheinlich nicht nur aufgebracht, sondern richtig wütend, wenn sie ihr so unter die Augen traten.

Linda musste die anderen vorgewarnt haben, denn als er das Zimmer betrat, zu dem ihre Stimme ihn geführt hatte, war es abgesehen von ihr und Melanie leer.

Melanies Gesicht war fast so weiß wie das Laken, auf dem sie lag. Ihre Augen waren geschlossen, und sie öffnete sie nicht, als er ins Zimmer trat. Sie reagierte in keiner Weise auf seine Gegenwart, auch nicht, nachdem Linda ihn begrüßt hatte.

Bastiens Kehle war wie zugeschnürt, und er wagte nicht zu fragen, wie es ihr ging.

Also übernahm Richart diese Aufgabe. »Wie geht es ihr?«

»Wir haben ihr eine Transfusion gelegt und so viel von dem infizierten Blut ausgetauscht, wie wir konnten, aber … das Virus arbeitet sehr schnell. Die Infektion war bereits so weit fortgeschritten, dass ihr Immunsystem kapituliert hatte. Der Schaden ist irreparabel.«

Richart räusperte sich. »Soll das heißen, dass sie im Sterben liegt?«

»Ja.«

Bastien starrte Melanie an.

Das war das größte Problem mit diesem verdammten Virus. Selbst wenn sie ein Heilmittel fanden, das ihn abtötete und Unsterbliche und Vampire in Sterbliche zurückverwandelte – die Sterblichen hatten kein Immunsystem mehr und starben dennoch. Das Erste, was das Virus in einem frisch infizierten Körper tat, war, das Immunsystem zu zerstören, um es zu ersetzen.

Bastien musste sich zwingen, einen Fuß vor den anderen zu setzen, bis er schließlich neben dem Bett stehen blieb. Eine Infusionsnadel war an Melanies Hand befestigt.

Er nahm ihre andere Hand. Ihre weiche Haut war kalt, und die langen, zarten Finger hingen schlaff herunter. »Richart.«

»Ja.«

»Hol Roland.«

»Was?«

»Roland kann ihr nicht helfen, Sebastien«, sagte Linda sanft. »Ebenso wenig wie Seth und David. Keiner der Heiler kann etwas für sie tun. Das ist nun einmal die Natur des Virus. Das ist eins der vielen Dinge, die diesen Virus von allen anderen auf der Erde existierenden unterscheidet.«

Bastien sah zu Richart. »Such Roland und bring ihn her. Jetzt.«

Richart warf Linda einen Blick zu und verschwand.

Weder Bastien noch Linda sagten ein Wort, während sie warteten.

Sekunden später tauchte Richart wieder auf; er hatte sowohl Roland als auch Sarah dabei. Er ließ ihre Schultern los und machte einen unsicheren Schritt zur Seite.

Bastien suchte seinen Blick. »Und jetzt Étienne und Lisette.«

Richart warf ihm einen prüfenden Blick zu, nickte dann und löste sich in Luft auf.

Roland zog ein finsteres Gesicht und wollte gerade den Mund öffnen, um mit seiner Schimpftirade loszulegen, aber Bastien schnitt ihm das Wort ab und drehte sich zu Linda um. »Ich muss Sie bitten, das Zimmer zu verlassen.«

Ihr nervöser Blick schweifte von Roland zu Sarah und wieder zurück zu ihm. »Bei allem Respekt – nein. Ich gehe nicht.«

»Ich fürchte, Sie haben keine Wahl.«

Trotzig schob sie das Kinn vor. »Lanie ist meine Freundin. Ich lasse sie nicht allein.«

»Sie brauchen keine Angst zu haben«, versprach Roland, der wie immer grimmig dreinschaute. »Wir lassen nicht zu, dass er ihr etwas tut.«

Sarah lächelte beruhigend. »Wir müssen uns nur mal kurz unterhalten. Wir sagen Ihnen Bescheid, wenn wir fertig sind.«

Linda sah zu Roland. »Bitte rufen Sie mich, falls Sie versuchen sollten, sie zu heilen.«

»Wie Sie wünschen.«

Mit offensichtlichem Widerwillen ging Linda hinaus und schloss die Tür hinter sich.

Richart kehrte mit Lisette zurück und verschwand dann wieder.

Lisette bedachte Sarah mit einem matten Lächeln und nickte Roland zu.

Dieser bemerkte es nicht einmal. Er war bereits in voller Fahrt mit seiner Strafpredigt.

»Also, zuerst einmal«, schnarrte er, »wage es nicht noch einmal, Richart ohne Vorwarnung zu mir nach Hause zu schicken. Ich hätte ihn beinahe umgebracht! Und wage es nicht, mich hierher zu bestellen. Wenn du derjenige bist, der meine Heilkräfte benötigt – dann versuch dein Glück woanders! Wenn jemand anders meine Heilkräfte braucht, dann nimm dein verdammtes Handy und ruf mich an! Und wenn nicht genug Zeit bleibt, um den Wagen zu nehmen – *dann* darfst du Richart zur mir nach Hause schicken. Aber wage es ja *nie* wieder …«

»Schon verstanden«, unterbrach ihn Bastien, als Richart zusammen mit seinem Zwillingsbruder wieder im Zimmer auftauchte.

Étienne griff nach dem Arm seines Bruders, damit Richart das Gleichgewicht wiederfand, als er leicht zur Seite sackte. »Richart sagte uns, dass Dr. Lipton im Sterben liegt.«

»Es tut mir so leid, Bastien«, sagte Sarah.

»Sie wird nicht sterben«, widersprach er.

Roland wirkte nicht mehr ganz so wütend. »Du weißt, dass ich sie nicht heilen kann.« In seiner Miene spiegelte sich Anteilnahme wider. »Ich habe nicht die Macht, das Virus oder die Schäden, die es angerichtet hat, zu heilen.«

»Ich will nicht, dass du sie heilst. Ich will, dass du sie verwandelst.«

Die Unsterblichen zuckten zusammen. Augen wurden aufgerissen, Blicke gewechselt.

»Nein«, sagte Roland schließlich.

»Sie wird sich nicht in einen Vampir verwandeln.«

»Doch, das wird sie. Du willst es vielleicht nicht, aber …«

»Sie ist eine *Begabte*.«

»Blödsinn.«

»Bei so etwas würde ich nicht lügen.«

»Du würdest bei allem lügen, wenn du dir einen Vorteil davon versprechen würdest.«

»Aber nicht bei dieser Sache. Ich würde nicht wollen, dass sie ein Vampir wird.«

»Warum nicht? Du stehst doch auf Vampire.«

Bastiens Geduldsfaden war kurz davor zu reißen. »Richart?«

»Ich glaube nicht, dass er bei so etwas lügen würde. Sie bedeutet ihm zu viel.«

Lisette ergriff das Wort. »Seine Gedanken entsprechen seinen Worten. Er sagt die Wahrheit.«

»Selbst wenn er das tut«, sagte Sarah, »wie Roland einmal zu mir sagte: Die Tatsache, dass sie verwandelt werden kann, muss nicht bedeuten, dass sie es auch *will*.«

»Aber sie will es«, beharrte er. »Sie hat es mir gesagt.«

»Blödsinn«, sagte Roland noch einmal.

Sarah warf Lisette einen Blick zu. »Stimmt das?«

»Ja.«

Sarah richtete ihre haselnussbraunen Augen auf ihn. »Worauf wartest du dann? Verwandle sie!«

Bastien deutete auf Roland. »Ich möchte, dass er es tut.«

»Mir ist total egal, was du willst. Ich werde sie nicht verwandeln. Ich will nicht derjenige sein, auf den sie hinterher sauer ist, wenn sie es sich anders überlegt. Du bist derjenige, dem sie viel bedeutet. Tu du es.«

Bastien wechselte einen Blick mit Étienne. *Bitte, dieses eine Mal musst du mir vertrauen. Lies meine Gedanken und tu, worum ich dich bitte. Sag Richart, dass er mir helfen soll, Roland zurückzuhalten, und bitte Lisette, Chris und seine Männer am Hereinkommen zu hindern, wenn es hart auf hart kommt.*

Bist du total wahnsinnig geworden? Roland wird dich umbringen.

Nicht wenn du ihn daran hinderst. Tu's einfach. Du weißt, dass bei ihm eher Taten als Worte zählen. Anders geht es nicht. Wir verschwenden kostbare Zeit.

Étienne warf seinem Zwillingsbruder einen Blick zu.

Nach einem kurzen Moment musterte Richart Bastien, als wäre er jetzt endgültig durchgeknallt; er schüttelte den Kopf und machte dann einen Schritt auf Roland zu. Étienne näherte sich dem griesgrämigen Unsterblichen verstohlen von der anderen Seite, während Lisette stirnrunzelnd zur Tür ging.

Bastien zog zwei Dolche. »Verwandle sie … oder ich töte dich.«

Roland lachte nur. »Das schaffst du ohnehin nicht.«

Sarah tat genau das, was sich Bastien erhofft hatte. Sie schob sich vor Roland. »Was machst du da, Bastien?« Wie immer wollte sie zwischen ihnen Frieden stiften.

»Nur das, was ich tun muss.« Ohne Vorwarnung sprang er nach vorn, wobei er seine Dolche schwang.

Sarahs Augen fingen an, in einem durchdringenden Grünton zu leuchten, als sie atemberaubend schnell ihre Saigabeln zog und sich auf ihn stürzte.

Aus dem Augenwinkel sah er, wie Richart und Étienne ihre

ganze Kraft aufbieten mussten, um Roland zurückzuhalten. Er stieß einen Wutschrei aus, der einem Grizzlybären Ehre gemacht hätte.

Danach hatte Bastien alle Hände voll zu tun, Sarah davon abzuhalten, ihn in Stücke zu reißen. Die Jüngste unter den Unsterblichen war zwar fünfzehn Zentimeter kleiner als er und wog nur die Hälfte von dem, was er auf die Waage brachte, dennoch wusste Bastien, dass es keinesfalls sicher war, dass er diese Konfrontation unbeschadet überstehen würde.

Sarah war unglaublich schnell. Und sehr stark. Ein ganzes Stück stärker als er.

Sie rammte einen ihrer Dolche tief in seine Brust, und er musste an die Nacht zurückdenken, in der er sie entführt hatte. Selbst als sie noch eine Sterbliche war, wäre es ein Fehler gewesen, sie zu unterschätzen. Und jetzt glaubte sie im Ernst, dass er vorhatte, den Mann zu töten, den sie liebte?

Jemand hämmerte an die Tür.

Sarah schleuderte Bastien durch das Zimmer, wobei er ein paar Tabletts mit chirurgischen Geräten umriss und einige Meter über den Boden schlitterte, um schließlich so heftig gegen die Wand zu krachen, dass der Putz herunterbröckelte.

Er sprang wieder auf die Füße und griff sie von Neuem an, holte mit seinen Dolchen aus, darauf vertrauend, dass sie seine Angriffe abwehren konnte, ohne eine Verletzung davonzutragen.

Mit ihren kleinen, steinharten Fäusten bearbeitete sie sein Gesicht und den Oberkörper.

Verdammt!

Lisettes Anstrengungen, die Tür zu blockieren, waren offenbar erfolgreich, denn es stürmten keine Sicherheitsleute in das Krankenzimmer und eröffneten das Feuer auf ihn. Und Roland hatte ihm auch noch nicht den Kopf vom Körper getrennt –

demnach gelang es Richart und Étienne offenbar, mit dem älteren Unsterblichen fertigzuwerden.

Sarah trat Bastien gegen die Brust, wobei sie ihm mehrere Rippen brach und einen Lungenflügel verletzte. Die Wand hinter ihm gab nach und zerbarst in einer Wolke aus Staub und umherfliegenden Putzsplittern. Er wurde durch die Öffnung geschleudert, krachte gegen einen Tisch, der im angrenzenden Zimmer stand, und ging dann zu Boden.

Auf der gegenüberliegenden Seite des kleinen Pausenraums saß Linda an einem Bistrotisch und starrte ihn mit weit aufgerissenen Augen an, ihre Hand, in der sie ein Bagel hielt, verharrte reglos in der Luft.

Schwankend kam Bastien auf die Füße und schüttelte sich den Staub aus dem Haar. »Sorgen Sie dafür, dass niemand hier durchkommt.«

Sie ließ zwar vor Schreck das Bagel fallen, schluckte dann aber nur und nickte.

»Ich tue das hier für Melanie«, keuchte er.

Sie erhob sich, ging zur Tür und schloss sie ab.

»Und gehen Sie lieber nicht zu nah an diese Wand«, fügte er hinzu. »Sie sehen mich vielleicht schon bald wieder.« Nach Atem ringend, hechtete Bastien durch das große Loch in der Wand und stellte sich Sarah ein weiteres Mal entgegen.

»Warum tust du das?«, fragte sie wütend.

»Weil ich muss«, krächzte er und griff sie ein weiteres Mal an.

Roland hörte nicht auf zu fluchen und finstere Rache zu schwören, wobei er alle Anwesenden – abgesehen von seiner Frau und Melanie – einschloss.

Bastien wurde allmählich langsamer und schwächer, während aus den Dutzenden Wunden, die Sarah ihm zugefügt hatte, das Blut troff.

Verdammt, diese Frau konnte kämpfen! Einen weiteren Angriff abwehrend, schlug sie ihm den Dolch aus der Hand – und brach ihm mit einer blitzschnellen Handbewegung den Arm. Noch mehr Schnitte. Noch mehr Stichwunden.

Ein weiterer Schlag gegen seinen Solarplexus ließ ihn durch das Zimmer segeln, um dann in einen Schrank voller Medikamente zu krachen, der bis zur Decke reichte. Bevor er sich erholen konnte, flitzte sie zu dem Einbauschrank, riss ihn aus seiner Verankerung und ließ ihn auf ihn herunterkrachen.

Bastien ächzte vor Schmerz. Das war's.

Es kostete ihn enorme Kraft, unter dem Schrank hervorzukriechen und aufzustehen. Seine Rippen schmerzten so heftig, dass er nicht mehr gerade stehen konnte. Aber er gab sein Bestes und richtete den glasigen Blick auf Sarah.

Auf ihren Kleidern waren feuchte Flecken. Er hoffte, dass es sich dabei um *sein* Blut handelte. Ihre kleinen Hände, mit denen sie die Saigabeln umklammerte, waren blutverschmiert, die Fingerknöchel geschwollen und aufgeplatzt. Zum Glück heilten diese kleinen Verletzungen noch während er sie betrachtete. Ihr hübsches Gesicht war gerötet. Ihr Brustkorb hob und senkte sich bei jedem tiefen Atemzug. Einzelne Strähnen ihres langen braunen Haars hatten sich selbstständig gemacht und umkränzten ihr Gesicht, und auch aus ihrem geflochtenen Zopf hatten sich ein paar gelöst.

»Halt!«, sagte sie, und es klang halb wie ein Befehl und halb wie eine Bitte. »Ich will dich nicht töten.«

»Tu's!«, schnarrte Roland grimmig. »Bring diesen Mistkerl um! Du kannst das, Sarah!«

»Ja«, schnaufte Bastien und fuhr sich mit dem feuchten Ärmel über das Gesicht, um sich das Blut aus den Augen zu wischen. Sein eines Auge war fast vollständig zugeschwollen, und das Virus nahm sich viel Zeit, um den Schaden zu reparieren. »Ja, das kann sie. Darum ging es mir die ganze Zeit.«

Verwirrt runzelte Sarah die Stirn. Sie entspannte die Muskeln und warf Roland über ihre Schulter einen fragenden Blick zu.

»Dreh ihm nicht den Rücken zu!«, rief ihr Mann warnend.

Sarah wirbelte herum und bot Bastien kampfbereit die Stirn.

Aber Bastien schüttelte den Kopf und hob die Hand des unverletzten Arms, um zu kapitulieren. »Ich will nicht mehr kämpfen.«

Ein Funken Stolz stahl sich in Rolands gelbbraune Augen. »Weil sie dich gerade problemlos in deine Einzelteile zerlegt hat, und weil du weißt, dass sie das jederzeit wieder tun kann.«

»Wie ich schon sagte: Genau darum ging es mir ja.«

»Es ist mir so was von e…«

»Warte mal eine Sekunde, Liebster«, schaltete sich Sarah ein, die Bastien nachdenklich musterte, während sie ihrem Gatten Einhalt gebot. »Ich will hören, was er zu sagen hat.«

»Man kann ihm nicht vertrauen.«

»Heute Nacht schon«, sagte Étienne.

Roland durchbohrte ihn mit einem eisigen Blick. »Du glaubst, dass ich etwas auf dein Wort gebe? Du kannst mich mal! Du hast gerade zugelassen, dass er meine Frau attackiert hat!«

»Sieh sie dir doch mal genau an«, wandte Richart ein. »Sie hat nicht einen Kratzer abbekommen.«

»Weil sie stärker ist als er!«

Bastiens Seufzen verwandelte sich in ein schmerzgepeinigtes Stöhnen. »Muss ich es noch einmal wiederholen? Genau darum ist es mir gegangen.«

Sarah ging vorsichtig hinüber zu ihrem Mann, aber ohne Bastien den Rücken zuzudrehen, während dieser ebenfalls einen Schritt auf Roland zu machte.

Seit der Nacht, in der ihn die Unsterblichen gefangen genommen hatten, hatte Bastien nicht mehr solche Schmerzen gehabt. »Ich wollte dir zeigen, warum ich möchte, dass *du* derjenige bist, der Melanie verwandelt. Sarah ist zweihundert Jahre jünger als ich. Sie ist erst seit zwei Jahren eine Unsterbliche. Eigentlich hätte es mir leichtfallen müssen, sie zu überwältigen. Stattdessen hat sie mir einen ordentlichen Arschtritt verpasst.«

Bastien hielt inne und biss die Zähne zusammen, um nicht vor Schmerz aufzustöhnen, als sich der Knochen zurück in seine Position schob und anfing zu heilen.

»Selbst wenn Richart, Étienne und ich sie zusammen angreifen würden, wäre es immer noch sehr wahrscheinlich, dass sie uns besiegen würde – und das liegt daran, dass sie genauso stark ist wie du. Außerdem ist sie genau so schnell. Ihre Verletzungen heilen fast in demselben Tempo. So etwas ist noch nie zuvor da gewesen. Junge Unsterbliche sind normalerweise *immer* schwächer als die Älteren.«

Obwohl Rolands Augen immer noch vor Wut funkelten, schien er ihm zuzuhören. »Das liegt wahrscheinlich daran, dass sie von einem Unsterblichen verwandelt wurde und nicht von einem Vampir. Jeder andere Unsterbliche hätte dasselbe Resultat erzielt.«

»Das kannst du nicht wissen. Das kann keiner von uns. Du hast dich ja hartnäckig geweigert, Melanie oder einen der anderen Netzwerkärzte Untersuchungen an dir oder Sarah durchführen zu lassen, um mehr über dieses Phänomen zu erfahren. Es könnte an deinen Heilkräften liegen. Oder an etwas Einzigartigem in deiner DNA.«

»Oder an etwas Einzigartigem in Sarahs DNA«, widersprach Roland.

»Das ist nicht besonders wahrscheinlich, wenn man bedenkt, dass ihre Blutlinie stärker durch die DNA Nicht-*Begabter* verwässert worden ist als deine.«

Sarah steckte ihre Saigabeln zurück in die Scheiden. »Also hoffst du, dass Melanie genauso stark wird wie ich, wenn Roland sie verwandelt? Warum hast du das nicht gleich gesagt, Bastien? Warum hast du es darauf angelegt, dass ich dir Schmerzen zufüge?«

Am liebsten hätte Bastien laut gelacht. Die Jungs, mit denen er sich in seiner sterblichen Jugend im Kampf gemessen hatte, hätten ihn niemals vergessen lassen, dass er sich von einem Mädchen hatte aufs Kreuz legen lassen. »Roland hätte mir nicht zugehört.« Er deutete auf die beiden Telepathen. »Die beiden ebenso wenig, wenn sie nicht meine Gedanken lesen könnten. Sie alle sehen mich an und sehen nichts …«, sagte er ohne jeden Hauch von Selbstmitleid, »… nichts als den Mörder eines Freundes. Den Anführer der Vampire, die eure Feinde sind. Einen Außenseiter, dem man nicht trauen kann.«

Sarahs Blick wanderte zu den anderen, von denen keiner widersprach. »Ich bin mir nicht sicher, ob das stimmt. Bei dem Treffen haben sie dir sehr wohl zugehört.«

»Weil Melanie, Seth und David mich unterstützt haben.« Genug der Worte. Bastien warf Roland einen Blick zu. »Unsere Existenz ist noch nie so gefährdet gewesen wie zurzeit. Ich will nur, dass Melanie so stark wird wie möglich. Dass sie so sicher ist wie möglich. Ich wünsche mir, dass sie eine höhere Toleranz gegenüber Sonnenlicht und Betäubungspfeilen besitzt. Ich möchte, dass sie stärker und schneller ist als ich. Ich möchte, dass kleine Vampirgruppen keine Gefahr für sie darstellen. Würdest du dir für Sarah nicht dasselbe wünschen?«

Roland rollte versuchsweise mit den Schultern. »Ihr könnt mich jetzt loslassen.«

Richart und Étienne wechselten einen unbehaglichen Blick und ließen ihn schließlich los.

»Wirst du es tun?«, wollte Bastien wissen. Er würde ihn zur

Not auch auf Knien anflehen, wenn er musste. Schließlich ging es um Melanie.

Roland legte eine Hand um Sarahs Wange. »Wenn es um dich ginge, hätte ich denselben Wunsch.«

»Ich weiß«, sagte sie weich.

»Würde es dir etwas ausmachen, wenn ich sie verwandle?«

Als ihr Blick zu Melanie glitt, runzelte sie die Stirn. Dann umfasste sie seine Hüften, zog ihn an sich und sah zu ihm auf. »Würde es dich … würde es dich auf irgendeine Art an sie binden?«

»Nein.«

»Uns hat es verbunden.«

Er schüttelte den Kopf. »Unsere Liebe bindet uns aneinander, nicht die Tatsache, dass ich derjenige war, der dich verwandelt hat.«

»Also würdest du nicht … spüren, was sie empfindet oder … dich von ihr angezogen fühlen?«

»Nein, meine Liebste. Mein Herz gehört dir, dir ganz allein. Ich begehre nur dich. Und so wird es immer sein.«

Ihre Stirn glättete sich. »Wenn das so ist, dann bin ich der Meinung, dass du es tun solltest. Und danach sollten wir Melanie erlauben, die Untersuchungen zu machen.«

Er küsste sie zart auf die Lippen. »Wie du möchtest.«

Als er sich umdrehen wollte, packte sie ihn an der Gürtelschlaufe und hielt ihn fest. »Warte. Könntest du sie vielleicht ins Handgelenk oder den Arm beißen statt in den Hals?«

Er lächelte. »Das hatte ich ohnehin vor.«

Sarah stellte sich auf die Zehenspitzen und küsste ihn. »Ich liebe dich.«

»Ich liebe dich auch.«

Sie ließ ihn los.

Die Andeutung eines Lächelns verschwand aus Rolands Gesicht, als er sich umdrehte. Es geschah so schnell, dass Bastien es beinahe nicht mitbekommen hätte – erst rammte Roland Richart die Faust ins Gesicht, dann Étienne. Die beiden wurden nach hinten geschleudert, gingen zu Boden und rutschten noch mehrere Meter weiter. »Wagt es ja nicht, mich noch einmal gegen meinen Willen festzuhalten!«

Die beiden blieben ihm die Antwort schuldig. Sie waren zu sehr damit beschäftigt, vor Schmerz zu ächzen und mit den Händen Mund und Nase zu betasten.

Lisette legte den Kopf schräg und hob eine Augenbraue, wobei sie Roland prüfend musterte.

Roland begnügte sich mit einem grimmigen Blick. »Ich belasse es bei einer Warnung.«

Sie bedachte ihn mit einem koketten Grinsen. »Feigling.«

Das entlockte dem mürrischen Unsterblichen fast ein Lächeln. Bis zu der Sekunde, in der die Tür erzitterte.

Lisette schnitt eine Grimasse und stemmte die Füße in den Boden. »Jetzt haben sie sich doch tatsächlich einen Rammbock besorgt. Diese Rüpel.«

Roland ging zu ihr, legte die Hand neben ihren Kopf auf das Holz und bedeutete ihr, Platz zu machen.

Sie richtete sich behutsam auf, als befürchtete sie, dass die Wachmänner durch die Tür brachen, sobald sie ihren Posten verließ.

Dem sechshundert Jahre älteren Unsterblichen gelang es mühelos, die Tür trotz der Stöße zuzuhalten, während Lisette zu ihren Brüdern ging, die immer noch dort lagen, wo sie zu Boden gestürzt waren.

Roland riss die Tür auf und bellte: »Was?«

Wie eine zusammengewachsene Einheit zogen sich die Wachmänner mit einer einzigen Bewegung zurück und blieben im Korridor stehen, die Augen weit aufgerissen und die Finger an den Abzugshebeln ihrer Maschinengewehre.

Im Gegensatz zu Bastien, den die Soldaten des Netzwerks einfach nur nicht leiden konnten, *fürchteten* sie Roland.

Einer der Männer, den Bastien wiedererkannte – er hieß Todd –, räusperte sich. »Ähem … wir wissen, dass Bastien da drinnen ist und … wir hörten Kampfgeräusche, Sir, und wollten nur sichergehen, dass …«

»Alles in Ordnung. Verschwindet.« Roland schlug ihnen die Tür vor der Nase zu und drehte sich wieder zu den Unsterblichen um.

Jemand wummerte laut gegen die Tür.

Roland, der jetzt noch finsterer dreinsah, riss die Tür noch einmal auf. »Ich sagte …«

»Bei allem Respekt, Sir«, sagte Todd tapfer. »Wenn Mr Reordon zurückkommt, wird er sich nicht mit einem ›Alles in Ordnung!‹ zufriedengeben. Ich muss wissen, ob Sie Bastien im Griff haben, und ich muss wissen, was vor sich geht.«

»Das ist eine Sache, die nur uns Unsterbliche was angeht.«

Als Roland die Tür wieder schließen wollte, stellte Todd seinen Fuß dazwischen.

»*Wollen* Sie etwa, dass ich sauer werde?«, fragte Roland mit leiser und tödlicher Stimme.

Die Männer hinter Todd wirkten zwar wie angsterstarrt, wichen aber keinen Zentimeter zurück. Chris hatte seine Männer gut ausgesucht.

»Sir, meine Aufgabe besteht darin, die Männer und Frauen, die in dieser Einrichtung arbeiten, zu beschützen. Männer und Frauen, deren Arbeit – wenn ich Sie daran erinnern dürfte – sich für das Netzwerk als unschätzbar wertvoll erwiesen hat.

Mr Reordon glaubt, dass Bastien eine Gefahr darstellt und … und wenn das, was hier drinnen vor sich geht, eine Gefahr für die übrigen Netzwerkangestellten darstellt, dann …«

Sarah trat neben ihren Mann. »Wir wissen Ihre Loyalität zu

schätzen, Todd, aber wir garantieren Ihnen, dass von uns keine Gefahr ausgeht. Wir haben nur … wir haben nur eine persönliche Angelegenheit geregelt.« Mit diesen Worten öffnete sie die Tür weit genug, damit die Sicherheitsleute einen Blick auf Bastien werfen konnten.

Man konnte ihnen den Schreck ansehen. Genauso wie die Genugtuung in ihrem Gesicht, als sie sahen, dass Bastien offensichtlich von wenigstens einem der anwesenden Unsterblichen eine ordentliche Tracht Prügel bezogen hatte.

Es war nicht zu leugnen. Sie hassten ihn.

Todd nickte und lächelte Sarah dann zu. »Kein Problem. Vielen Dank, dass wir das klären konnten, Ma'am. Ich werde also Mr Reordon sagen, dass alles unter Kontrolle ist.«

»Vielen Dank.« Sarah schloss die Tür und sah ihren Mann an. »Siehst du? Mehr als das war nicht nötig.«

»Sie einzuschüchtern macht aber mehr Spaß.«

Sie grinste und küsste ihn auf das Kinn.

Die Laken raschelten, als sich Melanie im Bett bewegte. Obwohl sie den Kopf auf dem Kissen in ihre Richtung drehte, blieben ihre Augen geschlossen. »Bastien?«

Bastien wollte zum Bett gehen, aber Sarah kam ihm zuvor und zog schnell den Vorhang zu, der das Krankenbett vom Rest des Zimmers trennte, sodass Bastien vor Melanies Blick verborgen war. Sie sah die anderen mit gerunzelter Stirn an und zischte: »Sie darf ihn so nicht sehen.«

Die Anwesenden musterten Bastien.

»Warum nicht?«, fragte er. Sah er so schlimm aus? Immerhin ragte der Knochen nicht mehr aus seinem Arm.

Lisette schürzte die Lippen. »Du hast recht. Étienne, gib ihm deine Klamotten.«

Étienne runzelte die Stirn. »Du spinnst wohl.«

Sie verdrehte die Augen. »Tu's einfach. Ihr beiden habt dieselbe Größe, und Richart kann dich nach Hause teleportieren, damit du dir etwas Frisches anziehen kannst, sobald wir hier fertig sind.«

»Na schön«, brummte er und hatte sich innerhalb von Sekunden bis auf die Boxershorts ausgezogen. Er knäulte die Sachen zusammen und hielt sie Bastien hin. »Und jetzt du.«

Okay. Das war … seltsam.

Bastien zog sich ebenfalls bis auf die Unterwäsche aus, reichte ihm seine zerrissenen, blutverklebten Kleider und zog dafür Étiennes Klamotten an.

Scharrende Geräusche lenkten Bastiens Aufmerksamkeit auf das Loch in der Wand, als er gerade dabei war, den Reißverschluss seiner Hose zu schließen.

Linda kam ungeschickt durch das Loch in der Wand gekrabbelt, wobei sie etwas Weißes in der Hand hielt. Sobald sie mit beiden Füßen im Zimmer war, richtete sie sich auf und blies sich die zerzausten Ponyfransen aus den Augen. »Der Kampf ist beendet, stimmt's?«

»So ist es«, beruhigte sie Sarah.

Linda lächelte. »Gut.« Sie marschierte auf Bastien zu. »Hier. Das sollte helfen.« Sie hielt ihm zwei feuchte Handtücher hin.

Als er sie entgegennahm, konnte er nicht umhin, sich zu fragen, warum sie ihn anlächelte. »Danke.«

Lisette schnappte sich eins der Handtücher, umgriff sein Kinn mit dem eisernen Griff einer Frau, die wusste, was sie tat, und fing an, ihm das Gesicht zu säubern. Und sie war dabei nicht grob.

Sarah nahm das andere Handtuch und legte es ihm über den Kopf. Sie stellte sich auf die Zehenspitzen und strubbelte ihm damit durch das Haar, sodass ein Teil dessen, was in seinem Haar hing – Blut, Staub und Putzbröckchen – im Handtuch landete.

Bastien stand wie erstarrt da.

Ja, das war … *wirklich* seltsam.

Keiner der Anwesenden konnte ihn leiden. Und trotzdem taten sie ihr Bestes, damit er für Melanie präsentabel aussah. Er wusste, dass sie es für Melanie taten und nicht für ihn, aber …

Fühlte es sich so an?

Sarah wandte sich an Roland. »Liebster, hast du einen Kamm dabei?«

Fühlte es sich so an, wenn man einer von ihnen war? Wenn man Freunde hatte, die jederzeit hinter einem standen und für einen da waren, wenn man ihre Hilfe brauchte? Fühlte es sich so an, wenn man *tatsächlich* Teil der Unsterblichen Familie war, nicht nur dem Namen nach?

Roland zog einen Kamm aus seiner Gesäßtasche.

»Du trägst tatsächlich einen Kamm mit dir herum?« Bastien konnte nicht widerstehen, diese Frage zu stellen, während Lisette ihm mit dem feuchten Handtuch das Blut von Nase und Kinn wischte. Der Neid in ihm bewirkte, dass er sich unbehaglich fühlte.

»Den habe ich nur wegen Sarah dabei, du Blödmann.«

Das Handtuch, das Sarah beiseitelegte, war erstaunlich dreckig. Sie ließ sich wieder auf die Fersen zurücksinken. »Lass uns tauschen, Lisette. Ich bin einfach zu klein für diese Aufgabe.«

Lisette, die die nur einen Meter fünfzig große Sarah um mehrere Zentimeter überragte, tauschte das inzwischen blutbefleckte Handtuch gegen den Kamm und stellte sich neben Bastien.

Sarah duckte sich unter Lisettes Arm hindurch und studierte prüfend Bastiens Gesicht. Ihre weichen Lippen verzogen sich zu einem spitzbübischen Lächeln. »Wie geht's dem Kopf?«

Bastien schmunzelte, weil sie ihm genau die Frage stellte, die er normalerweise an sie richtete. »Pocht und hämmert.«

Sarah wischte ihm ein paarmal mit dem Handtuch über das

Gesicht und widmete sich dann den Blutspritzern an seinem Hals. »Jetzt, da ich weiß, warum du den Kampf provoziert hast, fühle ich mich irgendwie schlecht.«

»Nicht nötig.«

Ihr Lächeln wurde noch breiter. »Das ist alles? ›Nicht nötig‹?«

Er nickte und ächzte vor Schmerz, als Lisette versuchte, sein zerzaustes Haar mit dem Kamm zu entwirren. »Bei einem Kampftraining hättest du mir dieselben Verletzungen beigebracht.«

Sie und Lisette unterbrachen ihre Verschönerungsmaßnahmen und traten einen Schritt zurück, um ihr Werk zu betrachten. Beide schnitten eine Grimasse.

»Roland, Liebster, komm her und heile ihn.«

»Auf keinen Fall!«

»Wenigstens sein Gesicht. Es ist geschwollen und sieht wirklich schlimm aus.«

Na toll.

»Tu's für Dr. Lipton«, warf Lisette ein.

Roland seufzte. »Na schön. Aber ich behalte mir das Recht vor, ihm das Gesicht wieder blutig zu schlagen, sobald sie sich erholt hat.« Seine Frau beiseiteschiebend, umfasste er unsanft Bastiens Gesicht, ohne Rücksicht auf blaue Flecken oder gebrochene Knochen.

Seine Hand wurde heiß. Die Schmerzen ließen nach, während die vielen Verletzungen in Bastiens Gesicht heilten und sowohl das unangenehme Ziehen als auch die Schwellungen verschwanden. Als Roland die Hand zurückzog (wobei er Bastien noch eine Kopfnuss verpasste), fühlte sich sein Gesicht wieder normal an.

Der Rest von ihm allerdings schmerzte höllisch. Aber diese Verletzungen waren zumindest nicht sichtbar.

»Wie sehe ich aus?«, fragte er an die Frauen gewandt.

»Gut genug«, antwortete Lisette.

Sarah und Linda nickten zustimmend.

»Bastien«, hörte er Melanie erneut hinter dem Vorhang flüstern.

Skeptisch beäugte er die anderen, irgendwie wusste er nicht so recht, was er von all dem halten sollte. »Vielen Dank.«

Roland schüttelte den Kopf. »Das haben wir nicht für dich getan.«

Ach ja, richtig.

14

Seth materialisierte sich in Davids Haus und folgte den Stimmen in Davids Arbeitszimmer.

Dort traf er auf Darnell, der telefonierte und gleichzeitig auf seine Computertastatur einhämmerte.

»Was ist passiert?«

Darnell zuckte heftig zusammen und fuhr herum, wobei er das Telefon fallen ließ. Er wirkte nicht besonders erleichtert, ihn zu sehen, als er sich bückte, um das Handy wieder aufzuheben. »Das Netzwerk ist angegriffen worden.«

»Von Vampiren?« Wie zur Hölle hatten die Vampire sie gefunden?

»Nein, von Emrys' Männern. Wir können noch nicht sagen, wie viele Tote es gegeben hat.«

Seth teleportierte sich zum Hauptquartier … und konnte kaum glauben, was er da vor sich sah. Vor ihm im goldenem Sonnenschein lag ein Trümmerfeld. Fast der ganze oberirdische Teil des Hauptquartiergebäudes war zerstört worden. Selbst der Asphalt des Parkplatzes wurde von riesigen Kratern geziert. Ein paar vereinzelte Mauerreste ließen erahnen, wie weitläufig das Gebäude gewesen war. Schwarzer Rauch erhob sich bis in den Himmel und bildete dort dunkle Wolkenschleier.

Große Löcher im Fundament gaben den Blick auf das erste Untergeschoss frei. Neben dem zerstörten Gebäude lagen zwei abgestürzte Helikopter, mehrere gepanzerte Mannschaftstransportwagen und vier Humvees. Die gefallenen Söldner türmten sich kreisförmig um die Stellen herum auf, an denen die Unsterblichen gekämpft hatten. Alles um ihn herum war entweder versengt oder von Munition durchsiebt. Und zwar von großen Geschossen.

Der Geruch des Todes hing in der Luft.

Das hier war ein Kriegsschauplatz mit der entsprechend hohen Zahl an Toten und Verletzten.

In der Ferne hörte er Sirenen heulen.

Seth fluchte. Eine schnelle Inspektion der Fahrzeuge ergab, dass ein paar davon noch zu gebrauchen waren. Seth hob die Hand und teleportierte sie auf das Grundstück neben dem Gebäude, das Chris – falls er das hier überlebt hatte – zweifellos gerade als neues Hauptquartier bezogen hatte. Etwas oder jemanden zu teleportieren, ohne den Gegenstand oder die Person zu berühren oder zu begleiten, kostete zwar zusätzliche Energie (weshalb niemand außer Seth dazu imstande war), aber ihm blieb keine Wahl, da er in der Ferne bereits das Dröhnen von Motoren hörte.

Die übrigen Fahrzeuge beförderte er mit einer Handbewegung auf den Grund des Marianengrabens, dem tiefsten Punkt der Ozeane. Die toten Soldaten landeten in der Leichenhalle des neuen Hauptquartiers. Vielleicht waren die Netzwerkangestellten in der Lage, sie zu identifizieren.

Mit einer weiteren Handbewegung rief er den Wind, damit er den Rauch zerstreute, der über dem Gelände hing.

Als Nächstes überprüfte er die Untergeschosse des ehemaligen Hauptquartiers.

Der Gestank nach Blut und Rauch brannte ihm in der Nase. Leichname mit gebrochenen Körpergliedern lagen unter den Trümmern. Angestrengt lauschte Seth auf das Geräusch schlagender Herzen, hörte aber nichts – weder im ersten Untergeschoss noch im zweiten. Und auch die Überprüfung der übrigen drei Untergeschosse ergab nichts. Der Schaden, den Emrys'

Männer angerichtet hatten und der bis hinunter zum fünften Untergeschoss reichte, verschlug ihm den Atem.

In die Wand am Ende des Korridors war ein Loch gesprengt worden, damit die Überlebenden durch den Fluchttunnel evakuiert werden konnten.

Es war ein ziemlich langer Tunnel, der im Keller eines einstöckigen, einzeln stehenden Hauses endete, das auf der Oberfläche keine sichtbare Verbindung zum zerstörten Hauptquartier hatte.

Wie viele waren entkommen?

Der Boden war rot vom Blut der Verletzten, das heruntergetropft war, während sie sich auf dem Weg zum Fluchttunnel befanden. Er konnte die Angst und die Schmerzen jener riechen, die hier vorbeigekommen waren.

Das Sirenengeheul wurde lauter und verstummte schließlich genau über seinem Kopf. Seth beeilte sich, nach oben zu kommen, damit er sich um die Neuankömmlinge kümmern konnte, indem er ihre Erinnerungen löschte und ihnen neue einpflanzte. Seine Kräfte ließen allmählich nach, und das lag nicht an dem Kampf gegen die Vampire in Südkorea, sondern daran, dass er so viele Fahrzeuge und Leichname hatte teleportieren müssen, um das Chaos oben zu beseitigen. Wenn er mit den Feuerwehrleuten und der Polizei, die zweifellos schon bald eintreffen würde, fertig war, dann würde er kaum noch in der Lage sein, einen Fuß vor den anderen zu setzen.

Drei Feuerwehrautos erwarteten ihn oben, sie parkten mit laufenden Motoren und eingeschaltetem Blaulicht, die Sirenen waren aber zum Glück abgestellt. Als mehrere Männer ausstiegen und in seine Richtung marschierten, ging Seth auf die Fahrzeuge zu.

»Mr Seth?«, fragte einer von ihnen.

Hmm. »Einfach nur Seth.«

Der Mann nickte. »Mr Reordon hat uns hergeschickt, Sir.«

Seth schickte Chris auf telepathischem Wege ein dickes Dankeschön. Selbst wenn die Hölle losbrach, war Chris immer noch in der Lage, den Karren aus dem Dreck zu ziehen. Er war wirklich ein guter Mann.

»Hat er schon eine offizielle Erklärung dafür im Kopf?«, erkundigte sich Seth. Chris hatte die einzigartige Gabe, fast alle Menschen fast alles glauben zu machen.

»Gasleck.«

Altbewährt.

Vorsichtig bahnten sich die Männer ihren Weg durch das Gelände.

»Wäre es Ihnen vielleicht möglich, die Sicht auf den Fahrstuhlschacht zu blockieren? Unsere Geschichte ist glaubwürdiger, wenn wir die vielen Untergeschosse nicht erklären müssen.«

Seth nickte.

Es war nicht ganz einfach, aber es gelang ihm, den Schacht mit den Trümmern der eingestürzten Wände und des übrigen Schutts zu verdecken. Wenn ein Idiot darauf herumsprang, würde der Trümmerhaufen der Belastung wahrscheinlich nicht standhalten, aber von außen konnte niemand sehen, dass sich darunter fünf Untergeschosse befanden.

Inzwischen trafen weitere Feuerwehrmänner ein, dieses Mal handelte es sich allerdings um echte. Danach kam die Polizei. Seth zog seinen Mantel aus und veränderte ihre Erinnerungen, damit sie sich nicht an die Blutflecken auf seinen Kleidern erinnern konnten. Außerdem löschte er alle Zweifel hinsichtlich der Brandursache aus. Dasselbe galt für die Explosionen, die ein paar Anwohner gehört haben wollten. Als ein Nachrichtenhubschrauber über ihnen auftauchte, befahl Seth dem Piloten und dem Nachrichtenteam abzudrehen.

Er wusste nicht, wie viel Zeit verging, bis es ihm gelungen war, den Tatort von jeder Menschenseele zu befreien, die nicht auf der Gehaltsliste des Netzwerks stand.

Müdigkeit drohte ihn zu überwältigen. Er hatte seit Tagen nicht geschlafen, und die Kunststücke, die er soeben hatte vollbringen müssen, um das Geschehene zu vertuschen, hatten ihn eine Menge Energie gekostet.

»Sir?«

Seth drehte sich um.

Der Pseudofeuerwehrmann, der ihn schon vorher angesprochen hatte, trat auf ihn zu, während er sein Handy zurück in die Gesäßtasche schob. »Irgendetwas geht im neuen Hauptquartier vor sich. Es hat etwas mit Sebastien Newcombe zu tun. Mr Reordon könnte Ihre Hilfe gebrauchen.«

War ja klar. Sebastien war offenbar nicht in der Lage, einen einzigen Tag vergehen zu lassen, ohne Unruhe zu stiften. Allmählich verlor Seth die Geduld.

Er dankte dem falschen Feuerwehrmann und teleportierte sich zum neuen Hauptquartier, um zu sehen, was Bastien dieses Mal angestellt hatte.

Noch nie in ihrem Leben war Melanie so erschöpft gewesen. Allein die Augen zu öffnen verlangte ihr alles ab. »Bastien?«

Als ihre Augen offen waren, sah sie nichts außer dem gleißenden Weiß von Decke, Boden und Wänden der Krankenstation. Den Rest des Zimmers konnte sie nicht sehen, da der Vorhang zugezogen war.

Ihr verwirrter Blick richtete sich auf den Infusionsständer und die medizinischen Geräte, die ihre Vitalfunktionen überwachten. Sie fühlte sich zu schwach, um auch nur einen Finger zu rühren.

War sie wieder verletzt worden? Eine andere Erklärung kam

ihr nicht in den Sinn. Aber wie? War sie noch einmal mit Bastien und Richart auf die Jagd gegangen? Das Letzte, woran sie sich erinnerte, war, dass Bastien Stuart zum Netzwerk gebracht hatte.

In diesem Augenblick nahm sie eine Bewegung auf der anderen Seite des Vorhangs wahr, und sie hätte schwören können, dass sie hörte, wie jemand eine andere Person als Arschloch bezeichnete.

»Bastien?«

Der Vorhang glitt zur Seite.

Melanie starrte Bastien an, der zu ihr an das Bett trat. Sein Haar war ordentlich nach hinten gekämmt. Hinter ihm standen Linda, Richart, Étienne, Lisette, Sarah und Roland. Étiennes Kleider waren zerrissen und blutverschmiert, als wäre er in einen Kampf verwickelt gewesen. Außerdem tippelte er unbehaglich von einem Fuß auf den anderen; man hätte meinen können, dass er Sand in der Unterwäsche hätte.

In Sarahs Gesicht glaubte sie Blutspritzer zu sehen, und ihre Fingerknöchel waren blutverkrustet.

Die Unsterblichen mussten gerade von der Jagd zurückgekehrt sein.

Bastien nahm ihre Hand und streichelte sie beruhigend, wobei sein Daumen über ihre Haut kreiste. Seine Körperwärme übertrug sich auf ihre eiskalte Haut und wanderte ihren Arm hinauf, sodass ihr warm ums Herz wurde.

Ihr Blick glitt zu Roland. Was machte *der* hier? Wenn sich Roland und Bastien im selben Zimmer aufhielten, konnte das nur Ärger bedeuten.

Moment. Hatte die Wand dort drüben etwa ein Loch? Da mehrere hochgewachsene Männer direkt davorstanden, war es schwierig, Genaueres zu erkennen.

Allerdings schien Bastien nicht verletzt zu sein. Roland ebenso wenig. Was war also mit der Wand passiert? Und warum war Roland hier? Hatte er sie noch einmal geheilt?

»Was ist passiert?«, fragte sie Bastien. »Bin ich wieder mit euch Vampire jagen gegangen?«

Er schüttelte den Kopf. »Die Söldner haben Stuart benutzt, um an uns heranzukommen. Emrys hat Stuart vor uns in die Finger bekommen und einen Mikrochip in seiner Kopfhaut eingepflanzt. Aus diesem Grund konnten Emrys und seine Männer seiner Spur folgen.«

Sie waren der Spur des Vampirs gefolgt? Entsetzen breitete sich in ihr aus. »Aber dann wissen sie, dass er hier ist. Sie werden ihn finden. Sie werden *uns* finden, das Netzwerk.«

Er legte ihr die Hand auf die Schulter, um sie davon abzuhalten, aus dem Bett zu springen. »Sie haben uns bereits gefunden. Sie haben uns kurz vor der Morgendämmerung angegriffen.«

Melanies Blick wanderte zu den übrigen Unsterblichen, die sie mit ernster Miene ansahen. Das erklärte das Loch in der Wand. »Dann konntet ihr sie aufhalten? Ist es hier sicher? Werden sie nicht zurückkehren?«

»Wir haben sie zwar besiegt, aber die Soldaten haben uns mit schweren Geschützen angegriffen.«

Richart nickte. »Und es waren so viele, dass wir immer noch keine genauen Zahlen haben.«

»Sie haben das Hauptquartier in Schutt und Asche gelegt«, erklärte Bastien.

»Ich verstehe nicht.« Sie sah sich in dem vertrauten Zimmer auf der Krankenstation um. »Aber wir sind doch im Hauptquartier.«

Linda trat neben Bastien und tätschelte beruhigend ihr Knie. »Nein, Liebes. Das hier ist ein anderes Gebäude. Erinnerst du dich an die vielen Vorsichtsmaßnahmen, die Mr Reordon ergriff, um unsere Sicherheit zu gewährleisten, und die uns – na ja – manchmal etwas übertrieben vorkamen?«

»Ja.«

»Nun ja, eine dieser Vorkehrungen bestand darin, ein identisches Hauptquartier in Greensboro zu errichten.«

»Dann sind wir gar nicht in dem Gebäude, in dem wir jeden Tag gearbeitet haben?«

»Nein. Aber es sieht genauso aus, nicht wahr? Es ist nur … neuer und sauberer. Und auf der anderen Seite des Flurs gibt es sogar ein paar Apartments für die Vampire.«

Die Vampire.

Melanie suchte Bastiens Blick. »Geht es Cliff und Joe gut?«

Sein Griff um ihre Hand wurde fester. »Sie sind weg. Es war das reinste Chaos. Und Joe hat die Beine in die Hand genommen.«

»Und Cliff?«

»Den haben die Söldner gefangen genommen. Wir fürchten, dass sie Joe ebenfalls in ihrer Gewalt haben.«

Eine eisige Hand griff nach ihrem Herzen. Emrys würde die beiden foltern. Um mehr über das Virus zu erfahren. Um Informationen aus ihnen herauszubekommen. Er würde sie bei lebendigem Leibe sezieren. Und dann wären ihre ganzen Bemühungen vergeblich gewesen, den drohenden Wahnsinn zu bekämpfen, der in den Vampiren schwelte.

Tränen brannten unter ihren Augenlidern. Eine Sekunde später liefen sie ihr auch schon über die Wangen. »Wir müssen sie finden.«

»Das werden wir«, sagte Bastien. »*Ich* werde sie finden. Ich schwöre es dir. Aber … da ist noch etwas.« Er setzte sich neben sie auf das Bett.

Ihr Herz klopfte so schnell, dass es schmerzte. »Was? Was ist los?«

»Ich habe Chris dazu gedrängt, die Vampire herauszulassen, damit sie uns dabei helfen, die Verletzten zu evakuieren und gegen die Soldaten zu kämpfen, die bereits in das Gebäude eingedrungen waren.« Seine Kiefermuskeln zuckten. Seine Augen begannen durchdringend zu leuchten und spiegelten seinen inneren Aufruhr wider. »Stuart wurde verletzt. Seine Verletzungen waren offenbar sehr schwer, und er … er hat dich gebissen.«

»Aber ein Biss ist nicht …«

»Er hatte dich mit dem Virus infiziert, Melanie. Er behauptet, dass er von dir getrunken hat, um seine Wunden zu heilen, und dann in Panik geriet, als er bemerkte, dass er dich – ohne es zu wollen – vollständig ausgesaugt hatte. Du lagst im Sterben. Also hat er dir sein Blut gegeben – und zwar so viel davon, dass das Virus deinen Organismus überschwemmt hat. Dr. Whetsman und die anderen haben alles Menschenmögliche getan, um das infizierte Blut durch gesundes zu ersetzen. Aber da war es schon passiert. Dein Immunsystem ist vollständig zusammengebrochen, und es gibt keine Hoffnung mehr, dass es sich wieder erholt.«

»Soll das heißen, dass ich sozusagen kein Immunsystem mehr besitze?«

»Ja.«

»Ich sterbe.« In den Mienen der Anwesenden las sie, dass sie bereits Bescheid wussten. Aber sie musste es laut aussprechen, um es zu begreifen. Ihr Immunsystem war hinüber. Komplett. Sie würde die nächsten vierundzwanzig Stunden nicht überleben.

Bastien warf einen Blick über die Schulter.

Daraufhin trat Roland an ihr Bett. »Bastien hat mich gebeten, Sie zu verwandeln, Dr. Lipton. Wenn Sie das wünschen.«

Sie zu verwandeln. Sie zu einer Unsterblichen zu machen. So wie Bastien.

Sie hatte immer gewusst, dass es diese Möglichkeit gab, und hatte sie auch eines Tages wahrnehmen wollen. Schließlich war sie eine *Begabte*. Allerdings hatte sie immer geglaubt, dass das erst in ferner Zukunft passieren würde. Nicht jetzt.

Sie suchte Bastiens Blick. »Warum Roland? Warum verwandelst *du* mich nicht?« Es schmerzte sie, dass er zuließ, dass ein anderer diese Aufgabe übernahm.

Er beugte sich vor und streichelte ihr Gesicht unendlich liebevoll. Dennoch schien es ihn nicht zu stören, dass die anderen dabei zusahen. »Ich möchte, dass du genauso stark bist wie Sarah. Ich möchte, dass du deinen Feinden gegenüber im Vorteil bist. Ich möchte, dass du mir einen ordentlichen Arschtritt verpassen kannst, wenn ich dir auf die Nerven gehe.«

Sie legte ihre Hand auf seine und verstand jetzt, warum sie sich so unendlich schwach fühlte.

Roland nickte düster. »Wir alle wollen, dass Sie Bastien einen ordentlichen Arschtritt verpassen können. Falls Sie jetzt schon genug haben sollten von seinen Sperenzchen, haben wir dafür volles Verständnis.«

Das entlockte Melanie ein Lächeln. »Ich muss zugeben, dass ich ihm tatsächlich schon ein paarmal gern den Hintern versohlt hätte.«

Die anderen lachten.

Alle, außer Bastien, der immer noch besorgt die Stirn runzelte. »Wirst du es tun? Lässt du zu, dass Roland dich verwandelt? Ich bleibe bei dir. Ich lasse dich nicht allein.«

Mühsam fand sie die Kraft, um seine Hand zu drücken. »Das werde ich. Aber ich möchte nicht, dass du bleibst.« Oh doch, genau das wollte sie. Nichts wünschte sie sich sehnlicher. »Ich werde für ein paar Tage außer Gefecht gesetzt sein und …«

»Dann wirst du es tun? Du wirst eine Unsterbliche?«

»Ja.«

Die Erleichterung, die sich in seinem attraktiven Gesicht widerspiegelte, war herzzerreißend. Einige Sekunden lang fürchtete sie, dass er weinen würde. »Danke.« Er presste ihre Hand gegen seine Lippen. »Wie ich schon sagte, ich lasse dich nicht allein. Ich bleibe bei dir und stehe dir während der Verwandlung zur Seite.«

Aber sie schüttelte den Kopf. »Auch wenn ich mir nichts mehr wünsche – mir ist es wichtiger, dass du Cliff und Joe findest, statt mit mir Händchen zu halten, während ich mich übergebe.«

»Ich will aber nicht, dass du das allein durchmachen musst.«

Linda legte Bastien die Hand auf die Schulter. »Ich leiste ihr nachts Gesellschaft, während Sie Vampire jagen. Und Sie übernehmen die Tagesschicht.«

Das Angebot schien Bastien zu überraschen. »Ich danke Ihnen.« Er warf Melanie einen Blick zu. »Ist dir das recht?«

»Hört sich gut an.« Melanie holte tief Luft und atmete langsam aus; in ihrem Magen kribbelte es, als triebe darin ein ganzer Schmetterlingsschwarm sein Unwesen. »Na schön – können wir es dann hinter uns bringen? Je eher wir damit fertig sind, desto schneller geht es mir wieder besser.«

Bastien wollte vom Bett aufstehen, aber Roland legte ihm die Hand auf die Schulter. Dann ging der ältere Unsterbliche um das Bett herum und setzte sich auf die andere Seite.

Melanie suchte Sarahs Blick. »Ist das für Sie in Ordnung?«

Sarah nickte lächelnd. »Es wird Sie beide nicht aneinander binden oder so was in der Art.«

Ach du Schreck. Daran hatte sie gar nicht gedacht. Das war gut zu wissen. »Tut es weh?«

»Ich kann mich nicht daran erinnern, wie es war, als Roland mich gebissen hat.«

Natürlich konnte sie das nicht. Melanie hatte die drogenähnliche Substanz vergessen, die die Reißzähne absonderten, sobald sie sich in das Fleisch des Opfers bohrten.

»Und sonst?«

»Ansonsten war es wie die schlimmste Grippe, die ich je hatte. Für ungefähr drei Tage fühlt man sich absolut schrecklich. Aber wenn es bei Ihnen wie bei mir abläuft, werden Sie sich hinterher an den größten Teil gar nicht erinnern.«

Melanie nickte. »Das ist es wert.«

Sarah lächelte ihren Gatten an. »Das ist es wirklich.«

Roland zwinkerte Sarah zu und schob den Infusionsständer zur Seite, entfernte Nadel und Klebestreifen.

Melanies Herz klopfte wie wild. Ihre Augen suchten die von Bastien. »Ich bin nervös.« Sie musste das nicht laut sagen. Alle außer Linda hörten es ohnehin. »Waren Sie auch nervös?«

Roland lächelte. »Meine Verwandlung dauerte mehrere Wochen. Auf diese Weise verwandelt zu werden, würde ich wahrhaftig nicht weiterempfehlen. Als mir klar wurde, was los war, war ich entsetzt.«

Er nahm ihren Arm. »Möchten Sie vorgewarnt werden, oder soll ich einfach loslegen?

»Eine Vorwarnung wäre mir lieber.«

»Dann betrachten Sie dies als Vorwarnung.«

Sie nickte.

Seine Lippen teilten sich, und er fuhr die Reißzähne aus. Dann neigte er den Kopf und versenkte seine Zähne in ihrem Arm. Er hatte sich die Ellenbeuge ausgesucht, die Stelle, in die sie die Nadel gestochen hatte, wenn sie Blut spendete.

Sie biss die Zähne zusammen und spürte, wie sich seine spitzen Reißzähne wie Nadeln in ihre Haut bohrten.

Wo blieb die erotische Ekstase, die ein Vampirbiss angeblich hervorrief? Zumindest wenn man den Filmen, Romanen und Fernsehserien zum Thema Glauben schenken durfte? Nicht, dass sie sich im Zusammenhang mit Roland solche Gefühle herbeisehnte.

Bastien streichelte ihr über das Haar. »Alles klar?«

»Ja.« Sie lächelte ihn an, sie fühlte sich plötzlich, als hätte sie einen kleinen Schwips. »Mit nach hinten gekämmtem Haar siehst du total süß aus.«

Jemand kicherte leise.

Bastiens Lächeln wurde breiter. »Danke. Soll ich es häufiger so tragen?«

»Unbedingt. Ich bekomme total Lust, mit den Fingern hindurchzufahren und es zu zerwühlen.«

Bei diesen Worten fingen seine Augen an, in einem hellen Bernsteinton zu leuchten.

»Das gefällt mir ebenfalls sehr gut«, sagte sie. Fing sie tatsächlich an zu lallen? »Ich mag es, wenn deine Augen so leuchten. Du bist so wunderschön.«

»Ich weiß ja nicht, wie sie sich fühlt«, brummte Étienne leise, »aber mir wird allmählich etwas übel.«

Melanie lachte. »Er ist nur eifersüchtig, weil du viel heißer bist als er.«

Bastien lächelte sie reumütig an. »Vielleicht wäre es besser, wenn du dich ausruhst und eine Weile nicht sprichst.«

»Warum denn? Ich fühle mich … ich fühle mich großartig. So entspannt und …«

Die Lichter gingen aus. Nein. Nein, das war nicht das Problem. Sie hatte nur die Augen geschlossen.

Sie machte die Augen wieder auf und studierte Bastien mit einem breiten Grinsen. »Du siehst aus wie eine dieser Frauen in den alten Star-Trek-Folgen.«

Im Hintergrund unterdrückte jemand ein Lachen.

Bastien lächelte und runzelte gleichzeitig die Stirn. »Ich weiß nicht, wie ich das verstehen soll.«

»Es ist, als würde ich dich durch einen Weichzeichner sehen. Du siehst verschwommen und wunderhübsch aus.«

Ein paar Männer lachten laut.

»Ihr Deppen«, sagte eine Frau mit französischem Akzent. »Hört auf, euch lustig zu machen. Sie kann nichts dafür.«

»Wir lachen nicht über *sie*. Wir lachen über *ihn*.«

»Ignoriere sie einfach«, sagte Bastien, der sich erneut vorbeugte, um ihr über das Haar zu streicheln.

Es fehlte nicht viel, und Melanie hätte vor Behagen geschnurrt wie eine Katze. »Weißt du, was ich am liebsten tun würde, wenn ich eine Unsterbliche geworden bin?«

»Was denn?«

Sie leckte sich über die Lippen. »Ich will Sex mit dir haben.« Seine Augen leuchteten noch durchdringender. »Ich möchte wissen, wie sich dein nackter Körper auf meinem anfühlt, wenn ich als Unsterbliche alles viel intensiver wahrnehme.«

Jemand räusperte sich. »Das war's. Allmählich wird es persönlich. Vielleicht wäre es besser, wenn du uns hier wegbringst, Richart.«

»Gute Idee. Lisette, kommst du mit?«

»Oui.«

Bastien beugte sich über Melanie, ohne ihre Hand loszulassen. »So etwas solltest du nicht sagen, mein Herz.«

Sie versuchte, den anderen Arm zu bewegen, aber es ging nicht. Jemand hielt ihn fest.

»Du darfst den Arm nicht bewegen, Liebes«, ermahnte Bastien sie sanft.

Eisige Kälte breitete sich in ihrem Körper aus. »Mir ist so kalt«, sagte sie zitternd.

Bastien drehte sich um. »Gibt es hier noch eine Decke?« Er ließ ihre Hand los und breitete eine weitere Decke über ihr aus. »Ist es jetzt besser?«

Als er sich erneut über sie beugte, streckte sie die Hand aus, um sein Kinn zu streicheln. »Es ist nicht wahr.«

»Was ist nicht wahr?«

Ihre Augenlider waren bleischwer. »Ich bin nicht zu gut für dich.«

»Doch, das bist du.«

»Wenn … dann wäre … würde ich … mich nicht in dich verlieben …«

Bastien starrte auf Melanie hinunter, sein Herz klopfte so schnell und so hart wie ein Presslufthammer.

Sie war dabei, sich in ihn zu verlieben?

Allein die Möglichkeit, das es so sein könnte, löste eine Euphorie in ihm aus, als wäre er selbst ein Sterblicher, der gerade von einem Unsterblichen oder einem Vampir gebissen wurde.

Er hatte gewusst, dass sie sich von ihm angezogen fühlte, dass er ihr etwas bedeutete. Teufel noch mal, er hatte jede Ausrede genutzt, die ihm einfiel, um sie zu berühren und ihre Gefühle in sich hineinströmen zu lassen. Aber ihm war nicht klar gewesen …

Ihm war bewusst gewesen, dass *er* sie liebte. Der Wunsch, jede freie Minute mit ihr zu verbringen, sie vor allem Unheil zu beschützen und das Glücksgefühl, das ihn jedes Mal erfüllte, wenn sie ihn anlächelte, konnte nichts Geringeres als Liebe sein.

Aber Melanie …

Wie konnte sie *ihn* lieben? Glaubte sie wirklich, dass er gut genug war für eine Frau wie sie? Das war er nicht und würde es auch nie sein.

Er sah Roland an, der ihn genau beobachtete, während er weiter die Lippen auf Melanies Arm presste.

Bastiens Blick glitt zu Linda.

»Ich bin mir ziemlich sicher, dass sie Ihnen das lieber unter vier Augen gesagt hätte«, sagte diese leise.

»Also glauben Sie nicht, dass sie das nur sagt, weil Rolands Biss ihre Sinne verwirrt?«

»Nein. Sie spricht ständig von Ihnen. Das geht schon seit ein paar Wochen so.« Die Ärztin presste die Lippen aufeinander. »Und jetzt fühle ich mich schuldig, weil ich Ihnen das erzählt habe. So ein Mist. Vergessen Sie es bitte.«

Melanie sprach mit Linda über ihn?

Vorsichtig sah er zu der Frau im Zimmer, die am meisten Grund hatte, ihn zu hassen.

»Du bist ein Empath, Bastien«, sagte Sarah freundlich. »Du musst das doch gewusst haben.«

Melanies kalte Hand wurde wärmer, als Roland ihr Blut in sie zurückströmen ließ, das nun so massiv mit dem Virus infiziert war, dass eine schnelle Verwandlung sichergestellt war.

Bastien sagte nichts mehr.

Die Tür der Krankenstation öffnete sich, und Chris kam hereinmarschiert. »Was geht hier vor sich?« Als er das Loch in der Wand sah, blieb er wie angewurzelt stehen. »Verdammt noch mal! Wir haben dieses Quartier erst seit vierundzwanzig Stunden bezogen, und ihr habt es schon geschafft, hier drinnen Chaos anzurichten? Ich hoffe, ihr habt wenigstens Bastien …« Er wandte den Blick von der Wand ab, bemerkte Bastien und fluchte.

Dann wurden seine Augen noch größer, als er Roland an Melanies Bett stehen sah, die Reißzähne tief in ihr Fleisch gebohrt. »Du bist dabei, sie zu verwandeln?«

Bastien nickte an Rolands Stelle und bereitete sich darauf vor, gegen Chris zu kämpfen, falls der Sterbliche versuchte, sie aufzuhalten.

»Bitte sagt mir, dass ihr sie vorher um Erlaubnis gefragt habt.«

Sarah machte einen Schritt auf ihn zu. »Das haben wir.«

Er entspannte sich sichtbar. »Macht eine Liste von allem, was sie während ihrer Verwandlung braucht, und ich werde es besorgen.«

Auch wenn Bastien nicht an seinen guten Absichten zweifelte, war es ihm lieber, wenn Melanie die Zeit ihrer Verwandlung in Davids Haus verbrachte. Auf diese Weise war der ältere Unsterbliche zur Stelle, falls etwas schiefging. »Bei David hat sie alles, was sie braucht.«

Prüfend musterte Chris die übrigen Anwesenden.

Bastien warf Sarah einen Blick zu, in der Hoffnung, dass sie seine Entscheidung unterstützte. Wenn sie das nicht tat, dann würde Chris es sicher nicht erlauben.

Sarah lächelte. »In Davids gemütlichem Haus fühlt sie sich bestimmt viel wohler als hier auf der Krankenstation. Und David wäre jederzeit zur Hand, wenn sie seine Hilfe braucht. Bei meiner Verwandlung hat er mir auch zur Seite gestanden.«

Chris nickte. »Na schön. Wenn ihr die Hilfe eines Arztes braucht, der sich für die Dauer der Verwandlung in Davids Krankenstation zur Verfügung hält, dann lasst es mich wissen.«

»Diese Aufgabe würde ich gern übernehmen«, meldete sich Linda zu Wort.

Chris zog sein Handy aus der Tasche. »Ich werde …«

In diesem Augenblick tauchte Seth im Zimmer auf. Er sah sich um und wandte sich dann Roland und Melanie zu, bei deren Anblick seine Augen in einem hellen Goldton zu leuchten begannen.

Oh. Verdammt.

»Hast du ihre Erlaubnis?«

»Ja«, beeilten sich alle zu versichern.

Das Leuchten erlosch, und seine Augen hatten wieder ihren normalen dunkelbraunen – fast schwarzen – Farbton.

Roland schloss die Verwandlung ab. Nachdem er seine Reißzähne wieder eingezogen hatte, berührte er die Bissspuren auf Melanies Arm mit den Fingern und heilte sie, dann ließ er ihren Arm behutsam zurück auf die Decke sinken. »Ich habe geglaubt, dass ich niemals eine Sterbliche verwandeln würde. Und jetzt sind es schon zwei.«

Sarah stellte sich neben ihn und schmiegte sich an ihn, wobei sie den Arm um seine Taille legte.

Seth trat neben Bastien an das Bett. Er legte die Hand auf Melanies Stirn.

Wie gut kannte er sie?

»Wir sollten sie zu David bringen«, schlug der Anführer der Unsterblichen vor. »Sie wird sich dort bestimmt wohler fühlen. Außerdem ist sie dort in Sicherheit.« Er warf einen flüchtigen Blick auf das Loch in der Wand und seufzte. »Ich will's gar nicht wissen.«

Melanie fragte sich allmählich, wie häufig sie noch den Kopf über die verdammte Toilettenschüssel beugen musste, bevor ihr Magen begriff, dass dort nichts mehr zu holen war.

Als der Würgereiz endlich nachließ, ließ sie sich auf den Boden des Badezimmers sinken und lehnte den Kopf gegen den Rand des riesigen Whirlpools. Sie war einfach zu erschöpft, um aufzustehen. Der zweite Tag ihrer Verwandlung war nun fast vorüber, und sie wünschte sich nichts mehr, als dass es endlich vorbeiginge.

Sarah hatte sie gewarnt, dass es sich wie die schlimmste Grippe ihres Lebens anfühlen würde. Dass sie unter Fieber, Schmerzen, extremer Übelkeit und hämmernden Kopfschmerzen leiden würde. Ihre Muskeln fühlten sich an, als hätte sie in ihrem ganzen Leben noch nie Sport getrieben und dann mehrere Wochen lang täglich stundenlang mit schweren Gewichten trainiert. Ihr war heiß. Und kalt. Sie zitterte am ganzen Leib, während ihr Körper gleichzeitig zu verbrennen schien, und zwar so schlimm, dass sie das Gefühl hatte, als quölle ihr die Hitze förmlich aus den Augenhöhlen.

Das heraufbeschworene Bild war so seltsam, dass Melanie unwillkürlich eine Grimasse zog und sich selbst ermahnte, sich zusammenzureißen und zurück ins Schlafzimmer zu schleppen.

Aber die Minuten vergingen, ohne dass sie sich gerührt hätte.

Na schön. In einer halben Stunde müsste sie ohnehin wieder herkommen und sich die Seele aus dem Leib kotzen. Dann konnte sie genauso gut hier herumsitzen und warten.

Nachdenklich betrachtete sie die luxuriöse Ausstattung des Badezimmers. Badezimmerfliesen in verschiedenen Grüntönen. Dunkle Holzschränke. Ein blitzendes weißes Waschbecken und ein großer Whirlpool. Glänzende Chromhalterungen. Bambuspflanzen. Flauschige weiße Handtücher. Sie hatte das Gefühl, sich in einer teuren Wellnessoase zu befinden.

Sie schloss die Augen und lehnte den Kopf nach hinten gegen den Rand des Whirlpools.

»Dr. Lipton?«

Stirnrunzelnd zwang sie sich, die Augen wieder zu öffnen. War sie eingeschlafen?

Blinzelnd sah sie hoch zu der zierlichen Gestalt, die sich über sie beugte. »Ami?«

»Ja. Sind Sie in Ordnung?«

»Sicher.« Sosehr sie sich auch bemühte, das Zimmer und Ami hörten einfach nicht auf, sich zu drehen.

»Wo ist Linda?«

Irgendwas mit einem Notfall beim Netzwerk? Wegen eines verletzten Sekundanten? Melanie konnte sich nicht genau erinnern.

»Soll ich Ihnen zurück ins Bett helfen?«

»Ja, gern.«

Ami, die ihre schwarze Jagdkluft trug, kniete sich vor Melanie auf den Boden und schob ihr den Arm unter die Schulter.

»Es tut mir leid.«

»Was tut Ihnen leid?« Indem Ami ihren Arm um Melanies Rücken schlang, gelang es ihr, sie hochzuziehen.

Leider gaben in diesem Moment Melanies Knie unter ihr nach. »Ich weiß nicht.«

Obwohl Ami kleiner war als Melanie, verstärkte sie ihren Griff und trug sie praktisch zurück ins Schlafzimmer. »Warum sitzen Sie im Badezimmer auf dem Boden?«

»Mir ist von den Essensgerüchen im Erdgeschoss schlecht geworden.«

»Das können Sie hier unten riechen?«

»Sie etwa nicht?« Der Geruch war so stark, dass die anderen Hausbewohner ihr Essen genauso gut in ihrem Schlafzimmer hätten kochen können.

Ami half ihr, sich wieder ins Bett zu legen, und befühlte prüfend ihre Stirn. »Sie sind ja glühend heiß.«

Das Bettlaken war angenehm kühl auf ihrer Haut, aber leider fing sie sofort wieder an zu zittern.

Ami half ihr, sich bequemer hinzulegen, und deckte sie dann zu, sodass nur noch ihre Nasenspitze herausragte. »Sie ist glühend heiß«, sagte sie leise.

In der nächsten Sekunde beugte sich Bastien über ihr Bett. »Melanie?«

Er legte ihr seine kühle Hand auf die Stirn. Sein Haar war zerzaust, und auf seiner Kleidung waren feuchte Flecken. Seine Haut roch nach den süßen Nächten North Carolinas und nach etwas Metallischem. Er musste eben erst von der Jagd zurückgekehrt sein.

»Melanie? Kannst du mich hören, Liebes?« Dann leiser: »Wie lange ist sie schon in diesem Zustand?«

»Ich weiß es nicht. Ich habe sie gerade erst gefunden.«

»Wo ist Linda?

»Keine Ahnung. Ich habe Dr. Lipton gefragt, aber sie hat mir nicht geantwortet.«

»Wir müssen sie von den Decken befreien.«

Als er die Decken wegzog, strich eine kühle Brise über Melanie hinweg.

»Es tut mir leid«, sagte Ami. »Ich bin noch nie krank gewesen und wusste nicht, was man gegen Fieber unternimmt. Sie hat gezittert, deswegen dachte ich …«

»Ich weiß, Ami. Das ist schon in Ordnung. Würdest du bitte versuchen, David zu erreichen, während ich Roland anrufe?«

Melanie war nicht in der Lage, die Augen noch länger offen zu halten. Die Geräusche, die Bastien machte, als er das Telefon aus seiner Tasche fischte und Rolands Nummer wählte, erschienen ihr extrem laut.

»Roland? Melanie hat hohes Fieber … Ich weiß nicht, aber man muss sie nicht einmal berühren, um zu spüren, wie viel Wärme sie abstrahlt …«

Dunkelheit.

Stille.

Mit zitternden Händen und übermenschlicher Schnelligkeit riss sich Bastien die Klamotten vom Leib, bis er nur noch in Boxershorts dastand.

Ami und Darnell hasteten an ihm vorbei, die Arme voller Handtücher, die sie ins Badezimmer trugen. Roland, Sarah und Richart flitzten ebenfalls vorüber, so schnell, dass ihre Gestalten verschwammen. An der Tür entstand ein kurzes Gedränge, als sie sie im selben Augenblick erreichten.

Bastien, der damit beschäftigt war, Melanie eins seiner T-Shirts anzuziehen, ertappte sich dabei, wie er zum ersten Mal seit Jahrzehnten ein stilles Gebet zu Himmel sandte. Oder war es bereits Jahrhunderte her, seit er das letzte Mal gebetet hatte?

Hitze stieg von ihr auf, als er Melanies entkräfteten Körper hochhob.

Ihre Mattigkeit erschreckte ihn. Genauso wie die Tatsache, dass sie in keiner Weise reagierte.

Eilig lief er mit ihr auf den Armen ins Badezimmer, das zum Glück sehr geräumig war. Ami und Darnell waren damit beschäftigt, die Ränder des riesigen Whirlpools mit flauschigen Handtüchern auszulegen, während die drei Unsterblichen aus mehreren Beuteln Eiswürfel in das Wasser der vollgelaufenen Badewanne schütteten, um es weiter abzukühlen.

»Am besten, du gehst mit hinein«, riet ihm Roland. »Egal wie klar sie gerade im Kopf ist, sie wird sich alle Mühe geben, aus der Wanne rauszukommen, sobald sie die Kälte spürt.«

Sarah, die Rolands Hand hielt, verschränkte ihre Finger mit den seinen. »Roland hat das damals für mich auch getan. Eins der wenigen Dinge, an die ich mich erinnern kann.«

Sobald alle einen Schritt zurückgetreten waren, stieg Bastien in das Wasser. Die darin treibenden Eiswürfel kollidierten mit seinen Schienbeinen, als sie an die Oberfläche stiegen. Das Wasser war so kalt, dass es sich anfühlte, als schnitten Glassplitter in sein Fleisch.

Er biss die Zähne zusammen. Mit ein bisschen Konzentration konnte er seine Körpertemperatur so gut regulieren, das sein Körper die Restwärme einfach in Form von Dampf abgab. Aber hier ging es darum, Melanie abzukühlen, deshalb musste er seine Körpertemperatur dem Wasser anpassen.

Er holte tief Luft (er freute sich nicht gerade auf den Moment, wenn das Wasser auf seine Kronjuwelen treffen würde) und setzte sich in die Wanne, wobei er Melanie im Arm hielt. Ihr Rücken war gegen seine Brust gepresst.

Einen Wimpernschlag später erwachte sie mit einem lauten Schrei. Sie versuchte sich zu befreien und aus dem eisigen Wasser herauszukommen, das so kalt war, dass es sich wie Nadeln auf ihrer Haut anfühlte.

Bastien schloss die Arme fester um sie und redete beruhigend auf sie ein, während er sie sanft gegen sich drückte. Sie schlug mit Armen und Beinen um sich, wobei sie immer wieder gegen den Rand des Whirlpools stieß. Er war froh darüber, dass Ami und Darnell daran gedacht hatten, den Rand mit Handtüchern zu polstern.

Geschwächt von dem Virus, hörte Melanie schnell auf, sich zu wehren. Sie keuchte nur noch und zitterte am ganzen Leib.

»Nur noch ein paar Minuten«, flüsterte er, und sein Herz zog sich zusammen, als er sah, wie stille Tränen unter ihren geschlossenen Augenlidern hervorquollen. »Nur noch ein bisschen, Liebling. Danach wirst du nie wieder krank sein.«

Jede Sekunde zog sich hin wie eine Stunde. Die Eiswürfel schrumpften zusammen, als Melanies Wärme durch das Wasser zu ihnen vordrang. Mit jeder Sekunde wurden die Schmerzen in seinem Körper größer.

Aber er beschwerte sich nicht. Stattdessen drückte er die bibbernde Melanie fest an sich und hoffte, dass es funktionierte.

Angsterfüllte Stille erfüllte das Zimmer.

Mit klappernden Zähnen beugte er sich vor und presste seine Wange gegen ihre. Dann schloss er die Augen.

15

Als Melanie erwachte, wusste sie weder, wo sie sich befand, noch, wie sie dahin gekommen war. Im Zimmer war es dunkel. Da es keine Fenster gab, fiel kein Licht herein. Das Laken in ihrem Rücken fühlte sich weich an – ebenso weich wie die Bettdecke, die ihren Körper bedeckte.

Aus Gewohnheit blinzelte sie, während sie versuchte, trotz der Dunkelheit ihre Umgebung zu erkennen. Aber dann wurde ihr plötzlich klar, dass sie – auch ohne die Augen zusammenzukneifen – alles im Zimmer sehen konnte.

Sie hob den Kopf und studierte das Schlafzimmer genauer. Es war eigenartig, es so zu sehen. Im Dunkeln sahen Wände, Decke und Einrichtungsgegenstände aus, als wäre die Farbe aus ihnen herausgesogen worden.

So sahen die Unsterblichen also die Welt? Nahmen Katzen, Hunde und andere Nachtgeschöpfe die Welt bei Nacht auch so wahr? Es war ziemlich cool.

Sie ließ den Kopf zurück auf das Kissen sinken und kam zu dem Schluss, dass die Zahnschmerzen, die sie plagten, *nicht* besonders cool waren. Genauso wenig wie die hämmernden Kopfschmerzen.

Aber wenigstens war ihr nicht mehr schlecht.

Sie versuchte, die Hand zu heben, um sich die pochenden Schläfen zu massieren, und schaffte es nicht, da ihre Finger mit den Fingern einer anderen Hand verschränkt waren. In diese Hand kam jetzt Bewegung, sodass ihr Handrücken gegen eine muskulöse Brust gedrückt wurde.

Langsam drehte Melanie den Kopf.

An ihrer Seite schlief Bastien, ihre Hand und ihr Unterarm lagen auf seiner Brust. Die Bartstoppeln auf seinem Kinn kitzelten sie an den Fingerknöcheln.

Seine Augen waren geschlossen, und die Augenbrauen hatte er sorgenvoll zu einem dunklen Strich zusammengezogen. Ihr war noch nie zuvor aufgefallen, wie lang seine Wimpern waren. Seine wunderschönen braunen Augen ließen sie jedes Mal alles um sich herum vergessen, insbesondere wenn sie anfingen, in diesem warmen Bernsteinton zu leuchten.

Sie rollte sich auf die Seite, um ihn anzusehen.

Er sah müde aus. Offenbar hatte er schon länger kein Blut mehr getrunken.

Wie lange wachte er schon an ihrer Seite?

Seine Lider hoben sich, und er sah sie an.

Melanie streckte ihre freie Hand aus und streichelte ihm über die Wange.

Seine Augen fingen an, schwach zu leuchten. »Verlass mich nicht«, flüsterte er.

Der fast flehentlich vorgebrachte Appell bewirkte, dass ihr die Tränen in die Augen stiegen. »Das werde ich nicht. Es geht mir schon viel besser.«

Er nahm ihre Hand und küsste sie zärtlich. »Brauchst du etwas? Soll ich dir etwas holen?«

»Nein. Ich muss mich nur ausruhen«, flüsterte sie und kuschelte sich enger an ihn.

Er schloss die Augen wieder und seufzte so tief, dass sie spürte, wie sein Atem über ihre Fingerknöchel strich. Dann glättete sich seine Stirn, und er schlief wieder ein.

Der eiserne Griff um ihre Hand ließ jedoch nicht nach.

Trotz der Kopf- und Zahnschmerzen lächelnd, machte auch Melanie die Augen zu und ließ zu, dass der Schlaf sie übermannte.

Als sich eine Hand um seine Kehle schloss, wurde Bastien ruckartig wach. Goldfarbene Augen blitzten ihn in der Dunkelheit an.

Seth. *Oh verdammt.*

Bastien warf einen Blick auf Melanie, die neben ihm schlief.

Wenn Seth vorhatte, ihn zu töten, dann tat er das hoffentlich woanders.

»Wie du willst«, schnarrte der Anführer der Unsterblichen Wächter. Er teleportierte sie in den Trainingsraum. Dort kämpften Edward und Ethan gegen Étienne und Lisette, während Tracy mit Sheldon trainierte.

Die sechs hörten sofort auf mit dem Training, als Seth und Bastien in ihrem Blickfeld erschienen. Der älteste Unsterbliche war damit beschäftigt, Bastien zu erdrosseln, der mit nichts als ein paar Jogginghosen bekleidet war.

»Raus hier!«, fuhr Seth sie an.

Unsterbliche und Sekundanten steckten ihre Schwerter in die Scheiden zurück. Die Unsterblichen schlurften im selben Tempo aus dem Trainingsraum wie die Sterblichen, wobei sie mit den Füßen scharrten und sich die Hälse verrenkten, um bloß nichts zu verpassen.

»Sofort!«

Prompt kam Bewegung in sie, und nur Bastien und sein Henker blieben im Trainingsraum zurück.

Flüchtig kam Bastien der Gedanke, dass es vielleicht besser gewesen wäre, wenn Seth sie zu seinem Schloss in England gebeamt hätte. Dann hätten sie den Kreis schließen können – schließlich hatten sie diese Situation schon einmal gehabt.

Seth packte ihn am Kragen. »Ah, richtig, aber damals habe ich dich am Leben gelassen.« Etwas, das sich wie eine Faust anfühlte, schloss sich um sein Herz. Ein jäher Schmerz durchzuckte seine Brust.

»Nicht doch, warte!« Marcus stürmte herein und marschierte mit grimmigem Gesicht auf sie zu. »Wenn jemand dieses Arschloch tötet, dann bin ich das.«

In seinen Träumen vielleicht. Auf keinen Fall würde Bastien zulassen, dass Marcus derjenige war, der sein Leben beendete. Mindestens zweimal wäre Ami durch sein Versagen fast getötet worden.

Seth ließ Bastien fallen wie einen nassen Sack. »Willst du mich auf den Arm nehmen? Das ist der Grund, warum ich vorhabe, *dich* zu töten! *Du* warst derjenige, der Ami in Gefahr gebracht hat.«

Bastien hustete und schnappte keuchend nach Luft. Der Druck auf seinen Brustkorb ließ nach.

»Hast du wirklich vor, ihn zu töten?«, schaltete sich eine neue Stimme ein.

Die drei Unsterblichen drehten sich zu David um, der in der Türöffnung aufgetaucht war.

»Ja«, erwiderten Seth und Marcus gleichzeitig, um sich in der nächsten Sekunde gegenseitig mit bösen Blicken zu durchbohren.

»Na schön. Aber veranstaltet dabei keine Schweinerei. Ich bin es langsam leid, dass dieser *Bastien-ist-an-allem-schuld*-Mist dazu führt, dass ich ständig die Handwerker rufen muss.«

Bastiens zugedrückte Kehle hatte sich inzwischen wieder so weit erholt, dass er etwas sagen konnte. »Ich dachte, dass du mich ebenfalls tot sehen willst«, brachte er mühsam heraus.

David schüttelte den Kopf. »Ich wollte dir nur einen ordentlichen Arschtritt verpassen.«

»Na dann, herzlichen Dank.« Egal wie das ausging, er war am Arsch. Sein inzwischen ein paar Jahre zurückliegender Kampf gegen Roland hatte ihm ganz klar vor Augen geführt, dass ihm jeder Unsterbliche haushoch überlegen war, der mehr Jahrhunderte auf dem Buckel hatte als er. Sicher, er würde den einen oder anderen Treffer landen, aber das war's auch schon.

Er sah von einem zum anderen und dachte an Melanie, die zusammengerollt in seinem Bett lag und sich immer noch nicht von ihrer Verwandlung erholt hatte.

Herrgott noch mal. Wann hatte dieser Blödsinn endlich ein Ende? Melanie brauchte ihn. Wenn es nötig war, dann würde er gegen jeden Unsterblichen und Sekundanten kämpfen, der sich in diesem Haus aufhielt. Er würde Melanie nicht enttäuschen.

David stöhnte und verdrehte die Augen.

Seth fluchte.

Marcus wirkte verwirrt. »Was denn?«

»Wenn du dir um Ami auch so viele Sorgen gemacht hättest«, bemerkte Seth, »dann müsste ich dich jetzt nicht in ein Häufchen Asche verwandeln.«

»Glaubst du im Ernst, dass mir diese Entscheidung leichtgefallen ist?«, wollte Bastien wissen. »Glaubst du, ich *wollte* sie dieser Gefahr aussetzen? Ich kenne sie schon fast so lange wie du, und sie bedeutet mir genauso viel wie euch allen.«

David schlenderte gemächlich auf ihn zu. »Aber Seth und ich haben sie Emrys' Klauen entrissen. Du hingegen hast sie ihm direkt vor die Nase gesetzt.«

»Emrys war nicht dort.«

»Aber wenn es so gewesen wäre …«

»Dann hätte Marcus ihn in seine Einzelteile zerlegt, und ich hätte ihm dabei geholfen. Auch ich will Emrys tot sehen. Und je länger wir brauchen, um ihn aufzuspüren, desto mehr Zeit hat er, anderen von unserer Existenz zu erzählen. Chris' Kontakte helfen uns nicht weiter. Und diese ganze Vampirarmee-Geschichte richtet sich auf einmal gegen mich.«

»Aber Stuart hat dich nicht verraten«, widersprach David.

»Nach dem zu urteilen, was ich während des Kampfs in den Gedanken der Söldner gelesen habe …«

»Also handelt es sich definitiv um Söldner?«

»Ja«, bestätigte David. »Die Soldaten, denen Stuart auf dem Unigelände der Duke begegnet ist, haben das Gespräch mit seinem Vampirkumpel belauscht und beobachtet, wie er und sein Freund die Studenten angriffen. Dann haben sie die beiden Vampire betäubt. Sie wussten, dass Stuart vorhatte, sich mit einem Unsterblichen zu treffen. Sie hörten, wie er versuchte, Paul dazu zu überreden, ihn zu dem Treffen zu begleiten. Deshalb beschlossen sie, die Gelegenheit beim Schopf zu packen, und pflanzten ihm den Mikrochip ein. Dann brachten sie Stuart in den Garten, damit er dort aufwachte und glaubte, dass ihm die Flucht geglückt sei. Da sie den anderen Vampir versehentlich zweimal betäubten, starb er an einer Überdosis.«

Na ja, wenigstens hatte Stuart nicht versucht, ihn hinters Licht zu führen, so wie es ein paar andere Blutsauger getan hatten.

»Stuarts Verhalten steht hier aber nicht zur Debatte. Wir reden über dich«, erinnerte ihn Seth.

»Ich konnte dich nicht erreichen«, verteidigte sich Bastien. »Und ich wusste, dass Ami die Soldaten mithilfe ihrer Energiesignaturen aufspüren kann, jedenfalls wenn sie nahe genug an sie herankommt, um sich ihre Signaturen einzuprägen.«

»Aber David hätte sie ebenfalls aufspüren können – ohne dabei entdeckt zu werden.«

Nicht schon wieder. War das sein Ernst? »Aber ich wusste nicht, dass er ein Gestaltwandler ist!«

»Was ist hier los?« Ami betrat den Trainingsraum. »Mir war so, als hätte ich meinen Namen gehört.« Sie warf Marcus einen fragenden Blick zu. »Oder habe ich mich verhört?«

»Nein, Liebste.«

»Außerdem haben Étienne und die anderen mich so merkwürdig angesehen, als sie nach oben gekommen sind. Marcus, du hast doch nicht wieder Seth geschlagen, oder?

»Nein, mein Herz. Wir haben nur … wir diskutieren nur gerade etwas.«

Sie schürzte nachdenklich die Lippen und musterte sie argwöhnisch. »Ihr seid doch nicht sauer auf Bastien, weil er mich gebeten hat, dem Kampf beizuwohnen, oder?«

Seth machte einen Schritt auf sie zu. »Ami …«

»Das war eine kluger Schachzug«, verteidigte sie den unbeliebten Unsterblichen und streckte trotzig das Kinn vor, um ihren Worten mehr Gewicht zu verleihen.

»David hätte den Soldaten problemlos folgen können, ohne dabei entdeckt zu werden.«

»Ja, das stimmt. David weiß, wohin sie für's Erste gegangen sind. Aber er weiß nicht, ob sie an diesem Ort bleiben, und falls sie es nicht tun, hat er nicht die Möglichkeit, ihren neuen Aufenthaltsort zu bestimmen. Ich hingegen schon.«

»Ami …«

Beschwichtigend hob sie die Hand und legte den Kopf in den Nacken, um dem Ältesten der Unsterblichen in die Augen schauen zu können. »Ich habe dir bereits gesagt, dass ich gern eine aktive Rolle dabei spielen möchte, Emrys seiner gerechten Strafe zuzuführen. David hat mir dieses Recht zugestanden, genauso wie Marcus.« Sie suchte den Blick ihres Mannes und hielt ihn fest. »Entspricht das nicht der Wahrheit?«

Marcus seufzte schwer. »Ja.«

»Also gibt es auch kein Problem, stimmt's? Und jetzt lasst Bastien endlich zu Melanie zurückkehren. Er hat sich schreckliche Sorgen um sie gemacht.«

Sicherheitshalber ließ Bastien eine volle Minute verstreichen, ehe er sich bewegte. Als niemand Einspruch erhob, verließ er den Trainingsraum und marschierte den Flur hinunter zu einem der schalldicht isolierten Ruheräume, die David erst kürzlich hatte bauen lassen.

In diesem Augenblick materialisierte sich Seth vor der geschlossenen Tür.

Bastien blieb direkt vor ihm stehen und wartete.

Der Anführer der Unsterblichen Wächter legte ihm die Hand auf die Schulter.

Bastien versteifte sich unwillkürlich, als der Flur um ihn herum verschwand und ersetzt wurde durch Bilder, die Seth in seinem Kopf heraufbeschwor. Großer Schmerz begleitete diese Bilder. Zahllose Stunden unerträglicher Schmerzen, während Männer in Krankenhauskitteln und chirurgischen Gesichtsmasken ihm Verbrennungen zufügten und Fleischstücke aus ihm herausschnitten, wieder und wieder. Sie zerschnitten seinen ganzen Körper. Nahmen Tausende von Gewebeproben. Entfernten einzelne Organe. Schnitten ihm Finger und Zehen ab. Versetzten ihm elektrische Schläge, wobei sie sich erst auf den Kopf und dann auf das Herz konzentrierten. Sie sezierten ihn bei lebendigem Leib.

Noch nie zuvor hatte er solche unerträglichen Qualen aushalten müssen, und er öffnete unwillkürlich den Mund, um vor Schmerzen zu schreien.

Doch in diesem Moment zog Seth die Hand weg. Die Bilder lösten sich auf, und er stand wieder im Flur von Davids Haus.

Der Schrei erstarb in Bastiens Kehle. Seine Knie gaben nach. Keuchend sank er zu Boden und wartete darauf, dass der Schmerz nachließ.

»Was zum Henker war das?«, ächzte er. Er stützte sich mit der Hand an der Wand ab und stand mühsam wieder auf.

»Das«, sagte Seth, »war nur ein winziger Bruchteil von dem, was Ami erwartet hätte, wenn sie wieder von Emrys' Leuten gefangen genommen worden wäre. Eine Gefahr, der du sie wissentlich ausgesetzt hast.«

Grauen ergriff Besitz von Bastien. Er hatte gewusst, dass sie Schlimmes durchgemacht hatte, aber das … »Das haben sie ihr angetan?«

»Das und noch mehr. Emrys' Leute haben sie sechs Monate lang gefoltert und bei lebendigem Leib seziert. Ohne den Einsatz von Betäubungsmitteln.«

Seth hatte jedes Recht, seinem Leben ein Ende zu bereiten.

»Diesen Fehler mache ich kein zweites Mal«, schwor Bastien. Seit vor zweihundert Jahren seine Schwester Cat gestorben war, war Ami die einzige Frau, der er vergleichbare geschwisterliche Gefühle entgegenbrachte. Und selbst wenn es nicht so gewesen wäre – niemals würde er riskieren, dass sie noch einmal gefangen genommen wurde und solche Qualen erleiden musste. Wenn er davon gewusst hätte, wäre er das Risiko nicht eingegangen. Wenn sie im Hauptquartier in eine gefährliche Situation geraten wäre, und es Marcus nicht gelungen wäre, sie zu beschützen, hätte Bastien nicht gezögert, sein Leben für sie zu geben, dennoch …

Selbst das schien nicht genug zu sein.

Seth gab die Tür frei und klopfte Bastien auf die Schulter. »Ich wusste, dass du es wert bist, gerettet zu werden.«

Verblüfft starrte Bastien ihn an. »Aber du hast gesagt, dass du mich töten willst!«

Der Älteste der Unsterblichen zuckte mit den Achseln. »Frag Roland, wie häufig ich ihm schon damit gedroht habe, ihn umzubringen. Nichts Ungewöhnliches, wenn man zur Familie gehört.«

Bastien runzelte nachdenklich die Stirn. Wollte er wirklich zu so einer durchgeknallten Familie gehören?

»Ja, das willst du. Vertrau mir.«

»Es würde mir leichter fallen, dir zu vertrauen, wenn du aufhören würdest, mich zu würgen.«

»Du hast mich verärgert. Und ich schlage vor, dass du versuchst, mich in Zukunft nicht mehr zu wütend zu machen. Aber solange du Amis Sicherheit an erste Stelle stellst, werden wir beide keine Schwierigkeiten miteinander haben. Sie ist mir sehr wichtig. Und wenn sie durch deine Dummheit stirbt, wirst du ihr sehr schnell nachfolgen.«

Was eine weitere Frage aufwarf. »Warum bedeutet sie dir so viel?« Bastien hatte bisher nie das Gefühl gehabt, dass die beiden romantische Gefühle füreinander hegten. Dennoch schien Seth' Beschützerinstinkt gegenüber Ami sehr ausgeprägt zu sein.

Seth gab ihm eine Kopfnuss. »Werd nicht frech. Ami liebt Marcus.«

»Was meine Frage nicht wirklich beantwortet.«

»Sie ist wie eine Tochter für mich. Reicht das?«

Bastien nickte. »Alles klar.«

»Dann sind wir beiden hier fertig. Halt mich auf dem Laufenden, was Melanies Verwandlung angeht.« Plötzlich lächelte Seth und winkte jemandem zu, der am anderen Ende des Korridors stand.

Bastien warf einen Blick über die Schulter und sah Ami vor dem Trainingssaal stehen. Hinter ihr ragte Marcus auf.

Ami musterte Seth mit zu Schlitzen verengten Augen und verschränkte die Arme vor der Brust.

Seth hob die Hände, wobei er die Handflächen nach oben drehte, als wollte er sagen: *Was hab ich denn getan?*

Marcus grinste.

Ami schüttelte den Kopf, verdrehte die Augen und ging die Treppe zum Erdgeschoss hoch.

Bastien beschloss, dass er für heute genug hatte von seiner

Ersatzfamilie, und ging zurück in das Zimmer, das er mit Melanie teilte.

Melanie, die neben dem Bett stand, sackte vor Erleichterung in sich zusammen, als Bastien das Zimmer betrat. »Alles in Ordnung?« Obwohl sie nichts außer einem schwarzen T-Shirt trug, das sie sich von Bastien geliehen hatte, hatte sie offenbar die Absicht gehabt, nach ihm zu suchen.

»Ja.« Eilig ging er zu ihr, wobei er besorgt die Stirn runzelte. »Warum bist du nicht im Bett?

»Ich bin aufgewacht, als Seth sagte: »Wie du willst«. Ich habe gerade noch rechtzeitig die Augen aufgemacht, um zu sehen, wie er dich wegteleportierte.« Und der mörderische Glanz in den goldfarbenen Augen des Unsterblichen hatte ihr gar nicht gefallen.

»Es geht mir gut. Wir haben uns nur …«

»Jetzt erzähl mir nicht, dass ihr nur ein bisschen gequatscht habt.«

Er zog die Augenbrauen hoch.

»Ich habe richtig geraten, stimmt's? Das wolltest du mir doch gerade erzählen, nicht wahr?«

»Ja. Und ich finde es erschreckend, wie gut du mich bereits kennst.«

Sie lächelte matt. »Seine Hand lag an deiner Kehle, Bastien.«

Er beugte sich vor und hob sie hoch. Melanie schlang den Arm um seinen Hals, während er sich umdrehte und sie auf das Bett legte.

»Er war sauer wegen Ami.«

»Was ist mit Ami? Die Soldaten haben sie doch nicht etwa gefangen genommen?

»Nein. Keiner der Soldaten ist auch nur in ihre Nähe gekommen. Aber sie war meinetwegen dort. Ich war derjenige, der sie darum gebeten hat, ins Hauptquartier zu kommen. Ich habe Marcus dazu überredet zuzulassen, dass Richart sie zum Netzwerk teleportiert, damit sie sich die Energiesignaturen der Söldner einprägen kann.«

»Das war eine gute Idee.« Melanie klopfte neben sich auf die Matratze.

»Seth war nicht dieser Meinung.« Bastien setzte sich neben sie. »Wie fühlst du dich? Ist dir immer noch übel? Soll ich dir ein Glas Mineralwasser holen?«

»Nein. Ich möchte, dass du hierbleibst und mit mir kuschelst.«

Er lächelte. »Nichts lieber als das.«

Er rückte näher an sie heran und streckte sich dann neben ihr aus.

Melanie schmiegte sich an ihn und legte den Kopf auf seine Brust.

So war es schon viel besser.

Sie schlang den Arm um seinen Oberkörper und zog das Knie nach oben, sodass ihr Bein auf seiner Leiste zu liegen kam, und lächelte, als sein Körper auf die Berührung reagierte. »Ich kann hören, wie dein Herz klopft«, flüsterte sie.

Sanft strich er ihr über das Haar. »Du liegst ja auch mit dem Ohr darauf.«

»Aber ich konnte deinen Herzschlag auch quer durch das Zimmer hören, als du hereingekommen bist. Und den von Seth konnte ich ebenfalls hören, draußen im Flur, ehe du die Tür hinter dir zugemacht hast.«

»Dann ist deine Verwandlung fast abgeschlossen.«

»Ich habe gehört, wie sich Lisette und die anderen im Erdgeschoss unterhalten haben. Sie haben Wetten darauf abgeschlossen, welcher von den Unsterblichen dich umbringen wird.«

»Ach, das. Das habe ich auch gehört. Da du jetzt einer von ihnen bist, ist es besser, wenn du weißt, dass diese Jungs auf praktisch alles eine Wette abschließen.«

Sie rollte sich auf den Bauch und faltete ihre Hände auf seiner Brust, um sich mit ihrem Kinn darauf abzustützen. »Du bist ebenfalls einer von ihnen, Bastien.«

»Nein, und das werde ich auch nie sein. Bei meiner Vergangenheit ist das einfach nicht möglich.«

»Du willst mir erzählen, dass die anderen Unsterblichen alle ein perfektes Leben geführt haben?«

»Soweit ich weiß, bin ich der Einzige unter ihnen, der jemals einen anderen Unsterblichen getötet hat. Vielleicht *verzeihen* sie mir eines Tages, aber *vergessen* werden sie es nie. Und ich werde immer der Unsterbliche sein, der mit den Vampiren zusammengelebt hat. Ich werde immer ein Außenseiter bleiben. Sie werden mir nie vertrauen.«

»Seth scheint dir zu vertrauen.«

Er schnaubte. »Jetzt nicht mehr. Nicht nachdem ich Ami in Gefahr gebracht habe.«

Melanie hoffte, dass er sich irrte. Er brauchte dringend einen Verbündeten wie Seth.

Eindringlich studierte sie Bastiens Gesicht, seine angespannte Mundpartie. »Du wirkst müde.«

Er lächelte matt. »Das bin ich.«

Mit dem Zeigefinger beschrieb sie einen Kreis auf seiner Brust und bedachte ihn mit einem koketten Augenaufschlag. »*Wie* müde?«

Ein Teil der Anspannung schwand, als sich sein Gesicht zu einem Lächeln verzog. »Was hattest du im Sinn?«

»Nun ja, jetzt, da es meinem Magen wieder besser geht und ich kein Fieber mehr habe, da dachte ich …«

»Ja?«

Sie holte tief Luft. »Du riechst wirklich unglaublich gut.«

Seine Augen fingen an zu leuchten. »Du aber auch.«

»Und ich muss zugeben, dass es da etwas gibt, auf das ich sehr neugierig bin.«

Er nahm sie fester in die Arme und zog sie zu sich hinunter, sodass sie auf ihm lag. »Und das wäre?«

Sich absichtlich an ihm reibend, rutschte sie längs an seinem Körper nach oben und beugte sich dann zu ihm hinunter, wobei sie die Hände rechts und links von seinem Kopf abstützte. Ihr Haar fiel nach vorn und umrahmte sein Gesicht wie einen Vorhang. Ihre Lippen schwebten nur wenige Millimeter über seinen. Sie ließ sich noch weiter nach unten sinken, bis sich ihre Lippen fast berührten. »Wie fühlt sich Sex an, wenn man unsterblich ist?«

»Mit einem anderen Unsterblichen? Keine Ahnung«, gestand er leise. »Hatte ich noch nie.« Er legte die Hände auf ihre Hüften. »Aber ich würde es gern herausfinden. Lust, es mir zu zeigen?«

Sie küsste ihn lächelnd. Seine Lippen waren so weich. Und so warm. Je mehr seine Erregung wuchs, desto leidenschaftlicher und fordernder wurden seine Küsse. Bei ihr war es nicht anders.

»Hmmm.« Sie summte leise vor Wohlbehagen. »Ich fand schon vorher, dass du gut schmeckst. Aber jetzt schmeckst du so köstlich, dass es beinahe lächerlich ist.« Tatsächlich schmeckte er so gut, dass sie fast ihre Zahnschmerzen vergessen hätte.

Sein leises Lachen verwandelte sich in ein erregtes Stöhnen, als sie sich mit gegrätschten Beinen auf seine Hüften setzte. Nur das locker sitzende Material seiner Jogginghose trennte sie jetzt noch.

»Ich frage mich, ob alles an dir so gut schmeckt.« Sie ließ verführerisch die Hüften kreisen und presste ihren Schoß gegen seine Erektion. Lust durchzuckte sie wie ein elektrischer Schlag.

Er spannte die Muskeln an und packte sie so fest an den Hüften, dass sie sich nicht mehr rühren konnte. »Bist du sicher, dass du schon wieder fit bist?«

Ihr Herz klopfte schneller. »Du kannst alles spüren, was ich empfinde, nicht wahr?« Wieder ließ sie die Hüften kreisen.

Er stöhnte. »Ja.«

»Dann ist das hier die Antwort.«

Denn sie spürte … einfach alles. Und hörte alles. Wie wild sein Herz schlug, während seine Hände unter ihr Shirt glitten und sich um ihre Brüste schlossen. Jeder Millimeter ihres Körpers prickelte vor Lust.

Konnte er es fühlen? Die Lust, die sie durchzuckte, als seine Daumen ihre Brustwarzen liebkosten? Konnte er dank seiner Gabe ihre Erregung spüren? Empfand er sie genau so intensiv wie sie selbst?

Er richtete sich auf und schlang die Arme um sie, wobei seine Augen genauso durchdringend leuchteten wie die ihren.

Oh ja. Das konnte er definitiv.

Mit einer schnellen Bewegung zog er ihr das geliehene Oberteil über den Kopf.

Melanie schenkte ihm ein Lächeln, von dem sie hoffte, dass es so verführerisch war wie das einer Sirene.

Knurrend senkte er den Kopf, sodass seine Lippen über ihren Brüsten schwebten. Jeder seiner Atemzüge war wie eine Berührung, es fühlte sich an, als würden warme Fingerspitzen ihre Brüste mit zarten Berührungen verwöhnen.

Sie ächzte. »Das ist nicht fair.«

Als er in sich hineinlachte, war sein Lachen so voller Sinnlichkeit, dass sie Mühe hatte, sich länger zurückzuhalten. »Und das ist nur der Anfang.«

Er nahm ihre kleinen, harten Nippel in den Mund. Die Lust raubte ihr fast die Sinne, als er sie mit seiner Zunge verwöhnte und behutsam an ihren Brustspitzen knabberte.

Mit einem kleinen Schrei vergrub Melanie die Hände in seinem Haar. In seinem weichen, glänzenden Haar.

Ihr war nicht klar gewesen, wie intensiv ein Unsterblicher jede Berührung empfand. Jeder Nerv ihres Körper schien zu prickeln. Wenn diese Nacht vorbei war, hatte sie sich wahrscheinlich tatsächlich in eine Person verwandelt, die beim Sex laut schrie – genau das, was Sheldon Bastien unterstellt hatte.

Er umgriff ihre andere Brust und fuhr zärtlich mit dem Daumen über ihre aufgerichtete Brustspitze.

Ihr Kopf fiel nach hinten, und sie schmiegte sich noch enger an ihn.

Noch nie in seinem langen Leben hatte sich Bastien so gut gefühlt.

Zumindest bis zu dem Moment, als sich Melanie vorbeugte und ihn nach unten auf die Matratze drückte.

Ihre normalerweise braunen Augen glühten jetzt in einem hellen Bernsteinton. Ihr dunkelbraunes Haar fiel nach vorn und umrahmte ihr hübsches Gesicht, als sie sich verführerisch lächelnd vorbeugte. Ihre Lippen waren vom Küssen geschwollen und leicht geöffnet, sodass er die Spitzen ihrer Reißzähne sehen konnte.

Sie war schöner als je zuvor.

Er drückte sie noch fester an sich und spürte, wie die Flammen ihrer Leidenschaft immer höher schlugen.

Den Kopf neigend, beschrieb sie mit den Lippen einen feurigen Pfad über seinen Oberkörper. Als sich ihre spitzen Zähne um seine Brustwarze schlossen, stöhnte er kehlig auf vor Lust und spürte gleichzeitig den Schmerz, der durch sie hindurchschoss.

Sie ließ von seiner Brustwarze ab und setzte ihre Erkundung seiner erogenen Zonen fort, indem sie sich küssend und leckend einen Weg bis hinunter zu seinem Bauch bahnte. Aber auch wenn es ihn erregte, wenn sie an ihm knabberte, so konnte er doch spüren, dass es ihr Schmerzen bereitete.

Er griff nach ihren Armen. »Melanie.«

»Hmmm?«

Er unterdrückte ein Stöhnen. »Melanie, Liebste, sosehr es mir auch gefällt, wenn du das tust« – allein der Gedanke daran, wie sie ihren warmen weichen Mund um seinen Schwanz legte, ließ ihn fast zum Höhepunkt kommen – «aber du musst damit aufhören.«

Stirnrunzelnd hob sie den Kopf. »Warum?«

»Weil ich spüren kann, wie sehr dir Zähne und Zahnfleisch wehtun, und ich weiß, dass der Druck es nur noch schlimmer macht.«

Frustriert verzog sie das Gesicht und richtete sich auf. »Es tut mir leid.«

»Das muss es nicht. Wir haben die ganze Ewigkeit Zeit, um einander kennenzulernen, schon vergessen?«

Das brachte sie zum Lächeln. »Du hast recht. Ich wünschte nur, dass diese verdammten Reißzähne endlich herauskommen würden und mein Mund aufhören würde wehzutun.«

»Sie sind schon da.« Was, wenn er so darüber nachdachte, ein weiterer guter Grund war, sich in dieser Hinsicht Zeit zu lassen ... Vielleicht war es besser, wenn sie erst Kontrolle über ihre neuen Zähne hatte, bevor sie sich seinem ...

»Ich habe Reißzähne?«, platzte sie aufgeregt heraus. Mit großen Augen hob sie die Hand, befühlte ihre neuen Zähne und atmete hörbar ein.

Dann krabbelte sie aus dem Bett und rannte Richtung Badezimmer.

Bastien stöhnte und grinste gleichzeitig, fasziniert vom Anblick ihres nackten Körpers, als sie durch das Zimmer flitzte.

»Heilige Scheiße! Meine Augen!«

Er zog seine Jogginghose aus und stellte sich im Badezimmer neben sie, wo sie nackt vor dem Spiegel stand.

»Sieh doch nur!« Sie beugte sich vor und betrachtete ihr Gesicht in dem großen Spiegel über dem Waschbecken. »Sie leuchten genauso wie deine.«

Offen gesagt war er mehr an dem Anblick ihres nackten Hinterteils interessiert, als sie sich über das Waschbecken beugte. Verdammt, was für eine Versuchung!

»Und meine Zähne!« Sie fletschte sie und fauchte ihr Spiegelbild an.

Bastien musste lachen, er war völlig verzaubert.

Sie drehte sich zu ihm um. »Wie sehe ich aus?«

»Wunderschön und gefährlich«, sagte er.

Grinsend legte sie die Arme um seinen Hals, stieß sich vom Boden ab und schlang ihre langen wunderschönen Beine um seine Hüften.

Ihre Wangen glühten, als sie sich vorbeugte und ihn überschwänglich küsste. »Autsch!« Stirnrunzelnd zog sie den Kopf zurück und betastete erneut ihre Lippen. »Verdammt noch mal! Das ist ja so ätzend! Ich kann dich nicht mal küssen!«

»So schlimm ist das gar nicht«, widersprach er und trug sie zurück ins Schlafzimmer. Er atmete schneller, und sein ganzer Körper brannte, da sich ihr Körper bei jeder Bewegung an seinem rieb.

»Ist es nicht?«

»Nein.«

»Warum nicht?«

Er warf sie auf das Bett und bedachte sie mit einem schelmischen Grinsen. »Weil mit *meinem* Mund alles in Ordnung ist.« Er kniete sich vor sie auf das Bett und griff nach ihren Knöcheln, sodass sich ihre Oberschenkel öffneten.

Ihr Herzschlag setzte kurz aus.

Ihm ging es genauso, als er sich vorbeugte und anfing, ihre empfindlichste Stelle mit der Zunge zu erforschen.

Pure Lust ergriff von ihr Besitz.

Aufstöhnend vergrub sie die Hände in seinem Haar und hielt seinen Kopf fest, während er ihre Klitoris verwöhnte.

Einer seiner langen Finger glitt in sie hinein.

Das war so gut. So unglaublich gut, dass sie nach Atem rang und keuchte, während er sich weiter saugend, knabbernd und leckend ihrem Kitzler widmete.

»Bastien.«

»Halt dich nicht zurück, komm für mich«, sagte er lockend, und er atmete genauso schwer wie sie.

Spürte er wirklich *alles*, was sie empfand?

Ein zweiter Finger gesellte sich zu dem ersten und streichelte sie rhythmisch.

Melanie keuchte.

Bastien stöhnte laut.

Ihre Körper spannte sich wie ein Bogen, als sich ihre Muskeln zusammenzogen und ihr Orgasmus sie erbeben ließ. »Bastien!«

Die Ekstase nahm kein Ende, verlängert durch die eifrigen Bewegungen seiner Zunge, während sie gleichzeitig durch ihre gesteigerten Sinneswahrnehmungen alles viel intensiver empfand. Erschöpft fiel sie zurück auf das Bett.

Bastien rang ebenfalls um Kontrolle und zerknüllte mit den Händen das Bettlaken. Melanies Höhepunkt hätte beinahe seinen eigenen ausgelöst. Und als sie auch noch seinen Namen gerufen hatte …

Er sehnte sich danach, in ihr zu sein. Er wollte spüren, wie sich ihre Muskeln um seinen Schwanz zusammengezogen. Er wollte dieselbe Ekstase erleben, die sie fortgerissen hatte.

Vor Anspannung zitternd, bahnte er sich küssend einen Pfad über ihren blassen Unterleib, hielt kurz inne, um an ihren wunderschönen Brüsten zu schwelgen, und beugte sich dann über sie.

»Melanie?«

Er liebte das befriedigte Lächeln auf ihrem Gesicht genauso wie das leise Grollen, das aus ihrer Kehle drang, als sie ihre bernsteinfarbenen Augen öffnete und zu ihm aufsah.

»Das war unglaublich«, flüsterte sie und fuhr ihm mit gespreizten Fingern durch das Haar.

»Wie fühlst du dich?«, fragte er. Seine eigenen Gefühle waren inzwischen so übermächtig, dass er es wirklich nicht hätte sagen können. Falls die Übelkeit zurückgekehrt war …

Ihre Hände wanderten zu seinen Hüften und schlossen sich dann um seine Pobacken, um seinen Unterleib noch fester gegen den ihren zu pressen.

»Lust auf mehr.« Sie lehnte sich vor und küsste ihn, wobei sie seine Lippen und seine Zunge sanft mit der ihren verwöhnte. »Jetzt bist du dran …«

Das ließ er sich nicht zweimal sagen.

Er erwiderte ihren Kuss, wobei er darauf achtete, nicht zu viel Druck auszuüben, und schob seinen Unterleib zwischen ihre Beine. Melanie streckte die Hand aus und legte sie um seinen Schwanz, um ihm den Weg zu weisen.

Bastien zögerte keine Sekunde. Sie war so warm und weich und eng. Er spürte, wie dieselbe Lust, die ihn verzehrte, auch durch ihren Körper strömte.

»Mehr«, flehte sie.

Er zog sich zurück und stieß erneut zu. Und dann wieder. Es war einfach zu gut.

Sie umklammerte seine Pobacken und drängte ihn weiterzumachen. »Härter!«

Oh ja.

Bei jedem seiner Stöße kam sie ihm entgegen, genoss es, ihn in sich zu spüren. Er beugte sich über sie, sodass sein Haar mit jeder Bewegung über ihre Brüste strich, während er wieder und wieder zustieß. Sie atmete immer schneller.

Mit der einen Hand stützte er sich ab, während er mit der anderen ihre Klitoris streichelte.

Ein weiterer Höhepunkt ließ ihren Körper erbeben.

Als sich ihre Scheidenmuskeln pulsierend um sein Glied schlossen, schrie Bastien auf. Reine Seligkeit durchzuckte ihn, als der Orgasmus ihn mit sich fortschwemmte.

Sie schnappten keuchend nach Luft, ihre Körper waren schweißnass.

So etwas hatte Bastien noch nie erlebt.

Vollständig befriedigt zog er sich aus ihr zurück und legte sich neben sie auf die Matratze. Melanie rollte sich auf die Seite und schmiegte sich enger an ihn.

Ein Frieden, wie er ihn seit dem Mord an seiner Schwester nicht mehr gekannt hatte, senkte sich über ihn, während er wie ein Schwamm Melanies Wärme und Zufriedenheit aufsaugte. Sie atmete jetzt tiefer und regelmäßiger.

Er schloss die Augen und ließ zu, dass der Schlaf von ihm Besitz ergriff.

Die Stimmen der Unsterblichen und ihrer sterblichen Freunde drangen aus dem Haus zu Zach herauf. Er saß schweigend auf dem eisigen Dach direkt über ihren Köpfen und achtete sorgfältig darauf, seine Körpertemperatur zu regulieren. Wenn er vor Kälte gezittert hätte, dann hätte das die Schmerzen, die ihm seine Verletzungen bereiteten, noch verstärkt.

Verdammt, tat das weh.

Mondlicht drang durch die dünnen Wolkenschleier. Die üblichen zwielichtigen Nachtgestalten trieben ihr Unwesen in der Dunkelheit zu seinen Füßen und in den dunklen Schatten außerhalb seines Gesichtsfelds.

Gelächter drang zu ihm herauf. Wie unbeschwert und sorglos es klang.

Zach versuchte sich daran zu erinnern, wann er das letzte Mal so unbeschwert gelacht hatte, und konnte es nicht.

Die Hintertür des Hauses öffnete sich und wurde kurz darauf wieder geschlossen. Jemand ging über die Veranda, die Treppe hinunter und eilte dann über den Rasen neben dem Haus, wobei das vertrocknete, winterbraune Gras unter den Schritten raschelte. Metall schepperte.

Zach sah nach rechts.

Das obere Ende einer Aluminiumleiter tauchte in seinem Blickfeld auf und wurde behutsam gegen die Kante des schrägen Dachs gelehnt.

Er seufzte. Wie wollten sie ihn dieses Mal quälen?

Eigentlich hätte niemand wissen sollen, dass er hier oben war. Selbst Seth schien seine Anwesenheit nicht bemerkt zu haben. Der arme Kerl musste sich zurzeit mit so vielen Problemen herumschlagen, dass Zach nicht begriff, warum er nicht einfach das Handtuch warf, um sich aus purer Erschöpfung zu Zach und den anderen zu gesellen.

Auf der Leiter waren Schritte zu hören. Hände glitten an den Längsseiten entlang.

Er öffnete die Flügel, bereit zum Abflug, und schnappte unwillkürlich nach Luft. Ein scharfer Schmerz schoss durch seinen Körper. Er ballte die Hände zu Fäusten und wartete geduldig, bis der Schmerz abebbte.

Alles in Ordnung bei Ihnen?

Es war eine weibliche Stimme. Sie war sanft und leise und versetzte ihm einen solchen Schock, dass er seine Schmerzen vergaß.

Er sah zu der Leiter.

Ein feuerroter Lockenkopf war über der Dachkante aufgetaucht, dicht gefolgt von einem Paar smaragdgrüner Augen.

Wortlos starrte Zach die Unbekannte an. Es war die Frau, die Seth vor ein oder zwei Jahren aus den Händen der Söldner befreit hatte.

Die Frau, die von einem anderen Planeten kam.

Als er keine Anstalten machte abzuhauen, verstand sie das offenbar als Einladung, denn sie erklomm die letzte Sprosse und kletterte auf das Dach.

Zach machte sich bereit, notfalls hinter ihr herzuhechten, falls sie stolperte und vom Dach fiel. Seth würde garantiert ihm die Schuld geben, wenn sie abstürzte, und Zach hatte absolut keine Lust, sich noch mehr Ärger einzuhandeln.

Für eine Sterbliche war sie erstaunlich trittsicher. Ihre kleinen Füße steckten in Turnschuhen, und sie kletterte behände wie eine Gazelle das Dach hinauf und marschierte dann über den Dachfirst auf ihn zu, bis sie neben ihm stand.

Ihre Flügel gefallen mir.

Eine Telepathin also. *Darf ich mich zu Ihnen setzen?*

Ihm fiel auf, dass sie diese Frage erst stellte, *nachdem* sie sich neben ihn gesetzt hatte. Fast hätte er gelächelt. Vielleicht, wenn er nicht solche Schmerzen gehabt hätte … *Okay*.

Macht es Ihnen etwas aus, wenn wir auf diese Weise miteinander reden, statt uns laut zu unterhalten? Ich habe das Gefühl, dass Sie nicht wollen, dass die anderen merken, dass Sie hier sind und zu uns stoßen – zumindest mit Seth und Marcus müssten wir rechnen.

Mir wäre es tatsächlich lieber, nicht noch mehr Gesellschaft zu bekommen. Also einverstanden.

Gut.

Woher wussten Sie, dass ich hier bin?

Ich habe gespürt, dass Sie Schmerzen haben. Sind Sie in Ordnung? Kann ich etwas für Sie tun?

Verdammt. Kein Wunder, dass Seth und die anderen sie so gern mochten. Sie kannte ihn nicht einmal und bot ihm trotzdem ihre Hilfe an.

Mir geht es gut.

Warum bitten Sie nicht Seth oder David, Sie zu heilen?

Er schüttelte den Kopf. *Dann wüssten alle, dass ich hier bin.*

Sie nickte.

Haben Sie keine Angst vor mir? Wenn man ihre Vorgeschichte bedachte, wäre es verständlich gewesen, wenn sie Angst vor ihm gehabt hätte. Er wusste, dass sie sich normalerweise vor Fremden fürchtete.

Und er war in der Tat ein sehr seltsamer Fremder.

Nein.

Warum nicht?

Sie zuckte mit den Achseln. *Sie erinnern mich an Seth.*

Kein Wunder.

Ich nehme an, dass ich das besser fragen sollte … sind Sie Freund oder Feind?

Hm, diese Frage war nicht leicht zu beantworten. *Keins von beidem?*

Man kann nicht beides sein.

Wenn es doch nur so einfach wäre.

Sie zitterte. Ihre Jacke war offenbar zu dünn, um die Kälte abzuhalten.

Er biss die Zähne zusammen und breitete seine Flügel aus,

dann faltete er sie so, dass sie ihren Körper vor dem eisigen Wind schützten.

Sie warf ihm einen Blick aus dem Augenwinkel zu. *Ich wusste, dass Sie ein Freund sind.*

Er fluchte im Stillen und entschuldigte sich dann, als ihm einfiel, dass sie ihn hören konnte.

Aber sie grinste nur. Dann öffnete sie den Reißverschluss ihrer Jacke, um etwas herauszuholen.

Hatte sie eine Waffe dabei? Unsterbliche und ihre Sekundanten hatten einen Hang zu Gewalttätigkeit.

Plastik raschelte.

Als sie die Hand aus der Jacke zog, hielt sie darin zwei Lollis.

Er holte tief Luft. Der eine hatte Blaubeergeschmack, der andere Erdbeere.

Welchen möchten Sie lieber? Erdbeeeeere? Sie wedelte mit der pinkfarbenen Süßigkeit unter seiner Nase herum. *Oder lieber Blaubeere? Erdbeeeeeeere?* Wieder hielt sie ihm den pinken Lolli unter die Nase. *Oder Blaubeere?*

Hmmm. Lassen Sie mich nachdenken. Erdbeere?

Perfekt! Sie gab ihm den rosafarbenen Lutscher.

Er lächelte. Es war ein … seltsames Gefühl – fast so, als würde er zum ersten Mal eine Fremdsprache sprechen.

Sie packte ihren Blaubeerlutscher aus und steckte ihn in den Mund.

Zach tat es ihr nach und befreite den Erdebeerlolli von dem Plastik. Süßer Erdbeergeschmack prickelte an seinem Gaumen.

Sie lächelte. *Schmeckt gut, stimmt's?*

Er nickte und ließ seine Zunge über die schmackhafte Süßigkeit gleiten.

Stille senkte sich auf sie herab. Gelegentlich waren die Geräusche verschiedener Nachttiere zu hören, und aus dem Haus klangen Kampfgeräusche vom Training herauf, wobei er annahm, das Ami Letzteres gar nicht hören konnte.

Die Wolkenschleier teilten sich. Das Mondlicht funkelte auf den Solarzellen, die auf dem Dach zu ihren Füßen angebracht waren. Nebel hing über Davids winzigem Garten und wurde vom Wind aufgewirbelt.

Also, sagte sie schließlich. *Sie wissen, was ich bin?*

Ja. Die Neugier trieb ihn dazu, zu fragen: *Wissen Sie, was ich bin?*

Sie legte den Kopf schräg und betrachtete ihn nachdenklich. *Ja, ich glaube, das tue ich.*

Interessant. Wie viel hatte Seth ihr erzählt?

Die Minuten vergingen, in denen sie beide in Gedanken versunken mit ihren Lollis beschäftigt waren. Als sie nur noch die Plastikstiele übrig hatten, zog sie zwei weitere heraus.

Für welchen entscheide ich mich dieses Mal?, fragte er.

Sie grinste. *Orange-Mango.*

Er streckte die Hand aus und nahm den gelb-orangefarbenen Lutscher entgegen. Sie packte einen pinkfarbenen aus, der einen köstlichen Duft nach Wassermelone verströmte.

Erst als er den zweiten Lolli fast vernichtet hatte, fiel ihm auf, dass die Schmerzen nachgelassen hatten. Er hörte, wie Marcus unten jemanden fragte, ob er Ami gesehen hatte.

Ihr Mann sucht nach Ihnen.

Sie stand auf und ging zur Leiter.

Zach behielt sie ihm Auge, bis sie auf der obersten Sprosse stand. *Was werden Sie ihm sagen?*

Sie fing an, die Leiter hinunterzusteigen, bis nur noch ihre Augen und ihr feuerrotes Haar sichtbar waren. *Die Wahrheit. Dass ich etwas frische Luft brauchte.*

Danke.

Ihre Augen strahlten ihn an. *Keine Ursache.*

Er lauschte auf die Geräusche, die sie beim Hinunterklettern machte. Die Leiter wurde wieder vom Haus weggerückt und verschwand. Ihre kleinen Füße raschelten im Gras, gingen die Treppe hinauf und über die Veranda. Die Hintertür wurde geöffnet und schloss sich wieder.

Mehrere Unsterbliche und Sterbliche grüßten sie im Vorbeigehen, als sie durch das Erdgeschoss ging und dann in den Keller hinunterstieg.

»Hallo Liebling.«

»Hey Babe. He, du bist ja ganz kalt. Warst du draußen?«

»Ja. Ich brauchte etwas frische Luft.«

Er hörte, wie sie sich küssten. »Hmmm. Du schmeckst nach Blaubeere und Wassermelone.«

»Ich habe mir ein paar von deinen Lollies gemopst.«

»Ach, tatsächlich. Na ja, wenn du gerade in Stimmung bist, an etwas zu lecken, dann wüsste ich da was …«

Sie lachte.

»Wir können euch hören«, rief Seth.

»Und?«, entgegnete Marcus und küsste seine Frau noch einmal.

»Ich sagte es dir schon, sie ist wie eine Tochter für mich, du Blödmann.«

»Eben«, sprang David ihm zur Seite. »Es gibt einen Grund, warum ich Tausende von Dollar ausgegeben habe, um dein Schlafzimmer schalldicht zu isolieren.«

»Hmmm.« Marcus klang nachdenklich. »Ich glaube, damit will deine Familie mir sagen, dass wir jetzt ins Bett gehen sollen.«

»So hatte ich das eigentlich nicht gemeint – ach, zum Teufel«, brummte Seth.

Marcus lachte. »Na komm, gehen wir und sorgen wir dafür, dass dir wieder warm wird.«

Ami kicherte.

Eine Sekunde später wurde eine Tür geschlossen.

Zachs Federn flatterten im eisigen Wind.

Er sah hinunter auf die beiden kurzen weißen Plastikstiele, die er zwischen den Fingern hin und her drehte, sie waren alles, was von den beiden Lutschern übrig geblieben war.

Diese beiden Lollies waren das einzige Geschenk, das er in seinem langen Leben jemals bekommen hatte.

Unten im Haus wurden Gespräche angefangen und beendet, manchmal redeten sie durcheinander oder fielen einander ins Wort.

Zach erhob sich mit steifen Gliedern. Wieder war er gezwungen, den Atem anzuhalten, bis der Schmerz, den die Bewegungen ausgelöst hatten, nachließ. Seine Finger spielten weiter mit den beiden weißen Plastikstielen herum.

Über sich selbst den Kopf schüttelnd, stopfte er sie in die Gesäßtasche seiner Lederhose.

Einfach erbärmlich.

Er biss die Zähne zusammen, beugte die Knie, stieß sich ab und sauste mithilfe eines Schlags seiner kraftvollen Flügel hinauf in den Nachthimmel.

16

Einzelne Sonnenstrahlen bahnten sich ihren Weg durch die kahlen Äste der Laubbäume und das Grün der Nadelbäume und bildete ein unregelmäßiges Muster aus Sonnensprenkeln auf den beiden Männern, die unter ihnen entlanggingen.

Leise wie zwei Mäuse schlichen die beiden hochgewachsenen, dunklen Gestalten durch das Unterholz.

»Es ist nicht richtig, was wir tun«, bemerkte David.

Seth warf dem finster dreinschauenden Unsterblichen einen Blick zu. »Ich weiß. Aber es ist notwendig.«

»Wir haben ihr das Recht zugestanden, Rache zu nehmen.«

»Das schon, aber wir haben ihr nicht versprochen, dass wir sie mitnehmen, wenn es so weit ist.«

»Das sind Haarspaltereien.«

»Mir ist es lieber, dass Ami sauer auf mich ist, als sie zu verlieren, falls etwas schiefgeht.«

Sie hatten niemandem gesagt, was sie vorhatten. In Davids Haus war es abgesehen von Schlafgeräuschen vollkommen still gewesen, als sie sich wegteleportiert hatten. Ohne jemandem Bescheid zu sagen.

Wir sind jetzt nah dran, sagte David.

Seth wusste, dass David begriff, warum es klüger war, diese Sache allein in die Hand zu nehmen. Als Emrys das Netzwerkhauptquartier angegriffen hatte, war er ihnen zu nahe gekommen, die Gefahr war zu groß geworden. Menschen waren gestorben. Die Umstände hatten Dr. Lipton dazu gezwungen, sich in eine Unsterbliche zu verwandeln. Wenigstens einer der

Vampire war von den Söldnern gefangen genommen worden und wurde jetzt wahrscheinlich von Emrys' Leuten gefoltert, so wie Ami damals.

Seth wollte nicht riskieren, dass so etwas noch einmal passierte.

Wenn sie Emrys auf seinem Stützpunkt angriffen, hatte er den Heimvorteil. Die große Zahl von Waffen und Söldnern, die beim Angriff auf das Netzwerk zum Einsatz gekommen waren, war vermutlich nichts im Vergleich zu dem, was sie in Emrys' Unterschlupf erwartete. Andererseits war es Seth und David auch gelungen, in seinen Stützpunkt in Texas einzudringen. Tatsächlich hatten sie sein dortiges Anwesen bis auf die Grundmauern niedergebrannt.

Dasselbe würden sie heute wieder tun.

Sie beide allein.

Weder Sekundanten noch Unsterbliche würden dabei zu Tode kommen. Ami lag sicher in den Armen ihres Gatten, der alles tun würde, um sie zu schützen. Die Bedrohung, die von der menschlichen Welt für die Unsterblichen Wächter ausging, wäre für immer gebannt.

Wir sind fast da, sagte David. Nach dem Angriff war er einer Gruppe von Söldnern zu dem Grundstück im Wald gefolgt, hatte allerdings nur Seth davon erzählt.

Ich kundschafte das Gelände aus, verkündete Seth.

David nickte.

Flügel wuchsen aus Seth' Rücken, und seine Kleider fielen zu Boden, als er seine Gestalt veränderte und sich dann in die Lüfte erhob. Seine Flügelspitzen streiften die kahlen Äste, während er durch eine Lücke zwischen den Bäumen in den Himmel aufstieg.

Sobald er hoch genug flog, konnte er sehen, wovon David gesprochen hatte: Zwei Gebäude, die mitten auf einer Lichtung standen. Bei dem einen handelte es sich um ein zweistöckiges Backsteingebäude, das fast keine Fenster hatte. Das andere war eine stählerne Flugzeughalle. Durch die geöffnete Tür konnte man ein einziges Fahrzeug sehen, offenbar einen kaputten Humvee.

Neben dem Hauptgebäude gab es eine kleine asphaltierte Fläche, die als Parkplatz diente. Das braune Feld drum herum war gesprenkelt mit durch die Kälte abgestorbenem Unkraut. Ein Stacheldrahtzaun umgab das gesamte Grundstück. Immerhin waren keine Wachtposten zu sehen. Auch das mit einem Vorhängeschloss gesicherte Eingangstor – offenbar der einzige Zugangsweg zum Anwesen – war unbewacht.

Seth schwebte über das Grundstück hinweg und machte kehrt, um wieder zurückzufliegen. An den Gebäudeseiten waren zwar Überwachungskameras angebracht, aber er hörte kein Summen von Elektrizität, das darauf hingedeutet hätte, dass sie in Betrieb waren.

»Wir haben ein Problem«, erklärte er David, als er sich wieder zurückverwandelt und angekleidet hatte.

»Was ist los?

»Das Eingangstor ist nicht bewacht. Und im gesamten Gebäude habe ich kein einziges Herz schlagen gehört.«

David runzelte die Stirn. »Letzte Nacht waren die Männer dort. Viele Männer.«

»Hast du sie gesehen oder nur ihre Herztöne gehört?«

»Beides.«

»Also ist es unwahrscheinlich, dass sie eine Methode gefunden haben, wie wir ihren Herzschlag nicht hören können?«

»Sie müssten diese Methode innerhalb der letzten Stunden entwickelt haben. Und ich kann mir auch nicht vorstellen, wie ihnen das bei *deinem* Gehörsinn gelingen sollte.«

Seth hasste Überraschungen. Es kam selten etwas Gutes dabei heraus. »Nun ja, lass uns weitermachen und abwarten, was geschieht.«

»Wollen wir genauso vorgehen wie in Texas?«

Seth dachte darüber nach. Es gab nicht das geringste Anzeichen dafür, dass Sterbliche in der Nähe waren. »Nein. Warum machen wir nicht einfach einen kleinen Spaziergang?«

David lächelte. »Ein perfekter Tag für einen stürmischen Spaziergang.«

Lachend marschierte Seth zusammen mit David zu der Lücke zwischen den Bäumen.

Dann blieben sie gleichzeitig stehen, als hätten sie sich vorher abgesprochen.

»Ich nehme ebenfalls nichts wahr, was auf Leben hinweist«, brummte David. »Dieser Ort wirkt jetzt vollkommen anders als beim letzten Mal.«

Sie gingen hinüber zu dem Zaun und kletterten wie Normalsterbliche darüber, wobei sie darauf achteten, sich nicht an dem Stacheldraht zu verletzen. Wenn tatsächlich jemand die Überwachungskameras im Auge behielt, bekam er nichts weiter zu sehen als zwei ungewöhnlich große Männer, die sich widerrechtlich Zugang zum Grundstück verschafften.

Sie schlenderten über das braune Feld und den asphaltierten Parkplatz. Nicht ein Söldner stürmte aus dem Gebäude, um sich ihnen in den Weg zu stellen. Kein versteckter Scharfschütze schoss auf sie, und es stürzte auch kein bellender Wachhund mit Schaum vor dem Maul auf sie zu. Niemand forderte sie zum Kampf heraus.

Stattdessen war Vogelgezwitscher zu hören. Eichhörnchen wuselten in dem Müll herum, der auf dem Waldboden verstreut lag. Ein Falke zog am blauen Himmel über ihnen seine Kreise, sein Schatten huschte vor ihnen über den Boden.

Die Doppeltür des Gebäudes bestand aus Glas, allerdings

handelte es sich dabei nicht um normales Fensterglas. Wenn jemand eine automatische Waffe auf die Scheibe gerichtet hätte, wäre die Kugel abgeprallt, ohne auch nur einen Riss zu hinterlassen.

Seth und David griffen nach den Türknäufen. Die Tür war nicht verschlossen.

David schnitt eine Grimasse. »Riechst du das?«

Seth nickte. Es roch unverkennbar nach Tod.

Sie traten ein. Die Türen schlossen sich leise hinter ihnen.

Der strapazierfähige weiße Linoleumboden war übersät mit getrockneten Blutschlieren und schwarzen Stiefelspuren. Zwischen den beiden Fluren stand ein leerer Schreibtisch, über dem die Monitore der Überwachungskameras angebracht waren, aber die Bildschirme waren schwarz.

Seth nahm sich den linken Flur vor, während David in den rechten bog. Das hallende Geräusch ihrer Stiefelschritte war in der Stille sehr laut. Im Haus schien es keine Elektrizität zu geben, denn die Neonröhren über ihren Köpfen blieben dunkel, und auch die Heizungen waren offenbar nicht eingeschaltet, denn sie machten kein Geräusch. Innen war es fast ebenso kalt wie draußen. Kein Herz schlug vor Angst schneller, während Seth tiefer in das Gebäude vordrang. Es gab keine Atemgeräusche und weder das Rascheln von Kleidung noch das Scheppern von Waffen.

Das wenige Licht, das durch die Vordertür hereindrang, erhellte Seth' Weg, als er eine offene Tür erreichte und hineinspähte.

Ein Klassenzimmer?

Die nächste Tür führte in einen Sitzungssaal mit einem langen Tisch und bequemen Stühlen. Danach kam eine Krankenstation, blutbespritzt und chaotisch. Medizinische Geräte und blutige Verbände waren auf dem Boden und allen anderen

Oberflächen verteilt. Fliegen summten über der zurückgebliebenen Schweinerei.

Bei dem letzten Zimmer handelte es sich um einen Fitnessraum.

Auf der gegenüberliegenden Flurseite befanden sich vier identische, verschlossene Türen mit Schlitzen, die aussahen wie verstärkte Briefschlitze. Er drückte sie gewaltsam auf. Verstärkte Stahlwände. Titanketten, so dick wie seine Arme. Dieses Zimmer war ganz offensichtlich dafür gedacht, Vampire oder Unsterbliche darin unterzubringen. Zwei der Zimmer waren makellos sauber; nichts deutete darauf hin, dass hier jemand untergebracht worden war.

Das dritte und vierte hingegen …

Offenbar waren Bastiens Vampire hier festgehalten worden. Nach dem zu schließen, was Seth von seinen Besuchen bei den Vampiren über sie wusste, war es wahrscheinlich, dass sich Joe in dem dritten Zimmer befunden hatte. An den Wänden waren Blutflecken, die darauf hindeuteten, dass der eingesperrte Vampir wiederholt den Kopf gegen die Wand geschlagen hatte. Blutige Streifen zierten die Wände an den Stellen, an denen er den Putz so heftig mit den Händen bearbeitet hatte, dass sich seine Fingernägel abgelöst hatten. Eine Blutlache auf dem Boden roch nach dem Virus.

Es war eine große Blutlache. Groß genug, dass sich Seth unwillkürlich fragte, ob der Vampir womöglich ausgeblutet war und schließlich, indem er sich selbst zerstört hatte, seinen Frieden gefunden hatte.

Im vierten Raum gab es ebenfalls viel Blut. Aber Seth glaubte nicht, dass es genug war, um daraus zu schließen, dass Cliff ebenfalls tot war.

Du musst dir unbedingt etwas ansehen, sagte David.

Seth ging zurück durch den Flur und bog in den zweiten

Korridor ein, in dem sein Freund verschwunden war. Durch die geöffneten Türen sah er ein Büro, mehrere Schlafzimmer, eine Cafeteria und einen Aufenthaltsraum mit Spielkonsole und einem Fernseher.

David wartete am Ende des Flurs vor der letzten Tür. Der Todesgeruch wurde jetzt so stark, dass er Seth fast die Luft abschnürte.

Er trat in das Zimmer.

Die Leichname mehrerer Dutzend Soldaten, offenbar durch Kopfschüsse getötet, lagen aufgetürmt in der Mitte des Zimmers.

Seth betrachtete die Gesichter der Soldaten, deren Augen blicklos ins Leere starrten. »Was zum Teufel hat Emrys davon, seine eigenen Leute zu töten?«

David stellte sich neben ihn. »Ein paar von denen habe ich während des Kampfs gesehen. Den da drüben. Diese beiden da vorn, und der da hinten kommt mir auch bekannt vor.«

Der Vampirkönig tötete jeden seiner Anhänger, der ihm nicht bedingungslos gehorchte oder an ihm zweifelte. »Vielleicht waren sich diese Männer nicht mehr sicher, ob sie für Emrys weiterkämpfen wollten, nachdem sie den Unsterblichen im Kampf gegenübergestanden hatten.«

»Das glaube ich auch.«

»Lass uns den Rest des Gebäudes durchsuchen, und danach sehen wir uns den Hangar an.«

David nickte. »Ich übernehme den Keller.«

»Dann gehe ich nach oben.«

Was auch immer oben in den Zimmern gewesen war, war fortgeschafft worden. Abgesehen von Staubmäusen waren sie leer.

Seth hörte David fluchen.

Kommst mal nach unten, sagte David.

Sie trafen sich am Fuß der Treppe. Der Keller war genauso groß wie die anderen Geschosse, und auch hier roch es nach Tod.

David deutete auf die erste Tür.

Seth sah in das Zimmer und hatte das Gefühl, durch die Zeit zurückzureisen zu dem Tag, an dem er Ami gerettet hatte. Auf den ersten Blick schien es sich um einen Operationssaal zu handeln. Wenn man genauer hinsah, entdeckte man Hand- und Fußschellen und einen Ledergurt, mit dessen Hilfe man das Opfer auf der Stahloberfläche des Tisches fixieren konnte. Die Folterwerkzeuge – was immer sie gewesen sein mochten – waren inzwischen entfernt worden; jetzt lagen dort nur noch ein paar OP-Kittel, blutige Handtücher und eine halb leere Flasche Reinigungsalkohol, die umgekippt war.

»Hier unten sind noch drei weitere Folterkammern«, verkündete David und führte Seth zurück in den Flur.

Abgesehen von den Folterkammern gab es noch ein paar Büros, die ebenfalls leergeräumt worden waren bis auf ein paar ramponierte Schreibtische und Stühle. Und dahinter …

Seth starrte die Leichen an. Auch sie waren mit Kopfschüssen hingerichtet worden, genau wie die Soldaten im Erdgeschoss. »Das hier sind Zivilisten.«

»Ja. Und da sind noch mehr.«

Unter den Toten im Keller waren auch Frauen und Kinder. Einige Frauen hielten ihre Tochter oder ihren Sohn noch immer umklammert, als wollten sie ihr Kind mit dem eigenen Körper auf ewig schützen.

»Am besten, wir sehen uns jetzt mal den Hangar an.«

Abgesehen von dem kaputten Humvee gab es dort nichts als Ölflecken und Radmuttern.

Seth zog sein Handy aus der Tasche. »Wie kommst du mit dem Sonnenlicht zurecht?«

David zuckte mit den Achseln. »Wenn ich mich im Schatten aufhalte, müsste es noch ein paar Stunden gehen. Wahrscheinlich länger.«

Seth nickte und wählte.

»Reordon«, meldete sich eine verschlafene Stimme.

»Ich muss dir was zeigen.«

»Gib mir ein paar Minuten, damit ich mir was anziehen kann.«

Seth schob das Handy zurück in seine Gesäßtasche.

»Glaubst du, dass seine Männer ein paar brauchbare Fingerabdrücke nehmen können?«, wollte David wissen.

»Das müsste möglich sein. Es sieht so aus, als hätten die Söldner Hals über Kopf die Flucht ergriffen. Verdammt – sie haben es ja nicht mal geschafft, die Vordertür zuzuschließen.«

»Während du Chris holst, durchsuche ich das Grundstück nach Stolperdrahtminen und dergleichen. Es kommt mir merkwürdig vor, dass sie die Leichen einfach so hier zurückgelassen haben, wo jeder sie finden kann.«

»Du glaubst, dass es sich um eine Falle handelt?«

»Vielleicht. Ich will jedenfalls nicht, dass einer der Netzwerkmitarbeiter zu Tode kommt oder ein Körperteil verliert, wenn er auf dem Anwesen herumläuft.«

»Ich helfe dir, sobald wir wieder da sind. Wir werden das ganze Grundstück gründlich durchforsten. Wenn etwas da ist, werden wir es finden.«

Chris war gerade dabei, einen Parka anzuziehen, als sich Seth in seinem Wohnzimmer materialisierte.

Seth sah sich in dem Zimmer um. Chris' Zuhause war das genaue Gegenteil von Davids Haus. Während bei David alles tipptopp sauber war, herrschte bei Chris das reinste Chaos, bestehend aus fettigen Pizzakartons, schmutziger Kleidung und dreckigem Geschirr. Da Chris großen Wert auf ein sauberes und aufgeräumtes Büro legte, fragte sich Seth, ob er vielleicht einfach zu beschäftigt war, um Zeit für Hausarbeit zu finden.

»Also …«

Chris durchwühlte den Kram, der sich auf seinem Couchtisch türmte, und beförderte schließlich einen Stapel brandneuer Spiralblöcke ans Tageslicht. »Ja?«

»Hast du schon mal in Erwähnung gezogen, einen unserer Leute vom Aufräumkommando herkommen zu lassen, damit er hier Ordnung schafft?«

Chris grinste. »Für jemanden, der so penibel ist wie du, muss dieses Chaos hart sein.«

Seth nickte. »Und außerdem fühle ich mich schuldig. Ist dein Arbeitspensum zu hoch, oder bist du schlichtweg zu müde zum Aufräumen, wenn du endlich nach Hause kommst?«

»Beides.«

»Du kannst die Kosten gern dem Netzwerk in Rechnung stellen.«

Aber Chris schüttelte den Kopf. »Auch wenn es hier total schlimm aussieht, ich weiß wenigstens genau, wo was ist. Wenn jemand zum Putzen herkommt, muss ich hinterher alles suchen, was mich wertvolle Zeit kosten würde.«

»Sag demjenigen doch einfach, dass er sich nur um das dreckige Geschirr, den Müll und die schmutzigen Kleider kümmern soll. Denn … verdammt.«

Das brachte Chris zum Lachen. »Wenn du das hier schon so schlimm findest, dann solltest du lieber keinen Blick in meine Küche werfen.«

»Das muss ich auch gar nicht. Ich kann die Schimmelpilze und die angetrockneten Essensreste bis hierher riechen.«

Immer noch grinsend, schob Chris die Notizblöcke in seine Jackentasche und fügte ein paar Bleistiftstummel hinzu.

»Denk wenigstens darüber nach«, bat ihn Seth.

»Das werde ich. Okay, dann mal los.«

Seth teleportierte sie zur Vordertür des Hauptgebäudes.

Davids Gestalt, die sich so schnell bewegte, dass sie verschwamm, raste aus der Richtung des Hangars auf sie zu. »Bis jetzt habe ich nichts gefunden.«

Während David und Chris sich begrüßten, öffnete Seth die Eingangstür und bedeutete den beiden Männern einzutreten.

Zuerst zeigten sie Chris die toten Soldaten. Sofort zog er Notizblock und Bleistift heraus, ging aber nicht in das Zimmer hinein. Stattdessen sah er sich alles genau an und machte sich Notizen.

»Welche Soldaten erkennst du wieder, David?«

David zeigte auf die Männer, die er beim Netzwerk gesehen hatte.

»Okay. Was jetzt?«

Sie zeigten ihm die Räume, von denen sie glaubten, dass die Vampire dort festgehalten worden waren.

»Ihr glaubt, dass sie immer noch beide in ihrer Gewalt haben?«

»Joe ist möglicherweise an dem Blutverlust gestorben.«

»Das glaube ich nicht. Sie hätten sich bestimmt nicht die Mühe gemacht, seine Klamotten zu beseitigen, wenn er sich aufgelöst hätte, und ich habe keine Kleider herumliegen sehen.«

Gutes Argument.

Chris' Gesicht blieb reglos, bis sie ihm das erste Zimmer mit Zivilistenleichen im Keller zeigten.

Seth warf David einen fragenden Blick zu, als Chris schlagartig kreideweiß wurde.

»Kennst du die Toten?«, fragte David.

Chris schluckte. »Dieser Mann war einer von meinen Kontakten. Und ich glaube … ich glaube, bei der Frau handelt es sich um seine Ehefrau.«

Oder vielmehr um das, was von ihr übrig war. Emrys und seine Männer hatten sie offenbar gefoltert, um aus ihrem Mann Informationen herauszupressen.

Chris verließ das Zimmer und ging den Flur hinunter zum nächsten Zimmer. »Verdammt!« Dann zum nächsten. Und zum übernächsten. Er wandte sich zu ihnen um. »Das sind meine Kontakte!« Er drehte sich wieder um und warf einen Blick in das nächste Zimmer. »Diese Leute waren meine Kontakte. Alle, die ich hatte!« Der erschütterte Unterton in seiner Stimme konnte nur bedeuten, dass er die Kinderleichen gesehen hatte. »Und ihre Familien! Warum zum Henker haben sie ihre Familien getötet? Ihre Kinder?«

»Um sie als Druckmittel zu benutzen«, vermutete Seth.

David seufzte. »Es gibt keine bessere Methode, einen Mann zum Reden zu bringen, als seine Liebsten zu bedrohen.«

Aufgebracht marschierte Chris im Flur auf und ab.

Seth brauchte seine Gedanken nicht zu lesen, um zu wissen, dass die Schuldgefühle seinen Freund von innen auffraßen.

Kurz innehaltend, schloss Chris die Augen und kniff sich in den Nasenrücken, als gäbe er sich alle Mühe, die Bilder aus seinem Kopf zu vertreiben. »Warum haben sie die Leichen einfach so liegen lassen?«

»Mir fallen nur zwei mögliche Gründe ein«, sagte Seth. »Es könnte eine Botschaft sein – und zwar, sich in Zukunft nicht mehr dieser Art von Quellen zu bedienen, um an die Söldner heranzukommen.«

»Oder es ist eine Falle«, fügte David hinzu. »Seth und ich werden das Gelände nach Minen und anderen Sprengsätzen absuchen, um sicherzustellen, dass das Säuberungskommando nichts zu befürchten hat, wenn es eintrifft.«

Chris nickte.

»Das hier ist nicht dein Fehler«, sagte Seth zu ihm.

»Aber ich war derjenige, der sie rekrutiert hat«, widersprach er bekümmert.

»In meinem Auftrag.«

»Egal, was du sagst, ich fühle mich schlecht wegen dieser Sache.«

Seth nickte. Er verstand ihn.

»Wie wollt ihr jetzt Emrys und die Soldaten, die überlebt haben, aufspüren? Das hier war unsere heißeste Spur.«

Seth wechselte einen Blick mit David, in dem Wissen, dass sie beide zu demselben Schluss gekommen waren.

»Wir haben keine andere Wahl«, sagte David.

Seth seufzte. »Wir werden Ami bitten müssen, uns zu ihnen zu führen.«

Chris starrte ihn ungläubig an. »Gibt es keinen anderen Weg?« Er hatte die Akten gelesen. Auch wenn er nicht mit eigenen Augen *gesehen* hatte, was Emrys' Folterknechte ihr angetan hatten, kannte er die grausigen Details.

»Wir können mit ziemlich großer Sicherheit davon ausgehen, dass Emrys dort zu finden ist, wo auch die Vampire sind. Da Ami den Vampiren im Verlauf der Angriffe mehrere Male begegnet ist, müsste sie in der Lage sein, uns zu ihnen zu führen.«

Bedrückte Stille machte sich breit, und der ekelerregende Todesgestank, der sie umgab, machte alles nur noch schlimmer.

»Beantwortet mir eine Frage«, sagte Chris schließlich, »wart ihr beide schon mal in einer Situation, die so … übel … war?«

»Ja«, antworteten beide gleichzeitig. Seth und David hatten schon Dinge erlebt, die andere sich nicht einmal vorstellen konnten.

»Na schön. Schluss mit dem Gejammer. Am besten, wir machen uns an die Arbeit. Ihr sucht nach versteckten Sprengsätzen, und ich führe ein paar Telefonate.«

»Dann geh am besten nach draußen.« Seth wollte nicht, dass Chris hier unten blieb und die Leichen der toten Männer und Frauen anstarrte, an deren Tod er schuldig zu sein glaubte.

»Ist er tot?«

Emrys, Donald und Nelson standen in einem Beobachtungsraum, der durch Glasscheiben mit zwei weiteren Räumen verbunden war. Beide hatten große Ähnlichkeit mit krankenhaustypischen Operationssälen. Der Unterschied bestand darin, dass die Operationstische in der Mitte des Raums auf Titangestellen ruhten und mit Titanschrauben fest im Betonboden verankert waren.

Der *Patient*, den sie zurzeit unter die Lupe nahmen, wurde mithilfe von Stahlschellen fixiert, die so dick waren, das man selbst mit einem Schweißbrenner Stunden gebraucht hätte, um sie durchzuschneiden. Zwei waren an seinen Handgelenken befestigt. Zwei direkt über den Ellbogen. Zwei schlossen sich um die Oberschenkel. Zwei um die Knöchel. Und ein neunter, mit Leder gepolsterter Stahlring, sorgte dafür, dass er den Kopf nicht bewegen konnte.

Die Stummel seiner Rastazöpfe waren zu sehen, da sie über den Stahlring hinausragten.

Jemand hatte ein schmales Tuch über der Leiste des Vampirs drapiert, um die empfindlichen Gefühle von Emrys' Partner zu schonen.

Empfindlich, na klar, dachte Emrys, während er Donald ohne jede Sympathie aus dem Augenwinkel beobachtete. Dieser Mann verhielt sich so arrogant, als würde er Diamanten scheißen.

Er richtete den Blick wieder auf den Gefangenen. »Nein. Er schläft.« Genau genommen war er betäubt, aber das brauchte der andere nicht unbedingt zu wissen.

Die beiden Vampire waren in ziemlich schlechter Verfassung gewesen, nachdem sie von Emrys' medizinischem Team *untersucht* worden waren. Der andere Vampir hatte die Hälfte seines Gehirns an der Wand seines Gefängnisses zurückgelassen, und das Zimmer war noch nicht gesäubert worden. Deshalb hatte Emrys beschlossen, Donald und seinem Lakaien zuerst diesen Vampir zu zeigen.

»Warum ist er gefesselt?«

Weil er tausendmal gefährlicher ist als Charles Manson, du Blödmann. Das waren sie beide. »Die Unsterblichen haben sie so grausam gefoltert, dass sie den Verstand verloren haben.« Er hatte dem anderen noch nicht erzählt, dass das Virus die unbequeme Tendenz hatte, jeden Menschen in den Wahnsinn zu treiben, der infiziert war. Dieses unwichtige Detail hatte er bewusst aus dem Material herausgehalten, dass er Donald gegeben hatte, da der sich sonst womöglich fragte, wie sie die Supersoldaten kontrollieren sollten, wenn das Virus ihre Gehirne zerfraß.

Über die Sache mit dem Wahnsinn würde sich Emrys später Gedanken machen. Und zwar, *nachdem* er die erste Milliarde verdient hatte.

Er drückte auf einen Knopf, der in die Wand neben ihm eingelassen war. »Du kannst loslegen, Nate.«

Ein Mann in Arztkittel und Handschuhen trat in ihr Blickfeld. Ein blauer Mundschutz verbarg sein Gesicht. Eine Kopfbedeckung in derselben Farbe bedeckte den größten Teil seines hellbraunen Haars.

Er hatte einen Rollwagen voller medizinischer Instrumente dabei und blieb neben dem Vampir stehen.

»Führ's uns vor«, sagte Emrys und musste unwillkürlich lächeln, als er daran dachte, was jetzt kommen würde.

Nate griff nach dem Skalpell und machte einen tiefen Schnitt, der sich quer über den Bauch des Vampirs zog.

Das Blut, das aus der Schnittwunde floss, hätte auf dem Schlachtfeld medizinisch versorgt werden müssen und den betreffenden Soldaten außer Gefecht gesetzt. Vor ihren Augen schrumpfte die Wunde und wurde immer kleiner, die klaffenden Ränder wanderten aufeinander zu, als würden sie mit der Hilfe von Magneten zusammengezogen, und schlossen sich schließlich ganz. Narbengewebe bildete sich und verschwand wieder. Das Ganze spielte sich innerhalb weniger Minuten ab.

Donald ging näher an die Glasscheibe heran. »Heilige Scheiße.«

Selbst Nelson, dieser degenerierte kleine Loser, riss die Augen auf und trat näher an die Glasscheibe.

Emrys drückte noch einmal auf den Knopf. »Jetzt bitte Beweis Nummer zwei.«

Mit einem Nicken verschwand Nate ein paar Sekunden von der Bildfläche. Als er wieder auftauchte, trug er schalldichte Kopfhörer und war mit einer halbautomatischen Smith&Wesson ausgerüstet. Er hob die Waffe und zielte auf den Körper des Vampirs.

Donald und Nelson hielten sich die Ohren zu.

Schwächlinge.

»Volle Deckung!«, rief Nate und betätigte den Abzug. Emrys hatte ihm gesagt, dass er – um des Effekts willen – den Schalldämpfer weglassen sollte.

Der Körper des Vampirs zuckte zusammen, als die Kugel ein Loch in seine Brust riss.

Blut quoll aus der Wunde, lief in einem kleinen Rinnsal an der Seite des Vampirs herunter und tropfte auf den Tisch. Ein paar Sekunden vergingen. Ein verformter Bleiklumpen tauchte in der offenen Wunde auf und fiel dann auf den Tisch.

Donalds Schoßhündchen schnappte nach Luft. »Ich glaub's nicht!«

Die Schusswunde schloss sich und vernarbte. Es dauerte länger, als Emrys recht sein konnte, was an dem Betäubungsmittel lag. Das Ganze hätte noch länger gedauert, wenn sie ihm nicht eine Extradosis Blut verabreicht hätten. Nichtsdestotrotz waren die Männer an seiner Seite völlig von den Socken.

Donald wandte sich an Emrys. »Und er lebt wirklich noch?«

»Ja. Nach dem, was ihm die Unsterblichen angetan haben, hielten wir es für humaner, ihn zu betäuben.«

»Ich würde mir den Vampir gern genauer ansehen.«

»Das habe ich mir schon gedacht. Folgen Sie mir.«

Emrys führte sie hinunter zu dem Raum, in dem sie den farbigen Vampir untergebracht hatten, froh darüber, dass sie nicht nach dem anderen Blutsauger gefragt hatten. Die Wunden des hellhäutigen Vampirs heilten nicht annähernd so schnell, da sie ihm beinahe zu viel von dem Betäubungsmittel verpasst hätten. Er war immer noch in einem sehr schlechten Zustand. Sie hatten es zwar geschafft, das Schlimmste mithilfe von Make-up zu kaschieren, aber das würde keiner näheren Überprüfung standhalten.

Emrys wartete, bis sich die beiden Männer Kittel angezogen hatten.

Nate nickte ihnen zu, als sie den OP-artigen Raum betraten.

Donald beugte sich über die liegende Gestalt auf der Metallpritsche. Die milchkaffeebraune Haut des Vampirs war weich und makellos. Der einzige Beweis dafür, dass er angeschossen und mit dem Skalpell verletzt worden war, bestand in dem noch nicht getrockneten Blut und der Kugel, die sein Körper ausgestoßen hatte.

Donald streckte die Hand nach dem Skalpell aus. »Darf ich?«

Nate warf Emrys einen Blick zu.

Dieser nickte zustimmend.

Nachdem Nate ihm die Klinge gegeben hatte, machte er damit einen tiefen Schnitt, der sich quer über den Oberschenkel des Vampirs zog.

Wie schon zuvor quoll etwas Blut aus der Wunde, dann schloss sie sich und verheilte in Sekundenschnelle.

»Sehen Sie?«, sagte Emrys. »Keine Spezialeffekte.«

»Sind die Vampire wirklich so schnell und stark, wie Sie behaupten?«

»Sie haben das Video gesehen. Haben Ihre Computerexperten irgendeinen Hinweis darauf gefunden, dass das Video manipuliert wurde?«

Donald schüttelte den Kopf.

»Diese Sache hier wird uns steinreich machen«, sagte Nelson, der den Vampir ehrfürchtig musterte.

Dieses eine Mal war Emrys einer Meinung mit Donalds Schoßhündchen.

Donald ging es offenbar genauso, denn als er endlich den Blick auf Emrys richtete, sagte er: »Wir müssen reden.«

Melanie kam sich in ihrer neuen Jagdkluft komisch vor. Fast so, als wäre sie ein Kind und würde Verkleiden spielen. Statt Jeans und Chucks trug sie Stiefel und schwarze Cargohosen mit wahnsinnig vielen Taschen. Obenherum trug sie einen schwarzen Rollkragenpulli. In den Pistolengürteln, die um ihre Hüften geschlungen waren, steckten zwei Sig Sauer P220s. Ihre Brüste wurden von einer schusssicheren Weste plattgedrückt, und darüber hatte sie einen Patronengurt angelegt, in dem ein Dutzend Dolche steckten. Die Vordertasche ihrer Jeans war vollgestopft mit Autoinjektoren. Zusätzliche Ladestreifen und

Injektoren, die eine passende Dosis von dem Betäubungsmittel für einen Menschen enthielten, waren in der anderen Tasche.

Bastien marschierte ruhelos in ihrem gemeinsamen Schlafzimmer auf und ab und verbreitete dabei eine Stimmung wie ein Tiger, der in einen zu kleinen Käfig gesperrt worden war.

»Was ist eigentlich los? Bist du sauer?«, fragte sie schließlich. »Oder machst du dir einfach nur Sorgen?«

»*Nur* Sorgen?«, wiederholte er. »Wir haben vor, die Männer aufzuspüren, die dir dreimal in die Brust geschossen haben. Die Männer, die Ami gefoltert und auf dem Grundstück, das Seth und David gefunden haben, ganze Leichenberge hinterlassen haben. *Besorgt* beschreibt nicht annähernd, was ich empfinde.«

»Ich bin jetzt eine Unsterbliche, Bastien. Und ich trage eine schusssichere Weste. Ich habe bereits als Mensch ein Kampftraining absolviert, man kann also nicht behaupten, dass ich mich unvorbereitet in den Kampf stürzen würde oder nicht wüsste, was auf mich zukommt.«

»Ein Unsterblicher zu sein bedeutet aber nicht, unsterblich zu sein. Es bedeutet, dass man *fast* unsterblich ist.«

»Aber wir kämpfen immer noch gegen dieselben Gegner«, betonte sie. »Warum …«

»Ich war nicht derjenige, der in den letzten Wochen fast *zweimal* gestorben wäre.«

»Wenn ich dem Tod zweimal von der Schippe gesprungen bin, dann schaffe ich das auch noch einmal.«

»Darüber macht man keine Scherze.«

Sie seufzte. »Es tut mir leid. Ich möchte nicht, dass du glaubst, dass ich die Gefahr nicht ernst nehme. Ich nehme sie sogar *sehr* ernst. Ich weiß, dass jeder von uns heute Nacht getötet werden kann. Andererseits ist es von Vorteil, wenn ich beim Kampf dabei bin, weil ich nicht nur kämpfen kann, sondern auch Ärztin bin. Und falls wir Cliff und Joe finden und einer von den beiden bereits den Verstand verloren hat, kann ich die Vampire beruhigen und unter Kontrolle bringen, ohne ihnen wehzutun.«

»Und du glaubst, dass ich das nicht kann? Ich habe Vince dazu überredet, sich mit uns zu verbünden.«

»Ich weiß. Aber seine Psychose unterscheidet sich von dem, was Joe quält. Joe ist viel paranoider. Gelegentlich kommt es vor, dass er wirklich jeden – selbst dich – als Feind betrachtet. Jeden außer mir. Aus diesem Grund ist es auch so wichtig, dass ich dabei bin, wenn wir ihn finden.«

Bastien fuhr sich mit der Hand durchs Haar. »Kein Wunder, dass er abgehauen ist, als er glaubte, dass du tot seist.«

Sie drehte sich um die eigene Achse, beugte sich vor und ging im Zimmer auf und ab, um sich an die Waffen und die Munition zu gewöhnen, die sie am Körper trug. Auch an das leichte Hin- und Herrutschen der Holster, Gürtel und die prall gefüllten, schweren Hosentaschen musste sie sich erst gewöhnen. Wäre sie noch eine Sterbliche gewesen, hätte es sie mehr Zeit gekostet, damit zurechtzukommen. Allein die Munition war überraschend schwer. Aber da sie jetzt so viel stärker war, spürte sie das Gewicht kaum.

Bastien ging weiter ruhelos auf und ab.

»Bastien?«

Er sah zu ihr hinüber. »Ja?«

Als seine Augen jäh aufleuchteten, vergaß sie, was sie hatte sagen wollen. »Was ist los?«, fragte sie, da sie nicht wusste, warum seine Augen zu leuchten begonnen hatten.

Er hob fragend die Augenbrauen, sein durchdringender Blick studierte sie eingehend, während er über ihren Körper wanderte.

»Deine Augen leuchten«, sagte sie.

Er schüttelte den Kopf. »Ich sage besser nichts.«

»Du kannst mir alles sagen.«

»Das würde dich nur ermutigen«, sagte er mit einem trockenen Lächeln. »In deinem Jagd-Outfit siehst du ganz schön sexy aus.«

Sein Kompliment hellte ihre Stimmung kurzzeitig auf. »Wirklich?«

Lachend schüttelte er den Kopf. »Ja, verdammt.« Er trat zu ihr und legte die Hände auf ihre Hüften. »Unglaublich heiß.« Er zog sie enger an sich, bis ihre Nasenspitzen sich berührten. »So heiß, dass ich dir am liebsten sofort die Klamotten mit den Zähnen herunterreißen würde.«

Seine Worte ließen sie vor Lust erschauern. Leider klingelte es in diesem Moment an der Tür, sodass ein Quickie nicht infrage kam.

Die beiden Ruheräume waren so gut isoliert, dass niemand außer Seth es hören konnte, wenn jemand von außen an die Tür klopfte. Deshalb hatte David eine Klingel einbauen lassen.

»Ein anderes Mal?«, schlug Melanie vor.

Seine Hände schlossen sich fester um ihre Hüften. »Bist du sicher, dass du schon so weit bist? Ich frage dich nicht, weil du eine Frau und Ärztin und noch dazu ein Intelligenzbolzen bist.«

Sie grinste. Bei ihm hörte sich *Intelligenzbolzen* fast wie ein Kosename an.

»Ich frage dich das, weil du gerade erst verwandelt worden bist.« Er presste seine Stirn gegen die ihre. »Und weil ich nicht will, dass dir etwas passiert.«

»Ich bin bereit«, versicherte sie.

Er neigte den Kopf und küsste sie voller Leidenschaft, als befürchtete er, es könnte ihr letzter Kuss sein.

»Es wird nicht der Letzte sein«, versprach sie ihm. »Spürst du nicht, wie sicher ich mir bin?«

»Doch, das tue ich. Wie kannst du wissen, was ich gerade gedacht habe?«

Sie streckte die Hand aus, um seine Wange zu streicheln. »Ich kenne dich eben.«

Es klingelte wieder.

Bastien seufzte. Er ließ sie los und ging zur Tür.

Tanner stand draußen. »Es geht los.«

Bastiens Sekundant trug dieselbe schwarze Jagdkluft wie Melanie, allerdings war er nicht mit ganz so vielen Dolchen ausgestattet.

Aber irgendetwas an ihm war anders als sonst.

Melanie betrachtete ihn unschlüssig. Dieselbe schlanke Figur. Breite Schultern. Sein Haar war wie immer sehr kurz geschnitten, wie das eines Buchhalters. *Oh!* »Trägst du neuerdings Kontaktlinsen?«

Er lächelte, seine blauen Augen waren nicht mehr hinter Brillengläsern versteckt. »Nein. David hat meinen Sehfehler korrigiert.«

»Im Ernst?« Das war ja so cool.

Er nickte. »Er machte sich Sorgen, dass eine Brille oder Kontaktlinsen mich beim Kämpfen behindern könnten, deshalb hat er die Hand über meine Augen gelegt, sie wurde eine Minute lang warm – und seitdem kann ich perfekt sehen.«

Melanie sah zu Bastien auf. »Warum besitze ich nicht so eine coole Gabe?«

Er strich ihr sanft über den Rücken. »Selbst wenn du diese spezielle Gabe nicht besitzt, bist du immer noch die geborene Heilerin.« Er schob sie in den Korridor hinaus. »Werden du und die anderen Sekundanten uns begleiten?«

»Nur einen Teil der Strecke«, erwiderte Tanner. »Wir behalten die Ereignisse aus der Entfernung im Auge.«

Melanie fragte sich, ob das eine kluge Entscheidung war.

Beim letzten Kampf waren ziemlich viele von den sterblichen Netzmitarbeitern umgekommen.

Bastien schüttelte den Kopf. »Ich bin der Meinung, dass ihr Sterblichen euch dieses Mal heraushalten solltet. Ihr seid zu verletzlich.«

»Nicht mit den gepanzerten Fahrzeugen, die Chris und Seth für uns besorgt haben.«

»Weißt du überhaupt, wie man damit umgeht?«

»Teufel, nein. Ich habe noch nie ein Fahrzeug gefahren, das mehr als zwei Türen hatte. Aber Seth und David ist es offenbar gelungen, über die Jahre eine ganze Menge Militärveteranen anzuheuern.«

Ein nervöses Kribbeln breitete sich in Melanies Magen aus.

Bastien nahm ihre Hand und verschränkte seine Finger mit den ihren.

»Wie kommst du mit den anderen Sekundanten zurecht, Tanner?«, fragte sie ihn, um sich abzulenken.

»Prima.« Seine Kiefermuskeln zuckten, während er Bastien mit seinem Blick durchbohrte. »*Jemand* hat dafür gesorgt, dass jeder Bescheid weiß über meine tragische Vergangenheit. Deswegen haben jetzt alle zu viel Mitleid, um mich dafür zu verdammen, dass ich mich mit Vampiren und *diesem* Arschloch hier verbündet habe.«

»Ich war's nicht«, verteidigte sich Bastien. »Deine Vergangenheit ist allein deine Sache.«

Melanie wusste nicht genau, was es mit dieser »tragischen Vergangenheit« auf sich hatte, sondern nur, dass es irgendwas mit seinem Sohn zu tun hatte.

»Ich kann diese Typen nicht mal leiden«, sprach Bastien weiter, ohne sich etwas daraus zu machen, dass *diese Typen* ihn hören konnten. »Glaubst du tatsächlich, dass ich mit denen herumsitze, Tee trinke und über meinen Sekundanten tratsche?«

»Nein, das nicht. Aber wenn du dachtest, dass sie mir gegenüber Verständnis zeigen und mir nicht in den Rücken fallen würden, wenn sie über meinen Sohn Bescheid wissen, dann traue ich dir zu, dass du vorübergehend auf deine *Ihr-könnt-mich-alle-mal*-Haltung den anderen gegenüber verzichtet hast.«

Melanie schürzte die Lippen. »Tanner, Bastien ist nicht einmal bereit, Missverständnisse über seine eigene Vergangenheit aufzuklären. Und das könnte dabei helfen, die übrigen Unsterblichen davon abzuhalten, ihre Abneigung gegen ihn auf *mich* zu übertragen.«

Bastien drückte ihre Hand. »Ich dachte, es wäre einfacher, ihnen einen ordentlichen Arschtritt zu verpassen, wenn sie etwas zu dir sagen.«

Der Blick, den Melanie Tanner daraufhin zuwarf, hieß so viel wie: *Verstehst du jetzt, was ich meine?*

Tanner runzelte die Stirn. »Hm, aber wer könnte es dann gewesen sein? Niemand außer Bastien kennt die Geschichte.«

Bastien zuckte mit den Achseln. »Es muss einer von den Telepathen gewesen sein. Diese neugierigen Bastarde werfen einen Blick in deinen Kopf und sind dazu imstande, alles auszugraben, was dort gespeichert ist.«

»Kannst du mir zeigen, wie man das verhindert?«

»Ich kann's versuchen.«

»Super. Danke.«

Bastien folgte Melanie die Treppe hinauf ins Erdgeschoss. Dann gingen sie den langen Korridor hinunter in das große Wohnzimmer, in dem Schwarz die dominierende Farbe war. Schwarze Hosen. Schwarze Mäntel. Schwarze schusssichere Westen. Schwarze Waffen. Schwarzes Haar.

Die einzigen Farbtupfer waren Amis und Sheldons rotes Haar und die blonden Locken von Tracy und Chris.

Bis jetzt hatte die unbehagliche Waffenruhe zwischen Bastien und Chris gehalten. Wobei *unbehaglich* das Schlüsselwort war.

Die Unsterblichen drehten die Köpfe, als Bastien, Melanie und Tanner das Zimmer betraten. Sie verbeugten sich galant vor Melanie, lächelten ihr zu und wünschten ihr einen schönen Abend.

Sie erwiderte ihr Lächeln. »Hey.«

Genau wie bei Sarah war der Wunsch der Unsterblichen, dass sie sich unter ihnen willkommen fühlte, so ausgeprägt, dass Bastien sie nicht erst berühren musste, um ihn zu spüren. Keine *Begabte* hatte sich jemals freiwillig verwandeln lassen … jedenfalls nicht, bis Sarah und Melanie sich dafür entschieden hatten. Allerdings hatte Melanie keine große Wahl gehabt: Verwandlung oder Tod. Sie hatte sich für Ersteres entschieden. Aber eine alarmierend große Anzahl von *Begabten* hatte sich im Laufe der Jahrhunderte für den Tod entschieden.

Bastiens Sorge, dass ihre Abneigung gegen ihn dazu führen könnte, dass die anderen sie weniger herzlich in der Familie der Unsterblichen aufnehmen würden, war offenbar unbegründet gewesen. Alle im Zimmer, die Sekundanten inbegriffen, schienen verhindern zu wollen, dass sie ihre Entscheidung bereute.

Er verschaffte sich rasch einen Überblick. Seth, David und Darnell. Marcus und Ami. Roland und Sarah. Reordon. Richart und Sheldon. Lisette und ihre Sekundantin, Tracy. Étienne und sein Sekundant Cameron. Ethan, Edward, Yuri, Stanislav und ihre Sekundanten.

Seth begrüßte Melanie und fragte sie, wie sie sich fühlte.

»Gut, vielen Dank.«

»Dr. Lipton …«

»Melanie«, korrigierte sie ihn mit einem Lächeln, das er erwiderte.

»Melanie, keiner der Anwesenden wird schlecht von dir denken, wenn du heute Nacht lieber hierbleiben möchtest. Deine Kampferfahrungen sind begrenzt, und die Söldner, mit denen wir es heute Nacht zu tun haben werden, haben sich als sehr gefährliche Feinde erwiesen.«

»Ich komme mit«, erklärte sie mit fester Stimme und entschlossenem Gesichtsausdruck, obwohl Bastien spürte, dass ihr durchaus etwas mulmig zumute war.

Das konnte man ihr nicht vorwerfen. Er selbst war höllisch nervös gewesen, als er zum ersten Mal als Unsterblicher an einem Kampf teilgenommen hatte.

»Das hier wird nicht der letzte Kampf sein«, fügte David hinzu.

Sarahs Eintritt in die Welt der Unsterblichen war für sie eine qualvolle Erfahrung gewesen. Bastien nahm an, dass die beiden Älteren es lieber gesehen hätten, wenn bei Melanie alles etwas problemloser verlief.

Aber Melanie ließ nicht zu, dass man sie schonte. »Ich habe in den letzten zwei Jahren mehr Zeit mit Cliff und Joe verbracht als jeder andere hier im Zimmer. Ich möchte gern vor Ort sein, wenn ihr sie findet. Von dem ausgehend, was ich über Emrys weiß, bin ich überzeugt, dass sie mich brauchen werden. Das gilt insbesondere für Joe. Falls sich sein psychischer Zustand verschlimmert hat, bin ich höchstwahrscheinlich die einzige Person, die er nicht als Bedrohung betrachtet.«

»Wie du möchtest. Wir freuen uns, wenn du uns begleitest.« Seth wandte sich an alle im Zimmer. »Für diejenigen unter euch, die es noch nicht wissen – in den vergangenen Tagen war ich mit Ami unterwegs, um nach den vermissten Vampiren zu suchen. Heute Nachmittag ist es uns endlich gelungen, ihren ungefähren Aufenthaltsort zu bestimmen. In ein paar Minuten geht es los. Wir werden alle zusammen dorthin gehen, inklusive der Sekundanten, und zwar zu einem Stützpunkt, der ein paar Kilometer vom tatsächlichen Aufenthaltsort der Vampire entfernt liegt. Die Unsterblichen werden dann unter meinem Kommando weiter vorrücken.«

Die Anwesenden nickten.

»Lasst niemanden entkommen. Und egal, was passiert – lasst auf keinen Fall zu, dass Emrys Ami in die Finger bekommt. Es ist mir gleich, was ihr dafür tun müsst. Tut es einfach.«

Ami biss sich auf die Unterlippe und warf Marcus einen ernsten Blick zu.

Bastien nahm sich vor, in ihrer Nähe zu bleiben und ihr und Marcus den Rücken freizuhalten, wann immer er die Möglichkeit dazu hatte.

»Wissen alle, wie der Plan aussieht? Als Erstes kümmern wir uns um die Sterblichen. Dann vergewissern wir uns, dass auf dem Gelände keine Fallen oder Landminen sind, von denen wir ein paar auf dem kleineren Grundstück gefunden haben. Als Nächstes holen wir die Sekundanten mit dazu. Wenn wir die Hilfe derjenigen brauchen, die die gepanzerten Mannschaftstransporter bedienen können, dann werde ich sie zu unserer Unterstützung herbeordern.«

Nun ergriff David das Wort. »Seid besonders vorsichtig, wenn ihr auf die gefangenen Vampire trefft. Wie Melanie bereits sagte – die Qualen, die sie durch Emrys' Leute erleiden mussten, könnten dazu geführt haben, dass ihre Paranoia und ihr Wahnsinn zugenommen haben, und Melanie ist möglicherweise die Einzige, der es gelingt, sie zu beruhigen.«

Melanie trat vor. »Das erinnert mich an etwas …« Sie griff in ihre Hosentasche, zog eine ganze Handvoll Autoinjektoren mit grünen Verschlusskappen heraus und verteilte sie unter den Unsterblichen. »Wenn einer von euch betäubt wird, müsst ihr nur die Kappe entfernen und die Nadel drei Sekunden gegen die Haut pressen. Das Mittel verhindert, dass ihr das Bewusstsein verliert.«

Ethan drehte den Injektor zwischen den Fingern hin und her und beförderte ihn schließlich in seine Hosentasche. »Brauchen wir eine zusätzliche Dosis, falls wir noch einen Pfeil abbekommen?« Offenbar hatte er das Mittel nicht in der Nacht benutzt, in der das Netzwerk angegriffen worden war.

»Nein. Ich weiß nicht genau, woran es liegt, aber einmal injiziert, entfaltet das Mittel offenbar eine Art prophylaktische Wirkung, sodass ihr vor weiteren Pfeilen geschützt seid. Möglicherweise verbleibt es einfach länger im Blutkreislauf als die andere Droge. Was immer der Grund sein mag, eine einzige Dosis reicht aus.« Sie sah so zerbrechlich aus, wie sie da inmitten der hochgewachsenen Unsterblichen stand.

»Sobald wir die Situation im Griff haben«, fuhr Seth fort, »wird sich Darnell in ihre Computer einhacken, um seine Verbündeten und andere Kontakte aufzuspüren und herauszufinden, wo sie die Sicherheitskopien ihrer empfindlichen Daten lagern. Dann werden wir ihre Computer, Festplatten und so weiter konfiszieren und das Gebäude niederbrennen. Falls irgendetwas dazwischenkommt und wir diesen Plan nicht ausführen können, dann denkt an Folgendes: Auch wenn wir sonst nichts erreichen – Emrys darf unter keinen Umständen davonkommen. Tötet ihn. Haben das alle verstanden?«

»Verstanden.«

»Irgendwelche Fragen?«

Der beeindruckend muskulöse Sterbliche, der neben Yuri stand, fragte: »Kann mir noch mal jemand erklären, warum wir sie nachts angreifen? Werden sie uns nicht erwarten? Wäre es nicht besser, sie tagsüber zu attackieren und sich auf den Überraschungseffekt zu verlassen, weil sie glauben, dass wir Unsterblichen dann nicht nach draußen können?«

Aber Seth schüttelte den Kopf. »In den vergangenen Jahren war das exakt unsere Vorgehensweise. Wir haben Bastiens Unterschlupf bei Tag angegriffen, genauso wie das Versteck des Vampirkönigs. David und ich haben Emrys Niederlassung in Texas während der Abenddämmerung zerstört. Ich bin überzeugt, dass sie davon ausgehen, dass wir sie im hellen Tageslicht attackieren, deshalb habe ich mir überlegt, dass wir sie genauso gut dann angreifen können, wenn wir am stärksten sind.«

Der Mann nickte. »Das klingt plausibel.«

»Gibt es noch mehr Fragen?«

Schweigen.

»Na schön. Dann los.«

Bastien ergriff Melanies Hand, und sie schlossen sich dem Strom schwarzer Gestalten an, der zur Haustür hinausfloss.

Lisette blieb zurück, während die anderen das Haus verließen. Als Bastiens Sekundant auf gleicher Höhe mit ihr war, griff sie nach seinem Arm und hielt ihn sanft fest.

Tanner hob fragend die Augenbrauen.

Sie hatte nicht mehr mit ihm gesprochen seit jenem Tag, als sie Bastiens Vampirarmee besiegt hatten und sie ihn in Bastiens Versteck überwältigt und gefesselt hatte.

»*Ich* hab's ihnen erzählt«, gestand sie.

Er wollte gerade den Kopf schütteln, runzelte dann aber verwirrt die Stirn. »Das mit meinem Sohn?«

»Ja.« Sie hatte in jener Nacht seine Gedanken gelesen, um festzustellen, ob er es wert war, gerettet zu werden, und hatte dabei die Tragödie mit seinem Sohn entdeckt.

Seine Gesichtszüge verhärteten sich. »Dazu hatten Sie kein Recht.«

Sie nickte. »Ich weiß. Ich hab's nicht böse gemeint. Es ist nur … Bastien hat recht. Ich konnte die Gedanken der anderen

Sekundanten und Unsterblichen hören und wusste daher, wie feindselig sie Ihnen gegenüber eingestellt waren, und das fand ich einfach nicht fair. Ich dachte mir, dass es besser wäre, wenn sie wüssten, aus welchen Gründen Sie Bastien gedient haben, was Sie dazu getrieben hat …«

Aber sein Gesicht blieb reglos – offenbar konnte er ihr nicht verzeihen, was sie getan hatte. »Ich bin kein Kind. Ich kann damit umgehen, wenn jemand mich nicht leiden kann. Wenn mir jemand Knüppel zwischen die Beine schmeißt und all diesen Mist. Und ich bereue keine Minute von der Zeit, die ich damit verbracht habe, Bastien zu helfen. Wenn die Leute schlecht über diese Phase meines Leben reden wollen, dann ist mir das offen gesagt total egal. Das perlt von mir ab wie Wasser.«

»Ich weiß, aber … Ich mag Sie. Ich wollte, dass die anderen Sie mit offenen Armen willkommen heißen«, fügte sie etwas lahm hinzu.

Er seufzte. »Sie wissen, dass Sie sich genauso anhören wie Bastien?«

Sie musterte ihn entsetzt und schnitt dann eine Grimasse.

Das brachte Tanner zum Lachen. »Na schön, ich verzeihe Ihnen, aber nur, wenn Sie mir versprechen, nicht in meinen Gedanken nach weiteren Geheimnissen herumzustöbern. Jetzt sollten wir aber wirklich los, bevor die anderen auf uns warten müssen.«

Sie nickte und trat nach draußen in die Kälte.

Tanner schaltete die Alarmanlage ein und schloss die Haustür. »Ich habe gehört, dass Sie ein großer Sportfan sind.«

»Stimmt«, bestätigte sie. Football. Basketball. Baseball. Sie fand alles toll.

»Haben Sie Lust, sich mal ein Spiel mit mir anzuschauen?«

Sie lächelte. »Nichts lieber als das.«

17

Ami führte Seth, David und Marcus durch den dichten Wald, indem sie den unverwechselbaren Energiesignaturen von Cliff und Joe folgte.

»Es fühlt sich jetzt anders an«, sagte sie leise. »Ich meine, die Energie, die sie ausstrahlen. Sie ist nicht mehr so stark. Aber sie sind es. Da bin ich mir sicher. Ich glaube, man hat sie betäubt.«

»Du kannst sie immer noch finden?«, fragte Marcus.

»Ja. Es dauert nur etwas länger.«

»Mach dir keine Sorgen«, beruhigte Seth sie. »Wir haben genug Zeit.«

Sie ging weiter und führte sie durch den Wald und kahles Gestrüpp. Über ihren Köpfen schlugen die nackten Zweige der Bäume gegeneinander, denen der Winter das Blattwerk geraubt hatte.

Seth folgte Ami dichtauf, und David ging an seiner Seite. Marcus umklammerte Amis Hand und beobachtete mit Adleraugen alles, was um sie herum vorging.

Plötzlich blieb Ami stehen, zog ihre Pistole und sah dann am Lauf entlang, wobei sie mit drei Fingern auf ihren Arm klopfte und nach vorn und rechts deutete.

Sie gingen langsamer.

David warf einen Blick durch die Wärmebildbrille und überprüfte die Bäume und den Boden direkt vor ihnen.

Marcus blieb stehen und bedeutete Ami dassselbe. Den Blick auf den Boden gerichtet, machte er zwei Schritte nach vorn und ging dann auf die Knie.

Seth und die anderen sahen in die Richtung, in die er zeigte, und bemerkten im toten Laub den Stolperdraht einer versteckten Landmine.

Sie waren ganz nah dran.

Wartet hier, befahl Seth.

Vorsichtig ging er weiter, bis er eine Lücke zwischen den Bäumen entdeckte, die groß genug war, um sich zu verwandeln und vom Boden abzuheben.

Das Anwesen, das etwa anderthalb Kilometer entfernt lag, ähnelte in geradezu gespenstischer Weise der von ihm und David zerstörten Niederlassung in Texas. Ein unauffälliges, dreistöckiges Gebäude mit nur wenigen Fenstern, das mitten auf einer großen Lichtung stand. Der große Parkplatz vor dem Gebäude war vollgestellt mit Fahrzeugen, die den schwarzen Asphalt mit weißen Streifen sprenkelten.

Hinter dem Gebäude standen in zwei Reihen schmale Holzschuppen, und er hatte mal gehört, wie jemand vergleichbare Konstruktionen als Taubenschlag oder Baracke bezeichnet hatte. Lebten dort die Söldner?

Zumindest die, die keine Familie hatten. Diejenigen *mit* Familien lebten wahrscheinlich in den nahe gelegenen Kleinstädten. Darnell würde jeden von ihnen aufspüren müssen, damit Seth sie entweder töten oder ihre Erinnerungen auslöschen konnte – das hing davon ab, was und wie viel sie wussten.

Am hinteren Ende der Lichtung gab es zwei Fahrzeughallen, die beide ungefähr gleich groß waren und über Kuppeldächer verfügten. Die Türen der beiden Hangars standen offen, sodass Seth ein paar Black-Hawk-Helikopter sehen konnte, die in dem einen Hangar untergebracht waren. Die andere hell erleuchtete Halle beherbergte ein paar gepanzerte Fahrzeuge, die von mehreren geschäftigen Söldnern gewartet wurden. Ansonsten war die Halle ziemlich leer; vermutlich hatten dort die Fahrzeuge gestanden, die sie beim Angriff auf das Netzwerk verloren hatten.

Unweit des neuen Hauptquartiers hatte Chris gerade erst ein ähnliches Gebäude errichten lassen, in dem jetzt die Fahrzeuge untergebracht waren, die Seth gerettet hatte. Chris' geniale Mechaniker hatten Tag und Nacht daran gearbeitet, während die Militärveteranen, die beim Netzwerk angestellt waren, praktisch vor Vorfreude sabberten, sich endlich wieder *hinters Steuer* klemmen zu dürfen.

Und in dieser Nacht war es so weit. Drei gepanzerte Mannschaftstransportwagen hielten sich in sieben Kilometern Entfernung versteckt. Falls sie gebraucht wurden, würden sie den Hauptweg entlangfahren und die offizielle Zufahrt zum Gebäude nehmen müssen, um weitere Landminen zu meiden, die die Söldner möglicherweise auf dem Gelände rund um den Stützpunkt platziert hatten.

Bei der Zufahrtsstraße zum Grundstück handelte es sich um ein zweispuriges Sträßchen, das genau wie der Parkplatz schwarz asphaltiert war und die Winterlandschaft in zwei Hälften schnitt. Jeder Besucher war gezwungen, diese Straße, die den einzigen Zugang zum Grundstück darstellte, zu nehmen, wobei er gleichzeitig die Wachtposten mit den Automatikwaffen passieren musste, die das Eingangstor bewachten. Ebendiese Wachen marschierten mit steifen Gliedern in der Kälte auf und ab, die Schultern hochgezogen und die Hände in den Taschen ihrer gefütterten Jacken vergraben. Sie waren garantiert genau so durchgefroren wie der Boden unter ihren Stiefeln und ihr Atem, der vor ihren Gesichtern zu weißen Wölkchen kondensierte.

Weitere Soldaten patrouillierten an dem Stacheldrahtzaun, der das gesamte Gelände umgab.

Seth glitt über das Gelände hinweg, kehrte dann um und flog

den Weg wieder zurück, den er gekommen war. Einer der Wachen am Zaun sah zu ihm hinauf und bewunderte die gigantische Eule, die da über ihn hinwegglitt.

An den Dächern und an einigen Zaunpfählen waren Überwachungskameras angebracht, deren rot leuchtende Lämpchen und leises Summen keine Zweifel daran ließen, dass sie in Betrieb waren.

Seth gesellte sich erneut zu Ami, David und Marcus. Sie gingen zurück zu den übrigen Unsterblichen und Chris Reordon, der sie ungeduldig unter den Bäumen erwartete. Nachdem Seth sich einen von Chris' allgegenwärtigen Notizblöcken geborgt hatte, zeichnete er einen groben Lageplan, auf dem er die Standorte der Wachtposten und die Positionen der Landminen markierte, die er gesehen hatte.

Ami, Sarah, Melanie und Lisette stellten sich nach vorn, und die Männer spähten über ihre Schultern, damit alle die Karte sehen konnten.

»Nach den Herztönen zu urteilen, gehe ich davon aus, dass die Vampire hier festgehalten werden.« Mit dem Bleistift zeigte Seth auf einen Punkt im Hauptgebäude.

Chris nahm Bleistift und Block wieder entgegen, nachdem alle sich den hastig erstellten Lageplan eingeprägt hatten. »Es tut mir leid, dass ich euch keine Live-Satellitenbilder besorgen konnte, aber meine Kontakte in den Agenturen arbeiten dort noch nicht lange genug, um an diese Art von Informationen heranzukommen. Außerdem hielt ich es für keine gute Idee, sie mit einzubeziehen … Schließlich wissen wir nicht, ob Emrys nicht genau diese Art von Vorgängen bei den Agenturen im Auge behält. Sein Einfluss reicht ziemlich weit, und möglicherweise wäre er vorgewarnt gewesen, wenn wir uns Satellitenbilder besorgt hätten.«

»Ich verstehe«, sagte Seth. »David und ich werden das Hauptgebäude als Erste betreten. Bastien – du und Melanie, ihr seid als Nächste an der Reihe. Tötet so viele Söldner, wie ihr könnt, aber konzentriert euch in erster Linie darauf, die Vampire so schnell wie möglich zu finden. Marcus, danach folgst du zusammen mit Ami. Ami, ich möchte, dass du dich auf die Energiesignaturen derjenigen konzentrierst, die auch in der Niederlassung in Texas waren. Sobald du Emrys findest, gib mir sofort Bescheid.«

Marcus' Augen fingen an, wütend zu leuchten, als er an die Schmerzen dachte, die er diesem Mann zufügen würde.

»Marcus, halte dich bitte zurück. Ich möchte nicht, dass Emrys schnell stirbt. Entwaffne und fessle ihn, und dann ruf mich.«

Als Marcus zögerte, wiederholte Seth seine Bitte auf telepathischem Weg: *Ich möchte, dass Emrys für das, was er getan hat, leidet.*

Marcus nickte kurz.

»Yuri und Stanislav – ihr beide sorgt dafür, dass die Helikopter flugunfähig sind.«

Chris hob einen Finger. »Wenn ihr das hinkriegt, ohne sie zu zerstören, wäre das super. Es ist nicht einfach, an einen Militärhubschrauber heranzukommen, ohne Aufmerksamkeit zu erregen.«

»Na toll, dann macht es ja nur noch halb so viel Spaß«, grummelte Stanislav, »aber wir werden es versuchen.«

Seth lächelte. »Und wenn ihr mit den Helis fertig seid, kümmert ihr euch um die gepanzerten Mannschaftswagen in der anderen Fahrzeughalle. Ethan – du und Edward, ihr macht die Wachen unschädlich, die das Grundstück bewachen, und stellt sicher, dass niemand hineinkommt oder flieht. Lisette und Étienne, ihr beiden nehmt euch die Baracken vor. Lest die Gedanken der Söldner, bevor ihr sie tötet. Wenn ihr sie für gute

Menschen haltet, dann schlagt sie bewusstlos und fesselt sie. Vielleicht können wir sie rekrutieren. Wenn nicht, löschen wir ihre Erinnerungen.«

Die Geschwister nickten.

»Und du Richart, machst einfach das, was du am besten kannst. Du verursachst mehr Chaos und Panik unter unseren Feinden als jeder andere von uns.«

Richart grinste und salutierte scherzhaft.

Roland knurrte. »Du hast mich und Sarah vergessen.«

Aber Seth schüttelte den Kopf. »Du und Sarah, ihr beide könnt kämpfen, wo ihr wollt, allerdings wäre es mir lieb, wenn ihr mit uns in das Gebäude gehen würdet. Ich habe dort sehr viele Herzen schlagen hören, als ich darüber hinweggeflogen bin, deshalb gehe ich davon aus, dass sich der Hauptanteil der Soldaten im Haus aufhält.«

Roland und Sarah nickten.

Chris hob wieder einen Finger. »Sobald ich das Zeichen gebe, wird mein technisches Team alle ausgehenden Anrufe blockieren, allerdings funktioniert das nur bei den Handys und nicht bei den Satellitentelefonen. Wenn ihr mitbekommt, dass jemand nach draußen telefoniert, dann schaltet den Anrufer aus, ohne das Telefon zu zerstören, damit wir feststellen können, wen sie angerufen haben.«

Alle nickten.

»In Ordnung«, sagte Seth. »Weiß jeder, was er zu tun hat?«

Wieder nickten alle.

»Dann erinnere ich euch ein letztes Mal daran: Gebt alles, um zu verhindern, dass Emrys Ami in seine Gewalt bekommt.«

Mit gerunzelter Stirn musterte Ami die Krieger, die im Kreis um sie herum standen. »Es tut mir leid.«

Mehrere große Hände klopften ihr voller Zuneigung auf die Schultern und auf den Rücken.

»Du bist unsere Schwester«, sagte Étienne. »Und wir beschützen unsere Familie.«

Als Ami die Unsterblichen anlächelte, glänzten ihre Augen verdächtig.

Seth wusste, dass sie große Angst hatte. Sie war dabei, die sprichwörtliche Höhle des Löwen zu betreten. Den Ort, an dem die Monster lebten, die sie sechs Monate lang gefoltert und dabei fast in den Wahnsinn getrieben hätten.

Er nickte Chris zu. »Mach deinen Anruf.«

Chris rief bei den Technikern an. Sobald er aufgelegt hatte, führte Seth die Unsterblichen in den Kampf.

Melanies Herz klopfte so laut, dass sie fürchtete, dass es ihren Brustkorb sprengen würde.

Seth und David bewegten sich mit unglaublicher Schnelligkeit. Roland und Sarah blieben ihnen auf den Fersen. Melanie strengte sich an, um mit ihnen Schritt zu halten, und schaffte das auch … musste aber dann feststellen, dass Bastien und die anderen zurückblieben. Bastien hatte recht gehabt. Dadurch, dass Roland sie verwandelt hatte, hatte der tausend Jahre alte Unsterbliche etwas von seiner Stärke und Schnelligkeit auf sie übertragen.

Sie ließ sich zurückfallen, um zusammen mit Bastien und den d'Alençons zum Anwesen zu rennen. Hinter ihnen kamen Ethan und Edward, und Marcus und Ami bildeten die Nachhut.

Ami lief nur etwas schneller als ein Mensch. Marcus hätte sie zwar tragen und mit Seth mithalten können, aber Melanie nahm an, dass er hoffte, dass die Gefahr für sie geringer war, wenn sie es den anderen überließen, den Weg freizukämpfen.

Die Unsterblichen setzten über den Stacheldrahtzaun.

Auch wenn sie Todesängste ausstand, musste Melanie unwillkürlich lächeln, als sie mit großer Leichtigkeit über den sechs Meter hohen Zaun sprang. Ihr Herz klopfte wie wild, während sie durch die Luft flog und geschmeidig auf der anderen Seite landete. Sie musste kaum die Knie beugen, und ihre Gelenke machten ebenfalls keine Probleme. Kaum dass sie gelandet war, flitzte sie auch schon wieder los.

Seth und David hatten die Vordertür des Hauptgebäudes schon eingerannt, bevor die Wachen am Zaun und am Eingangstor überhaupt wussten, was los war. Wobei das mit Einrennen wörtlich zu nehmen war. Keiner von beiden blieb stehen, um die Tür zu öffnen. Sie brachen einfach durch das schwere Glas, was zur Folge hatte, dass der Metallrahmen sich nach innen bog, sodass es aussah, als wäre die Tür implodiert.

Melanie folgte ihnen und blieb direkt hinter der Tür stehen, unter ihren Stiefeln knirschten Glassplitter. Bastien bremste ebenfalls ab.

Es gab drei Flure. Seth rannte den rechten hinunter. David hatte sich für den linken entschieden. In den Tiefen des Hauses wurden Rufe laut, gefolgt von Schmerzensschreien, als die beiden älteren Unsterblichen anfingen, ihre Feinde zu töten. Pistolenschüsse krachten. Irgendetwas ging zu Bruch. Dieselben Geräusche drangen von draußen zu ihnen herein.

»Wohin?«, fragte sie.

Nach dem Lageplan von Seth zu urteilen, waren die Vampire entweder am Ende des mittleren oder des linken Flurs.

»Cliff! Joe!«, rief Bastien.

Aber Melanie hörte nichts außer den panischen Rufen der Söldner.

»Lass es uns mit dem mittleren Flur versuchen«, schlug er grimmig vor und sauste los.

Sie wusste, was er dachte, denn sie hatte den gleichen Gedanken gehabt: Wenn die Vampire nicht betäubt worden waren, dann konnte die Tatsache, dass sie nicht antworteten, nur bedeuten, dass sie tot waren.

Männer in Tarnanzügen strömten mit erhobenen Waffen in den Korridor. Bastien duckte sich mal in die eine und mal in die andere Richtung, um den Kugeln und Betäubungspfeilen auszuweichen, die in ihre Richtung flogen. Während sie ihre Waffen zog, versuchte Melanie, es ihm nachzutun, aber leider hatte sie nicht so viel Übung wie er. Sie bekam zwei Schüsse in die Brust, die von ihrer schusssicheren Weste aufgehalten wurden. Wenig später bohrte sich ein Pfeil in ihre Kevlar-Weste. Ein weiterer traf sie am Arm.

Sie steckte die Sig zurück in das Holster und zog einen der Autoinjektoren mit grüner Verschlusskappe aus der Hosentasche. Lethargie breitete sich in ihren Gliedern aus, als sie die Kappe löste. Sie hob die andere Sig und feuerte auf die Soldaten, während sie den Injektor gegen ihren Oberschenkel presste.

Männer gingen zu Boden. So viele, dass sie nicht mehr mitzählen konnte. Wenn diese Männer nicht alles Menschenmögliche getan hätten, um sie zu töten, wäre sie vielleicht nicht in der Lage gewesen, ihnen wehzutun. Immerhin war sie Ärztin. Jemand, der Menschen *heilte*. Der Wunden versorgte, nicht verursachte.

Zumindest nicht bis zu diesem Tag.

Neue Energie strömte in ihre Körperglieder und verdrängte die Benommenheit.

Mit hoher Geschwindigkeit flitzte sie von Soldat zu Soldat und betäubte die Männer, statt sie zu töten. Sie redete sich ein, dass sie es tat, damit Seth ihre Gedanken lesen und Informationen aus ihnen herausbekommen konnte, aber sie wusste, dass sie in Wahrheit mehr Zeit brauchte, um sich daran zu gewöhnen, einen Menschen zu töten. Ein paar dieser Männer waren möglicherweise nichts als unschuldige Narren. Andere wiederum genossen es womöglich, Emrys' Befehlen zu folgen, gegen seine Feinde zu kämpfen und ihnen Schmerzen zuzufügen. Aber sie wusste nicht, wer zu welcher Kategorie gehörte, und es gefiel ihr nicht, einen Menschen nur auf einen Verdacht hin zu töten.

Die Männer, die sie betäubte, wehrten sich ausnahmslos. Melanie war entsetzt, wie leicht es ihr fiel, sie zu entwaffnen und zu fesseln.

Sie spürte Bastiens Blick und wusste, dass er sie im Auge behielt. »Alles prima!«, rief sie ihm zu, erst dann fiel ihr ein, dass sie nicht die Stimme heben musste. Obwohl von draußen die Geräusche von Schüssen und einer Explosion hereindrangen – die Explosion zerstörte die Glastüren des Vordereingangs komplett –, konnten sie einander problemlos hören, wenn sie in normaler Lautstärke miteinander sprachen.

»Alles prima«, wiederholte sie. Sie wich ein paar Schüssen aus, indem sie sich duckte, ließ einen weiteren bewusstlosen Soldaten zu Boden fallen und stürzte sich auf den nächsten.

Noch nie in seinem Leben hatte Bastien so viel Angst gehabt. Am liebsten hätte er Melanie gesagt, dass sie aufhören sollte, diese Arschlöcher zu betäuben, um sie stattdessen zu töten. Das ging sehr viel schneller und war nur halb so riskant.

Andererseits kannte er Melanie. Und obwohl sie nichts gesagt hatte, wusste er, dass es ihr schwerfiel, jemanden zu töten.

Teufel noch mal, am Anfang war ihm das auch nicht leichtgefallen. Es war schon schwer gewesen, als er noch ein Sterblicher gewesen war und in Napoleons …

Als ihn zwei Kugeln am Arm und an der Schulter trafen, fluchte er. Er schlug dem Schützen die Waffe aus der Hand, schleuderte zwei Dolche in seine Richtung und stürzte sich auf den nächsten Feind, während der Schütze hinter ihm zu Boden ging.

Nein, einen Menschen zu töten war nicht einfach. Er hatte gehört, dass Sarah am ganzen Leib zitterte, nachdem sie ein paar Vampire getötet hatte, auch wenn sie es mit erstaunlicher Zweckmäßigkeit erledigte. Und Sarah jagte nun schon seit ein paar Jahren Vampire.

Er sah, wie Melanie zusammenzuckte und Blut aus einer Wunde in ihrem Oberschenkel quoll.

Die Schmerzen waren noch so eine Sache, an die sie sich würde gewöhnen müssen. Auch wenn ihm das nicht gefiel. Am liebsten wäre es ihm gewesen, wenn sie für den Rest ihrer langen – und sie sollte wirklich lang sein – Existenz nie mehr als einen oberflächlichen Kratzer erleiden musste.

Er hörte sie laut fluchen.

Bastien musste lächeln.

Bisher hatte er sie nur sehr selten fluchen gehört, deshalb amüsierte es ihn jetzt.

Als sie ihn hörte, warf sie ihm einen Blick zu und erwiderte sein Lächeln. »Das tut ganz schön weh!«

»Ich verwöhne dich nachher und mach es wieder gut«, versprach er.

Ihre schönen Lippen verzogen sich zu einem breiten Grinsen, während sie einen weiteren Söldner betäubte.

Danach ließ sie den letzten Autoinjektor fallen und zog die beiden Sigs.

Das musste ihr letzter Betäubungspfeil gewesen sein.

Noch mehr Männer strömten in den Korridor.

War da eine Cafeteria am Ende des Flurs, oder wo kamen die alle her?

Melanie und Bastien stellten sich Rücken an Rücken. Er

schlitzte die Gegner mit seinen Dolchen auf, während sie die Männer mit ihren Neun-Millimeter-Pistolen niederstreckte.

Draußen war eine zweite Explosion zu hören. Dann eine dritte. Und eine vierte.

Bastien und Melanie stiegen über die Leichen hinweg und bahnten sich den Weg bis zur ersten Tür, die vom Flur abging.

Bastien warf einen Blick durch die Öffnung. Unglaublich. Es *war* eine Cafeteria.

Sie durchquerten den Raum, um zu der Tür auf der gegenüberliegenden Seite zu gelangen, wo Melanie einen Blick in den angrenzenden Raum warf. »Trainingsraum«, sagte sie.

Na toll.

War in den Baracken auch nur eine einzige Menschenseele, damit Lisette und Étienne auch was zu tun hatten?

Plötzlich zuckte Melanie wieder zusammen. In ihren Klamotten klafften zwei Löcher, das eine an ihrer Hüfte, das andere an ihrer Taille, direkt unter der schusssicheren Weste. Ihre Cargohose war blitzschnell blutgetränkt.

Bastien fluchte.

»Der gehört *mir*«, stieß Melanie zähneknirschend hervor und schoss dem Angreifer in den Kopf, wobei ihre Augen vor Schmerz und Wut hell aufblitzten.

Bastien baute sich neben ihr auf.

»Es geht mir gut«, knurrte sie.

Aber das stimmte nicht. Zu viele Verletzungen verlangsamten den Heilungsprozess. Und sie hinkte ziemlich heftig.

Die Söldner spürten sofort ihre Schwäche und drehten sich zu ihr um wie Haie, die von einem blutigen Köder angelockt wurden

»Richart!«, rief Bastien und sprang schützend vor Melanie, als die Männer das Feuer auf sie eröffneten.

Er fing sich ein halbes Dutzend Kugeln ein, während er die Dolche fallen ließ und die beiden japanischen Langschwerter zog, durch die Luft wirbelte und mit schnellen Bewegungen Köpfe, Körperglieder und Arterien durchtrennte.

Mit blitzenden Klingen tauchte Richart plötzlich inmitten der Söldner auf. Sobald ihn diejenigen bemerkten, die noch nicht seinem Überraschungsangriff zum Opfer gefallen waren, löste er sich in Luft auf und materialisierte sich in kurzer Entfernung.

Wieder und wieder tauchte er urplötzlich zwischen den Soldaten auf und versetzte sie in Angst und Schrecken. Blitzschnell mähte er seine Feinde nieder, während Melanies Pistolen und Bastiens Schwerter ebenfalls vielen Gegnern das Leben kostete.

Der letzte Mann ging zu Boden.

Die drei Unsterblichen wirbelten herum, um die Tür zum Korridor im Auge zu behalten.

Aber niemand kam hereingestürmt, um seinen Kameraden zu Hilfe zu kommen. Die anderen Soldaten schienen in den übrigen Fluren beschäftigt zu sein.

Bastiens Schultern sackten nach vorn. Sein Körper war übersät von Schusswunden, und er drehte sich zu Melanie um.

Die frischgebackene Unsterbliche atmete stoßweise und suchte Halt an der Wand. Mit einem Nicken signalisierte sie ihm, dass alles in Ordnung war. »Ich muss mich einfach nur dran gewöhnen«, presste sie zwischen zusammengebissenen Zähnen hervor. »Diese höllischen Schmerzen. Daran bin ich einfach nicht gewöhnt.«

Richart schüttelte etwas Blut von seinen Klingen. »Ich brauchte ein Jahrhundert, um damit zurechtzukommen. Du solltest Blut zu dir nehmen, dann geht's dir wieder besser.«

Melanie schüttelte den Kopf. Seit ihrer Verwandlung hatte sie nur Blutkonserven zu sich genommen. Bis jetzt hatte sie es vermeiden können, von einem Sterblichen zu trinken. Und selbst wenn man das nicht direkt als »trinken« bezeichnen konnte, wurde ihr allein bei der Vorstellung übel, das Blut eines Menschen in sich aufzunehmen.

Oder war die Übelkeit nur das Resultat ihrer Verletzung?

Wie auch immer … »Wir müssen Cliff und Joe finden. Danach werde ich etwas trinken.« Und zwar eine Blutkonserve in Davids Haus.

Richart wechselte einen Blick mit Bastien.

Das ärgerte sie. Schließlich war es ihre Entscheidung.

Bastien nickte.

Stirnrunzelnd betrachtete Melanie die Löcher in der Vorderseite seines Shirts. »Brauchst du Blut?«

»Später. Zuerst suchen wir Cliff und Joe.«

Das Fundament des Gebäudes fing plötzlich an zu zittern, draußen war ein lautes grollendes Geräusch zu hören. Die Wände bebten und bekamen Risse.

Die drei Unsterblichen hatten Mühe, sich auf den Beinen zu halten und den Gesteinsbrocken auszuweichen, die von der Decke auf sie herunterstürzten.

»War das eine Bombe?«, fragte Melanie und spähte zum vorderen Teil des Gebäudes. Sie hatte keinen Lichtblitz gesehen.

Bastien schüttelte den Kopf. »Ich glaube, Seth hat Emrys gefunden.«

Amis Herz klopfte so unregelmäßig, dass sie Schwierigkeiten mit dem Atmen hatte. Sie stand in der Tür und starrte in das Innere des Zimmers. Ihr Blick war nicht auf den Vampir gerichtet, der mit Stahlringen auf dem Tisch fixiert war, sondern auf die beiden Männer, die sich über ihn beugten.

Ihre Füße schienen am Boden festzukleben. Sie fing an, am ganzen Körper zu zittern.

»Ami?« Marcus trat neben sie und legte ihr eine Hand auf den Rücken.

Sie war unfähig, ihre Zunge zu bewegen und etwas zu sagen. Oder die Schreie zum Schweigen zu bringen, die durch ihren Kopf hallten.

Marcus, dessen Hand sich unwillkürlich zur Faust ballte, verkrampfte sich im Stoff ihres T-Shirts.

Angst und Hass und erinnerter Schmerz mussten die Grenzen ihres Geists überwunden haben, sodass ihn ihre Schreie durch den mentalen Tunnel erreichten, über den sie mit ihm kommunizierte.

Plötzlich fing das Fundament unter ihren Füßen an zu beben. Draußen war lautes Donnergrollen zu hören.

Seth musste die Schreie ebenfalls gehört haben. Und David. Sie hörte, wie Letzterer irgendwo im Gebäude einen Wutschrei ausstieß.

Eine Brise traf sie, als die beiden Unsterblichen hinter sie traten.

»Ist er das?«, fragte Seth.

Ja.

»Welcher?«, wollte Marcus wissen.

Sie waren beide da. In Texas. Diese beiden Männer haben mich gefoltert.

Seth knurrte und schob Marcus zur Seite. In einem Sekundenbruchteil hatte er den Raum durchquert und presste den älteren der beiden Männer gegen die Wand. Die Füße des Mannes baumelten in der Luft, und Seth hatte ihm ein Messer gegen die Kehle gedrückt. »Mr Emrys, nehme ich an?«

Marcus schoss vorwärts und stürzte sich auf den anderen Mann, bevor David ihm zuvorkommen konnte. Sein Opfer holte mit einer Knochensäge aus. Marcus schlug ihm die Säge aus der Hand, packte ihn an der Kehle und drehte ihn um, sodass der Mann rückwärts gegen Marcus' Brust gedrückt wurde. Ein Dolch tauchte in der Hand des Unsterblichen auf und bohrte sich in die Kehle des Mannes.

David berührte Ami am Rücken.

Sie zwang sich, tief einzuatmen, und machte einen unsicheren Schritt nach vorn. Dann noch einen. Und noch einen. So lange, bis sie in die Augen des Mannes sehen konnte, den Marcus festhielt. Er war nur wenige Zentimeter größer als sie. Dickbäuchig. Blass.

»Erinnern Sie sich an mich?«, fragte sie und legte all ihren tief empfundenen Hass in die Worte.

»Nein«, log er mit hoher, angespannter Stimme.

»Das werden Sie noch, keine Sorge«, versprach sie ihm.

Bastien rannte hinter Melanie her, wobei er die Tatsache verfluchte, dass sie schneller war als er. Als er schlitternd neben ihr zum Stehen kam, standen sie in der Tür zu einem Raum, der aussah wie ein Operationssaal mit einer verglasten Besuchergalerie. Von hier aus konnte man den Raum überschauen.

Seth hatte einem Sterblichen ein Messer an die Kehle gesetzt und übte dabei genug Druck aus, sodass sich der Mann vor Angst in die Hosen pinkelte.

Marcus drückte einen anderen Mann gegen seine Brust, während Ami mit ihm sprach.

Mit einem entsetzten Aufschrei eilte Melanie zu der Gestalt auf dem Operationstisch. Cliffs nackte Haut war überzogen mit getrocknetem Blut, das von den zahllosen Wunden stammte, mit denen sein Körper übersät war. Mehrere Dutzend davon waren nicht geheilt und bluteten. Seine Augen waren geschlossen.

Melanie beugte sich über ihn und streichelte ihm über die Rastazöpfe. Tränen quollen unter ihren Augenlidern hervor und fielen auf Cliffs Stirn und seine Wangen. »Cliff?«

»Wie öffnet man die Stahlschellen?«, fragte Bastien die beiden Männer.

Seth rammte sein Opfer gegen die Wand. »Antworten Sie ihm.«

Der Mann presste die Lippen aufeinander.

Seth bedachte ihn mit einem unheilvollen Lächeln.

Jetzt versuchte der Kerl nicht mehr, Seth' Hand von seiner Kehle wegzuziehen, sondern griff sich stattdessen an den Kopf. Schmerz zeichnete sein Gesicht.

Seth drehte sich zu Melanie um. »An der Unterseite des Tisches sind mehrere Knöpfe, mit denen man die Schellen öffnen und schließen kann.«

Bastien fand die Knöpfe und drückte sie.

»Alles wird gut, Cliff«, flüsterte sie. »Wir bringen dich nach Hause.«

Bastien nahm den jungen Vampir auf die Arme. Während Melanie vorausging zum Flur, sah Bastien auf seinen Freund hinunter.

Cliffs Augenlider hoben sich ein ganz klein wenig. Gerade genug, dass seine schläfrigen, leuchtenden Augen sichtbar wurden, die ihn anstarrten, ohne ihn zu erkennen.

In seinen Augen glitzerte Wahnsinn.

Dann verlor der Vampir wieder das Bewusstsein.

Bastien schluckte schwer und kämpfte gegen die Trauer und die Angst an, die in ihm aufstiegen. Der Wahnsinn konnte Cliff noch nicht bezwungen haben – dafür war es noch zu früh. Sie brauchten mehr Zeit. Und hätten sie auch gehabt, wenn er nicht gefoltert worden wäre.

Aufgebracht drehte sich Bastien zu Seth herum.

Wir kriegen das schon hin, versprach ihm Seth, in dessen hellgolden leuchtenden Augen Anteilnahme lag.

Bastien nickte und folgte Melanie hinaus in den Flur.

Seth wirbelte herum und knallte Emrys mit dem Rücken zuerst so heftig auf den Stahltisch, dass ihm die Luft aus der Lunge gedrückt wurde.

Emrys stieß einen Schrei aus.

David machte eine Geste. Die Stahlringe schlossen sich um die Arme und Beine ihres Feinds.

»Ich werde euch reich machen!«, kreischte Emrys. »Ich sorge dafür, dass wir alle steinreich werden!«

Seth' Lippen verzogen sich zu einem Lächeln, das selbst Bastien erschaudern ließ. »Und ich sorge dafür, dass Sie vor Schmerz schreien.«

Der Mann fing an, um Hilfe zu rufen.

Aber niemand würde kommen.

Ami trat an den OP-Tisch.

Bevor sich die Tür wie von Geisterhand schloss, sah Bastien, wie sie die Hand nach dem Skalpell ausstreckte.

»Dr. Lipton.«

Melanie wandte sich von der Tür ab, hinter der laute Schreie gellten.

Die drei französischen Unsterblichen musterten sie mit ernsten Gesichtern.

»Melanie«, korrigierte sie mechanisch. Sie hatte immer noch Schmerzen und war verstört von den Ereignissen der Nacht.

»Wir haben Joe gefunden«, erklärte Richart. Sein sanfter Tonfall warnte sie vor dem, was er als Nächstes sagen würde.

Lisette machte einen Schritt auf sie zu und berührte sie am Arm. »Er ist bewusstlos. Aber … der Wahnsinn hat die Kontrolle über seine Gedanken übernommen.«

Étienne nickte voller Anteilnahme. »Nichts als die Rasereien eines Wahnsinnigen.«

Melanie starrte durch sie hindurch. Sie konnte das nicht. All dieser Schmerz und Tod um sie herum …

Den Gedanken, Joe in dieser Nacht zu verlieren, ertrug sie einfach nicht. Sie konnte nicht ruhig danebenstehen, während Bastien sein Langschwert zog und ausholte. Konnte nicht mit ansehen, wie sein Kopf von seinem Körper getrennt wurde und zu Boden fiel. Zusehen, wie sein Körper in sich zusammenschrumpfte, bis nichts mehr von ihm übrig blieb.

Tränen traten ihr in die Augen und liefen ihr über die Wangen, als sie sich zu Bastien umdrehte. Sie schüttelte den Kopf. »Bitte … nicht heute Nacht. Nicht hier. Nicht … so. Nicht, ohne wenigstens versucht zu haben, ihn zurückzuholen. Bitte.«

Seine Augen leuchteten in einem durchdringenden Bernsteinton, der die Feuchtigkeit, die in seinen Augen glitzerte, noch betonte. Die Vampire waren seine Freunde. Sie wusste, dass sie es ihm noch schwerer machte, indem sie ihn darum bat, das Unvermeidliche hinauszuschieben, aber …

Die Erleichterung, die sie durchströmte, als er zustimmend nickte, ließ ihre Knie weich werden. Fast wäre sie zu Boden gegangen.

Die Geschwister deuteten auf eine Tür am Ende des Flurs.

Melanie hinkte zu der Tür und betrat das Zimmer.

Joe lag reglos auf einem Stahltisch, identisch mit dem, auf dem Cliff gelegen hatte. Die Stahlringe, mit denen Arme, Beine und Kopf fixiert waren, waren voller Blut, das von seinen Befreiungsbemühungen und den Wunden herrührte, die ihm seine Folterknechte zugefügt hatten. Sein Brustkorb hob und senkte sich unter schnellen Atemstößen.

Als Melanie neben ihn trat, öffnete er die Augen und rollte sich so herum, dass er sie ansehen konnte. Seine leuchtend blauen Augen durchbohrten sie voller Hass. Ein Sprühregen aus Speichel regnete auf sie nieder, als er sie anschrie, und er lallte so stark, dass er kaum zu verstehen war.

»Joe?«, sagte sie sanft. »Ich bin's, Dr. Lipton. Melanie.«

Nichts. Keine Veränderung.

Sie griff unter den Tisch und drückte auf den Knopf, der den Stahlring um seinen Hals öffnete.

Die schwere Metallklammer sprang auf.

Sofort riss Joe den Kopf hoch und schnappte nach ihr wie ein wildes Tier.

»Joe.« Der Kloß in ihrem Hals war so groß, dass sie Mühe mit dem Sprechen hatte. »Es ist alles in Ordnung, Joe. Du bist in Sicherheit. Cliff ist auch hier. Und Bastien. Wir bringen dich nach Hause.«

Er fing an, seinen Kopf wieder und wieder gegen den Stahltisch zu schlagen. Seine Arme und Beine zuckten. Bei jeder Bewegung schnitten die Stahlfesseln tiefer in sein Fleisch.

Melanie griff in ihre Gesäßtasche und holte einen der beiden Autoinjektoren mit einer passenden Dosis für einen Vampir heraus. Sie zog die gelbe Verschlusskappe ab.

»Alles wird gut«, log sie und drückte den Injektor gegen seine Schulter.

Die Bewegungen des Vampirs wurden langsamer. Sein Kopf sackte nach hinten, die Muskeln entspannten sich.

Sie streichelte ihm über das zerzauste blonde Haar und sah ihm in die brennenden Augen. »Du bist jetzt unter Freunden.«

Seine Augenlider wurden schwer und schlossen sich.

Sie ging um den Tisch herum und drückte die Knöpfe auf der anderen Seite. Bastien, der Cliff in den Armen trug, tauchte im Türrahmen auf.

Als sich ihre Blicke trafen, schluchzte sie. Sie wussten, was der nächste Tag bringen würde.

18

Während sich die Unsterblichen, ihre Sekundanten und der Chef des Netzwerks um Davids beeindruckenden Esszimmertisch sammelten, waren sie in angeregte Gespräche vertieft. Seth und David nahmen ihre üblichen Plätze an den Kopfenden der Tafel ein. Die anderen verteilten sich auf die Stühle an den Längsseiten des Tisches.

Bastien fand sich zwischen Melanie und Richart wieder, während Richarts Geschwister ihm gegenübersaßen.

Es war fast ein Monat vergangen, seit sie Emrys' Anwesen angegriffen hatten, dennoch kam es ihm vor, als läge es nur wenige Tage zurück. Die Zeit dazwischen war wie eine Achterbahnfahrt gewesen, voller Höhen und Tiefen, sodass Bastien inzwischen das Gefühl hatte, dass er nichts in seinem Leben wirklich unter Kontrolle hatte.

Für Joe hatten sie nichts mehr tun können. Melanie hatte versucht, zu ihm durchzudringen ... sie hatte es so sehr versucht, das es Bastien fast das Herz gebrochen hätte. Gleichzeitig liebte er sie dafür nur noch mehr. Aber der junge Vampir war verloren gewesen und seine geistige Gesundheit vollständig von dem Virus zerstört worden.

In Übereinstimmung mit Joes mündlichem Testament, das er bei seinem Einzug in das Hauptquartier gemacht hatte, war der junge Vampir zuerst betäubt worden, danach hatte Melanie ihn ausbluten lassen. Vollständig. Und er war ... fort. Einfach so. Es gab nicht einmal etwas, das sie hätten begraben können.

Dr. Whetsman hatte verzweifelt nach Argumenten gesucht,

um Chris davon zu überzeugen, dass sie Joes Testament ignorierten und die Organe und das Gehirn des Vampirs entnahmen, um sie zu studieren.

Aber Chris hatte nicht nachgegeben.

Danach hatte Bastien seinen Widerstand gegen den Netzwerkchef aufgegeben.

Endlich hatten die beiden eine gemeinsame Grundlage gefunden. Chris hatte seine Kontakte verloren. Bastien hatte seine Freunde verloren. Und beide gaben sich die Schuld dafür.

Cliff hingegen hatte sich wieder erholt. Bastien hätte das nicht für möglich gehalten, ebenso wenig wie Melanie. Erstaunlicherweise gelang es Cliff immer noch, den Wahnsinn zurückzudrängen, dem seine beiden Freunde zum Opfer gefallen waren. Er verbrachte viel Zeit mit Stuart, der jeden Tag nach neuen Wegen suchte, um wiedergutzumachen, dass die Söldner dank seiner unfreiwilligen Hilfe das Hauptquartier hatten angreifen können.

Unzählige Servierplatten mit leckeren Speisen wurden am Tisch weitergereicht. Die köstlichen Gerüche, die in der Luft hingen, ließen einem das Wasser im Mund zusammenlaufen. Sie tranken Wasser, Tee und prickelnden Grapefruitsaft. Sie lachten zusammen und neckten sich gegenseitig.

Melanie legte die Hand auf Bastiens Oberschenkel.

Er sah sie an.

»Alles in Ordnung?«, wollte sie wissen.

Er nickte, nahm ihre Hand und führte sie an die Lippen, um sie zu küssen.

Er und Melanie waren sich näher als je zuvor. Und auch wenn Melanie in ihr gemütliches Haus hätte zurückkehren können, zog sie es vor, mit ihm zusammen bei David zu leben. Nachts widmete sie sich mit Seth' Erlaubnis weiterhin ihren medizinischen Forschungen. Seth hielt es für wichtiger, dass sie ihre Forschungen weiterführte, als den Unsterblichen bei der Vampirjagd zu helfen.

Richart, der Bastien gegenübersaß, räusperte sich. »Wie geht es Cliff?«

Bastien spürte Melanies Überraschung, als sie antwortete.

»Es geht ihm gut. Seit wir ihn gerettet haben, hatte er keinen psychotischen Anfall mehr.«

Richart schob das Essen auf seinem Teller hin und her. »Ich habe darüber nachgedacht, ihn zu besuchen.«

Melanie sah Bastien an.

Er schien genauso verblüfft zu sein wie sie. »Ich glaube, dass ihm das gefallen würde«, sagte Bastien langsam. »Ich bin mir sicher, dass er es leid ist, Tag für Tag dieselben Gesichter zu sehen.«

Étienne ergriff das Wort. »Vielleicht schaue ich auch mal bei ihm vorbei.«

Die beiden Franzosen hatten Cliff kennengelernt, während sie in Seth' Auftrag Bastien im Auge behalten hatten. Hatten sie dasselbe gesehen wie er? Etwas, das es zu retten wert war? Etwas, wofür es sich zu kämpfen lohnte?

Melanie lächelte. »Das wäre großartig.«

»Interessiert er sich für Sport?«, fragte Lisette hoffnungsvoll.

»Ja.«

»Vielleicht kann ich mir ein Spiel mit ihm zusammen ansehen.«

Tanner, der neben ihr saß, nickte. »Da wäre ich dabei. Wir könnten uns ein Spiel der Lakers ansehen. Wenn ich mich richtig erinnere, ist Cliff ein großer Lakers-Fan.«

»Exzellent«, sagte Lisette. »Ich bringe Erdnüsse und Popcorn mit.«

Der Rest des Mahls verging wie im Flug. Auch wenn Bastien nicht mehr so viel Ablehnung entgegenschlug wie vorher, zogen es dennoch viele vor, ihn nicht in ihre Gespräche mit einzubeziehen. Nicht, dass er das wirklich mitbekommen hätte. Er war zu sehr damit beschäftigt, sich zu fragen, ob die Hölle zugefroren war.

Unsterbliche, die sich mit einem Vampir anfreundeten? Was zum Henker kam als Nächstes?

Kurz nach dem Abendessen ergriffen Melanie und er die Flucht. Wobei es sich bei dem Essen genau genommen um ein Frühstück oder Brunch gehandelt hatte – schließlich war es die erste Mahlzeit der Nacht.

Händchen haltend stiegen sie die Kellertreppe hinunter, wichen Marcus' halb kahlem Kater aus und gingen dann zu dem Ruheraum, den sie miteinander teilten. Dort würden sie sich lieben, bevor Melanie zum Netzwerk aufbrach und Bastien auf die Jagd ging, um möglicherweise weitere Vampire zu rekrutieren.

Emrys war tot. Die wenigen Soldaten, die von seiner Schattenarmee übrig geblieben waren, hatten keine Erinnerung mehr daran, was sie in den letzten Monaten getan hatten. Außerdem hatte Seth Donalds und Nelsons Erinnerungen gelöscht.

Nichtsdestotrotz wuchs die Vampirpopulation in der Gegend immer weiter an.

Die Situation erinnerte Bastien an Zeitungen und Skandalblätter, auf deren Titelseiten es von Anschuldigungen in Großbuchstaben wimmelte. Wenn diese sich als unbegründet erwiesen, gab es auf Seite siebenunddreißig, wo die wenigsten sie bemerkten, Entschuldigungen und Gegendarstellungen in winziger Schrift zu lesen.

Wie dem auch sei, die Nachrichten von den Aufständen und Schlachten, die es in North Carolina gegeben hatte, waren um den Globus gegangen. Die Nachricht hingegen, dass die Kämpfe mit dem Sieg der Unsterblichen Wächter geendet hatten, erregte wenig Aufmerksamkeit.

»Bastien. Melanie.«

Beim Klang von Chris' Stimme drehten sie sich um.

»Seth wollte mit euch sprechen, bevor er aufbricht, aber leider musste er schon los.«

»Braucht er unsere Hilfe?«, wollte Bastien wissen.

»Nein. Er wollte euch den hier geben.« Chris trat näher und hielt ihnen einen Schlüsselbund hin.

Melanie nahm ihn entgegen und drehte ihn in der Hand hin und her. »Wofür ist der?«

»Für euer neues Zuhause. Seth dachte, dass ihr beiden vielleicht gern einen Ort hättet, wo ihr ungestört sein könnt, und Melanies Haus ist nicht sicher.«

Verblüfft starrte Bastien ihn an.

Chris zog einen seiner treuen Notizblöcke heraus, blätterte darin und riss dann eine Seite heraus. »Hier ist die Adresse und eine Wegbeschreibung. Das Haus ist vollständig möbliert, aber es steht euch natürlich frei, alles nach eurem Geschmack zu verändern. Ich wusste, dass ihr beiden nicht viel Zeit zum Einkaufen habt, und habe die Küche deshalb mit allem Notwendigen ausgestattet. Im Kühlschrank sind Blutkonserven, und im Badezimmer findet ihr alle nötigen Hygieneartikel. Der Keller ist mit einem Fluchttunnel versehen. Und auf meinem Weg hierher bin ich an dem Haus vorbeigefahren und habe die Heizung eingeschaltet. Falls ihr es euch jetzt ansehen wollt oder den Tag nach der Arbeit dort verbringen wollt, ist alles vorbereitet.«

Bastien, der Melanies Blick auf sich spürte, sah sie an.

»Wir haben ein eigenes Haus?«, fragte sie. »Für uns allein?«

Unsicherheit machte sich in ihm breit. »Wenn du nicht mit mir zusammenleben möchtest …«

Sie runzelte die Stirn und boxte ihn dann hart gegen die Schulter. »Natürlich will ich mit dir zusammenleben. Ich liebe dich, Bastien. Und ich bin entschlossen, dich zu heiraten, wenn du endlich deinen Hintern hochkriegst und mich um meine Hand bittest.«

Alle Gespräche im Haus verstummten schlagartig.

Bastien fiel die Kinnlade herunter.

Chris erging es ebenso.

»Im Ernst?«, fragten die beiden Männer gleichzeitig.

Melanie verdrehte die Augen. Sie legte den Kopf in den Nacken und sprach zur Zimmerdecke. »Ja. Im Ernst. Ich liebe Sebastien Newcombe. Und ich habe vor, die Ewigkeit mit ihm zu verbringen. Wenn einem von euch da oben das nicht passt, dann findet euch endlich damit ab.«

Bastien grinste. Er hatte gewusst, dass er ihr etwas bedeutete. Das spürte er jedes Mal, wenn er sie berührte. Aber er hatte irgendwie angenommen, dass sich ihre Gefühle für ihn ändern würden, wenn sie mehr Zeit mit ihm verbrachte und …

Nun ja, inzwischen kannte sie alle seine Geheimnisse. Vielleicht würden sich ihre Gefühle für ihn ja wirklich nicht ändern?

Er neigte den Kopf und küsste sie. »Heiratest du mich, Melanie?«

»Himmel, ja. Und jetzt lass uns endlich hier abhauen und uns unser neues Zuhause ansehen. Dort kann ich dir so viele versaute Sachen ins Ohr flüstern, wie ich will, ohne dass uns alle zuhören.«

Lachend nahm er ihre Hand und zog sie die Treppe hinauf. Als sie die Haustür erreichten, rannten sie fast, begierig darauf, ihre gemeinsame Zukunft sofort beginnen zu lassen.

Und verdammt sollte er sein, wenn er nicht hörte, wie ein paar von den Unsterblichen im Haus johlten und Beifall klatschen.

Ami biss die Zähne zusammen. Ihr Magen rebellierte so heftig, dass sie fürchtete, ihr Abendessen wieder von sich zu geben.

Ein hochgewachsener, warmer Körper presste sich gegen ihren Rücken. Marcus küsste sie auf den Hals und schlang die Arme um ihre Taille.

Ihre Anspannung ließ nach, sie ließ sich gegen ihn fallen und schloss die Augen.

In dem Zimmer, das sie sich in Davids Haus teilten, war es tropisch warm, die hohe Luftfeuchtigkeit rührte von ihrer gemeinsamen Dusche her.

»Dein Herz rast«, brummte Marcus zwischen zwei Küssen.

Ami zwang sich zu einem Lächeln. »Du hast eben diese Wirkung auf mich.«

Er drehte sie zu sich um, küsste sie sanft auf den Mund und bahnte sich dann mit den Lippen einen Pfad über ihren Hals, bis er schließlich bei ihrer Stirn angekommen war. »Du bist ganz heiß.«

»Du löst solche Dinge eben bei mir aus«, neckte sie ihn. »Na ja, du *und* die Dusche. Eine sehr effektive Kombination.«

Er lachte anzüglich. »Ich wünschte, wir könnten die ganze Nacht in der Dusche verbringen.«

Sie knabberte an seinem Kinn und löste sich dann von ihm. »Das würde mir auch gefallen. Unglücklicherweise jagen sich die Vampire nicht selbst.«

Mit einem Aufstöhnen fuhr er fort, sein Shirt zuzuknöpfen.

Sobald er mit dem Shirt fertig war, legte Ami ihm den Patronengurt mit den Wurfmessern um den Oberkörper.

»Stimmt was nicht, Liebes?«, fragte er und musterte sie prüfend.

Seinem Blick ausweichend, streckte sie die Hand nach seinen Kurzschwertern aus und ließ sie in die entsprechenden Scheiden gleiten. »Ich mache mir Sorgen wegen der Söldner. Was ist, wenn wir nicht alle erwischt haben? Was ist, wenn es noch mehr sind?«

»Chris scheint zu glauben, dass wir die Gefahr, die von den Sterblichen für uns ausgeht, vollständig beseitigt haben.«

Sie suchte seinen Blick. »Wir waren auch nicht davon ausgegangen, dass Keegan eine echte Bedrohung darstellt, und du weißt ja, wie das ausgegangen ist.«

»Aber nur, weil dieses kleine Wiesel uns *überrascht* hat. Emrys hingegen war eine echte Bedrohung. Und jetzt, da er tot ist, kann er uns nichts mehr anhaben.«

Ami nickte. Sie hatte den Unsterblichen dabei geholfen, Emrys auszuschalten, und sie wusste immer noch nicht, was sie von der Rolle halten sollte, die sie in jener Nacht gespielt hatte. Diese ganze Gewalt, die sich dort entladen hatte.

Auf der Bettkante sitzend, schlüpfte Marcus in einen seiner Stiefel und band den Schnürsenkel zu.

Ami verschränkte die Arme vor der Brust und versuchte, ihren Magen zu ignorieren, der erneut rebellierte.

»Du hast beim Abendessen nicht besonders viel gegessen«, kommentierte Marcus und musterte sie eindringlich.

Verdammt, er kannte sie wirklich gut. »Das Parfum von Tracy hat mich in den Wahnsinn getrieben«, gab sie zu. »Ich konnte deswegen nicht mal das Essen riechen.«

Marcus runzelte die Stirn. »Das hast du gerochen?«

»Wie auch nicht? Es war so stark, dass es den ganzen Raum erfüllte.«

Er schüttelte den Kopf. »Tracy benutzt kein Parfum, Liebes. Das war ihr Deodorant.«

Ami starrte ihn an. Ein ungutes Gefühl, das nichts mit dem Abendessen zu tun hatte, breitete sich in ihr aus. »Ach, tatsächlich?«

»Ja. Mir war nicht klar, dass ein Mensch …«, er lächelte, »… oder du es überhaupt riechen kannst.«

»Doch, das konnte ich. Sie muss unbedingt einen geruchlosen Deokristall benutzen. Wenn sie jemals Lisette zu Hilfe kommen muss, werden die Vampire sie aus einem Kilometer Entfernung riechen können.«

»Na schön«, erwiderte er und nahm den anderen Stiefel entgegen, den sie ihm reichte. »Das darfst du ihr dann aber auch gern selber sagen.«

Wohl kaum.

»Ist sonst noch etwas?«, fragte er und sah sie prüfend an, als versuchte er herauszufinden, was sich geändert hatte … ob sie das Haar geschnitten oder es anders frisiert hatte …

»Was meinst du?« Sie wusste, dass er sie durchschaute. Sie war absolut unfähig zu lügen, insbesondere was ihn oder Seth betraf.

Er schob seinen großen Fuß in den Stiefel und hielt dann inne. »In letzter Zeit herrschte hier eine Menge Betrieb … ständig sind Leute gekommen oder gegangen.«

Mehr Unsterbliche und Sekundanten als üblich hatten Davids Einladung wahrgenommen, jederzeit vorbeizuschauen. Manche kamen nur zum Essen vorbei, andere blieben auch den ganzen Tag.

»Brauchst du eine Pause, Süße?«, wollte Marcus wissen, und seine Stimme klang sanft und besorgt. »Soweit ich weiß, gehören dem Netzwerk eine ganze Reihe von sicheren Häusern. Wir könnten mit Chris sprechen und eine Zeit lang in einem davon wohnen.«

Ami blinzelte die Tränen weg. Marcus wusste, wie schwer es ihr fiel, neue Leute kennenzulernen und Zeit mit Männern und Frauen zu verbringen, die sie nicht kannte. Diese Angst war eine Folge ihrer monatelangen Gefangenschaft und der Folter, die sie durch Emrys und seine Gefolgsleute hatte erleiden müssen.

Sie schüttelte den Kopf. »Nein, das können wir nicht. Du

weißt, dass *ich* der Grund bin, warum wir zurzeit doppelt so viele Besucher haben wie normal. Sie alle wussten, dass Emrys fest entschlossen war, mich wieder in seine Gewalt zu bringen. Sie waren hier, um mich zu beschützen. Wie kann ich das ablehnen?«

Er band seinen Schnürsenkel zu und erhob sich dann. »Du musst nur einen Ton sagen, und ich werde das für dich übernehmen. Wir müssen nicht mal im Land bleiben. Wir können zusammen nach England oder Frankreich gehen. Nach Italien. Australien. Irgendwohin, wo wir wirklich allein sind.«

Sie trat zu ihm, schlang die Arme um ihn und schmiegte sich an seinen muskulösen Oberkörper. »Aber meine Familie ist hier. *Unsere* Familie ist hier. Also bleiben wir hier.«

Er umarmte sie fest und küsste sie auf den Scheitel. »Was immer dich glücklich macht.«

Ami drückte ihn an sich und räusperte sich. »Du musst jetzt los.«

Marcus gab ihr einen leidenschaftlichen Abschiedskuss und ging dann zur Tür. »Oh, und übrigens … ich habe gehört, dass Sheldon heute Nacht mit Darnell trainiert.«

Sheldon hatte es einmal geschafft, Marcus in Schwierigkeiten zu bringen, als dieser sich gerade an ein paar Vampire heranschlich. Ami war ihm zu Hilfe geeilt, und die Konfrontation hatte damit geendet, dass einer der Vampire ihr ein Messer in den Rücken gerammt hatte.

Während sie noch die Stirn runzelte, bedachte Marcus sie mit einem Lächeln und zwinkerte ihr zu. »Sei nicht so hart zu dem Jungen.«

Ami schaffte es tatsächlich, sein Lächeln zu erwidern … zumindest bis er in den Flur gegangen war und die Tür hinter sich geschlossen hatte. Dann schlug sie sich die Hand vor den Mund und stürzte ins Badezimmer. Dort beugte sich über die

Toilettenschüssel und erbrach auch noch den kleinen Rest von ihrem Abendessen.

Als der Würgereiz endlich nachließ, spülte sie sich den Mund aus und putzte sich die Zähne. Zur Sicherheit spritzte sie sich noch ein bisschen kaltes Wasser ins Gesicht. Als sie sich mit einem Handtuch über Augen und Wangen fuhr, zitterten ihre Hände.

Im Badezimmerspiegel studierte sie ihr bleiches Spiegelbild. Tränen traten ihr in die Augen und liefen ihr über die Wangen.

Sie konnte nicht länger ignorieren, was mit ihr geschah. Schon seit Tagen hatte sie das Gefühl, dass etwas nicht stimmte, aber bisher hatte sie gehofft, dass es nur die Nerven waren. Von so vielen Fremden umgeben zu sein und Emrys zu jagen war sehr stressig gewesen, andererseits … Stress führte nicht dazu, dass man Gerüche intensiver wahrnahm. Ebenso wenig bekam man davon Fieber. Keinen Appetit zu haben, mochte ja noch angehen, aber sich gleich zu übergeben …

Sie ging ins Schlafzimmer zurück, schnappte sich das Handy und wählte Darnells Nummer.

»Hey, Ami«, erklang seine fröhliche Stimme. »Du solltest dem Trainingsraum einen Besuch abstatten. Ich bin gerade dabei, Sheldon einen ordentlichen Arschtritt zu verpassen.«

»Nur in deinen Träumen«, hörte sie Sheldon im Hintergrund sagen. »Warte, hast du gesagt, dass Ami dran ist?«

Darnell lachte. »Er hat wirklich Angst vor dir. Was hast du mit ihm gemacht?«

Abgesehen davon, dass sie ihm in allen Details ausgemalt hatte, was sie ihm antun würde, wenn er Marcus' Leben noch einmal in Gefahr brachte … nichts.

»Ich muss unbedingt mit dir reden«, sagte sie statt einer Antwort.

»Sicher«, sagte Darnell, dessen Stimme ernst wurde. »Wo bist du?«

»In unserem Schlafzimmer.« Es war in einem der beiden Ruheräume untergebracht, die ihren Bewohnern Privatsphäre verschafften.

»Bin schon unterwegs.«

Nur wenige Sekunden vergingen, ehe sich die Tür öffnete. Darnell glitt in das Zimmer und schloss die Tür hinter sich. Er war einen Meter fünfundachtzig groß und trug die Standarduniform der Sekundanten. Das schwarze Shirt spannte über seinen breiten Schultern, und sein kahlgeschorener, brauner Kopf glänzte im Lampenlicht.

Ami warf ihr Handy auf das Bett.

Darnell brauchte nur einen Blick auf ihr Gesicht zu werfen und sagte sofort: »Oh verdammt. Was ist passiert? Ist etwas nicht in Ordnung?«

Ihr nächster Atemzug verwandelte sich in ein Schluchzen. »Ich bin infiziert«, erklärte sie und brach in Tränen aus.

Wenn Darnells Gesichtsfarbe es erlaubt hätte, wäre er bleich geworden. »Was?«

»Ich bin mit dem Virus infiziert. Ich bin dabei, mich zu verwandeln«, schluchzte Ami.

Fluchend durchquerte er das Zimmer und nahm sie fest in die Arme. »Bist du sicher?«

Sie nickte.

Da sie weder eine Sterbliche noch eine *Begabte* war, wusste niemand, ob sie sich in einen Vampir oder eine Unsterbliche verwandeln würde, wenn sie einmal mit dem Virus infiziert war. Oder ob sie die Verwandlung überhaupt überleben würde.

»Weiß Marcus davon?«

Sie schüttelte den Kopf. Jetzt schluchzte sie so heftig, dass sie kaum sprechen konnte. Sie war nicht imstande, es Marcus zu sagen. Er würde sich die Schuld geben und … wenn sie starb oder sich in einen Vampir verwandelte …

Sie konnte es ihm einfach nicht sagen. Noch nicht.

Darnell lockerte seine Umarmung und tastete nach seinem Handy. »Hallo, ich bin's. Wir haben ein Problem. Ami braucht dich im Ruheraum, sofort. Bring David mit.«

Noch nie zuvor hatte sie ihn mit einem so harten Unterton sprechen hören. Darnell besaß ein sonniges Gemüt. Es war nicht leicht, ihn wütend zu machen. Selbst Bastien schaffte das nicht: Immer wenn er es versuchte, endete es damit, dass *er* hinterher derjenige war, der sich ärgerte – weil er keinen Erfolg gehabt hatte.

Prickelnde Energie erfüllte das Zimmer. Seth und David materialisierten sich direkt vor der Schlafzimmertür. Ami musste einen Schritt nach hinten machen und den Kopf in den Nacken legen, damit sie den beiden Unsterblichen in die besorgten Augen sehen konnte.

»Was ist passiert?«, fragte Seth ohne Vorgeplänkel.

»Marcus hat Ami gebissen, und jetzt ist sie infiziert«, knurrte Darnell mit so viel Gift in der Stimme, dass es Ami die Sprache verschlug.

Seth' Augen fingen an, in einem hellen Goldton zu leuchten, während die von David bernsteinfarben aufblitzten. Ein grollendes Geräusch wurde laut, als der Boden unter ihren Füßen, die Wände und die Zimmerdecke zu beben begannen.

»Ich bring ihn um«, schnarrte Seth.

»Nein!«, schrie Ami laut, um das Rumpeln zu übertönen. »Es ist nicht so, wie du denkst!«

»Du lügst auch noch für ihn? Um ihn zu schützen?«, rief der Unsterbliche wütend.

»Weil er mich nicht gebissen hat! Darnell hat mich missverstanden. Er hat mich nicht gebissen.« Sie sah David an. »Marcus hat mich nicht gebissen!«

David, dessen Augen immer noch vor Wut blitzten, legte beschwichtigend die Hand auf Seth' Schulter und wechselte einen Blick mit Darnell.

Der betrachtete Ami stirnrunzelnd. »Aber du hast gesagt, dass du infiziert bist, dass du dabei bist, dich zu verwandeln.«

»Das bin ich auch«, erwiderte sie. »Aber …«

Seth schüttelte Davids Hand mit einem wütenden Brüllen ab und verschwand. Das Gebäude hörte auf zu zittern, und auch das Donnergrollen verstummte.

Panik durchzuckte Ami. »Wohin geht er?«

»Marcus finden, schätze ich«, antwortete David mit angespannter Stimme.

»Dann ruf ihn zurück!«, flehte sie. »Er wird ihn töten!« Als David sie nur wortlos anstarrte, richtete sie den Blick auf Darnell. »Marcus hat mich nicht gebissen, Darnell. Bitte! Lass nicht zu, dass Seth ihn tötet!«

In Darnells dunkelbraunen Augen spiegelte sich Unsicherheit wider. »Wie zum Henker soll ich ihn aufhalten?«

»Ich weiß es nicht! Klemm dich an dein verdammtes Handy und …«

In dieser Sekunde tauchte Seth wieder auf, eine Hand hatte er um Marcus' Kehle gelegt. Er ließ ihn dreißig Zentimeter über dem Boden baumeln. Wieder begann das Haus, unter Seth' Zorn zu beben.

Marcus bemühte sich erfolglos, Seth' Finger von seinem Hals zu lösen. Er wurde immer röter im Gesicht und richtete die weit aufgerissenen Augen auf Ami. *Was geht hier vor?*, fragte er sie auf telepathischem Wege.

Er glaubt, dass du mich gebissen hast, erklärte sie.

Was? Er sah Seth an. *Ich habe sie nicht gebissen! Ich schwöre es! Ich liebe sie. Ich würde mein Leben opfern, um sie zu beschützen! Warum zum Teufel sollte ich sie mit dem Virus infizieren, wenn ich weiß, dass ich ihr damit schaden könnte? Dass das Virus sie mir wegnehmen könnte?*

Eine steile Falte bildete sich zwischen Seths' Augenbrauen. Er lockerte seinen Griff und ließ Marcus fallen.

Seth konnte nicht nur die Gedanken einer Person lesen, er konnte auch spüren, was sie empfand, und ihre Vergangenheit sehen.

Marcus stolperte, schaffte es aber, sich aufrecht zu halten. Allerdings gelang es ihm nicht, seine Lungen mit Luft zu füllen. Dafür hatte Seth zu viel Schaden an seiner Kehle angerichtet.

»David«, bettelte Ami. »Bitte.«

Ohne Seth anzusehen, legte er seine mitternachtschwarzen Finger um Marcus' Kehle, um ihn zu heilen.

Luft strömte in Marcus' Mund und füllte seine Lungen.

Als David die Hand wegzog, beugte sich Marcus nach vorn und atmete tief durch. Ein und aus. Ein und aus.

Es klingelte an der Tür.

Darnell ging hinüber und öffnete sie einen Spalt.

Étienne, Lisette, Tracy, Sheldon, Yuri, Stanislav, Ethan und Edward standen im Flur. Sie wirkten verunsichert.

Étienne räusperte sich. »Ist bei euch alles in Ordnung?«

»Ja«, erwiderte Darnell mit ausdrucksloser Miene. »Warum fragst du?«

Étienne deutete auf die Zimmerdecke. »Weil das Haus dabei ist, um uns herum zusammenzubrechen.«

Alle im Ruheraum richteten den Blick auf Seth.

Der schloss die Augen und atmete ein paarmal tief ein und aus.

Das Grollen ließ nach. Das Haus hörte auf zu zittern.

Darnell drehte sich wieder zu den anderen um. »Uns geht es gut. Vielen Dank.«

Étienne wollte gerade etwas sagen, als Darnell den Unsterblichen die Tür vor der Nase zuschlug und sich dann dagegen lehnte.

»Würde mir bitte jemand sagen, was hier los ist?«, wollte Marcus wissen und drehte sich zu Seth um. »Wer hat gesagt, dass ich Ami gebissen hätte?«

»Das war ich«, sagte Darnell.

»Es war ein Missverständnis«, warf Ami ein, die am ganzen Leib zitterte. Marcus würde verzweifelt sein, wenn er es erfuhr.

Marcus sah sich im Zimmer um, er wirkte völlig verwirrt. »Ein Missverständnis? Was für ein Missverständnis?« Er holte noch einmal tief Luft. »Und was riecht hier so merkwürdig? Hat sich hier drin jemand übergeben?«

»Das war ich«, gestand Ami.

Mit gerunzelter Stirn ging Marcus zu ihr und nahm ihr Gesicht in seine großen Hände. »Ich wusste doch, dass etwas nicht stimmt. Was ist los mit dir, Süße? Bist du krank?«

»Ami kann nicht krank werden«, bemerkte David.

Marcus warf ihm einen gereizten Blick zu. »Ganz offensichtlich doch.«

»Nein«, schaltete sich Seth ein. »Das ist nicht möglich.«

Marcus warf Ami einen fragenden Blick zu, er begriff immer noch nicht.

»Sag's ihm«, sagte Darnell leise.

»Ich bin infiziert«, flüsterte sie und fing wieder an zu weinen.

Marcus erstarrte, alle Farbe wich aus seinen Zügen. »Was?«

»Ich bin dabei, mich zu verwandeln.«

»Das ist unmöglich. Das kann nicht sein. Ich habe dich nie gebissen.«

»War es ein Vampir?«, wollte Darnell wissen.

Marcus' Augen fingen an, in einem hellen Gelbbraun zu leuchten. »Ein Vampir hat dich gebissen? Wann?«

»Nein, ich bin nicht von einem Vampir gebissen worden.«

»Wer war es dann?«

Ami starrte ihn wortlos an.

Plötzlich fluchte zuerst David, dann Seth.

»Was denn?«, fragte Darnell und musterte die beiden ältesten Unsterblichen stirnrunzelnd.

Seth fuhr sich mit der Hand über das Gesicht. »Bitte sag mir, dass du Kondome benutzt, Marcus.«

»Natürlich nicht«, erwiderte dieser verdutzt. »Warum sollte ich? Das Sperma eines Unsterblichen stirbt nach der Ejakulation sofort ab, und das Virus stirbt mit ihm.«

»Bei einer menschlichen Frau ist das so, ja«, bestätigte David. »Aber Ami ist kein Mensch, und ihr Körper besitzt bemerkenswerte regenerative Fähigkeiten. Wenn die das Sperma davon abgehalten haben, abzusterben, dann …«

»Dann habe ich sie infiziert?«, folgerte Marcus, dessen entsetzter Blick zu Ami wanderte. »*Ich* habe dich infiziert?«

Sie biss sich auf die Unterlippe. »Es war ein Unfall.«

»Glaubst du wirklich, dass das für mich einen Unterschied macht?« Er brüllte fast. Er zog sie an sich, umarmte sie heftig und voller Angst. »Warum hast du mir das nicht erzählt?«

»Ich bin auch heute erst darauf gekommen und …«

»Aber du hast es gewusst, als ich gegangen bin.«

»Ich war mir nicht absolut sicher, bis ich mich übergeben musste. Das ist mir noch nie passiert. Außerdem habe ich Fieber und … mir war bis vorhin nicht klar, dass mein Geruchssinn gesteigert ist. Das wurde mir erst klar, als du so überrascht warst, dass ich Tracys Deodorant riechen konnte«, erklärte sie und drückte ihn fest an sich. »Ich wollte es einfach nicht glauben.«

»Du Idiot!«, brüllte Darnell. »Wie kann man nur so unglaublich blöd sein?«

»Darnell!«, zischte Ami. »Ich sagte es doch schon – es war ein Unfall!«

»Wenn er dir auf die Zehen trampelt – *das* ist ein Unfall, Ami«, widersprach Darnell. »Wenn er deinen Tee verschüttet. Aber das hier ist einfach nur dumm!«, rief er aufgebracht. Es war offensichtlich, dass er große Angst um sie hatte.

Da sie nicht wollte, dass Marcus noch größere Schuldgefühle bekam, verteidigte sie ihn und stritt sich mit Darnell, während Marcus sie wortlos in den Armen hielt. Das Gesicht hatte er an ihrem Hals vergraben, und aus Verzweiflung umarmte er sie immer fester, bis er ihr fast die Luft abschnürte.

»Wartet«, sagte Seth plötzlich.

Ami und Darnell hörten auf, sich zu streiten.

»Ami, was waren noch mal die Symptome?«

Sie sah, wie er einen Blick mit David wechselte.

»Fieber. Übelkeit. Ich muss mich übergeben. Müdigkeit. Gesteigerter Geruchssinn.«

Wieder wechselten er und David einen Blick.

»Seid mal alle eine Sekunde lang ganz still«, befahl Seth.

Keiner sagt ein Wort.

Eine Minute verging, in der Seth reglos dastand.

Plötzlich schnappte David nach Luft. Seine Augen wurden groß.

»Hörst du's auch?«, fragte Seth.

»Ja.«

Marcus richtete sich auf. Den einen Arm um Ami gelegt, sah er die beiden älteren Unsterblichen an. »Was hört ihr denn?«

»Ami«, sagte Seth, »du bist nicht mit dem Virus infiziert.«

»Bin ich nicht?« Sie atmete befreit auf … bis sie bemerkte,

dass die beiden älteren Unsterblichen kein bisschen erleichtert wirkten. »Was ist es dann?«

David suchte ihren Blick. »Du bist schwanger.«

Zum ersten Mal seit einem Monat war Melanie einfach nur glücklich. Sie liebte Bastien über alles und wurde ebenfalls geliebt. Sie würden heiraten.

Und jetzt hatten sie auch noch ein gemeinsames Zuhause. Sie musste nicht mehr auf jedes Wort achten, das sie außerhalb des Schlafzimmers sagte, da theoretisch jeder ihnen zuhören könnte. Und es auch tun würde.

Als Bastien mit ihrem Chevy das letzte Stückchen einer sehr langen Einfahrt hochfuhr, erhellten die Scheinwerfer ein hübsches einstöckiges Haus. Melanie musste sich immer noch daran gewöhnen, dass nachts alles ganz anders aussah als im hellen Tageslicht. Dank ihrer gesteigerten Sehkraft konnte sie zwar alles sehen, aber die Farben wirkten ausgeblichen. Das Haus schien in einem warmen Braunton gestrichen zu sein – oder zumindest einem vergleichbaren erdigen Ton –, mit weiß abgesetzten Kanten und dunklen Fensterläden. Solarzellen auf dem Dach reflektierten das Mondlicht. Und die reizende Vorderveranda war … besetzt.

Auf den Verandastufen vor ihrem Haus saß Seth.

Bastien parkte den Wagen vor der Garage.

Als sie aus dem Wagen ausgestiegen waren und den knirschenden Kiesweg hochgingen, erhob sich der Anführer der Unsterblichen Wächter.

Er wirkte … niedergeschlagen. Oder aufgebracht. Seine Augen leuchteten in einem faszinierend matten Goldton.

»Was ist los?«, fragte Bastien und legte Melanie eine Hand auf den Rücken.

Sie schmiegte sich an ihn.

»Wir haben ein Problem.«

Oh nein. Nicht Cliff, dachte sie. *Bitte, lass es nicht Cliff sein. Er hat sich in den letzten Wochen so gut geschlagen.*

»Es ist nicht Cliff«, beruhigte Seth sie.

»Was ist es dann?«, wollte Bastien wissen.

Der andere zögerte. Sein langes Haar, das normalerweise ordentlich frisiert und mit einem Lederband zusammengebunden war, hing lose herunter und war zerzaust, als wäre er ständig mit den Händen hindurchgefahren. »Ich darf euch das eigentlich nicht sagen, ohne einen Vertrauensbruch zu begehen … aber ich brauche eure Hilfe.«

Melanie sah Bastien an. Seiner gerunzelten Stirn nach zu urteilen spürte auch er, wie nervös ihr Anführer war. »Wir tun, was wir können«, sagte sie.

Bastien schloss sich ihrem Versprechen an. »Was ist los? Was ist passiert?«

Seth holte tief Luft. »Ami ist schwanger.«

Die Ankündigung versetzte Melanie einen Schock. Und sie spürte, wie es Bastien an ihrer Seite die Sprache verschlug.

»Ich dachte, dass Unsterbliche nicht in der Lage sind, eine Sterbliche zu schwängern«, sagte sie langsam.

Seth' Lippen verzogen sich zu einem humorlosen Lächeln. »Aber Ami ist keine normale Sterbliche.«

»Dieser Trottel!«, platzte Bastien heraus, und sein Gesicht verfinsterte sich vor Wut. »Dass er ihr ausgerechnet das antun muss! Bescheuerter kann man sich wirklich nicht anstellen. Hat er denn keine Kondome benutzt?«

»Nein. Er hielt es für unnötig, da sie technisch gesehen eine Sterbliche ist.«

»Aber sie ist kein Mensch!«, rief Bastien aufgebracht. »Sie hat gesteigerte Regenerationsfähigkeiten. Ist ihm nie der Gedanke gekommen, dass …«

Seth hob die Hand. »Nein, offenbar nicht.«

Melanie musterte den Unsterblichen prüfend.

»Machst du dir Sorgen, dass Ami mit dem Virus infiziert ist? Oder das Virus dem Fötus schaden könnte?«

»Beides«, gestand Seth. »Ich kann es nicht an ihr riechen, aber … ihre Physiologie ist einfach anders … vielleicht kann ich das Virus bei ihr einfach nicht wahrnehmen.«

Melanie konnte seine Besorgnis verstehen. Es gab keine Möglichkeit vorherzusehen, was das Virus bei Ami auslösen würde, ob es sie verwandeln oder töten würde. Ob sie ein Vampir oder eine Unsterbliche werden würde. Und ein Baby …

Würde das Virus seine Entwicklung behindern? Es daran hindern zu altern?

Und was war mit Amis Erbgut? Würde ein Fötus, der aus der DNA eines *Begabten* und der DNA einer Außerirdischen bestand … würde er … gesund sein?

»Wie nehmen sie es auf?«, fragte sie.

Seth schüttelte den Kopf. »Marcus ist völlig verzweifelt, gibt aber sein Bestes, es nicht zu zeigen, da Ami sich wahnsinnig freut. Das war ja der Hauptgrund, warum sie zur Erde gekommen ist: Dass auf ihrem Planeten kaum noch Kinder zur Welt kommen, weil ein Volk aus einem anderen Sonnensystem ein Virus als Biowaffe gegen die Lasarer eingesetzt hat.

Die Frauen auf ihrem Planeten sind entweder unfruchtbar oder können die Babys nicht austragen. Geburten sind in ihrer Heimat extrem selten geworden, deshalb … ja, man kann es nicht anders sagen. Sie ist aufgeregt und freut sich.«

Bastien fluchte. »Sie begreift nicht, was es bedeutet.«

»Nein«, stimmte Seth ihm zu, »das tut sie wirklich nicht.«

»Du musst es ihr sagen«, sagte Melanie. »Sie verdient es, die Wahrheit zu erfahren.«

Seth sah sie an. »Würdest du mit ihr reden? Die nötigen Untersuchungen vornehmen?«

»Ich glaube nicht, dass sie …«

»Sie wünscht es sich. Ich habe ihr gesagt, dass sie engmaschige medizinische Überwachung braucht, sowohl durch unsterbliche Heiler als auch durch Ärzte, da Schwangerschaften bei ihrem Volk grundsätzlich immer schwierig sind. David und ich haben beide bereits dabei geholfen, Babys auf die Welt zu bringen …«

Bastien hob die Augenbrauen. »Im Ernst?«

»Aber unser Wissen über Schwangerschaften und die verschiedenen Probleme, die damit einhergehen können, ist begrenzt. Solange ihre Gesundheit nicht bedroht ist, bin ich mir nicht sicher, ob wir einschätzen können, was normal ist und was nicht. Das habe ich ihr gesagt und … sie hat darum gebeten, dass du sie untersuchst, Melanie, und ihre Schwangerschaft begleitest.«

Melanie tat nichts lieber als das. Ami musste ihre Angst vor Melanie verloren haben, als sie sich während ihrer Verwandlung um sie gekümmert hatte. Und da Melanie so viel Zeit damit verbracht hatte, die faszinierenden Unterschiede in der Physiologie der Vampire und Unsterblichen zu studieren, war sie bestens dafür qualifiziert, den Fötus zu überwachen und nach Anzeichen für eine Infektion Ausschau zu halten.

»Geburtshilfe ist zwar nicht mein Spezialgebiet, aber ich lese jetzt viel schneller und kann mir das notwendige Wissen innerhalb kürzester Zeit aneignen. Wenn du möchtest, fange ich noch in dieser Nacht damit an.«

»Morgen Nacht reicht. Sag Chris, welche Bücher und Materialien du brauchst, und er bringt die Sachen hier vorbei, noch ehe die Sonne aufgeht.«

»Prima. Ich gebe ihm Bescheid.«

»Ich habe daran gedacht, einen Unsterblichen aus Deutschland herzuholen, der auch über das Virus geforscht hat. Möglicherweise weiß er, welche Wirkung das Virus auf ein Baby haben könnte.«

»Sein Wissen wäre mir hochwillkommen.«

»David und ich haben über das Thema gesprochen und … einer von uns beiden wird immer in Davids Haus zur Verfügung stehen, für den Fall, dass etwas schiefgeht oder dass sie unsere Heilkräfte benötigt, um das Baby auszutragen.«

Bastien sagte: »Ich verstehe zwar nichts davon, aber ich werde auch alles tun, was in meiner Macht steht, um zu helfen. Ein Anruf genügt.«

Melanie wusste, dass Ami wie eine Schwester für ihn war und dass er sich Sorgen um sie machte.

Ihr selbst ging es nicht anders. Ami war die Erste aus der Familie der Unsterblichen gewesen, die Bastien ihre Freundschaft angeboten hatte, ohne etwas dafür zu erwarten. Und Melanie war eine der wenigen, die wussten, was Ami wirklich war. Die meisten hielten sie für eine *Begabte*.

»Also«, wandte sich Bastien zögernd an Seth, »wie willst du das geheim halten?«

»Ich glaube nicht, dass das möglich ist. Wir haben den Herzschlag des Fötus nur deswegen nicht gehört, weil die Schwangerschaft noch nicht lange besteht und Babys bisher einfach nicht Teil unserer Welt waren. Aber im Nachhinein wird mir klar, dass ich den Herzschlag schon beim Abendessen gehört habe. Ich habe gedacht, dass es der von Slim wäre. Aber der Herzschlag des Babys wird kräftiger werden.«

»Und Ami wird zunehmen«, fügte Bastien hinzu.

»Was willst du den anderen sagen?«, fragte Melanie.

»Ich weiß es nicht. Das haben wir uns noch nicht überlegt. Teufel noch mal, wir haben es erst vor zwanzig Minuten herausgefunden.« Seth seufzte und fuhr sich mit den Händen über das Gesicht. »Es tut mir leid, dass ich euch beide damit belaste. Und das ausgerechnet heute Nacht. Ich gratuliere euch zu eurer Verlobung.«

Melanie lächelte überrascht. »Vielen Dank. Allerdings habe ich das Gefühl, ihn zu diesem Schritt gedrängt zu haben.«

Seth lächelte. »Nein, das hast du nicht. Schon bevor das Netzwerk angegriffen wurde, wünschte er sich nichts mehr, als den Rest seines Lebens mit dir zu verbringen.«

Melanie sah Bastien an. »Ist das wahr?«

Bastien musterte Seth stirnrunzelnd. »Wenn du tatsächlich so beschäftigt bist, wie du immer behauptest – wie schaffst du es dann, so viel Zeit in meinem Kopf zuzubringen?«

»Gerade *weil* ich so beschäftigt bin, verbringe ich Zeit in deinem Kopf. Wenn ich weiß, was du denkst, muss ich mir keine Sorgen darüber machen, was du als Nächstes anstellen wirst – weil ich es schon vorher weiß.«

Melanie nahm Bastiens Hand und ergriff schnell das Wort, damit er die Sache auf sich beruhen ließ. »Vielen Dank für das Haus, Seth. Wir wissen das wirklich zu schätzen.«

»Gern geschehen. Ich hoffe, es gefällt euch.«

»Was ist mit Tanner?«, fragte Bastien. »Soll er immer noch mein Sekundant werden?«

»Ja. Ihr beiden arbeitet gut zusammen, und er ist absolut loyal. Im hinteren Teil des Grundstücks ist ein kleines Gästehaus für ihn. Auf diese Weise ist er da, wenn ihr ihn braucht, und weit genug weg, um eure Privatsphäre nicht zu stören.«

»Perfekt.« Melanie freute sich darauf, Bastiens Freund besser kennenzulernen.

Aber Seth wirkte immer noch besorgt. Irgendwie hatte sie das Gefühl, dass das nur sehr selten vorkam.

»Gibt es etwas, das wir für *dich* tun können?«

Zu ihrer Überraschung nickte Bastien. »Möchtest du hereinkommen? Etwas essen? Chris sagte, dass in der Küche alles Notwendige vorhanden wäre.«

Endlich rang sich auch Seth zu einem matten Lächeln durch. »Ich rate dir zur Vorsicht. Am Ende komme ich noch auf die Idee, dass du anfängst, mich zu mögen.«

Bastien zeigte ihm den Stinkefinger.

Seth schüttelte den Kopf. »Wenn ich dir sagen würde, wie ähnlich Roland und du euch seid, dann würdest du dir vor Schreck in die Hosen machen.«

»Bitte tu's nicht«, scherzte Melanie lächelnd.

Die beiden Männer lachten.

»Vielen Dank für das Angebot, aber es gibt ein Problem in Dänemark, um das ich mich kümmern muss. Ich wollte nur … ich musste nur …«

»… reden?«, schlug sie mit sanfter Stimme vor.

Er nickte. »Ja. Warum nehmt ihr beide euch nicht eine Nacht frei? Weiht euer neues Zuhause ein. Denkt darüber nach, was ihr gern an der Einrichtung verändern möchtet.«

»Liebt euch in jedem verdammten Zimmer?«, fügte Bastien mit einem anzüglichen Seitenblick auf Melanie hinzu.

Sie lachte.

Genauso wie Seth. »So würde ich es jedenfalls machen, wenn ich derjenige wäre, der hier einzieht. Von mir aus könnt ihr euch morgen Nacht auch noch freinehmen.« Der Anführer der Unsterblichen Wächter zog eine Taschenuhr heraus, öffnete sie und überprüfte die Zeit. »Es tut mir leid. Ich muss los. Ich danke euch beiden.«

»Pass auf dich auf«, sagte Melanie zu ihm.

Er nickte lächelnd.

»Seth«, sagte Bastien plötzlich.

Fragend sah er ihn an.

Melanie wartete gespannt darauf, was Bastien wohl sagen würde. Als er schwieg, fragte sie sich, ob er es vielleicht auf telepathischem Weg tat.

Seth lächelte und klopfte Bastien auf die Schulter, dann löste er sich in Luft auf.

»Was hast du zu ihm gesagt?«, fragte sie neugierig.

»Nichts«, erwiderte er mit einem schwachen Stirnrunzeln. »Ich wusste nicht, wie ich es ausdrücken sollte.«

»Na schön, was *wolltest* du denn sagen?«

»Ich wollte ihm danken.« Er drehte sich zu ihr um, streckte die Hand aus und spielte mit ihren lose herunterhängenden Haarsträhnen. »Wenn er nicht die Forderung nach meiner Hinrichtung ignoriert hätte und mich unter seine Fittiche genommen hätte, dann hätte ich dich niemals kennengelernt.«

Mit einem Lächeln schmiegte sich Melanie an ihn und küsste ihn auf das Kinn. »Ich bin mir sicher, dass er deine Gedanken gelesen hat.«

Er umarmte sie fest.

»Also …«, fing sie an.

Bastien hob eine Augenbraue. »Also?«

»Jedes verdammte Zimmer?«

Ein Lächeln breitete sich auf seinem Gesicht aus. »Jedes verdammte Zimmer.« Er hob sie hoch und trug sie die Stufen hinauf.

Sie schlang die Arme um seinen Nacken. »Wusstest du wirklich schon vor dem Angriff auf das Netzwerk, dass du den Rest deines Lebens mit mir verbringen willst?«

»Vielleicht habe ich es mir ein- oder zweimal ausgemalt. Oder zwanzigmal. Allerdings konnte ich mir beim besten Willen nicht vorstellen, dass es dir genauso gehen könnte. Insbesondere sobald du verwandelt worden bist. Die Ewigkeit ist eine verdammt lange Zeit.«

Zärtlich presste sie ihre Lippen auf die seinen. »Dann habe ich jede Menge Zeit, dich davon zu überzeugen, dass ich dich liebe.«

Er küsste sie voller Leidenschaft. »Ich weiß zwar wirklich nicht, was du in mir siehst, Melanie, aber ich bin unendlich glücklich darüber, dass du es tust. Ich hätte es niemals für möglich gehalten, dass ich eines Tages wieder glücklich sein könnte.«

»Also *bist* du glücklich?«

»Ja. Mit dir.«

Sie küsste ihn noch einmal, liebkoste seine Lippen mit der Zungenspitze und hörte, wie sein Herz schneller schlug.

Er stöhnte kehlig auf. »Ich wäre noch glücklicher, wenn ich die Haustür aufbekommen würde, ohne sie kaputt zu machen. Wo ist dieser verdammte Schlüssel?«

Grinsend ließ sie ihn vor seinem Gesicht hin- und herbaumeln und schloss dann die Tür auf. »Welches Zimmer nehmen wir uns als Erstes vor?

Er öffnete die Tür und trat ein.

Melanie betätigte den Lichtschalter, der sich direkt neben dem Eingang befand, sodass ein geschmackvoll eingerichtetes Wohnzimmer sichtbar wurde.

Bastien grinste. »Wie wäre es mit dem Wohnzimmer?«

Auflachend versetzte Melanie der Tür einen Tritt und ging hinüber zu dem schönen, großen und verlockend weich aussehenden Sofa.

Kristen Callihan

Kuss des Feuers

The Darkest London

Roman

Die Schöne und das Biest trifft auf das Phantom der Oper

London, 1881: Seit ihrer Geburt besitzt Miranda Ellis die außergewöhnliche Gabe, das Feuer zu beherrschen. Da ihre Familie ihr gesamtes Vermögen verloren hat und vor dem Ruin steht, sieht Miranda sich gezwungen, den geheimnisvollen Lord Benjamin Archer zu heiraten, der sein Gesicht stets hinter einer Maske verbirgt.

»Callihan schreibt eine spannende Geschichte voller erotischem Prickeln. Einer der besten Debütromane des Jahres!« *Romantic Times*

ca. 400 Seiten, kartoniert mit Klappe
€ 9,99 [D]
ISBN 978-3-8025-8983-6

www.egmont-lyx.de

LYX
EGMONT